Thomas Gaitanides

Zeus in Indien

Zweite Auflage

Copyright 2019 by Thomas Gaitanides
ISBN 978-1790165223
Covergestaltung: Isolde Gaitanides

Die Erzählungen des Zeus entsprechen in großen Teilen der gängigen Mythologie-Forschung.
Die Personen und Geschehnisse sind rein fiktiv.

Informationen und Fragen in Facebook unter
www.facebook.com/zeus.olymp.773

Anstelle eines Vorworts

Schon im Jahr zuvor beschlichen mich Bedenken: Wie wird das wohl sein, wenn Du in den Ruhestand gehst? Wenn Du plötzlich nicht mehr für die Forschung arbeitest, alte Texte nicht mehr übersetzt, Restaurierungen nicht mehr planst und realisierst? Wirst Du das vermissen? Wirst Du, nach den vielen Jahren strenger Strukturen und Aufgaben, lernen nur für Dich dazu sein. Bist Du dafür frei genug? Verfügst Du noch über ausreichend Kräfte?

Was hatte ich schon zu tun als Archäologe und Historiker in einem unscheinbaren Institut, das sich mit Übersetzungen aus mehreren altgriechischen Sprachen und lateinischen Traktaten beschäftigte. Wenn ich ehrlich bin, so habe ich meine Tage nicht gerade erlebnisreich abgesessen – so, wie es vielen Akademikern geht, wenn der Alltag ihre Träume abgewetzt hat, so dass man die zurückbleibende Routine als eine Art Hamsterrad betrachtet.
Und die wenigen Momente, die überraschend erfolgreich waren? War denn der kleine Erfolg, den ich hin und wieder genießen durfte, auch wirklich rechtmäßig erworben? Haben ihn nicht auch die anderen verdient, die daran mitgearbeitet haben? Jene, deren Erkenntnisse Du dir angeeignet hast? Klebte nicht am Erfolg, den Du wie einen Tropfen Honig genossen hast, immer stets auch ein Stück Sünde - eine kleine Schweinerei, die Du begangen hast?

Irgendwie kam ich mir belastet vor, wie ein verschmutzter Fluss, der über Jahre hinweg von chemischen Abfällen verunreinigt worden war, vom vielen autoritären Handeln und manchmal auch vom kleinen Schwindel, von Notlügen und dem süßen Gift des Risikos oder der Manipulation von Menschen. So interessant nach außen hin mein Arbeitsgebiet erscheinen mag, ich habe in meinem Inneren nichts daraus gemacht. Ich war Durchschnitt. Ich war unauffällig, ohne wissenschaftlichen Elan und habe mich dabei nie mit großem Ruhm, sondern, bis auf wenige Ausnahmen, eher mit dem Staub des Altertums bekleckert. Irgendwie hatte ich das Gefühl, dass ich nicht richtig gelebt habe. Ich fühlte mich vertrocknet!

Ich konnte in den Tagen vor meinem Ruhestand diese meine Verschmutzung nahezu physisch spüren, sie aber nicht deutlich analysieren und mir erklären. Es war, als hätte ich Dreck unter meiner

Haut und Erde unter meinen Fingernägeln! Auch wenn mir keine schwere Sünde, außer der einer gewissen Selbstvernachlässigung in den über vierzig Jahren meines Arbeitslebens bewusst war, wollte ich mich reinigen und mit dieser Reinigung zugleich in ein neues Leben schreiten. So hatte ich mir das gedacht - vor gut einem Jahr! Und für mich war klar: wenn Reinigung – dann in Indien!

Ich konnte darüber leider mit niemandem sprechen, fand auch keinen, der sich an einer solchen Reise beteiligen wollte. Zwar begleiteten mich über die vielen vergangenen Jahre immer wieder Partnerinnen, aber letztlich ist mir keine geblieben. Und jetzt im Alter, wo ich anspruchsvoller, vielleicht auch kauziger geworden bin, wo ich das Gefühl hatte, mich nicht mehr vertändeln zu wollen, habe ich erst recht keine Frau mehr auf Dauer an mich binden können. Mich einem Freund mitteilen? Der Einzige, den ich als solchen im Laufe des Lebens gewonnen habe, ist im vergangenen Jahr plötzlich verstorben. Er stand vor seinem Glasschrank, als sein Herz stehen blieb. Er stürzte hinein und war auf der Stelle tot. In unmittelbarer Nähe - die Weingläser, die er so geliebt hatte!

Wenn also Reinigung - nicht nur vom beruflichen, sondern auch vom ganz persönlichen Leben – dann nur in Indien! Das Land interessierte mich von Kindesbeinen an. Vor allem über Alexander den Großen, der offenbar ganz süchtig nach diesem Neuland war, hatte ich einen Zugang gefunden. Später vertiefte ich mich in Buddhismus und Hinduismus, freilich ohne selber daran zu glauben. Es erschien mir wie eine Gegenwelt zu meinem etwas langweiligen Leben.

Ich liebte und liebe Indien! Viel hatte ich darüber in den vergangenen Jahren gelesen. Und immer wieder schien es mir, als wären auf diesem dicht besiedelten Subkontinent mit weit über einer Milliarde Menschen Sanftmut, Gelassenheit und Hilfsbereitschaft zu Hause. Immer wieder konnte ich zwischen den Zeilen der Bücherseiten einen gelebten Spiritualismus erspüren, ein naives Verlassen auf das Schicksal, auch wenn das Karma mit den meisten Indern überaus heftig umsprang und deshalb an ihrem Glauben erhebliche Zweifel angebracht wären.
„Wenn nicht heute, dann morgen! Wenn nicht in diesem Leben, dann im nächsten…," dieses fatalistische Vertrauen infizierte

auch mich mit dem positiven Bazillus der Gelassenheit, wenngleich ich es bis heute nicht geschafft habe konsequent an ein nächstes Leben zu „glauben".

Kurzum, irgendetwas zog mich seit etlichen Jahren nach Indien. Obwohl ich noch keinen Fuß in das mir fremde und doch ersehnte Land gesetzt hatte, griff der Subkontinent immer wieder nach meinen Gedanken und Träumen – so intensiv, dass ich schließlich der Überzeugung war: Indien sehen – und sterben! Das könnte vielleicht mein größtes Glück sein. Laut getraute ich mich das nicht zu denken. Eine unerklärliche Sehnsucht schlummerte in meinen geheimen Gedanken und die Frage: Kann es sein, dass ich dort in einem anderen Leben gelebt habe?

Mir fehlt, wie den meisten Bewohnern des Abendlandes, die Fähigkeit zu „glauben". Im morgenländischen Indien aber, dessen bin ich mir gewiss, werde ich allerorten - auf den Straßen, in den Häusern und vor allem in den prächtigen alten Tempeln immer wieder auf diese beneidenswerte Fähigkeit stoßen, mit der die Inder ihre Hoffnungen und Wünsche, ihre Klagen manchmal an vier, fünf, manchmal an tausende von Göttern richten. Sie besitzen eben die Fähigkeit in gleichem Maße zu glauben wie zu lieben oder zu hassen. Das ist ihre Dreieinigkeit!

In unseren abendländischen Kirchen wurde über frühere Jahrhunderte hinweg der Glaube vielfach missbraucht und von Kirchenvertretern zu Grabe getragen. In den indischen Tempeln aber, in denen ein Gott neben dem anderen verehrt werden darf, in denen sogar Dämonen zuhause sind, hat der tolerante Liberalismus der Vielgötterei seine individuelle Menschlichkeit bewahren und damit den „Glauben" unter ihren Anhängern bis heute überleben lassen. Wenn der eine Gott nicht hilft, dann der andere, oder es steht eben diese oder jene Göttin bei! Die Konkurrenz der Götter lässt auch ihre Priester untereinander um die Gunst der Gläubigen wetteifern.

Wer einmal des Abends, wie etliche Reiseschriftsteller berichten, einen der großen Tempel Südindiens besucht hat, weiß wovon ich schreibe: von der phantasievollen Kreativität, mit der die Gläubigen die Zuneigung ihren Göttern zu entlocken versuchen: Von den Rauchschwaden, den Blumenopfern, der geschmolzenen

Butter und den Posaunenklängen, die die Gebete begleiten. Schon während der Erzählungen darüber verspüre ich ganz tief in mir einen gewissen Neid aufkommen: Auch ich würde allzu gern wie sie „glauben" können, so intensiv glauben, wie ich zu hassen oder zu lieben vermag. Denn das eine kann ich noch ganz gut, das andere beginnt zu verkümmern! Eines Tages werden vermutlich leider das „Lieben", wie hoffentlich auch das „Hassen", ebenso verschwinden, wie es mit dem „Glauben" geschehen ist.

Mein Vorsatz zur Reinigung musste also etwas mit Indien zu tun haben und würde, wie ich mir einredete, nur in dem Ambiente dieses Landes geschehen können. Ich erwartete zumindest eine gewisse Annäherung und bescheidene Ahnung von Antworten auf Fragen, die mir zu Beginn eines neuen Lebensabschnitts von Bedeutung schienen: Was habe ich aus meinem Leben gelernt? Habe ich mich verändert und vermag ich diese Veränderung zu orten? Was wird aus mir in der Zukunft werden?

Auch wenn auf meiner Seele eine ganze Wagenladung dieser unbeantworteten Fragen lastet, werde ich, je näher das Datum der Abreise rückt, desto neugieriger auf das Abenteuer einer intensiven Begegnung mit mir, mit Indien und den reinigenden Vorgängen, die ich mir von dieser Reise erwarte.

Da ich, wie bereits erwähnt, mich nach Indien sehne, habe ich mich mit seinen Menschen, seiner Politik, Religion und Kultur über mehrere Jahre in Abständen immer wieder intensiv beschäftigt. So auch mit „Ayurveda", „dem Wissen vom langen Leben," der Gesundheitsphilosophie der Inder. Dieses Wissen begann sich vor gut 5000 Jahren anzusammeln, zunächst mündlich über Ärzte und Priester von Generation zu Generation hinweg. Dann wurden die Rezepte auch schriftlich weitergegeben – auf Palmblättern.

Heute wird „Ayurveda" an mehreren Universitäten gelehrt und weiterentwickelt. Zu den Aufgaben der herangebildeten Ärzte und Professoren gehört es auch die uralten Erkenntnisse in privaten Palmblattbibliotheken aufzubewahren oder in Universitäten oder religiösen Institutionen zu archivieren. Nicht anders wie in etlichen Jahrhunderten zuvor. Damals haben weise Männer ihr geheimes

Wissen um das Schicksal der Menschheit und Götter auf Palmblättern festgehalten und in Archiven gesammelt. Bis heute sind Teile dieser Bibliotheken erhalten. Ayurvedisches und das Wissen um das Karma der Menschen haben sich in den Regalen mitunter vermischt.

Anders wie in unserer westlichen Medizin, die auf schnelle Heilung aus ist, spielt bei Ayurveda Eile keine Rolle.
Dem Körper wird alle Zeit der Welt gestattet, die er zur Genesung benötigt. Der Arzt bietet ihm nur Hilfe zur Selbsthilfe an.
Zum Zweiten ist der Körper heilig: Der Arzt darf nur über natürliche Öffnungen wie Ohren, Augen, Mund und Po in den menschlichen Körper eindringen. So sind für die meisten Inder Speisen Medizin, die sie über den Mund aufnehmen und so Körper und Geist durch Gewürze und Gemüse stimulieren. Auch und vor allem über das größte menschliche Organ, über die Haut, von der westlichen Medizin total vernachlässigt, sucht der indische Arzt heilende Impulse durch Massagen anzustoßen.
Und schließlich Drittens: Alle Mittel, mit denen der Ayurvedaarzt einen Heilungsprozess auslösen will, stammen aus der Natur: das können zermahlene Steine, Blätter, Früchte oder Wurzeln sein. Aber auch ein gutes intensives Gespräch, eine Meditation und Musik vermögen den Heilvorgang zu fördern.

Da kein Mensch dem anderen gleicht, versucht die ayurvedische Philosophie zumindest drei Grundtypen zu entwickeln, denen gewisse Anwendungen zugeordnet werden. Die Typen Kapha, Vata und Pitta sind selten absolut konzentriert und einseitig in einem Menschen zu finden. Sie mischen sich in unterschiedlichen Verhältnissen:
Kapha, der schwerblütige, athletische Typ, kann sich mit Vata, dem leicht nervösen und unruhigen verbinden.
Vata neigt dazu, sich zu Pitta zu gesellen und einen leichtfüßigen, ängstlichen dünnen und kraftlosen Menschen zu formen.

Die ayurvedische Typologie erinnert mich immer ein wenig an die doch etwas faschistoide Lehre vom Leptosomen, Athleten und Pykniker, von der im vergangenen Jahrhundert im Abendland immer wieder die Rede war. Und wenn ich das „Vedische" aus Ayurveda heraushöre, bin ich obendrein ganz rasch im Bereich des

„Arischen" und seiner Veden. Hier haben sich wohl einige Wurzeln in den Tiefen der Vergangenheit getroffen, die besser nicht ausgegraben gehören.

Indien, auf Reisen sich selbst ausgesetzt sein, Reinigung und Religion, gänzlich andere Perspektiven und fremde Eindrücke – all dies wirbelt in immer wieder aufblitzenden Empfindungen durch meine Gedanken, als ich das Flugzeug besteige. Bei der Zwischenlandung in Abu Dhabi greift noch einmal das Weltliche, die Ambiente des Konsums und Kapitalismus nach mir, gleichsam wie eine letzte Insel auf dem Weg in ein Land, das mich mit bunter Fremdheit verunsichern würde.

Vor der Landung auf dem Subkontinent beschließe ich, ja, bitte ich mich sogar inständig, Tag für Tag über meine Erfahrungen auf dieser Reise, über die Fortschritte meiner Reinigung, die Veränderungen meines Lebens ausführlich zu reflektieren, vielleicht sogar, sollte Zeit dafür sein, ein paar Notizen zu machen. Denn würde ich mich intensiver als üblich beobachten, mich fragen, auf welche Weise mir diese Welt begegnet, dann würde sich doch vieles in den Schichten meiner Vergangenheit besser klären, intensiver analysieren, klarer deuten lassen. Und nicht nur das, die indischen Impulse und visuellen Herausforderungen würden sicherlich Erinnerungen auslösen, die bisher über die Zeiten hinweg in mir verschüttet und verdrängt geblieben sind.

**Aus der Palmblätterbibliothek
Prologos**

*Ich schreite ganz langsam in die Welt hinein
In meinen Augen - nichts als Dunkelheit.
Ich lebe nicht, und doch bin ich unsterblich!
Ich bin Energie in einer Welt, in der nichts verloren geht!
Ich bin eine Idee in der Gleichzeitigkeit!
Ich bin ein Gott!*

Ich bin ein Wesen - nur eine Idee - entstanden aus den Gedankenwelten ganzer Generationen, die sich neben anderen Göttern einen mächtigen und prächtigen Gott wie mich wünschten, um ihr Leben meistern, ihr Leid ertragen zu können. Und weil meine Göttlichkeit ihnen nicht genügte, versahen sie mich von Geburt an mit allen ihren eigenen menschlichen Eigenschaften – und mit dem Namen Zeus.

Es gab für mich eigentlich zwei Geburten. Die eine, die mich in ihren Köpfen zu einem Gott aus Zorn, Eifersucht, Kraft, Erotik, Güte und Weisheit formen ließ, ausgestattet mit einem Keil aus Blitzen und einem mächtigen Rauschebart, gezeugt in den Köpfen von Priestern und Sterblichen.
Und die Zweite?
Entgegen der Natur der Unsterblichkeit, mit der man mich versah, erlebte ich auch eine wirkliche Geburt. Denn liegt nicht in der Natur der Unsterblichkeit auch die Unmöglichkeit geboren zu werden? Und bedeutet nicht Unsterblichkeit auch Unendlichkeit?
Wo Unendlichkeit ist, scheint mir auch kein Anfang sein zu dürfen! Alles ist eben gleichzeitig! Und dennoch schuf man für mich einen Anfang, einen schnöden, einen ganz alltäglichen, einen Anfang, der auch für Sterbliche üblich ist.

Sie hätten sich wirklich etwas anderes einfallen lassen sollen, etwas absolut Gewaltiges, etwas Ungeheures! Anstelle dessen ließ man mich durch eine Frau, durch Rhea, meine Mutter, gebären.
So kommt es, dass ich mich an den Beginn meines Daseins, wie bei Sterblichen üblich, nicht erinnern kann: Nicht an den Aufenthalt im Leib meiner Mutter, nicht an den engen Geburtskanal, durch den mich die Wehen schmerzhaft pressten, kaum an das erste Licht, das in meine Augen drängte, nicht an die Brust der

Mutter, die mir die erste Nahrung spendete, nicht an freundliche Gesichter, die mich anlächelten und mir mit zärtlichen Worten auf die Welt verhalfen.

Über meiner ersten Stunde hängt noch der dunkle Ur-Nebel der göttlichen Nyx, der Göttin des Nichts. Mein Geist wurde von ihren Schwingen verdunkelt. Es dauerte wohl eine Weile bis meine Sinne bereit waren, die tiefe und warme heilige Nacht des schützenden Mutterbauches, der für mich dachte, mich ernährte und weich umhüllte, endgültig zu verlassen, damit ich mich an das Leben im Licht gewöhnen kann.

Erster Tag

Heute Morgen in aller Frühe bin ich gegen vier Uhr in Chennai gelandet. Überraschend schnell passiere ich die Passkontrollen und ziehe mit meinem Koffer vorbei an den stets misstrauisch blickenden Beamten. Sicherlich sind sie zu dieser frühen Stunde auch genauso müde wie ich und sehnen sich nach einem Bett.

An den Sperrgittern des Ausgangs, an denen die allgemeine Absicherung des Flughafens endet, hängen neugierige Zuschauer in Trauben. Sie warten stumm auf Verwandte, beobachten jeden Ankömmling, der, ob Ausländer oder Einheimischer, das Gelände verlässt. Sie bieten lautstark ihre Dienste an, oder winken mir einfach nur fröhlich zu.
„Hallo, where are you from?"
"Do you need a Hotel or a car?"
 Andere schwenken Namensschilder hin und her und rufen für mich Unverständliches, um meine Aufmerksamkeit auf sich zu ziehen. Und sie beobachten mich. Sie suchen in meinen Augen neugierig das Andere, das Fremde.

Ich schlendere mit dem Koffer im Schlepptau den Sperrgittern entlang und versuche im Vorübergehen Buchstaben und Worte auf den Schildern, die man mir entgegenhält, zu entziffern. Meinen Namen kann ich darunter nicht entdecken: Offenbar hat der Führer und Fahrer, der mich hier mit seinem Auto abholen sollte, verschlafen oder seinen Termin vergessen. Es ist, obwohl früh am

Morgen, ungewöhnlich heiß. Am Rücken, das kann ich spüren, bildet der Schweiß eine feuchte dunkle Straße auf dem Hemd.

Schon halb Fünf! Hilflos und unschlüssig wandere ich ungeduldig auf dem Internationalen Airport von Chennai auf und ab. Einige Inder bedrängen mich, bieten hektisch, doch stets freundlich, ihre Dienste an: ein Auto oder ein Hotelzimmer, einen Führer, eine Frau, was immer ich wollte, sie könnten es mir besorgen. Doch ihre Angebote lassen nach, als ihnen klar wird, dass mit mir einfach nichts anzufangen ist!

Das also ist Indien!

Das kann doch nicht wahr sein, dass mich schon in der ersten Minute, da ich meinen Fuß auf seinen Boden setze, dieses Land prüfen will, ob ihm meine Nerven standhalten. Ich suche zittrig nach meinem Mobiltelefon, krame nach einer Nummer, die ich im Notfall anrufen sollte. Ich bin einfach zu nervös, um sie zu finden! Hilflos halte ich mein Handy in der Hand.

Langsam tastet sich ein erstes Morgenlicht in die Dunkelheit. Noch bevor ich in der zaghaften Helligkeit die Ziffern meines Mobiltelefons identifizieren kann, nähert sich ein Mann. Verschämt hält er ein Schild in den Händen, auf dem nur mühsam mein Name zu entziffern ist. Er lacht verlegen, reicht mir die Hand, entschuldigt sich unter haspelndem Wortreichtum:
Mit dem Auto sei etwas gewesen, meint er achselzuckend, aber jetzt, jetzt könne es losgehen. Den Wagen habe er ganz nahe geparkt.
Sein Zuspätkommen ist ihm peinlich. Unter angedeuteten Bücklingen stellt er sich devot vor. Er nenne sich Ganesha, wie der Gott des Glücks - wie der Elefantengott. Das garantiere unserer Reise doch sicheren Erfolg!

Ganesha ist von unauffälliger Statur: Unter einer Gruppe von zwanzig Indern seines Alters zwischen 35 und 40 Jahren hätte ich ihn nicht wiedererkannt. Von untersetzter Statur, kräftig gebaut mit rundem Gesicht, einer fleischigen Nase und frisch geschorener Glatze, scheinen mir hier viele wie er auszusehen. Und wie bei vielen Indern ist sein Englisch nur schwer zu verstehen. Man muss sich konzentrieren und die einzelnen verständlichen Wörter auf eine Art kombinieren, dass sich in der Summe daraus ein Sinn ergeben.

Ganesha greift mit einer Hand nach meinem Koffer und schreitet voraus, vorbei an all den Zuschauern, für die ich ab sofort Vergangenheit bin, denn ich bin von einem der Ihren in Beschlag genommen und somit unantastbar. Sie drängeln sich am Ausgang des Flughafens und sind auf der Lauer nach den Passagieren des nächsten Jets.

Wie neu sieht das Auto aus! Es glänzt weiß, ist frisch gewaschen, gut gepflegt, geräumig und klimatisiert. Ich kann mir kaum vorstellen, dass an ihm irgendetwas nicht funktionieren sollte. Aber das ist mir in diesem Moment gleichgültig. Dankbar für die Erlösung von meiner Erschöpfung in der frühen Morgenstunde nehme ich auf dem Rücksitz Platz: Inzwischen schichtet Ganesha den schweren Koffer in den Gepäckraum. Soll er nur schuften als Strafe für sein Zuspätkommen!

Das Hotel, zu dem er mich in dieser frühen Stunde bringen wird, liegt fünfzig Kilometer südlich von Chennai. Der Morgen bricht endgültig an, als wir über die breiten Straßen aus der Stadt rollen. Die Häuserfronten links und rechts sind grau, wie in Staub gehüllt. Dazwischen grelle Neonreklamen, Schriften, die im letzten Dunkel besonders aufdringlich blinken, da das Auge zu dieser frühen Stunde noch nüchtern ist.

Auffällig viele Motorradfahrer schlängeln sich gleich einem Schwarm wilder Wespen vorbei an Autos, Lastwagen und Bussen. Als hätten sie keine Angst von den mächtigeren Gegnern heruntergestoßen zu werden, scheuen sie sich nicht bis auf wenige Zentimeter an das feindliche Blech heranzufahren. Auch hier, wie in vielen anderen Lebenssituationen, geht es für sie ums Überleben: Im Straßenverkehr tritt eine dunkle, eine rücksichtslose Seite der Inder zu Tage. Ellbogen gegen Blech, und wer dem Druck und Drängen des Anderen als Erster nachgibt, hat bereits verloren – vor allem das Gesicht!

Mehr und mehr Helligkeit breitet sich in den Vororten aus. Sanftes Licht verhüllt voller Mitleid staubige Palmen, blühende Sträucher, die Hütten und Ruinen, Zelte und Kioske, eben das Provisorische, das sich wie eine Kette aus unterschiedlich großen Gliedern den Straßenrändern entlang reiht und an mir vorbeifliegt.

Eine klare Luft und ein Licht, das mit seinen scharfen Konturen die indische Welt bis ins Detail erhellt, existieren in diesem Land nicht. Ständig liegen sanfte Schleier aus Dunst über den Landschaften, so als wäre es besser die Details nicht genauer zu betrachten. Die Sonne zeigt sich nicht wie anderswo als hell brennender Ball, sondern als undefinierbarer Quell eines milden Lichts. Nur abends, wenn sie sich zum Horizont hinunter drängt, nimmt ihr Rund Gestalt an. Sie übergießt das Land mit einem sanften Feuerwerk von Farben, die dem Inder, wie zum Dank nach des Tages Müh und Überlebenskampfes, das Herz aufgehen lassen.

Aber noch ist es Morgen, mein Erster in Indien. Wie die meisten besseren Hotels ist auch das meine eine Art Ghetto der Gediegenheit, der Ordnung und Gepflegtheit, - einer luxuriösen Insel gleich, zu der ein einheimischer Inder nur als Hotelangestellter Zutritt hat. Wie Soldaten am Kasernentor kontrollieren uniformierte Wächter an der Einfahrt jeden Besucher. Mit einem mobilen Spiegel werfen sie sogar einen Blick unter unser Auto, bevor es passieren und bei der Rezeption vorfahren darf.

Auch das Aussteigen vor dem Hotel unterliegt offensichtlich gewissen Ritualen: Im Kosmos einer indischen Herberge gibt es nämlich für jeden Handgriff, mag er auch noch so unbedeutend sein, einen Mitarbeiter. Es gibt einen Bediensteten, der dem Gast die Autotür öffnet, dann einen, der am Eingang in einer Phantasieuniform vor dem Besucher salutiert, ihm die Türe zum Hotel aufhält. Und natürlich gibt es die Kofferträger, die sich um das Gepäck des Gastes sorgen. Wehe, wer hier selbst Hand anlegt! Er gefährdet den begehrten Job eines von vielen Indern, die allein mit Trinkgeldern Frau und Kinder ernähren müssen. Und dennoch, mich beschleicht der devoten Handlungen wegen stets ein schlechtes Gewissen. Ich fürchte als westlicher Gast koloniale Ressentiments auszulösen. Ich bin kein weißgekleideter Brite im Tropenhelm. Ich brauche keinen Diener! Auch nicht an diesem Morgen! Und auch nicht nach den vielen Stunden Flug und Schlaflosigkeit.

„I'm so sorry!" bedauert der Rezeptionist in der großzügigen Empfangshalle, „Your room is not ready!" Der Mann groß und hager, sich servil nach vorne beugend, wirkt wie die meisten indischen Hotelangestellten: Man hat ihnen zu viel unterwürfigen Respekt vor den Gästen beigebracht. Man spürt den Druck der Vorgesetzten, der auf ihnen lastet. So gesteht der Rezeptionist unter etlichen Bücklingen: das Zimmer sei leider erst gegen Mittag so weit, versichert aber, ich könnte inzwischen auf Einladung des Hauses im Restaurant frühstücken.

Seufzend vor Müdigkeit lasse ich mich in einer stillen Ecke des Speisesalons nieder. Draußen vor dem Fenster ist inzwischen der helle Tag angebrochen. Ich nippe am frischen Kaffee, schaue dabei auf mächtige Palmen am Rande eines riesigen Pools, auf exotische Pflanzen mit tief grünen, saftigen Blättern und einen frisch geschorenen englischen Rasen. Dann gleitet mein Blick durch das Innere des Frühstückraumes, über eine weite Buffetlandschaft von überraschender Üppigkeit. Es sind die Wünsche der internationalen Hotelgäste, die hier auf breiter Fläche Erfüllung finden: ob kontinental mit Ei und Joghurt, mit Wurst, Marmelade und Brötchen; ob englisch mit Ham and Eggs, Bratwürstchen oder Porridge, oder indisch mit warmen vegetarischen Suppen und Reis - ayurvedisch eben!

Eine französische Reisegruppe nimmt nebenan an einer langen Tafel Platz: Die Damen und Herren, alle älteren Datums, beäugen mich misstrauisch. Besonders auffällig beobachtet mich ihr indischer Reiseleiter. Immer wieder richtet er seine Augen auf mich, als würde er sich fragen: Ein allein reisender Gast? Was mag ihn wohl bewegen? Was hat er nur vor?

Ich frühstücke mich durch all das, was das Buffet an leicht Verdaulichen zu bieten hat. Die kleinen luftigen Kostproben aus allen Kontinenten beleben meine Geister. Die neuen Energien, die aufflammende Munterkeit fördert eine impulsive Entscheidung. Ich will keine kostbare Zeit vergeuden, nicht bis Mittag auf mein Zimmer warten. Gleich nach dem Frühstück breche ich zur alten Tempelstadt Kanchipuram auf. Ganesha wartet sicher draußen.

Ganesha öffnet den Wagenschlag. Abermals löst der Zwiespalt zwischen britischen Imperialismus, den offensichtlich die Inder mit allen weißhäutigen Europäern verbinden, und dem republikanischen Selbstverständnis, das die Gäste vom europäischen Kontinent im Gepäck mitführen, eine gewisse Nachdenklichkeit aus. Ich frage mich: In welcher Zeit leben wir eigentlich? Und beschließe: Ab sofort öffne ich meine Autotür selbst!

Die Ebene, für deren Durchquerung Ganesha ein gemäßigtes Tempo wählt, ist von Natur aus mit unspektakulärer Gleichgültigkeit behandelt worden: Palmen, Sträucher, Baumwollfelder und Dörfer wiederholen sich in steter Regelmäßigkeit. Hin und wieder stolzieren Frauen in bunten Saris, wandern mit unbewegtem Gesicht aufrecht und würdevoll dem staubigen Straßenrand entlang. Manche balancieren eine Schüssel mit Wäsche auf dem Kopf. Andere ziehen ein kleines halb nacktes Kind an der Hand hinter sich her. Das Auto müht sich auf schlechter Straße durch Siedlungen, vorbei an niedrigen Lehm- und Ziegelhäusern. Ihre Wände, bunt bemalt mit Werbung, leuchten schrill entgegen. Hin und wieder verlangsamt Ganesha das Tempo, um einem rostigen Bus, groß wie eine Arche Noah, auszuweichen. Er schaukelt gefährlich auf uns zu und ist so altersschwach, dass es scheint, er könnte jeden Moment auseinanderbrechen.

Nach knapp zwei Stunden, die mir wie eine Ewigkeit erscheinen, tauchen am fernen Horizont breite Türme auf - die „Gopurams". Wie mächtige Schachfiguren erheben sie sich aus der Ebene und strecken sich herausfordernd in den blauen Himmel, als wollten sie ihn beschwören. Die Inder haben Kanchipuram, in gewohnter Neigung zur Übertreibung, das Attribut „Stadt der Tausend Tempel" verliehen. In Wirklichkeit liegen hier nur zwei Tempelbezirke, umringt von vielen kleinen Heiligtümern.

Vor dem größten „Gopuram" müssen alle Gäste die Schuhe ausziehen. Die Massen stauen sich deshalb vor dem Eingang zum Turm. Ich schlüpfe zwischen den vielen Pilgern und unter dem haushohen Türstock hindurch. Die Holztore sind weit geöffnet und ihre Scharniere so rostig, dass sie den Eindruck erwecken, seit Jahrhunderten nie in ihren Angeln gedreht worden zu sein. Gezimmert aus dicken Holzbohlen hat der Monsunregen die mächtigen Flügel geschwärzt, aber dort, wo die Sonne hinreicht, haben ihre Strahlen das Holz weiß geblichen. Auf dem Dach des Turms, bis hinauf zum fünfzig Meter hohen First, lockt ein bunter hinduistischer Himmel voller Figuren. Aber er teilt sich den Platz auch mit der Hölle: Götter und Dämonen, Schlangen- und Elefantenmenschen ruhen sich aus oder tanzen, kämpfen miteinander oder lieben sich auf den unzähligen Stufen bis weit hinauf zum Giebel.

So wie sich Götter und Geister auf den Seitenwänden des Turms auf engem Raum drängen, genauso stoßen und schubsen sich die Pilger durch das Eingangstor: In Lumpen gehüllte heilige Sadhus mit langen Bärten, das graue Haar zum Zopf geflochten, sind darunter und erschöpfte Frauen, in deren schleppenden Gang und müden Augen die weite Anreise zu entdecken ist. Sie schaffen die letzten Meter bis zu den Altären des Tempels nur, weil sie sich Heilung für ein behindertes Kind erhoffen, das sie seit Stunden im Arm tragen. Und dennoch verleiht ihnen Allen ihr elegant geschwungener Sari einen Hauch von Würde, der letzten Bastion gegen die Armut. Manche tragen als einzigen Besitz einen blitzenden Ring in der Nase und an den nackten Knöcheln Silberreifen, die bei jedem Tritt auf den steinernen Tempelboden sanft klirren. Bettler strecken stumm die Hand aus. Familien drängeln sich gegenseitig beim Namen rufend durch die Menge. Und alle halten Sie eine Opfergabe in einem Korb oder bescheiden in den bloßen Händen bereit: Blumenblüten, Früchte, eine Schale mit geschmolzener Butter oder ein Öllämpchen - je nach ihren finanziellen Möglichkeiten.
Ihnen allen gemeinsam steht das intensive Leuchten der Hoffnung ins Gesicht geschrieben, der Sehnsucht nach einem besseren Leben, nach Gesundheit, nach etwas zum Essen und nach einer Wiedergeburt in einem würdevollen Leben. Sie erflehen das Ende eines Streites, die Heilung von einer Krankheit oder die Geburt eines Sohnes, vielleicht sogar den Tod.

All diese Hoffnungen, diese Bitten und Wünsche kann man in den flehenden Gesichtern finden, an ihrer Haltung ablesen. Es ist, als wäre ich nicht nur nach Indien, sondern zurück in eine Vergangenheit gereist, die auch meine Generationen weit vor mir erlebt haben müssen. Vergangenes befreit sich aus den fernen Schichten meines Unterbewusstseins, dort, wo verschüttete Erinnerungen genetisch kodiert lagern. Als ob ich ein Déjà-Vu erleben würde, wird Vergangenheit wieder zur Gegenwart. Nichts wird vergessen! Nichts verliert sich in den Speichern unseres Bewusstseins.

„Und welche Hoffnung habe ich?" Das ist die Frage beim Blick auf den ständigen Pilgerfluss, der sich zwischen kantig behauenen Säulen aus dunklem, grauem Stein in eine düstere Vorhalle ergießt.
Eigentlich keine! Angesichts der Tempelbesucher muss ich gestehen, habe ich die Fähigkeit zu glauben verlernt und damit auch die Hoffnung verloren. Dennoch bestrahlt dieser lebendige Tempel auch mich, den Ungläubigen. Ich erahne einen Fingerhut voll Frömmigkeit, den Hauch eines religiösen Gefühls.

Unschlüssig stehe ich in der Vorhalle. Kleine Feuer aus geschmolzener Butter flackern zu Füssen eines Gottes. Er hebt ein Bein zum Tanz, winkt mit den Armen mir zu. Gleich gegenüber versinkt eine schwarze Statue meditierend im Lotussitz. Ein dickbäuchiger Gott mit Elefantenkopf grinst mich verschmitzt an. In seinen Händen flackert zaghaft ein Öllämpchen. Davor eine kleine Gruppe von Gläubigen: Nacheinander greifen sie kurz mit den Fingerspitzen mutig in die Flamme, führen die Hand dann zur Stirn, als ob sie auf diese Weise den flammenden Geist und die wärmende Kraft des Gottes in sich aufnehmen könnten.

Keiner stört sich an mir, dem "Ungläubigen", der sich unsicher und vorsichtig durch die Halle bewegt. Links und rechts erheben sich gewaltige Säulen, die in Reih und Glied wie Soldaten einen breiten Flur bewachen. Sie glänzen speckig im Ruß der Opferfackeln. Von ihren Sockeln herab starren misstrauisch Fabeltiere, reißen die Mäuler ihrer Menschenfratzen auf. Ihre fletschenden Zähne könnten mir gelten, der ich doch ohne die Lizenz der üblichen Gebete in ihr Reich eingedrungen bin.

Immer tiefer tauche ich ins Tempelinnere - zu einem offenen Schrein, der durch sein Rot, sein Blau, sein Gelb und Grün schon von Weitem Aufmerksamkeit erregt. Bunte Stoffe verhüllen wie die Kleider einer Puppe die Nacktheit einer tanzenden Göttin. Öllampen flackern in seitlichen Nischen und erwecken mit ihrem flatternden Schattenwurf die Göttin zum Leben. Auf den Sockeln davor sitzen wohlgenährte Priester in weißen Tüchern. Sie nehmen Opfer entgegen, murmeln Gebete und drücken mit ihrem Daumen jedem Gläubigen, der die Stufen zum Schrein hinaufsteigt, ein rotes Zeichen auf den Stirnbereich zwischen die Augen. Ein Stempel, der gleichsam eine Zugangsberechtigung zum Tempel zu sein scheint.

Ich dränge mich ans Ende der geduldig wartenden Pilger. Und während wir auf die Segnung warten, hadere ich mit mir, ob diese rituelle Prozedur des Priesters nicht ein Schritt hin zu einer allzu großen Anpassung meinerseits ist. Erzogen im christlichen Abendland des Monotheismus könnte die hinduistische Glaubenslizenz zwischen den Augen doch ein Gefühl des Verrats gegenüber dem Christentum auslösen. Anderseits: Man weiß ja nie, wer letztlich für unser Seelenheil zuständig sein könnte! Ob die hinduistischen Götter, Buddha, Mohammed oder Christus, die meisten Religionen versprechen, wenn nicht das Glück auf Erden, so doch ein Paradies im Jenseits!

„Akzeptiere es doch als Zeichen Deiner Toleranz und Aufgeklärtheit!" führe ich zur inneren Rechtfertigung an. Langsam rücke ich zur Spitze der Warteschlange vor, überreiche dem Priester ein paar Rupien, und erhalte dafür nicht nur ein freundliches Lächeln, ein paar lieblos herunter geratterte Mantras, sondern auch den roten Fleck, das dritte Auge zwischen den beiden Anderen. Obendrein nehme ich den Talg haltigen Schweiß des Priesters wahr, der, zusammen mit dem Wachs der Öllampen, einen süßlichen Geruch verströmt. Es brennt ein wenig - das rote Mal zwischen meinen Augen!

In Sichtweite der Priester - ein Licht durchfluteter Innenhof, dessen Seiten von Säulen gesäumt sind. Aus seiner Mitte wächst ein Baum heraus. Die unteren Äste hat man amputiert; die oberen sind unerreichbar für einige Frauen, die immer wieder Ihre Arme sehnsüchtig nach dem Blattwerk strecken. Sie versuchen an die Blätter heranzukommen, sie zu pflücken, wohl um sie zu kauen, um ihrer eigenen leiblichen Fruchtbarkeit Nachdruck zu verleihen. Das erinnert mich an den Süden Kretas, wo unter einem Baum der große Zeus die schöne Prinzessin Europa über ein Jahr lang geliebt haben soll. Noch heute, wie ich mich persönlich überzeugen konnte, würgen junge Frauen, ihrer Kinderlosigkeit wegen, die bitteren Blätter dieses Baumes herunter.

Im knapp bemessenen Schatten, den das Tempeldach in der Mittagszeit auf die steinernen Stufen wirft, die hinunter zum heiligen Baum führen, nehme ich Platz. Anstelle der Blätter bietet ein Mönch kleine Puppen aus Stoff und Stroh an, die er unter dem Murmeln von Mantras auf Wunsch hoch oben in den Baum hängt. Seine Kundinnen stehen unter den Ästen, falten die Hände. Ihre Lippen bewegen sich zum beschwörenden Gebet. Ihre Augen strahlen vor Hoffnung. Der Schweiß fließt ihnen über die Stirn und bringt das rote Feuermahl, das sie zuvor empfangen haben, zum Leuchten.

Faszinierend ist die Inbrunst, mit der hier um die Geburt eines Sohnes, einer Tochter gerungen wird. Als ob Wohl und Wehe im Leben dieser Frauen davon abhängen würden, bündelt sich alle Hoffnung in diesem Tempel. Und ich frage mich auf den Stufen sitzend, warum ich kinderlos geblieben bin. Aus Feigheit? Aus Faulheit? Aus Mangel an Gelegenheiten?

Ein Gedanke, der nur für einen kurzen Augenblick aufblitzt. Wohl nie hat dazu die Intensität der Beziehung zu einer Frau gereicht. War es Feigheit vor der Verantwortung? Ein Minderwertigkeitsgefühl, das mir die Weitergabe meiner Gene an eine folgende Generation verleidet hat? War es der blanke Egoismus, der mein Leben von Ablenkung und Mühen freihalten wollte? Kinder können ja den Genuss und das Ausleben der eigenen Person schmälern. Ich sollte darüber intensiver nachdenken. Schließlich bin ich nach Indien gekommen - nicht nur der Tempel und Religion zuliebe, sondern auch wegen der Reinigung. Und zu ihr gehören sicherlich unbeantwortete Fragen wie diese.
Nie hätte ich mich einer Familie verweigert. Aber es ist einfach nicht dazu gekommen. Mag sein, dass meine Kinderlosigkeit auch aus der Stimmung resultierte, aus den Erfahrungen und der Zuwendung, die ich so selten von meinem Vater erfahren habe.

Meine Fußsohlen schmerzen. Ich bin das Laufen ohne Schuhe nicht gewohnt. Die Steine unter den Sohlen stechen und kitzeln. Mein Fuß sucht ganz bewusst jene Stellen auf dem Steinboden heraus, die man der Haut zumuten kann. Und so humpele ich durch die langen düsteren Gänge mit ihren schweren Säulen. Keine ist der anderen ähnlich. Jede ist so individuell verschieden wie die Pilger, die an ihnen vorüberschreiten: Manche Säulen tragen zackige Muster, andere sind mit weichen Strukturen geschnitzt, wieder andere haben Linien und Kreise, aber alle bücken sich seit vielen hundert Jahren geduldig unter die schweren Steinplatten des Daches.

Jetzt, da ich das rote Mal auf der Stirn trage, bewege ich mich selbstbewusster auf den Ausgang zu. Licht durchflutet die Vorhalle. Leicht und luftig bereitet sie sanft auf die Welt draußen vor. Ihr Dach wird von schlanken Säulen getragen. Keine stützenden Mauern versperren die Sicht und verdunkeln den Raum. Es ist, als betrete ich einen alten griechischen Tempel, als versöhnen sich hier Abend- und Morgenland, als könnte ich in der fernen Weite vager Erinnerungen etwas entdecken, das mir bekannt vorkommt. Alles scheint doch miteinander in Verbindung zu stehen.

Mitten in der Säulenhalle erhebt sich mächtig ein glatt poliertes Lingam aus schwarzem Marmor, ein gewaltiger Penis, der das männliche Prinzip des Hauptgottes Shiva symbolisiert. Flüssige Butter lässt ihn glänzen. Blumenopfer umgürten seinen Schaft. Eine breite Steinmanschette umspannt als weibliches Prinzip die Yoni, seine Wurzel. Gleichsam wie die Schamlippen eines weiblichen Geschlechts fangen sie die herabgleitenden Flüssigkeiten auf, sammeln und lenken sie über eine steinerne Rinne hinunter in ein Gefäß.
In mir und wohl auch den Gläubigen entsteht ein reales Bild von diesem rituellen Vorgang. Menschen vereinigen sich. Diese Symbiose aus Zeugung und Religiosität zeigt mir den Mut, mit dem der Hinduismus die Fortpflanzung, das zentrale Moment des Menschenlebens, integriert.

Sexuelle Leidenschaft und Gebet sind unseren westlichen Religionen völlig fremd: Alles, was mit Gott zu tun hat, ist für uns gänzlich unerotisch; So haben wir es in Schule und Kirche gelernt. Die körperliche Liebe als Selbstzweck, ihre Lust und ihr Genuss ist einem Christen unwürdig, ist Sünde! So wird es bei uns seit Jahrhunderten gelehrt. Auf diese Art und Weise hat man Gott von uns ferngehalten und auf einen unerreichbaren Sockel gestellt. Das Menschliche, das dem christlichen Gott eigentlich nicht fremd ist, wurde und wird auch heute noch dem Glauben an ihn entzogen.

Doch hier in Kanchipuram, hier zeigt sich, wie nah alles Menschliche den hinduistischen Gottheiten steht: Sex, Zeugung, Lust und Fortpflanzung sind ein heiliges Ereignis, dem es nicht nur zu Hause, sondern auch in Tempeln zu huldigen gilt. Vor Christi Geburt war das auch bei uns in Europa nicht anders.

Erotik und Religion! Ist diese gelungene Symbiose eine logische Konsequenz des indischen Polytheismus? Wo sich viele Gottheiten dem Glauben der Menschen anbieten, da müssen sich zwangsweise Götter auch in einsame Göttinnen verlieben. Sie heiraten, sie gebären Kinder, schlagen eifersüchtige Nebenbuhler aus dem Felde oder besiegen übellaunige Dämonen, die sich der heiligen Familien bemächtigen wollen. Viele alte indische Legenden erzählen, wie menschlich im Grunde doch die Götter sind. Auf den Tempelwänden von Kanchipuram und anderswo haben Steinmetze ihre Geschichten auch für Analphabeten verewigt.

„Gib mir noch eine Viertelstunde, bevor wir zurückfahren!", bitte ich Ganesha und setze mich auf eine Steinmauer am Rande der Vorhalle, um die Pilger zu beobachten. Sie treten an Lingam und Yoni heran. Sie neigen voller Respekt den Kopf und suchen immer wieder durch ein kurzes Berühren etwas von der Kraft über ihre Fingerkuppen aufzunehmen, - von der Kraft, die entsteht, wenn Männliches mit Weiblichem verschmilzt.
Dann treten die Pilger gestärkt zurück. Sie werfen zum Dank ein Stück Butter auf das steinerne Symbol von Shiva und Parvati, seiner Gemahlin, - auf das göttliche Paar, das sich in allen ihnen geweihten Tempeln in diesem Symbol vereinigt. In der Hitze verflüssigt sich rasch die Butter. Sie tropft oder fließt in glänzender Spur den steinernen Schaft hinunter, um sich am Ende in die Yoni zu ergießen.

Aus der Palmblätterbibliothek
Erstes Bündel

Ich kam auf Kreta in der Dunkelheit einer Höhle des Berges Ida zu Welt. Aus den Erzählungen meiner Mutter Rhea weiß ich, dass sie es eilig hatte, und ich ihr gebärfreudiges Becken sehr rasch verließ, weil sie zuvor fünf Kinder zur Welt gebracht hatte. Sie war also schon eine Meisterin im Gebären von Göttern. Kronos, ihr Mann, hatte ihr keine Zeit zum langsamen Gebären gelassen, keine Zeit auch den geborenen Kindern die Brust zu reichen. Er verschlang sie alle sogleich, weil ein Orakel ihm verkündet hatte, dass ihn eines seiner Kinder dereinst vom Götterthron stoßen werde.

Natürlich sind die ersten Lebensjahre nur sehr lückenhaft meinem Gedächtnis erhalten geblieben. Manchmal durchbebt mich noch ein erinnerndes Frösteln, wenn ich an die feuchte Kälte in der dunklen Höhle auf dem Ida denke. Nie konnte ich die zärtliche Weichheit der Mutter genießen, die warme Nähe der Rhea, ihr umsorgendes Gurren, wenn mein Schreien durch die Höhle hallte.

Dass ich keine auffälligen psychischen Schäden davontrug, habe ich drei Nymphen zu verdanken, die meine Mutter zu meiner Pflege zurückließ. Draußen in der Welt suchte indes Vater Kronos nach mir, hatte er doch Verdacht geschöpft, obwohl Rhea ihm eine Finte schlug. Als sie schlank und rank von der Insel zurückkehrte, fragte er misstrauisch:
„Und? Wo ist nun das Kind?"
Sie hatte sich listenreich auf die Antwort vorbereitet und einen großen Stein mit Windeln so verpackt, dass Kronos das Bündel nicht von einem frisch eingewickelten Baby unterscheiden konnte.
„Hier, nimm es! Aber bitte: verschling es nicht wie all die anderen Kinder!"
Ohne ein Wort der Rechtfertigung zu verlieren, riss er ihr das Bündel aus den Armen, sperrte seinen Rachen weit auf, stopfte es in seinen Schlund und würgte solange, bis es all seinen Geschwistern in seinem Magen Gesellschaft leistete. So kam es, dass Kronos aussah wie eine Schwangere, die Fünflinge austrug. Er schob einen ungeheuren Bauch vor sich her.

Ich werde manchmal den Verdacht nicht los, dass sich hinter diesem Verschlingen der eigenen Kinder ein gewisser Neid des Mannes verbirgt. Schließlich ist die Fähigkeit zu gebären ein nicht zu unterschätzender Faktor, welcher der Frau dem Manne gegenüber eine beträchtliche Überlegenheit verschafft. Nur sie kann Leben wachsen lassen, während er dabei abwartend seine Däumchen drehen muss. Kronos hat vermutlich diesem Neid nicht widerstehen können, denn der Akt der Zeugung ist doch ein Minimum an Leistung, im Vergleich zu den neun Monaten, in denen das Kind wächst und gedeiht, bis es sich schließlich von der Mutter abnabelt. Ich muss gestehen, dass ich selbst nicht ganz frei von diesem Gebärneid bin. Später wird davon noch die Rede sein, wie ich versucht habe, meine Tochter Athene selbst aus meinem Körper heraus zur Welt zu bringen.

Bevor wir männlichen Götter regierten, gab es nur weibliche Gottheiten. Das Aufkommen unserer Existenz war der Anbeginn allen patriarchalischen Denkens. Wir haben damals für die Macht der Männer gekämpft, um die Dominanz der Göttinnen im Himmel und der Frauen auf Erden zu brechen. Sie hatten lange genug vor uns geherrscht. Seitdem sitzen wir als Machos in den Köpfen der männlichen Sterblichen. Noch heute fühlt sich nahezu jeder Mann als Gott, als kleiner Zeus. Und noch heute steckt in ihm die Angst vor der Rückkehr der Frauenmacht, des Matriarchats in den Knochen.

Ich lag also für Kronos unsichtbar in der Höhle auf Kreta. Nur Dunkelheit um mich herum. Verlassen von der Mutter, die ihrem Mann viele hunderte Kilometer weit fort auf dem Olymp Gesellschaft leisten musste, damit er keinen Verdacht schöpfe. Keine Brust, an die ich mich schmiegen konnte, keine zärtliche Mutterstimme, die mich in den Schlaf sang, durfte ich genießen. Ein frühkindliches Trauma hat mich ereilt, mit dem ich später im Erwachsenenalter so manche Untat hätte rechtfertigen können. Denn in mir legte die Elternlosigkeit den Keim zu einer unendlich starken Sehnsucht nach Liebe, die mein späteres Leben mit einem roten Faden durchweben sollte. Stets war ich auf der Suche nach ihr – nach der Liebe und nach jener Frau, die sie mir schenken könnte!

An die Dunkelheit der Höhle vermag ich mich kaum zu erinnern, allenfalls an die Schemen der drei Nymphen, die mich mit einem

Horn, gefüllt mit süßem Honig und Ziegenmilch säugten. Sie schnitten die Spitze ab, so dass ich durch das Loch den nahrhaften Trunk gierig einsaugen konnte. Irgendwann wollten sie mir das feucht kalte Klima der Höhle nicht mehr zumuten. Auch auf die Gefahr hin, dass Kronos mich entdecken könnte, hielten sie es für an der Zeit mich an die frische Luft zu setzen. Doch weil ich schon in der Höhle meinen Unwillen mit überaus kräftiger Stimme Gehör verschafft hatte, so dass die Wände zitterten und kleine Steine aus der Decke brachen, berieten sie lange darüber, was sie denn anstellen könnten, damit mein Vater Kronos nicht auf mein Brüllen aufmerksam werden würde. Schon ein Schrei draußen im Freien, hätte ihm zumindest die Richtung verraten, in der er nach mir suchen musste.

Sie kamen auf den Gedanken ihre Freunde, die Kureten, herbeizurufen - glatzköpfige Krieger, die zu faul waren einer geregelten Arbeit nachzugehen. Stattdessen streunten sie durch die Gegend wie Söldner, die jedem mit ihrer Waffengewalt zu Hilfe kamen, sofern er nur aus königlichem Geblüt stammte. Da ich von göttlicher Natur war und die Nymphen ihnen Kost und Logis in der Nachbarhöhle versprachen, zudem Wein, der nie versiegte, weil er aus einem Füllhorn der Nymphe Amalthea in unendlichen Strömen floss, waren sie gern zu einer Schandtat gegen den Kronos bereit. Sie sollten ein jedes Mal, wenn ich aus Leibeskräften schrie, ihre eisernen Speere aneinanderschlagen und meine Stimme mit ihrem Waffengeklirr übertönen, damit der Kinder verschlingende Vater glaubte, dass sich die Kreter wie üblich in einem ihrer dreißig jährlichen Kriege die Köpfe einschlugen. Als die Kureten das erste Mal neben mir ihren Einsatz in der Höhle testeten, soll ich vor Schreck verstummt sein. Die Generalprobe war gelungen!

Danach formten die Nymphen eine prächtige Wiege ganz aus Gold, das Prospektoren den kretischen Bergadern abgezapft hatten. Die Scharniere fetteten sie mit Olivenöl ein, damit sie mich lautlos schaukeln konnten, und banden vergoldete Schnüre daran, gesponnen aus dem buschigen Fell der Bergschafe. Ich erinnere mich noch gut, als sie mich zum ersten Mal in dieses stinkende Fell hüllten, das die Kuhnymphe Jo eines ihrer frisch geschlachteten Tiere abgezogen hatte. Sie rühmte dabei den vorzüglichen Schutz gegen Kälte und Wind, verschwieg aber den abscheulichen Gestank. Sicherlich hätte ich die Honigmilch des scharfen Fellgeruchs wegen sogleich von mir gegeben, wäre nicht die Eschennymphe Adrastea mit mir auf dem Arm plötzlich ins Freie getreten.

In diesem Augenblick sah ich zum ersten Mal das Licht der Welt. Ich spürte die Wärme, die über mein Gesicht zärtlich floss und ich ahnte, dass ich die Sonne von diesem Moment an nie wieder missen mochte. Ich wollte Herr über die Helligkeit sein, über die warmen Strahlen, die meine Bäckchen rosa färbten, und über die Erde, die sich zu meinen kleinen Füßen ausbreitete.

Adrastea legte mich sorgsam in die goldene Wiege und befahl dem größten unter den glatzköpfigen Kureten, sie in die Zweige einer nahen Esche zu hängen. Und so schaukelte ich zwischen Himmel und Erde, denn Vater Kronos suchte nur den Himmel ab und durchstreifte die Erde auf der Suche nach dem Sohn, der ihn dereinst vom Thron stoßen könnte. Dass ich im Reich dazwischen schweben würde, soweit reichte sein Geist nicht, der so schwerfällig war wie sein Bauch gefüllt mit den fünf Kindern.

Eine meiner frühesten Erinnerungen besteht tatsächlich aus einem glitzernden, silbernen Leuchten. Es ist das Sonnenlicht, das zwischen den grünen Eschenblättern hindurchblitzte und mit den Zweigen spielte, sobald ein leiser Windhauch in sie fuhr. Wie Juwelen, wie Gold funkelte es in meinen Augen. Ich lauschte dabei dem Flüstern der Baumgöttin Adrastea. Sie beruhigte mich mit ihrem leisen Rascheln, wenn sich in einer Brise die Blätter aneinander rieben, als würden sie sich zärtlich liebkosen. Es schien mir, als ob Licht und Natur im Eschenbaum Besitz von mir ergreifen, mich mit Strahlen durchdringen und mit Lauten erfüllen würden, um mir die Kraft für meine vorbestimmte Aufgabe einzuflößen, die darin bestand nicht nur ein Gott, sondern der Erste unter den Göttern zu sein.

Solchermaßen durch Licht und Luft gestärkt, verlangte ich in den ersten Wochen der goldenen Wiege nach mehr Natur. Ich gab mich nicht mehr mit dem kalten Horn und der eintönigen Honigmilch zufrieden. Ein jedes Mal, wenn eine der Nymphen es an meinen Mund setzte, begann ich lauthals zu brüllen. Die Kureten litten plötzlich unter Vollbeschäftigung. Sie jammerten über die Blasen an ihren Händen, so häufig mussten sie die Waffen aneinanderschlagen, bis die gut ausgestattete Ziegennymphe Amalthea auf die glorreiche Idee kam, ihre Brust zu entblößen, um sie mir versuchsweise zu reichen. Schon der Anblick, so heißt es, habe mich verstummen lassen. Und meine männliche Intuition habe wie von selbst meine Lippen zu den dunklen Monden der Ammenbrüste geführt. Ausgehungert wie ich war, saugte ich mich gleich einem Blutegel fest und ließ nicht mehr los.

Noch heute lässt mich der Anblick einer halb verhüllten Frauenbrust vor Lust erschauern, weil dieser erste Moment, in dem mein Hunger auf naturgemäße Art gestillt wurde, auch zu dem ersten großen Glückserlebnis meines Lebens zählte. Seit dieser Zeit kann ich der ebenmäßigen Wölbung, ihrer sanften Weichheit und verführerischen Schwerkraft nicht widerstehen.

Die männlichen Sterblichen haben dieses Gesetz meiner Lust sogleich übernommen und rechtfertigen damit so manchen unerlaubten Übergriff, obwohl ich stets meine Hand nur mit Zustimmung der Frau nach ihrem Busen ausgestreckt habe. Auch Amalthea hatte nichts dagegen, dass ich als kleines Kind vor dem Einschlafen mit ihren Brüsten spielte. Das ersparte mir das Daumenlutschen. Die warme Weichheit der Nymphe beruhigte mich, so dass ich glückselig auf ihrem Bauch in wahrhaft göttlichen Schlummer verfiel.

Kaum hatte ich das Laufen gelernt, freundete ich mich mit den Hirten an, die an den Hängen des Ida ihre Schafe und Ziegen weideten. Sie hatten ihren Spaß an dem verwilderten kleinen Jungen, der über Stock und Stein stolperte. Sie ließen mich Böcke reiten und lachten lauthals, wenn ich im duftenden Thymian landete, weil sich das Tier von meiner Göttlichkeit nicht beeindrucken ließ. Damals beschloss ich, gekränkt durch den schmählichen Abwurf, dass ich, wenn ich einmal groß sein würde, nur Schafe und Ziegen zur Strafe für mich schlachten und opfern lassen werde. Diese Kränkung und subversive Verletzung meiner Macht prägten sich mir so intensiv ein, als besäße ich das Gedächtnis eines Elefanten.

Kaum drei Jahre alt, trug mich eines Tages Amalthea mit hinunter ins Tal. Da mich mein Vater Kronos immer noch nicht gefunden hatte, begannen die drei Nymphen meinen Schutz zu vernachlässigen. Immer weiter wagten sie sich mit mir hinaus ins Freie, stets begleitet von den Kureten, die uns mit ihren Waffen so geschickt abschirmten, dass Vater Kronos seinen dicken Hals schon außerordentlich verrenken musste, um mich unter dem Wald von Speeren und Schildern entdecken zu können.

Amalthea besuchte mit mir ihre Mutter Melissa, die in einem kleinen Heiligtum am Fuße des Ida das Amt einer Bienenpriesterin versah. Überall auf Kreta wurden damals die Königinnen der Bienen wie Göttinnen verehrt, weil ihr Volk so fleißig war, weil sie harmonisch mit der Natur in Eintracht lebten und kostbare Nahrung in kleinen Waben für die Sterblichen zubereiteten. Die Organisation des Bienenstaates hatten viele Dörfer schon vor Jahrhunderten den echten Bienenvölkern abgeschaut. Wie diese ließen sie sich von einer Bienenkönigin regieren, die als Oberpriesterin in einem wabenförmigen Heiligtum in der Mitte des Volkes ehrfürchtig verehrt wurde. Sie lenkte die Geschicke der Gemeinschaft und ließ sich an bestimmten Tagen im Jahr besonders feiern. Dann legte sie ihr Ornat an: Einen Rock mit mehreren Schichten, mit dem sie ihre Beine und Hüften so umwickelte, als wäre ihr Unterkörper wie der einer Biene geformt. Gleichsam als Krone schmückte ein Hut mit Ornamenten der verschiedenen Mondstadien ihren Kopf. Ein buntes, eng geschnürtes Korsett drängte ihre Brüste kraftvoll nach vorne, formte sie zu zwei ebenmäßigen prächtigen Kugeln, die sie, gänzlich freigelegt, den streichelnden Brisen des frühen Abends überließ. Das gefiel mir. Schon ihr Anblick machte mich satt, so dass ich ganz still in staunender Beobachtung versunken, mein Abendbrot vergaß. Die Kureten schienen offensichtlich nicht mehr notwendig und mussten den heiligen Platz verlassen.

Es war damals die Stunde, in welcher der Gott Helios seinen Sonnenwagen abends an den Rand der Erdscheibe lenkte und müde vom Tage nur noch ein zartes Licht aus Rosa und sanftem Blau ins Tal am Fuße des Ida zu schicken vermochte. Ein Zeichen für die Vögel, noch rasch zwitschernd auf die Suche nach der letzten Tagesmalzeit zu fliegen, bevor sie sich in ihren Nestern auf die Nacht vorbereiteten. Im Tiefflug zogen sie streunend über den kleinen Tempel hinweg, über die Köpfe der Frauen, die sich versammelt hatten, um ihrer Oberpriesterin zu huldigen und die Göttin der Bienen um Beistand bei der Aussaat und später bei der Ernte anzuflehen. Sie sangen im Sprechgesang. Amalthea assistierte ihrer Mutter Melissa mit der Rechten, während sie mich geschickt auf der Hüfte balancierend mit der Linken umfasste, so dass ich nicht herunterfallen konnte. Sie hatte zwar meinen Kopf mit einem weißen Tuch bedeckt, aber durch einen kleinen Spalt konnte ich alles genau verfolgen. Denn kein Mann durfte damals diese heilige Bienen-Zeremonie entweihen. Ausschließlich Frauen war es gestattet den Riten beizuwohnen. Ich war ihnen wohl zu klein, zu unwissend, um zu verstehen, was da vor sich gehen würde. Von mir ging nach ihrer Meinung keine Gefahr aus. Aber wie hatten sie sich getäuscht!

Melissa wandte sich den ersten bleichen Strahlen des Mondes zu, der sich langsam über den Gipfel des Ida schob. Mit weit ausgebreiteten Armen trat sie seinem kalten Licht entgegen. In ihren Händen bäumten sich zwei Schlangen auf, drehten sich gequält und wehrten sich gegen den festen Griff der Priesterin. Sie schwang sie über ihren Kopf und begann, je weiter sich die Mondscheibe über den Berg schob und je voller sie am dunklen Himmel stand, einen immer schneller werdenden rhythmischen Tanz, der sich dem Auf- und Abschwellen der Frauenstimmen harmonisch anpasste. Trotz des eng geschnürten Bienenleibs erschienen mir ihre Bewegungen leichtfüßig und schwebend. Sie summte leise vor sich hin und drehte Kreise, wie es Bienen vor ihrem Korb zu tun pflegen, als wollten sie damit eine Botschaft verkünden, die vom Volk neugierig aufgenommen werden sollte: „Wenn ihr", so schien sie ihnen zu verkünden, „aus meinen Tanz lesen könnt, dann wisst ihr was zu tun ist, um euere Vorratskammern, eure Scheunen mit Nahrung und euere Häuser mit Kindern zu füllen!"

Ihr Summen nahm jetzt beständig an Lautstärke zu und ihr Tanz steigerte sich in seinem Tempo, je weiter sich der Mond über den Bergrücken mühte. Exakt in jenem Moment, als er mit seiner ganzen Fülle ein gleißendes Licht in das Tal und auf einen hölzernen Opfertisch, als er seine bleichen Strahlen auf Melissa und die versammelte Schar der Frauen warf, stimmten sie in das Summen ihrer Priesterin ein. Erst nur leise und zaghaft, dann lauter und kräftiger werdend. Der Schall brach sich schließlich an den Bergwänden und schickte sein Echo zurück, so dass er sich mit den Stimmen des Frauenchores vermischte, gewaltiger und mächtiger wurde. Das ganze Tal mitsamt dem hohen Berg dröhnte und bebte schließlich von ihrem Summen und Brummen!

Mein kindliches Erstaunen war so groß, dass ich das Schreien vergaß. Zudem begann jetzt Priesterin Melissa die Arme mit den Schlangen zu schwingen, als wären ihr Flügel gewachsen. Sie verließ immer noch tänzelnd und summend das kleine Tempelheiligtum, und die Frauen folgten ihr in einer heiligen Prozession. Die Bienenkönigin flog aus, wie auf der Suche nach einem König, mit dem sie ein neues Volk gründen könnte. Meine Nymphe Amalthea folgte ihrer Mutter auf den Fuß. Und hinter uns zog die Schar der Frauen im Gleichschritt tänzelnd, immer noch heftig summend wie ein riesenhafter Bienenkorb, der von einem Bären geplündert wird.

So zog die Prozession in Ekstase das Tal entlang bis hinunter zu einem nahen Dorf, das sich unter alten Olivenbäumen versteckte. Die schlanken Blätter glänzten silbern und wie vor Angst zitternd im Licht des Vollmondes. Als die Frauen, voran Melissa, den Dorfplatz erreichten, ebbte ihr Summen leicht ab. Vor ihnen hatten sich etliche Männer aufgebaut. Ihre nackten Körper waren mit Olivenöl eingefettet, so dass die kräftigen Muskeln mit den Strahlen des Mondes spielten. Sie standen wie Säulen nebeneinander und bildeten eine Abwehrreihe, als wollten sie ihre Heimstatt vor den wild gewordenen Frauen verteidigen. Doch Melissa schritt, während die übrigen Frauen respektvoll zurückblieben, ohne Zaudern auf den Größten in der Mitte zu, nahm ihn bei der Hand und zog ihn aus der Männerphalanx heraus. Dann tanzte sie wie balzend um den Auserwählten herum. Ihn immer weiter abdrängend lockte sie den Mann mit verführerischen Bewegungen zu den wartenden Frauen. Die schlossen ihn sogleich in ihrer Mitte ein. Dann machte die ganze Prozession kehrt und tanzte gemeinsam zurück zur kleinen Tempelanlage. Die Männer aber blieben, wie durch das Summen hypnotisiert, in ehrfürchtiger Starre regungslos im Dorf zurück.

Ich vermochte das Ganze natürlich noch nicht zu verstehen, aber mein Gefühl sagte mir, dass hier etwas Außerordentliches geschehe, das zu verstehen ich sicher noch einige Jahre Erfahrung brauchte. Doch schon damals flößte mir das tatenlose Verharren der Männer ein unbestimmtes Unbehagen ein, als einer von ihnen von Frauen verschleppt und geopfert wurde. Und es steigerte sich, als ich durch die Lücke im Tuch beobachtete, was nun geschah. Am Heiligtum angelangt, befahl Melissa dem von ihr erwählten Mann sich auf den hölzernen Opfertisch zu legen. Dann reichte sie die Schlangen an Amaltheia weiter und wickelte sich unter dem Summen der Frauen aus ihren Bienenrock. Sie legte das Korsett ab, während sich die Frauen um den Tisch scharten. Ich werde den Anblick ihrer schlanken Arme und Schenkel, ihrer prächtigen Brüste nie vergessen. Sogar das Mondlicht schien seine Freude daran zu haben, so zärtlich floss es über ihre Glieder.

Schließlich schritt sie auf den vor ihr auf dem Opfertisch ausgebreiteten Mann zu. Währenddessen hielten die Frauen seine Arme und Beine fest, um eine Flucht zu verhindern. Melissa schob sich vorsichtig über ihn und bewegte sich, auf ihm sitzend, wie in Trance rhythmisch hin und her. Ihr Gesicht streckte sie verzückt dem Mond entgegen. Gleichzeitig steigerte sich das Summen, das aus ihren offenen Lippen quoll und gipfelte schließlich in spitzen Schreien, die sich in das rhythmische Stöhnen des Mannes mischten.

Heute weiß ich natürlich, was solch ein ritueller Akt bedeutete, was sich hier zwischen Bienenpriesterin und ihrem Opfer zutrug. Aber damals schien es mir, als benütze sie ihren auserwählten Kandidaten als Thron. Auf ihm sitzend, regiert sie über ihn und die Welt: Es ist ein letzter Sieg über den Patriarchalismus!

Nach einigen Minuten kletterte Melissa wieder herunter, nahm ihrer Tochter die Schlangen ab, und legte sie auf den immer noch vor ihr ausgebreiteten Männerkörper. Sogleich verbissen sie sich wutschnaubend in seine Haut. Keiner kam ihm zu Hilfe. Im Gegenteil: tatenlos sahen die Frauen zu, wie sein Körper zu zittern begann, sein Mund zu schäumen, wie sich seine Augen verdrehten und Muskeln verkrampften. Dann röchelte er, nahezu auf die gleiche Weise, wie er es noch wenige Minuten zuvor unter Melissa getan hatte. Es wurde still. Sein Körper entspannte sich, wurde regungslos und rührte sich nicht mehr. Das Summen, das Brummen der Frauen verstummte mit einem Mal, da ihnen klar war, dass sich ihr männliches Opfer nie mehr bewegen würde.

Schon damals, zunächst nur aus der Ahnung eines Gefühls heraus, überkam mich eine Abneigung, die sich in mir als Heranwachsender zu einem Schwur verfestigen sollte. Ich wollte die Macht der Bienengöttinnen und ihrer Priesterinnen brechen und Menschenopfer zu Ehren von uns Göttern abschaffen.

„Musste er denn unbedingt sterben?" fragte Amalthea, „die Zarte", ihre Mutter Melissa, als sie sich vom Opfertisch abgewandt hatten und den vom Mond spärlich beleuchteten Pfad vorsichtig hinuntergingen.
„Ja, er musste nach altem Brauch sterben! Er hat seine Aufgabe erfüllt. Wie der Regengott im Frühjahr Mutter Erde mit Wasser befruchtet und dann sich über das Jahr rarmacht, so hat er seinen Samen in mich gesetzt. Jetzt brauchen wir ihn nicht mehr, denn in mir, auf den Feldern und in den Hütten wird Leben wachsen!"
So sprach sie und verabschiedete sich von Amalthea. Die Nymphe pfiff die Kureten herbei, die sich aus dem Schatten des Unterholzes lösten und uns zurück zur Höhle begleiteten.

Hin und wieder besuchte mich heimlich meine Mutter Rhea. Sie kam immer nur auf einen Sprung vorbei, damit mein Vater Kronos keinen Verdacht schöpfen würde. Dann nahm sie mich in die Arme, bewunderte das Wachsen meiner Muskeln, die draußen auf den Bergweiden im spielerischen Kampf mit den Schafsböcken an Größe und Härte rasch zunahmen. Doch bevor sie abreiste, vergoss sie stets ein paar Tränen, weil sie mir nicht auf den Olymp in ihrer unmittelbaren Nähe ihre Mutterliebe beweisen konnte.

Umso öfters aber kam meine Lieblingstante Metis, die Tochter des Oceanos und der Tethys vorbei. Die Nymphen benahmen sich in ihrer Gegenwart voller Ehrfurcht und nannten sie „Titanin der Weisheit". Schon mir, dem kleinen Zeus, erschien sie damals von auserlesen zarter und zeitloser Schönheit. Sie schaute nach dem Rechten, ob ich auch gesund und ausreichend ernährt werden würde und schalt die Kureten, deren Neigung zum Weingenuss die Nymphen nicht in den Griff bekamen. Die „heiligen Soldaten", wie sie sich nannten, grölten und schlugen des Öfteren dann die Waffen aneinander, auch wenn kein Schreien dazu Anlass gab. Sie erfüllten ihre Bewachung mit den Jahren so nachlässig, dass ich ihnen immer wieder heimlich entschlüpfen konnte und mich in den Hütten der Schäfer herumtrieb. Dort gab man mir Milch, Käse und Brot soviel ich nur wollte und ließ mich am Feuer sitzen.

Ganz allmählich begriff ich, dass fast alle meine Spielgefährten einen Vater besaßen, der sich zusammen mit der Mutter um ihr Wohl kümmerte. So blieb es nicht aus, dass auch sie mich nach dem Namen meiner Eltern fragten.

„Meine Mutter heißt Rhea! Sie besucht mich ein manches Mal, aber meinen Vater..., den habe ich noch nie gesehen!"

Die Bergfreunde schüttelten den Kopf über meine Antwort, tuschelten und schenkten mir mitleidig Milch nach. So wuchs in mir mit der Zeit ein Gefühl der Verlassenheit, der Orientierungslosigkeit heran. So fürsorglich sie auch waren, die drei Nymphen konnten mir die Mutter nicht ersetzen, schon gar nicht den Vater. Und die Kureten vermittelten mir allenfalls ein Bild grobschlächtiger Männlichkeit, das ich wirklich nicht achten konnte. Mit den Jahren fragte ich die Nymphen daher immer häufiger, was denn der Grund für mein verstecktes Aufwachsen als Höhlenkind sei. Sie fanden aber nicht den Mut es mir zu erzählen.

Die weise Metis schließlich gestand mir eines Tages während ihres Besuches die Wahrheit:

„Dein Vater Kronos ist ein Ungeheuer. Er hat alle Deine Brüder und Schwestern verschluckt. Damit Dir nicht das Gleiche geschieht, hat Dich Deine Mutter in dieser Höhle versteckt!"

„Und warum will Kronos auch mich verschlingen?"

„Weil er befürchtet, dass Du ihn, wenn Du groß bist, von seinem Thron auf dem Olymp stürzen wirst. Er ist der König der Götter und hängt sehr an seiner Macht. Er hat Angst vor Dir!"

„Aber ich will ihn doch gar nicht verjagen!"

„Noch nicht, kleiner Zeus! Noch nicht! Es liegt im Schicksal unserer Familie, dass der Sohn den Vater verjagt! Das war schon bei

Deinen Großeltern so!" Und daraufhin erzählte sie mir die Geschichte von Uranos, der einst die Welt regierte und seinem Sohn Kronos, meinem Vater, der es auf die Macht abgesehen hatte.

„Deine Großmutter hieß Gaja und Deinen Großvater nannte man Uranos. Wie es sich gehört, bekamen sie eines Tages Kinder. Nicht solch ein schönes Kind wie Du eines bist. Nein, irgendetwas war schiefgelaufen. Gaja brachte Missgeburten auf die Welt: zwei hundertarmige Riesen und drei einäugige Kyklopen. Vater Uranos schämte sich wegen dieser missgestalteten Söhne. Kaum, dass sie den Mutterschoß verlassen hatten, stieß er sie enttäuscht zurück in den Mutterleib. Gaja schrie so laut vor Schmerz, dass die Erde erzitterte. Andere erzählen, er habe sie aus Scham in den Tartaros geworfen, in die Unterwelt. Und die liegt so weit weg, dass der große Stein, den Du dort drüben siehst, neun Tage brauchen würde, bis er dort unten aufschlägt.

Natürlich schäumte Gaja vor Wut über den grausamen Uranus, genauso wie sich übrigens Deine Mutter Rhea über Kronos erzürnt, weil er alle ihre Kinder verschlungen hat. Gaja liebte trotz des Schrecken erregenden Anblicks ihre missratenen Riesensöhne – und dies, obwohl das Gebären solcher Ungeheuer ihr überaus viel Kraft und Leid abverlangt haben muss!"

Die drei Nymphen hatten der Erzählung in einem ferneren Winkel der Höhle gelauscht. Jetzt siegte ihre Neugier über den Respekt vor der alten, ewig jungen Metis. Sie traten an das Feuer heran, an dem die weise Titanin und ich uns wärmten, und setzten sich im Schneidersitz dazu. Das Feuer warf sein flackerndes Licht an die dunklen Höhlenwände. Die sonst so ebenmäßigen Züge der Nymphen verzerrten sich im Spiel der Flammen, die Licht und Schatten auf die Gesichter und an die Felswände zauberten. Es schien mir, als würden auch sie plötzlich zu Ungeheuern.

„Natürlich schäumte Gaja, die leidenschaftliche Mutter, vor Wut über den grausamen Uranus! Sie sann auf Vergeltung. Die Welt war damals noch jung und deshalb auch das erste Mal, dass der Gedanke der Rache geboren wurde und Einzug hielt in der Welt. Gaja ist sozusagen die Mutter aller Vergeltung, und übrigens Rhea, Deine Mutter, eine würdige Nachfolgerin, denn auch sie steckt voller Rachsucht gegen Deinen Vater! Rache ist zunächst ein Gefühl, mit dessen Kraft man einen Plan entwickelt, wie sich das geschehene Unrecht wieder ausgleichen lässt. Einen solchen Plan arbeitete Gaja aus, um Uranos ein für alle Mal zu zeigen, dass er so mit ihr und seinen Kindern nicht umspringen kann. Sie hörte sich unter ihren überlebenden Kindern um, wer von ihnen wohl mutig genug und bereit wäre, einen Aufstand gegen den schrecklichen Vater anzuzetteln. Nicht einmal Deine Mutter Rhea, die damals schon geboren war, wagte aufzubegehren. Alle in der Runde blickten betreten weg, keiner brachte den Mut auf sich gegen den eigenen Vater zu verschwören, bis auf einen einzigen – den jüngsten, den kleinsten, deinen Vater Kronos nämlich. Er kauerte ein wenig verträumt in der Ecke und spielte mit der Zeit, beschäftigte sich mit der Vergangenheit, genoss die Gegenwart und spähte in die Zukunft. Und die Zukunft hatte ihm verraten, dass jetzt seine Zeit gekommen wäre. Gaja nahm ihn beiseite und flüsterte ihrem Sohn zu:

„Ich weiß, wann ein Mann wie Uranos besonders verletzbar ist. Wir werden ihm beim Liebesakt überraschen! Dann ist er durch seine Lust abgelenkt und wird dich nicht bemerken. Denn merke Dir, das Begehren vernebelt die Sinne eines jeden Mannes. Wenn ich auf ihm liege und er in mich dringt, dann ist der Moment für Dich gekommen!"

So sprach sie zu ihrem Sohn Kronos. Er aber schluckte verlegen. Am liebsten hätte er seine Bereitschaft wieder zurückgezogen, denn den eigenen Vater in diesem Moment umzubringen, dies erschien ihm doch ein zu brutaler Racheakt."

Ich fiel meiner Tante ins Wort, denn unwillkürlich entstand vor mir das Bild der Bienenkönigin Melitta, die auf ihrem Opfer saß und sich mit ihrem Becken hin und her bewegte. Ich hörte wieder das Stöhnen der Beiden und erinnerte mich schließlich auch, wie das Opfer nach den Bissen der Schlangen sein Leben aushauchte.

„Was ist ein Liebesakt, Tante Metis?"

Sie räusperte sich, warf ihre blauen Augen Hilfe suchend zur Höhlendecke hinauf, dann hinüber zu den Nymphen. Die konnten sich ein Kichern nicht verkneifen. Schließlich stieß sie in ihrer Verlegenheit heftig ein Scheit ins Feuer, so dass die Funken spritzten:

„Beim Liebesakt, kleiner Zeus, fährt unser Urahn, der alte Gott Eros, in Mann und Frau. Er war gleich am Anfang der Welt einem Ei entschlüpft und trägt seitdem goldene Flügel. Allein der Hauch seiner Schwingen reicht aus, damit Mann und Frau von Schauern der Lust überzogen werden. Sie begehren sich. Es ist, als hätten

sie großen Hunger aufeinander. Aber anstelle sich zu verspeisen, streicheln und küssen sie sich. Und schließlich vereinen sich ihre Körper miteinander, um voller Sehnsucht wie Eros zu werden, der zum Teil Mann, aber auch Frau ist! Für Sekunden schaffen sie es diesem hermaphroditischen Gott gleich zu werden. Für Sekunden fühlen sie sich eins und verschmelzen miteinander. Ein Moment, nachdem ein jeder strebt, weil er glücklich macht!"
Ich schüttelte den Kopf:
„Aber warum summen, brummen und stöhnen sie dabei?"
Metis starrte mich durch das Feuer hindurch verblüfft an.
„Woher weißt Du das schon wieder?"
„Ich war doch dabei, unten im Tal, als sich die Bienenfrau Melissa über den Mann setzte. Beide jammerten auf dem Opfertisch, als hätten sie Schmerzen!"
Metis blickte zu den Nymphen hinüber, wütend, da offensichtlich eine von ihnen mir die Geheimnisse der Liebe vorzeitig verraten hatte. Sie hätte die drei am liebsten sofort abgestraft. Anstelle dessen wandte sie sich wieder mir zu:
„Wenn Eros in Mann und Frau fährt, dann beginnen beide im Takt seiner goldenen Schwingen wie im Chor zu singen. Eine Melodie, die so alt ist wie der Gott selbst. Es sind Urlaute aus der Zeit der Entstehung der Welt. Sie klingen seit Jahrtausenden genauso, und Du wirst dieses Lied der Lust dereinst auch singen! Jetzt ist aber genug! Willst Du, dass ich weitererzähle?"
Ich spürte zwar noch einigen Vorrat an Fragen, die sich auf meinen Lippen drängten, aber ich zog es dennoch vor, sie für später aufzuheben. Die Geschichte von Eros, die Sache mit der Lust, das Einssein und die Urlaute interessierten mich einfach.

„Kronos spürte", so erzählte Tante Metis weiter, „ein gewisses Unbehagen. Ihm kamen plötzlich Zweifel, ob es nicht allzu grausam wäre, seinen Vater während eines solchen Liebesaktes umzubringen. Deshalb suchte er nach Ausflüchten:
„Aber mit was soll ich denn meinen Vater angreifen? Ich weiß zwar mit der Zeit umzugehen, nicht aber mit Waffen!"
Großmutter Gaja blickte sich um, suchte die Erde ab und bückte sich nach einem scharfen Feuerstein, geformt wie eine Sichel.
„Damit, mein Sohn Kronos!" Und weil sie sein Zaudern bemerkte, fügte sie hinzu:

„Und wenn Du es schaffst ihm im entscheidenden Moment sein Geschlecht abzuschneiden, wirst Du nicht nur die Zeit beherrschen, sondern auch die ganze Welt."

Wie jeden Abend bestieg Uranos das Lager, auf dem ihn Gaja bereits erwartete. Sie hatte sich besonders hübsch gemacht und trug einen durchsichtigen Schleier, welcher die weichen Konturen ihrer Brüste nur andeutete und ihre weiße Haut durchschimmern ließ. Obendrein räkelte sie sich lasziv auf dem Bett. Schon waren die Schwingen des vereinenden Gottes Eros zu hören, der sich rasch näherte, um mit seinen Federn Uranos zu streifen.

Dein Großvater hatte sich zunächst verwundert über die plötzlichen Verführungskünste der Gaja gezeigt. Üblicherweise huschte der goldene Liebesvogel nur kurz und nachlässig über die beiden hinweg. Doch Uranos aufkeimende Lust überwog das anfängliche Erstaunen. Diesmal gab ihm Eros mit seinem Flügel einen so kräftigen Stoß, dass er sich ohne viel Federlesen auf Gaja stürzte. Sie nahm ihn in ihre kräftigen Arme, klemmte ihn zwischen ihre Schenkel, drehte ihn auf den Rücken, so dass sie auf ihm zu sitzen kam. Doch gleichzeitig gab sie ihrem Sohn, der im Dunkel lauerte, ein Zeichen, dass jetzt der Moment gekommen sei.

Kronos trat vor und griff mit der linken Hand, die seit dieser Zeit als unrein gilt, nach dem kräftigen Geschlecht des Vaters. Ein ganz ähnliches trägst auch Du zwischen Deinen Beinen, wie Du sicher schon bemerkt hast, kleiner Zeus! Alle Männer besitzen ein solches Glied, das sie seit diesem Vorfall als Symbol ihrer Männlichkeit wie ihren Augapfel hüten.
In der Rechten also schwang Kronos das Messer aus Feuerstein, setzte es an, und – schwupp, schnitt er dem Vater sein kostbares Stück ab. Eros aber suchte flatternd vor Entsetzen das Weite!

Uranos brüllte vor Schmerz auf. Blut floss heftig aus der Wunde. Gaja wurde sofort von dem sich wie ein Pferd aufbäumenden Gatten abgeworfen. Aber sie konnte es nicht vermeiden, dass drei Blutstropfen einen Weg in ihr Geschlecht fanden und es befruchteten. Später gebar sie daraus drei Erinnyen, das sind die Furien, deren göttliche Aufgabe es war Vatermord und Verrat zu rächen."

Die weise Metis legte jetzt eine Atempause ein. Aber als ich Anstalten machte, ihr kurzes Verstummen für ein paar neue Fragen zu nützen, gebot sie mir unwirsch mit der Hand zu schweigen. Ich griff unwillkürlich nach meinem Glied, um zu forschen, ob es sich auch wirklich noch am rechten Ort befand.

„Dein Vater Kronos hielt das abgeschnittene Stück nur kurz in der Hand und schleuderte es dann angeekelt weit fort – weit bis nach Zypern! Bei Paphos klatschte es ins Meer. Schaum bildete sich, aus dem heraus die Liebesgöttin Aphrodite geboren wurde, eine Deiner Tanten, die Du sicher noch kennen lernen wirst.

Großvater Uranos aber hat das Attentat überlebt, mit dem ein für alle Mal das Verbrechen und der Verrat in der Welt Einzug hielten. Und da er ahnte, dass seine Frau hinter dem Anschlag stecken musste, zog er sich für immer weit in den Westen zurück. Seit dieser Zeit sind Uranos und Gaja, sind Himmel und Erde voneinander getrennt. Doch bevor Dein Großvater zu den Inseln der Seligen aufbrach, verfluchte er seinen Sohn Kronos und prophezeite ihm:
Du hast mich meiner Kraft beraubt. Was Du mir angetan hast, wird eines Tages auch einer Deiner Söhne tun!
„So, jetzt weißt Du, weshalb Dein Vater Kronos Dich und Deine fünf Geschwister verschlingen will. Er fürchtet sich davor, dass Du ihn eines Tages seiner Macht berauben wirst!"

Je mehr ich über die Erzählung meiner Tante nachdachte, desto deutlicher wurde mir die Gefahr, in der ich ständig schwebte und die meine Zukunft überschattete. Nie würde ich munter über Berge und durch Täler streifen können, nie die Dörfer und Städte der Sterblichen besuchen, nie meine Onkel und Tanten auf dem Olymp kennen lernen, und nie, was mir von allem am Schlimmsten erschien, diesen offenbar begehrenswerten „Liebesakt" vollziehen können, ohne stets eine Gefahr im Nacken spüren zu müssen. Der Schatten der Angst vor der Entdeckung durch Kronos verdunkelte allmählich meine jungen Jahre. Wenn ich ins Freie trat, begann ich mich ständig umzublicken, und die Freundschaften, die ich mit den Schäfern geschlossen hatte, lösten sich aus Misstrauen und der Angst vor Verrat auf.

So keimte in mir mit der Zeit die Frage, auf welche Weise ich mich von diesem Schatten befreien könnte. Die Kureten in den Kampf gegen Kronos zu schicken, geradezu lächerlich! Und die drei Nymphen, die bereits beim geringsten Donner zusammenzuckten, erschienen mir allzu furchtsam. Sie ließen nicht einmal eine Diskussion über die Untat meines Vaters zu. Denn Mutter Rhea hatte ihnen eingeschärft, mich auf keinen Fall gegen Kronos aufzuwiegeln. Aus Angst, ich könnte mich vor Zorn verraten.

Aber Tante Metis dachte in dieser Frage anders. Sie war der Überzeugung, dass mein Götterleben nur durch einen Befreiungsschlag lebens- und liebenswert gedeihen würde. Sie bestärkte mich in meinem Widerstand gegen das Einsiedlerleben in den kretischen Bergen. Metis meinte, dass mein Leben gegen jenes des Vaters stünde und sicherte mir Ihre ganze Unterstützung zu.

Als ich mit zehn Jahren den Nymphen drohte, ich würde mich jetzt dem Kronos stellen, denn ein Leben in seinem Bauch sei doch allemal zusammen mit den Geschwistern besser als in einer Grotte mit betrunkenen Kureten, und, sie mögen es mir verzeihen, mit naiv treuherzigen Nymphen dahin zu siechen, da eilte Tante Metis sofort herbei, um mich davon abzuhalten. Doch sie schaffte es nicht.

2. Tag

Eine unendliche Müdigkeit ließ mich gestern auf der Rückfahrt von Kanchipuram die Augen schließen. Es ist seltsam: Der Schlaf ist ein manches Mal mächtiger als die Neugierde und der Wille zur Aufmerksamkeit. Das Geräusch des Motors verstärkt die Erschöpfung, die Vibrationen des Autos ermüden den Körper. Die Lider werden schwer wie Blei. Plötzlich ertappt man sich dabei, dass die Augen bereits schon eine ganze Weile geschlossen sind, ohne dass man es bemerkt hätte. So entgeht einem doch Einiges: üppige und karge Landschaften, die Menschen, Dörfern, Tempel und Tiere. Aber morgen ist auch noch ein Tag. Tanjore und sein heiliger Bezirk ist das nächste Ziel.

Ich bin an diesem Abend einfach zu müde, um aufkommenden Gedanken lange nachzuhängen. Geschweige denn diese mit mir zu diskutieren. Mir fällt nur auf, dass die plötzliche Stille und Einsamkeit mir Raum zum Nachdenken gestatten. Nicht, dass ich mich bedroht fühle durch eventuelle Vorwürfe, die ich mir hier und dort in meinem Leben nachträglich machen müsste. Aber einiges an negativen Gedanken schießt doch jetzt, da mir jegliche Möglichkeit der Verdrängung versagt bleibt, wie Pilze nach dem Regen aus dem Boden.

Bin ich nicht deshalb soweit fort von meinem Heimatland gereist, um mich endlich diesen Erinnerungen zu stellen? Doch seit dem Frühstück heute Morgen, als ich mich mit Ham and Eggs für eine lange Weiterfahrt stärkte, ist das Ansinnen wieder da. Es gilt: Reinigung durch Erinnern und auch die Fähigkeit des Glaubens wiederzugewinnen!

Am Nachbartisch tafelt die französische Reisegruppe von gestern. Dominiert wird sie heute Morgen wieder von dem dunkelhäutigen Reiseleiter mit weißem Turban, weißem Hemd, weißen Hosen, doch tiefschwarzem Schnurrbart. Sein Gesicht ist auf den ersten Blick scharf geschnitten, zumindest betrifft diese Beobachtung seine mächtige Geiernase und die kräftigen Wülste der Augenbrauen und Lippen. Auf den zweiten Blick erst entdeckt man die Folgen allzu guten Essens: den Ansatz zum Doppelkinn und zu breite Hüften. Sein Teint ist fast so dunkel wie die Farbe seiner Lippen. Ihr bläuliches Schwarz hebt sich kaum vom Dunkel seiner Gesichtshaut ab. Um sich gegen das aufgeregte Geschnatter seiner Gruppe durchzusetzen, erhebt er kräftig seine Stimme und verkündet das Programm des Tages. Auch die Franzosen werden wie ich nach Tanjore fahren!

Immer wieder schaut der Reiseleiter während des Frühstücks zu mir herüber. Doch seinem Blick ist nicht zu entnehmen, ob ihn die reine Neugier bewegt oder vielleicht sogar eine gewisse Sympathie für diesen allein reisenden Fremden, der an diesem Morgen mit wachen Sinnen durch seine indische Heimat fahren will. Als wir den Frühstücksraum verlassen, kann ich seine Augen in meinem Rücken spüren. Ganz plötzlich wende ich mich um. Er blickt mir hinterher, als wolle er sich lieber mir anschließen als seinen

Gästen, zuckt dann ganz unmerklich mit den Achseln, als bedauere er es, sich weiter um die französische Reisegruppe kümmern zu müssen.

Ganesha hat den Wagen blitzsauber geputzt. Er hält, trotz meines Widerspruchs, diensteifrig den Wagenschlag auf und verstaut dann meinen Koffer sorgfältig im Gepäckraum.
„Wo hast Du heute Nacht geschlafen?" frage ich, bevor er sich ans Steuer setzt. Ganesha zögert, als geniere er sich. Dann entschließt er sich doch zu einer Antwort.
„Oh, ich habe im Auto geschlafen. Das ist doch groß genug!"
„Und wo hast Du Dich gewaschen?"
„Ganz einfach an einem Fluss!"
„Schläfst Du immer im Auto, wenn Du mit Gästen unterwegs bist?"
„Ja, in der Regel. Wir bekommen kein Geld für die Übernachtung."
Wie peinlich! Da schlafe ich in einem Luxushotel, während mein Fahrer im Auto nächtigen muss. Manch zeitgenössische Art des Reisens durch Indien erweist sich offenbar als eine neue Form der Kolonialisierung:
„Na, hoffentlich bekommst Du überhaupt Geld von Deiner Agentur und musst nicht nur vom Trinkgeld leben, das Du von mir am Ende der Reise erhalten wirst".
Ich erinnere mich jetzt an eine Chinareise, auf der sich bei mir damals eine Reiseleiterin über den Trinkgeld-Geiz vor allem deutscher Gäste beklagt hatte. Auch sie lebte einzig und allein vom „Tip" der Gäste.

Ganesha ist die Unterhaltung peinlich. Er setzt sich stumm ans Steuer. Etwa sechs bis sieben Stunden Autofahrt stehen bevor. Er krempelt die Ärmel hoch, atmet tief durch, rückt seinen Sitz zurecht und versetzt sich offensichtlich in eine Kampfposition. Das Auto wird, noch bevor er den Motor anlässt, zu seiner Waffe. Rasch wirft Ganesha einen beschwörenden Blick auf den kleinen goldenen Elefantengott, der vom Rückspiegel baumelt und ihm in der Morgensonne ein Lächeln zuwirft. Dann fährt er los.

Die Straße führt wie ein schmales graues Band durch die Landschaft. Der Asphalt an den Seiten ist ausgefranst. Immer wieder zwingen tiefe Schlaglöcher zum umständlichen Ausweichen. Scheppernde Lastwagen, überladene Busse wanken uns wie feindliche Ungeheuer schwankend entgegen. Ein manches Mal stockt mir der Atem, denn sowohl Ganesha wie die entgegenkommenden Fahrer warten, wenn sie aufeinander zufahren, bis zum letzten Moment. Sie konzentrieren sich dabei nicht auf die Straße, sondern auf die Augen ihres Gegenübers: Wer von uns Beiden hat wohl die stärkeren Nerven, wer weicht als Erster aus, um einem Zusammenstoß zu entgehen? Es ist ein kriegerisches Spiel mit der Psyche des Anderen.

Allmählich wird die Gefahr zur Gewohnheit. Das räumt meiner Aufmerksamkeit genügend Spielraum für die Vielfalt ein, die draußen vor dem Autofenster vorbeigleitet. Trockene Büsche wechseln sich mit kräftigen Palmen ab. Wie mit ausgestreckten Fingern greifen sie hungrig nach dem Licht und der Wärme des Himmels. Wir durchmessen weite Ebenen, auf denen die Sonne mit ihrer Kraft Baumwollfelder nährt, fahren vorbei an verdurstenden Feldern, in deren trockenen Furchen die Maispflanzen ihre Blätter schlapp herunterhängen lassen. Schließlich führt die Straße hinein in die Wellenformationen sanfter Hügel, in deren Täler sich saftig grüne Reispflanzen mit silbrig glänzenden Wasserfeldern abwechseln. Magere Kühe trotten vereinsamt auf der Straße. Ziegen sind wie hin und hergerissen, ob sie noch rasch vor uns auf die andere Fahrbahnseite springen sollten. Wilde Hunde streunen räudig durch den Staub. Einige heulen wütend auf und versuchen neben uns her zu sprinten. Dazwischen aber überall Menschen: ob im Sattel eines klapprigen Fahrrades, auf einem knatternden Motorrad oder einem schweren Holzfuhrwerk, das magere Ochsen müde ziehen.
Die meisten unter den Passanten, die uns begegnen, laufen zu Fuß. Ihre Schuhe sind zerrissen und voller Staub. Frauen in bunten Saris wandeln am Rande der Straße, ein Gefäß auf der Schulter oder dem Kopf. Durch das Gewicht zum aufrechten Gang gezwungen, schreiten sie voller Würde dahin, blicken nicht links, nicht rechts, stützen mit dem Arm den Krug oder Eimer, damit nichts verschüttet wird. Die Männer dagegen, oft nur mit einem Dhoti bekleidet, einem weißen Stoff, den sie um die Hüften und Schenkel gewunden haben, schlendern scheinbar wie ziellos über die Dorfstraßen.

Immer wenn wir durch eine Siedlung holpern, vorbei an morschen Holzschuppen und baufälligen Steinhäusern, deren Wände über und über mit greller Werbung bemalt sind, offenbart sich das ganze Provisorium, für das die Inder ihr Leben im Diesseits halten. Es umfasst eben nur eine Sekunde der Endlichkeit. Es lohnt einfach nicht für die Ewigkeit zu bauen, wenn man morgen in einem neuen, anderen Leben als ein anderer gänzlich anderswo erwachen könnte.

Schrille Laute dringen durch die geschlossenen Autofenster: das muntere Geplapper eines Ausrufers, die helle und kindliche Stimme einer Sängerin, die im Radio wie verliebt die jammervolle Melodie einer religiösen Hymne singt. Für einen kurzen Moment dringen die Hammerschläge aus einer nahen Schmiede an meine Ohren, oder das helle Lachen eines Kindes, das sich am Leben erfreut und mir beim Vorüberfahren seine Handflächen entgegenstreckt. Sie sind ganz schwarz vom Sammeln der Holzkohle. Jede Kurve überrascht mit etwas Neuem in diesem Land, das an Menschen, Göttern und Farben reich wie kaum ein anderes ist.

Am frühen Abend, als sich die Sonne bereits anschickt unterzugehen und ein seidiges Licht aus Gelb, Blau und Rot über das flache Land wirft, erreichen wir Tanjore. Ganesha tastet sich langsam durch die beginnende Rushhour. Um diese Zeit bricht der Krieg der Straße besonders heftig aus: Links und Rechts eskortieren uns knatternd gelbschwarze Tuk-Tuks. Dazwischen rasen schwer beladene Motorräder und Gepäckkarren entgegen. Jeder Quadratmeter Straße ist ungeachtet der Fahrtrichtung ausgenutzt. Der Platz reicht eben nicht aus zwischen den vier bis fünfstöckigen Häuser mit ihren erblindeten Fenstern und herabhängenden Stromleitungen.
Zu ebener Erde drängen sich im knappen Straßenraum obendrein dampfende Garküchen, Teehäuser und fliegende Händler hinter ihren mobilen Ständen. Zwischen den heruntergekommenen Hütten breiten sich hin und wieder mächtige Kaufhäuser und Juwelierläden mit goldglänzenden Fassaden aus Chrom und Glas aus. In ihren Fensterflächen spiegelt sich das Licht der untergehenden Sonne, Ihre Strahlen bereiten mit Sanftmut das lärmende Chaos einer dunklen Nacht vor. Doch keiner achtet auf die Schönheit des Lichts, auf das Rosa, das Gelb und Lila. Jeder ist mit der Eile beschäftigt, die ihn dazu drängt die letzten Pflichten dieses Tages zu erfüllen, um in diesem Moloch auch den nächsten Morgen noch zu erleben.

Mit den letzten milden Strahlen der untergehenden Sonne treffen wir am Shiva-Tempel Tanjores ein. Sie tauchen das uralte Gemäuer, das im Laufe der Zeit durch Monsunregen verwaschen wurde, in leuchtendes Rot. Gleich am Eingang grüßt ein gewaltiger schwarzer Nandi, ein fetter heiliger Stier aus Stein. Nandis bewachen alle südindischen Tempel, die dem Gott Shiva gewidmet sind.

Wie sich doch die Kulturen gleichen: Europa begann mit einem Stier und hier im südindischen Tamil Nadu taucht er wieder auf - die fleischgewordene Kraft, die Fruchtbarkeit, von der Götter und Menschen so gern profitieren. Der Stier muss in Asien wie in Europa gleichermaßen ein zum Tier mutierter Gott gewesen sein.

Vor dem Stier hat sich die französische Reisegruppe versammelt. Ich stehe zu weit entfernt, um dem gestenreichen Vortrag ihres Reiseleiters lauschen zu können. Er weist mit seinem Arm nach dem Haupttempel, der sich hinter einem Eingangstor wie ein großes Schiff mit Aufbauten ausstreckt. Shivas Heiligtum ist von unzähligen Reliefs umgürtet. Sie schmücken die einzelnen Stufen, die wie eine Treppe hinauf in den Himmel führen. Auf ihnen tanzen versteinerte Götter. In den Erkern und Gauben verstecken sich vielarmige Dämonen. Die Strahlen der untergehenden Sonne erwecken sie zum Leben.

Plötzlich wendet sich der Reiseleiter ab. Sein Arm schwenkt vom Tempel in meine Richtung und bewegt sich dabei unschlüssig, so als wolle er mir zuwinken. Dann lässt er ihn sinken, tänzelt rasch ein paar Treppenstufen hinunter und bittet seine Gruppe ihm zu folgen. Ich schließe mich in einiger Entfernung an.
Aus einem der Tore des Shiva-Tempels dringt jetzt das Bimmeln zarter Glocken. Es wechselt sich ab mit dem eintönigen Lauten eines Mantras, das aus der heiseren Kehle eines Priesters leiernd dringt und sich wieder und wieder wiederholt. Sein Gesang lockt tiefer in den Tempel, doch ein Wächter winkt ab. Er weist auf ein Schild, das Nichthindus den Zutritt verwehrt.
„Wann ist man ein Hindu?" murmele ich, "Ich könnte doch jederzeit behaupten, ich wäre ein Hindu. Dafür gibt es ja keinen Ausweis, den man hier vorzeigen könnte!" Ganesha amüsiert sich über die Zurückweisung. Schadenfroh meint er:

„Die werden sagen: Du siehst wie ein Europäer aus, also kannst Du kein Hindu sein, und also darfst Du auch nicht hier herein! Da wird Dir auch ein roter Punkt zwischen den Augenbrauen nicht helfen!"

Ich bin hin und hergerissen: zum einen zwischen den rituellen Geheimnissen, die sich vor meiner Neugier im Tempelinnern verstecken könnten, und dem Respekt vor tiefen religiösen Gefühlen. Die Konzentration eines inständig betenden Hindus würde sicherlich durch die Anwesenheit eines offensichtlich Andersgläubigen empfindlich gestört werden. Andererseits, wenn man schon als Hindu Tausende von Göttern, Göttinnen und noch mehr Dämonen zur Auswahl hat, kommt es da auch nicht mehr auf einen christlich geprägten Europäer an? Außerdem ließe sich auch Christus problemlos in die hinduistische Götterschar reihen. Schließlich ist die religiöse Lockerheit in Indien weitgerühmt: Viele Hindi besuchen immer wieder christliche Kirchen, weil es vermutlich nicht schaden kann, auch an diesen Gott Gebete zu richten. Sicher ist eben sicher!

Vertieft in dergleichen Gedanken steige ich mit gesenktem Kopf die steinernen Tempeltreppen hinunter. Unten blicke ich überrascht auf: Vor mir auf der letzten Stufe steht plötzlich der Reiseleiter der französischen Gruppe. Sie hat sich hinter ihm wie eine kleine Heerschar aufgebaut, wartet darauf, dass ich für sie Platz mache und die Treppe verlasse. Er lacht und spricht mich in gebrochenem Deutsch an.
„Na, da hat man Sie einfach nicht hineingelassen! Aber trösten Sie sich, nicht mal ich als geborener Inder darf hinein. Ich bin Moslem! Da ist auch mir der Zutritt verwehrt!"
Seine Reisenden beginnen unwillig mit den Füßen zu scharren. Er spricht zu mir in einer Sprache, die sie nicht verstehen, sie aber wollen weiter, denn die Sonne sinkt jetzt eilig unter den Horizont. Die Dunkelheit nimmt rasch zu.
Doch der Reiseleiter lässt sich davon nicht beeindrucken.
„Der Shiva-Tempel von Tanjore! Es reicht doch völlig, ihn von außen zu bewundern, noch dazu bei solch einem Sonnenuntergang! Wo fahren Sie denn noch hin, wenn ich fragen darf? Nach Trichy vermutlich und dann nach Madurai? Sie haben für Südindien eine besonders interessante Strecke gewählt. Auch wir werden das machen!"

„Genauso wie Sie das sagen, habe ich meine Route geplant!" antworte ich kurz angebunden über die Schulter hinweg. Ich wende mich ab. Die Ansprache des Reiseleiters ist mir peinlich, geradezu aufdringlich. Offensichtlich lässt er sich nicht einschüchtern.
„Reisen Sie ganz alleine?"
Ich nicke stumm.
„Interessant!" fährt er rasch fort. „Sieht man selten! Meist reisen Ehepaare oder Mütter mit ihren Töchtern nach Südindien, um dort gemeinsam Ayurveda zu praktizieren! Aber gänzlich alleine? Das ist selten! Ganz selten! Das sind eigentlich nur Leute, die etwas studieren wollen, die neugierig sind und etwas vorhaben, das Ihr Leben reicher macht!"
Da ich mich ertappt fühle, mir sein Urteil peinlich ist, wechsele ich das Thema: „Sie sprechen aber gut deutsch!"
„Na so leidlich! Ich habe in Frankfurt studiert!" Er wendet sich um und meint mit Blick auf seine französischen Gäste:
„Sie werden unruhig! Ich muss weiter, aber wenn Sie Zeit haben, besuchen Sie mich doch in Madurai! Unbedingt! Vielleicht habe ich etwas für Sie! Nein, nicht nur vielleicht, sondern ganz sicher!"
Er sagt das in einem Ton, als kenne er mich schon seit langer Zeit. Dann drückt er mir seine Visitenkarte in die Hand, klatscht fröhlich in die Hände und führt seine Gruppe zurück zum Eingang des Tempelgeländes, das jetzt rasch in der Dunkelheit versinkt.

Nach der Stille des Tempels treten auch wir durch das Tor wieder hinein ins abendliche Leben der Stadt: Neonlichter flirren, Leuchtschriften und Lichterketten blinken, Autos hupen, Motorräder knattern, Abgasschwaden ziehen durch die Straßen, Kinder plärren, hinduistische Hymnen säuseln aus Lautsprechern. Eine Kakophonie, ein Chaos aus ungeordneten Lauten, aus exotischen Gerüchen benebeln meine Sinne, so dass ich wie erlöst auf dem Rücksitz von Ganeshas Auto Platz nehme. Hier fühle ich mich sicher, während draußen das Leben so heftig pulsiert, als nehme es an einem Marathon teil und beanspruche auf diese Weise das Herz der Stadt bis aufs Äußerste.

Irgendwann unter der Betonbrücke einer noch unfertigen Stadtautobahn hindurch fährt Ganesha vor das Hotel. Ein mit einem Turban gekrönter Wächter öffnet den Wagenschlag, verbeugt sich. Ein anderer hebt zur gleichen Zeit die Heckklappe und schleppt den Koffer in die Eingangshalle. Hier treffe ich abermals auf die Gäste aus Frankreich. Sie machen sich auf den opulenten Sofas vor der Rezeption breit und warten auf ihre Zimmerschlüssel. Meinen erhalte ich seltsamer Weise sofort und eile auf mein Zimmer.

Mein Abendessen findet im Hotel statt. In den dunklen Straßen von Tanjore ganz allein auf der Suche nach einem Restaurant herumzuirren, scheint mir ein ebenso großes Risiko zu sein, wie mir den Magen an einer der Garküchen zu verderben, die an den Straßenrändern ihre Dampfwolken in die dunkle Nacht blasen.
Die südindische Küche ist, trotz ihres ayurvedischen Vegetarismus, sehr geschmackvoll: Bohnen und Linsen, Okra, Kohl und Paprika in verschiedenen Gewürzsoßen zubereitet, lassen Fleisch nicht vermissen. Die einzige Sünde, die ich an diesem Abend begehe, ist das Nippen an einem eiskalten Bier, das leicht und bekömmlich die Schärfe der Speisen lindert und mich wieder nachdenklich macht.

Ich bin abermals überrascht über das plötzliche Eintreten von Einsamkeit an meinem mit weißem Damast gedeckten Tisch. War ich bisher durch den raschen Wechsel der Eindrücke, der Farben, der Töne abgelenkt, kommt es mir nun vor, als wäre ich am Eingang zum Restaurant über eine Grenze in ein Land aus Stille, Sicherheit und Solidität gedrungen. Die Ruhe stört nur das Klappern von Messern und Gabeln, das Klirren des Geschirrs.

Ich bin nicht der einzige im mit allerlei silbernen Zierrat überladenen Raum. Nebenan sitzen drei Männer. Sie tuscheln, gestikulieren heftig an ihrem Tisch. Und dort drüben in der Ecke schweigt sich ein elegant gekleidetes Ehepaar an.
Teppiche dämpfen an den Wänden die Anweisungen der Kellner. Tanzende, goldfarbene Götterfiguren mit feixenden Fratzen überwachen das Buffet. In unmittelbarer Nähe sitzen zwei Männer im angeregten Gespräch. Der eine, wohl sein Sohn, beugt sich gestikulierend über den Tisch, als wolle er sein wesentlich älteres Gegenüber, wohl seinen Vater, von einer unangenehmen Angelegenheit berichten. Auch wenn ich ihr Gespräch der Entfernung wegen nicht verstehen kann, so lässt mich der druckvolle Gestus doch vermuten, dass der Jüngere den Älteren mit Vorwürfen bedrängt.

Ich kann das dem Jüngeren nachfühlen. Ein gewisses Verständnis für ihn macht sich in mir breit, denn bei diesem Anblick lösen sich Erinnerungen wie die Luftblasen eines Tümpels aus meinen Tiefen. Blitzartig taucht eine Szene aus meiner Jugendzeit auf, in der ich zum Opfer meines Vaters wurde. Hätte ich damals, wie dieser junge Mann heute, die Gelegenheit gehabt ihm ein unsensibles Verhalten vorzuwerfen, dann würde diese Szene heute nicht zum Ballast meiner Erinnerungen gehören.

Ich nehme einen tiefen Schluck, und dann noch einen und blicke mich nach dem Kellner um. Ich habe schneller getrunken, als ich es eigentlich vorhatte. Ich will mir eine frische Flasche Bier bestellen und gebe dem Kellner ein Zeichen. Die Ablenkung hilft nicht: Die Szenen aus der Vergangenheit bleiben skizzenhaft bestehen, als wollten sie, einmal an die Wasseroberfläche gelangt, nicht mehr weichen und nach mehr Luft schnappen.

Ich war damals elf oder zwölf Jahre, als meine Mutter mit meinen beiden Brüdern für vier Wochen in den Süden fuhr. Sie ließen mich zurück, weil ich, der kleine Bruder, im Auto, einem VW-Käfer, keinen Platz mehr fand. Dort, wo ich hätte sitzen können, musste das Gepäck für drei Personen untergebracht werden. Also blieb ich mit meinem Vater alleine zurück. Die Aussicht mit ihm alleine zu sein, erfüllte mich mit Stolz und hohen Erwartungen. Nachdem er selten zu Hause war, erschien mir dieses Beisammensein sogar als eine Ehre. Zum anderen stritten meine Brüder andauernd, was mir ziemlich auf die Nerven ging. Sie waren laut, hin und wieder auch gewalttätig. Die Erwartung von vier Wochen Ruhe wog deshalb mein Zurücklassen und den Ausschluss meiner Person aus dem brüderlichen Triumvirat bei Weitem auf. Aber schon in der ersten Nacht nach ihrer Abreise wurden meine Erwartungen in Bezug auf meinen Vater enttäuscht.

Irgendwann tief der Nacht weckte er mich zu Hause auf. In der Hand hielt mein Vater eine Tasche, in die er hastig und ohne System meine Kleider stopfte und gleichzeitig zur Eile antrieb. Ich solle mich rasch anziehen, denn unten vor dem Haus, da warte jemand in einem Auto auf uns. Auch wir Beide, meinte er, fahren jetzt in die Ferien, allerdings nicht ganz allein. Da sei noch eben diese Frau dabei, die sich sicherlich ganz liebevoll um mich kümmern werde.

Er packte mit der einen Hand die Tasche, mit der anderen zog er mich die Treppen hinunter, durch die Haustür hinaus auf die Straße, wo tatsächlich ein rotes Auto mit laufendem Motor auf uns wartete!

Wir bewohnten damals in den 60iger Jahren ein großes Haus, in dem noch eine andere Familie lebte. Wahrscheinlich duldete mein Vater keine Zeugen. Alles sollte nach seinem Wunsch still und heimlich ablaufen. Er öffnete rasch die Autotür und ich schlüpfte nach hinten. Auf dem Fahrersitz saß eine große, rothaarige Frau: Es war die Geliebte meines Vaters. Sie tuschelten miteinander und berührten sich heimlich. Aber ich war zu betäubt, wohl auch zu müde, um mir groß Gedanken zu machen. Ich kuschelte mich in die Ecke und schlief ein.

Das Ziel unserer Reise war das Tessin! Dort, in der Ferienregion deutscher Neureicher während der 60iger Jahre, besaß die Geliebte eine Villa auf einem mit Pinien bewachsenen Hügel über dem Luganer See. Ich sehe sie noch vor mir, wie wir am frühen Abend dort eintrafen. Ich war tief beeindruckt vom eleganten Luxus dieses Hauses, von der überbreiten, wie ein Nierentisch weit geschwungenen Terrasse, und dem Panoramablick hinunter auf den See. Auf seiner Oberfläche spiegelten sich in der untergehenden Sonne die umliegenden Berge. Damals galt es unter deutschen Millionären als überaus schick eine Villa im Tessin zu besitzen.

Es war die Zeit des Aufschwungs und der Neureichen, die viel Geld, aber keinen Geschmack besaßen und ihre Inneneinrichtungen ganz dem Stil von Innenarchitekten überließen. Der manifestierte sich in Tütenlampen und kurvenreichen Interieur. Für mich war das wie ein Kulturschock, war ich doch bisher in einer eher bescheidenen Wohnsituation aufgewachsen. Unsere fünfköpfige Familie teilte sich in ein kleines Wohnzimmer und zwei Schlafzimmer. Der Vater hielt eben sein Geld zusammen. Er war sparsam, dem Geiz nahe und schien mir deshalb auch vom Reichtum dieser Frau geblendet zu sein. Später habe ich erfahren müssen, dass die vielen und langen Zeiten seiner Abwesenheit von der Familie seinem Gefühl des Hin- und Hergerissen-Seins zu verdanken war. Einerseits schätzte er die Leichtigkeit des Seins in einem Haushalt, in dem man nicht den Pfennig umdrehen musste und er seine Ruhe hatte, anderseits hat er wohl auch in der Ferne unter der Verantwortung gelitten, die eben nun mal drei Kinder und eine Frau mit sich bringen. Aber sie war nicht die einzige Geliebte in seinem Leben. Einmal, Jahre später, an Sylvester hat er mir nach etlichen Gläsern Wein gestanden, dass er bereits drei Wochen nach der Hochzeit mit meiner Mutter die erste Geliebte in einer langen Kette von Freundinnen verführt hatte!

Die Bilder von damals waren, so wie jetzt, immer mal wieder in meinem Gedächtnis aufgetaucht, - als wäre mit ihnen ein ganz besonderer Magnetismus verbunden, der sie aus den Tiefen der Vergangenheit ins Bewusstsein meiner Gegenwart zieht: Der elegante Bungalow am Hügel in Vico Morcote über dem Luganer See, die Pinien, der Ginster und all die exotischen Pflanzen, die wie in einem gepflegten Park eine mediterrane Stimmung und ein Gefühl der Exklusivität verbreiteten. Ich war damals nicht wirklich unglücklich, nur hin und hergerissen zwischen der Schönheit des Ortes und des sich mehr und mehr einschleichenden Gefühls, ich würde meine Brüder, vor allem aber meine Mutter verraten.

So begannen seiner Zeit meine Ferien mit meinem Vater, mit seiner Gefährtin und mir. Natürlich war ich den Beiden im Weg. Mein Vater war ständig mit seiner Geliebten beschäftigt. Sie kümmerten sich kaum um mich. Nicht, dass ich deshalb enttäuscht gewesen wäre oder etwas vermisst hätte. Im Gegenteil, ich war sogar dankbar, nur das Allernotwendigste mit ihr sprechen zu müssen, denn jedes Wort gegenüber der Geliebten erschien mir wie ein Verrat. Abende lang saß ich also allein vor dem elegant gemauerten Kamin, hörte auf einem Plattenspieler Schlager von Catherina Valente und Frank Sinatra, während irgendwo in den Tiefen der Villa mein Vater mit seiner Geliebten diskutierte. Einmal zerbrach ich sogar mutwillig den Tonarm des Plattenspielers, um auf mich aufmerksam zu machen, aber sie nahmen keinerlei Notiz davon.

Eines Tages überreichte mir die Geliebte meines Vaters ein Buch, die Biographie eines deutschen Kampffliegers aus dem Ersten Weltkrieg. Ich rätselte darüber, wie sie wohl darauf gekommen sei mir solch eine Lektüre über Gewalt und Krieg zu schenken. Ich entschied die Biographie nicht zu lesen. Das löste eine Diskussion zwischen ihr und meinem Vater aus, der das Buch ebenfalls für völlig unpassend hielt. Daraufhin beschenkte sie mich nach Einkäufen mit Süßigkeiten, was abermals zu Wortgefechten mit meinem Vater führte, denn er lehnte das eine, wie das andere, ab. Ich war ihm dafür dankbar, denn sowohl das Buch wie die Süßigkeiten erschienen mir ein Tabu zu sein. Wenn ich ihre Geschenke entgegennehmen würde, so dachte ich, würde ich mich schuldig machen.

An einen der einsamen Abende erinnere ich mich ganz besonders. Er hat danach das Verhalten gegenüber meinem Vater für die spätere Zeit entscheidend geprägt. Lauschend saß ich vor dem Plattenspieler, der nun keinen Ton mehr von sich gab. Aus den Tiefen des Hauses hörte ich hin und wieder die dunkle Stimme meines Vaters. Dazwischen drang das ferne Grollen von Donnern durch die offene Verandatür. Draußen vor den großen Glasfenstern zuckten helle Lichtblitze über den dunklen Himmel. Im üppigen Garten bewegten sich die Büsche geheimnisvoll. Und da ich damals noch an Geister glaubte, die sich mit Hilfe meiner Phantasie auch tatsächlich schemenhaft in der Schwärze der Nacht bildeten, suchten mich von Minute zu Minute mehr und mehr Ängste heim. Es ergriff mich eine ungeheure Furcht vor Einbrechern, die es auf die Kostbarkeiten dieses Hauses abgesehen hatten, vor Geistern, die nach mir greifen und mich in ihr Schattenreich mitreißen würden. Ich konnte mir nicht anders helfen und rief nach meinem Vater, wohl wissend, dass er meine Hilferufe nicht vernehmen konnte, aber in der Hoffnung, dass allein meine Stimme die undefinierbare Gefahr vertreiben könnte.
Nein, es half nichts! Die Blitze kamen immer näher und mit ihnen der Donner. Das Rauschen draußen in den Zweigen steigerte sich. Dazu kam noch das Knarren der Türen, das Klappern von Fensterläden. Und schließlich beunruhigte mich ein nachhaltiges, ein beständiges Zirpen – wie das Geschrei einer Zikade: ein wunderlich regelmäßiger schriller Ton, der mich mit bleicher Angst erfüllte.
Dieser Schrecken, der mich zunächst an den Sessel fesselte, ließ mich rasch in eine Panik steigern. Ich musste etwas unternehmen, mich aus meiner Erstarrung befreien und zum sofortigen Handeln zwingen.

Als erstes flüchtete ich in das tiefergelegene Stockwerk, in das sich Vater und Geliebte stets abends zurückgezogen hatten. Dort unten, so hoffte ich, hinter der Tür zu ihrem Zimmer ganz nah bei meinem Vater, wäre ich gerettet. Doch bevor ich anklopfte, lauschte ich zur Sicherheit. Das Zirpen hatte sich nämlich auf meiner Flucht zu einem Quietschen verstärkt, so als würde jemand einen Fensterladen aus seinen Angeln heben. Dazu nahm ich auch noch ein schmerzvolles Stöhnen wahr. Ich war mir sicher, dass Einbrecher, und wenn nicht sie - noch schlimmer, Geister das Haus in Beschlag nehmen würden.

Eile war geboten! Ich wartete eine Antwort auf mein Klopfen nicht ab, sondern riss die Tür auf. Das Zimmer war hell erleuchtet. Das Fenster stand weit offen und die weißen Vorhänge wehten im hereinströmenden Wind. Darunter ein großes Bett, auf dem sich unter der Last meines Vaters die Geliebte ausstreckte. Beide rieben sich aneinander, ganz nackt und für mich überraschend fremd.

Im Nu waren die Gespenster und Einbrecher vergessen. Beim Anblick der beiden Körper, deren Rhythmus das regelmäßige Zirpen, das Quietschen des Bettes auslöste, verschwand die Angst. Staunen machte sich jetzt in mir breit, auch Ekel und eine Portion Neugier. Ich spürte sofort die Intimität des Vorgangs. Ich ahnte, dass da etwas Verbotenes geschah, dass das, was die Beiden miteinander trieben, nicht für meine Augen bestimmt und ich in ein Geheimnis eingedrungen war.

Die Beiden waren so intensiv miteinander beschäftigt, dass sie mein Eintreten zunächst nicht bemerkt hatten. Gerade als ich mich wieder zurückziehen wollte, begann mein Vater heftig zu stöhnen und zu klagen, als würde er in der nächsten Minute sein Leben aushauchen. Das Bett schaukelte, die Geliebte stammelte, als würde sie gleich sterben. Beide zuckten so jammervoll, dass ich Angst um meinen Vater bekam. Ich begann aus Hilflosigkeit zu weinen, stürzte auf das Bett zu und schüttelte ihn.

Endlich wandte sich mein Vater mir zu. Sein Gesicht glühte rot. Schweißperlen liefen über seine Augen. Der tödliche Krampf, von dem ich die Beiden ergriffen glaubte, fiel von ihnen ab und machte der Verlegenheit Platz. Die Geliebte wendete den Kopf dem Fenster zu, als wolle sie mich nicht sehen. Und mein Vater schwang sich eilig von ihrem Körper herunter. Er zog einen Bademantel über und führte mich wortlos aus dem Zimmer.

Das Bild der Beiden ließ mich damals in der Nacht nicht schlafen. Auch die Erinnerung daran beunruhigte mich noch Tage lang. Ich konnte mir zunächst nicht erklären, was da geschehen war. Ich begann meinen Vater zu verachten, denn ein Instinkt sagte mir: Er hat meine Mutter verraten, mich und meine Brüder! Und ich fühlte mich schuldig etwas gesehen zu haben, das ich eigentlich nicht sehen durfte.

Am folgenden Morgen packten wir die Koffer und fuhren zurück. Als meine Mutter mit den beiden Brüdern aus den Ferien zurückkehrte, erfuhr sie von unserem Aufenthalt bei der Geliebten im Tessin. Das Erlebnis mit meinem Vater habe ich ihr nie erzählt. Sie war, obwohl ich keine Schuld daran hatte, zwei Jahre lang sehr distanziert mir gegenüber.

Ich fühlte mich als Verräter, fühlte mich schuldig und träumte noch Jahre danach in gewissen Abständen immer die gleiche Szene: Ich sehe meinen toten Vater. Er liegt ausgestreckt auf einem weißen Bett. Das Fenster steht offen, weiße Vorhänge schaukeln im hereinströmenden Wind. Flackernde Kerzen umgeben das Bett. Am Kopfende sitzt meine Mutter. Sie weint und klagt! Auch ich, von der Türe her die Szenerie beobachtend, bin von tiefer Trauer bewegt. Meine Seele bebt, als würde sie weinen. Gleichzeitig zittert sie aber auch vor Wut. Sie ist erfüllt mit Zorn, weil sich meine Mutter der Trauer über den Tod ihres Mannes nicht entziehen kann. Und ich, ich bin durchdrungen vom Schuldgefühl auf mein eigenes Geschlecht, weil der Vater meine Mutter auf eine Weise betrogen hat, die mich zusammen mit ihm als Mitwisser schuldig fühlen lässt. Bis zu diesem Erlebnis lag mein ganzes Bestreben darin: Ich will sein wie er!
Nun erlebte ich ihn im Traum plötzlich als einen toten Mann.

Aus der Palmblätterbibliothek
2. Bündel

Wir saßen an einem Licht durchfluteten Frühsommertag auf einer Bergkuppe, von der wir hinunter in die Täler und weit hinüber blicken konnten bis zum friedlichen Meer, das sich hellblau am Horizont mit dem Himmel vereinte. Tante Metis kauerte sich im Schneidersitz ins frische Gras. Rote und gelbe Blumen sprossen um sie herum und neigten ihre Blüten, als würden sie der schönen, ewig jungen Göttin ihren Respekt bezeugen. Nachdenklich zupfte sie die Blumenköpfe ab, während ich meinen Blick sehnsuchtsvoll in die Ferne schweifen ließ. Ihre Augen, zunächst noch voller Mitleid und Verständnis, verhärteten sich plötzlich.
„Wir müssen diesem unhaltbaren Zustand ein Ende bereiten, aber nicht durch Gewalt. Nur durch eine List wirst Du gegen Deinen Vater mit Erfolg vorgehen können. Er trachtet Dir nach dem Leben. Also dürfen auch für Dich alle Mittel recht sein. Ich habe einen Plan, den ich aber zunächst mit Deiner Mutter besprechen muss! Halte Dich also bereit! Wenn Sie zustimmt, wird sie Dich bald zum Olymp rufen!"

Ich wartete, aber erst im Sommer hörte ich den Ruf meiner Mutter Rhea. Ich brach sofort auf und gelangte unter dem Schutz und den Schildern der Kureten unentdeckt zum Berg der Götter, zum Olymp, dem Stammsitz des Kronos. Schon von Weiten hörte ich das Grölen und Johlen, mit denen mein Vater und seine Zechkumpane feierten. Mutter Rhea empfing mich an den Ausläufern des gewaltigen Berges. Sie schloss mich in ihre Arme und flüsterte mir zu:
„Habe keine Angst! Kronos Sinne sind durch Nektar und Ambrosia benebelt, und seine Saufbrüder, alles niederrangige Götter und sklavisch ergebene Speichellecker, sitzen in fröhlicher Runde bei ihm. Welch ein Glück, dass die Bergspitze von Wolken verhüllt ist, so dass sich kein Sterblicher über ihren abschreckenden Anblick entsetzen kann. Sie würden sonst für alle Zeit den Respekt vor uns Göttern verlieren und entdecken, dass Kronos kein noch so geringes Opfer wert wäre! Es ist höchste Zeit, dass er seinen Thron räumt und seine Macht verliert!"

Rhea nahm mich bei der Hand und führte mich hinauf, zunächst über saftige Wiesen und Weiden, auf denen die göttlichen Kühe grasten. Dann erklommen wir die ersten Felsen unterhalb des Gipfels. Auf den Steinen kauerten zierliche Nymphen - offenbar auf ihren Einsatz an der göttlichen Tafel wartend, um mit Tanz und Gesängen die Zechkumpane zu erfreuen und später wohl auf Befehl des vereinenden Gottes Eros in die Arme der trunkenen Tafelgesellschaft zu sinken.

Mutter Rhea versteckte mich in der olympischen Küche, die zwischen zwei Felsspalten ganz nahe dem Thronsaal lag. Das Personal hatte sie fortgeschickt, denn sie selbst pflegte an der göttlichen Tafel zu servieren. Überall standen Krüge voll mit Nektar, bunt bemalt mit Szenen aus dem Leben der Götter und der Sterblichen. Becher, gefüllt bis zum Rand mit Ambrosia, reihten sich auf einem Tisch. Auf einem anderen wiederum standen Schalen, in denen goldgelb der Nektar schimmerte, einen süßen Duft verströmte, der mich schwindlig werden ließ.
„Trinke keinen einzigen Tropfen davon!" befahl mir Rhea, „Denn jetzt musst Du einen kühlen Kopf bewahren. Die Stunde meiner und Deiner Rache ist gekommen. Die Gelegenheit ist günstig, mein Sohn. Dein Vater ist betrunken und immer noch durstig!"

Sie nahm behutsam eine besonders elegante Schale mit Nektar in Ihre Rechte, fügte einen Löffel Bienenhonig hinzu, mischte gelben Senf hinein und eine Handvoll Salz. Dann schwenkte sie vorsichtig das Trinkgefäß, bis sich der Inhalt vermischte und der Trunk seine goldgelbe Farbe wiedererlangte.
„Was hast Du vor?" flüsterte ich voller Neugier, während sie den Kopf neigte, um immer wieder dem Lärm jenseits des Felsens zu lauschen. Das allgemeine Geschrei steigerte sich jetzt zu einem lauten Brüllen.
„Rhea! Wo bleibst Du denn?" rief eine raue Stimme. „Wir haben nichts mehr zum Trinken! Bring uns endlich Nektar und Ambrosia!" Und dann erdröhnte die ganze Tafel unter den Faustschlägen, mit dem die göttliche Runde im Takt ihre ganze Gier offenbarte.
„Nektar und Ambrosia! Nektar und Ambrosia! Nektar und …!"
Rhea wandte sich mir rasch zu. Ihr Gesicht glühte rot vor Aufregung und ihre blonden Löckchen zitterten. Unter dem weißen Tuch, mit dem sie sich umhüllt hatte, konnte ich wahrnehmen, wie sich ihr Körper in konzentrierter Aufmerksamkeit spannte.

„Ich muss an die Tafel. Wenn ich Dich rufe, nimm diesen Becher, den ich gerade gemischt habe, trage ihn vorsichtig herein und reiche ihm Kronos, der am Ende des Tisches auf seinem Thron sitzt! Und – keine Angst! Er wird Dich nicht erkennen, so trunken, so verwirrt sind seine Sinne!"

Sie atmete noch einmal tief durch und eilte mit entschlossenem Schritt um den Felsen herum, mich voller Erwartung, Furcht und Unsicherheit zurücklassend. Zu gern hätte ich sie begleitet und beschützt. Erst später hat sie mir in allen Einzelheiten die Szene an der Tafel noch einmal beschrieben. Mir blieb vorerst nichts Anderes übrig als zu lauschen.

„Rhea, wo bleibt unser Nektar, und wo - unser Ambrosia?" So hörte ich die tiefe Stimme des Kronos voller Vorwurf. Nuschelnd verschliffen sich dabei die Laute zu einem schwer verständlichen Brei aus Worten. Doch scharf und vorwurfsvoll antwortete ihm meine Mutter:

„Ich habe es satt, Kronos, mich Abend für Abend um Deine Getränke zu sorgen. Mach das in Zukunft gefälligst selber, oder stelle einen Mundschenk ein!"

„Sei doch friedlich, liebste Rhea!" lallte er zurück. „Ich kenne keinen, mein Augenschmaus, der geeigneter wäre als Du, uns mit Nektar und Ambrosia zu versorgen. Wenn Du das nicht mehr übernehmen willst, besorg uns doch einen hübschen, jungen Mann, der zudem auch noch unser Auge erfreut!"

Rhea zögerte kurz, um durch eine allzu rasche Antwort keinen Verdacht aufkommen zu lassen.

„Ich hätte schon einen vertrauenswürdigen jungen Mann, einen Kreter. Er wartet nur darauf diese Ehre übernehmen zu dürfen und Dir vorgestellt zu werden. Willst Du ihn sehen?"

Kronos blickte unsicher, nun doch ein wenig misstrauisch in die Runde der Zecher, die auf ihren Schemeln trunken wie Schilf im Wind hin und her wankten. Die Saufkumpane nickten schwerfällig mit den Köpfen. Sie waren nicht nur durstig, sondern wegen der willkommenen Abwechslung plötzlich auch voller Neugier.

„Wir wollen ihn sehen! Bring ihn her!" riefen sie wie im Chor.

Rhea drehte sich langsam um und verließ bedächtig den Saal. Jegliche Hast hätte in diesem Moment das anfängliche Misstrauen des Kronos vertieft.

Kaum tauchte sie in der Küche auf, reichte sie mir auch schon die Schale.

„Jetzt ist es an Dir das Werk zu vollenden! Benimm Dich ganz natürlich und vor allem zittere nicht, damit Du nichts verschüttest!" Voller Vorsicht, als hielte ich eben gelegte Eier in der Hand, die durch eine einzige unachtsame Bewegung zerbrechen könnten, trat ich mit der Schale um den Felsen herum. Ich versuchte meine aufkommende Angst zu unterdrücken, die sich mit jedem Schritt in Richtung des Thronsaales auch noch verstärkte. Als ich aber endlich die Göttertafel sah, von flackernden Fackeln düster beleuchtet, als ich die Götterfreunde meines Vaters erblickte, von denen manche mich mit verschwommenem Blick musterten, andere, dazu nicht mehr fähig, und schlafend den schwer gewordenen Kopf auf den Tisch ruhen ließen, da wusste ich, dass ich meine Rolle beherrschen würde. Wer unter den zechenden Göttern noch zu einer gewissen Aufmerksamkeit fähig war, glotzte mich mit stumpfem Blick an. Sie tuschelten ein wenig, und Kommentare begrüßten mich wie:
„Das ist aber ein hübscher Junge!" oder „Er sieht nicht aus wie ein Diener, eher wie einer, der Herr sein will!", oder „Er zittert mir zu sehr!"

Ich schritt entschlossen die Tafel entlang. So mancher der Götter beugte sich mühsam nach hinten, um mir einen neckischen Schlag auf das Hinterteil zu versetzen, oder suchte mich nur mit der Hand zu berühren, um meine Muskeln zu prüfen. Der Tisch bog sich unter den Trinkschalen und Bechern, unter Platten mit exotischen Früchten und gewaltigen Bergen aus Fleisch, das von den Sterblichen den Göttern geopfert worden war. Große Lachen verschütteten Nektars breiteten sich auf dem Felsboden aus, in denen Knochenreste schwammen. Ein Duft von Blumenblüten, eine rauschhafte Süße zog wie eine ätherische Droge durch den Saal und setzte sich schwer wie Blei in meinen Gliedern fest, so dass sich meine Schritte verlangsamten.

Es erschien mir wie eine Unendlichkeit, bis ich endlich oben an der Tafel eintraf und meinem Vater in die Augen zu blicken vermochte. Der Nektar hatte von ihm Besitz ergriffen, hatte ihn stumpf werden lassen. Seine Pupillen verschwanden obendrein nahezu unter dicken Tränensäcken. Die Backen plusterten sich dick auf, als hätte er sie mit Luft gefüllt; die Nase dazwischen glänzte speckig und war von bläulicher Farbe und kleinen Narben überzogen. Sein runder kahler Kopf fügte sich so dicht zwischen den breiten Schultern hinein, als wäre er ohne Hals geboren. Aber, was mich wohl am meisten beeindruckte, war der kaum von seiner roten Toga verhüllte, gewaltig fette Kugelbauch, welcher, der Schwerkraft gehorchend, zwischen seinen feisten Schenkeln ruhte. Ich glaubte unter seiner gespannten Haut heftige Stöße und manche tiefe Ausbuchtung ausmachen zu können - von den Geschwistern darinnen, die sich in der Enge seiner Gedärme balgten.

„Junger Mann!" rief er laut und mit schwerer Zunge. „Reiche mir erst den Trunk, danach werde ich Dich einer genaueren Prüfung unterziehen!"
Meine Hand zitterte. Der Nektar in der Schale drohte über den Rand zu schwappen.
„Warum zitterst Du, mein Sohn?" lachte Kronos und schlug sich auf die feisten Schenkel.
„Du bist kein guter Mundschenk, wenn Du Deinem Herrn eine leere Schale reichst. Gib sie endlich her und mach Dich davon! So einen wie Dich will ich nicht in meiner Nähe haben!"
Ich trat näher heran, roch den scharfen Dunst seines schwitzenden Körpers, der sogleich Übelkeit in mir auslöste und meine Knie weich werden ließ. Bevor ich noch größeres Unheil anrichten konnte, übergab ich ihm den Trunk. Kronos setzte, ohne mich weiter zu beachten, die Schale gierig an die Lippen und schlürfte die giftige Mischung in einem Zug bis hinunter zum Grund.
„Warte ab, gleich wirkt der Trunk", dachte ich bei mir und blieb wie angewurzelt stehen, um mich von den grausamen Folgen des Gebräus mit eigenen Augen zu überzeugen.
„Was willst Du noch? Verschwinde!" grölte Kronos, lehnte sich mächtig zurück und wischte sich den Nektar von den wulstigen Lippen. Dann hob er seinen Arm, um die leere Schale nach mir zu werfen. Noch im Ausholen aber verdunkelten sich seine Augen. Die Gesichtszüge verformten sich, als würden an ihnen alle Ziegenböcke des Idagebirges zerren. Die Haut nahm die Farbe von Asche an. Seine schweren Gliedmaßen schwangen hin und her wie dicke Äste im starken Sturm. Sein Körper begann zu zittern als würde ein heftiges Erdbeben in ihn fahren. Angstvolle Stille breitete sich im Saale aus.
Die Zechkumpane erstarrten beim Anblick des Kronos. Keiner eilte ihm zu Hilfe. Im Gegenteil, die meisten standen plötzlich

schwankend von ihren Sitzen auf und suchten vor Schreck das Weite.

Kronos begriff offenbar rasch, was ich ihm angetan hatte. Er versuchte sich mühsam zu erheben und richtete seine Augen wütend auf mich, als wolle er mit seinen Blicken zustechen. Noch im Stehen fuhr eine mächtige Welle durch seinen Körper - von unten nach oben. Sein Brustkorb dehnte sich breit, als würde er platzen. Kronos öffnete den Rachen weit und immer weiter, bis seine Lippen sich zu einem gähnenden Portal rundeten. Es riss ihm regelrecht die Kiefern auseinander, so dass ich in seinen Schlund wie in eine tiefe Höhle blicken konnte. Er würgte und würgte, denn Senf und Salz verbissen sich wie zwei Höllenhunde in seinem Gedärm. Er muss unter gewaltigen Schmerzen gelitten haben, und dennoch entfuhr ihm kein erleichternder Laut. Kein noch so leises Stöhnen kam über die zum Zerreißen gespannten Lippen.

In seinem Rachen erschien jetzt, immer noch in Windeln gewickelt, der Stein, den ihm Rhea nach meiner Geburt zum Verschlingen gegeben hatte. Kronos vermochte dabei kaum mehr zu atmen. Seine Wangen färbten sich schwarz, bis er endlich den Sohnesersatz herausgewürgt hatte. Der Stein rollte über den Bauch und fiel polternd zu Boden. Ich habe ihn übrigens aus Dankbarkeit später nach Delphi gebracht, wo er über Jahrhunderte hinweg mit Öl gesalbt und angebetet wurde. Auch heute noch ist er dort zu bewundern.
Das Würgen indes nahm kein Ende. Es schüttelte und rüttelte meinen Vater, als lebe in ihm noch eine höhere Kraft, die von seinem Körper mehr erwartet als lediglich einen Stein zu erbrechen. Jetzt streckte nämlich Bruder Poseidon aus dem geweiteten Schlund den Kopf heraus. Er triefte vor Magensaft und kletterte wohlbehalten zwischen den Kiefern hindurch. Danach kamen der düstere Hades und die schöne Hera, schließlich die wohl beleibte Demeter und zum Schluss Hestia, die Erstgeborene, von den Magensäften ganz verschrumpelt. Ihre Haut hat sich nie mehr von diesem unwirtlichen Aufenthalt erholt.

Rhea war von mir unbemerkt in den Saal geschlüpft, während ich die wunderbare Wiedergeburt meiner Geschwister starr vor Staunen beobachtet hatte. Jetzt klatschte sie in die Hände, jubelte und tanzte schadenfroh um Kronos herum, der sich, nachdem er all seine Kinder herausgekotzt hatte, wie ein Kreisel zu drehen begann, immer schneller, bis er endlich ohnmächtig in sich zusammenstürzte.

Wir umarmten uns alle, während in unserer Mitte Mutter Rhea Freudentränen vergoss. Dann runzelte sie die Stirn und wurde ernst:

„Es wird Krieg geben!" prophezeite sie. „Krieg mit Kronos und seinen Titanen-Göttern, seinen Zechkumpanen. Er wird sich rächen wollen und uns alle vernichten!"

„Aber wir, wir werden gemeinsam kämpfen und gewinnen!" versicherte Hera mit leuchtenden Augen. Hades indes, der schon damals das Jenseits schätzte, rieb sich freudig die Hände und frohlockte.

„Es werden dabei viele über den Totenfluss Styx gerudert werden müssen!"

„Aber keiner von uns wird darunter sein!" zischte Demeter, „Denn wir werden Kronos und die Titanen besiegen, wenn der jüngste Bruder Zeus, der uns befreit hat, auch unser Anführer sein wird!"

Poseidon protestierte:

„Aber steht die Führung nicht mir zu? Ich bin doch der Ältere…!"

Mutter Rhea fiel ihm sogleich ins Wort, deutete auf mich und sprach mit unduldsamer Stimme:

„Nur Zeus vermag Kronos zu vernichten, das sagte schon die Prophezeiung des Uranos. Er wird uns in den Krieg führen!"

So wurde ich, der Benjamin unter den Geschwistern, zum Herrn über die Götter bestimmt. Es sollte auch dabeibleiben.

Was soll ich noch viel über diesen Krieg sagen, der zehn Jahre lang hin und herwogte, bis wir endgültig die Titanen vertrieben hatten. Von Bedeutung erscheint mir dabei, um der Gerechtigkeit willen, Folgendes: Wir gewannen letztlich nur deshalb, weil wir uns mit den Feinden des Kronos, mit den Kyklopen, verbündeten. Die einäugigen Riesen hatte mein Vater, da er sich ebenfalls von ihnen bedroht fühlte, lange vor meiner Geburt in den Tartarus geworfen. In diesem düsteren Kerker weit unterhalb der Erdscheibe warteten sie schon ewige Zeiten auf Befreiung. Ihre Dankbarkeit kannte keine Grenzen, als ich die Wärter überwand und die Pforten ihres Gefängnisses öffnete. Sie schenkten mir als Waffe den Blitz, den ich hinfort nicht mehr aus der Hand gab. Dem Bruder Poseidon schmiedeten sie einen Dreizack. Ihn ließ er von diesem Moment ebenfalls nie wieder los. Und auch Hades ging nicht leer aus: Ihm nähten sie eine Tarnkappe. Mit ihr schlich sich der Bruder ungesehen an Kronos heran und stahl ihm seine Waffen. Poseidon lenkte den Vater zugleich mit dem Dreizack ab, indem er ihn bedrohte. So konnte ich in aller Ruhe zielen und ungehindert Blitze nach ihm schleudern. Sie streckten ihn endgültig zu Boden. Geschlagen begab sich schließlich der ehedem so Mächtige, der Erste unter den Göttern, zu den Gefilden der Seligen und kehrte nie wieder.

Abermals ein Vatermord! Lastet nicht dieser Fluch auf unserer Götterfamilie wie ein Fisch im Netz der Mythen? Oder ist der gewaltsame Tod des Vaters ganz allgemein der symbolische Ausdruck einer Urangst vor dem Vater? Ist es nicht so, dass nahezu jeder Sohn irgendwann in einen Lebensabschnitt gerät, in dem er sich von der Autorität seines Vaters lösen, sich von dessen Befehlsgewalt und Einfluss durch eine besondere Tat befreien muss, um sich aus seinen Fesseln zu winden? Es muss allerdings dabei nicht immer gleich ein Mord geschehen.

Endlich, nach Kampf und Sieg gegen die Titanen, wählte mich meine Familie zum Nachfolger des Kronos. Und weil es mir als junger Gott noch an Autorität fehlte, ich unerfahren im Führen der göttlichen Geschäfte war, teilten Mutter und Geschwister die Erde gerecht unter sich auf. Die ganze Macht sollte, nach den Erfahrungen mit Uranos und Kronos, nicht mehr in einer Hand liegen. Ich, Zeus, erhielt deshalb lediglich eine politische Position, welche die Römer später „Primus inter Pares" bezeichneten. Im Grunde hatte man mir damit die schlechteste Karte im Spiel der Götter zugeteilt: ich war Schiedsrichter und Vermittler, Mädchen für Alles. Ich war im Grunde der Idiot, der die Wogen, welche die Fehlentscheidungen und das schlechte Benehmen der anderen Götter auslösten, wieder glätten musste. Ich war sozusagen ein König ohne Land. Die anderen Familienmitglieder hatten sogleich ihre Reviere abgesteckt und die Aufgaben an sich gerissen, die ihrem Charakter und Wünschen am Nächsten kamen. Sie verwalteten ihre Ministerien wie Fürstentümer, bei denen ich nur wenig mitzureden hatte.
Bruder Poseidon erhielt das Meer, die Seen und Flüsse.
Hades beherrschte die Unterwelt und die Toten.
Hera kümmerte sich um die Ehe und alles Weibliche.
Hestia sorgte sich um das Herdfeuer und die Häuser.

Demeter war für alle Fruchtbarkeit, für das Wachsen und Gedeihen zuständig,
Und Rhea konzentrierte sich als alte Göttin auf das Mütterliche in der Welt. Diese Aufgabe hatte sie bereits unter Kronos erfüllt. Da kannte sie sich aus.

Natürlich gab es noch etliche Bereiche, die verwaist blieben, aber nach solch einem Krieg besetzten wir zunächst nur die uns wichtig erscheinenden Positionen, um später die verbleibenden Aufgabenbereiche an unsere Nachkommen zu verteilen. Weisheit und Liebe, Krieg und Schmiedekunst, Eifersucht und Neid, all diese Posten mussten wohl überlegt Mitgliedern unserer Familie zugewiesen werden. Aber davon gab es vorerst zu wenige. Nach zehn Jahren Krieg waren die Angehörigen dezimiert. Kein Wunder also, dass Hera, die Göttin der Familie, sogleich auf meine Zeugungskraft baute. Sie begann mit meinen Geschwistern, allen voran meiner Mutter Rhea, aufs heftigste zu diskutieren. Hera empfahl sich mit den Worten:
„Zeus muss unbedingt heiraten und mit seinen Kindern unser aller Macht festigen. Er sollte mich zur Gattin wählen. Ich bin zwar seine Schwester, aber ich weiß den weiblichen Teil der Erdscheibe hinter mir. Zu mir beten die Menschen, wenn sie heiraten und eine Familie gründen. Wenn die Frauen für mich sind, dann werden sie nach einer Heirat auch Zeus unterstützen!"
„Das kommt gar nicht in Frage!" zischte Rhea. „Zeus heiratet überhaupt nicht! Er kann keinem Rock widerstehen, wie mir die Nymphen erzählten. Bereits als Kind hat er die eine wie die andere des nachts berührt. Außerdem kann ich seine Neugier auf Frauen regelrecht spüren. Ihr wisst: Ich besitze die Gabe der Prophetie, und die sagt mir: Er ist der Inbegriff der Untreue und wird eine jede betrügen, die sich auf ihn einlässt. Vielfach! Hundertfach!"
So sprach sie - nicht ohne einen gewissen Stolz, fügte jedoch in einem resoluten Ton hinzu, der keinen Widerspruch duldete:
„Keine Diskussion mehr, Hera! Als Mutter verbiete ich, dass Zeus heiratet! Und schon gar nicht Dich, Hera! Er wird Dich todunglücklich machen!"

Rheas Befehl hätte mich nun als obersten und mächtigen Gott eigentlich nicht interessieren müssen. Doch, wie in allen Familien auch heute noch rund um das Mittelmeer, mussten auch wir göttliche Geschwister uns den Vorstellungen der Mutter unterordnen. Widerspruch duldete sie nicht. In diesem Falle stimmte ich ihrem Wunsch von Herzen zu, übergab sie mir damit doch einen Freibrief, so dass ich vorerst ohne beklemmende Gedanken an eine verpflichtende Hochzeit das „Geheimnis" des Eros erforschen konnte. Und ich war ihr sogar dankbar, weil ich nach zehn Jahren aufregender Kämpfe im besten Alter von zwanzig Jahren mich dieser mir äußerst wichtig erscheinenden Frage endlich widmen konnte.

3. Tag

Ich ziehe die Vorhänge beiseite, um Tanjore in meinen frühen Tag eindringen zu lassen. Unweit vom Hotelfenster endet die Autobahn. Auf dem noch unfertigen Betonskelett haben Obdachlose ein paar blaue Plastikplanen als Wohnstätte gespannt. Eine alte Frau zündet ein Feuer aus Bauholz an. Ein junger Mann steht an einer hölzernen Balustrade und uriniert. Auf dem Affenbrotbaum unmittelbar vor dem Hotelfenster turnt ein Eichhörnchen und greift nach den langen bohnenförmigen Früchten. Während meiner Reisen in den vergangenen Jahren habe ich in vielen Hotelzimmern aus dem Fenster geblickt. Jetzt, da ich über ein I-Phone verfüge, spiele ich mit der Idee, diesen und all die zukünftigen Blicke aus Hotelfenstern zu fotografieren, um sie zu sammeln. Mir gelingt an diesem Morgen tatsächlich ein Schnappschuss. Genau in dem Augenblick, da das Eichhörnchen außen auf das Fensterbrett meines Hotelzimmers springt, drücke ich auf den Auslöser.

Unten vor dem Hotel kann ich bereits Ganesha erkennen. Er wartet, hat wie jeden Morgen das Auto gewaschen und so gewienert, dass es in der Morgensonne blitzt. Vom Fenster aus sehe ich, wie er sich mit einem ganz in weiß gekleideten Mitarbeiter unterhält. Er trägt einen Turban, auf dessen Stirnseite eine Straußenfeder bei jedem Nicken zittert. Es ist der Gleiche, der mir eine Stunde später die Wagentüre öffnet, als ich nach dem Frühstück zur Abfahrt mein Gepäck heranrolle. Ich drücke ihm ein paar Rupien in die Hand, bitte ihn mich ganz selbstständig im Auto Platz nehmen zu lassen. In seinem Gesicht lese ich eine gewisse Verstörtheit.

Er hält mich wohl für einen der vielen übergeschnappten Westler, die seinen Service nicht als selbstverständliche Dienstleistung begreifen wollen und sich von ihm moralisch bedroht fühlen.

Wir fahren durch den indischen Morgen. Noch wirkt die Luft frisch. Ihr Dunst gleicht einem feuchten Schleier, der wie ein Lappen über die morgendlichen Gesichter der Rikscha- und Tuk-Tuk Fahrer, der Lastenträger und Wasserverkäufer wischt und sie aufmuntert. Ein neuer Tag, ein kleiner Schritt auf dem langen Weg ins Nirwana bricht an.

Es dauert nicht lange, dann verlassen wir das quirlige Tanjore. Vor uns öffnet sich wieder das weite Land. Hier und dort ragen Palmen aus dem Dunst. In manchen Niederungen liegt noch der Nebel und verhüllt die tiefergelegene Flora. Wir sind auf dem Weg nach Trichy. Dort erwarten mich 437 Stufen, die zum Rock-Fort-Tempel hinaufführen. Ich strecke mich behaglich auf dem Rücksitz aus und spüre, dass sich seit gestern etwas verändert hat. Ab heute fühle ich mich in diesem Land heimischer - wie in einem Roadmovie, wie auf einer Reise, auf der es nicht nur um die Entdeckung einer fremden Welt geht, die draußen vor den Autofenstern vorbeifliegt, sondern auch um innere Erfahrungen, um eine Annäherung an mein verlorenes Ich. Dass ich gestern eine erste Vergangenheit in mir erweckt und durchdacht habe, das lässt mich heute eine gewisse Erleichterung spüren. Wie erfrischt freue ich mich auf den Tag, an dem wir über sechs Stunden im Auto sitzen werden.

„Ganesh?" frage ich, als er auf eine der großen mit Bierwerbung bemalten Häuserwände zufährt.
„Wie ist das eigentlich: Trinkst Du Bier? Wie ist das überhaupt mit Alkohol?"
Es dauert eine Weile bis Ganesh eine diplomatische Antwort findet:
„Hier in Tamil Nadu, hier gibt es für Inder nur ganz wenig Möglichkeiten Bier zu trinken. Tamil Nadu ist streng!" sagt er ein wenig spöttisch, als wolle er sich vom Verhalten der Regierenden distanzieren.
„Ich würde einmal ganz gern in eine indische Kneipe gehen, in der die Einheimischen Bier trinken können, in der Studenten sind, mit

denen ich mich vielleicht sogar unterhalten kann. Ich würde Dich dazu auch einladen?"
Wieder schweigt Ganesh für einen kurzen Moment. Dann gesteht er ein wenig geniert:
„Ich darf mit Dir keinen Alkohol trinken! Ich darf das nicht annehmen. Wenn meine Agentur das erfährt, verliere ich meinen Job!"
Ich will nicht so rasch aufgeben, beuge mich nach vorne und versuche es erneut:
„Geh doch bitte heute Abend mit mir in eine Kneipe! Deine Agentur wird von mir kein Wort erfahren. Ok?"
Ganesh lächelt hinter dem Steuer, wiegt den Kopf hin und her, wie es in Indien Brauch ist, wenn man zustimmt und sich freut.
„Ich wüsste schon, wo wir in Trichy Bier trinken könnten, aber dort gibt es keine Studenten. Das ist auch keine Touristenkneipe! Da bist Du vermutlich der erste Ausländer!"
Ich plage ihn nicht weiter mit meinen Fragen. Ab jetzt ist es still im Auto.

Während sich Ganesh auf die Straße konzentriert - auf Kühe, die sich urplötzlich entscheiden könnten über die Straße zu trotten; auf Kinder, die im Staub Hühnern oder Hunden hinterherjagen, auf Radfahrer, deren Räder so hoch bepackt sind, dass sie ihrer romantischen Bezeichnung „Drahtesel" alle Ehre machen. Während also Ganesh diesen Hindernissen in weiser Voraussicht ausweicht, hänge ich stumm meinen Gedanken nach.
Sie lassen sich nicht deutlich fassen. Es sind Fetzen von Gefühlen, die mich wie aufgescheuchte Vögel heimsuchen. Es ist, als ob die Erinnerungen des gestrigen Abends Steine eines Stauwehrs gelockert haben, vor dem die großen Wassermassen nur darauf warten, dass die Mauern endlich nachgeben und den Weg zu einem totalen Durchbruch freimachen.
Ich habe das Gefühl noch ein wenig warten zu müssen. Die befreiende Desorganisation Indiens, das Laissez-faire, das scheinbare Chaos beginnt sich offenbar auch in meinem Inneren abzuspiegeln. Es löst meine Selbstkontrolle, meine Strukturen, mit denen ich mein vergangenes Leben so lange Jahre in Schach gehalten habe.

Draußen wird die Landschaft flacher. In der dunstigen Ferne erheben sich einige blaue Hügel wie die Rücken einer sich windenden Schlange. Es gäbe noch so vieles mehr, was es zu Bedenken gilt: Szenen, die mir wichtig erscheinen, Abschnitte meines Lebens, die mich geprägt und geformt haben. Ich trage sie bisher stumm mit mir herum. Mit den Jahren bin ich zudem schweigsamer geworden, habe mein Erleben so wenig bedeutsam gefunden, dass ich glaubte, es vertrauten Personen nicht mitteilen zu müssen. Zu häufig hatte ich die Erfahrung gemacht, dass ich beim Erzählen eines für mich wichtigen Ereignisses sehr rasch mit den Worten unterbrochen wurde: „Also bei mir ist das so ... und ganz anders gewesen!" Daraufhin überschüttete mich der Gesprächspartner hemmungslos mit seinen eigenen Erfahrungen. Er hatte offensichtlich nur darauf gelauert, mich beim Sprechen zu unterbrechen, um selbstsüchtig das eigene Erleben ausbreiten zu können.

Erstaunlich, der Impuls des gestrigen Abends löst während der Fahrt durch den indischen Süden und beim Holpern über Schlaglöcher weitere Erinnerungen an meine Kindheit aus. Wie kleine Luftbläschen vom Grunde eines trägen Moor-Sees steigen Szenen herauf: Ganz zu Beginn steht ein kurzes Bild aus den frühen Baby-Tagen, als meine Mutter mich im Sommer zur Beruhigung stets unter einen Baum schob. Vom Kinderwagen aus sehe ich jetzt, gleichsam wie in einem inneren Kino, die Sonne durch das Geäst blitzen. Damals und auch heute erregt es mich, wie der Wind mit den hellen Strahlen und den Blättern spielt. Eine lebhafte Orgie aus Blau, Grün und dazwischen die grellen Sonnenstrahlen. Damals war offenbar die Kraft der Sonne tief in mich eingedrungen. Sie hat mich eine erste kindliche Ahnung von der gewaltigen Energie des Göttlichen empfinden lassen. Eine Spur aus diesen Tiefen meiner Vergangenheit kann ich sogar noch heute hier im Auto wahrnehmen: einen Fingerhut voll kurzen Glücksgefühls. Das ist der damaligen Naivität und unschuldigen Bereitschaft meiner kindlichen Wahrnehmung zu verdanken!
Es dauert nur einen Lidschlag an. Schon wird das Bild schwächer, fällt allmählich in sich zusammen, um sich sogleich der Szenerie einer nächsten Erinnerung zu öffnen, - der weiteren Fern-Erinnerung an die Anfänge meines Lebens: nämlich der eines kleinen vierjährigen Buben in der Küche unseres Hauses. Wie ein Käfer liege ich auf dem Rücken, rudere mit meinen Armen und Beinen und versuche mich unter die Röcke unserer Haushaltshilfe zu stehlen. Ich will wissen, was sich darunter versteckt. Ich bin einfach nur neugierig auf ihre beiden nackten Beine, die wie zwei

Säulen unter den zarten Unterröcken verschwinden. Dabei reizt mich das Geheimnisvolle, das Verbotene einer Region, die man mit verdächtig viel Aufwand verhüllt. Und doch konnte ich damals nichts Unrechtes an meiner naiven Neugier entdecken!
Das Mädchen wehrte sich lachend. Doch meine Mutter zog mich unter den Rockschößen hervor und verpasste mir eine Ohrfeige. Sie drohte: „Mach das ja nie wieder!"
Diese handfeste Reaktion meiner Mutter vermag ich hier und jetzt im Auto für einen kurzen Moment auf meiner Backe zu spüren.

Ich wende mich wieder nach vorne, blicke Ganesh gebannt über die Schulter. Er entwickelt gerade den Ehrgeiz einen mit Wolle hochbeladenen Lastwagen zu überholen. Zur gleichen Zeit schießt aus der nächsten Kurve schrill hupend ein Bus auf uns zu. Doch wie so viele Male, die beiden Fahrer meistern in letzter Sekunde die Gefahr.

Durch die Windschutzscheibe vorne tauchen runde, steinerne Hügel aus dem grellen Mittagsdunst auf. Als ob ein Gott mit kräftigen Händen nahezu regelmäßige Ballen geformt, mit ihnen dann in der Landschaft gekegelt hätte, liegen sie dicht beieinander, erheben sich grau aus tiefgrünen Palmengärten. Auf ihren Spitzen tragen manche kleine weiße Nacht-Hauben. Beim Näherkommen entpuppen sie sich als Tempel oder Klosterbauten. Von den Gipfeln herab segnen sie die Felder und Wälder zu ihren Füßen. Dank der Kraft und Güte der Götter dringt Fruchtbarkeit in die Erde. Ihre Wachsamkeit schützt das Land und die Bauern vor dem Einfluss böser Dämonen, die in der Monsunzeit als üppige Regengüsse über Land ziehen und die Saat ertränken.

Wir erreichen endlich das fruchtbare Becken von Trichy. Bisher wechselte sich beim Blick durch das Seitenfenster staubiges Buschland mit den verfallenden Häusern ärmlicher Dörfer ab. Hin und wieder breiten sich auch Baumwollfelder aus. Dann wiederum tauchen mehr und mehr kleine Läden am Straßenrand auf. An ihren provisorischen Verkaufsständen sind Tomaten zu Pyramiden aufgeschichtet. Runzelige Bittergurken, grüne dickbäuchige Melonen und Fruchtstände mit Bananen verformen unter ihrer Last die Verkaufstische.

Es ist Mittagszeit. Ein großer moderner Reisebus steht vor einem weißen, vier stöckigen Betonbau, dessen moderne Schlichtheit und Perfektion zwischen Hausruinen, Provisorien und Hütten geradezu ins Auge sticht.
„Willst Du etwas essen?" fragt Ganesh. Er parkt das Auto hinter dem Reisebus.
„Du solltest die Gelegenheit nutzen, denn das ist das einzige Restaurant vor Trichy. Bis dahin sind es noch drei Stunden. Hier kannst Du unbedenklich Deinen Lunch einnehmen!"

Nach vier Stunden Fahrt quäle ich mich aus dem klimatisierten Wagen. Ich dehne und strecke mich. Wie ein Keulenschlag trifft mich die Hitze. Nur wenige Meter bis zu den Glastoren dieser modernen Karawanserei, und schon fließt der Schweiß über Stirn und im Nacken. Als sich die Türen hinter mir schließen, fröstele ich im Windhauch der Klimaanlagen. Ich schaue mich ein wenig verloren vor einigen Designer-Stühlen und Tischen aus blitzendem Metall um. Am Ende des Restaurants öffnet sich ein gläserner Aufzug, der in den ersten Stock führt.

Am ersten der elegant geschwungenen Tische sitzt vereinsamt der Reiseleiter der französischen Gruppe. Er raucht eine Zigarette - vor ihm ein halbleeres Glas Tee. Er beugt sich nach vorne, und während er seine Zigarette in einem Aschenbecher aus rotem Christallglas ausdrückt, blickt er mich neugierig an:
„Ich habe Sie bereits erwartet. Trauen Sie sich nur herein!" sagt er in gebrochenem Deutsch. Sein leicht französischer Akzent wirkt nicht unsympathisch.
„Ganz allgemein in diesem Land, aber erst recht in Tamil Nadu gibt es für europäische Reisende nur wenige Orte, an denen sie ohne Probleme essen, und noch weniger Orte, an denen sie eine Toilette besuchen können. Innerhalb von 50 Kilometer werden Sie keinen vergleichbaren Ort finden. Ihr Fahrer kennt sich offenbar ganz gut aus!"

Ein Reiseleiter, der wie dieser in den vergangenen Tagen erneut meinen Weg kreuzt, das sollte mich nun doch interessieren. Dass ich ihm immer wieder begegne, scheint eine Fügung indischen Karmas zu sein. Indien ist kein Land des Zufalls. Es gibt ihn hier schlichtweg nicht, behaupten die Einheimischen. Alles Geschehen hängt vom Willen und Wirken der Götter ab. Dass ich dem

Reiseleiter jetzt schon mehrmals begegnet bin, gleicht der lästigen Begrüßung eines unliebsamen Bekannten in einer gänzlich fremden Welt. Ich erinnere mich, dass er mir beim letzten Treffen seine Visitenkarte in die Hand gedrückt hat. Ohne dass ich einen Blick darauf geworfen hatte, verschwand sie sogleich in einer meiner Taschen. Aber jetzt wüsste ich doch allzu gern seinen Namen und Beruf. Er rückt mir einen Stuhl zurecht:
„Nehmen Sie doch bitte Platz! Meine Reisenden aus Frankreich speisen gerade ein Stockwerk höher. Ich genieße währenddessen diesen Moment der Stille. Endlich bin ich nur mit mir und einem Glas Tee alleine!"
„Aber", so falle ich ihm sogleich ins Wort, „dann störe ich Sie doch nur!"
„Nein, keineswegs! Ich spreche gerne zwischendurch deutsch - in Erinnerung an meine Frankfurter Studienzeit! Aber nachdem wir uns öfters begegnen, sollte ich mich kurz vorstellen. Mein Name ist Mohammad Shantu. Ich lebe in Madurai. Nur zwischendurch leite ich immer wieder Reisegruppen, um mein Gehalt aufzubessern! Darf ich Sie auf ein Glas Tee einladen?"
Auch ich stelle mich vor, reiche ihm schließlich die Hand und nehme auf dem angebotenen Stuhl Platz.
Irgendwo hinter mir dringt ein Ächzen an mein Ohr: Der Kellner ist erwacht und müht sich aus seinem Stuhl. Sein dunkles Gesicht, sein schwarzes Haar tauchen hinter einem großen weißen Tresen auf. Er schlürft auf unseren Tisch zu und stellt sich erwartungsvoll hinter uns auf. Ich kann meine Neugierde nicht mehr zügeln:
„Was sind Sie denn von Beruf?"
Der Reiseleiter blickt mich überrascht an, zögert einen Moment, als ob er sich Gedanken machen würde, weshalb ich wohl seine Visitenkarte nicht studiert haben könnte.
„Ich bin Professor für indische Geschichte am Kamal College in Madurai. Und ich verwalte, pflege, bearbeite neben meiner Universitätsarbeit zusätzlich eine der größten Palmblätterbibliotheken auf dem indischen Kontinent!"
Sein kurzes Zögern war vielleicht auch seinem akademischen Titel zu verdanken, den er mir nicht so rasch verraten wollte, damit ich ihn nicht für einen elitären Snob halte.

Leiter einer Palmblattbibliothek! Das ist es, was mich sofort in den Bann zieht. Nur wenig hatte ich bisher über diese seltsame

Sammlung alter Texte erfahren, in denen nicht nur historisches Wissen und Ereignisse Indiens auf getrockneten Palmblättern seit hunderten von Jahren aufgeschrieben wurden. Vor allem Astrologen ziehen die unendlich vielen zu einer Fibel gefalteten Blätter zu Rate, wenn es darum geht, sich Übersicht über das Leben eines Kunden zu verschaffen und auf der Basis seines Geburtstages einen Blick in die Zukunft zu werfen. Und schließlich sollen sich in diesen Bibliotheken auch uralte ayurvedische Rezepte, sowie uralte wissenschaftliche Abhandlungen finden, auf denen die Ärzte ihre ererbten Heilverfahren für nachfolgende Generationen dokumentiert haben.

„Eine Palmblattbibliothek leiten Sie also?" Ich richte mich in meinem Stuhl auf, beuge mich ein wenig zu ihm herüber, als wolle ich Druck auf ihn ausüben, mir doch mehr zu verraten.
„Solch eine Bibliothek würde ich gern besuchen? Was kann man denn da sehen?"
„Viel Staub! Endlose Reihen mit Regalen voller gebundener Palmblätter, manchmal dazwischen auch Rollen und Kladden dicht beschriebener Blätter. Es sind so viele, dass ich noch heute immer wieder erstaunliche Überraschungen erlebe. Ich finde Texte bis zurück ins vierte Jahrhundert vor Christus: Darunter sind Aufzeichnungen in einer Urform des Sanskrits. Wir haben zwei Jahre benötigt, um einen Bruchteil der alten vergessenen Texte mit Hilfe eines Computerprogramms zu entziffern. Aber jetzt sind wir soweit, dass wir auch unsere ältesten Palmblätter lesen und verstehen können. Ich habe inzwischen Manuskripte gefunden, die mir Rätsel aufgeben. Es besteht allerdings auch hier immer der Vorbehalt, dass sich Fälschungen eingeschlichen haben! Wir kommen übrigens übermorgen nach Madurai. Wenn Sie also Lust und Zeit haben, ich führe Sie gern durch unsere Räume!"
Mohammad breitet freundlich lächelnd seine Arme aus, als gäbe es nichts Normaleres als dieses Angebot, mich eigentlich nur zum Tee einzuladen.
„Sie müssen mir nur versichern, dass Sie mit keiner Menschenseele darüber sprechen. Das Betreten von Palmblätterbibliotheken ist nur mit höchster Genehmigung und lediglich in Ausnahmefällen möglich! Diese Einrichtungen werden nämlich in Indien wie eine heilige Institution behandelt. Da sammelt sich viel Religiöses rund um Islam, Hinduismus und Buddhismus an. Davon sind

eben Andersgläubige aus dem Westen meist ausgeschlossen. Viele der Schriften gelten als heilig und könnten durch die Betrachtung eines Ungläubigen entweiht werden!"
Der Kellner räuspert sich. Schon eine Weile steht er neben uns und wartet auf die Bestellung.
„Ich kann ein Sandwich für Sie bestellen, dazu Tee. Einverstanden! Ich lade Sie gern ein, muss aber jetzt hinauf zu meinen französischen Gästen. Die haben sich vermutlich so scharfe Speisen bestellt, dass sich beim ersten Bissen ihre Zungen in Feuer verwandeln. Das bleibt dann an mir hängen!"
Er bestellt Tee und Sandwich für mich, erhebt sich und eilt zum gläsernen Aufzug. Von dort aus winkt er mir kurz und freundlich zu, als sich die Türen öffnen.

Am Nachmittag erreichen wir Trichy. Die meisten Viertel der größeren indischen Städte gleichen sich. Und so ist die Einfahrt in das Stadtgebiet dem gestrigen Ziel sehr ähnlich: Zu beiden Seiten der Straße reiht sich Haus an Haus. Sie sind staubig, grau und manchmal mit dem Schwarz vertrockneter Algen des vergangenen Monsunregens überzogen. Ein Gewirr von Telefon- und Stromleitungen spannt sich wie ein Spinnennetz von Haus zu Haus. Autos und Motorräder lärmen durch die Gassen, suchen sich ihren Weg zwischen schwer beladenen Karren oder Fahrradrikschas. Autohupen, Fahrradklingeln, Kindergeschrei und die drohenden Flüche der Passanten dringen durch mein geschlossenes Autofenster.

Es ist dunkel, als wir unser Hotel erreichen. Das zwölf Stockwerke zählende Hochhaus macht den Eindruck, als versuche es einen gewissen Luxusstandard zu verteidigen, als würde es vom nahen unberechenbaren Leben der Straße ständig wie von einer ansteckenden Krankheit bedroht. Wächter achten auf jeden Besucher, der das Hotelgelände betritt. Mitarbeiter versprühen in der Auffahrt süßlich duftende Essenzen, um Ratten und allerlei Ungeziefer zu verjagen. Sie scheuchen uns hinein in die Hotelhalle, damit wir nicht allzu viel vom nebelartigen Gift einatmen.

Kaum habe ich an der Rezeption eingecheckt, wird mir schon der Koffer aus der Hand gerissen. Ganesh beobachtet gelassen das

Treiben um uns herum. Er wartet, will mich, wie am Vormittag beschlossen, an einen Ort in der Stadt führen, an dem Bier auch für Einheimische ausgeschenkt wird.
„Es gibt nur ganz wenige Orte," versichert er, „denn der Staat kontrolliert den Ausschank streng. Hier in Tamil Nadu kommt noch die religiöse Ächtung des Alkohols dazu!"

Es geht auf sieben Uhr zu, als er unseren Wagen am Rande eines belebten Busbahnhofs hinter einem Wartehäuschen parkt. Das Auto leuchtet hell wie ein großer weißer Nachtfalter auf diesem dunklen unübersichtlichen Parkgelände, das von fernen Straßenlichtern nur unzulänglich erhellt wird. Wir setzen beim Aussteigen unsere Füße vorsichtig auf die Erde, denn der geschotterte Boden ist mit Gerümpel, leeren Konservendosen, Glasscheiben und menschlichen Exkrementen übersät. Jeder Tritt will hier sorgfältig überlegt sein.

Ganesh führt mich vorbei am Wartehäuschen zu einem dunklen Korridor: Grob gezimmerte Holzlatten säumen die Seiten. Darüber spannt sich eine blaue Plastikplane. Ich zögere, gleicht doch dieser Eingang eher einer übergroßen Rattenfalle für Menschen, die man am liebsten für immer verschwinden lassen würde. Ganesh winkt mir auffordernd zu. Seine Gestik vermittelt mir volles Vertrauen, so dass ich ihm gehorsam durch diese düstere Schleuse folge. Ein heißer Hauch aufgestauter, abgestandener Hitze schlägt mir ins Gesicht. Ich taste mich weiter durch die Dunkelheit, bis sich endlich die Schleuse zu einem schwach erleuchteten Hinterhof öffnet, - einem heruntergekommenen Biergarten. Auf einzelnen Tischreihen stehen Petroleumlichter und Öllämpchen. Sie werfen ein nervöses Flackern in die Düsternis und verzerren die Gesichter der Gäste zu übellaunigen Fratzen. Manch zerfurchte Stirn, manch erloschenes Auge, runzlige Nasen sind zu erkennen. Einige Köpfe ruhen müde auf den Holztischen. Andere diskutieren heftig vor leeren Biergläsern. An einem abseits gelegenen Tisch weiter hinten nehmen wir Platz.
„Bier erhält man eigentlich nur in Hotels, manchmal auch in Restaurants. Aber in jeder größeren Stadt gibt es eben auch Orte wie diesen. Da kommen Alkoholiker zusammen oder Männer, die etwas zu feiern haben. Und darunter sind auch Taschendiebe, die Betrunkene bestehlen. Aber keine einzige Frau wirst Du hier sehen!"

Nicht einmal die Bedienung, die sich uns nähert, ist weiblich. Ein großer Mann mit Schürze schiebt ein Öllämpchen über unseren Tisch, dann baut er sich vor uns auf, als wolle er sagen, was wollt Ihr denn hier? Schließlich wischt er mit der Hand Krümel vom Tisch.
Ganesh bestellt zwei Bier! Etwas zum Essen? Nüsse? Etwas Süßes? Früchte? Ja! Ich nicke, freue mich auf ein kühles Bier an diesem abenteuerlichen Platz, der endlich einmal außerhalb der schützenden Wände eines Hotels liegt. Über uns funkeln die Sterne, um uns flackern weiche Lichter, huschen Menschenschatten, die miteinander reden und trinken. Ich bin stolz auf meinen Mut bei diesem Eintauchen in die mir sonst verborgenen Seiten Indiens. An diesem Ort ist die Verachtung wie mit der Hand zu greifen, denn in diesem freudlosen Hinterhof verstecken sich die Gefallenen und Verführten, denen nach Meinung der Inder eine sündige Menschlichkeit anhaftet: Menschen, die anstelle eines Gebets den Alkohol nutzen, dabei die Hürden religiöser Moral überwinden und sich auf diese Weise selbst aus der Gesellschaft ausstoßen.

Wir sitzen in der nächtlichen Hitze. Der Schweiß kühlt nur langsam auf der Stirn ab. Mein Hemd klebt am Leib. Kein einziger Besucher blickt sich misstrauisch nach uns um. Der Kellner serviert das Bier und grummelt dabei missgelaunt vor sich hin, als ginge ihn dies alles nichts an. Ganesh übersetzt:
„Er sagt, das Bier sei leider nicht kalt, sondern lauwarm! Sie hätten einen Stromausfall gehabt."
Ganesh geniert sich und hebt entschuldigend die Hände. Irgendetwas in der Haltung des Kellners spricht dafür, dass man hier grundsätzlich kein kaltes Bier ausschenkt. Der Wirt hat kein Geld für einen Eisschrank, oder er will Strom sparen. Das Lokal ist kaum beleuchtet, wohl um den Ort so unwirtlich wie nur möglich zu gestalten.

Das Bier erweist sich von nahezu ungenießbarer Temperatur. Um den pelzigen Geschmack zu übertönen, greife ich nach den Trauben, die der Kellner zusammen mit zwei kleinen Bananen, Orangenscheiben und Erdnüssen auf einem Plastikteller serviert. In der Dunkelheit sind die Früchte und ihr Grad der Sauberkeit kaum zu erkennen. Ganesh nippt in größeren Abständen vorsichtig am Glas, als hätte er es mit einer Kostbarkeit zu tun. Er freut sich

sichtlich über diese seltene Gelegenheit ein Bier zu trinken und genießt jeden Schluck.
„Treffen sich hier auch Studenten?" frage ich ihn, die Nüsse vorsichtig kauend, „Feiern die hier Partys?"
Ganesh versteht die Frage nicht. Er blickt mich irritiert an:
„Partys gibt es doch nur in Hotels oder Clubs - oder in den Villen der Reichen!" Offenbar hat er nur eine vage Vorstellung von Partys und was ich darunter verstehen könnte.
„Dann war ja mein Versuch mir einen Kontakt mit Einheimischen zu verschaffen völlig sinnlos!" lache ich verlegen und füge hinzu: "Aber dieser Ausschank hier ist doch auch nicht schlecht! Wir sind offenbar in die versteckte Hinterstube der indischen Gesellschaft geraten."
Ganesh trinkt jetzt hastiger. Er hat es eilig:
„Hier dürften wir eigentlich gar nicht sein. Deshalb sollten wir sobald wie möglich verschwinden!"
Ich schiebe das Bier aus Ekel weit von mir, während Ganesh sein Glas bis zum Boden gierig lehrt. Der Alkohol wird inzwischen seine Zunge gelöst haben und so frage ich:
„Ganesh, Du gehst wohl nicht häufig zu Orten wie diesen. Wie lebst Du denn zu Hause?"
„Oh, ich habe kein Geld für Bier. Ich bin froh, wenn ich meine Frau und meine beiden Kinder, meine Schwester und meine Eltern ernähren kann. Ich lebe in einem kleinen Haus mit meiner Familie. In der Nachbarschaft wohnen die Eltern und meine Schwester. Meine Schwester ist geschieden. Das ist hier für Frauen so schlimm, dass ihre Seele krank geworden ist. Sie ist immer traurig und liegt auf dem Bett, bewegt sich den ganzen Tag nicht!"
In der Düsternis des Ortes kann ich Ganeshs Gesichtszüge jetzt nur noch erahnen. Aber sicher haben sich seine Augen beim Gedanken an seine Schwester verdunkelt. Er senkt den Kopf und meint mit leiser Stimme:
„Die Medikamente für sie sind sehr teuer! Sie helfen kaum. Und so müssen wir opfern: Die Göttin Kali lässt sie einfach nicht los!"
Ich beuge mich leicht über den Tisch, um meiner Frage ein wenig Nachdruck zu verleihen;
„Was macht denn die Göttin Kali mit Deiner Schwester?"
Er gießt sich einen Rest Bier aus der Flasche nach.
„Nach der Scheidung, nachdem sie ihr Mann verlassen hat, ist die Göttin über sie gekommen. Sie hat ihre Sinne zerstört, ihre Seele schwarz gefärbt. Ihr Leben ist dadurch dunkel wie die Göttin

selbst geworden. Sie kann sich nicht mehr bewegen, ist ständig müde. Sie hört und sieht nichts! Sie muss eben warten, bis Kali sie heilt. Wir müssen Geduld mit ihr haben und es der Göttin überlassen, wann das Schicksal ihre Seele von der Dunkelheit befreit! Aber wir müssen auch Kali opfern, damit sie der Schwester wohlgesonnen ist! Erst wenn die Göttin sie befreit, wird es uns wieder gut gehen. Dann können wir das Geld, das wir jetzt für Medizin, Ärzte und manchmal einen Krankenhausaufenthalt verwenden müssen, dann kann ich das Geld sparen, das ich mit dem Fahren von Touristen verdiene. Vielleicht schaffe ich es dann eines Tages mein eigenes Auto zu kaufen und muss nicht das einer Agentur fahren!"
Während ich Ganesh lausche, wächst in mir mehr und mehr Mitgefühl heran. Es mischt sich in die Überzeugung, dass ich, der ich aus dem reichen Westen komme, mich kaum in die Gedanken und den Alltag dieses Volkes einfühlen kann. Und so frage ich: „Diese Kali: Was ist das für eine Göttin? Und auf welche Weise opfert ihr?"
Ganesh faltet die Hände wie zum Gebet.
„Irgendwo in der Nähe gibt es immer einen Tempel für Kali. Wir stehen dann vor ihrem Abbild, einer Figur mit mehreren Armen, die ihre Kraft zeigen. Wir konzentrieren uns, überreichen ihr Blumen oder Früchte. Oder wir zünden ein Öllämpchen an. Häufig hält Kali auch einen Säbel in der Hand, mit dem sie uns zerstören kann. Sie trägt eine Kette aus Totenschädeln um den Hals. Manchmal hängt an einem ihrer Ohren ein totes Kind als Zeichen für die unendlichen Seelenschmerzen, die sie auszulösen vermag. Sie ist übrigens Frau und Gefährtin des großen Shiva und tötet ihre Gegner, trinkt deren Blut und tanzt auf dem Schlachtfeld. Sie nimmt und gibt das Leben. Sie zerstört und lässt das Neue entstehen. Sie bedeutet Kraft, aber auch Zorn. Das kommt von ihrer Mutter, der alten Urgöttin Durga. Sie hat Kali im Zorn aus ihrer Stirn geboren!"
„Eine schreckliche Göttin!" murmele ich in mich hinein. Ich lehne mich zurück und nehme dann widerwillig einen letzten Schluck. Ich glaube mich zu erinnern, dass auch im westlichen Abendland eine Göttin der Antike einer Stirn entsprungen ist: nämlich Athena!

Auch Ganesh nimmt einen letzten Schluck. Dann erhebt er sich lächelnd. Der Kellner eilt herbei, und während ich ihn mit ein paar

Rupien bezahle, beweist Ganesh, dass er mich inzwischen schätzen gelernt hat. Das verbotene Bier an einem verbotenen Ort und mein Interesse an Kali haben ihm Mut gemacht: Er schenkt mir ein freundliches Lächeln:
„Ich wohne ganz nahe an unserer Strecke. Meine Familie lebt in einem Dorf, das nur eine Stunde Umweg bedeutet. Wenn Du willst, dann lade ich Dich zum Mittagessen in mein Haus ein!"

**Aus der Palmblätterbibliothek:
Drittes Bündel**

Nach dem Krieg gegen Kronos und seine Titanen hatte sich mein Herz langsam entspannt. Das Rachegefühl gegen meinen Vater, das mich bisher wie ein heißer Südwind erhitzte, es hatte meine Seele gleich einem Bachbett im Sommer austrocknen lassen. Jetzt, da der bedrohliche Schatten gewichen war, füllte sie sich wieder mit köstlichen Gefühlen. Endlich hatte ich genug Muße, all jenes nachzuholen, was die Zeit mir in der Höhle auf dem Ida und in den Jahren des Kampfes vorenthalten hatte. Mir war einfach nicht danach, meine Jugendlichkeit einem Alltag von göttlichen Pflichten und Zwängen zu unterwerfen. Ich wollte endlich leben, und zwar göttlich leben!

Nach der Niederwerfung der Titanen lud Rhea die schöne, ewig junge Metis zu einer kleinen Siegesfeier auf den Olymp. Schließlich gehörte es sich, ihr den gebührenden Dank auszusprechen für den genialen Plan mit dem vergifteten Trunk, der zur Wiedergeburt der Geschwister führte.

Als Rhea der verlegenen Metis an einem späten Nachmittag feierlich und offiziell ihre Dankbarkeit vor der versammelten Familie verkündete, erblickte ich die weise Göttin, den Trost meiner Jugendzeit, mit gänzlich anderen Augen. Als zehn Jähriger war sie mir damals auf der Weide des Ida wie eine gute Tante und mütterliche Ratgeberin erschienen. Jetzt sah ich vor mir eine junge überaus wohlgeformte Dame. Mir wurde erst heiß, dann kalt bei ihrem Anblick. Irgendwo nahe dem Olymp muss bereits Eros mit weit ausgebreiteten Schwingen, die in der späten Nachmittagssonne golden aufblitzten, seine verwirrenden Kreise gedreht haben. Erst sanft, dann heftiger werdend begann ein Begehren aus den Tiefen meines Herzens aufzusteigen, das mir die Röte ins Gesicht trieb und meine Hände feucht werden ließ. All das, was mir noch in meinen Jugendjahren entgangen war, jetzt sah ich es mit einem Mal mit neuen Augen.

Metis trug ein überaus reizvolles, weißes Gewand, durch das die feinen Konturen ihrer Glieder im Gegenlicht der untergehenden Sonne auf eine Weise schimmerten, als stände sie geradezu nackt vor mir. Mich erregten die frei liegenden glatten Schultern, die vagen Andeutungen ihrer apfelförmigen Brüste, die ebenmäßigen Schenkel, die sich in einer Region ihres Körpers trafen, die auf geheimnisvolle Weise meine Sehnsucht weckte, weil ich sie in meinem Leben bisher weder erblickt noch berührt hatte.

Diese unerklärliche Sehnsucht breitete sich in heftigen Wellen in mir aus, und ließ plötzlich meinen Phallus, von dem ich bisher überzeugt war, dass er lediglich zum Wasserlassen nützlich wäre, über sich selbst hart hinauswachsen. Er erhob sich zu solch einer ungewohnten Größe, dass ich die Ausbuchtung meines Überwurfs dem erlauchten Kreis meiner Geschwister kaum verbergen konnte. Aus der Mitte meines Leibes loderte zudem eine Hitze auf, die mir zu Kopfe stieg und dort Phantasien schmiedete. Ich stellte mir vor, mit meinen Fingerkuppen den sanften Hügeln, den weichen Buchten ihres Körpers zärtlich nachzufahren, und schließlich ihre seidene Haut, ihre angenehme Wärme an meinem Körper zu spüren. Mein Verlangen Metis zu berühren, ließ sich kaum unterdrücken. Ein solches Gefühl hatte ich noch nie empfunden. Es war, als ob sich eine gänzlich neue Region in meinem Ego ausbreiten, als ob ich ein Neuland meiner Seele und meines Körpers betreten würde, in dem ich, um mich zurechtzufinden, erst noch eine Menge Unterrichtsstunden nehmen sollte. Ich war verwirrt!

Zum ersten Mal ahnte ich, dass ich zwar zum Herrscher über die Welt und die Götter erwählt war, aber meine Regentschaft über einen bestimmten Teil meines eigenen Körpers und einer besonderen Region meiner Psyche keinerlei Verfügungsgewalt besaß. Vielmehr musste ich mir eingestehen, dass da eine Kraft auf mich wirkte, die meine Disziplin und innere Kontrolle lähmte. Es war die

Anziehungskraft der ewig jungen Metis, die das Auferstehen meines Phallus in ihren Bann zog. Und noch so harte oder besänftigende Worte, welche ich in meinem Inneren lautlos an ihn richtete, vermochten seine Unabhängigkeit nicht einzuschränken.
Mein Phallus führte damals, und tut es auch heute noch, wie bei allen Männern, ein egomanisches Leben, vor dem ein vom Kopf gesteuerter Wille kapitulieren muss. Diese Ohnmacht ist dem Eros, dem Urgott der vereinenden Leidenschaft zu verdanken, der mit dem heftigen Schlagen seiner goldenen Flügel stets einen Sturm der Leidenschaft entfacht, unsere Sinne verzaubert oder verwirrt.

Eros ist der einzige Gott, der seine Macht über die Jahrtausende nie verloren hat. Wer ihn aus religiösen Gründen negiert, wer ihn durch die Gesetze der Moral seiner Freiheit beraubt, wer dem Menschen den Eros nehmen will, der versündigt sich an ihm. Nur Eros kann Körper und Seele mit seinem Hauch streifen und Liebe wie Leidenschaft entfachen, die erst in glücklicher Vereinigung ihre Erfüllung finden. Sodann entsteht für Götter wie Sterbliche ein einzigartiger Moment, der sie für kurze Zeit aus der Schwere des Daseins in überirdische Dimensionen entführt. Dem Gott der vereinenden Leidenschaften habe ich deshalb niemals Schranken auferlegt. Ich habe ihm sogar selbst während meiner Regentschaft geopfert – „vielfach, hundertfach", wie meine Mutter zu sagen pflegte, wenn sie auf meine Neigung für Göttinnen und Nymphen zu sprechen kam.

Frauen, insbesondere Mütter und Gattinnen, verfügen über äußerst feine Antennen. Der Rhea ist die Erregung, in die mich Metis versetzte, nicht entgangen. Sie zog mich am Arm zur Seite und blickte mir warnend in die Augen:
„Metis ist die Göttin der Weisheit. Solltest Du Deiner Lust nachgeben, Dich mit ihr auf ein Lager begeben, wird sie schwanger werden. Bringt sie eine Tochter zur Welt, wird sie Dir ebenbürtig sein. Das schadet Dir noch nicht! Aber es könnte auch ein Sohn daraus werden. In diesem Fall wirst Du Deine Macht als erster unter den Göttern verlieren. Wenn Du mir nicht glaubst, frage nur Deine Großmutter Gaja. Es ist der Fluch der Familie, der uns vom Anbeginn der Welt verfolgt. Wie Dein Großvater Uranos und Dein Vater Kronos, so wirst auch Du ein Opfer der uralten Prophezeiung werden. Daher – denke nach und versuche Dich zu mäßigen!"

Doch ich göttlicher Hitzkopf vermochte von dieser Stunde an, da ich Metis während der Dankesfeier mit feuchten Augen ansah, nicht zu widerstehen. Die Schwingen des Eros versetzten mich in einen Liebestaumel und mein Phallus stimmte mit ein, in dem er jede Nacht dazu eine Melodie sang, häufig auch am hellen Tage. Sie war voll des sehnsüchtigen Begehrens.

Rhea durchschaute meinen Zustand von der ersten Minute an und schilderte Metis meinen Charakter in den düstersten Farben. Die eifersüchtige Hera hat sicherlich ins gleiche Horn gestoßen und vor meinen Nachstellungen, meiner Unmäßigkeit und Gier gewarnt. Obwohl die ewig junge Göttin meiner Mutter an Weisheit überlegen war, sie es also hätte besser wissen müssen, flüchtete sie schon am nächsten Tag Hals über Kopf von meinem olympischen Hof und versteckte sich vor mir. Ich stieg von meinem Thron, vernachlässigte alle Geschäfte, nur um nach der entfleuchten Metis in allen Winkeln der Welt zu suchen.

Kein Wunder, dass ich die geliebte Tante nicht entdecken konnte. Kaum kam ich ihr nahe, verwandelte sie sich sogleich in einen Baum oder tarnte sich als Kieselstein oder Tier. So sehr ich mich auch abmühte, so häufig ich meine Geschwister nach ihr befragte, so intensiv ich in den Palästen der Sterblichen, auf den Feldern und Weiden suchte, wie viel ich auf den Gipfeln der Berge und in der Tiefe dunkler Täler forschte: Metis blieb verschwunden.

Damals musste ich zum ersten Mal erfahren, über welch geringe Macht selbst ein verliebter Gott verfügt. Alle Befehle, die ich über die Weltscheibe per Boten sandte, alle Drohungen und Belohnungen halfen nichts: ich konnte sie nicht entdecken. Doch ihr Verschwinden steigerte meine Sehnsucht bis ins Hysterische. Vor allem in jenen Stunden, wenn die Sonne sich mit dem Horizont vermählte, und sie bei der ersten Berührung ihre sanft weichen Strahlen, durchdrungen von samtenen Blau und Rosa, über die Erde schickt, füllte sich mein Herz mit Sentimentalität und Sehnsucht. Mein Begehren wuchs so mächtig heran, wie sich der Olymp aus der Ebene erhebt. Leidenschaft brach aus der Tiefe meines Inneren hervor - feurig wie die Lava des Ätna. Lange konnte das nicht gut gehen. Schon nach einer Woche lief mir das Herz über.

Ich stand auf einer Felsspitze des Olymps, unter mir in der Dämmerung Hügel und Ebenen, Flüsse, - und in der östlichen Ferne bereits von der Nacht bedrängt das tiefblaue Meer. Der Sonnenwagen glitt langsam im Westen hinter die Erdscheibe und versprühte dabei feurige Farben, die meine Welt der Gefühle entzündeten. Der Abschied vom Tage, der Rückzug des Lichts aus der Landschaft zu meinen Füßen, lösten eine süße, aber auch schmerzvolle Wehmut in mir aus. Es war, als wäre ich gänzlich alleingelassen in meiner Welt. Ich wünschte mir deshalb ein Lebewesen herbei, mit dem ich diese abendliche Stille und kühle Schönheit teilen, - jemanden, an den ich mich lehnen, ihn sanft berühren, den ich zärtlich umarmen könnte. Und diese Person konnte niemand anderes sein als die schöne und weise Metis, deren wache Augen und hohe Stirn, deren ebenmäßigen Züge und hinreißenden Formen mich bis hinein in meine Nachtträume verfolgten.

Als ob meine schwärmerische Verliebtheit sich einen Weg nach Außen bahnte, durchflutete mich eine Wärme, breitete sich eine Hitze über Bauch und Brust und zwischen den Schenkeln aus, die sich schließlich durch meine Kehle mit jammervollen Klagelauten ein Ventil verschaffte. Ich begann zu singen, mit tränenerstickter Stimme; wie eben ein Verliebter nur zu singen vermag, bevor sich das letzte Gramm an Hoffnung auf die Geliebte in Luft auflöst.

„Metis, wie gern würd´ ich Deine Lippen mit den Meinen sanft berühren,
wie gern Deine Augenlider zärtlich küssen,
und mit sanften Fingerkuppen
durch Deine lieblichen Hügel,
Deine dunklen Täler streifen,
Deinen goldenen Rosenduft atmen,
wie gern Dir das kostbare Öl sein,
mit dem Du morgens den schmiegsamen Leib salbst,
wie gern als Sonne Dich wärmen,
und mich mit meinen Strahlen
in Dein seidenes Gewand stehlen,
um Deine Glieder zu liebkosen.

Denn ich kann es nicht erwarten
den Himmel aus lauter Liebe
mit meinen Armen zu berühren!"

Ein Gott muss grundsätzlich kein Dichter oder Sänger sein. Wie bei den Sterblichen vermag nur die Liebe auch ihn in einen Poeten zu verwandeln. Insgeheim hoffte ich, dass die honigsüßen Verse die weise Metis, wo auch immer sie sich verborgen hielt, aus ihrem Versteck locken würden.

Eigentlich hätte ich es ahnen können. Wie sie mir nämlich später gestand, hatte sich die Göttin, ihrer Weisheit entsprechend, in eine Eule verwandelt und heimlich meinen poetischen Seufzern gelauscht. Ganz in der Nähe war sie in der Krone eines alten Eichenbaumes versteckt.
„Ehrlich gesagt: Deine Stimme klang so schaudervoll, dass ich Mitleid mit Dir bekam!" So erinnerte sie sich. Weder meine Sangeskunst, noch die Verse hätten sie jedoch verführt, ihre ursprüngliche Gestalt anzunehmen, sondern allein die zarten Gefühle, die sie schon seit meiner Kindheit empfand. Sie wären genau in jenem Moment erwacht, als sie mich bei der Siegesfeier unter den Geschwistern entdeckte. Trotz aller Warnungen der Rhea und der Hera, habe schließlich doch die leidenschaftliche Verliebtheit über die kühle Weisheit und Vernunft gesiegt, Tugenden, denen sie sich als Göttin eigentlich verpflichtet fühlt.

Kaum, dass meine Verse vom sanften Abendwind zum nahen Eichenwald getragen wurden, trat Metis zwischen den Stämmen hervor. Ihr schimmerndes Gewand, das sie über die Alabaster farbigen Schultern geworfen hatte, bauschte sich über dem Busen faltenreich auf und fiel dann glatt über den flachen Bauch bis hinunter zu den zarten Fesseln. Selbst der Mond war von ihrer Schönheit so bezaubert, dass sein sonst so fahles und bleiches Licht einen Schimmer annahm, als würde er vor Leidenschaft erröten. Seine Strahlen färbten ihren weißen Überwurf mit einem zarten Glanz aus Rosa. Weder ein Mensch, und schon gar nicht ein Gott, hätte diesem Anblick widerstehen können.

Ich löste mich aus der starren Pose des jammervollen Sängers und lief ihr entgegen, stolpernd, weil das Begehren in mir ein Erdbeben auslöste, das meine Gliedmaßen ergriff. Nur eine gewaltige Sehnsucht, die bereits vor sich die Erlösung sieht, vermag diese vibrierende Energie hervorzubringen. Ich bewundere Eros auch heute noch für die Schöpfung dieser bebenden Leidenschaft, die zwei zueinander führt, um eins zu werden. Und ich bin ihm dankbar für die Momente, die nun folgten und zu meiner Entjungferung führten.

Auch Metis eilte mir entgegen, öffnete die Arme weit, um mir zu zeigen, wie sehr ich ihr willkommen sei. Wie auf einen gemeinsamen Befehl hin fielen wir übereinander her, so heftig, dass ich schon fürchtete, der Olymp falle über uns zusammen. Meine Küsse glitten über ihr Gesicht, über die seidenweiche Haut der hohen Stirn, die zarten Augenlider, die geröteten Wangen, bis sie endlich ihre Lippen erreichten.

Eros, auf welch glorreiche Idee bist Du nur verfallen, als Du den Kuss den Sterblichen und Göttern geschenkt hast! Er ist das Alpha der Liebe und trägt ihren Geschmack vom einen zum anderen. Er beflügelt in seiner Intensität den Mut sich auf den Weg zu begeben, der von ihm aus bis hin zum Omega, zum Ziel der Vereinigung führt. Der Kuss ist Verheißung und Vorgeschmack, ist Ahnung und Versprechen. Und sein Verlangen ist die Unersättlichkeit nach Mehr!

Als hätte ich es mit der Ziegenmilch der Amalthea aufgesogen, gelang es mir, obwohl ein Neuling in dieser Disziplin, mit meinen Lippen die ihrigen widerstandslos zu öffnen. Ihre Zunge glitt über die meine hinweg, spielte mit ihr, zog sich dann zurück, um aufs Neue herauszuschießen. Und unsere Lippen saugten sich aneinander fest, um nie wieder loszulassen.

Eros war in uns gedrungen, durchflutete unsere Glieder mit seinem Begehren, ließ mich mit meinen Händen unter dem Faltenwurf ihres Gewandes nach den Brüsten greifen. Auch als Gott ging es mir nicht viel anders als dem Sterblichen, der von Leidenschaft ergriffen, plötzlich eine Kraft in sich fühlt, die uralt ist und gleichsam von Generationen übertragen wurde. Eine Kraft, die ihn drängt, die an ihm zieht und zerrt, bis er, sich selbst vergessend, dem göttlichen Gesetz zu gehorchen beginnt.

Damals hörte ich zum ersten Mal den Trommelklang der männlichen Götter vor mir. Ich glaubte das Gewicht meiner Ahnen zu spüren, als würden all die Väter, Groß- und Urgroßväter bis hin zum ersten Menschen, als würden sie Alle auf mir sitzen. Zunächst schlagen sie leise auf die großen Trommeln zwischen ihren Beinen, dann heftiger und schneller im Rhythmus werdend, als wären sie Zuschauer, die mich anfeuern, damit der Akt gelinge. Sie spornen mich an, damit sich ihre Gene, die auch die meinen sind, weit in die Zukunft hinein bestmöglich fortpflanzen. Es ist gerade so, als wollten sie ein Wörtchen mitreden, als würden sie gespannt erwarten, ob ich all jenes in Fülle einwandfrei übergebe, was sie bereits über Jahrhunderte hinweg an mich wie in einer Stafette weitergereicht haben. Doch Eros höchstpersönlich schreibt ihnen den Takt der Trommeln für meine Bewegungen vor, für meine Stöße, für das Hin und Her, Hinein und Hinaus meines Phallus.

Ein göttlicher Orgasmus unterscheidet sich in keiner Weise von dem des Sterblichen. Neben dem Feuer, das uns Prometheus gestohlen hat, ist er das einzige Mysterium, das auch dem irdischen Lebewesen einen Hauch von Göttlichkeit gestattet. Dieser Funke zündet erst, wenn sich der Mensch aus seiner Gedankenwelt löst, wenn er für Sekunden sein irdisches Ich aus Sorgen und Nöten, Wünschen und Erinnerungen auslöscht, und sich im freien Fall dem Eros, der natürlichen Lust seines Körpers bedingungslos hingibt. Im Bruchteil von Sekunden lösen sich Mensch wie Gott auf. Es entwickelt sich dabei ein Vakuum, in dem sich der göttliche Funke entzündet. Neues Leben entsteht.

Der Gott der vereinenden Leidenschaft lenkte weiterhin meine Hände. Ihr Tastsinn konnte nicht genug von ihrer weichen warmen Haut erfahren, von den sanften Rundungen ihrer Brüste und ihren aufblühenden Knospen. Eros verstand es auch meine Lippen über die Senke ihres Bauches zu lenken, um dort wie eine Purpurschnecke eine feuchte Spur von Zärtlichkeit zu hinterlassen. Und er war es auch, der meinem Mund die Neugier einflößte, weiter unten zwischen ihren Schenkeln zu forschen. Dort trafen meine Lippen auf ein weiteres Paar, das sich ebenso bereitwillig öffnete, sobald meine Zunge gierig mit ihm zu spielen begann. Hier, wo sich ihre schlanken Schenkel in einem fruchtbaren Tal voller Feuchtigkeit trafen, verströmte ihre Lust einen betörend animierenden Duft.

Mein Phallus indes, in dem die Trommeln heftiger und heftiger schlugen, führte sein ganz besonderes Eigenleben. Erregt darüber, dass mein Mund beim Genuss der Metis bevorzugt worden war, hatte er sich dickköpfig erhoben und drängte sich nun in jene Pforte, die meine Lippen zuvor so liebevoll geöffnet und vorbereitet hatten. Eros und die Trommeln der Alten übernahmen nun vollständig das Geschehen. Alle Energien meines Körpers sammelten und bündelten sich. Sie ballten sich vor meinem Geschlecht, das sogleich heftig in Metis eindrang. Ich vergaß plötzlich, dass ich ein Gott war, dass ich in einer dunklen Höhle aufgewachsen und vom Vater verfolgt worden war. Der Krieg gegen die Titanen löste sich auf und ebenso mein Ich mit all seinen Eigenschaften, seinen Wünschen und Erfahrungen. Gleichzeitig durchfuhren mich Blitze, wie ich sie selbst als Gott hätte niemals zustande bringen können.

Bei diesem ersten Mal, als ich eine Frau eroberte, schien es mir, als ob sich die Urblitze, die in der Zeit der Nyx, der leeren Dunkelheit, zur Entstehung der Welt führten, auch mich in diesem heiligen Akt mit ihrer ganzen Heftigkeit heimsuchten. Sie schossen durch mich hindurch, hinein in meinen Phallus, und hinüber ins weibliche Element, um dort gleich einem göttlichen Zündfunken neues Leben entstehen zu lassen. Ein Moment, der bildhaft in vielen Tempeln der Erdscheibe dargestellt wird – jedoch nur dort, wo Gläubige der Vielgötterei huldigen.

Erschöpft lagen wir im Gras, bis das Ich denkend wieder seinen Platz in uns einnahm. Wir wurden uns der Realität bewusst, in der wir auf einem Gipfel des Olymps zu nächtlicher Stunde ruhten, das unendliche Meer der Sterne über uns, die vor Freude über das eben Erlebte fröhlich glitzerten. Wir beschlossen, uns weder von Rhea noch Hera je trennen zu lassen, mag da kommen was wolle.

Metis zog am folgenden Tag bei der göttlichen Familie ein. Nach einigen Wochen wölbte sich ihr Bauch, unübersehbar für die Geschwister. Ich liebte sie, aber ich beneidete sie auch um diese Mutterschaft und musste tatenlos zusehen, wie ihr Umfang von Woche zu Woche zunahm. Diese Ohnmacht der Vaterschaft, diese Unfähigkeit, Leben in mir wachsen zu spüren, ließ mich bei Rhea Rat suchen.

„Was wälzt Du in Dir nur für Gedanken? Du hast wohl vergessen, dass Du Dir Dein eigenes Grab schaufelst!" warnte sie. „Wenn Metis einen Jungen zur Welt bringt, wird er Dich vom Thron stoßen. Du kennst doch die Prophezeiung!" machte sie ihrem Ärger Luft. „Es gibt nur eine Lösung, und die hat bereits Dein unseliger Vater Kronos praktiziert. Du musst die schwangere Metis verschlucken. Meinetwegen kannst Du Dir dann einbilden, Du würdest selbst ein Kind unter dem Herzen tragen und hättest obendrein mit der klugen Metis auch noch die Weisheit mit dem Löffel gegessen. Jene Weisheit nämlich, die Du hast vermissen lassen, als Du sie geschwängert hast!"

Ich war entrüstet über diesen Vorschlag der Rhea. Was sie ihrem Mann noch übelgenommen hatte, nämlich die eigenen fünf Kinder zu verschlingen, diese Untat war mit einem Mal für sie salonfähig geworden, nur weil in diesem Fall ein Machtverlust ihres Sohnes drohen könnte. Wie rasch verliert sich doch der eigene Schmerz im Vergessen und erst recht dann, wenn es um den Vorteil geht!

Als ich mit Metis den Göttersitz betrat, war mir bereits aufgefallen, dass meine Geschwister sie nicht als gleichwertige Gottheit anerkannten. Sie spotteten hinter ihrem Rücken über ihre Schwangerschaft, ließen sie den Thronsaal fegen und bei Tische Nektar und Ambrosia servieren. Sie machten ihr das Leben so schwer wie nur möglich. Besonders Hera behandelte sie herablassend, indem sie jeglichen morgendlichen Gruß verweigerte und sie tagsüber wie Luft behandelte.

Natürlich empfand ich Mitleid mit der werdenden Mutter, aber andererseits schärfte mir Rhea immer wieder ein, dass das Kind, das Metis unter dem Herzen trug, mich eines Tages vertreiben könnte. Klar dass ein Sohn aus den intelligenten und klugen Genen einer Göttin der Weisheit, dass ein Kind, ausgestattet obendrein mit meiner Kraft, mich eines Tages überflügeln würde.

Die weise Metis muss nicht nur die Abneigung gespürt, sondern auch die Gefahr, die ihr am olympischen Hof drohte, geahnt haben. Bevor ich das erste Mal das Lager mit ihr geteilte hatte, war es ihr gelungen, sich in allerlei Lebewesen zu verwandeln, um sich mir mit Erfolg entziehen zu können. Jetzt, da ich sie eines nachts aufsuchen wollte, war sie plötzlich abermals verschwunden. Auch dieses Mal ahnte ich nicht die Vielfalt der tierischen Metamorphosen, die sie wählen würde, um sich den Nachstellungen meiner Geschwister zu entziehen. Zunächst glaubte ich, sie hätte vielleicht wieder das Gewand einer Eule als Symbol der Weisheit übergeworfen. Aber Metis erwies sich als klug genug, nicht ein zweites Mal diesen Vogel zu wählen. Andererseits wusste ich, dass sie mich immer noch liebte und sich deshalb stets in meiner Nähe aufhalten würde.

Der Zufall nahm sich jedoch meiner Suche an. Nach Tagen vergeblichen Nachforschens, saß ich grübelnd an der olympischen Tafel und schlürfte lustlos meinen Nektar. Eine dicke Fliege umschwirrte mich. Jedes Mal, wenn ich nach ihr schlug, entzog sie sich geschickt, als könnte sie meine Reaktionsschnelligkeit genau einschätzen, als hätte sie meine Absicht schon im Voraus erahnt.

Obwohl: Ihre Flugkünste waren nicht die Besten! Manchmal torkelte sie ein wenig, weil sie unter meinen Augen von einem Tropfen verschütteten Nektars genascht hatte. Doch gerade als ich die Trinkschale an meine Lippen setzte, flog das freche Insekt so nah an meinem Mund vorüber, dass ich es versehentlich verschluckte. Ich wollte es sogleich heraushusten, aber zu spät; die Fliege war bereits in den tieferen Regionen meines Schlundes verschwunden. Kaum hatte sie meinen Magen erreicht, nahm ich aus den Tiefen meines Bauches ein zartes Lispeln wahr:
„Nun hast Du mich verschlungen, geliebter Zeus! Auf ewige Zeiten bin ich hier in der Dunkelheit Deines Magens gefangen. Du wirst mich nie mehr im hellen Licht des Tages, nie mehr in der Nacht auf Deiner Bettstatt sehen, und nie mehr wirst Du Dich lustvoll mit mir vereinen können. Denn ich bin es, Deine geliebte Metis, die sich in eine Fliege verwandelt hat, um sich vor Deinen Geschwistern zu verstecken. Sag mir, was soll aus unserem gemeinsamen Kind werden, das in mir und jetzt auch in Dir wächst?"
Ich war zunächst verwundert, aber rasch holte mich mein göttlicher Pragmatismus ein.
„Metis, so sehr ich Dich auch vermisse, dort unten in meinem Magen bist Du vor allen Nachstellungen sicher, und: Wir können gemeinsam unser Kind zu Welt bringen! Etwas Besseres kann uns doch gar nicht passieren!"

Sie blieb in meinem Magen und nach einiger Zeit der Gewöhnung und täglichen Zwiesprache, in der sie mir vom Gedeihen unseres Kindes berichtete, gab sie mir auch gute Ratschläge in vielen misslichen Lebenslagen.

Acht Monate später bereiste ich gerade dienstlich den Tritonsee im Norden Afrikas. In Sorge um die zunehmende Trockenheit dieser Region hatten sich die Einwohner Regenwolken und Gewitter gewünscht, die ich ihnen auch unter Aufbietung aller meiner Kräfte schickte. Doch nach getaner Arbeit zog plötzlich ein schneidender Schmerz durch meine Stirn. Vielleicht, so dachte ich, hatte die anstrengende Prozedur des Regenmachens und das dazugehörige Werfen meiner Blitze ein Zuviel an Konzentration abverlangt und so den Schmerz ausgelöst. In diesem Fall, so hoffte ich, würde das Leiden nach einer Erholungsphase wieder abklingen. Doch der Schmerz verstärkte sich von Stunde zu Stunde. Mit jedem Pochen meines Herzens fuhr er wie ein glühendes Eisen durch mein Hirn. Als ob ein perfider Folterknecht hinter meiner Stirn mit Zange und Hammer sein Unwesen treibt, dröhnte mir der Kopf so lautstark, dass ich Mühe hatte, mich vom Selbstmord abzuhalten. Ich hätte mich der Schmerzen wegen am liebsten im Tritonsee ertränkt, wäre ich nicht sicher gewesen, dass ein solches Hand-an-sich-legen der Natur eines Gottes nicht genehm ist, weil er zur Unsterblichkeit verdammt ist. Stattdessen versuchte ich mir Linderung zu verschaffen, indem ich vor Schmerz unwürdig laut brüllte. Außerdem stampfte ich dabei so heftig auf, dass die Welt von Erdbeben erschüttert wurde.

Auch der Olymp wankte in seinen Grundfesten, so dass sich meine Schwester Hera besorgt erkundigte. Als man ihr von meinem Schmerz berichtete, begann sie sogleich eine Diagnose zu stellen. Sie schickte mir Hephaistos, ihren unehelichen Sohn, den sie mit einem Kyklopen während der Kriegsjahre gezeugt, dann verstoßen und uns lange Jahre aus Scham verschwiegen hatte. Er war ein grober Klotz, der sich nirgendwo wohler fühlte, als in seiner düsteren Werkstatt im Olymp. Dort schmiedete Hephaistos geschickt das Eisen über dem Schlund und formte daraus Hammer, Meißel und vor allem Waffen. Er war von überaus kleiner Statur, fast ein Zwerg zu nennen, und hinkte auf seinen nach innen gekrümmten Zehen, so dass man bei seinem Anblick eigent-

lich zum Lachen geneigt war, wenn da nicht das Mitleid überwiegen würde. Hephaistos roch stets nach Schwefel und gefiel sich in der Rolle des grimmigen Gesellen, wusch sich selten und war immer über und über mit Ruß bedeckt. Man mag sich nur meine Enttäuschung vorstellen, als ausgerechnet diese heruntergekommene Gottheit bei mir auftauchte. In seinen groben Pranken, die den Namen Hände nicht verdienten, schleppte er eine schwere Axt, deren Schneide im Sonnenlicht gefährlich aufblitzte.
„Hera weiß, worunter Du leidest!" grummelte er bedeutsam, "Sie hat mir genau beschrieben, wie ich Dich von Deinen Schmerzen befreien kann!"
Ich befürchtete das Schlimmste und fragte misstrauisch:
„Wie solltest gerade Du Nichtsnutz mich von meiner Krankheit heilen? Du magst ein Schmied sein, aber als Arzt bist Du hier fehl am Platze!"
Hephaistos war nie ein Mann der vielen Worte, so ließ er auch jetzt nicht mit sich diskutieren.
„Komm Zeus, leg Dich nieder. Lass uns die Angelegenheit hinter uns bringen, denn ich bin in Eile. Mein Feuer könnte zu Hause in der Schmiede ausgehen!"
Ich musste seiner Bitte ganz unfreiwillig gehorchen, denn mit einem Mal ergriff mich abermals der Schmerz mit voller Gewalt, schlug seine scharfen Zähne tief in mein Hirn, so dass ich mich krümmte, zu Boden ging und mich hin und her wälzte. Hephaistos aber nutzte meine Wehrlosigkeit aus und setzte sich mit seinem ganzen Gewicht auf mich, dass mir schier der Atem verging. Ich glaubte meinen Augen nicht trauen zu dürfen, denn nun nahm er das schwere Beil in beide Hände, hob es weit ausholend über sein zotteliges Haupt und zielte mit der scharfen Axt unbarmherzig nach meiner Stirn. Vor Schreck schloss ich die Augen. Dann hörte ich ihn noch murmeln:
„Tut mir leid, Zeus!"

Die Welt verdunkelte sich um mich herum und ich glaubte die schwarze Nyx hätte wieder ihre Regentschaft ergriffen. Dann brach mit schneidendem Schmerz mein Hirn in Stücke.

Nur langsam kehrte das Licht zu mir zurück und ich wagte vorsichtig die belebenden Strahlen mit blinzelnden Augen zu begrüßen. Aller Schmerz war jetzt wie fortgeblasen. Noch immer lag ich

rücklings auf der Erde, streckte wie ein umgedrehter Käfer alle Viere von mir.
Doch Hephaistos rüttelte mich gänzlich wach, indem er meine Glieder so heftig schüttelte, dass sie mir abzufallen drohten.
„Wach auf, Zeus!" lachte er und zeigte dabei seine faulenden Zähne. Der Schwefelgestank, der seinem Mund entströmte, hätte mich beinahe wieder in Ohnmacht sinken lassen.
„Gratulation!" rief er freudig erregt, „Du hast soeben eine Tochter geboren. Sie ist Deiner Stirn entsprungen. Sag nur, wie soll die Kleine denn heißen?"

Ich war mir in diesem Augenblick sicher, den Verrücktesten unter allen Göttern vor mir zu haben und dachte für mich an seine Herkunft erinnernd: „Das kommt davon, wenn man sich als Göttin mit einem Kyklopen einlässt!"
Doch dann hörte ich eine zart flötende, weibliche Stimme und blickte mich nach ihr um.

Einem Gott wie mir sollte eigentlich nichts allzu fremd und überraschend sein, doch jetzt weiteten sich vor Erstaunen meine Augen. Vor mir richtete sich ein junges Mädchen langsam auf. An Ihre schlanke Gestalt schmiegte sich ein hautenger Brustpanzer aus Ziegenfell. Beinschienen aus Bronze schützten ihre Fesseln, und das Sonnenlicht spiegelte sich grell in einem goldenen Helm, den sie über die hohe glatte Stirn geschoben hatte. Aus meiner Stirn heraus hatte ich nach höllischen Wehen-Schmerzen tatsächlich dieses Mädchen zur Welt gebracht. Sie entfaltete sich vor mir wie ein junger Schmetterling, der eben seiner Puppe entschlüpft war. Von der Kopfgeburt noch ein wenig benommen, stützte sie sich mit der Rechten auf eine schlanke Lanze, während sie in der Linken schwer an einem mit bunten Ungeheuern bemalten Rundschild trug. Auf ihrer Schulter hockte eine Eule, die mich mit großen gelben Augen vorwurfsvoll anglotzte. Ihr Anblick erinnerte mich fatal an jenen der Metis.

Was mich jedoch besonders faszinierte, mich geradezu mit Stolz erfüllte, war das Gesicht meiner Tochter. Ich glaubte, darin meine Züge wieder zu finden. Wie aus Marmor gemeißelt, trat die schlanke Nase, die eine gerade klassische Linie mit der Stirn bildete, zwischen den Augen hervor. Sie strahlten mich wach und aufmerksam an. In ihrem tiefen Blau erkannte ich bereits all das, was sie später als Göttin so beliebt, so verehrungswürdig bei Frauen wie Männern machte: Ironie und Kunstsinn, Mut und Kampfesbereitschaft, Verantwortung und Intelligenz, Kreativität und Weisheit.

„Ich glaube, ich nenne sie Athena!" rief ich begeistert dem Hephaistos zu, der bereits seine Axt geschultert hatte, um zu seinen Schmiedefeuern in den Höhlen des Olymps zu eilen.
„Athena! Das klingt gut!" meinte er kurz angebunden und machte sich auf und hinkte davon.
So stand ich mit Athena ganz allein am Tritonsee und wusste nicht so recht, was ich mit ihr anfangen sollte. Kaum meiner Stirn entsprungen, hatte sie bereits die Größe eines Erwachsenen erreicht. Ihre edle Statur aber verbat es mir, sie auf eine Weise zu hegen, zu kosen und zu beturteln, wie es eben bei einem Kleinkind üblich gewesen wäre. Das Phänomen eines raschen Wachstums sollte nahezu allen meinen Söhnen und Töchtern zu Eigen sein, die meinem Samen entsprungen sind. Ihnen widerfuhr nicht, wie mir in der kretischen Höhle, die langsam sich entwickelnde Kindheit, das mühsame Lernen der ersten Laute, das Spielen und Herumtollen mit Schafen oder Ziegen, das Erstaunen beim Erleben gänzlich neuer Erfahrungen. Sie waren nahezu vom ersten Tag an erwachsen.

Ich beschloss meine Tochter sogleich den Geschwistern auf dem Olymp vorzustellen. Hand in Hand betraten wir den Thronsaal, in dem bereits alle Olympier voller Erwartung versammelt waren. Sie hatten zwar von meinen Kopfschmerzen gehört, nicht aber von meiner Genesung und wundersamen Vermehrung. Hephaistos war nämlich sogleich wieder zu seinen Ambossen und Schmiedefeuern zurückgekehrt und hatte in seiner verschlossenen Art keinem von der Geburt der Athene erzählt.
Der Überraschungseffekt sollte mir jetzt zum Vorteil gereichen. Eine neue Göttin in eine Horde doch relativ machtbesessener, eifersüchtiger Göttinnen und Götter einzuführen, ruft zunächst vor allem Unsicherheit und Widerstand hervor: Welches Thema wird die Neue sich zur Aufgabe machen? Wie wird sie sich einfügen? Wird sie meine Position im Reigen der Götter schwächen wollen? Das waren Fragen, die ich in Bruchteilen von Sekunden in den Gesichtern der Familienmitglieder auftauchen sah. Und so sprach ich mit fester Stimme, die keinerlei Kritik zuließ:
„Eine neue Göttin ist geboren. Ihr solltet Euch mit mir freuen! Das junge Mädchen neben mir habe ich Athena genannt. Sie ist aus

meinem eigenen Fleisch und Blut. Trinken wir also mit Nektar auf sie!"

Doch keiner hob die Schale. Mutter Rhea schwankte leicht, als hätte sie einen Anfall von Schwäche, und musste sich setzen. Hera erbleichte. Poseidon runzelte die Stirn und Hades schüttelte unwillig den Kopf. Lediglich Demeter lächelte freundlich der Athena zu, trat nahe an sie heran und gab ihr einen liebevollen Kuss:
"Willkommen Athena! Und Dir, Zeus, gratuliere ich zu Deiner Tochter! Dass ein Mann solch ein edles Geschöpf zur Welt bringen kann, überrascht mich. Ihr solltet in Zukunft auch noch das Gebären den Frauen abnehmen! War es denn eine leichte Geburt?"
Ich stöhnte in Erinnerung an die gewaltigen Schmerzen, die mich am Tritonsee heimgesucht hatten.
"Es war äußerst schmerzvoll und kaum zu ertragen. Doch den Versuch war es wert. Dennoch sollten wir den Männern das Gebären möglichst ersparen. Lediglich in Ausnahmefällen werde ich es gestatten!"
Hera grinste spöttisch und fragte mit giftiger Stimme das, was allen auf der Zunge lag:
"Welches Amt soll denn nun Athena übernehmen?"
Ich blickte meine Tochter zunächst ratlos, dann forschend an:
"Sie ist mit Helm, Rüstung und Speer in die Welt gesprungen. Also wäre es doch nur folgerichtig, wenn sie sich um die Kriege kümmern würde!"

Athene, die bisher aus Klugheit geschwiegen hatte, um keinen der Götter durch einen falschen Satz herauszufordern, warf urplötzlich wütend ihren Schild auf den Boden. Das Dröhnen ließ die Geschwister hochfahren. Auch mich erschreckte ihr Ausbruch von Zorn, den ich nicht erwartet hatte.
"Das ist mir zu eintönig!", schrie sie mit schriller Stimme. "Als Tochter des großen Zeus beanspruche ich weit mehr, als mich nur mit groben Kerlen und Kriegern abzugeben, die fern von jeglicher Weisheit leben. Ich fordere deshalb darüber hinaus zur Göttin der Schlichtung von Streitigkeiten ernannt zu werden und ...!"
Sie holte tief Atem und legte eine Kunstpause ein, um ihren Worten mehr Nachdruck zu verleihen:
„... Ich beanspruche auch als Göttin den Richtern beizustehen, über die Einhaltung friedlicher Gesetze zu wachen, und ..."

Sie redete sich in Fahrt. Sie sprach immer rascher, so dass sie keiner zu unterbrechen wagte:
„… und ich will die Göttin der Wissenschaft und Zahlen sein. Außerdem werde ich den Sterblichen Erfindungen schenken, um ihnen das Leben zu erleichtern: den gebrannten Tontopf, das Joch des Ochsens, den Rechen und Pflug, das Zaumzeug der Pferde. Und den Frauen, ihnen möchte ich das Kochen lehren, das Weben und Spinnen in Regionen, wo es noch unbekannt ist! Und schließlich erwarte ich, dass mir als göttliche Herrscherin die Polis, die Hauptstadt der griechischen Welt und die Halbinsel Attika überlassen werden!"

Bei den letzten Worten schleuderte Poseidon wutentbrannt seinen Dreizack auf den olympischen Felsen. Ein gewaltiger Steinbrocken löste sich und rollte auf Athene zu. Sie aber sprang flink zur Seite, den Weg, den der Fels nehmen würde, in weiser Vorausschau sofort ahnend. Poseidons Gesicht erglühte in zornigem Rot. Seine Backen plusterten sich auf und sein Bart zitterte vor Erregung:
„Jetzt ist es aber genug! Die Hauptstadt beanspruche ich! All jenes, was deine Tochter fordert, soll sie meinetwegen haben: Doch die Stadt und Attika kommen nicht in Frage!"
Da meldete sich unsere Mutter Rhea zu Wort:
„Götter sollten sich nicht streiten! Was werden denn die Sterblichen über uns denken - über Euer Gepolter mit Schild und Dreizack! Zeus soll entscheiden, wem die Hauptstadt der Erde zugesprochen wird!"
Ich richtete mich erschrocken auf, hob an, um etwas Bedeutsames von mir zu geben, doch es fand sich kein noch so kluger Einfall, um den Streit zu schlichten. Da meine Sympathien natürlich mehr meiner Tochter Athene denn dem Bruder Poseidon galten, sah ich mich außerstande ein gerechtes Urteil zu sprechen. So zog ich es vor zu schweigen und blickte Hilfe suchend in die Runde. Da trat Hera in den Ring zwischen die beiden Streithähne:
„Da wir seit Kronos Abgang möglichst gemeinsam die Geschicke von Göttern und Menschen lenken wollen, so schlage ich vor, dass wir abstimmen: Wer von den Beiden den Bürgern der Polis das schönere Geschenk macht, der soll sich künftig Herrscher über die Stadt nennen dürfen. Wer aber unterliegt, muss unseren Schiedsspruch ohne einen Gedanken an Rache anerkennen!

Zeus wird als Schiedsrichter darauf achten, dass alles mit rechten Dingen zugehen wird!"

Ein weiser Vorschlag von Hera, dem sogleich alle zustimmten. Solche Klugheit hatte ich nicht von ihr erwartet. Ich sah sie plötzlich, wie es mir schon bei Metis widerfahren war, mit anderen Augen an. Ich beschloss in meinem Inneren, ihr bald meine Dankbarkeit zu beweisen. Hera zwinkerte mir schelmisch und kokett zugleich zu, als würde sie mir sagen wollen: „Lieber Zeus! Ohne mich bist Du nur ein halber Herrscher. Doch vereint mit mir, wirst Du Dein Amt voll erfüllen können!"

Poseidon trat als erster an. Er kletterte auf den Gipfel des Olymps, wog seinen Dreizack in der mächtigen Hand, holte weit aus und zielte auf die Akropolis, auf der die Sterblichen den Göttern zu opfern pflegten. Die schwere Gabel zischte durch die Luft und schlug auf dem Burgberg ein. Funken sprühten beim Aufschlag und ein Donner hallte durch die Stadt. Durch die Gewalt des Dreizacks öffnete sich der Fels und aus einem Spalt heraus quoll frisches Wasser. Poseidon rühmte sich sogleich seiner Tat:
„Was benötigen die Einwohner denn besseres als Wasser. Vor allem im Sommer, wenn die Etesien wehen, wenn Trockenheit herrscht, wenn die Pflanzen in den Gärten vertrocknen und sich die Wiesen in der Hitze braun färben. Und schaut doch! Wie herrlich macht sich der Wasserfall unterhalb der Quelle! Ist ihr Plätschern nicht ein Labsal für die Ohren?"
 Tatsächlich erschien uns Göttern die Quelle, welche Poseidon hatte sprudeln lassen, die Schönste, die wir je erblickt hatten. Wir hätten uns am liebsten, jedenfalls aus der Ferne des Olymps betrachtet, sofort unter den Strahl gestellt und ihn kühlend über uns ergießen lassen, hätten sofort eine Handvoll Wasser an die Lippen gesetzt, um das köstliche Nass auf der Zunge zergehen zu lassen. Ich war mir sicher, dass meine Tochter Athene ein solches Geschenk niemals übertreffen könnte.
Die Bürger der Stadt eilten sogleich mit Töpfen und Kannen zum Burgfels, doch bereits die ersten, die in der hohlen Hand das Wasser schöpften und zum Munde führten, spuckten es sogleich wieder aus. Enttäuscht zogen sie mit leeren Gefäßen wieder von dannen. Da kam mir ein Verdacht auf:

„Poseidon!" fragte ich den Meeresgott. "Welche Art von Wasser entspringt denn Deiner Quelle? Ist es süßes oder salziges Wasser? Ist es Wasser vom Lande oder von Deinem Meer, über das Du herrschst?"
„Was soll es anderes sein als Wasser aus dem Meer!" antwortete er verwundert über meine Frage.

Nun war es Zeit für Athene sich an die Arbeit zu begeben, um den Poseidon mit ihrem Geschenk zu übertreffen. Sie reichte mir ihren Speer, entledigte sich des Panzers, lüpfte ihren Helm und formte aus den sich befreienden Haaren ein kleines Bäumchen. Das schnitt sie ab und eilte zum Burgberg. Dort, in luftiger Höhe, in einem Felsspalt, grub sie eifrig mit den Händen in der Erde, die sich zwischen den Steinen gesammelt hatte, und setzte das Bäumchen aus ihren Haaren ein. Es streckte zaghaft seine Äste in den Himmel. Das Haar verwandelte sich in hartes Holz, an dem kleine silbrige Blätter sprießten.

Poseidon hatte das Ganze vom Olymp aus mit misstrauischer Neugier beäugt:
„Was will sie nur mit solch einem mageren Baum?" spöttelte er.
„Die wenigen silbernen Blätter, die er trägt, werden den Stadtbewohnern kaum schmecken. Und schaut nur! Wie dünn sind seine Äste! Sie eignen sich nicht einmal zum Feuer machen!"
Kaum war die Göttin zurückgekehrt, kaum hatte sie ein letztes Mal die Hände aneinander gerieben, um sie von den Erdkrümeln zu säubern, wuchsen an den Ästen ihres Baumes kleine grüne Früchte. Diese pflückten die Bürger neugierig und fragten sich, ob man wohl diese kleinen harten Beeren essen könne. Aber, wie schon bei Poseidons Geschenk, spuckten sie die Früchte rasch wieder aus. Sie schmeckten ihnen viel zu bitter, und zum Beißen waren sie ihnen auch zu hart.

Poseidon, Athene und wir anderen Götter hatten das Geschehen genau studiert. Der Gott des Meeres schmunzelte des Sieges gewiss, während Athene sich gelassen auf ihren Speer stützte und um Geduld bat:
„Wartet nur mit dem Abstimmen! Noch ist unser Wettstreit nicht beendet, denn die Einwohner der Polis sind klug. Sie werden lernen aus den Früchten, die ich ihnen geschenkt habe, flüssiges Gold zu pressen!"

Tatsächlich begannen die Bürger die Früchte, nachdem sie sich nicht kauen ließen, beharrlich zwischen zwei flachen Steinen zu zerreiben. Ein goldgelber Saft floss heraus, den sie für äußerst schmackhaft und wertvoll hielten. Denn sie sammelten ihn in Krügen, kochten mit ihm, bestrichen mit der Flüssigkeit Scharniere, die sich hinfort leichter bewegen ließen, nutzten sie schließlich als Licht, denn das Öl erwies sich als brennbar, oder sie veredelten es geschickt zu Seife, mit der sie sich wuschen. Auch schnitten sie Zweige ab, deren Enden sie in der Erde, dort wo sie Fruchtbarkeit versprach, sorgfältig einbetteten - in der Hoffnung, der Baum der Athene ließe sich so vervielfältigen.

Ohne Zweifel, so mussten wohl die meisten Götter feststellen, liebten und verehrten die Bürger der Hauptstadt, dann nach und nach auch die Bauern von Attika und schließlich alle Sterblichen rund um das Mittelmeer, die göttliche Pflanze - den Olivenbaum.

Vor der Abstimmung ließ ich Poseidon und Athene jeweils Plädoyers für ihre Geschenke halten, wohl wissend, dass meine Tochter über eine wesentlich gewaltigere Macht des Wortes verfügte als der doch mundfaule Bruder. Und dennoch: Als ich die Stimmen auszählte, ergab sich eine Stimmengleichheit. Ich stellte mit Erstaunen fest, dass alle Götter die Quelle als das schönere Geschenk wählten, während alle Göttinnen den Olivenbaum bevorzugten. Bei einem Unentschieden, so war es schon seit des Uranos Zeiten alte olympische Sitte, sollte die Stimme des Ersten unter den Göttern den Ausschlag geben.

Mit meiner Stimme schließlich neigte sich das Zünglein an der Waage der Athene zu. Ich entschied mich für sie, nicht nur, weil ich sie unter Schmerzen geboren hatte und ihr als meiner Tochter besonders gewogen war. Athena hatte den Siegeslorbeer gerechterweise verdient, denn das salzige Meerwasser brachte den Bewohnern keinerlei Nutzen. Die Früchte des Olivenbaumes aber dienen den Menschen des Mittelmeeres als wertvolles Nahrungsmittel bis zum heutigen Tage.

So kam es, dass die damalige Hauptstadt der griechischen Welt den Namen meiner Tochter erhielt; nämlich Athen!

4. Tag

Es ist tief in der Nacht. In meinen Innereien rumort es. Es scheint, als wehren sich Magen und Darm gegen all das, was ich tags zuvor am frühen Abend im indischen Biergarten zu mir genommen habe. Die Wackersteine in meinem Bauch haben mich unfreiwillig geweckt und, da ich nicht wieder einschlafen kann, in einen nachdenklichen Zustand versetzt: Immer wieder muss ich zwischendurch aus meinem Bett springen, mich ins Bad schleichen. Ich würge und versuche dem Druck, der sich in meinen Eingeweiden breitmacht, Entlastung zu verschaffen. Ich höre mich, über die Toilette gebeugt, stöhnen, bis mir endlich ein Strahl aus den Innereien Linderung verschafft. Erschöpft lasse ich mich wieder ins Bett fallen.

Es geht mir nicht gut! Der Leichtsinn, mit dem ich im indischen Bierausschank Früchte und Nüsse konsumiert habe, rächt sich nun. Schweißgebadet wälze ich mich in meinem Bett. Meine Gedanken schwirren nervös herum, tasten sich durch meine Vergangenheit, bleiben hier und dort hängen und gehen schließlich schwimmend an einem Punkt meiner Erinnerungen vor Anker, den ich längst vergessen hatte. Die Situation dieser Nacht führt meine Gedanken zurück in meine Jugendzeit, als ich mit meinen Eltern im Auto durch das damalige Jugoslawien nach Griechenland fuhr.

Ich war hinten im Fond des Wagens gesessen, als wir bei Evzoni über die griechische Grenze fuhren. Ein Schildhäuschen mit einem Soldaten stand am Straßenrand. Er trug Tracht: Pantoffeln, an deren Spitzen jeweils ein Wollknäuel baumelte. Außerdem hatte er weiße Strumpfhosen und ein weißes Faltenröckchen an, darüber eine blaue Samtjacke und auf dem Kopf einen Fez. Mein Vater, ein begeisterter Humanist und Philhellene, hielt den Wagen an, stieg aus, ging in die Knie, beugte sich herunter wie ein Moslem, der seine Gebete gen Mekka richtet, und küsste die Erde. Der Evzone, wie man noch heute die traditionellen Soldaten nennt, schulterte sein Gewehr und salutierte. Mein Vater stieg wieder ein und wir fuhren weiter. Das Bild hatte damals einen tiefen Eindruck in mir hinterlassen. Noch heute markiert es wie ein

Meilenstein die Chronologie meines Gedächtnisses. Dieser rituelle Vorgang setzte in meiner jugendlichen Gefühlswelt einen ersten Samen zu meinem späteren Studium der Archäologie.

Wir fuhren weiter nach Thessaloniki. Dort in einem Hotel, in dem wir zu Dritt in einem Raum nächtigten, erwachte ich aus unruhigem Schlaf, weil mir schlecht geworden war. Wie heute Nacht in Indien übergab ich mich damals mehrfach. Und sobald ich wieder im Bett neben meinem Vater lag, seinen süßlichen Geruch wahrnahm, wurde mir abermals schlecht. Ich konnte ihn von einem Moment auf den anderen nicht mehr riechen. Sobald ich an den folgenden Tagen hinter ihm im Auto saß, mir sein Geruch in die Nase stieg, ergriff mich vor Ekel jedes Mal ein Würgereiz.

Ich schnuppere misstrauisch, ob sich nicht auch hier und heute Nacht eine Spur dieses Geruchs in der Luft findet. Und ich entdecke: Ich rieche genauso säuerlich wie seinerzeit mein Vater! Noch einmal stürze ich aus dem Bett, schleppe mich auf die Toilette und wringe meine Gedärme über der Schüssel aus. Zurück im Bett muss mich endlich ein erlösender Schlaf übermannt haben. Relativ ausgeruht wache ich am Morgen auf und versuche meinen Magen während des Frühstücks mit trockenem Brot und Tee im Gleichgewicht zu halten.

Auf dem Programm steht heute das Rock-Fort von Trichy. Die Burg liegt auf einem steilen, hohen Berg und krönt den Gipfel mit einer Tempelanlage zu Ehren des Elefantengottes Ganesha. Mühsam erklimmen wir die über 440 Stufen bis hinauf zum Gipfel. Oben atemlos angekommen, werden wir mit einem Panoramablick über die Stadt belohnt. Bis herauf dringt das Knattern der Tuk-Tuks, in das sich wie geheime Morsezeichen das Hupen der Autos mischt, dazu noch die gellenden Rufe von Marktschreiern und Zeitungsverkäufern. Dünne Rauchsäulen steigen aus einzelnen Stadtbezirken in den blauen Himmel. Ganesha macht mich auf eine besonders dicke Rauchwolke aufmerksam, die sich am Rande eines Sees aus einer Tempelanlage in die Luft schlängelt. „Dort werden die Toten verbrannt! Gleich in der Nähe liegt ein Tempel, in dem das Shradda-Ritual für Verstorbene durchgeführt wird! Möchtest Du dorthin?"

Ich bin mir nicht sicher, ob ich mich nach dieser Nacht der deprimierenden Atmosphäre des Todes aussetzen sollte, aber gleichzeitig erweckt die Aussicht auf die Teilnahme an der Jenseitsvorstellung einer fremden Religion meine Neugierde. Hier im Ganesha-Tempel auf dem luftigen Rock-Fort Gipfel bin ich noch dem Licht durchfluteten Himmel der indischen Götter nahe. Gleich werde ich hinuntersteigen in die Düsternis des Todes. Das erscheint mir ganz wie ein Tauchvorgang in eine hinduistische Schattenwelt zu sein. Leben und Tod liegen in Indien nah beieinander – manchmal nur eine halbe Stunde mit dem Auto entfernt.

Wir springen die gemauerten Stufen des Berges hinunter, steigen ins Auto, quälen uns durch den Verkehr aus Karren und Tuk-Tuks, Motorrädern und Fußgängern, wir zwängen uns zwischen Lastwagen und Busse. Bremsen quietschen und ungeduldige Fahrer hupen. Rikschas wehren sich klingelnd gegen die Bevormundung motorisierter Gegner. Ein Lärm wie in einer Vorhölle dringt selbst durch die geschlossenen Autofenster. Noch einmal viel Leben, viel Lebhaftigkeit, bevor ich auf den indischen Tod stoße.
Schließlich stehen wir vor den gelb gestrichenen Toren eines Tempels. Ich schreite, begleitet von Ganesha, durch eine leere, luftige Vorhalle aus grauschmutzigen Betonwänden. Auf dem betonierten Boden treibt der Wind Laub, Zeitungspapier und Plastikfetzen vor sich her. Nichts sieht hier nach einem tiefen Respekt vor dem Tod aus, wenn es da nicht die eintönigen Gesänge und Gebete geben würde, die sich wie Ohrwürmer in mein Hirn schrauben.

Hinter der Halle auf einem unbefestigten Platz scharen sich Priester um rauchende Feuerstellen. Sie sind in weiße Tücher gehüllt. Jeweils eine Schulter ist frei. Ein fetter Oberarm quillt aus dem Stoff, was darauf schließen lässt, dass Priester hier gut genährt werden. Sie wiegen ihren Oberkörper hin und her, singen eintönige Litaneien oder rattern betend Laute herunter - daneben im Schneidersitz die Verwandten des Verstorbenen. Vor ihnen ragt aus dem Sand eine fein ziselierte Vase aus Stein. Das ist die Urne mit der Asche des Vaters, der Mutter, des Bruders oder der Tochter. Alle Anwesenden haben sich zuvor als Zeichen ihrer Trauer die Köpfe kahlscheren lassen. Am Rande der Szene warten bereits die nächsten Trauergäste auf alten Friseurstühlen, die sich unter freiem Himmel einer Mauer entlang reihen. Männer machen sich an ihren Köpfen zu schaffen. Sie schaben mit ihren Rasiermessern sogar den letzten Flaum von der Kalotte. Etliche der Glatzköpfe glänzen weiß in der Sonne.

Ganesha führt mich in das Reich dieses hinduistischen Todes. Während wir uns einer Trauergruppe aus einem Priester und zwei Verwandten rund um eine Feuerstelle respektvoll nähern, klärt er mich über die unerlösten Verstorbenen auf, die nach vier bis sechs Wochen ihre endgültige Ruhe finden sollen. Denn werde es versäumt, ihre Asche von einem Priester segnen, die anwesenden Verwandten mit geweihten Wasser reinigen zu lassen, in dem vielfarbige Blüten schwimmen, dann drohe dem Verstorbenen auf Ewigkeit ein Aufenthalt zwischen Leben und Tod. Er wird zum geisterhaften Dämon und Unglück über die ganze Familie bringen. Schließlich ist es doch so, dass der Tote nach sechs Wochen wiedergeboren werden will. Erst dieser Ritus befreit ihn aus den Fesseln des Todes und gestattet ihm die Rückkehr ins Leben – vielleicht als niederes Wesen, hoffentlich aber als höherwertiger Mensch. Es ist der letzte Dienst, den ihm Sohn oder Tochter erweisen können. Es ist aber auch die letzte Möglichkeit, sich rituell vom Geist, von der Seele des Verstorbenen zu lösen.
Wie sich die Religionen ähneln. Ist es nicht so, dass nach Ostern Christus vier Wochen bis zu seiner Himmelfahrt benötigt, um sich von der Welt zu befreien?

Auf das Szenarium von der Erlösung der Toten wirft eine helle muntere Sonne sanfte Strahlen. Hinter den Feuerstellen erstreckt sich das buschreiche Ufer eines träg dahin strömenden Flusses. Frauen waschen und schlagen Laken auf Steine, während im Vordergrund die Priester und ihre Kunden im Schneidersitz beisammen hocken. Sie singen und murmeln Gebete herunter, als wäre dies ein professioneller Akt, der, routiniert ausgeführt, eine ernst zu nehmende Selbstverständlichkeit des Schicksals ist. Der Ritus ist aber auch zugleich eine Befreiung für den Überbringer der Aschenurne, versichert mir Ganesha, denn er erlöst die Hinterbliebenen von der Trauer, von schlechten und guten Erinnerungen an Vater und Mutter, und er gestattet den Verstorbenen ein neues Leben!

Als ich mich abends in mein stilles Hotelzimmer zurückziehe, mich noch ganz von den Impressionen über den indischen Tod erfüllt auf den Schlaf vorbereite, tauchen in mir wieder Gefühle der Einsamkeit und Ohnmacht auf. Und Trauer sucht mich heim, der ich angesichts des Sterbens ausgesetzt bin. Unsere westliche Kultur bietet keinerlei Hoffnung auf Wiedergeburt oder Neuanfang, lässt keine Erlösung von der Wut des Verlassenwerdens zu. Wir werden alleingelassen mit den Erinnerungen an die Toten. Meine sterbende Mutter taucht plötzlich aus den Tiefen der Vergangenheit. Lange habe ich nicht mehr an sie gedacht. Umso erstaunter bin ich über die klaren Bilder, die sich vor meinem inneren Auge öffnen.

Drei Patienten liegen nebeneinander in ihren Betten. Das Fenster ist leicht geöffnet. Draußen leuchtet ein Apfelbaum mit weißen Blüten. Dahinter strahlt ein blauer Himmel so saftig, wie man es nur im frischen Frühling sieht. Im linken Bett liegt meine Mutter. Sie sieht bleich aus, ihre Augen blicken müde. Ihre Haut wirkt dünn und zart, nahezu durchsichtig. In kurzen, lichten Momenten vermag sie mich noch wahrzunehmen. Sie spricht dabei sorgsam und mit dünner Stimme. Ich spüre, dass sie mich durch ihren nahen Tod nicht bedrücken will. Und dennoch nehme ich mir den Mut zu der Frage:
„Hast Du Angst vor dem Tod?"
Sie lächelt mich an und antwortet erstaunlich gefasst:
„Nein. Er wird mich vom Krebs erlösen. Glaub mir, es ist kaum auszuhalten! Ich bedaure nur ..." Sie blickt hinüber zum Fenster und dem prächtig blühenden Baum.
„...ich bedaure nur, dass ich keinen Frühling mehr erleben darf. Ich habe das Sprießen der Blätter so sehr geliebt, das Wachsen der Gräser in unserem Garten und im Mai die zarten Blumen und Blüten. Und wenn ich jetzt das Weiß und das frische Grün draußen sehe, dann bin ich doch traurig. Ich sehe das alles zum letzten Mal, diesen Kreislauf der Natur, von dem ich bald selbst ausgeschlossen sein werde. Für mich gibt es keine Wiedergeburt! Ich will sie auch nicht. Mein Leben war ja doch nur voller Leid. Das muss ich nicht noch einmal haben!"
Zwischendurch schließt sie vor Erschöpfung die Augen, spricht mit flüsternder Stimme und verschluckt erstickend die Laute, so dass ich sie sinnvoll miteinander kombinieren muss. Mir schwant, dass es wohl das letzte Mal sein wird, dass ich meine Mutter bei vollem Bewusstsein antreffe, dass ich jetzt eine letzte Chance

habe, etwas über mich zu erfahren, was sie sonst ins Grab mitnehmen würde: Vielleicht ein Geheimnis?
Ich hätte ja das Kind eines anderen Vaters sein können, ein Findelkind, ein Waisenkind? Wer weiß? Keiner kann sich über seine Herkunft so sicher sein! Es war ja die turbulente Nachkriegszeit, in der ich zur Welt kam. Und so frage ich, ohne sie zu schonen - im Wissen, es ist meine letzte Chance:
„Gibt es etwas, das Du mir noch mitteilen musst? Was Du mir unbedingt sagen solltest? Etwas, was wichtig für mich ist?"
Sie überlegt kurz. Ein Schmerz durchzieht wie ein Gewitter ihr Gesicht. Falten legen sich düster auf die Stirn. Sie hüstelt und ringt zwischen den Sätzen nach Atem:
„Du weißt, dass der größte Schmerz meines Lebens Dein Vater war. Seine Ehebrüche, sein Hin und Her und seine Rücksichtslosigkeit. Du hast es erlebt, wie ich gelitten habe! Du bist ja selbst Opfer meiner täglichen Tränen gewesen, wenn Du mittags von der Schule kamst …"
Sie hustet heftig! Ihre Erregung steigert sich, die Gesichtszüge spannen sich! Dann fasst sie sich wieder:
„…Solltest Du je heiraten. Schwöre mir, dass Du Deiner Frau immer treu bleiben wirst, dass Du ihr nie das antun wirst, was er mir angetan hat! Schwöre es mir, damit ich leichter sterben kann!"

Während ihre Hände hastig über die weiße Bettdecke gleiten, als wollten sie dort Blumen pflücken, denke ich fieberhaft nach: Was kann solch ein Schwur wert sein, gesprochen auf dem Totenbett der Mutter? Würde ich ihn halten können? Wieviel von meinem Vater schlummert denn in mir, dass ich - gleich ihm - mein Eheleben sexuellen Launen unterwerfen werde? Ich bin kein Kind von Traurigkeit und sicher wie er anfällig für Verführungen. Ich traue mir in dieser Sache nicht über den Weg. In ihrem Verstummen verspüre ich aber auch ein ungeduldiges Warten auf eine rasche Antwort, und auch eine gewisse Erleichterung ihres Sterbens, sobald ich einen solchen Eid ablegen würde. Der Sohn, der aus ihrem Leib geboren wurde, darf nicht zum rücksichtslosen Ehebrecher werden. Das Leben darf sich nicht wiederholen! Wenn ich ihr das schwören würde, müsste sie sich nicht daran mitschuldig fühlen, einen solchen Mann, und damit auch das Leid einer Frau, in die Welt gesetzt zu haben. Es gibt davon zu viel!

Mir wohlbewusst, dass eine rasche Antwort tiefgreifende Spuren in meinem Leben - vielleicht sogar bis ans Ende meiner Tage hinterlassen würde, beschließe ich, meiner Mutter in ihren letzten Stunden jeden Zweifel zu ersparen und ihr mit einer schnellen Reaktion Vertrauen in meine Antwort zu schenken.
„Ich schwöre es Dir! Sollte ich heiraten, werde ich meiner Frau nicht das Leid zufügen, dass Du durch Deinen Mann, meinen Vater, erfahren hast!"
Jetzt ist es heraus. Und weil es überraschend ehrlich klingt, zaubern meine Worte auch ein sanftes Lächeln in ihr bleiches Gesicht.
„Noch etwas muss ich Dir beichten. Auch das hängt mit Deinem Vater zusammen!"
Sie stöhnt und stößt dabei den Atem heftig aus, als würden ihr nicht nur die Worte schwerfallen, als wolle sie das Leben hinausblasen, weil es ihr mit seinem Schmerz die Brust abschnürt.
„Dein Vater hat mich schon wenige Wochen nach der Geburt Deines Bruders wieder geschwängert. Ich war darüber sehr glücklich, aber in der Zeit, als Du in mir herangewachsen bist, musste ich entdecken, dass er mich mit einer anderen Frau betrog, dass er log und Ausreden erfand, um seine ständige Abwesenheit zu begründen. Ich war verzweifelt und Tod unglücklich, wusste weder ein noch aus. Ja, ich wollte mich sogar umbringen. Eine Abtreibung kam damals nicht in Frage. Sie war strengstens verboten. Meine Zukunft erschien mir mit diesem Mann so schrecklich, dass ich alles daransetzte Dich loszubekommen. Ich versuchte es mit Laugen, mit viel Bewegung. Und als das nichts half, schließlich sogar mit Stricknadeln, die ich in mich bohrte. Es half nichts! Dein Lebenswille war zu groß, so dass ich schließlich aufgab und mich in mein Schicksal fügte! Ich habe Zeit meines Lebens deshalb ein schlechtes Gewissen Dir gegenüber gehabt, habe Dich aber über alles geliebt. Du warst mein Lichtblick, der mir in manchen Momenten das Leben erleichtert hat!"

Die letzten Sätze flüstert sie erschöpft, immer tiefer in ihr Kissen sinkend. Nie hatte sie bis dahin irgendwelche besonders innige Gefühle geäußert, die sie mir entgegenbrachte, noch nie die Wahrheit über meine Geburt auch nur angedeutet. Dass sie mir erst jetzt die Abtreibungsversuche gesteht, war wohl dem Nahen des Todes, und damit auch einer gewissen Pflicht zur letzten Wahrheit zu verdanken. Stets hatte ich das unbestimmte Gefühl, dass da noch etwas sein musste, zwischen ihr und mir, etwas Dunkles, das wie eine unüberwindliche Hürde vor ihr lag und allzu zärtliche Mutterworte in meiner Kindheit verhinderte. Sie nahm mich zwar hin und wieder auf ihren Schoss, streichelte mich stumm, tröstete meine Tränen, vor allem aber verteidigte sie mich stets, wenn mein Vater mich strafen oder auch schlagen wollte. Manchmal erlöste sie mich sogar heimlich, wenn ich zur Strafe in einem abgesperrten Zimmer solange vor einem gekochten stinkenden Fisch sitzen musste, bis ich ihn heruntergewürgt hatte.

Nur wenige Tage später informierte mich mein Vater, dass meine Mutter zum Sterben nach Hause transportiert werden soll. Man gebe ihr nur noch drei bis vier Tage, meinten die Ärzte. Rechtzeitig, gerade als der Sanitätswagen vorfuhr, traf auch ich vor unserem Haus ein, dem kleinen Haus, von dem meine Mutter Zeit ihres Lebens stets geträumt hatte. Eine Wahrsagerin hatte es ihr prophezeit, und doch musste sie bis zu ihrem sechzigsten Lebensjahr darauf warten. Jetzt sollte sie die letzten Tage schmerzerfüllt oben in der kleinen Schlafzimmer-Mansarde ertragen. Doch die Treppen, über die zwei Sanitäter sie hinauftragen wollten, waren so steil, dass sie meine Mutter aus der Bahre heben mussten. Sie ergriffen sie im Nacken, packten sie unter den Beinen und schleiften sie hinauf, so dass sie vor Schmerz gellende Schreie ausstieß. Dabei klaffte ihr weißes Nachthemd auf und offenbarte ihre weiße bleiche Scham. Ein Entsetzen ergriff mich. Noch nie hatte ich meine Mutter so gesehen. Ihre Schamhaftigkeit hatte in allen den Jahren einfach keine Nacktheit zugelassen.

Das Tabu ihrer Sexualität hatte auch mich über die Jahre der Kindheit und Jugend hinweg auf eine Weise so intensiv geprägt, dass ich in diesem Moment, geschockt vom Anblick ihres Geschlechts, in mich zusammenfiel, regelrecht einknickte. Es war, als ob nicht nur meine Wangen, mein Gesicht, sondern auch meine Seele bei der Vorstellung erbleichen würden, da man mir jenen Ort zeigte, durch den sie mir zwischen diesen Schamlippen nach dem Leben trachtete. Und es erinnerte mich an den Schwur ihr gegenüber, meine Sexualität das ganz lange Leben über einer einzigen Frau zu widmen.

Ich fühlte eine tiefe Angst: Mir war, als stelle das weibliche Geschlecht, ein Mysterium, ein verbotenes Heiligtum dar, das nur einer Priesterin geweiht war! Sie hat die Kraft über Leben und Tod zu entscheiden.

In den darauffolgenden Wochen und Monaten wehrte ich mich heftig gegen die Vorstellung, meine Mutter würde nach ihrem Tod die Gabe besitzen, weiterhin um mich herum zu sein, mich zu beobachten und zu rügen, sobald ich ihren Eid bräche. Es hätte mir unendliche Schmerzen bereitet, wäre sie in der Lage gewesen, sich von einer jenseitigen Welt aus über meine Handlungen im Diesseits zu grämen. Es darf einfach keinerlei Verbindung zwischen dem Reich der Toten und der Lebenden geben.
Wie vernünftig ist da doch ein trennender Unterweltfluss!

Abends, zwei Tage später, saß ich entspannt in der Badewanne. Ich wusch und trocknete mich ab. Mein Schlafanzug lag bereit. Und dennoch ertappte ich mich, wie ich unter Trance die Badewanne verließ, erneut in meine Unterhose, in Hemd, Hose und Schuhe schlüpfte. Kaum hatte ich die zweite Schleife gebunden, läutete das Telefon. Mein Vater meldete sich:
„Deine Mutter ist soeben gestorben. Willst Du nicht herkommen?"
Mehr nicht.
Aber es reichte aus, mich wie von selbst sofort ins Auto zu setzen und auf die Autobahn zu meinem Elternhaus zu fahren. Ich musste mich konzentrieren, denn die Konturen der Straße zerflossen unter einem Tränenschleier. Ich entdeckte erstaunt, dass ich nach undenkbaren Zeiten zum ersten Mal wieder weinte.

Je mehr ich mich dem Haus meiner Eltern näherte, desto heftiger suchte mich aufs Neue eine stumme Angst heim. Noch nie in meinem Leben hatte ich einen toten Menschen gesehen, noch nie das Geheimnis gespürt, das ihn umgibt; All die Mutmaßungen über das Nichts, die Wandlung der Seele, das Verschwinden in eine andere Welt. Wie dankbar wäre ich damals gewesen, hätte ich mich jetzt an die konkreten Vorstellungen einer Religion halten können, in welche die Erwartungen der Menschen vom Tod eingeflossen sind. Mit welch tröstender Kraft hätte mich damals der Glaube geschützt und mir lindernde Antworten beim Anblick des Todes zugestanden.

Ich hatte Angst vor meiner toten Mutter. Wie wird sie vom Sterben gezeichnet aussehen? Wie wirkt sie auf mich, die mir zu Zeiten ihres Lebens immer nur, wenn auch verhalten, mit Liebe begegnet war? In wenigen Minuten werde ich sie leblos, unbeweglich und ohne jede Mimik erleben. Schenkt sie mir am Ende zu guter Letzt auch noch eine positive Erfahrung des Todes?

Zu Hause öffnete mir mein Vater. Er wischte sich einzelne Tränen vom silbernen Bart und flüsterte:
„Sie liegt oben in ihrem Zimmer. Geh hinauf und schau sie Dir noch einmal an! Aber erschrecke nicht: Sie sieht streng aus!"
Ich stieg die Treppe hinauf, die für sie noch vor zwei Tagen in einem letzten leidvollen Lebensabschnitt Folter gewesen war. Ich verharrte mit der Hand auf der Türklinke vor dem kleinen Mansardenzimmer, um meinen ganzen Mut zu sammeln, um mich zu fassen. Dann öffnete ich die Tür.

Eine Stehlampe hinter dem Kopfende ihres Bettes warf einen schwachen kreisrunden Lichtkegel an die schiefe Mansardendecke. Er mischte sich in die flackernden Strahlen einer armseligen Haushaltskerze auf dem Nachtisch. Eine tödliche Stille hatte sich über das bisher vertraute Röcheln ihres Atems gelegt. Sanfte Hügel auf der Bettdecke verrieten ihren ausgestreckten Körper darunter. Ein weißes Tuch, eine glänzende Damast-Serviette, war um Kinn und Hinterkopf zu einer absurden Schleife gebunden - gerade so, als wäre sie noch am Leben und hätte lediglich Zahnschmerzen gehabt. Ich wünschte mir: Entfernt doch dieses unwürdige Tuch! Ein offenstehender Mund ist allemal erträglicher als diese lächerliche Serviette mit zwei Ohren, die mich an Zeichnungen eines Hasen von Wilhelm Busch erinnert!
Immerhin zähmte das Tuch halbwegs ihr struppiges, graues Haar, das lieblos ungekämmt abstand, als hätte sie sich im letzten Moment heftig erschrocken. Grimmige Falten hatten sich in ihr weißes Gesicht eingekerbt, als sei sie über diese letzten Momente ihrer Erlösung vom Krebs nicht unbedingt glücklich gewesen. Die Augen waren tief eingesunken und gefüllt mit dunklen feuchten Schatten, die Wangen von zarter, pergamentartiger Haut überzogen, die Lippen blau, als würde sie frieren.
Ich starrte auf ihre Brust: Sie muss sich doch unter der Bettdecke heben und senken. Warum tut sie es nicht?

Und doch: Über ihrem Körper, der mich an eine zurückgelassene zarte Hülle einer gerade entschlüpften Libelle erinnerte, über dieser Materie, in der Mansardenecke über dem Fenster, dort oben, wohin sonst die warme Luft der darunterliegenden Heizung hinaufstreicht und sich verflüchtigt, dort oben lenkte etwas meine Aufmerksamkeit auf sich. Etwas Undefinierbares! Nicht fassbares, beschreibbares!
Und doch konnte ich nichts als zerrissene Fäden einer Spinnwebe erkennen.
„Da ist etwas!" flüsterte ich mir zu. „Dort oben schwebt etwas, was von ihr stammt, was mich an sie erinnert. Etwas, das immer schwächer wird. Etwas, was davonfliegt!"
Sie wurde immer weniger: als dränge etwas aus ihr heraus durch die Decke und strebe durch das Dach hinaus in die dunkle Nacht. Als suche sie da oben, da draußen nach Befreiung, vielleicht auch nach Erlösung!

Ich senkte den Blick auf das, was von meiner Mutter übriggeblieben war. Es dauerte einen Moment, bis ich begriff und fühlte, dass da vor mir tote Materie lag. Meine Mutter – leblos! Mausetot! So tot wie der Stuhl neben dem Bett, wie der Schrank gegenüber. Unter der Bettdecke lag nur noch eine Hülle. Nichts war so leer, nichts vom Leben so verlassen wie dieser Rest irdischen Lebens. Nichts war so tot wie der Körper meiner Mutter!
Und dennoch beugte ich mich zum Leichnam hinunter. Meine Lippen spürten das beginnende Auskühlen der Wangen, die kalte Haut und darauf die letzte kondensierende Feuchtigkeit.

Bilder, die mich in diesen ersten Nachtstunden in meinem Indischen Hotelzimmer heimsuchen. Nicht zum ersten Mal fühle ich mich von den nachlebenden Schatten verfolgt, die meine Mutter in mein Dasein wirft. Ein Hindu vermag sich wahrscheinlich durch das Shradda-Ritual auf seine Weise zu befreien und die Erinnerungen harmonisch in sein Leben einzufügen.

Ich sehe mich in dieser Nacht in meinem Bett neben dem Zimmer meiner toten Mutter liegen. Nachdem ich in nachdenklicher Stille mit meinem Vater einige Cognacs getrunken hatte, versuchte ich wenigstens etwas Schlaf zu finden. Doch er wollte und wollte nicht einkehren: Immer wieder zählte ich Stunde um Stunde die hellen Schläge einer nahen Turmuhr und vollzog in der Zeit dazwischen einen unruhigen Prozess der Wandlung. Ich hatte das Gefühl, als ob die Seele meiner Mutter in diesen Nachtstunden immer mehr Besitz von mir ergreifen würde. Ihre Energie, ihre Stimme, ihre Augen machten sich die Nervosität meines Halbschlafes zu Nutze, um mich mit ihren Bildern, Erlebnissen, Mahnungen und ihrem Leid zu infiltrieren. Immer tiefer drang sie während dieser Nachtsunden in mich ein.

Als endlich der Morgen graute, begann sie schließlich aus mir heraus zu sprechen. Ich sah ihren Mund, der Worte formte, mich tröstete und mir versicherte, dass sie ab sofort in mir weiterleben werde.
Ich gestehe, dass ich davon nicht sonderlich begeistert war, und wie um ihre Stimme zu übertönen, höre ich mich noch heute sprechen:
„Sie wird Dich ständig beobachten und begleiten, jede Deiner Handlungen kommentieren. Bisher warst Du dankbar, dass Deine Gedankenwelt der einzige Ort in Deinem Leben war, an dem Du offen, unbeobachtet und rücksichtslos Wahrheiten denken konntest. Bisher warst Du der einzige Zuschauer Deines Heimkinos, in dem Du auch der Regisseur der gezeigten Filme bist. Ab jetzt jedoch existierst Du nicht mehr allein. Da sitzt noch jemand im Zuschauerraum: Deine Mutter nämlich! Welch ein Schrecken!"

Freilich ist sie nicht lange in mir geblieben, denn die Zeit hat die Stimme meiner Mutter mit den Monaten und Jahren zum Verstummen gebracht. Dennoch ist ihre Energie immer noch zu spüren. Vielleicht ist das der Grund, weshalb ich alleine lebe, um nicht in Gefahr zu geraten, ihre Mahnungen erneut hören, das Versprechen gegenüber meiner Mutter brechen zu müssen. Denn ich will nicht wie mein Vater schuldig werden an ihrem mütterlichen Leben und Sterben!

Aus der Palmblätterbibliothek:
Viertes Bündel

Kaum war Athene in Amt und Würden eingeführt, konzentrierte ich mich wieder auf die angenehmeren Pflichten meines göttlichen Lebens, auf die Suche nach der leidenschaftlichen Liebe. Sie steht zugleich auch für die Suche der Menschheit nach Liebe und Vereinigung. Denn meine göttliche Person besteht aus nichts anderem als einer Summe von Wünschen und Phantasien, welche die Menschen in mich hineinprojizieren. Ein Phantom bin ich, das den Auftrag erhalten hat, all jenes zu tun, was Sterbliche von ihrem Gott erwarten. Und da es für Menschen kaum etwas Schöneres gibt, als sich selbst im Anderen zu erfahren, als sich in ihm zu spiegeln, und obendrein kaum etwas Erstrebenswerteres, als zu erleben, wie sich das Gegenüber Schritt für Schritt öffnet, - kaum etwas Genussvolleres, als mit der Erwählten in heftiger Leidenschaft zu verschmelzen, so ist es doch meine Pflicht, als Gott diese Wünsche so weitgehend wie möglich zu erfüllen.

Auch wenn Mutter Rhea in weiser Voraussahnung die Göttin Hera bei jeder Gelegenheit, sogar in meinem Beisein, vor mir und meiner Untreue warnte, glaubte ich doch im Verhalten der Schwester eine gut versteckte Sympathie für mich spüren zu dürfen. Weshalb denn sonst wäre sie mir während des schwierigen Moments meiner Entschlusslosigkeit mit der genialen Idee zu Hilfe geeilt, zwischen Athene und Poseidon abstimmen zu lassen? Und weshalb sonst hatte sie mich, wo immer wir uns trafen, mit ihren großen Kuhaugen so kokett angeblinzelt? Da half es auch nicht, dass meine Mutter mir ins Gewissen redete, mich beschwor:
„Halte Dich von ihr fern! Du kannst Dich jederzeit unglücklich machen, aber bitte nicht mit Hera, denn ihre Aufgabe ist es, die Familie zu hegen und zu pflegen, ihre schützende Hand über die Ehe zu halten. Es hieße den Bock zum Gärtner zu machen, wenn Du Dich auf sie einlassen solltest!"

Ich vermute jedoch, dass Eros auch und gerade wegen dieses Verbots in mir eine Leidenschaft für Hera entfachte. Ich spürte, wie er über uns beide auf seinen goldenen Flügeln schwebend immer engere Kreise zog.

Während meine Schwester sich an die Empfehlungen der Rhea hielt, wuchs in mir die Lust auf die verbotene Frucht. Da sie aber jedem tieferen Blick, jeder zärtlichen Berührung, jedem animierenden Gespräch aus dem Weg ging, galt es eine List auszuhecken, der sie sich nicht entziehen konnte. Nachdem mein heimliches Werben um Hera bisher zur Erfolglosigkeit verurteilt war, verschaffte mir Eros, der Gott der vereinenden Leidenschaft, eine vortreffliche Idee und dazu noch die Gelegenheit sie in die Tat umzusetzen.

Meine Chance sah ich endlich gekommen, als die Göttin eines Tages im Wald spazieren ging. Sie wollte sich in der frischen Luft von ihren Pflichten erholen, denn als Herrin über den weiblichen Lebenskreis, über Ehe, Haus und Hof, hatte sie täglich ein gewaltiges Pensum Arbeit zu schultern. Schon zu unserer Zeit und bis hinein in diese Tage unterliegt dieser Aufgabenbereich ständigen Bedrohungen und unberechenbaren Einflüssen.

Hera spazierte also ganz allein im Wald. Kein Wölkchen trübte den Himmel. Da packte ich die Gelegenheit beim Schopfe. Als Wettergott ließ ich mächtige, dunkle Wolken aufziehen und entfachte all jene Naturphänomene, auf die ich mich besonders gut verstand - auf Blitz und Donner, Hagel und vor allem dicke Regentropfen.
Meine nur kurze Erfahrung mit Frauen ließ mich vermuten, dass vor allem Mitleid ihr Herz rühren würde, besonders dann, wenn es sich um kleine schutzbedürftige Tiere handelt. Dieses Gefühl galt es geschickt mit dem Regen zu verbinden.

Als Hera vor meinem Gewitter unter einem Baum Schutz suchte, saß ich hoch oben auf einem Ast darüber. Nicht als kraftvoller Zeus. Da wäre wohl der Ast gebrochen und ich hinuntergestürzt, was anstelle von mitleidsvoller Zuneigung bei ihr nur ein schadenfrohes Lachen provoziert hätte. Nein, ich hatte mich in einen hübschen kleinen Kuckuck verwandelt. Mein Gefieder tropfte nur so vor Nässe. Ich zitterte zum Schein vor Kälte und Schwäche, so dass ich mich auf dem Ast nicht mehr halten konnte und ihr vor die Füße fiel.

Hera erschrak ein wenig und beugte sich zu mir herunter. In diesem Moment gab ich mir alle Mühe durch einen jammervollen Anblick ihr Herz zu rühren: Weit sperrte ich den Schnabel auf, rollte furchtsam mit den Augen und spreizte mühsam die von Regentropfen durchnässten Flügel. Ich selbst war von meinem erbärmlichen Zustand so tief beeindruckt, dass mir ein paar Tränen aus den Augen kullerten. Das erhöhte noch die Wirkung auf Heras Mitleid, denn mit süßer Stimme flötete sie:
„Ach Du armer Vogel! Du zitterst ja vor Kälte. Komm, ich wärme Dich und drücke Dich an meine Brust!"

Sie hob mich vorsichtig mit den Händen auf, fuhr zärtlich über mein Gefieder, hauchte mich mit süßem Atem an, damit mir warm werde, und drückte mich endlich an ihren wundervoll weichen Busen. Und ich musste bei dieser Berührung feststellen: Es gibt von dieser Art sicherlich keinen Schöneren im ganzen Erdenrund. Selbst durch die Federn spürte ich sein Wogen und darunter den Takt des Herzens rhythmisch klopfen. Ich genoss dieses warme Nest zwischen ihren beiden Brüsten. Leider nur für einen kurzen Augenblick, denn Eros fühlte sich provoziert, fächelte heftig mit seinen goldenen Flügeln, um die Glut meiner Leidenschaft zu entfachen. Mein Federkleid wäre von den auflodernden Flammen entzündet worden, hätte ich nicht sofort reagiert. Ich warf es deshalb rasch von mir und stand ganz nackt da, so wie Rhea und Kronos mich geschaffen hatten.

Als wäre Hera wie von einem meiner Blitze getroffen, erstarrte sie in lähmendem Erstaunen. Ich erlaubte ihr keine Sekunde, sich einen Reim darauf zu machen, ließ ihr keine Zeit zum Reagieren. So musste sie mir ohne jegliche Gegenwehr gestatten, dass sich meine kräftigen Arme um sie schlossen, dass sich meine bereits erregte Männlichkeit zwischen ihre Schenkel drängte und meine Lippen voller Gier ihren Mund suchten. Erst als es zu spät war, besann sie sich, begann sich sanft zu wehren und mich ohne großen Nachdruck zurückzuweisen.

„Zeus, was tust Du nur mit mir?" flüsterte sie, "Willst Du mich etwa mit Gewalt nehmen? Das wird Dir nicht gelingen, denn ich werde heftigen Widerstand leisten. Ich werde Dir Dein Gesicht zerkratzen, damit die Spuren noch tagelang ein Beweis meiner verzweifelten Gegenwehr sein werden. Ich werde so laut schreien, dass

Rhea und Deine Geschwister herbeieilen und Zeugen Deines Unrechts werden!"

Dann zögerte sie einen kurzen Moment, stieß ihre Faust zärtlich gegen meine Brust und flüsterte mit noch leiserer Stimme als zuvor:

„Du kannst es aber auch anders haben: nämlich friedlicher und voller Lust! Wenn Du mir versprichst, wenn Du mir auf der Stelle einen heiligen Eid schwörst, dass Du mich heiraten und die Ehe mit mir vor den Augen der versammelten Götter schließen wirst. Nur unter dieser Bedingung werde ich mich auf der Stelle sanft und zärtlich hingeben. Denn auch ich bin Dir, seit ich Dich das erste Mal vom Schlund des Kronos aus erblickt habe, in großer Liebe zugetan!"

Abermals erwies sich Hera schlauer als von mir erwartet. Sie hatte mich völlig in der Faust. Im übertragenen Sinne hielt sie sogar meinen Phallus fest in ihrer Hand und kontrollierte mit unbarmherzigem Griff mein Begehren. In mir staute sich inzwischen die Lust auf und drohte einen Höhepunkt zu erreichen, der keine Rückkehr mehr zulassen würde. Alles strebte und zerrte in mir zu Hera hin. Von weitem hörte ich wieder leise die Trommeln meiner Ahnen wirbeln. Sie nutzte diesen Moment meiner Ohnmacht wohl wissend, dass ich ihm nicht widerstehen konnte.

„Hera", sprach ich ohne lange abzuwägen, „Ich schenke Dir meinen Blitz und Donner, ja all das, was Dein Herz begehrt! Nur bitte, um des Eros willen, lass uns jetzt rasch das Lager teilen!"

Als wollte sie in die Glut meiner Leidenschaft noch heftiger blasen, um die Hitze in mir zum Siedepunkt zu steigern, schaute sie mir tief in die Augen. Dann wanderte ihr Blick hinunter zu meiner erregten Männlichkeit, verharrte dort für einen Moment, glitt schließlich weiter über die Lenden hinauf zu meiner Brust und wieder zurück zu meinen Augen. Beherzt antwortete sie:

„Mein lieber Zeus! Ich besitze bereits alles, was ich brauche. Sogar mehr Verstand als Du! Blitz und Donner passen so gar nicht zu mir! Also, schwöre bei diesem Deinem Glied und sprich mir nach: Hera, ich werde und will Dich heiraten im Angesicht der Götterschar. Meine Männlichkeit soll sich nie mehr erregen, mag das Begehren noch so groß sein, wenn ich mein Versprechen Dir gegenüber breche!"

Was blieb mir da Anderes übrig als den Eid zu wiederholen. Zu heftig wogten Wellen lustvoller Energien durch meinen Körper und bildeten bereits Schaumkronen aus ersten Liebestropfen. Und auch das Trommeln in mir war inzwischen heftiger und lauter geworden. Sie drängten mich zur Eile. Die männlichen Göttergenerationen vor mir beschwerten sich bereits voller Ungeduld über mein Zaudern und Zögern. Sie erwiesen sich ganz begierig und schlugen kraftvoll auf ihre Pauken, um meine Leidenschaft mit ihrem Rhythmus weiter voranzutreiben.

Stotternd vor Erregung sprach ich den Eid und begriff im gleichen Moment, wie schwach alles Männliche doch angesichts des Gottes der vereinenden Leidenschaft ist, sobald sein Schatten über uns kreist und er seines Amtes in uns waltet. Indes - das Weibliche hat sich mehr in der Hand: Bis zuletzt vermag es immer noch einen letzten Rest Berechenbarkeit zu bewahren. Doch kaum hatte ich die von ihr erwarteten Worte ausgesprochen, brachen auch bei Hera die Dämme. Sie löste mit zitternden Händen rasch das Gewand von den Schultern und zog mich so hastig ins feuchte Moos, als hätte sie schon lange auf diesen Augenblick gewartet. Da ich mir aber ein eheliches Versprechen von solch gewichtiger Tragweite abgerungen hatte, überkam mich nun der Wunsch, meine Lust wenigstens so lange und intensiv wie nur möglich auszukosten.

Wie mir schien, strebte auch Hera möglichst rasch nach unserer Vereinigung, um sie schnell hinter sich zu bringen. Ihr Auftrag als Göttin der Familie verpflichtete sie in erster Linie zur Zeugung eines Kindes, und nicht so sehr zum kunstvollen Genuss der Sinnesfreuden, zur Kultivierung des erotischen Vorgehens. Welch ein Jammer aber wäre es gewesen, meine Lust einer überhasteten Befriedigung zu opfern!

So legte ich mich zunächst, um Dominanz über Hera zu gewinnen und ihre Eile zu bremsen, sanft auf ihren warmen Körper. Ich saugte mich mit meinen Lippen zärtlich an ihrem Nacken fest, glitt dann mit meiner Zunge, eine feuchte Spur hinterlassend, langsam dem Tal ihrer Wirbelsäule hinunter, herab zu jener weich geschwungenen Erhebung, aus der heraus sich die Wölbung ihres Hinterteils erhebt. Dort verharrte ich für einen Moment, um in mir und ihr die Lust auf eine weitere Wanderung meiner Zunge zu steigern. Sorgfältig wie ein hungriger Kater schleckte ich die beiden Grübchen aus, auf die ich zu beiden Seiten ihrer Taille traf, während meine Hände Maß nahmen an ihrem weit geschwungenen Becken. Es war kräftig und breit, wie geschaffen, um Kinder zu gebären, und auch durchaus geziemend für eine Göttin, die sich um Geheimnisse und Früchte der Ehe zu kümmern hatte. Ich ließ mir viel Zeit beim ausufernden Spaziergang meines Gaumens über ihren Körper und bog schließlich behutsam forschend hinein in das feuchte Tal zwischen ihren Schenkeln. In seinem tiefen Grund entblätterte sich ein wulstiger Mund mit zwei herrlich weichen Lippen. Dort labte ich mich ausgiebig an ihrer Quelle, die frisch wie der Tau schmeckte, wenn er sich des morgens auf Blüten und Blätter legt.

Dann bat ich Hera sich umzuwenden, damit ich ihre Gestalt zur Gänze bewundern konnte, denn auch meine Augen verlangten nach ständigem Reiz. Sie tasteten die wohl geformten Brüste ab, zwischen denen ich soeben noch als Kuckuck geruht hatte, und die sich nun ihrer Fülle wegen ein wenig zur Seite neigten. Ihre dunklen Brustwarzen, wie geschaffen zum Nähren der Kinder, leuchteten mir wie zwei Vollmonde entgegen.

Unzählige Male glitt ich unter dem Trommelwirbel meiner Ahnen über und in ihren Körper – mit Lippen und Händen, mit meinen Gefühlen und Gedanken, bis schließlich unsere Körper zu glühen begannen. Unser Schweiß vermischte sich, unsere Lippen färbten sich rot, weil sich unsere Münder immer wieder ineinander verbissen. Dann beschleunigte sich der Rhythmus der gemeinsamen Bewegung. Wie sich paarende Schlangen umspielten sich unsere Glieder. Haut an Haut, Brust an Brust, Schenkel an Schenkel versuchte der eine sich im anderen aufzulösen.

Endlich spürte ich am Horizont meiner Lust die Erlösung nahen. Als ob ein Vulkan nach langen Jahren des heimlichen Aufstauens der Lava die glühende Masse nicht mehr zurückzuhalten vermag, zerbarst der Gipfel und gab den Weg frei für den Fluss meiner heißen, energiegeladenen Materie. In diesem Moment beidseitigen Opferns, in diesem Augenblick, da sich der Himmel zu öffnen schien, blickten wir uns tief in die Augen. Für Sekunden erkannte einer die Seele des anderen, schutzlos ausgebreitet. Wir erblickten die Vergangenheit und die Zukunft, glückliche und verletzende Momente, Eifersucht und Zuneigung, Wir sahen Sehnsucht und Gleichgültigkeit. Für einen Augenblick verschmolzen wir zu einer einzigen Gottheit, die beide Geschlechter in sich trägt.

Die Nacht mit Hera, so hieß es später, soll 300 Jahre angedauert haben, und doch kam es uns beiden vor wie nur wenige Minuten. Da sieht man einmal mehr, wie trügerisch die lineare Zeit der Sterblichen ist. Denn im göttlichen Kosmos geschieht Alles zur gleichen Zeit.

Ich hielt mein Wort. Kurz vor der Hochzeit, zu der Hera die gesamte Götterschar nur wenige Tage später auf den Olymp geladen hatte, um meinen Zweifeln keine Zeit zu lassen, da lenkte auch Rhea endlich offiziell als Elternteil ein: Sie gab mir ihre mahnende Zustimmung.
„Sicher hat es keinen Sinn, Dich an die Treue zu erinnern, zu der Du Dich gegenüber Hera verpflichtest. Du bist um kein Jota besser als Dein Vater und Dein Großvater, die an kaum einer Göttin oder Nymphe vorübergehen konnten, ohne ihnen sogleich nachzustellen. Aber bedenke, dass Hera als Göttin der Ehe und Familie all jenes in sich trägt, was einen Mann glücklich machen kann: Ihre warme Weichheit schafft stets ein Gefühl der Geborgenheit. Ihre Leidenschaft und heimlichen Kenntnisse des Ehelebens, die einer Hetäre zur Ehre gereichen würden, vermögen Dich in höchste Erregung zu versetzen. Und da sie außerdem die Gabe besitzt, ihre Jungfräulichkeit jedes Jahr durch ein Bad in der Quelle Kanathos von Argos zu erneuern, kannst Du Dir immer wieder aufs Neue zu Gute halten, dass Du der erste bist, der ihre Weiblichkeit erobert. Ob Du auch der Einzige bleibst, das sei dahingestellt! Sie wird Dir wohl treu bleiben, solange auch Du es bist!"

Zur „heiligen Hochzeit", zu der Hera unsere Trauung erhob, brachten alle Geschenke mit. Sogar Großmutter Gaja reiste von den westlichen Hesperiden an, um uns goldene Granatäpfel zu überreichen. Ein Symbol, das unsere Fruchtbarkeit anregen sollte. Doch wäre die Frucht gar nicht notwendig gewesen. Hera war schwanger, wie schon einige Wochen später die Wölbung ihres Bauches verriet.

Unter den Hochzeitsgeschenken, die ein wenig verspätet eintrafen, weil sie unter großem Aufwand angefertigt worden waren, erregte eines meine besondere Aufmerksamkeit. Es stammte von meinem unseligen Stiefsohn, dem Schmiedegott Hephaistos, der mir bereits bei der schmerzvollen Entbindung der Athene geholfen hatte. Da Hera durch den Bund der Ehe neben mir den Vorsitz in der göttlichen Versammlung führen durfte, hatte sie sich von ihrem Sohn einen Thron ganz aus Gold gewünscht. Damit dieser aber nicht prächtiger und größer gedieh als meiner, überprüfte ich seine Arbeit in der olympischen Schmiede.

Hephaistos nämlich war einfach nicht zu trauen. Das Schicksal des verstoßenen Sohnes, unter dem er Zeit seines Lebens litt, hatte ihn zu einem übellaunigen Misanthropen werden lassen. Seine Mutter Hera war nach seiner Geburt über das vaterlose und hässlich entstellte Kind von solcher Scham ergriffen, dass sie weder wagte, ihn als ihren Sohn anzuerkennen, noch in die olympische Gesellschaft einzuführen. Ein Gott mit krummen Füßen, hinkend und mit einem Buckel, das hätte einen Skandal ausgelöst! So warf sie den Kleinen kurzerhand vom Götterberg hinunter ins nahe Meer. Dort wäre er beinahe ertrunken, hätte nicht die Meeresgöttin Thetis das triefend nasse Bündel gefunden und gerettet.

Voller Mitleid mit dem Verstoßenen zog die Nymphe Hephaistos auf, lehrte ihm die allernotwenigsten Umgangsformen und richtete ihm auf einer Vulkaninsel die erste Schmiede der Erdscheibe ein. Der heranwachsende Junge erwies sich nämlich als überaus geschickt im Umgang mit dem Schmelzen und Formen von Bronze, Eisen und anderen Metallen. Schon als Neunjähriger wusste er aus Perlen, von der Meeresgöttin am Muschelgrund aufgesammelt, kostbare Halsketten, Ohrringe und Broschen unter der Verwendung von Gold und Silber zu fertigen.

Thetis war begeistert. Sie zeigte sich sogar dermaßen entzückt, dass sie zu Ehren der Götter den Schmuck des kleinen Hephaistos anlegte und stolz auf dem Olymp vorführte. Hera, vom Glanz überwältigt, fragte die Meeresgöttin:
„Woher hast Du nur diesen herrlichen Schmuck? Du siehst mich voller Neid. Nenn mir bitte den begnadeten Künstler, der solch eine Pracht erschaffen kann! Ich werde ihn zum Olymp holen und bis ins hohe Alter mit Aufträgen beschäftigen."

Thetis aber zierte sich zunächst. Sie wollte nicht so recht mit dem Namen herausrücken. Ihr missfiel der Gedanke, nicht mehr allein von der Kunst des Hephaistos zu profitieren. Ob es der Respekt oder die Furcht vor der höher gestellten Hera war, oder lediglich ihre Schwatzhaftigkeit, letztendlich entlockte die Göttin der Thetis doch den Namen und auch die Geschichte des kleinen Hephaistos.

„Das kann nur mein Sohn sein!" stellte Hera erstaunt fest. Dann besann sie sich einen Moment, um nach einer Rechtfertigung für ihre Untat zu suchen.

„Als ich ihm damals das Schwimmen beibringen wollte, trug ihn eine große Welle fort. Alles Suchen nach ihm war vergeblich! Wie dem auch sei: Ich wünsche, dass er sofort auf den Olymp zu seiner Mutter zurückkehrt. Dort werde ich ihm eine noch größere, noch schönere Schmiede einrichten!"

Als ich mich in der Schmiede des Hephaistos das erste Mal umschaute, staunte ich nicht schlecht. Zwanzig Blasebälge holten tief Luft. Sie bliesen von unten in die Öfen, dass sich das Feuer weiß färbte und das Eisen in den Flammen verflüssigte. Es zischte und dampfte. Hammerschläge hallten durch den Berg. Hephaistos verstand es eben, solch einen tosenden Lärm und eine derart gewaltige Hitze zu entwickeln, dass selbst Götter Reißaus nahmen. Es war daher kein Wunder, dass keiner von uns eine gesteigerte Neugier verspürte, nach ihm zu schauen, um nachzuforschen, was der Schmiedegott in seinen feuerspeienden Höhlen so trieb.

Ich war von diesem traurigen Junggesellen besonders überrascht, als mir einige Frauen in seiner Schmiede begegneten. Sie schienen mir eines edleren Gottes würdig zu sein, um als Gespielinnen dem Hephaistos zu dienen. Zudem sahen sie begehrenswert aus. Ich konnte mich kaum satt sehen an Ihren schlanken Figuren, ihrer erhabenen Größe, aber vor allem am Glanz ihrer goldenen Körper, die im Dunkeln aufschimmerten, sobald die Flammen der Hochöfen ein kurzes grelles Licht auf sie warfen. Unvorstellbar, dass diese Schönheiten freiwillig hier unten, tief im olympischen Berg, für ein solch ungewaschenes, nach Schweiß stinkendes Ungeheuer arbeiten würden.

Noch bevor ich mich einer der Frauen nähern konnte, humpelte Hephaistos auf mich zu. Er begrüßte mich mit übellauniger Ironie:
„Welch schöner Glanz in meiner Schmiede! Was treibt Dich zu mir, Zeus?"
Obwohl ich seine Nähe mied, um seinem üblen Mundgeruch zu entgehen, streifte mich doch ein Hauch von beizendem Schwefel. Mir kam der Nektar hoch, den ich eben noch beim Frühstück genossen hatte.
„Komm mir bitte nicht zu nahe, Hephaistos", bat ich ihn, „Du stinkst als hättest Du Dich seit Geburt an nicht mehr gewaschen! Wasser ist Dir wohl fremd?"
Hephaistos schnaubte wie einer seiner Blasebälge, mit denen er seinem Schmiedefeuer Zunder gab:
„Ich war zu lange im Wasser gelegen, wäre fast ertrunken, als Deine Gattin mich ins Meer geworfen hat. Wasser wäre beinahe mein Tod gewesen. Ich hasse es deshalb. Wasser ist außerdem der Feind eines jeden Feuers, deshalb kommt mir hier kein Tropfen in die Schmiede!"
Eine seiner goldenen Gespielinnen huschte plötzlich aus dem Schatten heraus und glitt funkelnd wie ein glänzender Blitz zwischen uns hindurch. Sie bewegte sich auf seltsame Art stelzend wie ein Storch. Hephaistos herrschte sie ärgerlich an:
„Was hast Du hier zu suchen, Weib? Du solltest doch die Blasebälge bedienen. Wenn das Feuer schwächer wird, musst Du mir für den Schaden büßen!"
Sie aber antwortete mit schneidend metallischer Stimme:
„Meine Gelenke, großer Hephaistos, meine Scharniere lassen sich der Hitze wegen kaum bewegen. Sie sind angeschwollen, so dass ich die zwanzig Schmiedefeuer kaum versorgen kann!"
Hephaistos schüttelte vorwurfsvoll den Kopf:
„Immer musst Du unter meinen zwölf Frauen die Einzige sein, die den ganzen Tag über klagt und jammert. Scher Dich endlich fort an die Arbeit! Aber warte nur, später werde ich mich um Dich kümmern!"
Ruckartig, als verspüre sie tatsächlich Schmerzen, setzte sie einen Schritt vorsichtig vor den anderen. Sie schlürfte regelrecht davon, wobei sie kaum die Füße vom felsigen Boden der Höhle heben konnte. Verwundert fragte ich Hephaistos:
„Du alter Schwerenöter! Wie hast Du es nur erreicht, all diese wunderbar geformten Mädchen in Dein dunkles Verließ zu locken? Du willst Dir sicher mit ihnen das triste Leben hier unten

versüßen. Und gleich zwölf davon stehen zur Auswahl! Du Heimlichtuer, Du hast wohl die Mädchen uns Göttern vorenthalten, damit wir sie Dir nicht abspenstig machen?"
Hephaistos lachte laut auf.
„Oh Zeus! Du würdest auf äußerst harte Hindernisse stoßen, wolltest Du sie verführen. Ich habe sie allesamt aus vergoldeten Eisen gefertigt und in ihrem Inneren mit einem Mechanismus versehen, der sie gehen, arbeiten und sogar sprechen lässt. Sie gehorchen mir aufs Wort, wie es sich für eine Frau gehört. Und ernähren muss ich sie auch nicht. Höchstens hin und wieder ein paar Tropfen Olivenöl auf die Gelenke tupfen, und schon sind sie zufrieden! Im Übrigen: Diese Mädchen sind gefühllos, ohne Phantasie und eigenen Willen!"

Mein Stiefsohn Hephaistos war von uns allen offenbar gänzlich unterschätzt worden. Dass er mechanische, dem Menschen ganz ähnliche Wesen schaffen konnte, barg eine gewisse Gefahr in sich, könnte er doch der Idee verfallen, ein Heer seiner künstlichen und wie zum Kampf entschlossenen Amazonen gegen Onkel und Tanten aufzuhetzen. In seiner dunklen Unberechenbarkeit schien er nämlich zu Allem fähig zu sein.
„Mehr als zwölf Deiner Arbeiterinnen kann ich nicht zulassen!" befahl ich deshalb dem Hephaistos und drohte, „Sonst werde ich gezwungen sein, Deine Schmiede zu schließen und Dich vom Olymp zu verstoßen. Ein zweites Mal möchtest Du sicherlich nicht das Meer von unten kennen lernen! Jetzt aber zeige mir endlich den Thron für Deine Mutter Hera!"
„Meine Mutter?" spottete er und spie dabei verächtlich aus, wobei mich beizende Tropfen seiner Spucke trafen. „Du nennst jene Frau eine Mutter, die ihr kleines, gerade geborenes Kind im Meer ertrinken ließ? Du kannst Dir nicht vorstellen, welch Überwindung es mich gekostet hat, auch noch für Sie einen Thron aus Gold zu schmieden?"
Ich schwieg beschämt, denn Hera war schließlich meine auserwählte Gemahlin. Während er sich von mir abwendete, wischte ich mir rasch mit dem Ärmel den Ekel erregenden Schleim seiner feuchten Aussprache vom Gesicht.

Hephaistos humpelte vor mir her und führte mich in eine Nebenhöhle. Flackernde Fackeln warfen düstere Lichtmuster an die

Höhlenwände. Eines seiner vergoldeten Mädchen wollte sich gerade auf einen goldenen Thron setzten, erstarrte aber bei unserem Anblick vor Schreck zu Stein. Es konnte allerdings auch sein, dass ihr Mechanismus nicht mehr funktionierte.
„Verschwinde, aber rasch!" zischte Hephaistos sie wütend an, „Wie oft habe ich es Euch verboten, diese Höhle zu betreten? Und - wie oft habe ich Euch gepredigt, auf keinen Fall den Thron zu besteigen? Er ist allein der Hera vorbehalten!"

Das Mädchen wollte sich gerade, als wir uns näherten, auf dem Thron zusammenkauern, um seine Zehennägel mit frischem Gold zu lackieren. Hastig sprang es jetzt auf und stürmte dem Ausgang zu. Hephaistos wollte ihr noch einen strafenden Schlag versetzen, doch sein Humpeln hinderte ihn daran, so dass er ins Leere traf. Er brummte ärgerlich:
„Leider sind mir bei der Fertigung der Frauen doch einige Fehler unterlaufen. Trägheit und Neugier habe ich bei ihrer Planung übersehen. Das geschieht mir bei den Nächsten nicht mehr!"
„Nur zwölf habe ich Dir erlaubt!" erinnerte ich ihn streng, „Denke daran!"

Der Thron, den er für Hera aus Gold geschmiedet hatte, leuchtete jetzt im Schein der Fackeln auf, als wäre er von Leben erfüllt. Schatten und Licht spielten miteinander. Die breite Sitzfläche, auf der künftig das gebärfreudige Becken der Hera Platz nehmen sollte, glänzte wie ein blank polierter Spiegel. Drei Beine, den Pranken eines Löwen nachempfunden, stützten kräftig genug das Gewicht ab, das künftig auf ihnen lasten sollte. Die beiden Armlehnen hatte Hephaistos nach Art der Kapitele ionischer Tempelsäulen mit übertriebenem Schwung geformt. Die Rückenlehne war aus dünnen Golddrähten auf eine Weise zu einem Netz geflochten, dass es nachgeben würde, sollte Hera sich - von schwierigen Diskussionen erschöpft - zurücklehnen. Der Thron entsprach im Großen und Ganzen der Würde, die meiner Gemahlin als erster unter den anderen Göttinnen zustand. Aber seine Pracht und Größe, darauf hatte Hephaistos wohl aus Respekt vor mir geachtet, reichte bei weitem nicht an meinen eigenen Göttersitz heran.

Ich verließ den düsteren Stiefsohn, nicht ohne vorher seine Arbeit ausgiebig gelobt zu haben, und bat ihn, Heras Göttinnen-Thron

doch am nächsten Tag zur ersten großen Götterversammlung in den Thronsaal auf dem Olymp zu transportieren. Doch bevor ich mich dem Höhlenausgang zuwendete, zupfte er mich noch am Ärmel und zischte mit leiser Stimme:
„Du bist mir einen Dank schuldig, Zeus, doppelten Dank. Zum einen habe ich Dich von Deiner Tochter Athene entbunden, zum anderen diesen Thron für Deine Gattin geschaffen...!"
Hephaistos hielt plötzlich im Satz inne. Ich spürte, dass er etwas Schweres, so Gewaltiges wie seinen Amboss auf dem Herzen trug.
„Was willst Du noch?" fragte ich ihn unwirsch: "Sprich endlich! Ich bin in Eile!"
„Oh, mein Zeus! Es ist nur eine Kleinigkeit, ein Wunsch, dessen Erfüllung Dir sicher leichtfallen würde!"
Er zögerte noch immer, als hätte ihn der Mut verlassen, diesen Wunsch offen auszusprechen, weil seine Bitte für mich nicht nur eine Überraschung, sondern seine Erfüllung ein Stück harte Arbeit bedeuten würde.
„Ich," so rang er sich schließlich doch zur Offenheit durch, „Ich möchte wie Du heiraten! Ich habe mich nämlich in Aphrodite verliebt!"

Auf dem Rückweg hinauf zum umwölkten Olymp entsann ich mich meiner Tante Aphrodite, von der ich lediglich wusste, dass sie dem blutigen Schaum der Geschlechtsteile des Uranos entstiegen war. Mein Vater Kronos hatte sie mit einer Steinsichel abgeschnitten und weit fort Richtung Osten geworfen. Aus dem rosigen Schaum geboren, war sie in Paphos an einen Strand der Insel Zypern an Land gewatet.

Seit dem Beginn meiner Regentschaft hatte sich die Göttin, obwohl sie für die lustvolle Liebe zuständig war, kein einziges Mal auf dem Olymp blicken lassen. Lediglich meine Geschwister tuschelten ständig hinter vorgehaltener Hand über ihre Affären. Ich nahm mir vor, die weise Rhea über die ständig abwesende Aphrodite auszuforschen, um mir ein Bild zu machen, ob sie eine geeignete Partnerin für den Hephaistos wäre.

Rhea, die bereits in der olympischen Küche erste Vorbereitungen für die Götterversammlung traf, lachte laut auf, als ich ihr vom Wunsch des hinkenden Schmiedegottes erzählte:

„Aphrodite ist eine prachtvolle Frau, ein leibhaftiges Symbol für Schönheit. Ein jeder, der sie erblickt, wird von Leidenschaft zu ihr ergriffen, denn sie besitzt einen Gürtel, der sie unwiderstehlich macht. Sie vertritt nicht die eheliche Liebe, deren Schirmherrin Deine Gattin Hera ist, sondern fühlt sich nur für das sinnliche, kurzfristige Begehren zuständig. Unzählig sind deshalb ihre Liebschaften. Die Glut ihrer Augen verdreht die Sinne eines jeden Mannes. Sie ist für Hephaistos ein allzu heißes Eisen. Wenn er glaubt, sie sich zurechtschmieden zu können, dann hat er sich gewaltig getäuscht!"
Eigentlich wäre Aphrodite so recht nach meinem eigenen Geschmack, dachte ich und beschloss erst einmal abzuwarten.

Am folgenden Abend trafen die Götter ein, um der Hera zum ersten Mal die Ehre zu geben, die ihr gebührte: alle sollten der Höchsten unter den Göttinnen ihren Respekt bezeugen. Sie versammelten sich zunächst um die große Tafel, die sich unter der Last der Opferspeisen und von Nektar und Ambrosia bog. Noch bevor ich den Göttern Platz zu nehmen gestattete, ließ ich mich auf meinen Thron nieder, neben dem sich jener Neue von Hera geradezu bescheiden ausnahm. Doch kaum, dass meine Gemahlin sich darauf niedergelassen hatte, ihre Arme locker auf den Lehnen ruhen ließ und sich entspannt zurücklehnte, schlängelten sich aus dem Thron heraus goldene Ketten wie von Geisterhand bewegt um ihren Hals und ihre Gliedmaßen. Plötzlich unbeweglich durch die Fesseln geworden, blickte sie verdutzt in die Runde. Hilflos rüttelte ich sogleich an ihrem Stuhl, zerrte an den Ketten, aber sie ließen sich um kein Jota lockern. Im Gegenteil, die Ketten schnürten sich noch enger um Hals, Arme und Beine. Rasch blickte ich nach Hephaistos in die Runde, in der so manche Göttin schadenfroh feixte. Doch keine Spur war vom Schmiedegott zu sehen. Ihm schob ich sogleich die Schuld für die Blockade, für den Skandal, in die Schuhe.
„Hephaistos!" brüllte ich. „Was hast Du nur angestellt? Komm sofort heraus und befreie Deine Mutter!"
Er hatte sich hinter dem Rücken des breitschultrigen Hades so geschickt versteckt, dass ich ihn nicht gleich erspähen und beschimpfen konnte.
„Was erlaubst Du Dir für Scherze? Binde Hera sofort los, oder ich werfe Dich ins Meer!"
Er aber antwortete herausfordernd

„Bitte – wirf mich nur ins Meer! Deshalb wird sich Deine Gemahlin auch nicht befreien können. Nur ich allein besitze den Schlüssel zu ihrer Freiheit!"
Ich lief vor Wut wie eine Purpurschnecke an. Meine Halsadern drohten zu platzen, denn ich wurde mir einmal mehr meiner Machtlosigkeit bewusst. Welch Blamage vor den Augen der anderen Götter! Die versammelte Schar hatte zunächst vor Entsetzen geschwiegen. Jetzt aber riefen sie alle aufgeregt durcheinander. Da mahnte Rhea zischend zur Ruhe:
„Hephaistos, weshalb nur tust Du Deiner Mutter Hera diese Schmach an?"
Er aber antwortete voller Erregung und zeigte mit seinem dicken Zeigefinger nach ihr:
„Sie hat mich schon als Kind nicht haben wollen. Und dass sie, wie sie behauptet, mir das Schwimmen hat beibringen wollen, ist eine Lüge! Ach, hätte sie mich doch lieber nicht geboren – mit meinen krummen Füßen, meinem großen Buckel, mit meiner ganzen Hässlichkeit, vor der jede Frau Reißaus nimmt! Dies alles nehme ich ihr übel, und vor allem, dass sie mich mit purer Absicht ins Meer gestoßen hat, damit ich ertrinke! Das ist der Grund!"

Alle schauten entsetzt nach der gefesselten Hera hin, die den Blicken nicht entfliehen konnte und sogleich vor Scham errötete. Eine Göttin, die sich dem Wohlergehen der Familie widmen sollte, hätte eine solche Missetat nie vollbringen dürfen. Ich konnte spüren, wie sich die Götterschar auf die Seite des Hephaistos schlug. Jetzt ein harter Ton gegen ihn, das hätte die meisten auch gegen mich aufgebracht. Eine peinliche Stille trat ein, die ich nützte, um nach ein paar versöhnlichen Worten zu suchen. Ich glaubte sie endlich auch gefunden zu haben:
„Hephaistos, wir alle haben nach dieser Aufregung einen Schluck Nektar verdient! Mit seiner Hilfe lass uns in Ruhe darüber verhandeln, was ich für Dich zu tun vermag, damit Du Hera auch verzeihen und sie von ihren Ketten befreien kannst!"
Wir hoben die Becher und tranken sie rasch in einem Zug aus, so dass an ihrem Grund die Szenen aus dem vorbildlichen Leben der Götter sichtbar wurden. Daraufhin ließ ich die Becher allesamt sogleich ein zweites, dann ein drittes Mal auffüllen, bis ich bemerkte, dass sich die narbenreiche Nase des Hephaistos blau färbte und er wie ein Rohr im Wind zu schwanken begann. Auf diesen Moment hatte ich nur gewartet.

„Hephaistos, wir haben gemeinsam getrunken, und zusammen wollen wir auch das Unrecht, das Dir offensichtlich widerfahren ist, zum Guten wenden. Was also kann ich unternehmen, damit Du Hera von ihren Fesseln befreist?"

Hera hatte zwar stumm mein Einlenken verfolgt, warf mir aber einen beredten Blick zu, in dem ich Wut, Verbitterung und die Worte „Warte nur bis wir alleine sind!" lesen konnte. Offensichtlich von der Parteinahme ihres Gatten enttäuscht, hatte sie von mir weit mehr Beistand erwartet. Doch gemessen an der Stimmung, die sich bei der Überzahl der Götter immer noch deutlich gegen sie wendete, hielt ich es für nur für vernünftig einen kühlen Kopf zu bewahren.

Hephaistos holte tief Luft, schüttelte sein zotteliges Haupt, um den Nektar aus den vernebelten Gedanken und der schwer gewordenen Zunge zu vertreiben.
„Wenn Du mir Aphrodite zur Braut gibst, sie dazu überreden kannst, dass sie mich heiratet, und obendrein mir dies noch vor allen versammelten Göttern versprichst, werde ich sie losbinden!"
Ich bangte bereits um meine Autorität, die durch Szenen wie diese untergraben werden würde. Daher musste der Peinlichkeit ein schnelles Ende bereitet werden. Also streckte ich Hephaistos rasch meine Hand entgegen:
„Hiermit verspreche ich Dir, dass Aphrodite Deine Gattin wird, wenn Du dies wünschst. Für ihre eheliche Treue Dir gegenüber kann ich jedoch nicht die Hand ins Feuer legen!"
Hephaistos schlug ein, so dass das göttliche Ehrenwort besiegelt war. Er nestelte einen goldenen Schlüssel unter seinem Überhang hervor und kniete sich hinter den Thron der Hera. Die Ketten gaben sofort Hals, Hände und Beine frei. Hera erhob sich, ohne mich nur eines Blickes zu würdigen und schritt eilig, aber dennoch majestätisch, aus dem Saal. Die Götter schlossen sich ihr langsam an, so dass ich mich bald einsam und wie verloren in der großen Halle fand. Misstrauisch, um nicht wie Hera in eine Stuhlfalle zu geraten, nahm ich vorsichtig auf meinem Thron Platz und verfluchte mein Amt.

Hera begegnete mir in den folgenden Tagen mit auffälliger Kühle. Doch je mehr sich ihr Bauch rundete, desto deutlicher erwärmte

sich wieder das Klima zwischen uns. Schließlich fieberten wir gemeinsam dem Kind entgegen, das sie unter ihrem Herzen trug, suchten nicht nur nach einem passenden Namen, sondern auch nach der göttlichen Aufgabe, die es übernehmen könnte.
Selbstverständlich wünschte ich mir einen männlichen Nachkommen, denn mit Athene war die Weiblichkeit bereits ausreichend vertreten. Und nachdem diese als Göttin für die Diplomatie vor dem Krieg, sowie der Strategie bei der Überlistung eines Feindes beauftragt war, sollte sich der Sohn als Sinnbild männlicher Kraft und Schönheit um das reine Kriegshandwerk kümmern, - um die Zerstörung, das Gefecht und das Massaker mit anschließendem Blutbade. Noch bevor er das Licht des Olymps erblickte, nannten wir ihn deshalb Ares, den „Zerstörer".

Trotz aller Freude über die Entstehung eines neuen Gottes, lag mir die zugesicherte Ehe zwischen Hephaistos und Aphrodite wie ein schwerer Stein im Magen. Ich befürchtete, dass der Schmiedegott, während er mit Ungeduld auf seine Braut wartete, einen neuen hinterhältigen Plan gegen Hera aushecken könnte, um mich zu zwingen, mein Versprechen möglichst rasch einzulösen.

Eines Tages, es waren nur noch wenige Wochen bis zur Entbindung des Ares, reiste ich ins erzreiche Zypern. Von der Heimatinsel der Aphrodite hatte der Schmiedegott sein Eisen, Silber und Gold für seine Werkstatt bezogen. Mir war von Hera zugetragen worden, dass er dort offensichtlich in Liebe entbrannt war, als er sie über die Insel wiegenden Schrittes lustwandeln sah. Wo auch immer sie ihren zarten Fuß hinsetzte, entsprangen bunte Blumen, die der grobschlächtige Hephaistos hinter ihr hereilend, voller Sehnsucht gepflückt haben soll, um wenigstens eine Nase voll des betörenden Duftes der Liebesgöttin genießen zu können. Hera und Rhea stimmten meinem Besuch der Aphrodite nur unter der Bedingung zu, indem ich ihnen schwören musste, dass ich den Verführungskünsten der zypriotischen Göttin unter allen Umständen widerstehen werde.
„Achte darauf," mahnte Rhea, „dass sie ihren Liebesgürtel nicht anlegt. Und gnade Dir Gott, wenn Du Dich mit dieser Schamlosen einlässt. Wir werden alles daransetzen, Dich von Deinem Thron zu stoßen, solltest Du Deine schwangere Frau hintergehen!"

Mit dieser Warnung im Gepäck suchte ich nahe Paphos nach Aphrodite, doch ich fand sie nicht sogleich. Erst als man mir den Weg zu einem einsamen Strand wies, kam ich ihr auf die Spur. Über den Sand hinweg führten prächtig rote und gelbe, blaue und rosa leuchtende Blumenblüten zu einer zerfallenen Hütte aus angeschwemmtem Holz. Ich öffnete behutsam die Tür, damit mir kein morscher Balken das Haupt zerschmettern konnte.
Geblendet von der Helle des Tages, blickte ich wie erblindet ins plötzliche Dunkel. Doch wachsam spitzten sich meine Ohren. Sie fingen ein sanftes Stöhnen und genussvolles Seufzen auf, dazwischen glockenhelles Lachen, ein zärtliches Wispern und liebesvolles Tuscheln. Als sich meine Augen der Dunkelheit angepasst hatten, sich die Konturen schärften, erspähte ich auf einer Decke ein ineinander verschlungenes Paar. Das Licht, das mit mir neugierig durch die Tür getreten war, ließ Ihre Körper vor Schweiß aufschimmern. Wie zwei Wildbäche, die sich treffen, strömten ihre Glieder zusammen und vereinten sich zu einem einzigen Fluss. Die Welt, die Hütte, selbst meine göttliche Anwesenheit, alles nahmen die Beiden um sich herum nicht mehr wahr, so inbrünstig waren sie mit ihrer Verschmelzung beschäftigt.

Obwohl ich die Frau kaum vom Manne, der sich über ihr abmühte, zu unterscheiden vermochte, wusste ich doch sogleich, dass dieser wohlgeformte Körper mit seinen glatten ebenmäßigen Schenkeln, dass diese prächtigen Brüste, die in mir sofort den Wunsch auslösten, sie mit den Händen zu umfassen, dass dieser Körper nur zu einer Liebesgöttin gehören konnten. Doch der Mann, dessen Lenden sie kraftvoll mit ihren muskulösen Armen an sich zog, als würde sie ihn am liebsten mit sanfter Gewalt zwischen ihre weit geöffneten Schenkel einführen, war ein Mensch. Ich roch sofort den hinfälligen Duft des Sterbens, das schon bei der Geburt beginnt. Zwar glich sein muskulöser Körper dem eines gut ausgestatteten Gottes, aber die Bewegungen, mit denen er der Heftigkeit der Aphrodite begegnete, zeugten bereits von einem gewissen Nachlassen seiner Ausdauer, die für ein göttliches Wesen undenkbar ist.
Ich räusperte mich leise. Die beiden unterbrachen ihr Liebesspiel, lösten sich voneinander so hastig, als wären sie ertappt worden, und blickten mich überrascht an.
„Entschuldigt mich bitte!", stammelte ich. „Mein Name ist Zeus. Dringende Geschäfte führen mich her. Ich muss mit Aphrodite

sprechen! Doch wenn ihr wollt, macht nur weiter! Ich kann draußen warten."

Die Göttin erhob sich und schenkte mir ein zauberhaftes Lächeln. Aphrodites Gestalt entfaltete sich jetzt in aller Herrlichkeit. Ihre strahlende Schönheit, zusammengesetzt aus einer samtenen Haut, wie gedrechselt mit gleichmäßigen Kurven und wohlgeformten Rundungen, raubte mir den Atem. Und ihre Stimme drang süß und gurrend, schmeichelnd in meine Ohren:
„Adonis, bitte verschwinde! Zeus, der Erste unter den Göttern gibt mir die Ehre! Da hat ein Sterblicher leider nichts zu suchen!"
Der junge Mann strafte mich mit mürrischer Grimasse. Er griff widerwillig nach seinem Umhang. Ich trat beiseite, um ihn höflich vorbeizulassen, doch er verharrte für einen kurzen Moment ganz nah vor mir und blickte herausfordernd in meine Augen. Ich nahm mir sogleich vor, ihn für diese Frechheit bei Gelegenheit zu bestrafen.

Aphrodite machte keinerlei Anstalten ihren Körper zu verhüllen. Im Gegenteil: Sie setzte sich mit weichen, einstudierten Bewegungen in Szene, um mir ihre Vorzüge deutlich vorzuführen. Meine Sinne gerieten dabei gänzlich durcheinander. Als wäre es das Natürlichste von der Welt, trat sie in betörender Nacktheit auf mich zu - immer noch gurrend wie eine Taube:
„Zeus! Es muss eine wichtige Botschaft sein, wenn Du solch einen weiten Weg auf Dich nimmst. Willst Du Dich nicht ein wenig ausruhen? Wir könnten es uns hier drinnen sehr gemütlich machen!"
Es schien mir, dass sie, kaum den ermüdeten Armen eines anderen entzogen, offenbar schon wieder bereit war, mit den ihrigen den nächsten heftig zu umschlingen. Offensichtlich unersättlich im Wechseln ihrer Liebhaber, nahm sie ihren Auftrag als Liebesgöttin sehr ernst.

Inzwischen war sie mir so nahegekommen, dass ich ihr Glühen auf meiner Haut und ihren abschätzenden Blick, den sie begehrlich über meinen Körper gleiten ließ, wahrnehmen konnte. Eingedenk der Mahnungen von Rhea und Hera, trat ich sicherheitshalber einen Schritt zurück, sammelte mich und rückte mit meinem Anliegen heraus, um ihr keinerlei Zeit und Raum zu lassen ihre magischen Verführungskünste an mir zu erproben.

„Ich bin gekommen, um Dir die Bitte eines Gottes zu unterbreiten. Er brennt vor Liebe zu Dir! Es ist unser Schmiedegott Hephaistos!"
Sie schürzte enttäuscht die Lippen, als hätte man ihr anstelle von Ambrosia die bittere Milch eines Löwenzahns angeboten:
„Schade! Ich hoffte schon, Du wärest es höchst persönlich, der sich von meiner Anmut und meinen Kenntnissen der Begierden überzeugen und darüber hinaus auch noch das eine oder andere Liebesspiel dazulernen will."
Sie wiegte sich kurz in den Hüften, beugte sich mir entgegen und flötete:
„Möchtest Du Dich wirklich nicht zu mir setzen? Nur auf ein Weilchen!"
Ich nahm all meinen Willen zusammen, um den schon wieder mit seinen Flügeln flatternden Eros im innerlichen Kampf abzuwehren. Ihr Angebot anzunehmen, hätte jedoch unübersehbare Konsequenzen für meine olympischen Machtstrukturen ausgelöst. Ich lehnte ab, mochte der Genuss ihres angebotenen Liebreizes noch so paradiesische Gefühle in mir erwecken.
„Danke für Dein Angebot!" stammelte ich. „Gern zu einem anderen Zeitpunkt, denn ich bin in Eile. Hera, die unter ihrem Herzen ein Kind von mir trägt, das jeden Augenblick das Licht der Welt erblicken könnte, - sie wartet auf mich!"
Aphrodite zeigte sich überrascht.
„Gut! Dies ist ein Grund, den ich anerkennen will," stellte sie ein wenig enttäuscht fest. „Aber sag mir, wer ist nur dieser Hephaistos, der sich mit mir verbinden will? Ist er groß und kräftig gebaut? Ist er schön anzusehen und trägt er ebenmäßige Gesichtszüge?"
Ich zögerte, um die rechten Worte zu finden. Ich wollte diesen Grobian von Gott auf eine Weise beschreiben, die mich zum einen nicht zum Lügner stempeln, zum anderen aber nicht sogleich auf Ablehnung bei ihr stoßen würde.
„Er ist ein sehr starker Gott, mit Muskeln gewaltig bepackt, weil er seit den Kindesbeinen seinen schweren Schmiedehammer schwingt. Und wenn er sich herausputzt, kann er auch ganz ansehnlich anzuschauen sein. Gut, seine Beine sind ein wenig krumm, aber voller Stoßkraft! Doch sein Wesen ist einzigartig unter den Göttern, um nicht zu sagen außerordentlich…!"
Aphrodite unterbrach mich.

„Du willst mir mitteilen, Zeus, dass er eigentlich eine Missgeburt ist – oder?" sagte sie lachend. „Mach Dir nur keine Gedanken! Wenn Du es wünschst, werde ich ihn trotzdem heiraten. Denn der Bund der Ehe, mag er für Hera von Gewichtigkeit sein, für mich spielt er keine Rolle. Was bedeutet mir schon solch ein Ehemann! Sollte in mir die Lust auf einen Gott oder Sterblichen wachsen, kann ich nicht anders als ihm alle meine Pforten zu öffnen. Dann lasse ich meine Leidenschaft fließen und erfülle damit meine Pflichten als Liebesgöttin. So bin ich eben! Treue kenne ich nicht! Du und vor allem Hephaistos; Ihr werdet das erdulden müssen!"

Mir fiel ein schwerer Fels vom Herzen. Ich hätte sie küssen können für ihre überraschende Zustimmung, wäre ein solches Zeichen von Dankbarkeit für mich und meine Verführbarkeit nicht allzu gefährlich gewesen.
„Du würdest Hephaistos also tatsächlich heiraten?" fragte ich sie ungläubig, um mir noch einmal ihren Entschluss gleich einem Ehrenwort bestätigen zu lassen. Sie runzelte nachdenklich ihre ebenmäßige Stirn.
„Ja! Jedoch unter einer Bedingung: Wenn Du, wie ich sehr wohl bemerkt habe, Deinem Begehren und Deiner Lust schon nicht erlaubst, die Hürden Deiner ehelichen Verpflichtungen mit mir zusammen zu überspringen, so fordere ich wenigstens Deinen Sohn zum Liebhaber! Sobald er geboren und mannbar genug ist, soll er mir ein Trost sein für den freudlosen Bund mit Hephaistos."

Warum nur glaubt jedes Mitglied meiner göttlichen Verwandtschaft stets aufs Neue mit mir schachern, mir Bedingungen und Bestimmungen abringen zu können? Selbstloses Handeln ist offenbar unter Göttern gänzlich unbekannt. Es ist wohl wieder eine der unzähligen Eigenschaften, welche die Unsterblichen von den Sterblichen übernehmen mussten: Egoismus gehört zu den entscheidenden Charakterzügen, die uns von den Menschen angedichtet wurden. So grübelte ich ärgerlich, aber ich wollte die Angelegenheit zu Ende bringen und ließ mich deshalb guten Gewissens auf die Forderung der Aphrodite ein: Würde doch eine derart prachtvolle Göttin als Lehrmeisterin der Lust, als leidenschaftliche Geliebte, meinem Sohn Ares ein großes Vergnügen bereiten. Ich beneidete ihn schon darum.

Aphrodite habe ich so rasch wie nur möglich verlassen, bevor sie es sich noch anders überlegen, und bevor ich selbst auf den Gedanken kommen konnte, aus elterlicher Fürsorge die pädagogischen Liebesfähigkeiten der Göttin im Voraus zu prüfen. Also eilte ich zum Olymp, um dem Hephaistos die frohe Botschaft zu überbringen. Als er sie vernahm, sah ich ihn zum ersten Mal lächeln. Es sollte ihm noch vergehen!

Ares kam zur Welt und es floss Blut: nicht das eigene, sondern das der Hera. Als hieße es eine Schlacht zu gewinnen, kämpfte sich der junge Kriegsgott regelrecht mit purer Gewalt aus dem Mutterleib heraus. Alle Göttinnen mussten deshalb während der Geburt zusammenstehen und ihn mit vereinter Kraft in Schranken halten. Sie mussten ihn daran hindern, seine Mutter in zwei Teile zu zerreißen. So machte er vom Anbeginn seiner Existenz seinem Namen als „Zerstörer" alle Ehre.

Eigentlich wollte ich beim Anzeichen erster Wehen Hera tröstend die Hand halten. Aber als das Ungeborene die grobe Ungeduld seiner Wut durch kräftige Stöße und Boxhiebe zum Ausdruck brachte, sich der Leib meiner Gemahlin immer zu höheren Wellen wölbte und sie vor Schmerz gellend aufschrie, zog ich es doch vor, lieber das Weite zu suchen. Es hätte mein ästhetisches Empfinden und meine Leidenschaft für das weibliche Liebesorgan, durch das sich Ares wie ein Berserker wühlte, für immer zerstört und mir den Akt der Zeugung auf Dauer verleidet.

Die Schreie der Hera wurden immer leiser und verstummten schließlich ganz, so dass ich annehmen musste, sie würde, obwohl unsterblich, über den Unterweltfluss Styx ein für alle Mal hinüber ins Totenreich rudern. Da nahm ich allen meinen Mut zusammen. Ich trat tapfer an ihr Bett, das über und über blutbefleckt einem Opferaltar glich, auf dem mir zu Ehren ein Stier geschlachtet worden war. Wider Erwarten fand ich die Gattin noch am Leben. Sie stöhnte vor Erschöpfung:
„Oh Zeus, es ist das erste und letzte Mal, dass ich Dir Kinder geboren habe. Ein zweites Mal überstehe ich diese Tortur nicht!"
„Wieso Kinder?" fragte ich verdutzt.
„Ich habe eben unter höllischen Schmerzen Zwillinge zur Welt gebracht. Nicht nur, dass Ares mit aller Gewalt aus mir herausge-

krochen kam. Nach ihm quälte sich überraschend noch ein Mädchen zwischen meinen Schenkeln ans Tageslicht. Doch freue Dich: Im Gegensatz zu mir sind beide wohlauf. Und wie es sich für Götter gehört, nehmen sie rasch an Größe zu - von Stunde zu Stunde!"

Vom Nachbarsaal her, in dem man die Zwillinge sogleich nach ihrer Geburt untergebracht hatte, drangen plötzlich grelle Schreie und zorniges Keifen herüber. Ich verließ Hera, um nach dem Rechten zu sehen und fand dort ein junges Mädchen von kleiner, überaus schlanker Statur vor. Es stritt sich mit Rhea aufs Heftigste. Gestenreich versuchte die Kleine der weisen Großmutter klar zu machen, dass niemand sonst als sie allein berechtigt sei, sich künftig um Ares zu kümmern. Um ihren Willen zu unterstreichen, stampfte sie mit ihren dürren Beinen auf, verzog das Gesicht zu einer ärgerlichen Fratze und warf drohend die Stirn in Falten. Ihr dünnlippiger Mund spuckte bei jedem Wort Gift und Galle.

Von diesem Augenblick an ahnte ich, dass diese kleine Göttin für allen Zwist und Zank in der Welt verantwortlich sein würde. Und dort, wo ein Streit noch nicht entstanden war, wird sie alle Mittel und Wege finden, um ihn vom Zaume zu brechen. Rhea warf mir einen hilflosen Blick zu, als wollte sie sagen:
„Schau nur, was hast Du da für einen Zankapfel gezeugt? Du solltest ihr den Dickkopf waschen!"

Ares, das Zwillingsbrüderchen, hatte die Szene von seiner Liege aus teilnahmslos beobachtet. Die Hände hinter dem Kopf verschränkt, döste er mit leerem Blick vor sich hin. Seine Glieder besaßen bereits die Ausmaße eines Erwachsenen. Seine Arme und Beine waren mit Muskeln dick bepackt. Kein Gramm Fett entstellte seine Taille. Der Gott des Kampfes erschien mir wie eine Symbiose aus Sehnen und Muskeln, stets zum Angriff und Sprung bereit. Sein von schwarzen Locken umkränztes Haupt war allerdings von so schmaler Form und im Ganzen so klein geraten, dass es in seinen Proportionen nicht zum mächtigen Körper passte. Doch ein Krieger, der wie er sich in Zukunft aufs Fechten und Abschlachten verlegen und sein Lebenswerk in der Befriedigung seiner Blutgier sieht, der benötigt sicherlich keine große Hirnmasse! So sagte ich mir.

Ares war die Männlichkeit in Person. Auch wenn mir manche Göttin widersprechen würde, als „schön" konnte man ihn eher nicht bezeichnen. Seinen Augen, von stumpfer Bläue, fehlte es an Herzlichkeit und Wärme, an Klugheit und Witz. Sie strahlten allenfalls den Glanz der Angriffslust aus, doch meist blickten sie kühl, leer oder in mitleidloser Härte.

Ich kann es nicht leugnen, dass mir eine gewisse Enttäuschung und Ablehnung der Beiden einen schmerzhaften Stich ins Herz versetzte, hatte ich mir doch liebenswertere Kinder von Hera erwartet: eben junge und neue Götter, in deren Person sich Schönheit und Klugheit miteinander paarten.

Ich wollte mich schon enttäuscht abwenden, da sprang Ares vom Bett und kam mir mit ausgestreckter Hand entgegen.
„Großer Vater Zeus!", sprach er mit schneidiger Stimme. „Ich bin stolz, Dein Sohn sein zu dürfen, und ich freue mich, für Dich und auf Deinen Befehl hin Krieg führen zu können."
Er legte eine kurze Pause ein, als wäre es nun genug an Höflichkeiten und nun an der Zeit einen überheblichen, altklugen Ton zu wählen:
„Doch an Kämpfen mangelt es bisher noch in Deiner Welt. Es könnte daher nicht schaden, dem allgemeinen Schwerterkampf noch ein wenig nachzuhelfen. Darum wird sich meine ständige Begleiterin sorgen: Meine Zwillingsschwester Eris, die Göttin der Zwietracht! Sie ist äußerst begabt und geradezu erpicht darauf, Streit und Zank für mich zu säen, damit ich den Sturm der Gemüter, damit ich blutrünstige Kriege ernten kann! Ich hoffe, Du bist einverstanden, dass sie mir beisteht?"
Er griff nach meiner Hand und umklammerte sie mit solcher Festigkeit, dass mir die Knöchel knackten.
Nein, ich war wirklich nicht begeistert von diesem Paar! Den Schmerz aus den Fingern schüttelnd antwortete ich:
„Nun ja, zunächst wollen wir uns erst einmal an der Geburt zweier neuer Mitglieder unserer Götterfamilie erfreuen. Ich begrüße Euch auf dem Olymp. Aber was Streit und Zank, Krieg und Kampf anbelangen: bevor es dazu kommen wird, hat Deine Stiefschwester Athene noch ein Wörtchen mitzureden. Sie versteht es, Streithähne zu mäßigen und unnötiges Blutvergießen zu vermeiden.

Übrigens: eine passende Geliebte habe ich Dir auch schon auserwählt. Ich hoffe, ihr wird es gelingen, Deinen Heißhunger nach Schlachten zumindest auf dem Feld der Liebe zu stillen!"

Nicht nur Hera, vor allem auch die anderen göttlichen Geschwister ließen das streitbare Götterpaar ihren Missmut spüren. Lange hielten die Brüder und Schwestern mit ihrer Abneigung gegen die Zwillinge nicht hinter dem Berg. Immer wieder polterten in der olympischen Runde schrille und lautstarke Auseinandersetzungen los, in denen die hitzköpfige Eris dem sonst so gutmütigen Hephaistos oder dem schweigsamen Hades Zunder gab. Es dauerte nur wenige Tage, schon kam es auf dem Olymp anlässlich einer Hochzeit zum handfesten Skandal.

5. Tag

Heute steht Madurai auf unserem Programm: eine heilige Stadt! Während des Frühstücks lese ich über den großen Tempel der südindischen Stadt, von dem nur wenige Bezirke den Nichthindus zugänglich sind. Das Heiligtum muss über gewaltige Ausmaße verfügen - vergleichbar einer kleinen Stadt. Es wird beschützt von einer haushohen Mauer. Sie hält die Pilger von ungebetenen Blicken und Gästen ab.
Ich werde wieder barfuß über weite Steinböden schreiten müssen. Zum anderen aber, das nehme ich mir vor, will ich Mohammad Shantus Einladung in die Tat umzusetzen und seiner Palmblätterbibliothek einen Besuch abstatten. In diesen Archiven werden seit über 3 000 Jahren Menschenschicksale auf der Basis von Geburtsstunden und Orten, von Namen und Planetenkonstellationen aufgezeichnet und gesammelt. Immer wieder erzählen so manche Besucher erstaunliche Wahrheiten, aufgeschrieben auf schmalen Palmblätterstreifen. Sobald die Blätter auf Grund ihres Alters zu verfallen drohen, werden die Informationen alle vierhundert Jahre in Alt-Tamilischer Sprache oder in Sanskrit auf neue Palmblätter übertragen. Auf diese Weise bleiben die Mitteilungen den Nachwelten erhalten.

Für mich als Archäologen, auch wenn bereits im Ruhestand, sind Einrichtungen wie diese zusammen mit den Tempeln ein überaus interessantes Forschungsobjekt. Wie überhaupt hier und überall in Indien Geschichte und Mythologie ihren realen Ausdruck in religiöser Bausubstanz und Schriften finden. Das mag wohl daran liegen, dass die Tempel gut erhalten sind und immer noch als spirituelle Zentren genutzt und gelebt werden – im Gegensatz zu den abstrakten Ruinen der alten erloschenen Religionen an Nil, Euphrat und auf dem südlichen Balkan.

Am Hotelempfang lasse ich mich gleich nach dem Frühstück mit Professor Shantu verbinden. Er freut sich, dass ich seiner Einladung folgen will und bestellt mich für den Nachmittag in seine Bibliothek. Ganesh lässt sich den Weg von ihm erklären. Er runzelt dabei seine Stirn: Der Besuch einer Palmblätter-Bibliothek scheint ihm gar nicht zu behagen. Aber seine Verstimmung kann auch mit der Tatsache zusammenhängen, dass er sein Auto in den engen Straßen vor dem Tempelbezirk nicht parken kann.

Vor dem Hotel besteigen wir eines der gelbschwarzen Tuk-Tuks, deren Lenker, stets auf Kunden lauernd, sich lautstark anbieten. In waghalsiger Schlingerfahrt jongliert uns der Fahrer durch den Verkehr. Über seiner Windschutzscheibe baumelt ein Heer von Glücksbringern: Ganesha ist darunter, aber auch die Jungfrau Maria und andere Gottheiten, die ihn vor Unfällen schützen sollen. Auf dieser Fahrt wirken sie erfolgreich.
Quietschend und knatternd hält das Dreirad vor einem riesigen Tor. Hier, in der stickigen Enge der East Market Street, brennt die Hitze schon am frühen Vormittag. Neben dem Eingang zum Menakshi-Sundareshvara-Tempel sammeln sich auf dem Asphalt und in Holzregalen Schuhe, Sandalen und Flipflops. Ein zahnloser Greis nimmt auch meine Schuhe entgegen und reiht sie unter etliche hundert Paaren ein: Zerschlissene sind darunter, geflickte, neu besohlte, staubige und glänzende. Es wird wohl ein Geheimnis darin liegen, wie er meine Schuhe wiederfinden wird, sobald ich an seinen Stand zurückkehre?

Hinter den sanft grünen Portalstöcken weitet sich zunächst ein Hof, flankiert von Reihen dickbäuchiger Säulen, dahinter dunkle Hallen mit rauch geschwärzten Wänden. Zusammen mit unzähligen Pilgern schreite ich barfuß durch die haushohe Pforte. Die

Sonne spiegelt sich auf dem Marmorboden. Ich setze meinen nackten Fuß auf den glänzenden Stein und weiche sofort jammernd zurück in den Schatten. Die Platten haben sich mit Hitze vollgesogen. Meine Fußsohlen glühen, erholen sich aber rasch in der Kühle. Die Hindus jedoch, ob barfuß oder in Socken, beschreiten den Hof ohne den Schritt zu zügeln. Der aufgeheizte Boden macht ihnen nichts aus. Das häufige Laufen ohne Schuhwerk, der tägliche Umgang mit der Hitze und ihre religiöse Begeisterung lassen sie offenbar schmerzfrei bis in die Tiefe des Tempels vordringen.

Bevor auch ich mit zusammengebissenen Zähnen eintauche, erwartet mich vor dem Tempeleingang am hinteren Ende des Hofes ein Elefant. Er schüttelt seinen mit Kreisen und geometrischen Figuren bemalten Schädel. Schellen beginnen dabei zu scheppern. Dann hält er still, blickt mich mit runden Augen konzentriert an, so als wolle er sich mein Gesicht einprägen und meine physiognomischen Merkmale höheren Ortes weiterleiten. Vorsichtshalber werfe ich ein paar Rupien in eine glänzende Metallschüssel, die neben seinem Wärter zu einer kleinen Spende auffordert. Die Münzen klirren laut, woraufhin sich der Elefant nach vorne neigt, einen der schweren angeketteten Vorderbeine hebt und seinen Rüssel so weit ausstreckt, dass er mich mit dem wulstigen Ende erreicht. Ganz vorsichtig drückt er einen schmatzenden Kuss auf meine Schädeldecke. Ich spüre die sanfte und feuchte Berührung und bin erstaunt mit welcher Zärtlichkeit sich das riesige Tier auszudrücken vermag.

Langsam gewöhnen sich meine Augen an die Dunkelheit. Je tiefer ich in die Hallen wandele - vorbei an schweren Säulen, die steinerne Kassettendecken stützen, vorbei an Altären, vor denen leicht bekleidete Götter und vielarmige Göttinnen elegant tanzen, vorbei an Öllampen, die in goldenen und silbernen Schreinen flackern, ihren düsteren Glanz auf speckglänzende Wände werfen, - je weiter ich also in die vielen Säle vordringe, desto deutlicher wächst in mir ein respektvolles Erstaunen über die selbstverständliche Hingabe, mit der die Pilger ihre Hände falten oder in den rauchenden, von Öl gespeisten Flammen nach göttlicher Intuition greifen, dabei innbrünstig Gebete und Mantras murmeln.

In mir keimt eine Ahnung davon auf, dass meine Vorfahren nicht viel anders der Vielgötterei in ihren Tempeln gehuldigt haben. Die Szenerie muss seinerzeit ganz ähnlich ausgesehen haben, als unsere Ahnen durch Tempelpforten zu den Altären ihrer Götter schritten. Ich kann mich des Eindrucks nicht erwehren, dass mir das alles bekannt vorkommt, bis hin zu den erotischen Skulpturen an den Tempelwänden.

Manchmal, so erinnert sich etwas in mir an frühere Jahre, manches Mal habe ich sie spüren können – diese lange Kette meiner männlichen Vorfahren. Vor allem in der Zeit nach dem Eid, den ich gegenüber meiner sterbenden Mutter geleistet hatte. Jeder Versuch, mich nach einer Flirt- und Kennenlernphase einer Frau begierig sexuell zu nähern, endete im Fiasko: Mein Phallus erschlaffte – stets im entscheidenden Augenblick. Nach den vielen peinlichen Momenten, die ich immer wieder erleiden musste, gab ich es dann schließlich auf, meine Lust auf Vereinigung auszuleben. Kurz bevor ich eindringen wollte, wohl auch irgendwie eindringen musste, da es von mir erwartet wurde, sauste ein Fallbeil mit einem Mal herunter und zerstörte meine männliche Kraft. Und es war mir, als ob ich den vorwurfsvollen Blick meiner Vorfahren spürte.

Vorauseilende Ängste vor dem Versagen haben mich inzwischen resignieren lassen. In den vergangenen Jahren hatte das immer wieder dazu geführt, dass ich allzu direkte Blicke und intensive Flirts vermieden habe. Mitunter zwang ich mich sogar dazu, einen Raum oder eine Party zu verlassen, um einer drohenden Verführung zu entgehen. Und doch überkam mich, ohne es zu wollen und zu fördern, überfällt mich auch heute noch, ein erotischer Reiz beim Blick auf den Gang einer Frau, auf das weiche Wippen ihrer Brüste, die einladende Bewegung ihrer Hüften. Stets überfällt mich in diesen Momenten ein Begehren - so tief und heftig, dass ich glaube, nicht widerstehen zu können. Sobald auf einer Feier, beim Spazierengehen in der Straße mein Auge auf ein anderes weibliches Augenpaar trifft, wir uns nur für Sekunden länger als schicklich fixieren, wenn sich die Lider zu einem kaum merklichen Lächeln senken, dann steigt in mir zwischen Magen und Brust, ohne dass ich es hätte steuern können, ein überaus warmes Gefühl auf. Ein Zwang zur Eroberung befällt mich, der sich leider später im entscheidenden Moment als verheerende Niederlage erweist.

Es ist, als ob zunächst eine Gesetzmäßigkeit unaufhaltsam und rasend von mir Besitz ergreift, die von Generationen von Männern vor mir geformt wurde, - ein traditionell männliches Prinzip, das stärker wirkt als mein bisher kurz gelebtes Ego. Ich stelle mir dabei bildhaft vor, dass Männer, Väter, Großväter, Urväter und all die weiteren männlichen Vorfahren in mir sitzen würden. Sie grölen in meiner Seele, sie feuern mich in der Psyche und im Unterleib an, sie trommeln, schlagen auf ihre Pauken, um mich mit aller Kraft zu unterstützen. Sie verfallen jedoch in ein tiefes Jammertal der Enttäuschung, wenn ich versage. Sie machen sich über mich lustig. Sie verspotten mich!

Was aber ist es, was mich in der dunklen, warmen und feuchten Tiefe dieses Tempels bewegt? Das ist der tiefe Glaube der Hindus, die vor den Altären zu den Göttern beten: Ihre Riten folgen ebenfalls über Generationen hinweg den uralten, überlieferten Gesetzmäßigkeiten ihrer Priester, Vorväter und Urmütter. Der entrückte Ausdruck ihrer Gesichtszüge, die selbstlose Hingabe, mit der sie den Segen ihrer Götter und Göttinnen erflehen, dies alles entstammt einer Summe von Überlieferungen, dem Gehorsam gegenüber der Kultur ihrer Ahnen. In ihrem selbstvergessenen Gesichtsausdruck sammelt sich die Sehnsucht vergangener Generationen und Jahrhunderte.
Nichts geht in uns verloren!
Wir sind die Summe, wir tragen das Erbe aller Erfahrungen und vieler Leben vor uns. Männer und Frauen überleben in uns seit Jahrhunderten, ob es sich nun um Religiosität oder Fortpflanzung dreht.

Ich kehre zum Eingang zurück, vor dem Ganesh mit meinen Schuhen auf mich wartet. Es wird Zeit zur Palmblätterbibliothek zu fahren. Diesmal besteigen wir eine der filigranen Fahrrad-Rikschas, denn unser Ziel liegt nahe in der Perumal Maistry Straße: Das Orientalische Institut, in dem die Bibliothek untergebracht ist, wird von Shantu geleitet. So steht es jedenfalls auf seiner Visitenkarte.
Der Fahrer müht sich durch den dichten Verkehr, strampelt mal im Stehen mal im Sitzen, je nachdem, ob die Verkehrslage risiko-

reiche Geschwindigkeiten erlaubt oder ihn zu umsichtiger Langsamkeit zwingt. Wir halten vor einem unscheinbaren vierstöckigen Gebäude. Es gleicht eher einem politischen Amtssitz denn einem Gebäude, in dem man eine umfangreiche Bibliothek vermuten könnte. An den schwärzlichen Wänden vertrocknen Algen, die in vergangenen Regenzeiten an den Mauern gewachsen sind. Balkone mit verspielten Eisengeländern und Sprossenfenstern erinnern an die Zeit, da die Briten das Land besetzt und ausgebeutet haben. Überraschend repräsentativ, begleitet von schlanken Säulen, führen breite Stufen zum Eingangsportal. Eine Drehtür empfängt uns unter Ächzen und Stöhnen.
In der mit dunklem Holz getäfelter Vorhalle kommt uns Mohammad Shantu entgegen. Heute trägt er einen indischen Salmar Kameez, ein langes weißes Hemd, darunter eine weiße flatternde Hose aus Leinen. Wohl der Hitze wegen und der Tradition des Hauses gehorchend, hat er seine westliche, enganliegende Kleidung abgelegt. Ich beneide ihn, denn seit meiner Ankunft auf dem Subkontinent kleben stets Hemd und Hose aufs Unangenehmste an meiner schwitzenden Haut. Wenn es nicht zu aufgesetzt wäre, würde ich bei nächster Gelegenheit ebenfalls ein solches Kleidungsstück tragen.

„Willkommen in der Rhakschi-Palmblätterbibliothek! Willkommen im Orientalischen Institut!"
Mohammad Shantu faltet die Hände wie zum Gebet und deutet eine leichte Verbeugung an.
„Ich bin hoch erfreut, dass Sie meiner Einladung gefolgt sind. Fühlen Sie sich wie zu Hause, zumal Sie mir ja bereits angekündigt wurden!"
„Angekündigt?" frage ich erstaunt und trete unwillkürlich einen Schritt zurück.
„Wer hat mich angekündigt? Sie halten mich zum Besten! Kaum einer weiß von meiner Indienreise. Und von meinem Besuch heute hier in dieser Institution weiß keine Menschenseele."
Shantu lächelt, fährt mit der Hand über seinen Oberlippenbart, als wolle er etwas Lästiges fortstreichen und kratzt sich kurz an der Nase.
„Schauen Sie sich doch um! Sie haben diese Palmblätterbibliothek betreten, eine jahrtausendalte Einrichtung, in der Informationen über Geburten, über Menschen, oder über Sternenkonstella-

tionen und Planetenbewegungen gesammelt und gedeutet wurden. Eine dieser Interpretationen hat uns Ihre Ankunft angekündigt, hat uns darüber informiert, wann Sie das Land betreten, welchen Weg Sie nehmen werden, wann und warum Sie unser Haus besuchen!"

Ich bin verwirrt, schüttle skeptisch den Kopf und zwinge mich trotzdem zu einem nachsichtigen Lächeln:

„Was soll das? Ich weiß, dass man in Indien gerne die Götter bemüht, dass das Land ein Paradies für Abergläubische und Esoteriker ist. Aber Sie sind doch Wissenschaftler! Sie tragen einen Professorentitel, vermutlich der Orientalistik, wie können Sie nur an so etwas glauben?"

Shantu zeigt sich unbeeindruckt. Sein bisher freundliches Lächeln verschwindet. Er blickt ernst drein:

„Sicher, ich denke wissenschaftlich, ich denke logisch und lasse mich nur von Tatsachen überzeugen. Das sollten auch Sie tun. Aber hunderttausende von Palmblättern, die hier im Haus gelagert sind, haben mich eines Besseren belehrt. Sie haben mir Beweise geliefert. Wenn Sie wollen: Ich kann Ihnen das Palmblatt zeigen, auf denen Ihre Ankunft exakt beschrieben steht. Dass sich diese Informationen bewahrheitet haben, ist denn das nicht ebenfalls eine Tatsache?"

Ich zögere. Soll ich mich auf eine solche Argumentation einlassen. Schließlich hatte der Professor genügend Zeit bis zu meiner Ankunft ein entsprechendes Palmblatt zu manipulieren und die Daten darauf zu vermerken. Er ignoriert meine Skepsis, wartet meine Antwort nicht ab, sondern bittet mich die Treppen hinauf.

„Bevor wir weiterreden, kommen Sie mit! Ich zeige Ihnen erst einmal unsere Bibliothek."

Ich schreite hinter ihm die Marmortreppen hinauf. An seinen Füßen trägt er schmale Sandalen mit schlanken Lederbändern, die sich um seine Knöchel schlingen. Er eilt die Stufen hinauf, so dass ich mich sputen muss und oben etwas außer Atem ankomme. Dann nestelt er einen Schlüssel aus den Tiefen seiner Kleidung hervor, steckt ihn in das reich mit Ornamenten verzierte Schloss einer Schiebetür und zieht sie auf. Ein kühler Hauch dringt mir entgegen. Der Geruch von Heu und Moder zieht in meine Nase.

„Hier ist nur einer von dreißig Räumen, in denen wir die Palmblätter aufbewahren. Ich habe sie nie gezählt, aber insgesamt müssten es weit über eine Million sein. Damit sie nicht so rasch zu Staub zerfallen, mussten wir die Räume klimatisieren. So ein

Palmblatt hält gerade mal ein halbes Jahrhundert, dann muss seine Botschaft auf ein neues Blatt übertragen werden.
Das ist eine unserer Aufgaben, und die andere: Wir haben schon vor drei Jahren damit begonnen die Botschaften zu digitalisieren und zu speichern. Aber es sind so viele, dass diese Arbeit noch Jahre dauern wird. Ein Menschenalter wird wohl nicht ausreichen!"
Mein Blick schweift über graue Metallschränke, die sich entlang den Wänden vom Boden bis hinauf zur Decke reihen. Selbst links und rechts des einzigen Fensters am Kopfende des Raumes ist jede freie Fläche genutzt.

In der Raummitte beugen sich vier junge Inderinnen in ihren bunten Saris über einen langen Tisch. Sie arbeiten konzentriert. Vor ihnen einige Haufen von aufgeschichteten Palmblätterbündel. Zwischen zwei schmalen Holzleisten sind etliche, manchmal fünfzig, manchmal hundert Blätter zusammengeschnürt und mit einer Schnur umwickelt. Nur kurz wenden uns die Frauen beim Eintreten die Köpfe zu. Sie grüßen freundlich und lächeln mich, den Fremden, stumm an.
„Das sind unsere Schreiberinnen!" erklärt der Professor, "In jedem der dreißig Räume sitzen vier von ihnen und übertragen Informationen alter Palmblätter auf Neue!"
Neugierig trete ich näher. Die Frauen greifen jeweils zur Linken in das Bündel mit den frisch getrockneten helleren Blättern, legen es vor sich hin, nehmen dann ein dunkleres Blatt zur Rechten, und beginnen die Schrift auf das hellere neue Blatt mit spitzen Griffeln zu übertragen. Danach tippen sie die Botschaft in eine Computertastatur ein. Die Schrift taucht gleichzeitig auf einem Bildschirm vor ihnen auf und wird danach gespeichert.

Neugierig beuge ich mich über die Schulter einer der Frauen, um die Worte auf dem Schirm zu identifizieren, die sie soeben eingespeist hat.
„Das können Sie sicher nicht lesen", flüstert mir Shantu ungeduldig zu und zupft mich am Ärmel.
„Es sind alttamilische Worte, geschrieben in der Schrift der Hindus. Aber wir haben auch Palmblätter in Sanskrit. Das sind die Ältesten. Sie gehen zurück auf das sechste Jahrhundert vor Eurer

Zeitrechnung. Dafür beschäftigen wir allerdings besondere Fachleute. Sie übersetzen die vorliegenden Informationen gleich ins Tamilische!"

Der Professor scheint von meiner Neugier nicht sonderlich begeistert zu sein. Als hätte ich zu viel Interesse gezeigt, als wären die Worte nicht für fremde Augen bestimmt, drängt er zum Weitergehen:

„Wenn Sie noch mehr sehen wollen, dann kommen Sie bitte mit mir mit…!"

Shantu öffnet die Tür zum nächsten Raum. Ich beuge mich durch den Türrahmen, blicke mich nur rasch um. Das Zimmer ist genauso ausgestattet wie das eben besuchte: Schreiberinnen, Palmblätter, Computer und Wandschränke.

„Räume wie diese…," erklärt der Professor, „müssen Sie sich jetzt dreißig Mal in meinem Institut vorstellen. Wir verfügen über die größte Bibliothek ganz Indiens. Neben unserer Einrichtung existieren in Indien noch sechs weitere. Allesamt gleichen sie der unsrigen, sind auch ebenso umfangreich. Aber in vielen Städten gibt es darüber hinaus noch private Palmblätterbibliotheken. Die schießen zurzeit wie Pilze aus dem Boden, weil westliche Interessierte, meist Touristen, dort gegen ein paar Dollars ihre Vergangenheit abfragen und dazu auch noch ihre Zukunft hören wollen. Die Besitzer sind allesamt Betrüger, die über ein paar Palmblattimitationen verfügen und so tun, als lagere das Gedächtnis der Menschheit in ihren Räumen! Das ist inzwischen ein gutes Geschäft geworden: Auch für Reiseveranstalter, die mit den Besitzern dieser Bibliotheken unter einer Decke stecken! Sie ruinieren den Ruf unserer seriösen Institute. Nur in Ausnahmefällen geben wir Auskunft über Schicksale, auch über Todesdaten. Das will so mancher ja im Voraus wissen. Aber eine Antwort ist hier einfach zu gefährlich. Die menschliche Psyche ist nur unter besonderen Umständen fähig mit solch einer Prophezeiung fertig zu werden. Die Autoren der Palmblätter-Schriften haben deshalb den Zugang zu den Bibliotheken für Laien erschwert."

Er schließt die Tür und zeigt mir einen langen Gang, von dem eine Reihe von Türen links und rechts in die Palmblätterräume führen.

„Kommen Sie! Das Wichtigste haben Sie bereits gesehen, aber noch nicht mein Büro! Ich lade Sie auf einen Tee ein!"

Wir steigen abermals ein paar Treppen hinauf. Im zweiten Stock erwartet mich die gleiche Architektur wie im Ersten. Gegenüber dem obersten Treppenabsatz öffnet Shantu mit einem Schlüssel die erste einer Reihe von Türen, die in regelmäßigen Abständen einem Korridor bis zu seinem Ende folgen.

Wir betreten sein Büro. Keine Stahlschränke diesmal an den Wänden, dafür schwere viktorianische Möbel aus Holz, Truhen und Schränke, ein mächtiger Schreibtisch vor dem Fenster; in einer Ecke ein runder Glastisch, umgürtet von einer voluminösen Sofaecke, davor drei üppige, gut gepolsterte Stühle. Beim Näherkommen lässt sich, trotz der Dunkelheit im Zimmer, das Alter der Möblierung anhand der abgewetzten Stoffe auf Sitzen und Lehnen erahnen. Dennoch strahlt das Ensemble immer noch Stolz und Würde der Kolonialzeit aus. Vorsichtig nehme ich am Rand des Sofas Platz, fürchte ich doch weiter hinten in den Polstern und Kissen zu versinken. Professor Shantu geht inzwischen zum Fenster. Die Vorhänge öffnen sich, als er seitlich an einem Stoffband zieht. Dann setzt er sich auf einen der Stühle und zwar den mittleren, da der ihm offenbar in seiner Statik noch am kräftigsten erscheint.

Eine Frau, in einem roten Sari betritt den Raum. Sie jongliert ein Tablett mit zwei Tassen und einer Glaskanne, außerdem einen Teller mit ein paar hellgelben Plätzchen. Der Hausherr weist mit der Hand auf den Glastisch. Die Frau stellt das Tablett ab. Sie schiebt eine Tasse samt Teller zu mir herüber, die andere in Richtung des Professors und verschwindet wieder. Kein Wort ist seit ihrem Eintritt gefallen, von Shantu kein Dankeschön, keine freundliche Geste! Die Unterdrückung der Kolonialzeit ist eben noch überall spürbar. Nur sind es nicht mehr die Briten, sondern die indischen Männer, die heute meist die Frauen dominieren. Ihr Machismo ist bei uns nicht viel anders, nur filigraner, und nicht so offensichtlich.

Shantu beugt sich vor, schenkt Tee ein, greift nach der Tasse und dreht darin den Löffel. Es klirrt leise, während er zu sprechen beginnt:
„Ich denke, dass Sie jetzt viele Fragen auf dem Herzen haben! Schießen Sie los! Ich werde sie nach bestem Wissen und Gewissen beantworten. Aber am Vernünftigsten wäre es, Sie würden die Palmblätter, sofern Sie mutig genug sind, selbst einmal nach Ihrem Leben, Ihrer Zukunft und Ihrem Todeszeitpunkt befragen.

Wissenschaftlern wie Ihnen dürfen wir durchaus einen solchen Service anbieten!"

Inzwischen habe auch ich nach meiner Tasse gegriffen, einen Zuckerwürfel in die leicht braune Flüssigkeit geworfen und nachdenklich den Löffel darin gedreht.

Auch wenn ich nicht an die Wahrheiten dieser Palmblätterantworten glaube, so scheint mir doch eine gewisse Gefahr von ihnen auszugehen. Denn der Aberglaube des Menschen und die damit verbundene Bedrohung sind immer noch tief in mir verwurzelt. Auf keinen Fall möchte ich mein Todesdatum wissen. Sollte sich nämlich ein mir prophezeiter Zeitpunkt nähern, könnte ich, allein schon meiner Hysterie wegen, einen Herzinfarkt erleiden.

Und so lehne ich rasch sein Angebot ab:

„Nein! Bitte ersparen Sie mir das. Ich glaube nicht daran! Die Natur hat es Gott sei Dank so eingerichtet, dass wir unsere Zukunft nicht voraussahen, noch voraussagen können!"

Ich unterstreiche mit einem strikten Ton dieses Nein und meine Absage, denn ich würde ungern immer wieder aufs Neue von ihm ein solches Angebot aufgetischt bekommen. Auch wenn die Versuchung groß ist: Ich bin einfach nicht bereit dafür.

Vielleicht noch nicht!

Professor Shantu scheint mir dieses „Nein" nicht abzunehmen. Er steht auf, setzt die Tasse ab, schreitet um seinen Schreibtisch herum. In seinen Händen hält er ein Bündel Palmblätter, oben und unten von zwei dünnen Holzleisten zusammengehalten.

„Da ist Ihr Leben enthalten, Ihre Geburt, Ihr Beruf, Ihre Vorlieben, Ihr Hass und Ihr Tod! Ich halte sozusagen Ihr Dasein von Geburt bis zum Tod in meinen Händen: Sie wollen wirklich nichts davon wissen?"

Zweifelnd blicke ich nach seiner ausgestreckten Hand, in der die Palmbündel leicht zittern. Auf den Blattflächen sind Schatten von hellen und dunklen Flecken zu sehen, schemenhaft auch ein paar Buchstaben zu identifizieren.

„Aber nein!", sage ich den Kopf schüttelnd. „Ich kenne doch mein Leben! Sollten Sie es wirklich aus diesen Blättern lesen können, dann werden Sie mir nichts Neues sagen!"

„Typisch – Ihre westlichen Zweifel!" entgegnet der Professor spöttisch und auch ein wenig überheblich:

„Was sich nicht oder noch nicht wissenschaftlich erklären lässt, ist nur mit Täuschung und Manipulation zu erklären! Das ist mir zu einfach!"

Shantu wedelt mit den Palmblättern, als halte er eine Handvoll Kartentrümpfe in der Hand.

„Ich muss Ihnen wohl zunächst in Ruhe erklären, wie das mit den Palmblättern seinen Anfang nahm. Dazu müssen wir 5.000 Jahre zurückgehen. Damals, so die Legende, lebten sieben heilige Rishis. Über ihr Leben und Wirken berichtet der große Mythos Mahabharata, die Urgeschichte der Hindus. Diese Weisen verfügten über eine solch große spirituelle Kraft, dass sie in das Akasha eindringen konnten. Akasha: So wird eines von fünf Elementen der Ayurvedischen Philosophie und Gesundheitslehre bezeichnet. Akasha bedeutet Äther, Himmel oder Raum. In ihm befindet sich nach buddhistischer Vorstellung sozusagen die Programmierung der Welt und damit auch das Schicksal, das Karma eines jeden Menschen. Die Rishis besaßen also die Fähigkeit in diese abstrakte Welt des Äthers - vermutlich mit Hilfe von tiefer Meditation - einzudringen, Sie riefen die entdeckten Informationen ab und schrieben sie auf. Nachfolger fanden sich, die diese Informationen pflegten, weiterführten, ausbauten und vervollständigten. Daraus entstanden schließlich die Palblätterbibliotheken!"

Während Professor Shantu von Akasha, Mahabharata und den Rishis spricht, wird mir klar, dass sich seine Begriffswelt wohl nie mit meiner auf einen Nenner bringen läßt. Die indischen Ursprünge sind allzu legendenhaft, zu abstrakt und für mich nicht als wissenschaftlich beweisbare Wahrheit akzeptierbar. Shantu spürt meine Skepsis und zugleich auch meinen Zweifel. Hinter seiner Stirn kann ich seine Ungeduld lesen, spüren wie er nach einem Hebel sucht, um mich zu überzeugen und mein westliches Weltbild ins Wanken zu bringen.

Er spreizt einige Palmblätter auseinander, greift sich eines und liest darin. Seine Lippen bewegen sich. Er murmelt unverständliche Laute. Dann wendet er sich mir zu:

„Ich kann Ihnen das übersetzen, was hier auf einem ihrer Palmblätter geschrieben steht. Keine Angst: Ich werde nicht viel verraten. Es handelt sich um ein prägendes Erlebnis Ihrer Jugend. Nur so viel: Sie waren zwölf Jahre alt. Ich sage nur „Tessin". Nicht mehr!".

**Aus der Palblätterbibliothek
Fünftes Bündel**

Thetis, jene Meeresgöttin, welche Hephaistos aus dem Meer gerettet und im Schmiedehandwerk unterwiesen hatte, ihr war es endlich gelungen, einen geeigneten Mann zu finden. Ihr Auserwählter war der Königssohn Peleus, der sich durch eine besondere Festigkeit des Charakters ausgezeichnet hatte. Er hatte zuvor den Annäherungen einer verliebten Königin hartnäckig widerstanden, einer wunderschönen Frau, bei deren Ehemann er das Gastrecht während einer Begräbnisfeierlichkeit genoss. Um dieses heilige Gesetz nicht zu verletzen, hatte er ihr Ansinnen damals empört von sich gewiesen. Eine Tugendhaftigkeit, die selbst unter uns Göttern ihresgleichen sucht!
Obwohl diesem Peleus als Sterblichen normalerweise die olympischen Gemächer verschlossen bleiben sollten, gestattete ich ausnahmsweise, dass seine Hochzeitsfeier mit Thetis im Thronsaal stattfinden durfte. Schließlich waren wir alle glücklich, dass die Meeresgöttin endlich unter die Haube kommen sollte! Es hatte für sie zwar nur zu einem Sterblichen gereicht, doch Peleus war wegen seiner Tapferkeit und Aufrichtigkeit zu Höherem berufen. Irgendwann plante ich ihm zumindest den Titel eines Heroen, vielleicht sogar den eines Halbgottes zu verleihen.

Thetis lud also zur heiligen Hochzeit die gesamte Schar der Götter und Göttinnen ein - bis auf eine Einzige, deren vorlautes Benehmen unser aller Geduld an der göttlichen Tafel strapazierte. Ständig suchte sie Streit, stets redete sie dazwischen und setzte sich immer wieder herausfordernd in Szene. Die Ausgeladene war natürlich niemand anders als die Göttin Eris, meine eigene Tochter und Zwillingsschwester des Ares. Mit ihrem verbalen Gift verdarb sie uns jedes Treffen, jedes Festmahl. Am liebsten hätte Thetis auch Ares ausgeladen, benahm er sich doch unflätig bei Tische. Der Kriegsgott stieß aus heiterem Himmel obszöne Flüche aus und warf mit verletzenden Beleidigungen nur so um sich. Er verwendete diese gleichsam als spitze Waffe gegen uns, in der Hoffnung, dass wir uns endlich auf ein echtes Duell mit ihm einlassen würden. Aber dem Gott der Schlachten an solch einem bedeutsamen Familienfest die Teilnahme zu verwehren, hätte sich wohl im Nachhinein übel ausgezahlt. Wer weiß, auf welche unselige Art er sich am Brautpaar rächen würde - und außerdem, vielleicht könnte man ihn doch noch einmal brauchen.

Alle Götter zeigten sich in großzügiger Feierlaune. Ein jeder brachte eine Hochzeitsgabe mit: Hephaistos hatte Peleus eine unzerstörbare Rüstung geschmiedet, und Poseidon sich für den jungen Gemahl sogar von zwei unsterblichen Pferden aus der eigenen Zucht getrennt. Auch Aphrodite war auf meinen Wink hin aus Zypern angereist, um mit etwas Glück den Brautstrauß der Thetis zu fangen, was ein gutes Vorzeichen für ihre baldige Hochzeit mit Hephaistos bedeuten könnte.

Nach ein paar Schalen belebenden Nektars entwickelte sich die Stimmung an der Tafel prächtig. Jeder sprach endlich einmal friedlich mit jedem: Sogar Hera unterhielt sich mit Athene, die sie sonst wegen ihrer unehelichen Abstammung schmähte. Ares schwieg nachdenklich, was beträchtlich zu unserer guten Laune beitrug. Zwischendurch aber gab sich der sonst so stolze Kriegsgott immer wieder der allgemeinen Lächerlichkeit preis. Er bewies uns die Schlichtheit seiner Gefühle, indem er Aphrodite zahlreiche Blicke, obendrein auch noch Kusshände verstohlen zuwarf, sobald Hephaistos seine sehnsuchtsvollen Augen von Aphrodite abwandte. Doch meist harrte der Schmiedegott mit irrem Blick, wie hypnotisiert, neben der überaus reizvollen Liebesgöttin aus. Während sie gelangweilt gähnte, verlor er ganz offensichtlich trotz seiner gewaltigen Verliebtheit allen Mut. Sie lähmte ganz einfach seine Zunge. Er war nur noch fähig Nektar und Ambrosia zu schlürfen.

Hera hatte sich neben mir auf ihrem Thron niedergelassen. Unablässig schob sie ihr Gesäß hin und her, weil sie dem hinterhältigen Wunderwerk des Hephaistos immer noch nicht trauen wollte. Ich gab mir alle Mühe ihr diese Unruhe zu nehmen, nachdem die Angelegenheit zwischen dem Schmiedegott und Aphrodite doch zu unser aller Zufriedenheit geregelt war. Um Hera auf andere Gedanken zu bringen, verwickelte ich sie als aufmerksamer Tischnachbar in ein Gespräch mit unserer Schwester Demeter.

Seit Kronos die Erdgöttin als Letzte unter den Geschwistern ausgespuckt hatte, sorgte sich Demeter mal von Sizilien, mal vom griechischen Eleusis aus um die allgemeine Fruchtbarkeit der Erde. Vor allem auf das Wachsen und Gedeihen von Getreide hatte Demeter sich konzentriert und dabei ein geheimnisvolles Gebräu entdeckt. Anstelle von Nektar, dem wir wie üblich zusprachen, empfahl sie uns ihren neuen „heiligen Trank". Sie hatte ihn aus Mutterkorn und Gerste gebraut. Die alte Erdgöttin legte mir ihr Elixier besonders ans Herz, weil es uns Götter weit intensiver als der übliche Nektar in eine Traumwelt versetzen könnte, in der wir die Leichtigkeit und das Glück des paradiesischen Jenseits erleben würden. Wir könnten uns sogar vom Gefühl des Gottseins lösen, schwärmte sie, um in eine noch höhere Welt, nämlich in die der Sterne zu entschweben. Ich versprach ihr bei Gelegenheit den „heiligen Trank" zu verkosten, und wollte gerade einen Tag für den Besuch festlegen, da entstand plötzlich Unruhe am Eingang zum Göttersaal.

Die Tore flogen heftig auf und gleich einem giftigen Wirbelwind stürzte Eris herein. Alle Augen richteten sich überrascht auf die kleine, dürre Gestalt, die vor Wut schäumend sofort Zwietracht und Ärger versprühte.
„Auch wenn ich nicht zur Hochzeit der Thetis geladen bin," so schrie sie vorwurfsvoll mit schriller Stimme, „so möchte ich doch wenigstens mein Geschenk abliefern dürfen!"
In ihrer Hand blitzte ein großer Apfel aus purem Gold. Sie holte den Arm weit aus und schleuderte die schwere Frucht, als würde sie mit ihr kegeln, zwischen die Beine der verblüfft schweigenden Götterschar. Dann drehte sie sich um und stolzierte erhobenen Hauptes aus dem Saal.

Der goldene Apfel rollte, als könne er sich nicht entscheiden, vorbei an den schönen langen Beinen der Aphrodite, zögerte an den kräftigeren der Athene, nahm schließlich mit letztem Schwung vor Heras Füßen die Kurve, um endlich vor meinen Sandalen zur Ruhe zu kommen. Ich bückte mich nach der glänzenden Frucht und hob sie hoch, um das Prachtstück der Götterschar zu präsentieren. Alle warfen begehrliche Blicke auf den Apfel, denn er funkelte und glänzte wie ein Stern am Himmel. Er strahlte solch eine Vollkommenheit und Magie aus, dass jeder von ihm verzaubert war. Wer mich besitzt, schien er mit seiner Leuchtkraft zu behaupten, von dem werden auch alle anderen entflammt sein.

Wie konnte nur eine Göttin des ewigen Streits und Ärgers wie Eris in den Besitz eines derartig schönen Schmuckstücks gelangen? Ich verdächtigte schon Hephaistos: denn eigentlich war nur ein genialer Schmied wie er in der Lage, ein solch außerordentliches Kunstwerk herzustellen. Doch ein Blick hinüber zu ihm genügte, um diesen Verdacht zu widerlegen: Sein offensichtliches Entzücken zeigte deutlich, dass auch er die goldene Frucht zum ersten Mal erblickt haben musste. Und so drängte sich mir die Vermutung auf, dass Eris diesen Apfel im fernen Garten der Hesperiden nur vom verbotenen Baum der Wunder gestohlen haben konnte.

Gerade wollte ich das begehrenswerte Brautgeschenk an Thetis weiterreichen, fiel mir eine Inschrift auf. Als könnte man sich daran die Augen verbrennen, waren in fein geschwungenen rot leuchtenden Buchstaben nur zwei Worte ins Gold gemeißelt. Ich las sie laut den Göttern vor: „Der Schönsten"

„Der Apfel der Eris," so verkündete ich der Runde. „Er ist offenbar nicht für die Braut bestimmt. Die goldene Frucht verdient nur die Schönste unter allen Göttinnen! Für wen unter Euch Frauen wird sie wohl gepflückt worden sein?"
Sofort sprang Aphrodite auf und hob den schlanken Arm, um Anspruch zu erheben. Doch Athene hatte sie aus den Augenwinkeln verächtlich beobachtet. Jetzt legte sie deutlichen Protest ein:
„Aphrodite, Du magst zwar mit Deinem Liebreiz, weit mehr als wir anderen Göttinnen, die meisten Männer zu betören, aber Schönheit besteht zur Hälfte auch aus Klugheit. Und über diese Tugend verfügst Du keinesfalls. In mir vereint sich jedoch Beides - dank meines Vaters!"
Sie warf mir einen auffordernden Blick zu: „Zeus! Keiner anderen als mir gebührt der Apfel!"
Da hielt es Hera neben mir nicht mehr auf ihrem Thron. Hart schlug sie mit der Faust auf die Tafel, um dem Streit ein Ende zu bereiten:
„Weder die unkeusche Aphrodite, noch die uneheliche Athene verdienen den Apfel. Ich bin die Erste von Allen und die Mächtigste. Was sind Liebreiz und Klugheit ohne die Kraft der Macht,

über die ich verfüge? Es besteht daher kein Zweifel, dass mein Gemahl den Apfel mir überreichen muss!"
Alle drei richteten nun ihre Blicke voller Erwartung auf mich, während die anderen Götter hämisch grinsten.
„Du hast die Qual der Wahl, wer von den Dreien nun die Schönste ist!" spöttelte Bruder Poseidon. „In Deiner göttlichen Haut möchte ich nicht stecken!"

Ich teilte seine Meinung. Denn hätte ich mich für Aphrodite entschieden, wäre Athene mir als Tochter verloren und Hera als Gemahlin auf ewige Zeiten gram gewesen. Sie würde mich mit dauerhaftem Liebesentzug strafen. Sollte ich aber Athene den Apfel reichen, könnte Aphrodite vor Wut über meine Entscheidung mir als Braut des Hephaistos abspringen und obendrein meinem eigenen, dahinfliegenden Eros noch die Flügel stutzen. Erhielte jedoch Hera den Zuschlag, so hätte ich zwar die Garantie für ein friedvolles Eheleben, aber Aphrodite würde als Vergeltung meine Lenden schwächen und Athene obendrein auch noch meine Weisheit lähmen. Klugheit erschien mir jetzt so notwendig wie nie zuvor. Ich bat mir deshalb eine Woche Bedenkzeit aus.

Noch bevor mich die drei Göttinnen an den folgenden Tagen belagern würden, um mich mit ihren verführerischen Reizen und wortreichen Beschwörungen von ihrer „Schönheit" zu überzeugen, zog ich es vor Reißaus zu nehmen. Ich wollte in Ruhe und ohne Beeinflussung meine Entscheidung über die Vergabe des Apfels treffen und versteckte mich deshalb bei der Schwester Demeter in Eleusis. Vielleicht könnte die alte Göttin mir eine wertvolle Wegweiserin für ein gerechtes Urteil sein.

Wir saßen abends in ihrem Tempel. Laue Luft strömte wie ein kühlender Vorbote der sternenreichen Nacht durch die Säulen. Die Öllämpchen färbten mit bescheidener Flamme die nahen Säulen gelb und zeigten mir an den glatten Wänden Malereien, farbenfrohe Bilder von der Vielfalt des Landlebens, um das sich Demeter zu sorgen hatte: Ähren und Getreidegarben, Bauern, die mit Rindern den Pflug zogen, Frauen, die Schafe und Ziegen molken. Eine überaus angenehme Stille und friedfertige Ruhe hielt Einzug in meine Seele und entspannte meine Sinne, die in den vergangenen Tagen so arg strapaziert worden waren.

Demeter kauerte vor mir auf einer Schilfmatte. Ein weiter erdfarbener Mantel floss von ihren kräftigen Schultern herab, und dort, wo er sich wie versehentlich geöffnet hatte, schimmerte ihre gebräunte Haut verlockend hervor. In ihren Händen schwenkte sie eine tönerne Schale, um Mutterkorn mit vergorener Ziegenmilch zu mischen. Vorsichtig roch sie am Gebräu, nahm zur Probe einen Schluck, und da sie es für gut befand, nickte sie und reichte mir schließlich das Elixier.

„Wenn Du diesen heiligen Trunk zu Dir nimmst, wirst Du in eine Welt voller Bilder und phantastischer Geschehen entschweben. Und Du wirst Dich fragen, ob sie Wirklichkeit oder nur die Täuschung eines Traumes sind, ob sie aus der Vergangenheit stammen oder sich in der Zukunft abspielen. Die Welt kennt keine Zeit mehr, kein ehedem und keine Zukunft! Es gibt nur das Jetzt! Vielleicht findest Du aber mithilfe meiner Droge auch eine Lösung für die Frage, wem der Apfel der Schönheit gebührt!"

Ich setzte meine Lippen an die Schale. Über ihren Rand hinweg blickte ich ein wenig misstrauisch in Demeters Augen, um mich ein letztes Mal Ihres Vertrauens, ihrer Ehrlichkeit zu vergewissern, bevor ich das geheimnisvolle Elixier die Kehle herunterrieseln ließ. Doch in ihrem Ausdruck blitzte kein noch so verdächtiges Zeichen auf, das mich vor einer Vergiftung hätte warnen können. Die ersten Tropfen verätzten mit bitterem Geschmack meine Zunge, so dass ich würgte und in Versuchung geriet, die Flüssigkeit sofort wieder herauszuspucken. Doch das hätte Demeter als Beleidigung empfunden. Ich schloss die Augen und befahl mir, sie erst wieder zu öffnen, wenn ich die Schale bis zum letzten Tropfen geleert hätte.

Doch dazu kam es nicht mehr. Kaum, dass ich den Mund zur Gänze gefüllt und den ersten großen Schluck heruntergewürgt hatte, breitete sich in meinem Bauch ein sanftes, zunächst nur unscheinbar glühendes Feuer aus. Je mehr ich mir von dem „heiligen Trunk" einflößte, desto heftiger weiteten sich die Flammen in meinen Gedärmen zu einem Flächenbrand aus. Schließlich zischte das Feuer wie an Zündschnüren entlang durch meine Adern bis hinauf zum Kopf. Und dennoch, ich empfand keinerlei Schmerz.

Demeter versetzte mich in einen Zustand, in dem ich all jenes verlor, was meinen Körper ausmachte: Arme und Beine, Brust, Rücken, Bauch und Knochen. Doch aus dem nicht entflammbaren Kern meines Ichs erhob sich meine Seele. Sie begann leichtfüßig zu schweben. Sie ließ meine materielle Körperlichkeit zurück. Sie erhob sich einem Adler gleich mit Schwingen aus Licht und Nebel. Unter mir erblickte ich Demeter und sah auch mich, den Zeus, dessen Körper ich zurückgelassen hatte: stetig wurden die beiden Figuren kleiner, die sich dort unten gegenübersaßen. Sie schrumpften zur Nichtigkeit, in je höhere Dimensionen ich aufstieg.

Am westlichen Horizont tauchte noch einmal der Sonnenwagen auf und warf sein mattes weiches Licht über Hügel und Täler. Doch weiter und immer weiter, im unersättlichen Steigflug begriffen, ließen mich meine Flügel schweben: Rosafarbene Wolken zogen an mir träge vorbei. Immer höher und höher segelte ich wie mit weichen Schwingen in den blauen unendlichen Himmel hinein, hinaus in die Ferne, den klaren Sternen entgegen, die mir wie Juwelen freundlich zublinzelten, als wollten sie mich begrüßen: „Willkommen! Wir haben Dich schon erwartet!"

Ich trank vom tiefen Blau, sog freudig das helle Sternenlicht in mich hinein bis ich, ganz von der Dunkelheit und dem Glitzern in ihrer unendlichen Weite erfüllt, endlich vom Sternenstaub gesättigt war. Ich fühlte mich leicht, luftig und glückselig wie nie zuvor. Mit einem Male sah ich, dass die Erde keine Scheibe war, sondern rund wie ein Apfel der Hesperiden - geformt aus blauen Ozeanen, auf denen braune und grüne Erdteile schwammen. Im Angesicht ihrer Ausmaße ahnte ich, dass die Welt für mich als Zeus nie beherrschbar sein würde, und schon gar nicht zusammen mit einer chaotischen Schar von Göttern, von denen jeder etwas Andres im Sinn hat. Aber wenn man die Unsterblichen alle abschaffen, dann erneuern würde, wenn man all ihre Energien und Vorstellungen zu einem einzigen wahren Gott bündeln würde, der mit seinen Geboten das Leben der Sterblichen bändigt, vielleicht bestände dann eine Aussicht, Liebe und Frieden zu verbreiten und eine Chance diese wunderbar blaue Welt dort unten zu retten.

Langsam kreiste ich im Fluge wieder hinunter zur Erde. Über den Bosporus segelnd, badete ich mich in den ersten Strahlen, welche die rosenfingrige Eos behutsam über den östlichen Horizont sandte, um die Welt zu streicheln. Als ich dann weiter übers sanfte, blaue Meer glitt, kam der Berg Ida nahe Troja in Sicht. An seiner Flanke zog ein junger Mann mein Augenmerk auf sich. Er winkte mir schon von Weitem von einer Weide aus lebhaft zu. Wie ein Raubvogel zog ich meine Kreise enger über ihm, ständig tiefer schwebend, bis ich nahe genug heran war, um ihn genauer zu betrachten.

Er strahlte in der Morgensonne, als hätte er in seinem ganzen Leben noch nie unter dem Leid der Sterblichen gelitten; als hätte er sich auf den Hängen des Ida, fern ab vom Leben der Städte und Dörfer, die Unschuld des Kindes bewahren können. Er lebte in friedfertiger Einheit mit der Harmonie der Natur. Sein blondes Haar leuchtete in der frühen Sonne wie aus Goldfäden gewoben, und die Züge seines Gesichtes glänzten von jugendlicher Frische und fröhlicher Zuversicht. Würde er kein Sterblicher sein, hätte ich ihn für einen jungen Gott gehalten, - einen heimlichen Geliebten der Eos, der Göttin der Morgenröte, die ihn vor uns Göttern im Morgendunst versteckt hält.

Der junge Mann schwenkte übermütig seine Arme, als würde er mir etwas Bedeutsames mitteilen wollen, so dass ich ihm zuliebe zur weichen Landung auf der Weide ansetzte. Die aufgehende Sonne warf, als ich endlich festen Boden unter mir spürte, vor mir den langen Schatten eines mächtigen Adlers ins Gras. Ich erkannte mit Erstaunen, dass mich der „heilige Trunk" der Demeter in diesen gewaltigen, wahrhaft eines Gottes würdigen Vogel verzaubert hatte.

Völlig arglos trat der junge Mann auf mich zu. Sein Schritt war von erstaunlicher Selbstsicherheit. Keinerlei Furcht ließ ihn vor dem machtvollen Vogel zögern, in den ich mich verwandelt hatte. Nur wer sich von Kindesbeinen an in der Natur bewähren, sich auf sein Gespür in der Erfahrung mit wilden Tieren, auf die Beweglichkeit seines Körpers, auf die Muskeln seiner Arme und die Schnelligkeit der Beine verlassen kann, vermag solchen Mut aufzubringen. Mir schien es, als wäre er ein Kind der Natur und habe alles Makellose von ihr im Übermaß erhalten.

Ich muss gestehen, dass es das erste Mal war, dass ich einen Sterblichen um seine Schönheit beneidete. Der sanfte Wind des Morgens spielte mit seinem langen goldblonden Haar und ließ eine Locke über der hohen Stirn tanzen. Seine Augen erinnerten mich an das tiefe und klare Blau des Meeres zur Mittagszeit. Kein Misstrauen, keine Hinterhältigkeit trübten diesen freundlichen Blick. Seine Wangen, leicht gerötet von morgendlicher Frische, fügten sich ebenmäßig zu einem gebieterischen Kinn, das nur von hoher Herkunft stammen konnte. Darüber ein elegant geschwungener Mund mit Lippen, die Sinnlichkeit versprachen, aber auch kluge Beredsamkeit, wenn sie sich, wie jetzt, öffneten:
„Ich heiße Paris!" stellte er sich selbstsicher vor. „Ich lebe seit Jahren hier und hüte die Schafe auf den Weiden des Ida! Doch wer bist Du, schöner Adler?"
Ich beugte mich zu ihm hinunter und noch im Fluge stellte ich mich vor: „Ich bin ein fliegender Gott auf dem Weg von den nächtlichen Sternen zurück nach Eleusis, wo mich eine Göttin erwartet!" antwortete ich ihm in solch behutsamen Ton, dass es wie selbstverständlich wirken musste, einen sprechenden Adler vor sich zu haben.
„Nimm mich mit, fliegender Gott!" So bat er mich inständig. „Ich möchte endlich die Welt sehen! Den Ida, seine Bäume und Tiere, seine Hügel und Wälder kenne ich zur Genüge. Wie sehr beneide ich Dich, der Du in die Lüfte zu steigen vermagst, der Du die Welt von oben betrachten, fremde Länder und Menschen besuchen kannst!"

Wie ähnlich sind sich doch Götter und Sterbliche. Weder der Eine noch der Andere vermag sich mit seinem Schicksal zufrieden zu geben. Paris möchte Zeus sein, und Zeus hätte gern sein Leben mit jenem des Paris in der stillen Natur des Ida getauscht.

Ich spreizte meine Flügel weit aus, so dass eine Feder ins Gras fiel. Die Schwingen mächtig erhebend rief ich ihm zu:
„Paris, Noch ist Deine Zeit nicht gekommen! Bis dahin behalte die Feder zur Erinnerung an mich. Ich für meinen Teil werde Dich nicht vergessen!"

Ich erhob mich in die noch samtene Luft des Morgens, schraubte mich in den blauen Himmel hinauf und glitt weiter gen Westen, vorbei an meiner Heimstatt Olymp, auf dessen Gipfel ich von der

Ferne meine Göttergeschwister beim täglichen Frühstück sitzen sah. Wie glücklich war ich doch, dass ich nicht unter ihnen weilen musste! Hera, Aphrodite und Athene stritten sich bereits zu früher Stunde noch immer um den goldenen Apfel. Ihr Gezänk schallte lautstark bis zu mir herüber. Da zog ich es doch vor, einen großen Bogen um den Götterberg zu fliegen.

Während ich gen Süden nach Eleusis schwebte, kam mir der schicksalsschwere Gedanke, dass Paris in diesem einzigartigen Auftrag als Schiedsrichter meinen Platz einnehmen könnte: Er, die Schönheit selbst, in der Natur des Ida unverfälscht aufgewachsen, fern aller Eitelkeit, Neid und Eifersucht, unerfahren in der Liebe und Lust, dieser junge Sterbliche wäre doch hervorragend geeignet zu entscheiden, welche der drei Göttinnen als Schönste den Apfel verdienen würde.

Je näher ich gen Eleusis flog, desto mehr erlahmte auch die Kraft meiner Schwingen. Der heilige Trunk, durch den meiner Seele die Flügel eines Adlers gewachsen waren, der sie mit Träumen von Sternen und Bildern von Paris erfüllt hat, verlor jetzt rasch an Wirkung.

Noch von luftiger Höhe herab erspähte ich Demeter zusammen mit meinem Körper, den ich im Tempel zurückgelassen hatte. Während meiner Abwesenheit müssen sie in der Nacht zueinander gefunden haben. Beide ruhten jetzt wie ein Paar im Tempel, in Liebe ineinander verwoben und vom Schlafe übermannt. Mit einem Mal, als wäre der letzte Tropfen des heiligen Trunks verbraucht, spürte ich wieder die alte Schwere meiner Glieder, in die ich nach der Rückkehr zurückgeschlüpft war. Aufs Neue empfand ich die Heftigkeit meiner Gedanken und Gefühle, hörte das leise Trommeln meiner göttlichen Väter und nahm die Lust wahr, die Eros sogleich in mir entfachte, als ich spürte, wie sich die samtene Haut der Demeter im Schlaf an der meinen rieb. Ich umschlang sie mit meinen wieder gewonnenen Armen und Beinen so heftig, dass auch sie nicht anders konnte, als von Eros Schwingen berührt, mir mit ihrer Lust zu antworten.

Während die morgendliche Eos, im Osten aufsteigend, jetzt auch das westliche Eleusis mit ihren Rosenfingern streichelte und ihr wärmendes Licht aufmunternd über uns ergoss, öffnete Demeter, die noch im Schlafe befindliche Göttin der Fruchtbarkeit, weit ihre Schenkel, damit ich sie pflügen und meinen Samen in ihre Furche setzen konnte. Die Liebe am Morgen, sie verfügt auch bei Göttern über ein rascheres Tempo als jede nächtliche Leidenschaft.

Seit dieser Zeit wurde es in Eleusis zum alljährlichen Brauch, dass Tempelpriester den heiligen Trunk mischten und meinen Besuch der Demeter in einem magischen Ritus nachspielten. Zwar hätte ich dieses Mysterium nie und nimmer verraten dürfen, denn wer einmal daran teilgenommen hat, darf später kein Sterbenswörtchen darüber preisgeben. Daher Ihr, die ihr dies jetzt erfahren habt, schweigt darüber.

Von der Liebe des frühen Morgens beschwingt, eilte ich zurück zum Olymp, um sogleich Hera, Aphrodite und Athene die Botschaft zu überbringen, dass nicht ich, sondern Paris, der Schönste unter den Sterblichen, den goldenen Apfel einer der drei Göttinnen überreichen wird. Doch dazu kam es nicht mehr, denn neuer Ärger erwartete mich am Fuße des Götterberges. Der verliebte Hephaistos fing mich mit fuchtelnden Händen ab.
„Aphrodite macht keinerlei Anstalten mich zu heiraten!" rief er mir schon von Weiten vorwurfsvoll entgegen.
„Du solltest rasch etwas unternehmen, um Dein Versprechen einzuhalten, denn Ares steigt ihr verliebter denn je hinterher. Beile Dich, sonst...!"

Drohungen sind mir verhasst, doch, wenn sie der unberechenbare Schmiedegott aussprach, musste ich sie wohl ernst nehmen. Wer weiß, zu welchen Untaten er aus enttäuschter Liebe und Eifersucht sonst noch fähig gewesen wäre!

5. Tag

„Tessin, mein Vater, Geliebte, 12 Jahre alt?"
Woher hat nur der Schreiber, der sicherlich darüber hinaus noch so manches mehr über mein Leben auf dem Palmblattbündel verewigt hat, diese Informationen erfahren können?
Geschockt stelle ich meine Tasse ab. Meine Hände zittern zu sehr, um meine Betroffenheit verbergen zu können. Das Porzellan klirrt auf der Untertasse. Der Professor deponiert das Bündel mit den schmalen hölzernen Deckblättern auf dem Glastisch gleich neben meinem Teeservice. Die Palmblätter liegen vor mir wie Herausforderung und Verführung zugleich, als wollten sie sagen: „Schau nach! Lese mich! Es gibt noch viele weitere Wahrheiten über Dich!"

Shantu blickt mich triumphierend an, als würde der östliche Spiritualismus, vertreten durch ihn, ein westlich wissenschaftliches Denken, vertreten durch mich, ohne viel Federlesen besiegen können. In mir macht sich eine Hilflosigkeit breit, in der ich mich wie in einem Vakuum, der gewohnten Schwerkraft beraubt, fühle. Vor Schwäche ist mir mulmig, und dennoch will ich nicht klein beigeben. Meine Skepsis ist eben das Produkt eines sturen, abendländischen Stolzes:
„Woher haben Sie nur diese Informationen?", frage ich misstrauisch – ohne durch mein Minenspiel ihm meine Betroffenheit zu verraten.
Er lächelt wissend, ist nahezu überzeugt, bereits einen Sieg über meine Skepsis errungen zu haben.
„Um Ihre Palmblätter zu finden, habe ich natürlich noch ein paar Informationen mehr über Sie benötigt! Zum Beispiel Ihre Geburtsdaten: Name, Ort und Zeitpunkt. Solche Daten sind bei uns in Indien nicht schwer zu bekommen. Ich muss zugeben, dass war nicht ganz legal von mir. Ich habe am Flughafen einfach um Auskunft gebeten. Für ein paar Rupien konnte ich in Ihrem Visum blättern. Die Daten habe ich per E-Mail gleich an mein Institut weitergesendet. Unser Nadi hat dann zwei Tage lang Ihre Palmblätter analysiert. Das Ergebnis war so erstaunlich, dass ich versuchte, mit Ihnen auf unserer Reise in Kontakt zu bleiben."

Auch wenn es mir schwerfällt: Ich bleibe nach außen hin gelassen, nehme aufs Neue meine Teetasse zur Hand und nippe an ihr. Nein, auf die Schilderung wichtiger Lebensumstände meiner Person verzichte ich gerne. Ich kenne doch mein Leben! Und unter keinen Umständen möchte ich auch das Datum meines Todes erfahren. Zunächst geht es für mich nur darum, mehr über die Vorgänge zu erfragen. Dass Shantu heimlich meine Passdaten erforscht hat, nehme ich ihm nicht übel. In Indien scheint eben gegen Trinkgeld nahezu alles möglich zu sein.

„Was ist das nun wieder - ein Nadi?" frage ich: „Und wie kommen Sie darauf, dass genau diese Palmblätter...," ich deutete auf das Bündel vor mir, „dass diese Blätter mit meinem Schicksal beschriftet sind?"

Professor Shantu lehnt sich siegreich und entspannt zurück. Er scheint jetzt Wert darauf zu legen, mit mir weiterhin in friedlicher Kommunikation zu verkehren.

„Nadi, den Begriff erkläre ich Ihnen gern! Auch wenn Sie mich immer noch nicht ernst nehmen wollen. Nadi, die Bezeichnung stammt aus dem Sanskrit und hat mehrere Bedeutungen. Wörtlich würde seine Übersetzung etwa „hohler Stengl" oder „Röhre" lauten. „Nadis" können auch feinstoffliche Energien sein, die tausendfach durch unsere Körper laufen. Aber hier in der Begriffswelt der Palmblätterbibliotheken sind Nadis die „Rufer". Das sind Menschen, die mit Hilfe von Meditation, den Geburtsdaten und Planetenkonstellationen, aber auch der Namensgebung, mit Hilfe des Geburtsortes, manchmal auch auf Grund eines Daumenabdrucks nicht nur das passende Blätterbündel unter Millionen herausfinden. Sie verstehen es auch, die manchmal wirren Angaben auf den Blättern zu interpretieren. Mitunter stammen ja die Informationen aus längst vergangenen Jahrhunderten, in denen es andere Moralvorstellungen, andere Lebensumstände und andere Krankheiten gab!"

Ich halte die schmale Holzkladde mit den darin eingeschichteten Palmblättern in der Hand. Mein Leben wiegt leicht.

„Mister Shantu, die Stichworte, die Sie mir vorhin genannt haben, haben Sie hoffentlich nicht einfach erfunden. Können Sie wirklich diese seltsame Schrift auf den Blättern lesen, oder müssen auch Sie, als Chef dieses Instituts, jedes Mal einen Nadi hinzuziehen?"

Professor Shantu schüttelt bedauernd seinen Kopf und beugt sich nach vorne. Er will mir näher sein, um überzeugender auf mich zu wirken.

„Ich kann das nicht wirklich! Ich bin ein Laie! Denn nicht jeder ist zum Nadi geboren. Die Palmblätter verraten dem Fragesteller übrigens auch Geschehnisse aus etlichen Vorleben. Da braucht man schon entsprechende spirituelle Erfahrungen, um einen Zugang zum Reich des „Akasha" zu finden. Akasha, wie ich Ihnen schon erklärte, bedeutet Himmel oder Kosmos. Akasha bezeichnet eine Welt auch außerhalb unserer Welt, unseres Bewusstseins. Und doch ist auch in „Akasha" alles diesseitige Erleben und Geschehen auf einmal enthalten: Das Geschehen jedoch ist nicht linear wie unsere Zeitrechnung ausgerichtet, sondern alles passiert permanent und zur gleichen Zeit. Akasha ist sozusagen ein riesiger Datenspeicher, in dem alles auf einmal herumwirbelt! Unsere Vergangenheit existiert gleichzeitig in ihm, wie auch die Gegenwart und die Zukunft! Das ist der Grund, weshalb schon vor 5 000 Jahren alles, was die Welt betrifft, auch das Heute, vorhanden war!"

Meine Zweifel erhöhen sich mit der Zunahme seiner spirituellen Erklärungen und Abstraktionen. Ich hege den Verdacht, dass sein „Nadi" die Informationen über mein Leben nicht nur aus dem „Akasha" heraus zugeflüstert bekam, sondern auch andere durchaus reale Quellen des Diesseits angezapft hat.

„Ihr Nadi?" frage ich vorsichtig, „Trauen Sie ihm denn über den Weg? Solch eine Philosophie lässt immerhin jede Menge falsche Interpretationen bis hin zum Betrug zu!"

Der Professor hebt die Hände und beteuert:

„Gott bewahre! Für unseren Nadi lege ich diese Hände ins Feuer. Er stammt aus einer alten Sippe, in der schon die Vorfahren seiner Vorfahren diese Aufgabe in den Bibliotheken übernommen haben. Meist kommen Nadis aus Familien der obersten Kaste der Brahmanen. Die Kunst der Interpretation wird vom Vater an den Sohn weitergegeben. So bleibt sie in der Familie!"

Er fixiert mich aufmerksam, um jede Nuance meines Minenspiels verfolgen zu können.

„Aber wollen Sie sich wirklich nicht von dem Wissen Ihres Palmblätterbündels überzeugen lassen?"

„Nein!" Und dieses Nein spreche ich schnell und deutlich aus. Ich bekräftige es nochmals.

„Immer noch nicht! Nein danke, kein Interesse! Nicht aus Ängstlichkeit, weil ich etwas Beunruhigendes erfahren könnte, sondern, weil ich einfach nicht daran glaube!"

Shantu lässt sich resigniert in seinem Stuhl zurückfallen, wischt nachdenklich mit der rechten Hand über die Stirn:
„Gut, das muss ich akzeptieren! Bitte verstehen Sie mich und vor allem auch meine Zudringlichkeit an den vergangenen Reisetagen nicht falsch. Unser Nadi hat uns informiert, dass ein Wissenschaftler nach Madras und später nach Madurai kommen würde. Ein Ausländer, der das Rätsel unserer Bibliothek lösen kann. Er hat anhand der Palmblätter die genaue Ankunftszeit in Madras und den Weg herausgefunden, der Sie hierherführen wird. Dann, nach Ihrer Ankunft, haben uns Ihre Palmblätter noch weitere für uns wichtige Information geliefert, die unsere Bibliothek, unser Institut betrifft. Deshalb benötigen wir Ihre Hilfe als Wissenschaftler!"

Ich bin verblüfft. Wie könnte ich als pensionierter Archäologe mit westlicher Ausbildung, lediglich des Lateinischen und Altgriechischen kundig, für ein orientalisches Institut in Südindien von Bedeutung sein? Professor Shantu muss mein Erstaunen bemerkt haben. Noch bevor er auf meine Zweifel reagieren kann, versuche ich schon seine Bitte nach meiner Unterstützung deutlich abzuwehren:
„Lieber Professor! Wie soll ich Ihnen denn helfen können? Das Vedische oder Alttamilische sind mir doch völlig fremd. Ich weiß so gut wie nichts über die Geschichte Indiens, über die Religion, ob Hinduismus oder Buddhismus! Die Tempelbauten haben zwar einige Ähnlichkeiten mit denen der Römer oder Griechen, die ich studiert habe! Aber das reicht bei Weitem nicht aus! Außerdem werde ich allerhöchstens noch einen einzigen Tag in Madurai verbringen. Sie müssen da einer gewaltigen Fehlinformation aufgesessen sein! Ich kann Ihnen wirklich nicht helfen!"
„Doch!" versichert er mir fast flehend. „Es geht nicht um Alttamilisch oder Altvedisch. Es geht um eine umfangreiche Sammlung von Bündeln, die wir kürzlich bei der Aufarbeitung von alten Palmblättern gefunden haben. Weder können wir auf ihnen alte tamilische noch vedische Schriftzeichen identifizieren, sondern - das ist meine Vermutung - es sind offenbar altgriechische Schriftzeichen. Keiner von uns ist allerdings des Altgriechischen mächtig! Und deshalb haben wir beschlossen, zunächst unsere Palmblätter zu befragen, wer uns bei der Aufklärung helfen und eine Ex-

pertise, vielleicht sogar eine Übersetzung liefern könnte. Die eindeutige Antwort war: der nächste Archäologe mit westeuropäischer Ausbildung, der uns besuchen wird, das sind Sie!"

Warum gerade ich? Da bereist man Indien, will sich nach der Pensionierung mit einer Reise durch eine fremde Kultur belohnen und wird aus heiterem Himmel wieder in seinen Beruf zurückgeworfen. Ich hatte mich auf ein geruhsames Alter mit viel Zeit zum Verreisen und Nachdenken gefreut. Ich wollte mich vor allem um mich und meinen Körper kümmern, den ich so lange sträflich vernachlässigt habe. Und jetzt?
Ich muss mich über mich selbst wundern, denn ich beginne zu zittern. Es ist die ungewohnte Neugier, die nach mir greift. Jahrelang hatte ich in europäischen Archiven und Museen altgriechische und lateinische Texte übersetzt, hatte Historiker an europäischen Universitäten mit Informationen vor allem über Gesetze und Warenregister versorgt. Das war wirklich nicht sehr spannend, zumal mein wissenschaftlicher Ruf nicht derart weit reichte, dass man mir eine eigene Ausgrabung anvertraut hätte – die Krönung jedes Archäologen-Lebens! Während meiner letzten Berufsjahre haben Routine und Gleichförmigkeit der Arbeit mein Temperament mit Resignation blockiert und geschwächt.
Doch nun bin ich plötzlich hellwach! Ich fühle mich erfrischt und von einer Spannung erfüllt wie lange nicht mehr in meinem Leben! Ich will, ich muss mehr wissen!

„Sie meinen also, ich sollte mir die Palmblätter wenigstens anschauen und dann beurteilen, um welche Schrift, welche Zeit, vielleicht sogar welchen Autor es sich handeln könnte? So einfach geht das nicht! Man müsste Schriftanalysen vornehmen, mit anderen Datenbanken Vergleiche ziehen, die Blätter datieren, Chemiker und Biologen befragen. Das alles dauert Monate!"
Professor Shantu schüttelt bedächtig den Kopf.
„Nein! Soweit wollen wir noch nicht gehen! Um was ich Sie zunächst nur bitte, ist einen Blick darauf zu werfen, uns ein paar Informationen zu liefern. Wir können dann entscheiden, ob wir in einer größeren Aktion den Dingen auf den Grund gehen wollen! Ich nehme an, dass die Manuskripte aus dem dritten oder vierten Jahrhundert vor Eurer Zeitrechnung stammen. Wir wissen, dass bereits um diese Zeit die Griechen ihren Einfluss auf dem Subkontinent bis hinunter nach Sri Lanka ausgedehnt hatten. Dort

gab es in manchen Städten sogar griechische Viertel. Auch unsere sakralen Bauten wurden stark von der hellenistischen Architektur geprägt. Schauen Sie sich nur die Säulen und Götterbilder an. Und so manche Maha Radjas in Rajasthan behaupten von sich, sie würden von Alexander dem Großen abstammen. Aber, was wir auch immer wieder einkalkulieren müssen; Es kann sich bei den gefundenen Blättern auch um Fälschungen handeln, um einen üblen Streich, den uns jemand schon vor Jahrhunderten spielen wollte!"

Begutachten sollte ich die Palmblätter auf alle Fälle. Dieser Verlockung kann ich einfach nicht widerstehen. Das lustvolle Fieber einer forschenden Neugier hat mich rasch ergriffen. Ein kurzer Einblick schadet weder mir, noch den Palmblättern.
„Gut! Ich bin zwar kein ausgesprochener Spezialist der altgriechischen Sprache, besser aller griechischen Sprachformen, denn es gab zu Alexanders Zeiten davon sehr viele! Aber ein Versuch sollte es auf alle Fälle wert sein!"
Der Professor erhebt sich, lächelt erlöst und reicht mir die Hand.
„Vielen Dank! Dann kommen Sie doch bitte gleich mit!"

Wir verlassen das Büro. Shantu eilt mir voraus. Die weiße Stoffbahn, die er locker um sich gewunden hat, flattert um seine weit ausschreitenden Beine. Ich kann ihm kaum folgen. Wir betreten ein gähnend leeres Zimmer. Lediglich in einer Ecke ruht ein großer alter Tresor - ein einsames Ungetüm aus Gusseisen! „Birmingham 1923" vermag ich im Halbdunkel des Raumes erkennen, außerdem Ornamente sowie das Profil der britischen Kronjuwelen auf der Vorderseite. Der Professor zieht aus den Falten seines Umhangs einen Schlüssel mit mehreren Bärten hervor, schiebt den gusseisernen Aufsatz mit dem Abbild der Kronjuwelen beiseite und legt damit den Weg zu einem Schlüsselloch frei. Er steckt den Schlüssel hinein, dreht links, dann rechts und zieht schließlich die Türe auf.
„Der Tresor ist alt, aber unverwüstlich!" flüstert er zärtlich und streichelt liebevoll über den Türgriff.
„Hier bewahren wir unsere wertvollsten Stücke auf!"
Nur wenig Licht dringt ins Innere des Tresors. Die darin aufgeschichteten Palblätterbündel ähnlen gestapelten Holzstücken! Mit scheinbar willkürlichem Griff zieht Shantu eines von gut ein Dutzend Bündel vorsichtig aus dem Stoß heraus.

„Glauben Sie nur nicht, ich wüsste nicht, was ich da herausgezogen habe! Das sind fast alles Palmblätter, über die wir eben gesprochen haben. Auf jedem sind offenbar Sätze im gleichen Buchstaben-Stil eingeritzt. Sie brauchen also nicht alle zu öffnen. Ein Blick genügt vorerst!"

Er löst die Leinenbänder, mit denen die Holzbrettchen und dazwischen die gefalteten Palmblätter umgürtet sind. Dann reicht er mir vorsichtig das erste oben aufliegende Palmblatt. Ich nehme es behutsam wie ein verletztes Vögelchen in meine Hände. Das Blatt ist braun und brüchig, vielleicht fünfzehn Zentimeter lang und fünf Zentimeter breit; in ihm wie eingeritzt eine erstaunlich ebenmäßige Schrift. Ich drehe das Blatt um: Auch hier ist es von oben bis unten mit kleinen Buchstaben eng beschriftet. Und - ich kann es nicht glauben – in altgriechischer Schrift! Aber in einem seltsam veränderten Schriftbild. Ich glaube auf den ersten Blick einen makedonischen Dialekt zu entziffern - mit Wörtern und Begriffen, die an das Griechische angelehnt sind. Mühsam und ein wenig stockend beginne ich zu übersetzen:
„Ich suchte den Gipfel nach Aphrodite ab..."

**Aus der Palmblätterbibliothek
Sechstes Bündel**

Ich suchte den Gipfel nach Aphrodite ab, die ganz gegen ihre Natur noch auf dem Götterberg weilte, wohl um ihre Schönheitskonkurrentinnen nicht aus den Augen zu verlieren. Hingestreckt auf einem Felsen, gab sie ihren makellosen Körper der Sonne preis. Wie gern wäre ich in diesem Augenblick ein Sonnenstrahl gewesen! Ich hätte mit meinem Licht ihre formvollendeten Glieder zärtlich beleuchtet, wäre wärmend tief in ihre schattigen Buchten gedrungen und hätte mich neugierig über die erhabenen Hügel ihres Leibes getastet. Doch mein Sohn Ares ernüchterte mich. Er kauerte wachsam zu ihren Füßen. Er mag sich wohl das Gleiche wie ich gewünscht haben, denn er stierte nach ihr wie hypnotisiert. Ich scheuchte ihn fort, um der Liebesgöttin unter vier Augen ins Gewissen reden zu können:

„Ich hoffe, dass Du Ares nicht bereits erhört hast. Es wäre dem Hephaistos und auch mir gegenüber nicht gerecht, wenn Du ihm bereits vor der Hochzeit erlaubst, Dein Lager zu teilen. Wie ich sehe, brennt er darauf, sich in die Kette Deiner Liebhaber einzureihen!"

Aphrodite rührte sich nicht von der Stelle und antwortete mit verführerisch geschlossenen Augen, als wäre die Verliebtheit für sie ein alltägliches Geschäft:

„Er kann es kaum erwarten! Es bereitet mir Mühe, mich seiner Zudringlichkeiten zu erwehren. Und ich muss Dir gestehen, auch mir fällt es von Mal zu Mal schwerer ihm zu widerstehen, denn seine kräftigen Glieder versprechen ein außergewöhnliches Maß an Ausdauer in Liebe und Lust. Aber auch Dein Bruder Hades, sonst so düster, drängt sich in heimlichen Momenten an mich, als hätte er seit Jahren auf die Liebe verzichten müssen. Er ist wie ausgehungert!"

Dann öffnete sie die Augen, blickte mich mit zauberhaftem Lächeln an und flüsterte:

„Aber wie steht es mit Dir? Auch Du scheinst mich mitunter mit Deinen Blicken zu verschlingen!"

Ich ignorierte ihre letzte Anmerkung. Mich wundert mein Bruder Hades. Ist auch er ein Schwerenöter?

Wie es scheint, so dachte ich bei mir, wäre der Gott der Unterwelt glatt im Stande, mir noch einen Strich durch die Rechnung zu ziehen und neue Verwicklungen und Ärger zu stiften. Reibereien entständen doch genug, wenn sich bereits Ares mit Aphrodite tummeln würde, und ihr Ehemann Hephaistos ihnen auf die Schliche kommen sollte. Hades, der Gott der Unterwelt – auch er ein Liebhaber obendrein? Das bedeutet nichts als Eifersucht und Streit. Ein Fest für die Göttin Eris!

Ich beschloss meinen Bruder im Auge zu behalten.

Aphrodite erhob sich, stützte den Oberkörper mit den schlanken Armen ab, um ihre aufreizenden Brüste der Sonne zuzuwenden. Geblendet von den Strahlen, blinzelte sie mir betörend zu. Es bereitete mir doch einige Mühe, bei diesem Anblick nicht schwach zu werden, bei der Sache zu bleiben und die Sache hieß nun einmal: Hephaistos!

„Aphrodite, wann gedenkst Du endlich den Schmiedegott zu heiraten?"

Sie schloss abermals die Augen, ließ sich wieder zurücksinken und antwortete kühl, als würde sie meine Frage nicht sonderlich interessieren:
„Wir können den Bund der Ehe der Form halber jederzeit vollziehen. Wenn Du willst, noch heute! Nur bitt` ich Dich: keine große Hochzeit! Keine Zeremonie! Du weißt, ich halte nichts von Treue, von Zweisamkeit und dem Tausch der Ringe. Nur der Rausch der Sinne vermögen mich an einen Mann zu binden!"

Noch am gleichen Tag hielten wir die Hochzeit ab. Hephaistos hatte für den Anlass längst zwei breite Ringe aus purem Gold geschmiedet und darüber hinaus sich ausnahmsweise auch gewaschen. Nicht gründlich genug! Als er den Ring über seinen dicken Finger schob, starrte dessen Kuppe noch immer vor schwarzem Schmutz! Der andere Ring jedoch, für Aphrodites zartes Fingerglied bestimmt, erwies sich als viel zu groß. Ein schlechtes Omen für eine Ehe! Als sie noch am selben Abend ihren magischen Liebesgürtel um den kostbaren Leib spannte, um sich mit Hephaistos zu vereinen, glitt ihr der Ring urplötzlich vom Finger und rollte über die Felsen den Olymp hinunter ins Meer. Der wasserscheue Hephaistos aber fand nicht genug Mut nach ihm zu tauchen. Er blieb für immer verloren!

Bald nach der Hochzeit reiste zu meinem Wohlgefallen auch Hades ab. Nur selten gab der Bruder uns die Ehre. Seit er nämlich im Losverfahren das Reich der Toten gezogen hatte, zwangen ihn die vielen Kriege, die Seuchen und das natürliche Ableben der Sterblichen zur Schwerstarbeit. Ich konnte ihm seine Leidenschaft für Aphrodite nur allzu gut nachfühlen, beschäftigte er sich doch sonst nur mit verstorbenen Seelen, die bleich durch sein Reich geisterten. Er wies diese Spukgestalten dem schrecklichen Tartaros oder dem paradiesischen Elysium zu. Eine Aufgabe fern ab jeglicher Lebensfreude! Kein Vergleich zum Wohlbefinden, das wir mitunter auf dem Olymp genießen durften!

Bevor Hades sein Amt übernommen hatte, strotzte er nur so voller Muskelkraft. Doch mit den Jahren bleichte der Totengott sichtlich aus. Er nahm die fahle Haut eines Wesens an, das wie ein Grottenmolch in ständiger Dunkelheit leben muss. Der Mangel an frischer Nahrung ließ ihn zunächst schlank, später jedoch dürr wie eine Bohnenstange werden. Die Backen hatten sich in tiefe Täler,

die Augen in dunkle Höhlen zurückgezogen. Dazwischen die Nase: Sie sprang scharf wie der Schnabel eines Adlers vor. Kein Wunder, dass sich dieser bemitleidenswerte Gott von einer prächtig gewachsenen Frau wie Aphrodite magisch angezogen fühlte. Sie muss ihm wie das sprühende Leben vorgekommen sein. Ihre Hochzeit mit Hephaistos aber ließ ihn, der er ihretwegen extra in irdischen Gefilden oder auf dem Olymp herumgestromert war, traurig in sein Reich zurückkehren. Zum Abschied drückte ich ihm die knochige Hand und fragte voller Mitleid:
„Du kehrst in Dein düsteres Reich zurück, Hades! Gibt es dort keine Frau für Dich, die Deine Liebe erregt und Dir das Leben versüßen könnte?"
„Oh Zeus!" antwortete er mit einer tiefen Stimme, als käme sie aus dunkelster Gruft, „Wenn ich nur damals gewusst hätte, welch tristes Leben mich erwartet, hätte ich niemals dieses Amt übernommen. Mit Aphrodite aber würde ich es ertragen können!"
Ich schüttelte bedächtig mein Haupt und widersprach ihm:
„Sie hätte mit ihrem Liebreiz die Toten wieder zum Leben erweckt und Chaos in der Unterwelt angerichtet. Ausgeschlossen! Wähle Dir doch eine andere! Die Welt ist voller schöner Nymphen!"

Hades schwieg nachdenklich, als wälzte sich ein Gedanke durch sein Inneres, den er nicht stören dürfe. Plötzlich erhellte sich seine Miene: „Du kannst etwas für mein Glück tun, Zeus! Schicke mir doch bitte jene Tochter, die Dir als nächstes Kind geboren wird. Ob von Hera, von Metis, von …!"
Ich unterbrach ihn rasch, denn mir gefiel der Gedanke nicht sonderlich, dass eines meiner Kinder im düsteren Totenreich ein von der Welt abgewandtes Leben fristen sollte.
„Darüber werden wir erst sprechen, wenn mir wirklich eine neue Tochter geboren wird!"
Ganz zaghaft huschte ein Lächeln, gleich einer sanften Brise über das sonst so traurige Gesicht des Hades. Er beugte sich an mein Ohr und leise, damit es keiner hören konnte, flüsterte er mir zu:
„Mir ist da etwas zu Ohren gekommen, dass Du und Demeter in Eleusis …! Sie soll schwanger sein!"
Er wandte sich rasch ab, winkte mir noch einmal feixend zu und ließ mich vor Erstaunen stumm zurück.

Demeter war schwanger! Da sie weder einen regen Umgang mit Göttern und schon gar nicht mit männlichen Sterblichen pflegte, konnte es nur mein Same gewesen sein, der in ihr aufgegangen war. Bevor irgendein Böswilliger unter den Göttern die Nachricht Hera stecken würde, um sie damit gegen mich aufzuwiegeln, beschloss ich, doch besser ihr gegenüber sofort ein kleinlautes Geständnis abzulegen. Ich trat die Flucht nach vorne an.

In der olympischen Küche überwachte sie gerade die Arbeit einiger Nymphen, die sich um den ständigen Nachschub von Nektar und Ambrosia sorgten. Hera achtete stets peinlich genau auf die Reinheit der Trinkschalen und Becher aus rotem Ton. Sie mussten auf einem kleinen Felsvorsprung in Reih und Glied wie Soldaten stehen, um jederzeit genutzt werden zu können. Ich schickte die dienstbaren Nymphen hinaus, denn die zu erwartende Szene sollte sich nicht wie ein Lauffeuer auf dem Olymp ausbreiten und von dort, Schadenfreude verbreitend, in alle Welt gelangen.
Hera blickte mich verwundert an:
„Warum schickst Du die Nymphen fort? Du siehst doch, dass noch eine Menge Arbeit auf sie wartet!"
Ich schluckte, und allen Mut zusammennehmend sprach ich mit entschlossener Stimme zu ihr:
„Hera, ich muss Dir gestehen, dass mir etwas widerfahren ist, was Dir zu erklären mir überaus schwerfällt!"
Ihr Blick verdüsterte sich. Sie zischte:
„Du bist den Reizen der Aphrodite erlegen. Gib es zu! Sie hat Dich mit ihrem magischen Gürtel verzaubert!"
Beschämt wich ich ihren bohrenden Augen aus und blickte betreten auf den Felsboden.
„Nein, es ist nicht Aphrodite, die mich verzaubert hat. Es war die Göttin der Fruchtbarkeit! Es war Deine Schwester Demeter. Aber es ist nicht das, was Du jetzt von mir denkst!"
Heras Gesicht rötete sich:
„So, was ist es dann? Hast Du mit ihr das Bett geteilt oder nicht?"
Ich zauderte und hob ein wenig hilflos die Hände, um meinen Worten überzeugenden Nachdruck zu verleihen.
„Ja und auch nein! Meine Seele, auch mein Herz, mein Geist, sie waren abwesend! Lediglich mein Körper, wirklich nur mein Körper, vermochte ihr nicht zu widerstehen. Als ich Demeter in Eleusis besuchte, flößte sie mir ihren neuen heiligen Trunk ein. Daraufhin trat ich eine von Traumgesichtern erfüllte Reise zu den Sternen an. Wie ein Adler erhob ich mich in die Lüfte, und ließ

meine Hülle, meine Glieder unten bei Demeter zurück. Sie machten sich selbstständig und vereinigten sich mit der Göttin. Mein Geist indes war anderswo. Während dieser Traumreise fand ich auch die Lösung für den Streit um den Apfel der Schönheit. Stell Dir vor, ich traf Paris, den schönsten Sterblichen, auf Trojas Berg Ida! Er ist wie geschaffen, um sich zwischen Euch drei Göttinnen zu entscheiden!"

Hera lief jetzt rot wie ein Puter an, heftige Wut strömte, einem reißenden Fluss gleich, durch ihren Körper und ließ sie durch und durch erzittern. Sie schrie so laut, dass die Schalen auf dem Felsen klirrend gegeneinanderschlugen:

„Du lenkst nur ab von Deinem Bruch der Treue, von Deiner Verführbarkeit, von Deiner ungehemmten Lust, die Du nicht beherrschen kannst! Nur Dein Körper soll es gewesen sein? Dass ich nicht lache! Ich kann es nicht fassen! Und selbst wenn es wahr sein sollte, so macht es Dein Vergehen für mich auch nicht besser!

Ach, hätte ich doch auf Rhea gehört! Du bist wahrlich der geborene Ehebrecher!"

Sie griff sich eine der Tonschalen, warf sie nach mir, dann eine zweite, schließlich eine dritte, bis der Felsboden gänzlich mit Scherben übersät war. Dazwischen zeterte sie, beschwor den Beistand aller Götter herauf und wünschte mir Blitz und Donner auf mein Haupt - vergessend, dass beide nur ich allein als Wettergott zu verwenden wusste. Ich hingegen suchte den fliegenden Tassen zu entgehen, in dem ich gleich einem minoischen Stierkämpfer den Wurfgeschossen elegant auswich. Als endlich die letzte Schale mit lautem Aufschlag in Tausend Scherben zersprang, gestand ich in die einsetzende Stille hinein:

„Demeter ist schwanger!"

Hera stampfte mit dem Fuß so kräftig auf, dass ich glaubte, sie würde ein Erdbeben auslösen, das die ganze Welt erschütterte.

„Auch das noch!" schrie sie mit sich heftig überschlagender Stimme. „Wie kannst Du mir das nur antun? Nicht genug, dass Du Athene in unsere Ehe eingebracht hast: Jetzt sitzt noch ein weiteres Kind am Göttertisch, das dort fehl am Platze ist. Wie stellst Du Dir das nur vor? Wie viele Kinder wirst Du mir noch auf den Olymp schleppen: Töchter und Söhne von Nymphen, Nereiden und anderen weiblichen Wesen, denen Du auch in der Zukunft nicht widerstehen kannst? Ich dulde das nicht! Ich verweigere Dir ab sofort Tisch und Bett, bis Du Dich endlich zu beherrschen weißt!"

So sprach Hera, die Göttin der Ehe und Familie, meine Gemahlin. Sie eilte zornig aus der Küche und ließ mich wie ein Häuflein Elend allein im Scherbenhaufen zurück. Nach dieser dramatischen Szene war nichts mehr wie zuvor. Hera, misstrauisch geworden, wachte eifersüchtig über jeden meiner Schritte, und mochte es nur jener sein, der mich zu einem durch und durch menschlichen Bedürfnis führte.

Natürlich machte mein Streit mit Hera die Runde durch die Götterschar. Doch glücklicherweise überschatteten allmählich andere Ereignisse ihre Aufmerksamkeit, denn irgendein neuer Skandal ließ immer den eben Geschehenen verblassen. Langsam wuchs Gras über die Angelegenheit, auch wenn sich Hera weiterhin ebenso hartherzig wie hartleibig an ihr Versprechen hielt, mich als Bettgefährten nicht zu empfangen.

5. Tag

Ich reiche ihm das Palmblatt und die weiteren fünf zurück, die ich rasch studiert, überflogen und verkürzt übersetzt hatte. Während ich erstaunt schweige, nutzt Professor Shantu die Zeit, um jedes einzelne Blatt wieder in das Bündel sorgfältig zurück zu sortieren. Er gibt sich dabei äußerste Mühe, um nicht mit einer veränderten Schichtung der Palmblätter den Zusammenhang der Texte durcheinanderzubringen.

„Wenn es echt sein sollte," bestätige ich seine Vermutungen, „haben Sie da etwas Erstaunliches, vielleicht sogar Weltbewegendes in Ihrer Bibliothek gefunden! Ohne Zweifel stammen die Buchstaben aus dem alten griechischen Alphabet. Die Worte kommen ebenfalls aus dem Altgriechischen. Allerdings sind sie mit Veränderungen in der Lautsprache versehen. Ich vermute hier einen makedonischen Akzent. Für eine exaktere Beurteilung müssten wir Spezialisten zu Rate ziehen. Interessant wären jetzt das Alter und auch eine Antwort auf die Frage: Woher stammen die Palmblätter?"

Professor Shantu schaut mich ratlos an. Ich kann die Gedanken spüren, die hinter seiner Stirn auf und abgehen, und die er nun laut ausspricht:
„Dank Ihnen wissen wir jetzt wenigstens, dass die Sprache altgriechisch ist. Was wissen wir noch? Dass die Blätter vermutlich aus dem dritten Jahrhundert vor der Zeitrechnung stammen. Das vermutet jedenfalls auch unser Nadi, der glaubhafte Kenntnisse auf diesem Gebiet hat. Was passierte denn in diesen Jahrhunderten, die Indien und Griechenland besonders in Verbindung brachten?"
Kaum, dass ich es erahne, spreche ich es bereits aus. Ich muss es seit dem ersten Anblick der Palmblätter gewusst haben:
„Da war Alexander der Große auf seinem Kriegszug durch Nordindien. Im Jahr 326 setzte er mit seinem Heer zum ersten Mal über den Indus!"

Über ihn wusste ich einiges. Alexander der Große hatte mich schon in meiner Gymnasialzeit interessiert. Mit seinem triumphalen Leben, das so tragisch endete, habe ich mich auch später immer wieder periodenweise privat beschäftigt. Für meine berufliche archäologische Tätigkeit war Alexander leider ein paar Nummern zu groß. Er blieb den Professoren vorbehalten. Zur Habilitation und nicht einmal zur Promotion hat es bei mir gereicht.

Was mich an Alexander fesselte, das war seine Neugier, seine Offenheit allem Fremden gegenüber und vor allem sein irrwitziger, nahe am Wahnsinn liegender Mut. Der makedonische Herrscher muss fasziniert von den indischen Königen, ihrem Reichtum, dem Buddhismus und Hinduismus, den Kampfelefanten gewesen sein. Sicherlich wäre er wohl gern noch weiter gen Osten in die indischen Ebenen vorgedrungen, hätte sich nicht sein Heer dem Weitermarsch verweigert. Vor allem zwei seiner Offiziere haben über den Feldzug ständig geschrieben und in seinem Auftrag die Geschehnisse festgehalten: Kallisthenes von Olynth und Aristubulos, ein Hofbeamter, der sich später unter dem Namen Ptolomäus als Herrscher über Ägypten einen Namen machte. Beiden ist es zu danken, dass wir heute so vieles über Alexander den Großen wissen. Wenngleich natürlich nicht alles, was die Beiden aufgeschrieben haben, der Wahrheit entspricht. Natürlich hat Alexander darauf geachtet, dass die Beschreibungen seiner Erfolge zum Attribut „der Große" beitrugen.

Professor Shantu legt die Palmblätterbündel wieder vorsichtig zurück in den Tresor, schließt die Tür und verstaut den Schlüssel tief in seinem weißen indischen Gewand.

„Mir kommt da eine Vermutung." Er wendet sich mir rasch zu. Sein Gesicht rötet sich vor Eifer: „Können Sie sich vorstellen, dass diese altgriechischen Palmblättertexte in der Zeit entstanden sind, als Alexander in den Nordwesten Indiens eindrang, also im Jahr 326 vor der Zeitrechnung? Und hat er die bereits damals bekannten Palmblätter-Beschreibungen in den Bibliotheken zur Vorlage genommen, um sich dem indischen Volk als ein neuer Gott zu erklären und zu empfehlen? Schließlich waren ja alle Könige und Fürsten - auch unsere Maha Radjas - Götter oder zumindest Nachkommen von Göttern! Das Gottsein untermauerte den Respekt des gläubigen Volkes vor der Macht!"

Ich zucke mit den Schultern und zeige ihm aus Unsicherheit meine leeren Handflächen:

„Ich weiß es nicht; kann sein, kann aber auch nicht sein! Die Frage ist: Wie kommt ein griechisches Manuskript in eine vedische Palmblätter-Bibliothek, die im Süden Indiens, in Madurai im Staate Tamil Nadu liegt?"

„Das scheint mir weniger ein Problem zu sein!" versichert Shantu. „Indien ist im Laufe der vergangenen dreitausend Jahre mehrfach von Nord nach Süd erobert worden. Diese Eroberer haben stets Wertvolles geraubt und mit sich geführt, eben bis hinunter in unseren Süden. Zuletzt waren es die Briten, die unsere Traditionen durcheinanderwirbelten. Und schließlich ist auch der Buddhismus vom Norden in den Süden eingewandert, sogar nach Sri Lanka übergesprungen. Ebenfalls können Sie die Heilmethoden des Ayurveda, das am Fuße des Himalajas entstanden ist, hier im Süden wiederfinden. Obendrein wurden etliche Palmblätterbibliotheken geplündert, gestohlen und aufgeteilt. Da ist es kein Wunder, wenn ein altes Manuskript aus dem Nordwesten bei uns im Südosten auftaucht. Und was die Griechen betrifft, ihre Botschafter haben zwischen 400 und 300 vor Christus bereits Madurai als eine prachtvolle und reiche Stadt beschrieben!"

Er sagt das so selbstverständlich, als stelle die Frage der Herkunft überhaupt kein Problem für ihn dar. Ich habe da meine Zweifel. Sie erregen mein Misstrauen, bei den Blättern könne es sich doch um geschickte Fälschungen handeln - vielleicht sogar vom Professor selbst in Auftrag gegeben, um seinem Orientalischen Institut Forschungsgelder zu verschaffen.

Und dennoch: Ich brauche Zeit, um mich mit den Texten näher befassen zu können.

„Wenn Sie schon von Ayurveda sprechen, da erinnern Sie mich daran, dass ich übermorgen in der Nähe von Trivandrum eine Ayurvedakur beginne und einige Tage in einem Resort an Keralas Küste verbringen werde."

Professor Shantu schaut mich verblüfft an, als würde er selbstverständlich von einem Wissenschaftler beim Anblick derart sensationeller Objekte wie der Palmblätter erwarten, dass man ab sofort an nichts Anderes mehr denken könne, als an die Beantwortung anstehender Fragen.

Er zögert, überlegt und beweist mir dann sein volles Vertrauen: „Das ist kein Problem! Ich gebe Ihnen morgen die Palmblätter mit. Sie können sie dann in aller Ruhe prüfen und übersetzen – meinetwegen ins Deutsche. Deutsch kann ich noch ganz gut verstehen! Aber morgen, da müssen Sie noch einmal im Institut vorbeikommen und mir weitere Vermutungen mitteilen. Ich nehme an, dass Sie bis dahin einiges zu überdenken haben!"

Dass Shantu mir solch ein gewaltiges Vertrauen schenkt, macht mich misstrauisch. Sollte es sich bei den Palmblätterbündeln tatsächlich um die Gedanken, Meinungen und Erlebnisse Alexander des Großen handeln, würde kein seriöser Wissenschaftler das Risiko eingehen, solche Forschungsobjekte einem gänzlich unbekannten Feriengast in die Hände zu drücken. Ich könnte mit ihnen über alle Berge fliehen und sie gegen etliche Millionen an ein interessiertes Museum oder Sammler verkaufen. Natürlich würde ich einen solchen Diebstahl nie begehen! Da schätzt der Professor mich schon richtig ein. Auf alle Fälle würde mir mit dem Studium der Blätter eine äußerst interessante Urlaubslektüre winken.

Ich verabschiede mich rasch, um Ganesh unten vor dem Eingang nicht länger warten zu lassen. Zusammen besteigen wir erneut ein Tuk-tuk, das uns durch den regen Nachmittagsverkehr zurück zum Hotel schaukelt. Auf der Fahrt muss ich mit meiner Stimme kräftig gegen das Knattern des Motors ankämpfen: „Ganesh, was halten Sie von den Palmblätterbibliotheken?"

Er lacht verlegen und wiegt seinen Kopf von einer Seite zur anderen, wie Inder es eben tun, sobald sie sich amüsieren.

„Oh! Eigentlich gar nichts! Wenn alle Leben, die gelebt werden, auf Palmblätter beschrieben werden würden, dann müssten extra Städte allein für die Unterbringung der Blätter gebaut werden. In Indien leben weit über eine Milliarde Menschen. Jeder lebt ein anderes Leben. Das wären also mindestens mehrere Milliarden Blätter. Es dürfte also bei uns keine einzige Palme mehr wachsen, so viele Blätter müssten beschrieben werden. Da kann etwas nicht stimmen!"

Am gleichen Abend führt uns der Weg noch einmal zum Tempel. Wir treten abermals durch das kaum beleuchtete Tor des Menakshi-Heiligtums von Madurai. Der Göttin Menakshi und dem Gott Shiva ist das Tempelzentrum gewidmet. Hier findet täglich um einundzwanzig Uhr eine Art Hochzeits-Zeremonie statt. Auf keinen Fall darf ich sie versäumen.

Flackernde Öllampen, hier und dort das Licht einer unruhigen Fackel, weisen uns den Weg durch dunkle Säulenhallen. Wir schließen uns dem Strom von Indern an, der sich mehr und mehr in den Arkaden des Heiligtums aufstaut. Ganz dicht drängen sich die Gläubigen gleich hinter einem Tempelbad vor dem Schrein der Göttin Menakshi. So lautet der örtliche Name der Göttin Parvati, die hier in Madurai Gott Vishnu geehelicht haben soll.

Ich nehme auf der obersten von vier Stufen Platz, die hinunter zu einem Becken führen, in dem sich die Gläubigen reinigen sollen. Vermutlich ist das Wasser so verschmutzt, dass man sich heutzutage nicht mehr hineinwagt, doch der volle Mond und die flackernden Tempellichter haben davor keine Angst. Sie spiegeln sich auf romantische Weise im Wasser des heiligen Beckens.

Nach Minuten der Gedankenverlorenheit und Meditation dringen mit einem Mal grelle Trompetenstöße an meine Ohren. Wie die anderen Besucher erhebe ich mich rasch und eile mit dem Strom der Gläubigen hinein in die Tiefen des Tempels. Zwei kräftig gebaute Priester in wallend weißen Gewändern nähern sich dort dem Schrein der Menakshi. Sie blasen in zwei große silberfarbene, kreisrunde Trompeten. Ein heiserer Ton schallt durch die Hallen und Gänge. Es hört sich an, als würden die Götter husten.

Die beiden Mönche bleiben vor dem Schrein der Göttin Menakshi stehen. Bunte Stoffe umwallen den Altar der Göttin. Sie selbst sitzt, als einen Meter große Bronzefigur in der Mitte, flaniert von flackernden Öllampen. Man hat ihr ein relativ modernes, weißes Kleid übergezogen. Das gibt ihr den Anschein einer Puppe.

Die beiden Priester blasen erneut in Ihre Trompeten. Die Gläubigen beginnen zu singen und die Hände zu falten. Unruhe macht sich in der laut betenden Menge breit. Zwei weitere Priester drängen sich von hinten grob durch die Masse, treten an den Altar heran, ergreifen ohne jeden religiösen Respekt die Göttin und setzen sie auf ein kleines Podest. Sie schwankt, und dennoch versteht es Menakshi sich aufrecht zu halten, während die beiden Priester unter dem Dröhnen der Trompeten die Göttin schultern und durch die Menschenmenge forttragen. Die Gläubigen, in deren Augen die Lichter und Lampen, die Fackeln und Kerzen glitzern, stolpern hinterher, strecken die Hände aus, um die Göttin zu berühren. So zieht die Menge davon. Langsam verlieren sich die Trompetenklänge weit hinten in den düsteren Tempelgängen. Sie bleiben mir verwehrt. Nur Hindus ist der Zutritt erlaubt.

Zurück bleibt eine Handvoll westlicher Reisender, die nicht nur von der eben erlebten Szene benommen sind, sondern auch von den nächtlichen Lichtern, den Gerüchen, dem heiligen Tosen in der riesigen Säulenhalle. In der plötzlich auftretenden Stille verdichtet sich das religiöse Erleben zu einem meditativen Vorgang: An manchen Wänden spiegeln sich die Lichter der Fackeln und Öllampen tausendfach. Ihre sanften Strahlen flackern in einer glänzenden Schicht aus flüssiger Butter, die gläubige Inder tagsüber an die Wände geworfen haben, um ihren Göttern zu opfern, sie gnädig zu stimmen. Ganz ähnlich müssen wohl die alten Griechen und Römer bis zum Ende des europäischen Polytheismus ihre Tempelriten erlebt haben. Und wieder scheint es, als würde mich etwas daran erinnern, ganz fern in mir die vergangenen Szenen und Stimmungen spüren. Nichts geht verloren!

Auf der Rückfahrt zum Hotel erklärt mir Ganesh, dass der feierliche Auszug der Menakshi jeden Tag vollzogen wird. Und weil die Göttin, die ja eigentlich Lakshmi heiße, an diesem Ort Vishnu geheiratet habe, werde sie von den Mönchen in den Schrein, in das Heim ihres Mannes getragen. Dort vollziehe sie mit ihm die Ehe und verbringe die Nacht. Am frühen Morgen wecken sie dann die Priester auf, um sie zurück in ihren Schrein zu tragen.

Heute Abend gehe ich spät zu Bett – allein versteht sich, wie schon seit Jahren, aber voller Nachdenklichkeit. Nur kurz beneide ich Vishnu wegen seiner nächtlichen Zweisamkeit. Denn rasch drängen meine Gedanken zu den Palmblättern hin, zur Ich-Erzählung Alexanders. Sie erwecken in mir ein Fieber, ein Karussell voller Mutmaßungen, die mir jede Müdigkeit austreiben.
Warum gibt sich Alexander als Gott aus? Warum schreibt er in Ichform? Warum erzählt er die Lebensgeschichte des Zeus und nicht seine eigene? Was will er damit bezwecken? Hat er die Palmblätter selbst beschrieben oder einen Begleiter damit beauftragt? Ist überhaupt Alexander der Große am Palmblatt-Ereignis beteiligt? Was hat die Lebensgeschichte eines griechischen Gottes letztendlich in einer Palmblätterbibliothek zu suchen?
All die Geschichten von Hades, Demeter und Hera, die ich heute gelesen habe, stimmen mit der wissenschaftlichen Mythenforschung exakt überein. Kein Zweifel, wer immer die Geschichte des Zeus erzählt hat, der muss sie aus erster Quelle erfahren haben. Oder er war in der Neuzeit ein genialer Mythenforscher und Fälscher.
Was weiß ich noch von meinem Studium her, von Vorträgen und Artikeln über die Alexanderforschung? Reichen meine Kenntnisse aus, um mir eine Rechtfertigung für die Urheberschaft Alexanders zu verschaffen? Derartige Fragen und Vermutungen sollten auf alle Fälle meine Lippen nicht verlassen, solange ich mir nicht absolut sicher bin.

Ich weiß beispielsweise, dass Alexanders Mutter Olympia ihrem Sohn von Kindesbeinen an immer wieder wie im Wahn eingeredet haben soll, sie wäre eines nachts von Zeus heimgesucht worden. Der Gott hätte sie vergewaltigt und aus der göttlich gezeugten Frucht sei eben er, Alexander, geboren worden. Olympia soll eine überaus intrigante Königin gewesen sein, so dass ihr Gatte Philipp sie samt ihrem Sohn in die Verbannung schickte. Das wird sie ihm nie verziehen und deshalb vermutlich auch den Mörder gedungen haben, der Philipp später in den Hades schickte. Alexander konnte ungehindert das königliche Erbe antreten. Nie soll er sich als Sohn des Philipp verstanden haben, sondern stets als Nachkomme des Zeus, mitunter auch als Zeus höchstpersönlich.

Somit muss ihm, dem nach seiner Meinung dickes, göttliches Blut durch die Adern fließt, selbstverständlich die Erde zur Gänze Untertan sein.

Da taucht aus meiner Erinnerung ein weiterer Ort auf, zu dem jetzt meine Gedanken wandern: die Oase Siwa. Das Orakel des Amun, das Alexander höchstpersönlich befragte. Das muss im Jahre 331 gewesen sein.

Die Priester hatten ihn als Gott empfangen und verehrt. Normale Menschen durften dieses Orakel nur außerhalb des Tempels befragen, Herrscher und Adelige wie Alexander war es erlaubt im Inneren ihre Fragen zu stellen. Während außerhalb der Anlage eine hängende Schiffsbarke wie eine Schaukel durch ein Auf- und Abwippen nur mit „Ja" oder „Nein" die Antwort auf Zukunftsfragen lieferte, gab es im Tempelinneren ein geheimes Königsorakel, bei dem die Priester ganz persönlich antworteten und sogar ihre Äußerungen schriftlich überreichten. Alexander soll nun als Sohn des Zeus nach seiner Herkunft gefragt und von den Priestern seine göttliche Abstammung und seine Gottgleichheit feierlich bestätigt bekommen haben. Nur unter dieser Bedingung war es für Alexander möglich als König über Ägypten offiziell anerkannt zu werden. Ist ihm also bereits damals in Siwa Gott Zeus-Amun zu Kopfe gestiegen?

Kaum war er mit seinem Heer in Persien eingefallen, ließ er sich auch dort zum obersten Gott ernennen. Das gleiche geschah in den angrenzenden Ländern bis weit hinein in den Osten, bis nach Indien.

Aus der Palmblätterbibliothek
7. Bündel

Kaum einer nahm noch Notiz, als Demeter Monate später mit einer Tochter niederkam. Alle meine Kinder, mit wem auch immer ich sie gezeugt hatte, zeichnen sich durch eine außerordentliche Attraktivität aus. Doch Persephone, wie die Kleine von ihrer Mutter gerufen wurde, war von besonderer Schönheit. Genauso wie Ares und Athene wuchs ihre Gestalt binnen weniger Tage zu graziler Anmut heran. Ihre Mutter fürchtete deshalb, dass so mancher Junggeselle unter den Göttern der Versuchung nicht widerstehen könnte, sie zu entführen. An der Nordküste von Sizilien, ganz in der Nähe des Eingangs zur Unterwelt des Hades, versteckte Demeter deshalb unsere Tochter Persephone. Leider nicht gut genug!

Mein Bruder Hades hatte beim Luftschnappen die kleine Persephone erspäht, als sie gerade auf einer Wiese Blumen für ihre Mutter pflückte. Kaum, dass er die Schöne erblickt hatte, erinnerte er sich an seine Bitte, ihm doch meine nächstgeborene Tochter als Braut zuzuführen. Hades setzte es sich in den Kopf, sie unbedingt heiraten zu müssen. Sogleich eilte er zum Olymp und bat mich, den Vater, ganz offiziell um die Hand der Persephone.

Eine schwierige Entscheidung, vermochte ich doch einem solch mächtigen Gott wie den Herrscher über das Totenreich kaum diese Bitte abzuschlagen. Sage ich „Nein", würde er die gesamte Unterwelt gegen mich aufhetzen. Stimme ich ihm aber zu, geht mir die Mutter Demeter an die Kehle, weil ich unsere gemeinsame Tochter als Gattin des Hades für immer in die trostlose Unterwelt verbannen würde. Kein Sonnenstrahl vermag ihr hübsches Gesicht zu bräunen, kein Vogelsang ihr Herz zu erfreuen. Dämmerung, Nebelschwaden und kühle Feuchtigkeit können einfach keine angenehme Umgebung für ein junges Mädchen sein. Es sei denn, sie wäre verstorben, mausetot wie die anderen Schatten, die im Hades hausen. Ein „Ja" dem Bruder gegenüber würde mir Demeter also nie verzeihen!

Ich versuchte ihm zunächst mit süßen Worten, dann mit gröberen die schöne Persephone auszureden. Ich schlug ihm andere Kandidatinnen vor, pries die Liebeskunst der Euronymone und Dione. Er aber winkte nur ärgerlich ab.
„Um Deine abgelegten Nymphen kannst Du Dich selber kümmern. Nein, ich will Persephone und keine andere. Zeus, gib Dir keine weitere Mühe!"

Was sollte ich nur angesichts solcher Verbohrtheit und göttlicher Dickköpfigkeit unternehmen? Wenn ich Demeter bitten würde, dem Ansinnen meines Bruders nach zu geben, wird sie sicherlich Zeter und Mordio schreien. Sie würde mir entgegenschleudern, ich sei ein Rabenvater, weil ich meiner Tochter zumute, solch einen düsteren Gesellen zu ehelichen. Nein, da hielt ich es für diplomatischer, sie überhaupt nicht um Erlaubnis zu bitten, um mir lautstarke Zänkereien zu ersparen. Allmählich wurde mir mein Zeus-Sein, mein Leben als Erster unter den Göttern, lästig. Jeder erwartete etwas Großes von mir. Kaum ein Tag, an dem man mich nicht mit irgendeiner schwierigen Entscheidung plagte, mich erpresste und in missliche Lagen zwang. Und jetzt setzte Hades dem noch eins drauf! Der Totengott begann zu drohen: Er würde den Olymp nicht eher verlassen, bis ich dieser Ehe zugestimmt hätte. Ich müsste dann die Verantwortung dafür tragen, wenn die Toten seines Reiches in seiner Abwesenheit aufbegehren und die Neuankömmlinge, die eben Verstorbenen, vor dem Unterweltfluss Styx Schlange stehen.

Zugegeben! Im Grunde stahl ich mich aus der Verantwortung und floh in die Doppeldeutigkeit, als ich ihn bat, er solle doch bitteschön auf meinem Olymp nicht den Mief und Moder seines Reiches verbreiten, er solle sich gefälligst zurück in sein dunkles Reich scheren. Und im Übrigen könne er doch als Gott auf eigene Gefahr tun und lassen, was er wolle! Die Verantwortung dafür müsse er aber auf sich nehmen und die Folgen ganz allein tragen!

Natürlich deutete er meinen Hinweis in seinem Sinne, nämlich als Zusage sich einfach das nehmen zu dürfen, was er wolle, selbst wenn es Persephone wäre. Der Vorteil: Ich konnte mich Demeter gegenüber stets auf die Schutzbehauptung zurückziehen, ich habe ihm nie offiziell eine Erlaubnis für die Hochzeit erteilt. Hades hätte die Entführung in eigener Verantwortung ohne mein Wissen durchgeführt. Im Übrigen wischen vollendete Tatsachen, vor allem bei einer Brautentführung, meist alle nachträglichen Einwände vom Tisch. Letztendlich macht es keinen Sinn, danach noch lange zu diskutieren.

Auf der gleichen sizilianischen Wiese, auf der Hades das erste Mal der Persephone begegnet war, legte er sich nun glühend vor Begehren auf die Lauer. Hinter einem blühenden Busch versteckt, wartete sein Wagen, ein Gespann von vier schwarzen Pferden. Er pirschte sich vorsichtig an die Schar der Nymphen heran, die Persephone begleiteten. Sie pflückten eifrig Blumen und flochten

Girlanden, mit denen die Mädchen ausgelassen ihr Haar bekränzten. Doch die angebetete Persephone, die der Gott der Unterwelt unter den Nymphen vermutete, suchte er vergeblich.
Hades schlich weiter, doch nirgendwo entdeckte er Persephone. Er wollte schon seinen Wagen besteigen, um verärgert in sein Reich zurückzukehren, da spazierte ihm zu seiner Überraschung die Angebetete ganz allein entgegen. Sie hatte sich von der Schar ihrer Gespielinnen entfernt, um große, dunkelblaue Narzissen zu suchen. An dieser Blume erfreute sich Persephone ganz besonders, erinnerte sie die Pflanze doch an den Halbgott und Schönling Narzissos. Jener hatte eines Tages sein Spiegelbild in einem Fluss erspäht und sich dabei Hals über Kopf in sich selbst verliebt. Je länger er sich anschmachtete, desto mehr berauschte er sich an der Schönheit seines eigenen Gesichts. Tag für Tag lag er auf dem Bauch am Flussufer. Entzückt vom Ebenbild auf dem glatten Wasser vergaß er darüber ganz das Essen und Trinken. Nicht einmal den Hunger verspürte er. Sein Anblick war ihm Nahrung genug. Schließlich war Narzissos so schwach, dass er sich nicht mehr festhalten konnte. Er glitt ins Wasser und ertrank.

Wir Götter hatten voller Mitleid damals beschlossen, den armen Jungen nicht einfach der Unterwelt zu überlassen. Seine wunderbare Schönheit, aber auch sein hartes Schicksal sollte der Welt zur Freude und Mahnung als Blume erhalten bleiben. Und so verwandelte ich ihn in eine Narzisse, in die Lieblingsblume der Persephone.

Hades nutzte die Gunst der Stunde und griff ohne Vorwarnung das Mädchen an. Es kratzte, biss und schrie ihre Gespielinnen herbei. Doch bevor diese zu Hilfe eilen konnten, hatte Hades bereits seine Pferde herbeigepfiffen, Persephone in den Schwitzkasten genommen und die sich immer noch heftig wehrende auf den Wagen geschleppt. Schließlich gab er dem Gespann die Peitsche, dass es sich aufbäumte und davon galoppierte. Als die Freundinnen eintrafen, sahen sie nur noch die Staubwolke der Pferde, die wiehernd auf und davon gerast waren. Aus der Entfernung konnten sie nicht einmal mehr den Entführer erkennen. Nur der Strauß Narzissen war ihnen als einsames Andenken im Gras zurückgeblieben. Die Blumen ließen traurig ihre Köpfe hängen.

Die Nymphen eilten nach Hause und erzählten atemlos der Demeter von der Entführung. Da schrie die Mutter im Schmerz heulend auf, als hätte ihr jemand das Herzallerliebste aus dem Leibe gerissen. Tränenreich bedauerte sie das Schicksal der Persephone, verfluchte den unbekannten Verbrecher und begab sich sogleich auf die Suche nach ihrer Tochter. Auch bei mir auf dem Olymp wurde sie vorstellig: „Zeus, höchster Gott, wenn nicht Du, wer sonst sollte denn wissen, von wem Persephone entführt wurde. Also sag mir, wo ist unsere Tochter versteckt?"
Ich zeigte mich entsetzt, zuckte mit den Achseln, wohl wissend, dass nur Hades der Bösewicht sein konnte. Doch allein mir fehlte der Mut, ihr meine Vermutung preiszugeben. Der Totengott hätte sicher ihr gegenüber behauptet, dass die Entführung mit meinem Wissen geschehen sei. Ich schämte mich einmal mehr meiner Feigheit wegen und wollte Demeter wenigstens zu einer Spur verhelfen: „Bitte doch Helios, den Sonnengott, um Hilfe bei Deiner Suche! Wenn er Tag für Tag auf seinem Wagen übers Firmament fährt, kann er doch all das überblicken, was auf der Welt geschieht. Weit mehr als ich, vermag vermutlich er Dir etwas über die Entführung unserer Tochter verraten!"

Tatsächlich war Helios der Überfall des Hades nicht entgangen. Er wollte Persephone sogar beistehen, doch war es ihm nicht erlaubt, seinen Sonnenwagen im Stich zu lassen. Seine Pferde hätten sofort das Weite gesucht und mit ihnen wäre auch die Sonne führerlos im Chaos verschwunden. Dunkelheit hätte sich über die Welt ausgebreitet und der Tag würde sich von der Nacht nicht mehr unterscheiden lassen. Die Zeitrechnung wäre dem Kronos aus den Händen geglitten und die Erde würde in einem Tollhaus enden.
Kaum hatte Demeter, dank des Helios, den Entführer der Persephone ausgemacht, ließ sie mir ein in Marmor gemeißeltes Schreiben zukommen:

Lieber Zeus,

ich weiß nun, dass Dein Bruder Hades unsere Tochter Persephone in seinem dunklen Reich versteckt hält. Ich fordere sie zurück, denn ich dulde nicht, dass sie dort verkümmert, umgeben von düsteren Schatten und einem Gott, der die Sitten nicht respektiert.

Die Sonne wird ihr nicht mehr ins Gesicht scheinen. Sie wird vor Kälte zittern und keine Narzissen mehr pflücken. Sie wird ihre Freundinnen vermissen und die Lieder, die sie gemeinsam gesungen haben. Und nicht zuletzt wird sie Sehnsucht nach mir verspüren – nach ihrer Mutter. Nicht so sehr nach Dir! Denn Du hast Dich als Vater weder bei der Geburt noch danach um sie gekümmert. Auch jetzt kann ich kaum Sorge in Deinem Gesicht und Deinem Verhalten erkennen. Ich fordere Persephone von Hades, aber auch von Dir zurück. Ich werde solange der Tafel und dem Rat der Götter auf dem Olymp fernbleiben, und ich will solange meine Arbeit als Göttin der Fruchtbarkeit niederlegen, bis ich wieder Persephone in die Arme schließen kann. Ich schwöre Dir dies beim Leben unserer gemeinsamen Tochter!

Deine zu Tode betrübte Demeter!

Ich verspürte das unangenehme Gefühl, dass mir allmählich die Geschehnisse über den Kopf hinauswuchsen: Es galt Aphrodite mit Ares zu befriedigen, den goldenen Apfel an die Schönste unter den Göttinnen zu überreichen, und jetzt auch noch dem Hades die Persephone zu entreißen! Wann, so fragte ich mich, wann wirst Du Dich endlich einmal um die eigenen Belange kümmern können? Wann endlich gestattet Dir Deine Regentschaft, Dich mit den schönen Seiten des göttlichen Lebens zu befassen, mit der Muße, der Lust, der Leidenschaft eines gefälligen olympischen Daseins?

Nun also die Erpressung durch Demeter! Einen solchen Entschluss hatte ich ihrer sanften Natur nicht zugetraut. Sonst lieblich und stets zum Kompromiss bereit, zeigte sich jetzt ihr Mutterherz doch so stark verletzt, dass sie mit dem Abbruch der Beziehungen zum Olymp und der Arbeitsniederlegung ernst zu machen drohte. Und tatsächlich: Sie verbot den Bäumen Früchte zu tragen und den Pflanzen zu wachsen. Die Natur stand still. Nichts gedieh auf der Weltscheibe. Eine nie dagewesene Hungersnot breitete sich auf der Erde unter den Lebewesen aus, weil sich die Göttin des Wachstums und der Fruchtbarkeit verweigerte.

Schon begannen sich einige Götter bei mir zu beschweren, dass die Menschen ihnen nichts mehr opfern würden, denn die dafür vorgesehenen Tiere starben in den Ställen, die Ähren verkümmerten an den Halmen und die Trauben verfaulten an den Rebstöcken. Ich schickte Boten zu Demeter nach Eleusis mit dem Auftrag sie milde zu stimmen, damit sie doch wenigstens in die Göttergemeinschaft zurückkehren würde. Dort auf dem Olymp könne man über Alles noch einmal diskutieren. Aber Demeter blieb hart wie ein Fels. Solange Persephone nicht heimkomme, so versicherte sie, bliebe die Erde unfruchtbar wie eine alte Frau.

Die ersten Götter drohten mit Aufstand. Sie demonstrierten und protestierten vor dem olympischen Thron. Etliche forderten bereits meine Absetzung. Da entschloss ich mich, mit Hades Verbindung aufzunehmen und den Fürsten der Unterwelt zu mir vor den Thron zu zitieren:
„Lieber Bruder!" säuselte ich mit schmeichelnder Stimme. „Demeter gefährdet alles Gedeihen auf der Welt. Jedes Wachstum ist unterbrochen! Die Sterblichen hungern. Sie sterben wie die Fliegen! Du musst deshalb in Deinem Reich schwerste Arbeit leisten. Bald wird Charon es nicht mehr schaffen, all die Toten über den Styx zu rudern. Der Tartaros quillt inzwischen über von den Schatten der Verstorbenen. Und dies Alles eines Mädchens wegen!"

Ich legte eine bedeutsame Kunstpause ein, während Hades die ganze Ernsthaftigkeit des Gesprächs erfühlen und meine Untergangsstimmung erkennen musste. Dann bekräftigte ich meine Warnung mit leicht erhobener Stimme:
„Es wird höchste Zeit sich darüber Gedanken zu machen, ob Du wirklich unsere Existenz für Persephone aufs Spiel setzen solltest. Willst Du wirklich warten, bis der letzte Sterbliche Deine Unterwelt betritt? Ich prophezeie Dir, noch bevor alle Menschen ausgelöscht sein werden, verweigern sie uns Opfer und Gebete, verjagen sie uns aus der Welt, aus ihren Gedanken und vertreiben uns vom Olymp! Sie werden uns für das Unheil und das drohende Ende zur Verantwortung ziehen und uns schuldig sprechen. Und dann - Gnade uns Göttern! Sie werden sich einen einzigen, einen neuen Gott suchen und uns verdammen, weil wir stets nur mit unseren Streitigkeiten beschäftig sind, weil wir es nicht zu Wege bringen, friedlich miteinander die Geschicke der Welt zu regeln."
So sprach ich zu Hades, dem Totengott. Der aber hob die Arme, als wäre er unschuldig:

„Aber Zeus, Du hast mir doch den Raub der Persephone zugestanden!"
„Gar nichts habe ich!" schrie ich und schüttelte ungeduldig das Haupt.
„Ich habe Deinem Ansinnen weder zugestimmt, noch habe ich es Dir untersagt. Vielmehr verwies ich auf Deine Verantwortung als Gott!"
Ich senkte drohend die Stimme und sprach mit einer ernsten Bestimmtheit, die keinerlei Widerspruch duldete:
„Und diese Verantwortung erfordert nun einen Kompromiss von Dir!"
Hades zeigte sich eingeschüchtert. Hätte er nicht bereits von sich aus den Grad äußerster Blässe erreicht, so wäre wohl spätestens jetzt sein Gesicht aschfahl geworden.
„Was für einen Kompromiss?" fragte er mit bebender Stimme. Ich fürchtete schon, seine dürre Gestalt würde vor meinen Augen endgültig zu einem Häuflein Elend zusammenfallen, so schrumpfte seine Statur unter meinen entschlossenen Worten.
„Mein Angebot lautet: Persephone wird unter Deiner Obhut drei Monate im Jahr in Deiner Unterwelt hausen, die verbleibenden neun Monate aber bei ihrer Mutter auf der Erde verweilen."
Er schwieg und überdachte mein Angebot. Schon glaubte ich Hades endgültig zum Einlenken bewegt zu haben, da suchte er aber insgeheim immer noch nach einem Hintertürchen, um Persephone doch noch für sich behalten zu dürfen.
„Gut! Ich stimme zu!" sagte er endlich. „Vorausgesetzt, Persephone hat noch nicht von der Speise der Toten gegessen. Da lasse ich nicht mit mir handeln: Wer das Essen der Verstorbenen zu sich nimmt, so lautetet ein uraltes, ein ehernes Gesetz, der darf nie mehr auf die Erde zurück!"
Dankbar für den erreichten Teilsieg, lenkte ich zumindest in diesem Punkte großzügig ein:
„Wir werden diese Frage von Persephone höchstpersönlich beantworten lassen!"

Mir kam der Ausflug in Hades Reich gerade recht, schließlich gehörte es doch indirekt auch zu meinem Verantwortungsbereich. Obendrein fürchtete ich Demeters Ungeduld. Es war hoch an der Zeit, dass in die Welt wieder ihre Fruchtbarkeit einzog. Es war längst überfällig, dass die Erde nach einer Rückkehr der Persephone mit dem Wachstum aufs Neue beginnen würde. So begab ich mich mit meinem Bruder Hades rasch gen Westen. Dort, am Ufer des Stromes Ozeanos, wo Helios auf seinem Sonnenwagen vom Tage erschöpft unter den Rand der Erdscheibe taucht, wo sein Licht während der Nachtstunden erlischt, dort beginnt das dunkle Land der Toten. Wir durchwanderten einen düsteren Hain aus schwarzen Pappeln und gelangten endlich an das umschattete Ufer des Flusses Styx, dessen schwarze Wasser das Reich der Lebenden von den Verstorbenen trennen.

Eine unendlich lange Schlange von abgemagerten und zerlumpten Gestalten wartete am Ufer. Vorwurfsvoll doch stumm, weil die meisten von ihnen für den Fährmann eine Münze unter der Zunge trugen und daher nicht jammern konnten, beäugten sie uns Beide, die wir als Götter uns das Recht herausnahmen, an die Spitze vorzudrängen. Viele warteten bereits seit Tagen auf das Übersetzen über den Styx. Der Nachen des Fährmanns Charon war dem sich ständig steigenden Ansturm der Neuankömmlinge nicht gewachsen. Allzu viele Erdbewohner waren Demeters Erpressung wegen des Hungertodes gestorben!

Charon hockte wie eine Kröte im Heck seines schlanken Bootes. Sein schwarzer, faltenreicher Überwurf, zerschlissen von der Zeit, als wäre er tausende Jahre alt, roch nach modriger Feuchtigkeit. Einen Arm hatte er für das lange Ruder freigelassen, mit dem anderen hielt er das Steuer. Der alte Fährmann strich sich bei unserem Anblick erstaunt über den weißen, ungepflegten Bart. Mit rauer Stimme begrüßte er uns unwirsch:
„Gut, dass Ihr auch einmal bei mir vorbeikommt! Seht Euch das an! So viele wollen hinüber ins Totenreich! Ein Chaos! Was habt Ihr Götter nur wieder angestellt, dass mir vom vielen Rudern Schwielen an den Händen wachsen und ich keine Sekunde ruhen kann?"

Hades bestieg vorsichtig den schwankenden Nachen, und während ich ihm folgte, ermahnte er den Alten streng:
„Du solltest Dich nicht beklagen, Charon, Du alter Geizkragen! Du hortest mehr Reichtümer denn je! Keinen dieser armen Gestalten setzt Du über den Styx, ohne dass Du ihm nicht einen Obolus aus der Tasche ziehst. Du verweigerst jedes Mitleid! Wer Dir nichts bezahlen kann, den lässt Du im Pappelhain auf ewige Zeiten zappeln. Diesen armen Seelen bleibt nichts Anderes übrig, als sich,

weder tot noch lebendig, herumzutreiben. Als ewiger Wiederkehrer und Vampir darf er nur dann von Glück sprechen, wenn er einem Sterblichen am Ufer des Styx begegnet, dem er ein wenig Blut aussaugen kann. Das verschafft ihm für einen kurzen Moment die Illusion, wieder am Leben teilzuhaben!"
Charon verzog schmerzhaft sein Gesicht, dessen Züge so faltenreich wie sein Mantel waren.
„Was behauptest Du da Hades? Geld besitze ich tatsächlich in Hülle und Fülle, aber ich habe keine Zeit es zu genießen, so viele Verstorbene warten auf mich!"
Er setzte das Ruder ab, mit dessen Hilfe er den Nachen bereits langsam in die Mitte des Styx gepaddelt hatte. Sein Bug teilte das schwarze, bleischwere Wasser und löste zwei einsame Wellen aus, die sich träge über die glatte Oberfläche ausbreiteten.
„Im Übrigen: Wie steht es mit Euch Beiden?" fragte er, von Hades Bemerkung provoziert, und fügte frech hinzu:
„Auch Ihr müsst meine Leistung bezahlen!"
Ich brach in lautes Lachen aus, das weithin über den Fluss hallte. Ein wütendes Bellen schallte uns wie ein Echo als Antwort vom gegenüberliegenden Ufer entgegen.
„Du fährst Zeus, den Ersten unter den Göttern, und Hades, Deinen Herren. Wir können wohl erwarten, dass Du uns ohne Gegenleistung zum Tartaros hinüber ruderst!"
Charon schüttelte den Kopf.
„Das kommt gar nicht in Frage! Entweder ihr zahlt, oder ich lege sofort mein Ruder aus der Hand!"
Hades antwortete ihm mit kräftigen Verwünschungen:
„Du alter Geizkragen! Du elender Beutelabschneider! Du weißt sehr wohl, dass Götter wie wir keine Münzen bei uns tragen. Wir erhalten alles gegen Gotteslohn, und der ist bekanntlich umsonst! Reiche mir das Ruder, ich werde Deine Arbeit übernehmen!"
Mit einer erstaunlichen Sicherheit, die ich von einer abgemagerten, kaum mit Muskeln bepackten Person wie der seinen nie erwartet hätte, balancierte Hades zum Heck des schwankenden Bootes. Er riss Charon das Ruder wütend aus der Hand und brachte uns kräftig ausholend geschickt ans gegenüberliegende Ufer.

Leise plätschernd glitt der Kahn des Charon ans flache Ufer. Ein riesenhafter Hund mit drei Köpfen empfing uns im seichten Wasser. Er jaulte vor Freude, als er Hades erkannte, und wedelte vor

Begeisterung über die Rückkehr seines Herrchens mit buschigem Schwanz. Während das Ungeheuer mit der Zunge, die aus dem Maul des einen Kopfes heraushechelte, die dürre Hand des Gottes schleckte, schnupperte die Nase des zweiten Kopfes an meinen Beinen. Der Dritte Schädel jedoch fletschte seine gewaltigen Zähne und knurrte Charon im Heck seines Bootes wütend an. Der Fährmann hatte inzwischen das Ruder wieder übernommen. Er stocherte mit ihm im Seichten und schob sein Boot vom Ufer hastig hinaus auf den Fluss.

Hades indes packte den Kerberos am grauen Nackenfell, als er bemerkte, dass mir die Nähe des zweiten neugierig schnüffelnden Hundekopfes gar nicht geheuer war.
„Zeus, Du brauchst Dich nicht zu fürchten!" suchte er mich zu beruhigen, „Das ist Kerberos! Er bewacht die Asphodelischen Felder. Sollte sich ein lebender Eindringling oder einer meiner Verstorbenen an das Ufer des Styx wagen, weil er zurück ins Leben fliehen will, dann verschlingt ihn mein Hund mit Haut und Haar! Er kann aber auch sehr liebevoll sein!"

Wir wanderten, stets begleitet vom neugierig schnaubenden Kerberos, durch eine trostlos karge Ebene. Kaum ein Baum oder Strauch schmückte das Land. Kein Licht warf Schatten oder färbte die Erde mit bunten Farben. Eine ständige Dämmerung aus bedrückender Düsternis ließ die Felder grau erscheinen. Bleiche Nebelschwaden zogen wie Schleier übers Land. Immer wieder huschten uns Schatten entgegen, durchsichtige Wesen, die wie ziellos über die Felder wankten, als würden sie nach etwas suchen, das sich nie finden ließe, oder etwas erwarten, das sich nie erfüllen würde. Andere wiederum flatterten wie irr im Kreis herum ohne ihn verlassen zu können. Wie Fledermäuse stießen Sie dabei verzweifelte Schreie aus. Hades scheuchte die Schatten, die uns in zunehmender Zahl entgegen wankten, sich schließlich auf einem Platz zu Massen bündelten, mit gebieterischer Miene aus dem Weg.
„Dies sind die Seelen unbedeutender Toter, die während ihres Lebens nichts Herausragendes geschaffen haben!" erklärte er. „Weil sie das einmalige Geschenk ihres Lebens mit gleichgültiger Trägheit und ohne jegliche Verantwortung behandelt haben, siechen sie nun im Tartaros dahin. Als Menschen waren sie weder gut

noch böse. Die gleiche Sinnlosigkeit, mit der diese Wesen ihr irdisches Sein vergeudet haben, müssen sie nun während des Aufenthalts auf den Asphodelischen Feldern ertragen! Das ist ihre einzige Strafe: Langeweile bis in alle Ewigkeit!"
Einer der Schatten streifte mich und ließ sich zu meinen Füßen herabsinken, als wollte er betteln:
„Und welche Nahrung nehmen sie zu sich?" fragte ich Hades voller Neugier. Der Todesgott streckte seinen dürren Arm aus und wies mit dem knochigen Finger nach links auf eine weiße Zypresse, die, von Nebelschwaden umhüllt, gleich einer hellen Fahne ihre Aufmerksamkeit auf sich zog.
„Hinter diesem Baum", so erklärte mir Hades dankbar, weil er endlich Jemanden gefunden hatte, den die Feinheiten seines Reiches interessieren könnten. „Hinter dieser Zypresse fließt die Lethe. Ihr weiches Flusswasser nährt lediglich die sogenannte Atemseele. Körperlos und blutleer, wie nun einmal diese fühllosen und farblosen Schemen sind, benötigen sie keinerlei andere Speise! Doch manchem dieser Wesen habe ich aus Mitleid gestattet, aus dem Teich der Erinnerung zu trinken. Sie wandern zur weißen Pappel dort drüben, die das Ufer eines kleinen Sees ankündigt. Dann schöpfen sie das Wasser mit hohler Hand und flößen es sich tropfenweise ein. Ihre Seele zehrt so von den Erlebnissen jener Zeit, da sie noch Sterbliche waren. Aber, wer mag schon allein von der Sehnsucht nach der Vergangenheit leben? Auch Erinnerungen schmerzen auf Dauer, sobald es weder Gegenwart noch Zukunft gibt. Doch nicht alle Toten gelangen an diesen traurigen Ort!"
Hades blickte mich voller Erwartung an. Er brannte regelrecht darauf, dass ich ihm jetzt jene Frage stellen würde, die sich nach seinem letzten Satz aufdrängte. Ich tat ihm den Gefallen und fragte ihn:
„Welch andere Orte hast Du noch für die Sterblichen vorbereitet?"
„Ich führe Dich gerne dorthin, Zeus! Wir könnten dem Elysium, den Inseln der Seligen einen Besuch abstatten! Dort wacht mit meiner Erlaubnis Kronos über die Toten. Du könntest ihn begrüßen!"
Ich wehrte rasch ab, denn meinem Vater, den ich bekämpft und vom Götterthron gestoßen hatte, wollte ich nun wahrlich nicht begegnen. Ich hätte ihm nicht in die Augen schauen können. Und so suchte ich nach einer Ausflucht:

„Wir haben leider nicht alle Zeit der Welt, Hades! Ich darf Dich erinnern, dass wir den weiten Weg hierher unternommen haben, um Persephone zu befragen. Hältst Du sie im Elysium versteckt?"
Bei der Erwähnung von „Persephone" huschte ein verschmitztes Lächeln über sein sonst so ausgezehrtes Gesicht.
„Oh nein! Sie lebt natürlich in meinem Palast, dessen gewaltige Umrisse Du dort zur Rechten aus dem Nebel schemenhaft auftauchen siehst! Aber auch das Elysium, das gleich hinter dem Teich der Erinnerung beginnt, wäre ein ehrenhafter Ort für Deine Tochter gewesen! Ich hätte sie dort untergebracht, wenn ich nicht befürchten müsste, dass all die Helden und Heroen, die das Dasein auf den Inseln der Seligen genießen, von ihrer jugendlichen Schönheit verführt, die Finger nach Persephone ausstrecken würden. Auf den Inseln der Seligen ist nämlich das Glück für all jene zuhause, die in ihrem Leben der Welt etwas Bedeutsames hinterlassen haben. Und als Lohn erfahren sie ein Wohlsein in Hülle und Fülle auf diesen elysischen Inseln: Da wehen die samtenen Lüfte des Okeanos. Ein Meer aus Blüten und prächtigen Bäumen schmücken die sanften Hügel und Wiesen, auf denen alle bedeutsamen Toten lustwandeln dürfen. Stets tragen sie liebliche Verse auf den Lippen. Vor ihrer Wohnstadt gedeihen purpurne Rosenstöcke und Weihrauchsträucher. Dazwischen wachsen Apfelbäume, schwer beladen mit goldenen Früchten, die nur von den Inselbewohnern gepflückt werden dürfen. Ein süßer Wohlgeruch strömt durch die Straßen und beschenkt die Bewohner mit einer Leichtigkeit des Herzens und Gemüts, der jeglicher Krieg und Fluch fern ist. Jeder vermag so zu leben, wie es ihm beliebt. Der Eine züchtet Rosse und reitet sie zu, der Andere erfreut sich am Brettspiel, ein Dritter spielt auf der Leier und singt dazu mit betörender Stimme, die ihm im Leben nie vergönnt war.
Kurzum: Das Glück blüht dort und auch die Liebe, sowohl des Körpers als auch der Seele. Nie werden sie geschmälert durch Streit und dem Erlahmen einer lustvollen Leidenschaft!"
Hades geriet ins Schwärmen, und auch ich hätte gern zumindest einen Hauch des Lebensgefühls der elysischen Inseln inhaliert, wäre nicht mein Vater Kronos der Wächter über dieses Paradies gewesen.

Kurz vor dem Palast des Hades kreuzten sich drei Straßen. Auf jener, die von der Asphodelos-Wiese herbeiführte, hatten wir uns dem Heim des Totengottes genähert. Die Zweite lenkte die Seelen linker Hand zum Teich der Erinnerung und von dort weiter zum Elysium. Und die Dritte?

Ein fragender Blick genügte: Hades blieb mitten auf der Kreuzung neben drei erhabenen Wesen stehen, die sich durch ihre prächtigen Gewänder vom farblosen Seelenfluss voller Würde unterschieden. Sie richteten mit treffendem Urteil über die Neuankömmlinge und lenkten auf diese Weise die Ströme der blutleeren Seelen. Die drei Richter befahlen den Schatten entweder auf die Inseln der Seligen zu wandern, sich in Richtung der Asphodelischen Felder zu begeben oder sich im noch unbekannten Gebiet zur Rechten einzufinden.

Hades nickte den Dreien wohlwollend zu - ganz so, als würde er ihre Arbeit auf besondere Weise schätzen. Dann wandte er sich mir zu. Seine sonst so hohlen Wangen nahmen vor Erregung ein zaghaftes Rot an. Seine Stimme bebte vor Begeisterung:
„Der dritte Weg führt in den Kern des Tartaros. Nur allzu gern würde ich ihn Dir zeigen! Um diesen Teil bemühe ich mich seit Jahren mit besonderer Sorgfalt, erwartet man doch dort ein überaus hohes Maß an Einfallsreichtum von mir. Der wahre Tartaros fordert mich und meinen Kunstsinn regelrecht heraus. In seinem Herzstück büßen all jene ihre Strafen ab, welche im Leben Unrecht getan, gemordet, verraten, betrogen und uns Götter beleidigt haben!"
Hades ließ es sich nicht nehmen, mich im Eilgang durch diesen Teil der Unterwelt zu führen, in dessen Ausstattung er all seine Kraft und Phantasie gesteckt hatte.
„Hinter der hohen Kunst der Bestrafung sterblicher Seelen versteckt sich immer auch eine Philosophie des Verzichts und der Enttäuschung." So versicherte mir Hades und, verzückt von seinen eigenen Ideen, erklärte er mir seine Philosophie der ewig zerstörenden Hoffnung.
„Meine göttliche Aufgabe besteht darin, dem Sünder eine schmerzensreiche Buße für seine Untaten abzuverlangen. Sie soll ihm auf feinsinnige Weise schreckliche Qualen bereiten. Glaubt der Sünder nämlich, er wäre endlich dem Ende seines Leids nahe, so wächst in ihm die Hoffnung auf Befreiung von der Qual. Aber kurz vor dem Ziel zieht sich die ersehnte Erlösung wieder zurück. Die

Plage beginnt aufs Neue. Jede Zerstörung der Hoffnung schmerzt dabei mehr als alle körperliche Marter!"

Stolz führte er mich an einem Teich vorbei, den er geschickt so angelegt hatte, dass der Sünder in einem stetig steigenden Wasser steht. Über ihm hängen obendrein verlockend dicke, blaue Trauben. Will nun der Büßer vom Durst geplagt trinken, dann zieht sich mit einem Mal das Wasser, das ihm gerade noch bis zum Kinn stand, von seinen Lippen wieder zurück. Quält ihn aber der Hunger, dann schnellen die saftigen Trauben, nach denen er eben mit dem Mund schnappen wollte, wie vom Winde bewegt nach oben.

Besonders am Herzen lag meinem Bruder ein großer, runder Stein. Ihn bat er mich zur Prüfung den nahen Hügel hinauf zu rollen. Hades sprang dabei aufgeregt neben mir her und feuerte mich kräftig an. Bei der Hälfte des Berges ging mir bereits der Atem aus. Mit letzter Kraft trieb ich die steinerne Kugel dem Gipfel entgegen. Ich drückte und schob sie unter größter Anstrengung nach oben, stets das erlösende Ziel vor Augen. Nur noch ein paar Ellen! Gleich habe ich es geschafft! Nur noch eine Handbreit! - Doch welche Enttäuschung: Plötzlich überzog sich das Äußere des Steins mit schmierigem Öl. Die schwere Kugel entglitt meinen Händen und rollte mit Getöse wieder den Berg hinunter. Hades klatschte wie ein Kind vor Freude über seinen gelungenen Scherz in die Hände.
„Stell Dir nur vor, Zeus, Du müsstest auf ewige Zeiten diese anstrengende Arbeit leisten - voller Hoffnung, dass Du endlich den Stein bis zum Gipfel tragen kannst. Und dann war all die Anstrengung umsonst! Ist dies nicht eine wahrhaft prächtige Strafe?"
Ich schwieg und dachte mir meinen Teil. Auch wenn es viele dem Wahnsinn Verfallene auf der Welt gibt, der Ungeheuerlichste unter ihnen haust wohl in der Unterwelt.

Endlich betraten wir den düsteren Palast. Seine weite Eingangshalle glich einem Mausoleum: Prächtige, mit allerlei Gottheiten bunt bemalte Sarkophage reihten sich wie schlafende Krieger in Reih und Glied an den kalten grauen Marmorwänden. Dazwischen standen einige große dickbäuchige Tongefäße, in denen man die Verstorbenen in einer zusammengekauerten Haltung zu

bestatten pflegte. Dahinter verbarg sich der Glaube der Sterblichen, dass diese Stellung, in der auch das gezeugte Kind im Mutterleib heranwächst, den Hades dazu anregen könnte, dem Verstorbenen sogleich eine Wiedergeburt zu gestatten.
„Von Wiedergeburt halte ich gar nichts!" kommentierte Hades ungefragt meinen Blick auf seine Sammlung. „Manche bitten mich, wenigstens drei Mal in gewissen Zeitabständen aufs Neue ins Leben treten zu dürfen. Aber ich bin kein Gott, der das gutheißt. Wer tot ist, soll für immer Ruhe geben!"

Hades schob einen schwarzen Vorhang zur Seite und öffnete mir den Blick in den folgenden Raum, der wie ein Schlachthaus mit blutrotem Marmor getäfelt war. Ein überaus scheußlicher Geruch strömte mir entgegen. Meine Nase stellte, beleidigt ob des Gestanks aus Fäulnis und Verwesung, sogleich ihren Dienst ein. Ich vermochte nur noch durch den Mund zu atmen. Hades jedoch schien sich daran gewöhnt zu haben.
„Ich muss mich entschuldigen, Zeus!" sagte er ein wenig kleinlaut, „Wir betreten gerade den Aufenthaltsraum der Erinnyen, zu denen stets ein vorauseilender Geruch von Pestilenz gehört. Sie sind deren Drei. Sie sind meine Racheengel, die ich als rasche Eingreiftruppe bei einem gewaltsamen Tod von Blutsverwandten, besonders aber im Falle eines Muttermordes losschicke. Ihr Auftrag lautet, den Mörder mit Wahnsinn zu schlagen. Bitte erschrick nicht, wenn ich sie Dir gleich vorstelle. Bedenke, sie stehen in verwandtschaftlicher Beziehung zu Dir und mir. Wir stammen vom gleichen Großvater ab, und da gehört es sich doch, dass man sich begrüßt!"

Ich erinnerte mich undeutlich an die Erzählung Rheas, dass Vater Kronos, als er dem Großvater Uranos mit einer Steinsichel an die Kaldaunen ging, beim Abschneiden des Geschlechts nicht ganz sauber vorgegangen sei. Drei Blutstropfen, vermischt mit Samenflüssigkeit, fielen auf die Erde. Aus ihnen wuchsen die Erinnyen heran, offensichtlich tragische Missgeburten.

Die drei seltsam verkrümmten Vetteln kauerten sich in einer Ecke des Raums wie hungrige Raben zusammen. Kaum waren wir eingetreten, erhoben sie sich ehrfürchtig und hinkten auf uns zu: Allesamt waren sie dürre Gestalten, Greisinnen nicht unähnlich, die am Ende ihres Lebens wie ein alter Apfel verschrumpelt waren.

Sie hatten sich in graue Gewänder gehüllt, die Enden zerfranst. Geradezu schmerzvoll stachen aber ihre Häupter ins Auge. Ihre Gesichtsfarbe war pechschwarz, und aus den darin weiß leuchtenden Augen flossen Tränen aus giftig gelbem Geifer und Blut. Bemerkenswert auch die Frisur der Drillinge: Anstelle von Haaren wanden sich lebendige Schlangen voller Schleim auf ihren Köpfen.
Als Gott war ich ja Einiges gewohnt, aber zusammen mit dem beizend bestialischen Geruch, den die Erinnyen verströmten, waren sie selbst für ein überirdisches Wesen wie mich eine unzumutbar harte Prüfung. Auch wenn die schrecklichen Drillinge nicht zur obersten Schicht von uns Göttern gehörten, so kamen mir doch grundsätzliche Zweifel, ob ich nicht mein Amt niederlegen sollte, da derartig geschmacklose Gestalten in unserer Familie zu finden sind.

Ich rümpfte die Nase und ging auf sicheren Abstand, während sich Hades tapfer den drei alten Jungfern näherte:
„Darf ich vorstellen!" sagte er und wies auf mich: "Dieser stolze Herr ist der Erste unter den Göttern, Zeus!"
Dann grinste Hades hämisch: „Mit ihm seid Ihr drei Schönen über den Großvater Uranos verwandt."
Die Erinnyen verneigten sich in Ehrfurcht vor mir - so tief, dass ich schon fürchtete, die Schlangen würden von den Häuptern herab züngelnd auf mich zugleiten. Hades trat vor jede einzelne der Rachegöttinnen hin und stellte sie mir vor, als wären sie für ihn beste Freundinnen.
„Und dies, Zeus, sind meine liebsten und einzigen Gefährtinnen im Tartaros: Alkto ist zuständig für die Jagd nach den Mördern im Erdenkreis. Megaira kümmert sich um die zornigen Neider und schließlich meine Freundin Teisiphone, sie rächt den Verwandtenmord und betreut die Blutrache!"
Ich verbeugte mich tief und gab dann dem Hades ein Zeichen voller Ungeduld:
„Hades, bitte, lass uns endlich zu Persephone eilen! Jede Minute, die wir Demeter auf ihre Tochter warten lassen, rückt die Welt dem Chaos näher."

Ich konnte mich des Eindrucks nicht verwehren, dass Hades mit Hilfe seiner ausschweifenden Führung durch die Unterwelt nicht nur um Verständnis für seine Handlungsweise warb, sondern auch einen Zeitgewinn herausschlagen wollte, um Persephone solange wie nur möglich in seinen Mauern zu halten.

Wir verließen die Erinnyen in ihrem blutroten Marmorsaal, wandelten durch kühle, höhlenartige Gänge mit glatten Wänden, vorbei an düsteren Säulen, in denen sich der Nebel verfing. Wir schritten über Höfe, in denen nichts Anderes wuchs als schlanke Zypressen, die dunklen Lieblingsbäume des Hades. Sein Palast, eingetaucht in ängstigende Finsternis und Totenstille, vermittelte mir ganz den Eindruck, als läge er abseits vom Leben tief unter der Erde. Keine Vogelstimme munterte das Gemüt auf, kein Lichtstrahl schenkte Wärme, keine Farbe erfreute das Auge. Wie recht doch Demeter hatte, dass sie unsere Tochter Persephone von Hades zurückforderte!

Als ob der Gott der Unterwelt meine Gedanken gelesen hätte, warb er um Verständnis:
„Du konntest Dir nun selbst einen Eindruck von meinem Reich verschaffen. Spürst Du nicht, dass alles hier von Trauer erfüllt ist: die Luft, die Dunkelheit, die Landschaft? Und in diesem Land muss Ich Gott sein! Das schlägt sich mir seit Jahren mehr und mehr aufs Gemüt!"
Ich blieb kurz stehen und blickte ihn verwundert an.
„Aber Du warst es doch selbst, der sich dieses Reich und die Macht über die Toten gewünscht hast! Also beklage Dich nicht!"
„Ich verlange nur eines!" bat mein Bruder mit flehendem Blick. „Lass mir Persephone als Gattin! Sie erleuchtet meine Seele wie ein Lichtstrahl. Sie erfreut mein Gemüt und gibt mir die Kraft, über den Tartaros zu herrschen ohne dem Wahnsinn zu verfallen!"
„Wir sollten zunächst mir ihr sprechen. Dann sehen wir weiter!" tröstete ich ihn, wohl wissend, dass an meinem Entschluss, Persephone eine bestimmte Zeit des Jahres der Demeter zu überlassen, nicht zu rütteln war.

Endlich, in einem der dunklen Hinterhöfe, in dem, von hohen Mauern umgeben, nicht an Flucht zu denken war, erblickte ich zum ersten Mal meine Tochter Persephone. Sie saß am Rande eines runden Beckens und schöpfte gelangweilt bleiernes Wasser, das vom nahen Unterweltfluss Lethe über einen schmalen Kanal herbeigeleitet wurde. Kein liebliches Plätschern war zu vernehmen, denn selbst das Wasser mied hier jegliche Fröhlichkeit.

Noch hatte Persephone uns nicht erblickt. Von Gram gebeugt, vor Trauer in sich zusammengesunken, kauerte sie gedankenverloren am Beckenrand. Und trotz der augenscheinlichen Melancholie, oder gerade deshalb, strahlte sie eine unvergleichliche Schönheit aus, die uns Brüder auf verschiedene Weise in ihren Bann zog. Während Hades sie verliebt und voller Leidenschaft anglotzte, durchdrangen mich schmerzhafte Gefühle von Mitleid und Schuld. Wie konnte ich nur meine Tochter in dieser Verdammnis alleine lassen, ihr in solchem Trübsal meinen Schutz verweigern? Was bin ich nur für ein unseliger Vater!
„Persephone!" flüsterte ich ihr zärtlich zu, um sie nicht aus ihren sehnsuchtsvollen Träumen heraus zu erschrecken.
„Persephone, ich bin gekommen, Dich zu retten. Ich bin Dein Vater. Ich bin Zeus!"
Sie wendete sich langsam, als wäre sie eben erst erwacht, zu uns um. Ihr langes schwarzes Haar fiel über die schmalen Schultern und bedeckte den weißen Umhang wie mit Trauerflor. Die dunklen Locken umrahmten auch die edlen Züge ihres Gesichtes. Die hohe Stirn, von einer einzigen Falte durchzogen, offenbarte den Gram, der sich in Persephone seit ihrem Aufenthalt im Tartaros zusammengebraut hatte. In ihren tief blauen Augen, mit denen sie mich voller Erstaunen ansah, vermochte ich noch den Kummer zu lesen, der ihre Wangen vor unserem Eintreffen mit einigen Tränen befeuchtet hatte. Sie liefen wie kleine Perlen vorbei an der zarten Nase hinunter zum Kinn, das sich energisch nach vorne schob: Ein Zeichen zeus`scher Abstammung! Ihr weit geschwungener Mund ließ seine Winkel traurig herunterfallen. Die vollen Lippen, sonst Sinnlichkeit versprechend, hatten sich in der Kälte des Palastes blau verfärbt. Ich konnte Hades verstehen, dass er sich nach einem Kuss sehnte, nach einer Umarmung dieses Mädchens, das alle Düsternis der Unterwelt vertreiben würde, sollte in ihr die Fröhlichkeit je wieder Einzug halten. Aber hier und jetzt, in diesem Zustand, konnte sie ihm kein großer Trost sein!

Persephone erhob sich mühsam, als trage sie schwer an einer Enttäuschung, als drücke sie Hoffnungslosigkeit nieder.
„Zeus, Du willst mein Vater sein?" fragte sie vorwurfsvoll. „Ich habe keinen Vater, denn ein Vater hätte den Raub des Hades nie zugelassen!"

Ich schluckte verlegen und fühlte mich einmal mehr schwach wie ein Versager. Dieses Gott-Sein, diese vorbildhafte Rolle des Zeus überforderte mich bisweilen gewaltig. Insgeheim verfluchte ich mich und beschloss, sollte es für mich irgendwann einmal eine Gelegenheit zur Wiedergeburt geben, so würde ich nur als Sterblicher mit all seinen menschlichen Stärken und Schwächen auf die Welt kommen. Zumindest schränkte ich meinen Wunsch sogleich wieder ein, könnte ich doch auch als Priester oder Prophet wenigstens die Menschheit beglücken.

Am liebsten hätte ich Persephone sogleich umarmt, ihren berechtigten Vorwurf zusammen mit den Tränen von den weichen Wangen gewischt, um ihr mein reines, plötzlich erwachendes Vatergefühl durch allerlei trostreiche Worte zu beweisen. Aber mich hinderte der Gedanke daran, dass man in einer Sekunde nicht wettzumachen vermag, was man nun mal über Monate hin vernachlässigt hat.

„Ich bin gekommen" so versuchte ich ihr Mut einzuflößen, „um Dich Deiner Mutter Demeter zurückzubringen. Nur eine Frage musst Du uns aufrichtig beantworten: Hast Du von der Speise der Toten gegessen?"
Persephone blickte mich forschend an. Dann wanderten ihre Augen misstrauisch zu Hades hinüber. Sie spürte deutlich, dass von ihrer Antwort auch ihr Glück abhängen würde. Schließlich sagte sie im Brustton der Überzeugung:
„Seit meiner Entführung habe ich weder einen Tropfen Wasser getrunken, noch irgendetwas Anderes zu mir genommen! Hier unten ist mir jeglicher Appetit vergangen! Darf ich denn wirklich zu meiner Mutter zurückkehren?"
Ich nickte erleichtert, während mein Bruder enttäuscht das Haupt senkte.
„Das darfst Du!" sprach ich freudig. „Doch drei Monate im Jahr wirst Du bei Hades verweilen und ihm als Göttin der Unterwelt zur Seite stehen. Ich hoffe nur, dass Deine Mutter Demeter dieser Abmachung zustimmt!"
Persephone schien vom Kompromiss nicht gerade begeistert. Doch sie fügte sich in die Regelung, schließlich winkten ihr Licht und Wärme, die Farben der irdischen Welt und die Fröhlichkeit ihrer Gefährtinnen.

„Ich bin einverstanden, unter einer Bedingung, dass wir sogleich den Weg zur Mutter antreten!" So sprach sie, ihren Überwurf ein wenig anhebend, um beim Gehen nicht darüber zu stolpern. Hades warf einen lüsternen Blick auf die zarten Füße und schlanken Fesseln, die unter dem Saum verlockend zum Vorschein kamen.

Den gleichen Weg, auf dem wir zu zweit vorgedrungen waren, wählten wir nun zu Dritt zurück und wandelten rasch durch Hallen und Gänge. Persephone tanzte fröhlich springend wie ein Ball vor uns her, ermuntert durch den Gedanken an eine bevorstehende Rückkehr zu ihrer Mutter. Doch als wir vor dem Palast auf die Kreuzung stießen, begrüßte uns ein grünlich schimmerndes Schattenwesen, das einen Korb voller goldener Granatäpfel trug.
„Askalaphos, was führt Dich vom Elysium her?" fragte Hades verwundert. „Und sprich: Wem willst Du diese goldenen Äpfel überreichen? Du weißt doch, dass all die Toten, die hier unterwegs sind, keinen einzigen davon verspeisen dürfen. Sie sind nur den Helden auf den Inseln der Seligen vorbehalten. Scher Dich also dorthin zurück und erledige gefälligst Deine Gärtnerarbeiten!"
Der Schatten sank schuldbewusst in sich zusammen, wandte sich dann mit verliebtem Blick der Persephone zu.
„Aber ich wollte doch nur Deiner Braut die Äpfel schenken. Sie hat erst gestern davon gekostet und nach mehr verlangt!"
Persephone errötete. Ich öffnete erstaunt meinen Mund. Eine scharfe Falte des Zorns durchzog Hades zerfurchtes Gesicht, das sich obendrein jetzt auch noch verdunkelte.
„Also doch!" schimpfte der Gott der Unterwelt, „Du hast uns belogen, Persephone!"
Dann wandte er sich mir mit strenger Stimme zu.
„Zeus, unter dieser Bedingung muss ich darauf bestehen, dass Deine Tochter bei mir bleibt! Du weißt, wer sich von der Speise der Toten ernährt, der ist für immer zur Unterwelt verurteilt!"
Jetzt meldete sich kleinlaut Persephone zu Wort:
„So gut wie nichts habe ich von den Äpfeln gegessen: lediglich vier kleine Kerne! Das kann doch so schlimm nicht sein!"
Ich suchte die Gemüter zu beruhigen, indem ich begütigend beide Hände hob und Hades mit ruhiger Stimme um Einsicht bat.
„Mein lieber Bruder, vier Kerne sind in der Tat noch keine sättigende Speise, weder für einen Lebenden, noch für einen Toten! Angesichts der Hungersnot unter den Sterblichen, der Überfüllung Deines Reiches mit Schatten, angesichts der Verstimmung

der Demeter und des sich ausbreitenden Chaos, das letztlich uns alle vernichten wird, bitte ich Dich: Lass Persephone auf die Erde zu ihrer Mutter zurückkehren!"
Hades indes runzelte nachdenklich die Stirn. Auch für ihn, den Verantwortlichen des Totenreichs, war es offensichtlich schwierig, ein altes ehernes Gesetz zu durchbrechen, musste er doch sein Gesicht vor den Richtern über die Toten und den Schattenwesen wahren. Sie hätten sich auf eine Ausnahme stets berufen können.
„Gut! Ich lasse Persephone ziehen! Da sie aber vier Kerne verspeist hat, muss sie auch jedes Jahr nicht für drei, sondern für vier Monate in den Tartaros zurückkehren!"

Ein Stein fiel mir vom Herzen. Ich sprach meinem Bruder ausführlichen Dank für seine Einsicht aus, verabschiedete mich eilig, nicht ohne Hades zu bitten, den dreiköpfigen Zerberus an die Leine zu nehmen. Er hätte uns sonst bei der Rückkehr zerfleischt. Dann zog ich Persephone rasch an der Hand zu den Asphodelischen Feldern hin, bevor sich Hades den Handel noch anders überlegen könnte. Charon setzte uns missgelaunt über den Styx, ohne ein Goldstück verlangen zu dürfen, da sein Nachen zurück stets leer war, und es obendrein noch keiner geschafft hatte, den Totenfluss in umgekehrter Richtung zu durchmessen.

Als wir Eleusis erreichten, schloss Demeter ihre Tochter überglücklich in die Arme. Tränen flossen ausgiebig auf beiden Seiten. Doch nur widerwillig ließ sich die Göttin auf den Kompromiss mit Hades ein. Sie schwor mir, sie werde ein Zeichen ihrer Unzufriedenheit setzen: In jenen vier Monaten, die Persephone in der Unterwelt verbringe, würde sie der Erde stets alle Fruchtbarkeit verweigern. Das ist der Grund, weshalb es auf der Welt eine Zeit gibt, in der keine Pflanze gedeiht, kein Blatt wächst und keine Blume blüht: nämlich in der Winterzeit!

6. Tag

Ein kleines Tier, nicht unähnlich einem Eichhörnchen, öffnet mir am nächsten Morgen die Augen. Es muss wohl am Fenster geklopft und mich aus einem tiefen Traum geholt haben. Jetzt turnt es auf dem Sims herum, macht Sprünge und kratzt am Fensterstock. Während ich den Schemen des Traums nachsinne, versuche ich von ihm noch einen Zipfel zu fassen. Aber leider ist er mit dem Erwachen verlorengegangen. Zurück in der Gegenwart dieses Morgens, bleibt mir nur ein angenehm zärtliches Gefühl zurück. In das mischt sich jetzt abermals die Neugierde auf Alexander den Großen. Ich bin gestern Nacht mit ihm eingeschlafen und wache jetzt mit dem Makedonen wieder auf. Nach dem Frühstück will ich unbedingt das Treffen mit Professor Shantu nicht versäumen. Ich muss die versprochenen Palmblätter in Empfang nehmen, deren spannende Lektüre meinen Ayurveda-Aufenthalt für die nächsten Tage äußerst abwechslungsreich gestalten wird.

Ganesh fährt mich mit seinem Auto zum Orientalischen Institut. Nach dem Besuch werden wir Madurai Richtung Süden verlassen, um noch am gleichen Abend mein Resort in Kerala zu erreichen. Jetzt, da meine Aufmerksamkeit ganz von der Erwartung der Palmblätter beansprucht wird, treten die verwirrenden Eindrücke zurück, die das Durcheinander von Rikschas und Radfahrern, von Autos, Motorrädern und Bussen auslöst. Eine innere Spannung, gespeist von Ungeduld und Neugier, lenkt mich vom chaotischen Lärm und Verkehr ab, von den bettelnden Händen, die an Kreuzungen über die Scheibe säubernd wischen, von den Flüchen der Mopedfahrer, sobald Ganesh ihren Weg ohne Rücksicht schneidet.

Vorbei an den beiden Palmen, auf denen seltsam silbriges Licht glänzt, eile ich die Marmortreppen hinauf. Die Drehtür windet sich. Ein mit einem Turban bekrönter Angestellter in der Phantasieuniform eines Gurka-Soldaten verbeugt sich, als würde er dem Maha Radja von Madurai Einlass gewähren. Ich finde den Weg hinauf in den ersten Stock, sammle mich aber dann vor der Tür zu Shantus Büro: Ich nehme mir vor, dem Professor nicht allzu wissbegierig zu erscheinen. Das könnte sein Misstrauen erwecken.

Licht durchflutet das Zimmer. Gestern Nachmittag lag es noch im Schatten, heute Vormittag schickt die Sonne ihre Strahlen zwischen den zurückgezogenen Vorhängen hindurch und schärft, wie mit einem feinen Lichtpinsel gezeichnet, die Konturen der Schränke, Regale und Bilder. Hier glänzt ein goldener Rahmen mit dem Portrait eines indischen Maha Radjas, dort glitzert silbern ein Teeservice aus viktorianischer Zeit auf einer Kommode. Und das Sofa, zu dem mich Shantu geleitet, mich zum Sitzen auffordert, leuchtet im Strahl der Sonne mit rubinrotem Samt.

Auf dem Tisch, gleich neben den blitzsauberen Teetassen von gestern, liegt ein Bündel von siebzehn sorgsam verschnürten Palmblätterkladden. Ich kann mich kaum bezähmen. Immer wieder gleiten meine Augen zum Ziel meiner Neugierde. Wie Magneten ziehen mich die Blätter-Manuskripte an. Und dennoch muss ich versuchen im Angesicht des Professors kühl zu bleiben. Immer wieder hege ich deutliche Zweifel an der Echtheit der Texte, warne mich selbst vor allzu viel Euphorie, die diese Entdeckung bei uns beiden auslösen könnte. Doch Professor Shantu lässt sich nicht irremachen.
„Wollen Sie noch immer nicht Ihre ganz persönlichen Palmblätter lesen?", fragt er mich aufs Neue, so als bestände für ihn keinerlei Skepsis über den Inhalt der Palmblätter, so als wären sie die Bibel der Inder.
"Glauben Sie mir: Was wir anhand Ihrer individuellen Daten gefunden haben, würde Sie überraschen und sicherlich auch Ihre Einstellung gegenüber den Alexanderblättern verändern. Das Eine gehört doch zum anderen. Die Glaubwürdigkeit der Alexandertexte steht in enger Verbindung zur Glaubwürdigkeit Ihrer eigenen Vita. Wenn Sie die Darstellung Ihres Lebens auf den Palmblättern mit dem tatsächlich Erlebten vergleichen, würden Sie von der Wahrheit, die unsere Bibliothek bietet, überzeugt sein!"
Nach kurzem Zögern fährt er fort.
„Kann es sein, dass Sie vielleicht Angst davor haben, Ihr Bild von der Welt, Ihr Verständnis von Wissenschaft revidieren zu müssen, weil die Palmblätter in Ihren Texten und Inhalten das bisher Erlebte bestätigen und Sie dadurch gezwungen sein werden, das gänzlich Neue und Andere, das sie für Ihre Zukunft ankündigen, zu akzeptieren?"

Irgendwie hat er ja recht! Nur im Augenblick will ich mir diese Angst nicht eingestehen. Im Augenblick will ich auch kein Detail über mich aus den Palmblättern erfahren - weder aus meiner Vergangenheit, die mir ja bekannt ist, noch aus der Zukunft. Es würde mich allzu sehr verunsichern. Aber Shantu muss wohl mein Schwanken geahnt haben. Er legt nach!

„Sie werden aber nicht umhinkönnen, Ihre Neugierde zu befriedigen," beharrt er auf mein Schweigen hin freundlich lächelnd, „denn in naher Zukunft und noch in diesem Lande wird sich für Sie ein Problem lösen, von dem Sie geglaubt haben, dass es bis zu Ihrem Lebensende ungelöst bleiben würde. Das steht in Ihren Palmblättern: Sie sind Single, unverheiratet, und die Ursache dafür liegt in Ihrer Mutter!"

Er hat recht, stelle ich überrascht fest und lasse ein paar Sekunden verstreichen, um mich sammeln zu können.

„Sie schaffen es tatsächlich noch, mich neugierig zu machen!" sage ich und versuche mein Erstaunen hinter einem ironischen Lächeln zu verbergen. „Aber die Tatsache, dass man ein Leben lang Junggeselle bleibt, hängt doch meist auch mit der Beziehung zur Mutter oder zum Vater zusammen. Zu solcher Weisheit benötige ich keine Palmblätterbeschreibungen!"

Zugegeben, meine Entgegnung war schwach und wenig dazu angetan, mein Singledasein und die dazugehörende Beschreibung meines Palmblattes zu rechtfertigen. Das löst ein gewisses Unbehagen aus. Mir ist die Nähe zu meiner Person, was die Palmblätter betrifft, auf die Dauer doch ziemlich bedrohlich. Deshalb fordere ich abermals Shantu nachdrücklich auf:

„Versuchen Sie doch bitte nicht, mich immer wieder durch einzelne Informationen, die Sie scheinbar den Palmblättern entnommen haben, aus der Reserve zu locken. Mein Entschluss steht fest, mich zunächst mehr um Alexander als um mich selbst zu kümmern. Auch wenn ich alle seine Palmblätter studiert habe, werde ich nicht mit letzter Klarheit sagen können, wer dieses Leben gelebt hat, das sich hinter den Zeus-Geschichten versteckt, und ob sich tatsächlich Alexander mit den Texten als Gott und Herrscher den Indern empfehlen wollte."

Ich lege eine Kunstpause ein, weil mich abermals Zweifel befallen und zur Einschränkung zwingen. Doch danach gewinnt wieder mein Bauchgefühl die Oberhand.

„Aber das ist nichts weiter als eine Vermutung von mir: Sollte Alexander oder sein Schreiber oder einer seiner Offiziere diese göttlichen Erlebnisse für ihn aufgeschrieben haben, dann mit der Absicht, ihn als Zeus darzustellen, als ersten Gott unter anderen, als einen Gott, ähnlich dem Brahma, den schon damals die Hindus verehrten und zu dessen Nachkommen sich auch etliche Maha Radjas erklärten."

Ich kann kaum an mich halten. Zum Erstaunen Professor Shantus beginne ich offenbar wie im Fieber zu phantasieren und opfere meine Euphorie jeglicher wissenschaftlichen Distanz und Objektivität. Mehr und mehr gewinnt in mir die Überzeugung an Kraft und Raum, dass mit den Palmblätter-Manuskripten vielleicht Alexander selbst oder irgendjemand in seinem Auftrag versucht hat, ihn, den großen Feldherrn, in die Position eines zentralen Gottes zu schreiben. Wie bei den Ägyptern und den Persern, galt damals allgemein, und dies wohl auch für Indien, dass der Herrscher nur ein Herrscher sein kann, wenn er Gott oder gottgleich ist. Und einem Gott muss bekanntlich gehorcht werden. Dafür sorgen schon die Priester und der Glaube!
Allein sich nur als einer unter vielen Söhnen in die Nachkommenschaft des Zeus einzureihen, wie es damals etliche griechische Könige und Helden praktiziert haben, das wird wohl dem großen Alexander zu wenig an Macht und Wirkung bedeutet haben. Er musste natürlich Zeus in Persona sein. Wiedergeboren sozusagen, wie es Buddhismus und Hinduismus möglich machen. So schrieb er selbst oder ließ von anderen seine Lebensgeschichte niederschreiben - nicht die Vita des Alexander, sondern die des Zeus!
Aber über diese Gedankengänge will ich mich jetzt noch nicht mit dem Professor austauschen. Um nicht mit der Tür ins Haus zu fallen, sollte ich ihn zunächst auf das Krankhafte in Alexander des Großen aufmerksam machen:
„Man müsste einen Psychoanalytiker auf die Persönlichkeit Alexanders und seine Eroberungszüge und Visionen ansetzen, auf alle Informationen und Kommentare, die über Jahrtausende bis heute in Zusammenhang mit seiner Person veröffentlicht wurden. Man wird feststellen, dass der Makedonier auf seinem Feldzug mehr und mehr dem Rausch des Erfolgs, der Macht und Unfehlbarkeit erlegen ist. Alexander glaubte wohl, göttliches Glück gepachtet zu haben. Er muss davon überzeugt gewesen sein, dass

er mit einer übermenschlichen Macht gesegnet wäre, die es ihm erlaubte, seine Vision von Weltherrschaft in die Wirklichkeit umzusetzen. Die Überzeugung, nicht nur ein Sohn des Zeus oder des ägyptischen Hauptgottes Amun zu sein, sondern in späteren Jahren auch noch Brahma oder Vishnu, diese Überzeugung könnte ein pathologischer Anteil seines Charakters gewesen sein, der ihn zu den Palmblättertexten bewegt hat. Er hielt sich tatsächlich für Gott!"

Professor Shantu erhebt sich aus seinem Sessel. Ich spüre seine Ungeduld und stehe ebenfalls auf.
„Leider verfüge ich heute nicht über viel Zeit, mich mit Ihnen auszutauschen," verabschiedet sich Shantu förmlich. „Aber meine Vermutungen gehen in die gleiche Richtung. Vielleicht kommt noch das Kalkül hinzu, dass nur ein Gottkönig von den Völkern des mittleren und Fernen Ostens akzeptiert werden würde. Ägypten, Persien und Indien, das waren tief religiöse Regionen, in denen man nur als ein Gott dem Volk Respekt abgewinnen konnte. Aber nutzen Sie bitte die Zeit in Ihrem Resort in Kerala, um die Texte genau zu lesen. Vielleicht findet sich ein Hinweis auf das Warum und Weshalb! Und bitte: Vergessen Sie nicht, mir die Inhalte komprimiert aufzuschreiben!"
Mit diesen Worten greift Shantu nach den Palmblätterbündeln und drückt sie mir in die Hand, so, als wären sie grobe Holzscheite. Sie wiegen schwer. Ich mühe mich ab, sie alle unter meinen beiden Armen unterzubringen.
„Sie müssen mir nur noch dem Empfang quittieren!" sagte der Professor eilig. „Beinahe hätte ich es vergessen! Eine reine Sicherheitsmaßnahme für den Fall, dass Sie sich mit den Palmblättern nach Europa absetzen wollen!", fügt er lachend hinzu.

Ich lege erneut die Palmblätter ab, unterzeichne das vorbereitete Schreiben, in dem die offizielle Übergabe bestätigt wird. Der Professor überreicht mir eine Kopie und einen Pappkarton. Gemeinsam schichten wir die Blätter hinein. Dann begleitet er mich nach unten und hinaus bis auf die Straße. Ganesh wartet geduldig vor dem Auto und öffnet mir die Tür. Beim Abschied blickt mir Shantu noch einmal intensiv in die Augen, als wolle er mich an sich binden:
„Ich bin gespannt, welches Urteil Sie mir nach Ihrer Ayurveda-Kur überbringen. Und ich bin mir sicher, dass Sie dann auch endlich

bereit sein werden, Ihre Palmblätter nach dem eigenen Schicksal zu befragen. Denn auch das konnte ich bisher darin lesen!"

Wir verlassen Madurai, das jetzt am späten Vormittag in voller Hitze flimmert. Die Stadt gleicht einem unruhigen Ameisenhaufen, auf deren Straßen sich die Bewohner aufgeregt drängeln. Sie transportieren auf Rädern und Karren auch Waren, von denen ich nie geglaubt hätte, dass man sie überhaupt mit einem Rad transportieren könnte. Unendlich scheint der Strom des Hin und Her, zwischen dem wir uns hinaus in die Vorstadt und weiter aufs Land quälen, vorbei an Palmenhainen und Baumwollfeldern. Die Asphaltstraße schlängelt sich durch eine Kette von Dörfern. Eines gleicht dem anderen, und dennoch beginnt Ganesh in einem von ihnen besonders langsam zu fahren.
„Das ist mein Heimatdorf!", sagt er stolz lächelnd und parkt an der Straßenseite. Sofort sind wir von lärmenden Kindern umringt.
„Ich lade Sie zum Mittagessen in mein Haus ein!"
Ich bin überrascht, gebe mir Mühe, mir meine Befürchtungen hinsichtlich der Hygiene und Machart der Speisen nicht ansehen zu lassen. Er führt mich auf schmalen Pfaden an etlichen einstöckigen Häusern vorbei. Kinderlärm und Radiomusik dringen aus offenen Fenstern und Türen. Gehorsam laufe ich hinter Ganesh her, springe gleich ihm über Pfützen und Erdlöcher und achte darauf, nicht im Lehm zu versinken.
Ein Haus schließt sich dem Nächsten an. Das Weiß ihrer Wände ist fleckig, ist grau und schwarz. Auf manchem der Flachdächer türmen sich schwarze Tonnen, vermutlich gefüllt mit Wasser, das sich langsam in der Sonne für den Haushalt erwärmen soll. Ganesh verharrt für einen Augenblick auf der Stelle, dreht sich zu mir um.
„In meinem Haus leben meine Frau, meine Eltern, meine beiden Söhne und meine kranke Schwester. Doch das Geld, das ich verdiene, reicht nicht für die gesamte Familie, schon gar nicht für Tabletten. Ich bin der einzige bei uns, der für den Lebensunterhalt sorgt. Aber machen Sie sich bitte keine Gedanken, Sie sind trotzdem herzlich willkommen!"

Ganesh öffnet die Eingangstür zu einem schlichten weißen Haus. Ein kleiner Junge kommt uns mit offenen Armen entgegengesprungen und klebt sofort an den Beinen seines Vaters. Hinter ihm baut sich eine kräftige Frau auf. Sie wiegt ein gut genährtes

Baby in den Armen, schaukelt es hin und her und begrüßt Ganesh mit ein paar mürrischen Worten. Dann dreht sie sich um und schlürft hinein ins Dunkel des fensterlosen Hauses.

Kaum ist sie verschwunden, kommt uns ein älteres Ehepaar entgegen: Der dürre greise Mann trägt die übliche „Kurta", ein langes weißes Männerhemd. Die Frau verhüllt sich mit einem vielfarbigen Sari. Beide falten zum Gruß ihre Hände, verbeugen sich und bitten mich Platz zu nehmen. Wo? Am Boden! Im ganzen Raum gibt es keinen Stuhl, keinen Tisch. An den Wänden hängen die Bilder der Götter: mal ist es Ganesh, der Elefantengott, mal Vishnu, mal Shiva – vielarmig und tanzend, stets umgeben von kleinen elektrischen Lichtern, die vor sich hin blinken. Ein Regal mit Flaschen, eine schlichte Kommode aus Holz und zwei Feldbetten aus Metall, das ist die ganze Raumausstattung.

„Hier ist mein Zuhause! Fühlen Sie sich willkommen! Aber bitte, erzählen Sie niemanden, dass ich Sie in mein Heim eingeladen habe. Man würde mich sofort entlassen!" flüstert Ganesh, geht in die Knie und nimmt neben mir auf dem Boden Platz.

Seine Frau hat inzwischen der Großmutter das Kind überreicht und schiebt uns zwei Teller auf den nackten Boden entgegen, dazu jeweils noch eine Blechtasse, sowie Gabel und Löffel. Aus einer große Metallschüssel teilt sie mit einer Kelle Reis aus und gießt darüber eine nur schwer definierbare Soße, in der Hühnerknochen schwimmen. Bei jedem Bissen kämpfe ich leicht mit einem Würgereiz, aber dennoch kaue und schlucke ich das Essen tapfer hinunter. Es brennt ungewöhnlich scharf auf der Zunge, so dass ich bei jedem Bissen mit einem Schluck Tee aus der Blechtasse meinen Mund ablöschen muss. Die Familie sitzt vor mir, beobachtet jede meiner Handbewegungen. Sie freut sich, als sich schließlich der Teller leert. Man bietet mir deshalb einen Nachschlag an, den ich dankbar ablehne. Ich streiche mir über den Bauch, um den Grad meiner Sättigung deutlich zu machen.

Ganesh sitzt längst vor seinem leeren Teller. Er steht auf und führt mich vorbei an einem Vorhang in ein düsteres Zimmer. Der Duft von Räucherstäbchen zieht uns süßlich entgegen. Im flackernden Schein von Öllämpchen entdecke ich auf einem Bett, das den kleinen Raum zur Gänze ausfüllt, eine schwarz gekleidete Frau. Sie windet und wälzt sich, als würde sie von einem bösen Traum gequält.

„Das ist meine geschiedene Schwester. Kein Mann will Sie mehr haben! Sie hat schon viele Selbstmordversuche hinter sich, denn Frauen, die von ihren Männern verlassen wurden, haben es bei uns schwer. Sie werden geächtet und müssen häufig in ihre Familien zurückkehren, aus denen sie gekommen sind. Dann wird es dunkel in ihrem Leben. Eigentlich ist meine Schwester längst gestorben!"
Vom Durchgang aus vermag ich ihr Gesicht nicht zu sehen. Sie liegt auf dem Bauch, wirft sich wieder und wieder auf den Rücken und stößt dabei jammernde Laute aus. Ich kann mich des Eindrucks nicht verwehren, dass Ganesh mich in seiner Not zum Mittagessen eingeladen, den Blick auf seine kranke Schwester nur deshalb zugelassen hat, damit ich etwas für seine Familie, vor allem für seine Schwester spende. Ich verabschiede mich unter Verbeugungen, bedanke mich und drücke Ganeshs Frau verstohlen etliche Rupien in die Hand.

Während mich Ganesh auf den Pfaden zum Auto zurückführt, drängt sich Alexander zurück in meine Gedankenwelt. Seit seiner Zeit hat sich offenbar für die unteren Kasten kaum etwas verändert. In einem Land, in dem man auf eine Wiedergeburt hofft, wird man im Diesseits nicht viel bewegen können und auch wollen. Schon der Ausbruch aus der Kaste, das Streben nach Höherem, gelten als Tabubruch.

Ich frage mich: Wenn die Seele tatsächlich wiedergeboren wird, als was und wo werde wohl ich auf die Welt zurückkehren? Darüber müssten doch ebenfalls die Palmblätter Auskunft geben können. Auch wenn ich nicht an sie glauben kann, so wäre es dennoch interessant zu erfahren, was die Texte in meinem Fall verraten. Überhaupt fesselt die philosophisch-religiöse Basis der Bibliotheken mehr und mehr meine Gedanken, so dass sich meine Einstellung zusehends verändert. Ich versuche der Logistik indischen Denkens auf den Grund zu gehen und entdecke Strukturen, die ein intensives Interesse in mir erwecken.
Wenn keine lineare Zeit existiert, wie es sich dereinst die weisen Heiligen der Palmblätterbibliotheken vorgestellt haben, wenn also alles stets gleichzeitig passiert, geht nichts verloren, und also auch nicht die Seele. Mag all jenes, was aus sterblicher Materie besteht, zu Staub zerfallen, die nicht materiellen Energien eines Lebewesens dagegen sind unsterblich und bleiben erhalten: die

Idee des Rades, der Satz des Pythagoras oder die Berichte der Bibel. Und die Seele Alexander des Großen? In wen mag sie wohl geschlüpft sein?

Je weiter wir gen Süden fahren, desto grüner zeigt sich die Natur links und rechts der Straße. Palmen und dickblättrige Gummibäume werfen ihre Schatten auf das schmale Asphaltband, das nach der Einfahrt in das Bundesland Kerala wegen des starken Verkehrs nur ein langsames Vorankommen zulässt. Umso mehr Zeit bleibt mir, die Häuser und Menschen am Rande zu betrachten. Die Straße schlängelt sich am Meer entlang. Ein strahlendes Türkis schimmert immer wieder zur Linken durch den tiefgrünen Dschungel. Mit Girlanden geschmückte Kirchen, schlanke Türme tauchen in den Dörfern auf. Kreuze und Marienfiguren am Wegesrand erinnern daran, dass sich in diesem Bundesstaat gut dreißig Prozent der Bevölkerung zum Christentum bekennen.

Ganesh biegt nach langer Fahrt links in einen Bambushain ab, lenkt das Auto über eine holprige Schotterstraße und stoppt vor einem Schlagbaum. Am Wegesrand führen hohe Mauern in den Wald hinein. Während aus dem Schilderhäuschen zur Rechten ein uniformierter Mann mit Turban tritt, dreht sich Ganesh nach mir um:
„Wir sind am Ziel! Hier beginnt das Resort. Wir benötigen den Voucher, um eingelassen zu werden. Das Gebiet ist streng bewacht!"
Ich nicke und reiche ihm das Blatt, das der Wärter am Seitenfenster aufmerksam studiert. Schließlich hebt er die Schranke und lässt uns passieren.
Kaum haben wir den Schlagbaum hinter uns gelassen, dringen wir in ein buntes Blumenparadies vor: links und rechts beugen sich Palmen über die Straße. Rot und blau blühende, exotische Sträucher begleiten uns tiefer in den Park hinein. Dann öffnet sich der Blick auf einen Hang, aus dem etliche weiße Rundhütten wie Pilze aus der gepflegten Anlage wachsen. Sie tragen spitze Dächer - gedeckt mit getrockneten Palmblättern. Fenster und Türen sind aus dunklem Holz und vor der Eingangstüre weitet sich eine kleine Terrasse mit jeweils zwei Liegestühlen. Eine Hängematte baumelt zwischen Palmstämmen. Das gesamte Gelände fällt nach unten hin sanft ab und endet vor einem Holzgeländer. Von ihm aus blicken gerade einige Gäste hinunter auf den nahen,

goldgelben Sandstrand und das Meer. Hohe Wellen schlagen auf die Uferküste. Beim Aussteigen höre ich ihr Brechen und Schäumen, dazwischen das Krähen einiger Raben, die über den Hütten kreisen.

Ein Hotelangestellter begrüßt mich freundlich.

„Willkommen! Darf ich Sie gleich zur Rezeption bitten?"

Ich bedanke mich bei Ganesh, der mich sechs Tage durch das südöstlichen Indien geführt hat und stecke ihm verstohlen eine großzügige Handvoll Rupien zu. Er verbeugt sich. Dann flüstert er mir zu: „Du hast mich gefragt, was ich von den Palmblätterbibliotheken halte? Ich kann Dir nur raten, sie nicht allzu ernst zu nehmen. Nicht für jeden Menschen gibt es passende Informationen. Keiner weiß, weshalb der eine Mensch beschrieben wird und der andere nicht! Und vieles von dem, was man Dir verkündet, ist nur eine geschickte Vermutung des Nadis, um Geld zu verdienen. Also bitte Vorsicht!"

Er überreicht dem Hoteldiener meinen Koffer und die Kiste mit Alexanders Palmblättern. Dann steigt er ohne sich umzuschauen ein, wendet den Wagen und gleitet auf dem Weg zurück, auf dem wir gekommen sind. An der Rezeption bittet man mich um meinen Pass. Über mir drehen sich die Ventilatoren und fächeln kühle Luft zu. Das Licht in der Halle ist gedämpft. Die Wände, die Decke, der Boden - alles strahlt Natur aus, überall Bambus und dunkles Tropenholz. Ich erinnere mich an Professor Shantu`s Neugier und übergebe meine Papiere nur ungern, - angesichts der Unsicherheit, mit der hierzulande offenbar persönliche Daten behandelt werden. Im Gegenzug reicht man mir den Schlüssel für eines der Rundhäuser und erkundigt sich nach den Zeiten, an denen ich gerne täglich die Ayurveda-Behandlungen absolvieren möchte. Ob ich schon morgen früh bereit sei, mich von den Ärzten untersuchen zu lassen. Gegen zehn Uhr wäre ein Universitätsprofessor aus Trivandrum in der Praxis. Seine Anwesenheit sei eine Ehre für das Resort. Ich könne ihm getrost vertrauen. Ich stimme zu: Zehn Uhr ist gut!

Nachdem ich die Rezeption verlassen habe, beginnt sich eine schwere satte Dämmerung über das Hotelgelände zu legen. Begleitet von einer Hotelangestellten mache ich mich auf dem Weg zu meiner Hütte, schreite auf Kieswegen und Stufen den Hügel hinunter, der in regelmäßigen Abständen von Lampen erhellt wird. Ihr Licht wirft erste nächtliche Schatten in der Gartenanlange: auf dem Pfad und hinter allerlei Büschen. Kleine weiße Schilder, die ich in der Dämmerung nicht zu lesen vermag, liefern vermutlich Erklärungen über ihre Heilwirkung.

Im unteren Bereich des Hügels führt mich die Angestellte zu meinem Rundbau. Sie dreht das Außenlicht über der Terrasse an und schließt die Haustür auf. Ich öffne ihre beiden Flügel und schalte das Licht im Innern eines runden Zimmers an.
„Vorsicht!" mahnt meine Begleitung. „Das Licht wird Insekten ins Haus locken. Und die bekommt man nur schwer wieder los. Licht also bitte immer erst anschalten, wenn Sie bereits im Haus sind und die Türen geschlossen halten!"
Ich nicke gehorsam. Sie zieht meinen Koffer über die Türschwelle und stellt ihn gleich neben einem schweren Holzschrank ab. Vor mir, nahezu über die gesamte Zimmerfläche hinweg, macht sich ein französisches Bett breit. Darüber schwebt ein weißes Moskitonetz wie ein Baldachin von der Decke. Links und rechts davon zwei Luftpropeller, die sich träge an der Decke drehen.
Es ist heiß und feucht im Raum: Der Schweiß fließt mir aus den Poren.
„Wenn Sie sich frisch machen wollen?" Die Hotelangestellte weist auf eine schmale Türe aus dunklem Holz. „Dahinter finden Sie den Waschraum!"
Ich werfe einen Blick in den weiß gekachelten Raum, entdecke darin Dusche und Toilette. Die Handtücher hängen fein säuberlich neben dem Waschbecken. Nichts fehlt! Alles ist sauber!

Das Ambiente stimmt mich positiv: Mein neues rundes Heim werde ich die nächsten sieben Tage genießen - auch die Terrasse davor: den Blick auf Palmen, Lilien, Gummibäumen und das Meer, dessen Horizont ich in dieser Abendstunde nur vermuten kann. Die benachbarten Hütten stehen in einer Distanz, in der man sich weder durch lautstarken Ehestreit noch Kindergeschrei gestört fühlen dürfte.

Ich drücke der Hotelangestellten die obligatorischen Rupien in die Hand.
„Frühstück gibt es jeweils ab sieben bis zehn Uhr!", erklärt sie. "Mittagessen von zwölf bis zwei. Wenn Sie Abendessen wollen:

Ab Neunzehn Uhr sind Sie herzlich willkommen. Das Restaurant befindet sich gleich links unten neben dem Holzgeländer!"
Sie blickt auf ihre Armbanduhr. „Das Dinner hat schon begonnen! Sie können also gleich hinuntergehen. Morgens um acht Uhr und um siebzehn Uhr besteht die Möglichkeit täglich an einem Yoga-Kurs teilzunehmen! Der findet unterhalb des Restaurants statt!"

Sie verabschiedet sich mit einer Verbeugung und verschwindet in der Dunkelheit. Ich schließe die Haustür ab und spaziere Richtung Restaurant. Ich orientiere mich dabei an den Lampen, die mich in regelmäßigen Abständen den Fußweg hinunterbegleiten. Das Restaurant ist auf diese Weise nicht zu verfehlen. Unter einer Decke aus Palmblättern, die auf einem Holzgerüst zu einem dichten Dach verflochten sind, gruppieren sich etliche Tische und Stühle aus Teakholz. Entlang der Wände dahinter, sowie links und rechts reihen sich an die dreißig Terra-Cotta Kasserollen: es ist das Ayurveda-Buffet. Wie Soldaten stehen die Töpfe nebeneinander stramm. Bunte Blumen und Palmwedeln schmücken die braunen Gefäße. Davor - kleine weiße Schilder, vermutlich mit Erklärungen, für welchen der drei Ayurvedatypen und Mischformen sich welche Speise im Topf eignet.
Ein Kellner in schwarzem Kaftan begrüßt mich am Eingang und weist mir einen vereinsamten Tisch zu. Da das Restaurant nur zu Hälfte besetzt ist, bitte ich unter einem der Ventilatoren Platz nehmen zu dürfen, denn ich möchte einen kühlen Atem den ständigen Hitzewallungen entgegensetzen. Mit so mancher scharfen Speise, die mich obendrein noch erhitzt, werde ich wohl rechnen müssen.

Meinem Wunsch nach kühler Luft habe ich es zu verdanken, dass ich nicht ganz allein sitze. In anderen Bereichen des Restaurants wäre ich von nahezu leeren Stühlen und Tischen umgeben. Hier, unter den Ventilatoren, habe ich den Vorzug einer Nachbarin. Sie sitzt ebenfalls einsam an ihrem Tisch und stochert lustlos in ihrem Salat herum. Sie wendet mir den Kopf zu und lächelt mich liebenswürdig an. Ich lächle freundlich zurück. Sie länger in Augenschein zu nehmen, das wäre sicherlich zu auffällig und aufdringlich. Aber selbst der rasche Blick, den ich ihr zuwerfe, lässt vermuten, dass sie, eine distinguiert und gepflegt wirkende Person, durchaus meine Sympathien erwecken könnte. Vermutlich bewegt sich ihr Alter in der Nähe des meinen. Vielleicht könnte sie auch ein wenig jünger sein. Das Leben hat in ihr Gesicht nur undeutlich Falten geschnitten. Ihre Augen blicken dunkel, sind mit wenigen Lidstrichen inszeniert. Die Nasenflügel wirken fein geschnitten, die Lippen noch voll und nicht durch Leid und Verzicht zu zwei dünnen Linien geschrumpft. Aber mehr noch als ihre Physiognomie erregt Ihr Haar meine Aufmerksamkeit. Sie trägt es auffällig tiefschwarz, wie frisch gefärbt. Es schmiegt sich an Hamsterbäckchen, die dem ganzen Gesicht eine freundlichere Form verleihen. Kleine Löckchen fallen seitlich bis auf die Schultern herunter. Ich vermute, dass dieses schwarze halblange Haar als ein mutiger Versuch zur Verjüngung gewertet werden darf. Und sie hat damit Erfolg! Tatsächlich strahlt sie etwas Junges und Frisches aus. Mag sein, dass dies bereits ein erster Effekt der Ayurveda-Behandlung ist. Jedenfalls entlockt sie mir ein inneres Aufflackern, dass ich seit Jahrzehnten nicht mehr gespürt habe.

Der Kellner nähert sich und füllt wortlos mein Glas mit leicht braunem Wasser. Ich blicke ihn fragend an.
„Das ist Kräutertee! Gut für die Verdauung!", erklärt er lachend, aber mit einem sanften Unterton von Schadenfreude. Ich bin mir sicher, dass er diese Flüssigkeit selber nie zu sich nehmen würde.
„Ich hätte aber lieber ein kaltes Bier!" antworte ich. Er schüttelt nur den Kopf:
„Bier? Bier, das bekommen Sie leider nicht während der Therapie bei uns. Auch keinen Wein und schon gar keine kalten Getränke! Es gibt nur den Kräutertee und die Joghurtgetränke links neben den Salaten!"
Ich bin ein wenig geschockt. Eine Hitze, wie die von heute Abend, so bin ich es jedenfalls gewohnt, eine solch tropische Schwüle kann man nur mit einem kalten Bier kompensieren. Er scheint meine Gedanken erraten zu haben.
„Unsere Gäste sind in den ersten beiden Tagen verzweifelt, aber dann gewöhnen sie sich an die warmen Getränke und die alkoholfreie Zeit. Der Tee wirkt nämlich kühlend und beruhigt die Vorgänge des Körpers!"
Er verbeugt sich und bittet mich zum Ayurveda-Buffet. Es beginnt auf der linken Seite mit allerlei Salaten, die auch auf unseren westeuropäischen Tischen zu finden sind, setzt sich fort mit einer Unzahl von Gemüsesorten: von Auberginen über Blumenkohl und Bohnen bis Zucchini. Sie schwimmen in bräunlichen, roten, gelben und dunkelgrünen Gewürz- oder Kräutersoßen. Die einen

werden als „heiß" bezeichnet für den kühlen Pittatypen, andere als „kühlend" für den schwerblütigen Kapha-Menschen und schließlich eine dritte Formation mit Mischgemüse für Vata-Typen. Jede dieser fleischlosen Speisen sieht gleichermaßen appetitlich aus. Hinter den Töpfen türmen sich große Tonschalen mit Reis auf, den man den ayurvedischen Speisen beifügen soll.
Ich spaziere neugierig dieser vegetarischen Phalanx entlang, bis ich zwei kleine, ein wenig versteckt anmutende Tiegel erreiche. Hier, zum Eckenstehen sozusagen verurteilt, werden gekochter Fisch und Hühnerfleisch angeboten: ein mitleidvolles Eingeständnis an westliche Fleischesser!
Auch wenn ich aus Gewohnheit am ehesten zur Fleischspeise neige, verwandele ich meinen Teller regelrecht in eine Malerpalette. Von möglichst vielen Angeboten wähle ich einen kleinen Schlag aus und garniere die vegetarischen Tupfer mit duftendem Reis. Zurückgekehrt an meinen Tisch, wünscht mir meine Nachbarin auf Deutsch „Guten Appetit!"

Das Essen schmeckt vorzüglich. Einmal mehr empfinde ich, dass die Vegetarier Südindiens - einem Land, in dem achtzig Prozent Vegetarier leben, - eine Kultur der Fleischlosigkeit entwickelt haben, die auf der Welt ihresgleichen sucht. Unser europäischer Vegetarismus hat nichts dagegen zu setzen. Ihm fehlen die Gewürze und der notwendige Mut, mit Gemüsen und Früchten zu zaubern. Zu meiner eigenen Überraschung fülle ich an diesem Abend meinen Magen in einem Ausmaß, so dass ich auf Grund der angenehmen Völle, die sich in meiner Mitte bildet, sehr rasch von einer bettschweren Müdigkeit ergriffen werde.

Meine Nachbarin nehme ich wieder wahr, als sie sich vom Tisch erhebt, sich mit einem „Guten Abend" verabschiedet. Erst in diesem Moment vermag ich ihre wohlgeformte Figur zu entdecken, die sie mit einer leuchtend blauen Bluse unterstreicht. Ich bewundere ihre langen Beine, die in einer weißen Hose stecken. Ich blicke ihr verträumt hinterher und bin dabei von meinem Verhalten genauso überrascht wie der Kellner, der mich dabei ertappt. In seinen Augen kann ich einen wissenden Glanz orten, wie sich ihn mitunter Männer beim Anblick einer schönen Frau solidarisch zuwerfen.

Meine Hütte empfängt mich hell erleuchtet. Eben hat das Zimmermädchen auf dem Bett noch ein Handtuch zu einem sterbenden Schwan geformt, drumherum ein paar Hibiskusblüten auf dem weißen Betttuch verstreut, eine Plastikflasche mit frischem Wasser abgestellt. Nach einer kühlenden Dusche, krieche ich unter das Moskitozelt, in das ich mich immer wieder verheddere. Erst nach mehreren Versuchen umschließt mich das Netz so sicher, dass ich endlich die Horizontale genießen kann.

Jetzt bin ich bereit, im schwachen Licht der Nachttischlampe die oberste der Palmblattkladden zu öffnen und vorsichtig die eng beschriebenen Seiten aufzublättern. Auf diesen Moment hatte ich den ganzen Tag über gewartet, um endlich mit „Alexander" und seinen Erzählungen aus der Götterwelt alleine zu sein.

Aus der Palmblätterbibliothek
8. Bündel

Nach der Rückkehr aus dem dumpfen Tartaros, der sich mir mächtig aufs Gemüt gelegt hatte, beschloss ich möglichst bald einen neuen Gott zu erzeugen. Einen, der für Verhandlungen und Botschaften stellvertretend für mich in der Welt unterwegs ist. Denn lässt man den Olymp und die Verwandtschaft über eine längere Zeit aus den Augen, dann tanzen die Mäuse auf dem Tisch. Schon deshalb hätte ich aus dienstlichen Erfordernissen sogleich wieder den Olymp aufsuchen müssen. Zuviel galt es dort zu regeln: Die Wahl der schönsten Göttin zu organisieren, die Liebeleien zwischen Ares und Aphrodite zu regeln, den Streit mit Hera in gegenseitigem Einvernehmen zu schlichten, und die Katastrophen zu beseitigen, die während meiner Abwesenheit sicherlich geschehen waren. Nein, mein Sinn trachtete jetzt nach Erholung, nach Aufmunterung. So ließ ich mir zumindest für die Heimreise Zeit.

Ich nahm zunächst den Weg von Eleusis über die Meerenge von Korinth nach Athen und schlug mich dann Richtung Norden durch. Dort in einem kleinen Dorf begegnete mir das erste Mal Leto. Woher sie kam, konnte mir keiner sagen. Mancher Bewohner behauptete, sie stamme von der Insel Kos, andere meinten aus dem kleinasiatischen Lykien. Aber eigentlich war es mir gleichgültig, sie war einfach eine Frau zur rechten Zeit am rechten Ort.

Als sie mir auf der Dorfstraße unter die Augen trat, glaubte ich ihnen kaum trauen zu dürfen. Ihr fein geschwungener Mund entzückte mich. Von ihren Lippen schien Honig zu tropfen, so süß glänzten sie. Ihre wachtelblauen Augen verzauberten mich. Ihr Haar, schwarz wie Ebenholz, fiel gleich einem dunklen Wasserfall den herrlich gebogenen Rücken hinunter. Ich vermochte kaum der Versuchung zu widerstehen, mit meinen Händen ihre vom Wind zerzausten Strähnen zärtlich zu entflechten. Und ihre Haut - weiß, weich und samten - erregte aufs Äußerste meine Sinne.

Auf der Stelle hätte ich Leto geliebt, wäre nicht zu erwarten gewesen, dass Hera, von Eifersucht besessen, mir eine Szene machen würde. Ihre eheliche Geduld war schon weit überschritten, als Demeter von mir schwanger geworden war und sich deshalb aus Wut mir gegenüber zur Enthaltsamkeit verpflichtet hatte. Sicher würde sie jetzt jeden meiner Schritte vom Olymp aus misstrauisch mit ihren forschenden Kuhaugen verfolgen.

Wenn ich also Leto ohne Entdeckung durch Hera verführen wollte, so müsste ich eine meiner unauffälligen Verkleidungen zur Tarnung wählen. Als Adler und Eule war es mir ein manches Mal gelungen. Letos Augenfarbe gab mir schließlich die Idee ein, mich dieses Mal in eine Wachtel zu verwandeln. Und um die Leidenschaft komplett zu machen, beschloss ich, auch sie in diesen Vogel zu verzaubern: So trafen sich also eines Abends zwei Wachteln auf einem Feld vor dem Dorf. Natürlich konnte das nicht gut gehen. Die sperrigen Flügel störten, und auch die spitzen Schnäbel eigneten sich nicht besonders zum innigen Kuss. Als Eros seine weiten Flügel über mir ausbreitete, die erste Lust mich heimsuchte, zog ich es deshalb vor, die Verwandlung rasch wieder aufzuheben. Wir näherten uns in normaler Gestalt.

Leto, offenbar in allen Liebeskünsten erfahren, zeigte keinerlei Schüchternheit mir gegenüber. Sich einem Gott hinzugeben, schien ihr offenbar ein großes Vergnügen zu bereiten, das man, um der eigenen Lust willen, nicht ausschlagen darf. Kaum, dass sie ihre wahre Gestalt wieder angenommen hatte, nahm sie sich frech das Recht heraus, sich ohne vorbereitende Zärtlichkeiten über mich zu schwingen, um meinen Phallus mit führender Hand in ihren fruchtbaren Schoß einzutauchen. Dann schloss sie ihre schönen, wachtelblauen Augen, um sich selbst ganz allein den aufkeimenden Gefühlen hinzugeben. Wie eine meditierende Priesterin glitt sie auf mir hin und her, oder hob und senkte sich im rhythmischen Auf und Ab. Doch stets blieb sie versunken in ihrer ganz eigenen Welt lustvoller Begierden. Sie nützte mich gleichsam als anonymes Instrument für ihre Leidenschaft und stellte den mächtigsten aller Götter unter ihre willkürliche Herrschaft.

Letos Liebespraktik bot ein gänzlich neues Erleben für mich: Opfer zu sein und Sklave auf dem Feld der Liebe, auf dem ich sonst meine Dominanz mit Genuss kultivierte. So ungewöhnlich reagierten meine Sinne auf diese Art der Leidenschaft, dass die männlichen Ahnen, die sonst energisch den Takt meiner Lust vorgaben, aus Überraschung abwartend in der Stille lauschten. Vor Schreck verstummten auch die Vögel um uns herum, als würde gleich ein Vulkan ausbrechen oder die Erde zu beben beginnen. Sogar die Bienen verharrten in ihrem Fleiß auf den ergiebigsten Blüten. Die Schmetterlinge falteten ihre hauchdünnen Flügel wie zum Gebet. Selbst die Rehe unterbrachen ihren Lauf auf der nahen Lichtung. Sie alle erstarrten, hielten den Atem an - von der Ahnung erfüllt, dass sogleich etwas Gewaltiges auf der Welt geschehen würde.

Gleich einem rollenden Donner durchbrach urplötzlich ein Brüllen und Stöhnen diese Stille. Heftiger und heftiger werdend füllten diese Urlaute meine Brust und meinen Unterleib, breiteten sich mit süßlichem Schmerz in meinem Phallus aus, um schließlich unter gewaltigen Druck meinen Körper zu verlassen. Laute Schreie drangen mir gellend über die Lippen, während ich Letos Schoss in seinem tiefen Inneren mit gierigem Schaum füllte.

Aber leider! Hera hörte meine Lustschreie bis hinauf zu den Gipfeln des Olymps. Sie ahnte sofort, was geschehen war. Sie tobte vor Eifersucht und sandte vorauseilend ihre Nymphen aus, die jedem Land der Welt verbieten sollten, die von mir geschwängerte Leto aufzunehmen.

Nach solch einem göttlichen Akt, den ich nur in seltener Ausnahme später wieder erleben durfte, vermag man sich die Folgen an den fünf Fingern abzuzählen. Leto wurde schwanger! Die Nachricht überbrachte mir kurioser Weise eine Wachtel, nachdem ich längst auf den Olymp zurückgekehrt war. Hera hatte sich in der Folge wütend zurückgezogen und sprach kein einziges Wort mehr mit mir. Das Band der Ehe schien ein für alle Mal zerschnitten und ich begann mir Gedanken zu machen, wie ich die Enden wieder miteinander verknüpfen könnte.

Leto irrte ruhelos hin und her, von Kreta bis hinauf zu den Dardanellen und wieder zurück. Alle Tore blieben ihr verschlossen – aus Angst vor Heras Rache! Aus der Ferne jedoch beobachtete ich mit Sorge die immer gewaltiger werdende Wölbung ihres Unterleibs. Allzu gern hätte ich ihn gestreichelt, um das heranwachsende Kind fühlen zu können. Ich hatte aus Persephones Enttäuschung gelernt und wollte dieses Mal ein besserer Erzeuger sein. Allein Heras stumm drohende Eifersucht ließ eine väterliche Fürsorge nicht zu. Wer weiß, was sie mit Leto angestellt hätte, wäre ich der werdenden Mutter allzu nahegekommen! Stattdessen lief ich nervös auf dem Olymp auf und ab und suchte verzweifelt nach einer Lösung, um den Irrwegen der jungen Mutter einen sicheren Geburtsort anzubieten. Als der Tag der Geburt immer näher rückte, nahm ich meinen Bruder Poseidon beiseite und gestand ihm mein Missgeschick.

„Mach Dir keine Sorgen, Zeus!" versicherte er und stützte sich auf seinen Dreizack. „Ich kenne eine kleine Insel – Delos mit Namen. Nur eine Palme und ein Teich schmücken das Eiland. Es vermag wie ein Schiff mal hierhin mal dorthin zu schwimmen, so dass Hera sie kaum orten kann. Keinem ist es zudem erlaubt, der Leto das Betreten zu verwehren, denn die Insel gehört mir ganz allein!"

Ich nahm Poseidon dankbar in die Arme, ersparte er mir doch den Spott der Götter, dem ich ausgesetzt gewesen wäre, hätte ich als mächtiger Kindsvater der Leto nicht wenigstens ein kleines Fleckchen Erde zum Gebären verschaffen können.

Leto begab sich auf die Insel. Doch Delos schwankte im Wellengang so sehr, dass sich die werdende Mutter ängstigte und fürchtete, während der Geburt auch noch unter Seekrankheit leiden und dem Meeresgott auf diese unangenehme Art und Weise opfern zu müssen. Abermals holte ich mir Rat beim Bruder.

„Leto ist hochschwanger!" jammerte ich ihm vor, „Bald setzen die Wehen ein. Solch ein Schaukeln können wir ihr keinesfalls zumuten. Bitte, lass Dir etwas Besseres einfallen!"

Da hob Poseidon seinen Dreizack und spießte kurzerhand die Insel auf. Fest verankert mit der Erde lag nun Delos ruhig da und rührte sich nicht mehr vom Fleck. Die ersten Wehen setzten ein. Leto schrie vor Schmerzen so laut auf, dass etliche Göttinnen, von Mitleid ergriffen, ihr beistehen wollten. Mochte Hera, auf welche Art auch immer, ihrem Ärger durch Rache Luft zu verschaffen, die Verbundenheit zu einer gebärenden Frau schätzten sie allemal höher ein als die Parteinahme für eine eifersüchtige Göttin. So versammelten sie sich alle um das Lager der geplagten Leto, bis auf Hera und ihre beste Freundin, die Göttin der Geburtshilfe Eileithyia. Schließlich erschien die göttliche Geburtshelferin doch noch, weil man ihr als Entlohnung für den Beistand ein neun Ellen langes, goldenes Halsband versprochen hatte.

Als Leto glaubte, dass endlich der Moment der Niederkunft gekommen sei, ließ sie sich zu Füßen der delischen Palme in die Knie nieder. Sie umfasste den Stamm kräftig mit beiden Armen und begann auf Anweisung der Eileithyia zu pressen. Doch so leicht machte es ihr die Göttin der Geburt nicht. Wohl um den drohenden Zorn meiner eifersüchtigen Gattin zu besänftigen, zögerte sie den Geburtsvorgang unerträglich hinaus. Die Schreie der sich plagenden Leto drangen bis zum Olymp: süße Musik für die Ohren der nachtragenden Hera!

Ganze neun Tage quälte sich die werdende Mutter, bis Eileitheyia Erbarmen zeigte. Endlich öffnete sich weit das Tor der Leto, und als Erstes entsprang ihrem geschundenen Leib ein Mädchen, das die umstehenden Göttinnen sogleich Artemis tauften. Gleich hinter ihr kam ein Junge herausgekrochen, dem sie den Namen Apollon gaben. Um Beiden den ersten Schritt ins göttliche Leben zu erleichtern, sangen allesamt sogleich einen vielstimmigen Willkommens-Chor.

Auch ich ließ mich nicht lumpen. Kaum, dass Artemis und Apollon das Licht der Welt erblickten, überpuderte ich Delos mit feinstem

Goldstaub, so dass die Insel in hellem Glanz erstrahlte. Mehr noch! Um das Mysterium der göttlichen Zwillinge einen besonders würdigen Rahmen zu verleihen, ließ ich ein Meer von farbenfrohen Blumen erblühen. Ihr feiner Duft zog süßlich über die Insel und löste bei den Kindern ein erstes Niesen aus, das ihre Lungen entfaltete. Außerdem schickte ich singende Schwäne, die sieben Kreise über der Mutter und den beiden Kindern drehten. Zarte Jünglinge und Jungfrauen legten kostbare Opfergaben nieder und fächelten den eben Geborenen frische Luft zu.
Auch Poseidon trug als Onkel das Seine zur Geburtsfeier bei. Aus dem Meer heraus wuchs eine Diamantsäule, an die der Meeresgott die Insel Delos, nun doppelt gesichert, fest vertäute. Ich gab noch eins drauf, etwas für immer Bleibendes: Ich erließ ein Gesetz, an das sich hinfort alle Sterblichen bis auf den heutigen Tag hielten: Auf der Geburtsinsel des Apollon darf kein Mensch geboren werden oder sterben. Allein meinem Sohn und seiner Erhabenheit sollte dies vorbehalten bleiben.

Die Göttinnen wuschen die Kinder sogleich mit dem klaren Wasser des Teichs und legten ihnen weiße Windeln mit goldenen Bändern an. Leto war einfach zu schwach, um den Zwillingen ihre Brüste zu reichen. Dafür griff die Göttin Themis zu Nektar und Ambrosia, um sie sogleich an die Götterspeise zu gewöhnen. Das bekam vor allem dem kleinen Apollon gut: er reckte und streckte sich, sprengte das goldene Band und das weiße Tuch, mit dem man seinen schnell wachsenden Körper umwickelt hatte. Kaum fiel die Windel von ihm ab, erhob er sich und richtete das Wort an die staunenden Göttinnen.
„Noch bin ich zu klein!", sprach er voller Selbstbewusstsein, als habe er schon sein Schicksal im Mutterleib beschlossen.
„Aber bald werde ich der Gott des Orakels sein. Ich will den Sterblichen den Willen meines Vaters Zeus verkünden. Außerdem beanspruche ich die Schirmherrschaft über die Leier und den Bogen. Der Welt fehlt es noch an Musik, die das Gemüt der Menschen wie der Götter mit Freude aber auch mit süßem Seelenschmerz erfüllt!"

Die meisten meiner Kinder kennen eben keine Kindheit. Einige, gleich mir, wachsen langsam. Andere, wie Apollon, eilen im Sauseschritt durch die Wachstumsjahre. Doch uns allesamt vereint die Veranlagung, niemals alt werden zu können. Die Sterblichen haben uns in ihren Gedanken und Gebeten mit diesen Eigenschaften ausgestattet. Und wir, wir müssen ihnen gehorchen. Ob wir wollen oder nicht, wir sind Opfer und Spielball menschlicher Vorstellungen. Das Greisenalter ist uns ebenso fremd wie Krankheit und Tod. Jeder Sterbliche würde sich nichts sehnlicher wünschen, als diesen drei gefürchteten Feinden ihres Lebens zu entgehen. Deshalb schnitzen sie aus ihren Wünschen und Ängsten uns Götter. Also sind wir nichts Anderes als ein mythischer Spiegel der Sterblichen und die Sklaven ihrer Sehnsüchte.

Auch Apollon wurde von der spirituellen Vorstellungskraft der Menschen nach idealen Maßen geformt. Deshalb beeindruckt sein Körper durch Makellosigkeit. Kein Gramm zu viel an Fett, kein Muskel zu wenig! Sie erhoben deshalb seine Glieder, seine Brust und seinen Bauch zum Sinnbild männlicher Schönheit. Gleichzeitig beneidete ich Apollon um die Mischung aus Intellekt und Poesie, aus der die Phantasie des Menschen seinen göttlichen Charakter zusammengesetzt hatte. Als einziger Gott, der maskulines Denken mit weiblichen Gefühlen vereinen konnte, drohte er mir stets überlegen zu sein.

Apollon gedieh prächtig - dank Nektar und Ambrosia. Bereits nach vier Tagen hatte er das Wissen und die Kraft eines Erwachsenen erlangt und verlangte, überraschend für seine Mutter, nach Pfeil und Bogen.
„Wozu brauchst Du, eben erst geboren, die Waffen eines Kriegers?", entsetzte sich Leto und schlug verzweifelt die Hände über dem Kopf zusammen.
„Ich gehe auf Wanderschaft!", antwortete er auf eine Weise, die keinen Widerspruch duldete.
„Ich begebe mich auf die Suche nach einem Orakel, durch das Vater Zeus endlich auch zu den Sterblichen sprechen kann. Es soll das Größte der Welt sein!"

Hätte Apollon gewusst, dass mir im Grunde die Menschen zuwider sind, ich ihnen damals nicht viel mitzuteilen hatte, allerhöchstens aus Verlegenheit ein paar wirre Sätze, hätte er sich diese Mühe sparen können. Doch ich empfand seine kindliche Fürsorge und die ständige Erwähnung meines Namens so schmeichelhaft, dass ich ihn nicht aufhalten wollte. Soll er doch als Orakelgott seine Erfahrungen machen und sich die jugendlichen Hörner abstoßen! Also ließ ich ihn gewähren. Gleichwohl hätte ich ihn doch lieber zu meinem Götterboten ernannt, einen Botschafter, der für mich in der Welt handelt und verhandelt, wo auch immer es brennt. Solch ein Gott fehlte mir noch.

Tatsächlich verfügte ich bis zu Apolls Geburt über keinerlei Sprachrohr, mit dem ich mich den Menschen verständlich zu machen vermochte, - außer vielleicht meinem Donner, der den Sterblichen jedoch nur Angst einjagen konnte. In der Tat schien mir das Gerumpel am Himmel als einzige Mitteilung doch ein wenig schlicht zu sein.
„Ein Gott", so pflegte mir Apollon später immer wieder zu predigen. „Ein Gott wie Du, der hat doch mehr zu sagen als - Bumm!"

Doch hinter seinem Ehrgeiz lag eine tiefere Absicht versteckt als jene, meine Worte an die Menschheit weiterzureichen. Bis zur Apolls Erscheinen auf der Welt war nur wenigen weiblichen Gottheiten wie Demeter oder Hera die Gabe der Prophezeiung gegeben. An auserwählten magischen Orten übermittelten sie ihren irdischen Vertreterinnen, nämlich den Priesterinnen, Botschaften, um den Sterblichen den rechten Weg in die Zukunft zu weisen. Das Orakel war nichts Anderes als das untere Ende einer Nabelschnur, die sich von der göttlichen bis zur irdischen Welt spannte. Durch sie schlängelte sich der göttliche Wille. Auf dem weiten Weg vom Olymp bis hinunter zum Orakel und hin zur Priesterin wirbelten jedoch die Worte so durcheinander, dass sie sich nur mühsam wieder in die rechte Reihenfolge fügen ließen. Deshalb zeigten sich die meisten Priesterinnen in genau jenem Augenblick verwirrt, da die göttliche Botschaft in sie fuhr. Um wenigstens die Wortfetzen in besonderer Güte empfangen zu können, verfeinerten sie ihre Sinne obendrein durch Drogen oder Dämpfe, die aus dem Erdinneren strömten. Was sie im Rausch vor sich hin stammelten, musste erst mühsam wieder zusammengefügt werden. Eine Aufgabe, zu der sich zunächst nur Oberpriesterinnen, später aber auch Oberpriester befähigt fühlten. Häufig missbrauchten sie jedoch ihre Deutungshoheit dazu, unsere Prophezeiungen in eine bestimmte Richtung zu verdrehen, damit sie in ihre politischen Absichten passten oder sich in ihr moralisches Wertesystem einfügten.

Apollon war der erste männliche Gott, der sich aufmachte, um mit einem Orakel die Menschheit zu beglücken. Wie nicht anders zu erwarten, empörten sich darüber alle weiblichen Gottheiten. Sie hielten mir vor, dass es doch bisher ihr alleiniges Vorrecht gewesen sei, über die Gabe der Prophetie zu verfügen. Sie beriefen sich dabei auf ihre höher entwickelte Gefühlswelt, ihre feingesponnenen Sinne, und vor allem auf ihre Fähigkeit, leichter als Männer Ahnungen zu erspüren, um mit empfindlichen Fühlern das Geheimnisvolle, das Dunkle und Unausgesprochene aufzufangen. Ein Orakel zu führen, so behaupteten sie, bedeute, in sich gefühlvoll hinein zu hören und unter den vielen Stimmen, die sich bemerkbar machen, die Göttliche heraus zu filtern. Männer seien doch mehr mit dem Kopf als mit dem Herz verbunden, außerdem ihrem Phallus verpflichtet. Sie wären zu sehr nach Außen gewendet. Und schließlich gebe es da noch die Menstruation, über die sie als Frau mit dem Mond und der Sternenwelt aufs Engste verbunden seien. Kurzum, Männer seien für Orakelstätten grundsätzlich nicht geeignet.

Ich ermahnte Apollon vor seiner Abreise, es nicht allzu weit zu treiben und sanft bei seiner Suche vorzugehen, um nicht bei der weiblichen Götterwelt gänzlich in Ungnade zu fallen. Vom Olymp herab, so warnte ich ihn, würde ich jeden seiner Schritte beobachten. Er versprach mir ein vorsichtiges Vorgehen, ließ sich aber trotz aller Proteste von seiner Suche nicht abbringen. So verließ er Delos und traf als Erstes auf die Nymphe Telphusa, die, nahe dem Götterberg, aus Kieseln und dem verspielten Plätschern einer Quelle die Zukunft las. Apollon war fasziniert.
„Dein Orakel gefällt mir!" stellte er bewundernd fest. „Hier ist es kühl und schattig. Man kann sich ins Moos setzen und hat es weich. Wenn Du erlaubst, würde ich gern mit Dir das Orakel und die Quelle teilen!"
Telphusa zeigte sich wenig begeistert. Sie runzelte misstrauisch die Stirn und schüttelte ärgerlich den Kopf.
„Kommt gar nicht in Frage, Apollon! Magst Du auch noch so schön sein, leider muss ich auf Deine Gegenwart verzichten. Meine Quelle ist viel zu klein. Ihr Wasser reicht gerade für einen aus. Sollten wir es teilen müssen, wird keiner von uns etwas von den Opfergaben der Menschen haben, die sie hier zum Dank hinterlassen. Aber lassen wir doch das Orakel selber darüber urteilen, was es von Deinem Vorschlag hält!"

Sie tauchte ihren Arm in das Bächlein und griff sich vom Grund einen schwarzen und einen weißen Kieselstein.

„Welcher von beiden als erster im Bachlauf dort unten auf Höhe des Olivenbaumes eintrifft, dem soll die Orakelstätte gehören! Der schwarze Stein wird dabei Deiner sein."

Bevor Apollon noch Widerspruch gegen das Verfahren einlegen konnte, hatte die Nymphe bereits beide Kiesel in ein flaches Stück des Baches geworfen, so dass man den Weg verfolgen konnte, den die Steine vom Wasser vorangetrieben wählen würden. Während aber der weiße Kiesel deutlich sichtbar für die Beiden munter den Bach hinunter bis in Ziel rollte, verschwand der schwarze rasch auf Nimmerwiedersehen unter den dunklen Wasserwellen. Telphusa triumphierte:

„Das Orakel hat sich entschieden, Apollon, und Deinen Kiesel verschluckt. Du solltest dieses Omen anerkennen! Aber ich gebe Dir für Deine weitere Suche einen Rat: Besuche doch die liebenswerte Delphyne und ihre Freundin Python. Bei diesen Beiden wirst Du den Schrein Deiner Großmutter Gaja finden. Das ist der beste Ort, um das größte Orakel der Welt zu gründen!"

Die Nymphe schickte aus purer Absicht Apollon geradewegs ins Verderben. Als sich der junge Gott nämlich der Heimstatt der Delphyne am felsenreichen Fuß des Berges Parnass näherte, erspähte er das schreckliche Haupt der Riesenschlange Python. Sie bewachte seit Jahrhunderten den Schrein der Gaja. Meine Gattin Hera, immer noch erzürnt über den unehelichen Göttersohn und obendrein vorgewarnt durch die Nymphe Telphusa, hatte das gewaltige Tier vor dem ungebetenen Besuch gewarnt. Python drohte fauchend, züngelte zischend und schlug mit ihrem schlauchartigen Körper immer wieder kräftig nach dem Eindringling, um ihn zu verjagen. Gleichzeitig verdunkelte ein Schatten den Himmel am Fuße des Parnass. Delphine, eine funkenspeiende Drachenfrau und bei weitem nicht so liebenswert wie Telphusa es versprochen hatte, griff Apollon vom Rücken her wutschnaubend an. Sie drohte ihn, mit dem heißen Atem ihrer Feuerzunge zu verbrennen.

Mein Sohn war in eine verschwörerische Falle geraten, ausgeheckt von einer Phalanx weiblicher Gottheiten. Sie wollten ihn vernichten, um das Heiligtum der Gaja, das Zentrum weiblicher Mysterien, ein für alle Mal vor dem Angriff männlicher Götter zu schützen. Die beiden Ungeheuer verwehrten ihm den Zutritt zu dem seit Urzeiten der Weiblichkeit gewidmeten, heiligen Ort. In ihm nahmen Priesterinnen aus aller Welt mit der Urgöttin Verbindung auf, um zu opfern, zu ihr zu beten und sie nach der Zukunft zu befragen. Ausnahmslos Frauen durften das Orakel betreten. Männer hatten sich bisher an das Tabu gehalten.

Es sollte ein letztes matriarchales Aufbegehren sein. Als ich die bedrohliche Notlage meines Sohnes vom Olymp aus voller Sorge erblickte, da erinnerte ich mich wieder an meine Kindheit auf dem kretischen Berge Ida. Aus den Tiefen meines Gedächtnisses tauchte das grausame Bild jener Priesterin auf, die eines Nachts einen wehrlosen Mann auf dem Opferaltar getötet hatte, um das Wohlwollen der alten Erdenmutter zu gewinnen. Damals hatte ich mir geschworen, dem Abschlachten von Männern Einhalt zu gebieten.

Mit Apollon schien mir die Zeit gekommen, dem blutigen Ritus weiblicher Mysterien endgültig den Garaus zu bereiten. Als Mann mögen mir Frauen gern eine einseitige Bevorzugung männlicher Macht in der Welt vorwerfen, aber der Angriff meines Sohnes auf diese letzte Festung, das letzte Zentrum weiblicher Herrschaft, vollzog im Grunde nur den gegenwärtigen Zustand der irdischen Welt. Nahezu überall, in den Städten wie auf dem Land, hatten in den vergangenen Jahren die männlichen Sterblichen die weibliche Herrschaft überrannt und das Ruder ergriffen. Und nachdem wir Götter ein mystisches Gedankenspiel, ein Spiegelbild der irdischen Gesellschaft wiedergeben, blieb mir nichts weiter übrig, als diese Entwicklung auch im Himmel umzusetzen. Die Sterblichen wählen sich eben nicht nur die politischen Führer aus, die sie verdienen, sondern auch die Götter.

Python und Delphine setzten dem Apollon mächtig zu. Ich sandte ihm deshalb all meine Kraft, mit der sich seine noch jungen Muskeln und Sehnen bereitwillig vollsogen. Er spannte den schweren Bogen, den ihm kurz nach seiner Geburt Leto geschenkt hatte, setzte einen Pfeil nach dem anderen an die Sehne und schoss so lange auf Delphine, bis der weibliche Drache, hundertfach durchbohrt, röchelnd zu Boden sank.

Python indes, die den Tod der Delphine mit Schrecken beobachtet hatte, floh in Gajas Schrein, in ihre heilige Felsspalte am Fuße des Parnass. Die Schlange glaubte, dass sie hier vor der Verfolgung des Apollon sicher sei, denn das Betreten dieses mystischen Bezirks war aus Respekt vor der mächtigen Erdenmutter allein den Priesterinnen gestattet. Männer hatten bisher die allzu weiblichen Formen des Felsspaltes gemieden. Die wulstigen Felsenränder am Rande und dazwischen das weit aufklaffendes Höhlentor glichen nur allzu deutlich dem Geschlecht einer Frau. Sie glaubten voller Ehrfurcht eine verschlingende Pforte vor sich zu haben, die in die verbotenen Tiefen, in die Gebärmutter der Erdgöttin führte. Ein heiliger Respekt und wohl auch die Angst, aus den Abgründen der höhlenartigen Weiblichkeit nicht mehr herauszufinden, verbot es ihnen, dort nur einen Fuß hineinzusetzen.

Apollon scherte sich nicht um das religiöse Tabu, mit dem der Felsspalt vor ihm und den Männern geschützt war. Er jagte die Python tief in die heilige Höhle hinein und tötete sie mit seinen Pfeilen ohne auch nur mit der Wimper zu zucken.

Welch ein Frevel! Aus Sicht der Göttinnen hatte Apollon auf ewige Zeiten den weiblichen Nabel der Welt entehrt. Geduldig ertrug ich ihre wortreichen Klagen, wohl wissend, dass ich um eine Sühne nicht herumkommen würde. Apollon aber trieb die Entweihung noch weiter. Da er als Einzelkämpfer den Schrein erobert hatte und ihn nicht verwaist zurücklassen wollte, weihte er im Schnellkurs einige Sterbliche aus Kreta zu neuen Oberpriestern. Künftig sei kein anderer als er, Apollon, der Herr über das Heiligtum. Alle Gebete hätten, wenn nicht ihm, so doch zumindest seinem Vater Zeus zu gelten. Ich hatte sie als Beistand auch bitter notwendig!

Hera polterte wutentbrannt auf dem Olymp. Die Hände in die Hüften gestützt baute sich die Gemahlin vor mir auf. Wenn sie auch das Lager nicht mehr mit mir teilen wollte, so redete sie zumindest mit mir. Aber in welchem Ton!
„Dein Bastard Apollon, Dein unehelicher Sohn, er hat Delphyne und Python erschlagen. Und damit nicht genug! Er hat auch noch unser Heiligtum entehrt, hat hergelaufene Sterbliche zu Priestern gewählt! Und dazu auch noch Männer! Wie ich Dich einschätze, freust Du Dich insgeheim über diese Schandtat. Aber ich und alle

anderen weiblichen Gottheiten fordern Genugtuung von ihm. Er muss bestraft werden!"

Auch wenn ich Apollons Vorgehen mit einer gewissen Sympathie verfolgt habe, so war mir sein Handeln doch ein wenig peinlich! Kaum den Windeln entwachsen, bereitete er mir ernsthafte Schwierigkeiten im Lager der Göttinnen. Sie murrten und drohten sogar ihren göttlichen Partnern mit Liebesentzug, wenn ich meinen Sohn den Frevel nicht büßen lassen würde. So befahl ich Apollon vor den olympischen Thron und setzte die strengste meiner Minen auf, die mir als Ersten unter den Göttern gut zu Gesichte stand. Nach den Erfahrungen auf dem Olymp im Umgang mit göttlicher Macht, hatte ich doch einiges dazu gelernt und mich deshalb auf das Treffen gut vorbereitet: Es galt eine Strafe zu verhängen, die einerseits die Göttinnen einigermaßen befriedigen, andererseits aber auch durch gerechte Milde die Sympathie zu meinem Sohn ausdrücken würde.

„Mein Sohn Apoll!", sprach ich mit einer Strenge, die ich nicht einmal mir selbst zugetraut hatte.
„Du hast zweifellos Unrecht getan! Gut, das Rad der Geschichte lässt sich nicht mehr zurückdrehen, aber ich erwarte von Dir zumindest Wiedergutmachung! Zur Strafe wirst Du neun Jahre lang einem Sterblichen dienen müssen, damit Du endlich Demut lernst. Außerdem sollst Du als Versöhnungsangebot an die Göttinnen eine Jungfrau zur Orakelpriesterin ernennen. Und in Erinnerung an die Schlange, welche Du erschlagen hast, wirst Du sie Pythia taufen. Du wirst obendrein pythische Spiele einführen, auf denen sich die Sterblichen, vor allem Musiker und Poeten, messen werden. Und damit sich die Irdischen nicht nur an die Python erinnern, sondern auch an die Drachenfrau Delphyne, musst Du den heiligen Bezirk und die Spalte der Erdmutter für alle Zeiten Delphi nennen, was nichts anderes als `Gebärmutter´ bedeutet! So war ich Zeus heiße!"

Ich ließ Apollon keine Chance zum Widerspruch und lernte bei dieser Gelegenheit, dass offenbar durch ein gebieterisches Auftreten mehr zu bewirken ist als durch Zaudern und zögernde Unentschlossenheit. Zwar konnte ich aus seinen schönen hellblauen Augen eine gewisse dunkle Enttäuschung und auch Wut herauslesen, dennoch befolgte er gehorsam alle meine Befehle. Für einen Gott gab es nämlich kaum eine schlimmere Strafe, als sich einem Sterblichen und seinen Launen, seiner Fehlbarkeit und seiner Willkür zu unterwerfen. So musste Apollon die „Menschlichkeit" des Königs Admetos im thessalischen Tempetal neun Jahre lang ertragen. Dort hütete er dessen Kühe und beriet ihn mit Erfolg beim Werben um die Hand der Alkestis. Schließlich rettete er seinen Herrn sogar vor dem Tod, in dem er die Moiren, die den Schicksalsfaden webenden Göttinnen, so betrunken machte, dass sie im Rausch König Admetos einfach vergaßen und das Ende seines Lebensfadens nicht mehr auffanden.

Zwar führte sich Apollon als Herr über die Orakelstätte Delphi auf, aber mit ihrer brutalen Entweihung hatte sich auch die prophetische Magie des Ortes für ihn und alles Männliche verflüchtigt. Er selbst verfügte über keinerlei Fähigkeiten, in die Zukunft zu blicken. Doch Apollon wäre nicht Apollon, hätte ihn nicht sein gewaltiger Ehrgeiz weiterhin dazu getrieben, Delphi zur größten Orakelstätte der damaligen Welt auszubauen. Da sich alle Göttinnen weigerten, einen Gott, der ihre Ehre und Tradition verletzt hatte, in die Magie der Prophetie einzuweisen, forschte er im männlichen Teil der olympischen Bewohner nach einer Lösung seines Problems.

Nach langer Suche kam Apollon schließlich zu Ohren, dass einzig der kleine unscheinbare Weidegott Pan mit der Gabe der Vorsehung gesegnet sei. Ihn zu finden war jedoch ein schwieriges Unterfangen, denn seiner lächerlich verwachsenen Figur wegen hatten wir ihm die Gastfreundschaft an der olympischen Tafel verweigert. Er roch überaus streng nach Ziege, war zudem bocksbeinig und über und über mit Haaren bewachsen. Mit seinen schafsähnlichen Gesichtszügen und den beiden Hörnern auf der Stirn verleidete er jedem den Appetit auf Nektar und Ambrosia. Keiner wusste so recht, wessen Kind er eigentlich war. Böswillige Zungen schrieben ihn meinen Lenden zu. Doch muss ich dies energisch zurückweisen. Pan galt, so lebenslustig und humorvoll er sich auch gebärdete, als nicht gesellschaftsfähig, weshalb keiner von ihm - auch er nicht von uns - Notiz nahm. Im Übrigen stank er gewaltig nach Ziegenbock! Spätere Menschengenerationen haben sich weit mehr als unsere Götterwelt mit ihm befasst. Sie erkoren ihn, seiner Hörner und seines Schwanzes wegen, zum Vorbild für den „Teufel". Ein bedauerliches Missverständnis, denn der kleine Weidegott, für die Fruchtbarkeit von Ziegen, Schafen und Eseln zuständig, verfügte über keinerlei diabolische Eigenschaften. Mit erregtem Geschlecht pflegte Pan über die Wiesen zu galoppieren und war ständig von einer Liebestollheit besessen, die ihn allem nachstellen ließ, was nur irgendwie weiblich aussah. Im Grunde aber war er ein harmloser Geselle, der seinen Mittagschlaf unter einem lauschigen Baum über alles schätzte. Unterbrach jemand seinen Schlummer, packte ihn eine solche Wut, dass er entsetzlich aufbrüllte und damit den Störenfried in einen „panischen" Schrecken versetzte. Am liebsten aber jagte Pan hinter den Wald- und Wiesennymphen her. Doch freiwillig gab sich ihm keine hin, sobald er hinter einem Busch mit erregtem Glied, scharrenden Bocksbeinen, am ganzen Körper behaart, mit spitzen Hörnern und aufgeregt wedelnden Eselschwanz vortrat.

Ein besonderes Ziel seiner Begierde wurde die Nymphe Syrinx. Natürlich nahm sie, wie all die anderen, eiligst Reißaus. Pan jagte hinter ihr her und trieb sie am Ufer eines unüberwindbaren Flusses in die Enge. Links und rechts bot sich ihr keine Zuflucht an. In ihrem Rücken hörte sie bereits die Hufe des bocksbeinigen Weidegottes klappern und das gierige Schnauben seiner Schafsnase.

Da Syrinx das Wasser scheute, sandte sie eilig Gebete zu uns Göttern. Hera erhörte sie und verwandelte die Gestalt der Nymphe in ein Schilfrohr. Davon wuchsen so viele am Flussufer, dass der geile Gott sie nicht finden konnte. Doch der bauernschlaue Pan schnitt kurzerhand das Schilf ab und fügte die hohlen Rohre je nach Länge zu einer Flöte zusammen. Das so geschaffene Instrument setzte er liebevoll an seine wulstigen Lippen, um zumindest auf diese Weise die begehrte Syrinx innig küssen zu können. Sein heftig erregter Atem löste dabei wunderbare Töne aus, welche die Luft mit sehnsuchtsvollen Weisen erfüllte. Die Panflöte war geboren.

Mit seinem Spiel beglückte der kleine Gott fortan Bauern, Satyrn und Nymphen – eben „alle", was so viel wie „Pan" bedeutet. Nur Apollon war auf ihn weniger gut zu sprechen. Als selbst ernannter Gott der Musik und des Spiels auf der Leier duldete er keinen neben sich, der sich noch dazu mit Flötentönen größerer Beliebtheit als er erfreute. Mein Sohn forderte deshalb Pan eines Tages zum musikalischen Wettstreit heraus.

„Wenn ich gewinne", so legte Apollon die Regeln fest, „dann überlässt Du mir Deine Gabe der Prophetie. Falls aber Du zum Sieger ernannt wirst, darfst Du Dich mit meinem Titel „Gott der Musik" schmücken!"

Zum Austragungsort wählten die Beiden Phrygien, das Königreich des legendären, sterblichen Midas. Das war noch weit vor der Zeit, da sich Midas von den Göttern gewünscht hatte, es möge sich Alles in Gold verwandeln, was er mit seinen Händen berührte. Sein Wunsch war uns Befehl! Doch mit Schrecken musste Midas feststellen, dass er in Folge an Hunger sterben würde, weil sich auch seine Speisen unverdaulich zu Gold verhärteten. Er starb denn auch tatsächlich am Hungertod.

Aber nicht des Midas wegen wählten sie das Königreich zur Wettkampfstätte, sondern weil dort der weise Tmolos lebte, der als Gerechtester unter allen Schiedsrichtern gerühmt wurde. Vor ihm traten die Beiden an: Voller Inbrunst und Empfindsamkeit blies Pan auf seiner Flöte. Doch sein Spiel reichte nicht heran an die zärtlichen Melodien, die Apollon seiner Leier zu entlocken verstand. So entschied sich Tmolos, dem delphischen Gott den Siegerkranz aus Lorbeerzweigen aufs Haupt zu setzen.

Pan hielt sein Versprechen. Er überreichte Apollon die lang gesuchte Gabe der Prophetie. Doch über Geschmack lässt sich bekanntlich trefflich streiten. König Midas, der dem Duell der Töne aufmerksam gelauscht hatte, erboste sich über die Entscheidung des Tmolos. Nach seiner Meinung sei Pan eindeutig der bessere Musiker gewesen. Schiedsrichter Tmolos habe sich allzu sehr vom hierarchischen Glanz des großen Gottes blenden lassen. Apollon war darüber so verärgert, dass er dem Midas sogleich zwei Eselsohren wachsen ließ.
„Damit Du in Zukunft besser hören kannst" spottete er, „schenke ich Dir die beiden Lauscher!"

Midas litt arg unter dieser schmachvollen Demütigung. Er schämte sich und verbarg die riesenhaften Ohren unter einer brei-

ten Mütze. Doch seinem Barbier musste er bei nächster Gelegenheit das lächerliche Haupt zeigen. Der Haarschneider versprach seinem König unter Eid, dass er keiner Menschenseele etwas von den Eselsohren erzählen werde. Aber wie es sich eben mit Geheimnissen so verhält, die Versuchung ist gerade für einen Barbier besonders groß Heimlichkeiten auszuplaudern. Weil er aber den Eid nicht brechen wollte, grub er auf einer Wiese ein tiefes Loch, kniete sich darüber und flüsterte mit vorgehaltener Hand hinein:
„König Midas hat zwei riesengroße Eselsohren!"

Kaum hatte der Barbier das Geheimnis auf diese Weise der Erde überlassen, füllte er das Loch wieder mit Erde auf - in der Hoffnung, es wäre nun verschwiegen wie ein Grab. Nach etlichen Tagen wuchs junges Schilf aus der frisch aufgeschütteten Erde, wurde größer und größer, und ein jedes Mal, wenn der Wind durch die vibrierenden Rohre fuhr, flüsterten sie geschwätzig in die Welt hinaus:
„König Midas hat zwei riesengroße Eselsohren!"

Apollon hatte durch den Wettkampf mit Pan endlich die Gabe der Prophetie für sein Delphi gewonnen. Offiziell sollte zwar das Orakel meinen Worten, Ratschlägen und Empfehlungen als Sprachrohr dienen. Inoffiziell bat mich Apollon jedoch nur äußerst selten um eine Prophezeiung, wenn Sterbliche vor der Pythia ihre Fragen stellten. Er kümmerte sich ganz eigenmächtig um die Antworten. Mir war das auch recht, hatte ich doch bedeutsamere Ereignisse auf dem Olymp zu regeln, als mich mit den unwichtigen Sorgen der Sterblichen herumzuschlagen. Ich brauchte dringend einen Boten - einen, der für mich Aufträge außerhalb des Olymps erfüllen konnte. Einen, der geeignet wäre, die drei schönen Göttinnen zu Paris zu geleiten und die Wahl zur schönsten unter ihnen zu überwachen, ohne dass daraus neuer Ärger erwachsen würde. Eine vertrauensvolle Aufgabe, die nur ein Gott übernehmen sollte, in dessen Adern mein eigenes Blut fließt: Einen Sohn, der zudem die Taktik der Verhandlung versteht, die Feinfühligkeit des Gegenübers einschätzen kann, kurzum mit allen Wassern gewaschen ist. Einen Mann fürs Feine und Grobe!

Doch woher nehmen, wenn sich die eigene Gattin hartleibig verweigert, wenn das Ehebett gähnend leer steht? Ich versuchte mit allen Mitteln eine Versöhnung herbeizuführen: mit der Bitte um Verzeihung, mit Geschenken und mit Drohungen. Hera ging mir aus dem Weg. Sie schüttelte jeden Versuch meiner Zärtlichkeit ab, als würde ich sie beschmutzen. Sie verstummte in meiner Gegenwart und setzte eine versteinerte Mine auf, als wäre ihr Gesicht aus Marmor geformt. Schließlich verschwand sie ganz vom Olymp und versteckte sich, hoffend, dass ich sie suchen würde.

Was, so frage ich, blieb da anderes übrig, als mich nach einer Göttin oder Nymphe umzusehen, die mir diesen dringend benötigten Götterboten schenken könnte? Im Grunde nötigte mich die Verweigerungshaltung der Hera zur Vielweiberei und zwang mich, auf diese angenehme Weise das Erzwungene mit dem Genuss zu verbinden.
Bevor ich mich erneut auf meine leichtfertigen Freiersfüße begab, legte ich die Bedingungen fest, unter denen ich zur Zeugung schreiten konnte. Zum einen musste es in der Nacht geschehen, wenn Hera schlief: Undenkbar nämlich die Folgen, wenn die Glut ihres andauernden Zornes durch eine neue Liebschaft entflammt werden würde! Hera könnte, sofern sie aus ihrem Versteck heraus die Vereinigung entdecken würde, wutentbrannt dazwischentreten.
Zum Zweiten durfte die Auserwählte nicht aus der Reihe der olympischen Göttinnen stammen: Säße sie nämlich auf einem Stammplatz im Rat der Götter, wäre sie zur Schadenfreude der anderen ständig den bitterbösen Sticheleien der Hera ausgesetzt. Und zum Dritten musste es ein gebärfreudiges weibliches Wesen sein, das nicht wie Leto die Hilfe von Heras Freundin Eileithyia, sowie der anderen Göttinnen während der Geburt in Anspruch zu nehmen gezwungen war. Es sollte eine unbedarfte, mütterliche Frau von zumindest halbwegs göttlicher Abstammung sein. Meine Gene würden schon den Rest besorgen!

Ich weiß nicht mehr, wie ich auf die Nymphe Maia kam, und welcher der göttlichen Brüder meine Sinne auf sie lenkte, doch ich bin ihm zu außerordentlicher Dankbarkeit verpflichtet. Denn die Erinnerung an die Nacht mit ihr, - und es war nur eine einzige nötig, um sie zu schwängern - hallt noch heute wie ein wunderbares Echo in mir nach.

Maia hauste wie eine Einsiedlerin in einer der tiefen Berghöhlen Arkadiens. Die Nacht hatte bereits ihr schützendes Dunkel über die Bergflanken gebreitet, als ich mit Nektar und Ambrosia gut gekräftigt den schmalen Pfad zu ihrer Grotte emporhastete. Ich sog den Duft von Lavendel und Thymian ein, die zu beiden Seiten des Wegs wild wuchsen und mich mit ihrem Wohlgeruch in leichtfüßige Laune versetzten.

Vorsorglich hatte ich eine Neumondnacht gewählt, damit mich kein Lichtstrahl verraten würde. Nur die Plejaden wiesen mir freundlich blinkend den Pfad zum Höhleneingang, in den ich unter bebender Erwartung vorsichtig meine Schritte lenkte. Kein Licht half mir hinein. Nicht einmal meine Hand vermochte ich vor den Augen zu sehen. Die Nacht vermählte sich mit der Dunkelheit der Höhle zu einem tiefen Schwarz, in dem das Auge, sogar das eines Gottes, seinen Dienst versagen musste. Umso mehr waren Ohren und Nase gefordert.

Ich lauschte hinein in die finstere Nacht der Höhle, ob nicht mein Gehör eine Bewegung, zumindest ein Rascheln auffangen könnte. Und obendrein schnüffelte ich wie ein Hund, um wenigstens den süßen Duft der hier hausenden Maia erhaschen zu können. Doch der schwarze Raum, in den ich blind hineintauchte, verriet meinen Ohren und der Nase keine Spur, auf die ich mich hätte verlassen können. So tastete ich mich tiefer hinein in die Dunkelheit, sorgsam einen Schritt vor den anderen setzend, mit zur Sicherheit vorgestreckten Armen, um jedem Widerstand sofort trotzen zu können. Mal fühlten meine Fingerkuppen weiches Moos mal harten Fels. Mal ließ mich das aufgeregte Flattern einer Fledermaus zusammenzucken, die sich von dem fremden Gast gestört fühlte. Hier und dort plätscherten Wassertropfen rhythmisch, als wollten sie mir Signale geben. Ich verfluchte bereits meinen Ausflug in Maias Höhle und empfand es für einen erhabenen Gott wie mich äußerst unwürdig, sich auf diese mühsame Weise schutzlos fortbewegen zu müssen. Da drang aus der Stille der Nacht ein sanftes Flüstern an mein Ohr, ein zärtliches Wispern, das nur einer weiblichen Kehle entstammen konnte.
„Oh, Zeus, mein Zeus, hier bin ich! Nur noch ein paar Schritte, dann kannst Du mich spüren! Aber Zeus, verhalte Dich leise, damit Du meine Fledermäuse nicht wieder weckst! Sie haben mir Dein Kommen schon angekündigt."

Sobald das Augenlicht erlischt, spitzen sich bekanntlich umso mehr die Ohren. Da ich Maia nicht sehen konnte, multiplizierte sich die Empfindsamkeit meines Hörsinns, um jeden Laut besser wahrnehmen und deuten zu können. Ihr warmherziges Flüstern versprach mir Zärtlichkeit, ihr molliges Gurren einen ausgeprägten Hang zur Liebe und Leidenschaft. All meine Sinne, zuvor noch ganz damit beschäftigt sich in der Dunkelheit zurechtzufinden, vereinigten sich jetzt, angesichts der erwartungsvollen Lust, die ihre sinnliche Stimme in mir auslöste.

„Warum zündest Du kein Öllämpchen an, damit ich besser zu Dir finden kann?" fragte ich voller Ungeduld.

„Ich kann Licht nicht ertragen" antwortete Maja, "Ich hasse es sogar, denn es erfüllt mich mit einer todbringenden Sucht nach der Sonne. Ich verbrenne in ihren Strahlen, weil ich die Natur eines Nachtfalters besitze. Und so lebe ich als Nymphe tagaus tagein in der Dunkelheit dieser Höhle. Nur manches Mal wandere ich in mondlosen Nächten bei klarem Sternenhimmel zu meinen Schwestern - hinauf zu den Plejaden. Ansonsten zwingt mich mein Schicksal zur Einsamkeit dieses Höhlendaseins, zum Verzicht auf ein fröhliches Leben unter munteren Göttern. Umso mehr freue ich mich heute über Deinen Besuch!"

Eine sanfte Melancholie hatte sich unter ihre Worte gemischt und den Reiz ihrer Stimme noch erhöht. Eros gewaltige Schwingen begannen mir bereits schwüle Luft zuzufächeln. Sie erhitzten mein Gemüt umso mehr, weil ich mir ausmalte, wie genussreich es wohl sein würde, sich mit einer Frau zu vereinen, die man nur erfühlen kann, der man sich blind hingeben muss.

Wie wild fuchtelte ich mit den Händen und suchte nach Maja im tiefen Dunkel zu greifen, stolperte dabei über einen Felsvorsprung und glitt überraschend sanft in ihre erwartungsvoll geöffneten Arme. Auch wenn es mir zunächst schwer fiel, das Oben vom Unten, das Hinten oder Vorne ihres Körpers zu unterscheiden, so eroberte sich doch der neugierige Tastsinn meiner Fingerkuppen nach und nach alle Regionen ihres Körpers. Majas Haut fühlte sich ebenso samten, weich und feucht wie das Moos an, das in der Höhle wuchs. Sie war von einer Zartheit, die nur jemand zu besitzen vermag, der sich nie den Sonnenstrahlen aussetzt. Und dennoch: Dort, wo sich Muskeln an den Armen und Schenkeln spannten, ertastete ich eine gewisse Festigkeit, die vermuten ließ, dass sie kräftig zuzupacken und heftig zu treten verstand, sobald sie sich verteidigen müsste. Doch dies war in meinem Falle nicht nötig. Im Gegenteil: wir behandelten uns mit außerordentlicher Zärtlichkeit.

Noch heute vermag ich mir nahezu jede einzelne Rundung, jedes Tal und jeden Hügel ihres Körpers in Erinnerung zu rufen. Denn durch die Beschränkung auf den Tastsinn meiner Finger, die Berührungen meiner Lippen, die ihren Körper gründlich erforschten, war meine Aufmerksamkeit besonders gefordert. Alles, was ich erfühlte, suchten meine empfindlichen Sinne sofort zu erfassen, zu erkennen und im Gedächtnis einzuprägen. Würde ich heute mit verbundenen Augen in einen Raum voller Nymphen tastend nach Maja forschen, so bin ich mir sicher, ich wäre in der Lage, sie blind unter all den anderen herauszufinden.

Der Zwang, sich im Dunkeln, trotz des Eros hilfreicher Führung, miteinander zurechtzufinden, verlängerte auf liebenswerte Weise den Weg zum Gipfel der Lust. Begleitet von den sich steigernden Trommelwirbeln meiner Ahnen, verlor ich mich mal an der einen oder anderen Weggabelung in den Sackgassen der Leidenschaft. Oder ich betrat Kreuzungen ihres Körpers, bei denen ich nicht wusste, ob ich mich eher links oder rechts halten sollte. Ich fühlte mich wie ein Wanderer, der das Ziel seiner Lust immer wieder aus den Augen verliert. Doch letztendlich beschloss ich mich ganz der Eingebung meines erregten Gliedes zu überlassen. Es würde den rechten Weg schon finden. Trotz aller Dunkelheit konnte ich mich auf meinen Phallus verlassen.

So kam es, dass meine Liebesnacht mit Maja noch Jahrhunderte später irrenden Reisenden den Weg zum Ziel zeigen sollte. Ein Phallus aus Stein oder Holz wurde nämlich zum Symbol jenes Hermes, der aus der Verbindung zwischen Maja und mir hervorgehen sollte. Gleichsam als Erinnerung an ihn, wies er an jeder Weggabelung der antiken hellenischen Welt zum gewünschten Ziel.

Mein Phallus traf kräftig ins Schwarze und ersparte mir obendrein ein schlechtes Gewissen gegenüber Hera. Denn schließlich habe ich nie das Objekt meiner Begierde erblickt, war nicht verzaubert worden von der Schönheit einer Frau, die meine Gedanken über lange Zeit hätte fesseln können. Sobald ich mich von Maja verabschiedet hatte und mich durch die Höhle in die Kühle der Nacht zurücktastete, sobald ich wieder ins Freie trat und sich das unendliche Meer der Sterne über mir ausbreitete, beschloss ich aus Dankbarkeit, Maja von ihrer dunklen Einsamkeit zu erlösen. Würde sie mir ein Kind gebären, wollte ich sie auf alle Zeiten neben ihren Schwestern in das Sternbild der Plejaden einreihen. Wenn ich also heute des Nachts zum Himmel blicke, beginnt ihr Stern in meinen Augen zu leuchten. Sein Glitzern dringt von dort hinein in das weite Feld meiner Erinnerungen und lässt die lustvoll verbrachte Nacht in kraftvollen Bildern wiedererstehen.

Keiner unter den Göttern, nicht einmal die aufmerksame Hera von ihrem Versteck aus, hatte meinen nächtlichen Ausflug entdeckt. Es war mir zum ersten Mal geglückt, eine Affäre, mag sie auch nur kurz gewesen sein, unter Ausschluss der olympischen Öffentlichkeit zu halten. Keinerlei Anspielungen vergällten mir den nächsten Morgen und die folgenden Tage. Dass ich als oberster Gott mehr als andere auf gewisse Spielregeln zu achten hatte, musste ich als Vorbild billigend in Kauf nehmen. Dass ich jedoch gezwungen war, mir den Kopf gewaltig zu zerbrechen, um meine Ziele und Wünsche in die Tat umsetzen zu können, und dass Heras Eifersucht es erforderlich machte, Vorsicht walten zu lassen, - dies alles nagte doch heftig an meinem göttlichen Selbstverständnis.

Was für den Sterblichen damals üblich war, das sollte doch auch für einen Gott gelten: nämlich das Recht, ganz offiziell zum einen mit einer Ehefrau verheiratet zu sein, die sich um die Belange der Sippe und die Erziehung der Kinder kümmert, zum anderen aber sich auch außerhalb des Hauses der Liebe hingeben und Kinder zeugen zu dürfen! Auch hier musste sich das ganz normale Leben in meinem „Gott sein" widerspiegeln. Ja, ich war geradezu gezwungen, die Grenzen der Ehe zu überschreiten, um den Sterblichen eine Entschuldigung und göttliche Rechtfertigung für ihre eigenen Liebschaften zu bieten. So konnten sie sagen:
„Der heilige Zeus tut es! Und also darf ich es auch tun! Ich bete ihn an! Er ist mir ein Vorbild!"

An diesem Punkt stellt sich mir aufs Neue die philosophische Frage nach meiner Existenz: Wer bin ich eigentlich? Bin ich ein

Gott, der den Kosmos und die Welt lenkt? Oder formt und steuert sich die Welt über das Regelwerk der Natur ganz von selbst? Bin ich Teil der Natur, bestehe ich aus einer energetischen Kraft, die überall enthalten ist? Oder bin ich lediglich ein Phantasiewesen, das die Menschen nur ersonnen haben, um sich Glück und Unglück ihres Lebens erklären zu können?

Wäre ich ein Gott, ein unsterbliches, überirdisches Wesen, entstanden ganz aus mir selbst heraus, dann müsste ich mir diese Fragen als Allwissender wohl nicht stellen. Ich würde die Antwort bereits kennen! Doch weil ich sie nicht kenne, bin ich entweder ein Teil der Natur, eine Energie, eine mathematische Grundformel, die dem Kosmos, der Welt und den Sterblichen innewohnt. Sie entscheidet über Geburt, Wachstum, Leben und Tod all dessen, was im All und auf der Erde geschieht. Sie verbindet das eine mit dem anderen. Was immer diese Kraft auch sein mag, wie immer diese Formel lauten mag, die Sterblichen bezeichnen sie als etwas „Göttliches"!

Mal sind sie der Überzeugung, nur ein einziger Gott sei für Alles verantwortlich. Mal behaupten sie, es wären derer viele. Aber könnte ich nicht genauso ein Buchstabe oder eine Zahl sein? Und wer sagt uns, dass ich nicht eine Kröte bin, ein Stern oder ein Stein? Vielleicht bin ich ja auch alles, was ist und was geschieht, bin die Vergangenheit und die Zukunft! Mir erscheint die Bezeichnung „Gott" doch als relativ willkürlich gewählt.

Als „Gott", so wurde mir mit der Zeit immer deutlicher, als „Zeus" kann ich nicht immer nur dem Guten verpflichtet sein, ich muss mich auch dem Schlechten widmen. Das habe ich den Sterblichen zu verdanken. Sie entscheiden eigenmächtig für sich und damit auch für mich darüber, was gut und schlecht bedeutet. Der Natur aber und ihrer innewohnenden Formel ist dies völlig einerlei. Das Reh, das von einem Tiger gejagt, das Gras, das zertrampelt wird, der Vulkan, der bei einem Ausbruch Wälder verwüstet oder der Stern, der einen anderen frisst, ihnen allen ist das Gute und das Böse gleichgültig. Die Regeln der Natur kennen keinerlei Moral, kein gut oder schlecht. Nur die Sterblichen haben Gesetze nötig, damit sie sich nicht gegenseitig betrügen oder erschlagen.

Wenn ich also Gutes und Böses vollführe, dann nur gemäß dem Willen der Sterblichen. Wenn für sie das Gute nicht existieren würde, gäbe es auch das Schlechte nicht, und umgekehrt. Ist es da nicht folgerichtig, dass ich Hera mit anderen Göttinnen oder Nymphen betrügen musste, denn ich tue es für den Menschen? Nun kann er sagen, Zeus hat das auch getan, also ist es mir ebenso erlaubt!

Aber ich kann nicht alles erledigen! Und so muss es auch einleuchten, dass ich für den Betrug einen eigenen Gott zeugen musste: Hermes, den Gott der Weggabelung, der Botschaft, der Kaufleute, Betrüger und Diebe.

7. Tag

Der indische Morgen ist heute wenig erfrischend. Eine beizende Feuchtigkeit verdichtet die Luft. Vögel pfeifen mich wach. Über mir fächeln die beiden Luftpropeller einen kühlenden Hauch, so dass ich das Laken beiseite ziehe und meine leicht verschwitzten Glieder zum Trocknen ausstrecke. Die weißen Vorhänge wiegen sich im Wind, und schlagen immer wieder in gleichem Wellengang an die Fenster. Entspannt strecke ich meinen Körper aus und spüre, dass die Palmblatt-Lektüre, die mir bis tief in die Nacht den Schlaf vertrieben hat, - dass sich die Erzählung des Zeus, seine Gelassenheit und männliche Kraft, tief in mir eingegraben hat. Es ist, als würde er mir mit seinen mystischen Erzählungen Nährstoffe für meine brachliegenden Wurzeln einflößen. Offensichtlich geschieht etwas in meinen Bewusstseins-Ebenen, das sich bisher meiner ständigen Kontrolle entzogen hat. Es verleiht mir neue Kraft. Mein Geschlecht ist überraschend munter und regt sich in morgendlicher Neugier.

Ich springe auf, trete vor die Tür, breite meine Arme aus. Weit unten am Strand zieht eine große Anzahl Einheimischer Fischernetze ans Land. Die optische Entfernung lässt sie zu eifrigen Ameisen werden, die im Oval stehen und, einem regelmäßigen Rhythmus gehorchend, ihre schwarzen langen Netzgeflechte an Land ziehen. Sie singen dabei und feuern sich durch Zwischenrufe an. Weiter draußen dümpeln Holzboote wartend im Meer. Länglich und schlank, vorne und hinten mit erhobenen Spitzen gleichen sie riesigen venezianischen Gondeln. Von Bord aus haben sie vermutlich die Netze ins Meer geworfen, die Enden dann ans Land gerudert und den Helfern Zugseile zum Einziehen in die Hände gedrückt. Alle sind sicher auf die Beute gespannt!

Erst jetzt bemerke ich, dass ich nahezu nackt, nur mit einer kurzen Schlafanzughose bekleidet vor meinem Häuschen stehe. Die Nachbarhütten sind scheinbar unbewohnt. Lediglich ein Zimmermädchen schiebt ihren Putzwagen den Weg hinunter. Sie würdigt mich keines Blickes. Erst als ich in die Hütte fliehe, mich kalt abdusche, schrumpft meine Männlichkeit zurück in den Normalzustand.

Ich schlendere durch den üppigen Hotelpark. Tauben gurren glucksend auf dem Rasen. Ein paar Raben ziehen neugierig über mir ihre Kreise. Schmetterlinge begleiten mich tanzend zum Frühstück. Abermals sind im Restaurant nur wenige Tische besetzt. Die Kellner stehen gelangweilt herum. Ich suche meinen Platz von gestern Abend, winde mich vorbei an leeren Stühlen und unbesetzten Tischen, setze mich und blicke mich erwartungsvoll um. Hat meine Nachbarin von gestern Abend schon gefrühstückt? Ist Sie bereits bei ihrer Ayurveda-Behandlung oder doch noch beim Yoga? Ich bin ein wenig enttäuscht von ihrem Fernbleiben. Doch für ein Bedauern ist nicht viel Zeit. Ein Kellner wartet neben mir auf meine Bestellung.
„Was darf ich frühstücken? Was nicht?" frage ich ihn. Er schenkt mir mit mitleidigem Lächeln braunen Kräutertee ein.
„So streng ist es hier bei uns auch wieder nicht!", versichert er eifrig, „Alles dürfen Sie: Sie können kontinental oder britisch frühstücken, aber natürlich auch indisch! Es gibt Butter und Marmelade, Joghurt, Haferflocken und Milch, Eier und Speck, Omelett und Porridge oder indische Suppen!"

Ich nehme mir vor zu sündigen, denn in mir wächst eine Spur von dickköpfigem Widerstand gegen die Speisenfolgen des Ayurveda. Ich wähle Eier und Speck und überlege mir, was wohl Alexander der Große gefrühstückt haben mag, nachdem er in seinem Zelt erwacht war. Vermutlich Brot und Früchte, Oliven. Vielleicht hat er auch einen ersten Schluck Rotwein zu sich genommen, während sich seine makedonischen Offiziere vor ihm in den Staub warfen, um die Tagesbefehle entgegenzunehmen. Als Herrscher nicht nur über Hellas und Ägypten, sondern vor allem über Persien, hat er diesen Kotau von seinen Soldaten, ihrem Zähneknirschen zum Trotz, verlangt. Dass er Gott und gleichzeitig Herrscher in einer Person ist, dieses Bewusstsein wollte Alexander nach der Eroberung Persiens seinem Heer und den unterworfenen Völkern gleichermaßen einbläuen. Gegen einen Herrscher rebelliert man, nicht aber gegen einen Gott! Es könnte doch sein, dass ihn dieser Gedanke zu den Palmblatt-Erzählungen bewegt hat?

„Guten Morgen!" Die Begrüßung einer weiblichen Stimme reißt mich aus meinen Gedanken. „Haben Sie die erste Nacht gut verbracht?"
Meine Nachbarin hat sich von mir unbemerkt genähert, hat Platz genommen und dabei die Serviette über die Schenkel gelegt. Sie trägt an diesem Morgen ein überaus leichtes Kleid von tief blauer Farbe, so zart, dass man meinen könnte, es wäre durchsichtig, was es natürlich nicht ist. Es umspielt ihren Körper, wirft Falten und wird von zwei dünnen Trägern über den gebräunten Schultern sorgsam gehalten. Sie trägt Ledersandalen, die sich mit dünnen Riemen um ihre schlanken Fesseln schmiegen. Etwas Zartes haftet ihr an - und eine gewisse Eleganz, mit der sie am Glas mit dem Kräutertee nippt.
„Danke der Nachfrage! Auch Ihnen einen Guten Morgen!" säusele ich ihr über meinen Tisch hinweg zu, lege das Besteck für einen Moment beiseite und betupfe mit der Serviette affektiert meine Lippen.

Was ist nur in mich gefahren? Wir blicken uns beide kurz an, so intensiv, dass es einen kleinen, aber spürbaren Funken schlägt. Ich bin darüber ganz verwundert und so verunsichert, dass ich vermutlich erröte. Seit unendlich vielen Jahren habe ich dieses plötzliche Aufflammen eines Bedürfnisses nach Nähe nicht mehr verspürt. Ich habe geglaubt, solch erotischen Moment seit dem Schwur gegenüber meiner Mutter für immer verloren zu haben. Irgendetwas in meinem Leben muss mich massiv blockiert haben. Irgendetwas war verödet und verdorrt in den dafür reservierten Bereichen meiner Psyche.

An diesem Morgen, so scheint mir, ist, wenn auch zaghaft, eine Kraft zurückgekehrt, die mir eine kleine Portion Mut und Selbstvertrauen einflößt. Noch reicht die junge Stärkung meines Selbstbewusstseins nicht aus, um diesen positiven Moment auszudehnen. Ich spüre zwar wieder den altbekannten Mangel an Mut, mein Gegenüber einfach zu fragen, ob sie etwas dagegen hätte, wenn ich mich zu ihr setzen würde. Energie und Wille sind eindeutig präsent. Sie reichen aber noch nicht aus, um auch den Mut zu stärken!
So frühstücken wir beide nebeneinander ohne ein weiteres Wort zu wechseln, wohl aber aus der Distanz mit einem Gefühl von gegenseitiger Zuneigung.

Bevor ich mich im ayurvedischen Gesundheitszentrum melde, greife ich, zurück in meiner Rundhütte, zum ersten Mal seit Reisebeginn, nach meinem Laptop. Sieben Tage hatte ich meinen E-Mail-Account nicht mehr geöffnet. Jetzt, nachdem ich die W-Lan-Identifikation des Hotels eingegeben habe, öffnet sich mein Briefkasten. Er ist gähnend leer!

Die Welt hat mich offenbar vergessen. Bevor ich verrentet wurde, erreichten mich wenigstens noch von Berufswegen täglich etliche Mails. Doch seit ich meinen Arbeitsplatz verlassen habe, breitet sich eine beängstigende Leere in meinem Container aus. Sie bedroht mich regelrecht! Innerhalb von sieben Tagen keine einzige Botschaft! Ehrlich gesagt: Ich wüsste auch nicht, wem ich hätte schreiben und von meiner Indienreise berichten sollen. Das macht mir meine Vereinsamung besonders bewusst.

Selbstmitleid durchzieht mein Gemüt. Ich versuche das Bedauern meiner Situation zu verwischen und mich abzulenken, indem ich mir vorstelle, was wohl passieren könnte, wenn ich mit all der digitalen Technik, die heute unseren Alltag bestimmt, in die Zeit Alexander des Großen versetzt würde. Ausgestattet mit Videotechnik, Mobiltelefon, Fernseher müsste ich doch ohne Zweifel als ein alleskönnender Gott anerkannt werden, der es versteht durch seinen Zauber Entfernungen zu überspringen. Das Volk würde voller Bewunderung vor mir niederknien! Alexander, dem das Digitale nicht zur Verfügung stand, hatte es da wesentlich schwerer. Um seine Visionen in die Realität umzusetzen, um seine Macht zu erhalten und ihre Wirkung zu erhöhen, konnte er nur die Religion, den Glauben an die Götterwelt und Waffen zu Hilfe nehmen.

Ich freue mich in dieser morgendlichen Stunde auf die Fortsetzung meiner Palmblattgeschichten! Diese Vorfreude auf eine konzentrierte Zeit der Muße und Stille, in der ich die Zeilen aus dem Makedonisch-Altgriechischen studieren und übersetzen kann, verdrängt jeglichen Gedanken an Einsamkeit. Doch vor diesen Genuss haben die Götter den Schweiß gesetzt. Ich bin zu ersten Ayurveda-Behandlung verabredet.

Breite Steintreppen führen mich am frühen Vormittag hinauf zu einem Pavillon aus dunklem Teakholz. Zarte indische Sitar-Musik schmeichelt sich in mein Gemüt. Dazwischen mischt sich das Gezwitscher der Vögel, die in den nahen Büschen und Palmen darauf warten, dass hier und dort einige essbare Krumen auf die Erde fallen.
Eine junge Inderin in einem langen weißen Kittel begrüßt mich freundlich und zeigt mir den Weg in das Diagnosezimmer. An den Wänden reihen sich Bücher. Rücken an Rücken sollen sie das Vertrauen in das Fachwissen der beiden Ärzte erwecken, die hinter dem Schreibtisch Platz genommen haben. Beide erheben sich, als ich den Raum betrete und reichen mir die Hände. Während der jüngere Arzt über den Tisch gebückt ein Formular mit meinem Namen ausfüllt, lehnt sich der ältere entspannt zurück und betrachtet mich erst einmal gründlich. Ohne Zweifel muss er wohl einer der Professoren sein, die sich auf Grund langjähriger Erfahrung ein Recht zur besseren Intuition herausnehmen. Ganz offensichtlich erwarben sie ihr Fachwissen vor allem durch die exakte Beobachtung des Patienten. Der Professor lächelt mich mit schalkhaften Augen an. Dann bittet er mich um mein Geburtsdatum, Geburtsstunde und meinen Beruf. Der jüngere Arzt notiert meine Angaben. Der Professor rückt seinen Stuhl in Reichweite heran, zieht meine Augenlider herunter und lässt mich die Zunge herausstrecken. Er fragt nach meiner Schulbildung, meinem Stuhlgang und meiner Libido, nach den Vorzügen meiner Speisen und dem Maß meiner Flüssigkeitsaufnahme. Welche Krankheiten ich hatte und welche mich derzeit noch plagen. Dazu nickt er jedes Mal interessiert. Schließlich misst er noch den Puls und den Blutdruck.

„Sie sind ja gesund!" stellt er erstaunt fest, „Weshalb sind Sie überhaupt hier?"
Eigentlich weiß ich das auch nicht so recht. Ich zögere die Antwort heraus. Dann gestehe ich:
„Aus Vorsorge – und aus Interesse an Ayurveda!"
Der Professor lächelt erfreut.
„Endlich ein Patient, der nicht krank ist, zumindest das eine oder andere Leid nicht so ernst nimmt, dass es gleich als Krankheit bezeichnet werden muss. Sie tun aber gut daran, Ayurveda als Vorsorge zu nutzen. Eigentlich sollte das ganze Leben eine Ayurveda-Therapie sein. Das bedeutet, dass man sich auf der Basis seiner Konstitution entsprechend ernährt und bewegt. Sie sind beispielsweise ein Pitta-Kapha Typ. Sie sind robust und kräftig und verfügen über jede Menge Energie. Ihr Geist ist klar und ruhig. Sie sind zielstrebig und gelassen. Erst nach vielen Jahren schwächt sich eine solche Konstitution ab und lässt den Krankheiten einen gewissen Raum. Dem wollen wir also vorbeugen. Wir werden ihren Körper reinigen: von Schlacken und Umweltgiften, von Fett und Versteifungen. Von Härten, die sich hier und dort gebildet haben. Das bedeutet, die ersten fünf Tage Massagen, und schließlich ein Aufbau erneut durch Stirnguss und passender Ernährung. Sind Sie bereit?"
Ich nicke heftig, nutze aber die Gelegenheit:
„Ja, aber können Sie mir etwas erklären? Sie haben nach meinen Geburtsdaten gefragt. Haben diese Informationen etwas mit den Palmblätterbibliotheken zu tun?"
Die Frage kommt aus heiterem Himmel. Nicht einmal ich war auf sie vorbereitet. Die beiden Ärzte blicken sich erstaunt an. Als hätte ich gerade ein Tabu übertreten, lassen sie ein paar Sekunden der Nachdenklichkeit und der Suche nach einer diplomatischen Antwort verstreichen. Dann spielt der Professor verlegen mit einem Bleistift und meint, ohne mir in die Augen zu blicken:
„Ich rate Ihnen von den Palmblattbibliotheken ab. Es gibt nur wenige, die ein Vertrauen verdienen. Die Vernunft der Natur hat es so eingerichtet, dass wir nicht in die Zukunft blicken können. Das sollten wir akzeptieren! Nur gefestigte Charaktere können mit den Informationen der Palmblätter umgehen. Das ist auch der Grund, weshalb seriöse Palmblatt-Institute so gut wie keine Anfragen beantworten. Höchstens in Ausnahmefällen! Hatten Sie denn vor, eine Bibliothek zu besuchen?"

Ich zucke mit den Schultern, denn ich will mich in kein großes Gespräch einlassen, nehme mir aber sofort vor, künftig meine Worte vorsichtiger zu wählen.
„Ich bin mir noch nicht sicher!"
Der Professor schaut mich ernst an, als wolle er mich warnen.
„Stellen Sie sich vor, Sie erfahren aus Ihren Palmblättern das Datum Ihres Todes. Auch wenn Sie nicht daran glauben, diese Stunde, dieser Tag, diese Woche werden wie ein Damoklesschwert über Ihnen schweben. Je näher das Datum rückt, umso ängstlicher werden Sie. Die Erfahrung zeigt, dass dieses Wissen bei vielen zu einer Psychose führen kann – bis hin zum Suizid in den Tagen davor oder am vorhergesagten Tag. Also lassen Sie bitte die Finger davon!"
Seine letzte Empfehlung hört sich für mich ärgerlich, ja ungeduldig an. Der Ayurvedaarzt scheint meine Skepsis aus meinem Minenspiel herauszulesen. Um mich nicht gänzlich einzuschüchtern, richtet er seine Worte nun friedlicher an mich und verfällt dabei in den Ton einer universitären Vorlesung:
„Allgemein kann ich Ihnen sagen: Das ayurvedische Wissen fließt aus den gleichen Quellen wie die Sammlungen der sieben Palmblattbibliotheken. Beides, so berichten die indischen Veden, hat eine Gruppe mythologischer Gestalten, die man Rishis nennt, vor 5000 Jahren beschrieben und auch mündlich weitergegeben. Sie verfügten über eine außerordentlich spirituelle Macht. Einerseits nutzten sie ihre mentalen Fähigkeiten für das Beschreiben der Schöpfung, der Welt, der Menschen und ihrer Schicksale. Zum anderen sammelten sie ihr Wissen über die Kräfte der Natur, die dem Menschen durch Pflanzen, Flüssigkeiten und Steine zur Gesundheit verhelfen können. Brighu nennt sich die bekannteste unter diesen spirituellen Persönlichkeiten. Immer wieder werden seine Energien, seine Fähigkeiten wiedergeboren – in Nachkommen und Familien, die sich seit Jahrhunderten um die Erhaltung des vedischen Wissens, der Pflege der Palmblätter-Bibliotheken sorgen. Nichts geht also verloren! Und da dies so ist, ist alles gleichzeitig für immer existent! Das gilt für die beschriebenen Schicksale der Palmblattbibliotheken ebenso, wie für die Gesetze des Ayurveda!"

Kaum hat der Professor geendet, steht der junge Arzt auf und legt mir einen Therapieplan für die nächsten Tage vor. Er besteht aus

Massagen, Stirnguss und Schwitzbädern. Der Ayurveda-Professor erhebt sich, reicht mir zum Abschied die Hand und überlässt mich seinem jungen Kollegen.
„Wir können gleich mit den Massagen beginnen!" fordert er mich auf, ohne meine Zustimmung abzuwarten.
„Darf ich Ihnen Ihre beiden Masseure vorstellen?"
Zwei junge Inder treten ein. Ihre drahtigen Figuren stecken in weißen Hemden und Hosen. Sie wirken verlegen. Offenbar sind ihnen westliche Patienten nicht ganz geheuer, denn bei ihnen müssen sie andere Griffe und sanfteren Druck anwenden. Obendrein erschweren sicher sprachliche Probleme die Massage. Beide begrüßen mich mit einer Verbeugung und mit gefalteten Händen. Sie überreichen mir einen grünen Kittel und begleiten mich durch einen Gang, von dem aus Türen links und rechts in die Behandlungsräume führen. Sie öffnen das eine und andere Zimmer. Die meisten sind belegt und werden deshalb gleich wieder verschämt geschlossen. Dennoch vermag ich einen kurzen Blick in die dunklen Kammern zu werfen. Auf schweren Holzpritschen strecken sich die Körper der Patienten aus. Meist liegt ein weißes Laken über ihnen, das sie wie ein Leichnam aussehen lässt. Dazu strömt mir noch ein intensiver Geruch von Öl entgegen: Er ist herb und schwer.

Mein Therapiezimmer gleicht den anderen; die Wände aus dunklem rohen Holz, nach oben hin zum Dachstuhl offen. Auch wenn die von Palmöl geschwängerte Luft abziehen kann, sammelt sich ein hohes Maß von Schwüle im Behandlungsraum. Ein sich im Dachgebälk träge drehender Ventilator müht sich sinnlos ab. Ich schwitze gewaltig. Einige salzige Tropfen fließen beizend in meine Augen.

Es ist düster in diesen vier Wänden. Auf einer Seite steht ein gewaltiges Bett aus schwarzem Holz. Eine glatt gewienerte, speckig glänzende Eichenplatte mit einer Ablaufrinne am Rand ruht auf vier gedrechselten Füßen. Gegenüber – ein weißes Becken, an dem sich gerade einer der beiden Masseure die Hände wäscht, gleich daneben eine elektrische Heizplatte. Auf ihr wärmt der andere Masseur einen Topf mit braunen Öl. Außerdem neben der Eingangstür ein kleiner Altar mit bunten Blüten, die in einer Wasserschale schwimmen, - und ein Öllämpchen, an dem ein Lichtlein so spärlich flackert, als würde jeden Moment erlöschen. Beide

Masseure verneigen sich davor und bitten mich, auf einem Hocker mitten im Raum Platz zu nehmen. Der jüngere Inder verlässt uns lautlos.

Da sitze ich nun und überlasse meinen Körper, aber auch einen Teil meiner Neugier den Händen des älteren Masseurs. Er macht sich daran, meinen Körper immer wieder mit dem warmen Öl zu übergießen. Jedes Mal, wenn er die Kelle über meinen Kopf leert, wenn das Öl über Ohren, Wangen und Kinn tropft, über Hals, Schultern und Brustkorb fließt, umschmeichelt mich diese weiche Wärme auf eine sanfte Art, die meine innere Atmosphäre zunehmend friedlich stimmt. Entspannung und Zufriedenheit steigern sich mit jedem wärmenden Guss. Ich spüre, wie ich weich werde, wie ich zerfließe. Mir wird klar, wie sehr ich mein Leben lang bis zu diesem Tag meinen Körper strapaziert, ihn geschunden und nur selten so liebevoll behandelt habe, wie ich das jetzt erlebe.

Der Masseur taucht seine Hände in das Öl und führt sie immer wieder in ruhigen fließenden Bewegungen über den Kopf, über die Schultern, die Arme und Beine. Besondere Aufmerksamkeit widmet er dem Kopf, über den seine Handflächen mit immer heftiger werdendem Druck streichen. Das geht über eine Viertelstunde lang, bis er mich auf das Bett aus Eichenholz bittet, über das er zuvor ein Tuch gebreitet hat.
Ich solle mich zunächst auf dem Bauch liegend ausstrecken, so weist er mich höflich an. Und wieder gießt er das angewärmte, fast heiße Öl über meine Glieder, massiert es dann geduldig ein, knetet gründlich diesen und jenen Beinmuskel. Der Masseur arbeitet sich schließlich bis zum Bauch vor - nahe an meine Genitalien heran, die er selbstverständlich ausspart, um deren Erhalt ich mich aber trotzdem sorge. So geht das zwei Stunden weiter – und endet mit einer zehn Minuten lange Tortur in einer Schwitzbox, in der sich Hitze und Kräuterdämpfe zu einer prickelnden Melange vereinen. Lediglich mein Kopf schaut oben aus dem Kasten heraus. Obwohl ich frische Luft zu schnappen vermag, bricht aus meiner Haut der Schweiß wie Wasser aus einem zusammengedrückten Schwamm hervor, fließt von der Stirn über die Augen, die Wangen und den Hals hinunter in den Schwitzkasten.
Mein Körper leidet und reinigt sich dabei!
Müdigkeit übermannt mich, als ich das Ayurveda-Zentrum verlasse und den Weg hinunter zu meiner Hütte stolpere.

Es ist Mittag. Ich habe mich eine Stunde auf einer Liege vor meiner Hütte entspannt und das Öl in meine Haut einziehen lassen. Das lauwarme Kräuterwasser, das ich trinken soll, macht keine Freude. Besser wäre jetzt etwas Kaltes, um meinen Durst zu stillen. Das Laptop, auf dem ich die Alexander-Texte in Kurzversion für Professor Shantu skizziere, liegt auf meinen Schenkeln. Ich blicke sehnsüchtig hinunter zum Strand, auf den die Fischer inzwischen ihre Langboote hinaufgezogen haben. Einige Hotelgäste haben sich daneben unter Sonnenschirmen ausgestreckt. Händler mit Textilien, Ketten, Uhren oder Sonnenbrillen flanieren an ihnen vorbei, halten kurz an, wandern nach erfolgloser Verhandlung zur nächsten Badegruppe. Die Wellen brechen sich am Strand. Bis herauf kann ich ihr Donnern hören, sobald sie sich schäumend auf den Sand ergießen.
Wie gern wäre ich jetzt da unten am Strand. Ich liebe das Meer. Seit meiner Kindheit, in der ich an einem See aufgewachsen bin, weiß ich, Wasser wird mir nie etwas antun!

Eben noch hatte ich im Internet „Palmblätter-Bibliotheken" gegoogelt und Seiten über Seiten an Erklärungen empfangen. Nichts darunter, was ich nicht schon gewusst hätte! Erfahrungsberichte - ja! Erzählungen von Reisenden, die betrogen worden waren, und anderen, die ein „Nadi-Reader" mit angeblich zutreffenden Informationen ihres Lebens überrascht hat. Glaubwürdiges und Unglaubwürdiges, wie es eben bei Recherchen im Internet häufig der Fall ist. Ich bin nicht klüger als vorher. Auch unter dem Stichwort „Alexander der Große" habe ich tausende von Seiten gefunden, obwohl ich sie durch den Zusatz „Gott" eingegrenzt hatte. Ich habe nicht nur etliches über die Szenerie von Siwa und den Amun-Tempel erfahren, in dem die Priesterschaft Alexander den Großen, vermutlich im Januar oder Februar des Jahres 331 vor Christus, zu einem Gott erhoben hat.
Mehr allerdings wollte ich über die beiden Offiziere Eumenes und Kallisthenes erfahren, die überaus exakt den Feldzug Alexanders beschrieben haben.
Einer von Beiden muss es wohl gewesen sein, der die Palmblätter mit den Zeus-Erzählungen geschrieben hat. Der mazedonische Dialekt, das Alter der griechischen Sprache und einige Buchstaben, die schon hundert Jahre später wieder verschwunden waren, weisen deutlich auf seine Urheberschaft hin. Wenn ich jetzt noch

ein paar Sätze in den Palmblättern finden würde, in denen der Autor sich, seine Zeit und seinen Auftrag verraten hat, dann wäre diese Entdeckung eine Weltsensation! Bevor ich mir eine endgültige Meinung verschaffe, sollte ich jedoch zuvor alle Palmblätter bis zum letzten Bündel studiert haben. Vielleicht bietet die Geschichte des Zeus am Ende doch noch eine Lösung aller offenen Fragen. Fragen wie zum Beispiel dieser: Auf welche Art und Weise wurden die Palmblätter des Alexander gepflegt. Wie hat man es geschafft, dass sie nicht zerfallen und über die Jahrhunderte verblichen sind? Ich werde das den Professor fragen müssen.

Ich dusche mich ab, strecke mein Gesicht der Brause entgegen, was längere Zeit in Anspruch nimmt. Das Massage-Öl hat einen zähen Film gebildet, der sich nur mühsam von der Haut waschen lässt. Auf dem Kachelboden sucht sich eine braune Masse den Weg zum Abguss. Beim Abtrocknen färben letzte Ölspuren das Handtuch braun. Ich nehme mir vor, die nächsten Stunden am Pool zu verbringen, schlüpfe in meine Badehose und ziehe darüber den weißen Hotelbademantel an. Neben dem Bett greife ich in der Kiste mit den Palmblättertexten nach einem Bündel. Die Neugierde steckt so tief in mir, dass ich es nicht erwarten kann, darin weiterzulesen, selbst wenn es in einer so banalen Umgebung wie der eines Schwimmbades ist.

Ein Pool ist im üppig bewachsenen Hotelgelände nicht leicht zu entdecken. Einige Wegweiser führen auf schmalen Pfaden durch den tropischen Wald zu einer Plattform. Neben einem gläsernen Pavillon, der jetzt in der frühen Nachmittagszeit wie verlassen wirkt, weitet sich der Pool in Nierentischform. Sein Wasser schimmert hellblau. Eine Frau zieht einsam und mit ungewöhnlich ruhigen Armbewegungen ihre Kreise. Um das Becken sind Sonnenliegen aus Teak und blauen Stoffen gruppiert. Nur ein Drittel von ihnen wird von den Gästen genutzt. Sie dösen entweder im Schatten der Sonnenschirme oder vertiefen sich in ein Buch.
Keiner beachtet mich. Nur die Frau im Pool lässt sich durch mein Kommen kurz aus der Ruhe bringen. Sie wendet sich mir zu, winkt, als würde sie mich kennen. Dann verfällt sie wieder in ihren harmonischen Schwimmrhythmus. Das kann nur meine Tischnachbarin sein. Und ich frage mich: Auf welchen der Sonnenstühle wird sie sich wohl entspannen?

Einige Gäste scheinen sich noch beim Essen oder unten am Strand aufzuhalten. Im Schatten der Palmen sind ihre Liegen durch ein Handtuch reserviert. Ganz langsam schreite ich die Phalanx der Sonnenstühle ab, studiere ihre Ausstattung mit Büchern, Brillen, Sonnencremes oder Illustrierten. Welches dieser Utensilien könnte wohl zu meiner Nachbarin passen?
Abseits entdecke ich zwei Liegestühle. Darauf eine deutsche Zeitung, die der Wind ungeduldig umzublättern versucht. Daneben ein Buch mit deutschem Titel. Hier wird sie wohl ihren Platz gefunden haben: zu einer Hälfte im Schatten unter einer jungen Palme, zur anderen in der Sonne.

Ich wähle die Liege gleich daneben aus, rücke sie ein wenig ab, um nicht allzu aufdringlich zu wirken. Ich breite mein Handtuch aus, lege den Bademantel ab, stelle mich kurz unter die Dusche und steige schließlich in den Pool. Das Wasser ist lauwarm und der Pool so seicht, dass es schwerfällt zu schwimmen. Immer wieder berühren die Füße den Boden. Und dennoch schafft es meine Nachbarin, in ruhigen Zügen das Becken auch an den seichten Stellen zu durchmessen. Sie schwimmt mir entgegen, erhebt sich dann aus dem Wasser, schreitet im Näherkommen auf den Beckenrand zu. Da für sie das Wasser immer seichter wird, ist auch immer mehr von ihrem Körper zu sehen. Tropfen perlen an ihrem etwas kräftig wirkenden Gliedern herab. Ihre Figur verfügt über Formen, die auch im Alter reizvoll und begehrenswert wirken. Ich würde sie gerne ansprechen, doch die Situation erscheint mir zu banal. Die Szene hätte einer Vorabend-Soap alle Ehre gemacht. In der Realität wirkt sie jedoch nur aufdringlich.

Ich schwimme nicht gerne und trotzdem liebe ich das Wasser. Was immer ich mit dieser Materie zu tun haben werde, im Wasser wird mich der Tod nicht ereilen. Ich werde weder im Meer, in einem See, einem Pool noch in einer Badewanne ertrinken. Das Wasser ist ein guter Freund für mich. Manchmal habe ich den Eindruck, dass es mich liebt und mit Leid verschont. Und so genieße ich diesen Pool, indem ich meine Arme liebevoll ausbreite und das Wasser mir zufächele. Es steht mir bis zum Hals und kitzelt meinen Nacken. Mit leichter Bodenberührung bewege ich mich fort – hin zu den Düsen, die meine Haut am Rücken kitzelnd massieren und einen sanften Schauder auslösen.

Zurückgekehrt auf meine Liege bestätigt sich meine Vermutung. Meine Nachbarin hat sich inzwischen mit ihrem Liegestuhl ein wenig vom Fleck bewegt. Es sind die Strahlen der Sonne, der sie sich entzogen hat. Auch von meiner Liege hat sich der Schatten davongemacht. Und so rücke ich ihr hinterher, in einem solch unverfänglichen Abstand, dass man mir keinerlei Absichten unterstellen kann. Ich breite mein Handtuch aus, lasse mich ächzend darauf fallen, strecke mich und blicke stumm auf die Palmzweige über mir. Das sind also jene Blätter, die über mehr als zweitausend Jahre zur schriftlichen Überlieferung verwendet wurden. Kein Wunder, dass man dieses elegante Laubwerk zur Beschreibung des Schicksals hunderttausender von Menschen nutzte. Es wächst unendlich viel davon in diesem Land.

„Das sieht man sicher selten in einem Ayurveda-Resort! Ein Mann ganz allein, bereit sich einem asiatischen Heilwesen auszusetzen, das bei uns als unwissenschaftlich und esoterisch bezeichnet wird!"
Tatsächlich. Meine Nachbarin hat mich angesprochen. Ich bin überrascht und ihr insgeheim dankbar, dass sie diesen ersten Schritt gewagt hat. Das erspart mir viele Gedanken darüber, bei welchen Gelegenheiten ich als erster das Wort an sie richten könnte. Aber zunächst gilt es eine originelle Antwort auf ihre Feststellung hin zu finden. Sich ein paar Sätze einfallen zu lassen, die in einer solchen Situation normalerweise nicht erwartet werden. Worte, mit denen wir uns sogleich außerhalb des Üblichen im Bereich des Originellen befinden. Ich versuche es, in dem ich mich ihr zuwende.
„Und ich, - ich bin als Mann überrascht, dass Sie sich diesem Single zuwenden, dass Sie den Mut haben ihn anzusprechen. Ich finde das tapfer in einer Zeit, da Frauen zwar auf Gleichberechtigung pochen, aber in Fällen wie diesen gewöhnlich vom Mann erwarten, dass er die ersten richtigen Worte findet!"
Sie blickt mich überrascht an:
„Jetzt übertreiben Sie mal nicht! Mutig? Ich bin nicht mutig! Ich habe mich nur gewundert, weshalb ein einzelner Mann nach Indien zur Ayurvedakur fährt - ohne in Begleitung einer Frau zu sein. Eigentlich treffen Sie hier doch üblicherweise nur Frauen oder Mütter mit ihren Töchtern an! Schauen Sie sich doch um! Alles Frauen, die hier um den Pool liegen. Sie sind der einzige Mann!"

Tatsächlich! Bisher war es mir noch nicht aufgefallen, so intensiv haben sich die Palmblätter in meine Gedankenwelt hineingefressen, dass die Beobachtung meiner Umgebung in den Schatten tritt. Was will sie mir eigentlich mit ihrer Bemerkung mitteilen? Will sie meine Anwesenheit lobend erwähnen, oder nur die Nase rümpfen und darauf anspielen, dass ich ein hypochondrischer Weichling sein könnte, der sein Heil in esoterischen Therapieformen finden will. Könnte es vielleicht sogar sein, dass meine Nachbarin ein wenig schnippisch ist?
„Nun ja! Ich bin allein! Ich habe keine Partnerin!" gestehe ich und fahre bescheiden fort. „Also bleibt mir nichts Anderes übrig, als ganz allein diese Kur zu absolvieren! Und Ayurveda? Das hätte ich auch bei uns zu Hause praktizieren können, aber wirksamer ist es sicherlich in seinem Ursprungsland. Die Hitze gehört doch dazu! Und da sind noch die 5000 Jahre, die Ayurveda alt ist. Eine Medizin, die auf eine solch große Erfahrung zurückblickt und schon solange praktiziert wird, die wage ich doch nicht vor dem Hintergrund der Erfahrung meines kleinen, kurzen Lebens in Zweifel zu ziehen!"

Ein Anfang ist gemacht. Wir reden miteinander. Ich zeige mich bescheiden und auch so ehrlich, dass ich ihr gleichzeitig mein Singledasein signalisiert habe. Ich bin allein! Ich bin frei! Dass ich allerdings seit Jahrzehnten einsam durchs Leben ziehe, dass ich für eine nähere Beziehung vermutlich ein hoffnungsloser Fall sein würde, muss ich ihr nicht gleich auf die Nase binden.

Nachdem sie den nassen Badeanzug gegen einen Bikini vertauscht hat, beginnt sie sich mit der Sorgfalt einer Katze, die sich putzt, einzucremen. Immer wieder blicke ich verstohlen nach ihr, zupfe dabei unauffällig an meinem Handtuch. Sie hebt verführerisch die Arme zum Kopf, öffnet einige Klammern, mit deren Hilfe sie ihr schwarzes Haar versteckt hält, um es nicht beim Schwimmen nass werden zu lassen. Die Locken fallen ihr über die Schultern. Sie schimmern für einen Augenblick in der Sonne auf. Dann blickt sie zu mir herüber.
„Sie sollten sich eincremen! Auch im Schatten bekommt man hier rasch einen Sonnenbrand!" mahnt sie und drückt aus einer Flasche Linien weißer Sonnencreme auf ihre Arme.
Plötzlich, als dringe durch mich ein Stromschlag, steigt ein lang ersehntes, längst verstummtes Begehren auf. Es trifft mich völlig

unvorbereitet. Jede Bewegung, mit der sie die Creme über ihre Glieder streicht, löst eine gewisse Sehnsucht in mir aus. Ich kann sie spüren, als würde ich selbst mit meinen Händen an ihrem Körper entlangstreichen - über die regelmäßig gebräunte Haut, die Innenseiten ihrer Schenkel und Arme, den leicht gewölbten Bauch und schließlich die sanft geschwungenen Ansätze ihrer Brüste.

Der Anblick erhitzt mich und macht mir deutlich: Unter allen Formen, die die Natur zu bieten hat, ist doch das Runde, die weiche Biegung, die Kurve und die Kugel die schönste!

Und jetzt trommelt es wieder: Vibrationen, die ich seit Jahren nicht mehr empfunden habe, jetzt kann ich sie plötzlich wieder spüren und wahrnehmen: Es sind die Generationen an Männern vor mir, die ganz langsam tief in meinem Inneren auf ihre Trommeln schlagen.

„Wenn Sie wollen, creme ich Ihnen den Rücken ein?"

Mein Angebot scheint ihr nicht besonders willkommen zu sein. Sie zögert und antwortet schließlich, als müsse sie sich entschuldigen:

„Meinen Sie nicht, dass dies vor allen Augen doch Anlass zu allerlei Vermutungen bieten würde? Wir könnten heute Abend zum Gesprächsthema bei den vielen Frauen werden!"

Sofort stimme ich ihr zu und entschuldige mich, strecke mich schließlich in meinem Liegestuhl aus, sinniere ein wenig darüber, ob es nicht doch vernünftiger wäre, es bei diesem ersten Kontakt bleiben zu lassen. Dann greife ich nach einem der Palmblättertexte.

Aus der Palmblätterbibliothek
9. Bündel

Maja kam Monate später ganz ohne fremde Hilfe in ihrer Höhle mit Hermes nieder. Ich weiß bis heute nicht, weshalb jeder von uns Göttern wusste, wessen Lenden Hermes seine Existenz verdankt. Wahrscheinlich hatte der schwatzhafte Helios geplaudert, der von seinem Wagen aus als erster den jungen Gott erspähte. Noch bevor der Sonnengott am Abend im Westen hinter dem Horizont verschwunden war, hatte er wohl allen verraten, dass der eben geborene Junge nur von Zeus abstammen könne, weil er sogleich kurz nach der Geburt munter wie ein Fohlen vor der Höhle der Maja herumgesprungen sei.

Tatsächlich hatte ihn die Nymphe am frühen Morgen zwischen ihren Schenkeln in das Dunkel der Grotte hineingeboren. Doch der kleine Gott hielt es nicht lange in seiner Wiege aus. Kaum, dass die Beine nach wenigen Stunden gewachsen und die Arme lang genug waren, um sich der Windeln zu entledigen, da schwang er sich eigenmächtig aus der Wiege und machte sich heimlich davon, begierig die Welt für sich zu entdecken.

Als Helios Wagen zur Mittagszeit am höchsten stand, trat Hermes vor die Höhle. Geblendet vom Licht der Sonne, stolperte er über eine Schildkröte, die zufällig des Weges kam.
„Welch bedeutsame Fügung!" sagte er hoch erfreut bei sich, „Mir knurrt bereits der Magen. Du bist mir gerade die richtige Mahlzeit!"
Er hob sie mit beiden Händen auf, drehte sie hin und her und begutachtete ihren harten Panzer.
„Dein Fleisch ergibt eine gute Suppe für mich und meine Mutter. Sei darüber aber nicht traurig! Dein Panzer wird über den Tod hinaus den Menschen Freude bereiten!"

Hermes schlachtete das Tier und weidete es aus. Am Panzer aber brachte er sieben dicke Schilfrohre auf eine Weise nebeneinander an, dass sie weit darüber hinausragten. Dann entnahm er dem Beinfleisch und Darm sieben Sehnen und spannte sie kräftig ziehend von einem Ende der Rohre bis zum andren.

Während Maja bereits die Suppe rührte, setzte sich mein Sohn ans Feuer, nahm den Panzer zwischen die Beine, und schlug mit der Hand über die gespannten Sehnen. Ein kräftiger Ton hallte durch die Höhle, so dass die Mutter erstaunt aufblickte.
„Kaum einen halben Tag alt", sprach sie voller Bewunderung. „Und schon bringst Du einen neuen Ton in die Welt!"
„Einen?" antwortete der Sohn verächtlich, „Sieben! Hör mir nur zu!"
Während Hermes an jeder einzelnen Saite mit der Rechten zupfte, drückte er mit den linken Fingerkuppen geschickt auf die Sehnen, so dass die Töne mal gemeinsam im Takt geschlagen, mal einzeln gezupft durch die Höhle schallten. Nun erhob er auch noch seine Stimme und begann zu den Klängen wunderbar zu

singen. Er lobte in Versen zu sanften Melodien seine Mutter und pries mich, seinen Vater. Schließlich rühmte er die Berge und Täler, die er bisher nur kurz erblickt hatte, und danach die ganze Welt, in die er nun aufbrechen wolle, um Erfahrungen zu sammeln!

Schon drei Tage später musste ich mich mit den Folgen seines ersten Abenteuers auseinandersetzen. Apollon hatte dringend auf dem Olymp nach mir verlangt. Wutschnaubend stampfte er vor meinen Thron auf und ab, einen jungen Mann hinter sich herzerrend, der sich immer wieder aus Apollons Fängen zu befreien suchte. Ich konnte meine Bewunderung nicht verbergen: Der Junge war von edler Gestalt: Ein idealer Bote! Seine langen, vor Muskeln strotzenden Beine ließen einen guten Läufer vermuten. Zudem spreizten sich an seinen Füßen gleich neben den Knöcheln kleine Flügel, die seine Geschwindigkeit wohl noch erhöhten. In seinen Gesichtszügen erkannte ich sogleich die meinen wieder: die harte hohe Stirn, das starke Kinn, den breiten Mund mit Lippen voller Lust. Nur die Augen schlugen ein wenig aus der Art: sie sind schmaler und blicken voller Neugier, Aufmerksamkeit und listenreicher Verschlagenheit in die Welt. In seinen Armen trug er den Panzer einer Schildkröte, aus dem Schilfrohre herausragten. Hermes gefiel mir! Was auch immer er verbrochen haben mochte, auf meine Sympathie konnte er sich verlassen.

„Dieser, Dein Sohn," ereiferte sich Apollon, „der den Namen Hermes trägt, er hat mir meine Rinder gestohlen und will sie mir nicht mehr herausgeben. Wenn Du kein Machtwort sprichst, werde ich ihn in den Tartaros werfen! Noch leugnet er, aber ich habe einen Zeugen für den Diebstahl!"

Ich konnte aus Schadenfreude ein gewisses Grinsen nicht unterdrücken. Der stolze Apollon, selbst im Nehmen stets ohne langes Fragen ganz groß, regte sich über ein paar verlorene Kühe auf. Hätte er doch nur seine Gabe der Prophetie genutzt, dann wäre er auf den Dieb vorbereitet gewesen und hätte ihn rechtzeitig stellen können!

„Langsam, langsam Apollon!" versuchte ich seinen Zorn zu besänftigen.

„Bevor ich entscheiden werde, lasst mich von Euch hören, was sich genau zugetragen hat. Hermes, mein Sohn, sprich Du als Erster! Und Du, Apollon, gib ihn frei, damit er vor mir stehe und ich von Auge zu Auge sehen kann, ob er die Wahrheit spricht oder die Lüge!"

Hermes trat ohne Scheu vor mich hin. Tief holte er Luft. Dann purzelten die Worte aus ihm heraus:

„Dir, Zeus, meinem Vater, will ich es gestehen! Ich habe fünfzig Kühe ungefragt genommen. Doch Diebstahl kann man das noch lange nicht nennen! Keinen einzigen Bissen habe ich von dem Fleisch verschlungen, obwohl mir der Bratenduft zweier Kühe über dem Feuer das Wasser im Munde zusammenlaufen ließ. Im Gegenteil, ganz selbstlos habe ich sie den Göttern und Dir zum Wohlgefallen geopfert!"

Wieder konnte ich mir ein Schmunzeln nicht verkneifen, und auch Apollon, der hinter ihm wachsam stand, zeigte sich von der Gewitztheit des Hermes beeindruckt und fragte ihn:

„Aber wie hast Du es nur geschafft, dass ich keinerlei Spuren der Hufe fand, als ich nach den Rindern suchte?"

Hermes wendete sich seinem Bruder zu:

„Eine Kleinigkeit! Ich trieb sie einfach rückwärts über den sandigen Boden, so dass die hinteren Hufe vorne und die Vorderen hinten waren. Und weil alle Abdrücke der Hufe nur zur Weide hinführten, suchtest Du vergeblich nach Spuren, die mich hätten verraten können. Ich selbst schnallte mir aus Tamarisken- und Myrtenzweigen Sohlen unter die Füße, die weder nach vorne, noch nach hinten wiesen!"

Jetzt lachten wir Beide über die Verschlagenheit des jungen Hermes und da er sah, dass er unser Herz gewonnen hatte, erzählte er munter weiter.

„Ich trieb die Kühe rasch durch die dunkle Nacht, denn bevor Helios neugieriger Blick mich und die Rinder entdeckt hätte, wollte ich den Fluss Alpheios erreichen, um sie dort in einer Höhle zu verstecken. Leider begegnete uns davor ein Greis. Ihm drohte ich, wenn er nur ein Sterbenswörtchen verraten sollte, dann würde über ihn noch auf seine alten Tage ein Unglück hereinbrechen!"

„Der Alte ist mein Zeuge!" unterbrach ihn Apollon. „Als ich ihn befragte, ob er meine Rinder gesehen habe, antwortete er, dass er einen seltsamen Knaben erblickt hätte, begleitet von Rindern, die rückwärtsgelaufen seien. Deine Drohungen haben ihn nicht von der Wahrheit abhalten können. So bin ich Dir auf die Spur gekommen!"

„Was hätte ich auch anderes tun sollen?", antwortete Hermes. „Ich wollte ihn als einzigen Zeugen nicht in den Hades schicken und mit einem Mord das geplante Opfer für die Götter besudeln! Noch bevor sich Eos, die Morgenröte, mit ihrem milden Licht im Fluss Alpheios rosa spiegelte, sammelte ich Holz für einen Scheiterhaufen und zündete es an. Dann zog ich zwei prächtige Kühe aus der Herde, warf sie auf den Rücken und schnitt ihnen die Kehle durch. Das Fleisch und Fett steckte ich auf hölzerne Spieße und briet sie über dem Feuer. Schließlich teilte ich den Braten gerecht für die zwölf Götter in zwölf Teile."

„Weshalb zwölf?" fragte ich ihn verwundert. „Wir sind doch nur elf Götter!"

„Du vergisst mich!" belehrte mich Hermes, „Ich, Dein Sohn, bin doch unter den Göttern der Zwölfte. Also opferte ich auch für mich. Obwohl der Duft des Fleisches meinen Magen erbärmlich knurren ließ, nahm ich kein Stück davon zu mir, sondern bewahrte es in der Kühle der Höhle auf. Denn bekanntlich nehmen Götter solch ein Opfer nicht wirklich zu sich. Die Felle der Rinder jedoch breitete ich zum Trocknen auf einem Felsen neben der Höhle aus."

„Das war der zweite Fehler, den Du begangen hast!", unterbrach ihn Apollon, als wäre er ein Lehrer. „Sobald ich die Felle erblickte, fiel es mir wie Schuppen von den Augen. Ich musste nur noch Helios fragen, wem er denn solch einen Diebstahl zutrauen würde. Er vermutete, dass dies nur Hermes sein könne, den er vor der Höhle der Maja als jüngsten Sohn des Zeus erkannt hatte. Kein anderer hätte es gewagt, sich an meinen Kühen zu vergreifen!"

„Und Deine Mutter Maja?" fragte ich verblüfft. „Hat sie nichts davon bemerkt?"

„Doch!" gestand Hermes. „Nachdem ich die Herde und das Opferfleisch in der Höhle am Alpheios in einem sicheren Versteck hinterlassen hatte, lief ich noch in der Morgenröte nach Arkadien zurück, schlich leise auf Zehenspitze in Majas Höhle, legte mir die Windeln wieder um, machte es mir in der Wiege bequem und tat so, als hätte ich schon seit Stunden geschlafen. Doch Maja war des Nachts erwacht. Und da sie meinen Atem nicht hörte, hatte sie sich voller Unruhe vom Bett erhoben, hatte an meiner Wiege gelauscht und mich darin nicht vorgefunden. Sie hatte allen Grund zu schimpfen, denn nun musste ich ihr meine Tat gestehen. Gleichzeitig versuchte ich sie davon zu überzeugen, dass ich das Alles der Götter wegen vollbracht hatte. Ich wollte, Vater Zeus, durch das Kuh-Opfer Dein Wohlwollen erwerben, um mit ihm dort - dem Apollon - von Anfang an auf gleicher Augenhöhe zu stehen. Und ich gestehe: Ein wenig beneidete ich meinen Bruder auch um seinen Reichtum. Denn in seinem Delphi liegen unvorstellbare Schätze aus Gold und Silber über die Maße. Deshalb schlug ich auch Maja vor, die Kühe kurzerhand in mein Eigentum übergehen zu lassen, damit wir nicht mehr in einer tristen Höhle hausen mussten, sondern uns, wie all die anderen Götter, einen prächtigen Tempel leisten konnten. Sie hielt leider nichts von dieser Eigentumsübertragung!"

Apollon staunte über die bodenlose Frechheit des jungen Gottes. Mit offenem Mund stand er vor seinem Bruder, ohne zunächst einen Laut von sich geben zu können. Sobald er sich aber gefangen und wieder Atem geschöpft hatte, überschüttete er Hermes mit unendlichen Schimpfworten, die ich, um die Würde der Götter zu wahren, hier nicht wiederholen will. Als ihm keine Verwünschungen mehr einfielen, fuhr er fort:
„…Wie verschlagen Du doch bist, Hermes, hast Du mir bereits bewiesen, als ich in der Höhle der Maja nach Dir suchte. Du lagst unter Windeln versteckt, und als ich Dich auswickelte, hattest Du den Daumen in den Mund gesteckt, daran gelutscht, als könntest Du kein Wässerchen trüben und hast Dir auch noch schlaftrunken die Augen gerieben. Und als ich Dir auf den Kopf den Diebstahl zusagte und heftig mit dem Tartaros drohte, da hast Du alle Verdächtigungen empört von Dir gewiesen, hast mir sogar noch vorgeworfen …"
Apollon hatte schon bei den letzten Sätzen begonnen mit hoher Fistelstimme ein Kind nachzuäffen:
„…Wie unfreundlich bist Du schon am frühen Morgen, Apollon, und schlecht gelaunt dazu! Was für Kühe suchst Du eigentlich? Keine einzige habe ich gesehen! Höchstens gestern Abend kurz vor dem Einschlafen, da habe ich die Schäfchen gezählt. Aber keine Kühe! Schau mich doch an: Traust Du mir, einem kleinen, erst gestern geborenen und heute noch in Windeln gewickelten Gott zu, Deine großen, kräftigen Kühe zu entführen?"

Apollon schüttelte ärgerlich das Haupt, so dass seine Locken durcheinander tanzten, die er jeden Morgen mühsam mit dem Kamm und Olivenöl bändigen musste.
„Du bist wahrlich der Gott der Diebe, der Gott der Ausreden und Lügen dazu!" sprach er voller Verachtung. „Hätte ich Dich nicht aus der Wiege heraus auf den Olymp geschleppt, Du würdest Deinen Diebstahl bis ans Ende aller Zeiten leugnen!"

Ich war des Streits der Brüder müde, gebot Beiden zu schweigen und befahl ihnen:
„Nachdem Hermes uns zwei Kühe geopfert hat, verbleiben noch 48 weitere. Geht also Beide zur Höhle am Alpheios! Du, Hermes übergibst Deinem Bruder die Kühe. Und Du Apollon, lass es damit gut sein!"

Die Brüder begaben sich auf den Weg. Apollon trieb die Rinder aus dem Höhlenversteck. Doch als sie voneinander schieden, griff Hermes nach der hohlen Schildkröte, um den Bruder durch sanfte Klänge zum Abschied versöhnlich zu stimmen. Zart gezupfte Töne und die helle Stimme des Gottes der Diebe hallten durch das Flusstal. Sie brachen sich an den Wänden und kehrten vielfach verstärkt als Echo zurück.

Noch nie hatte Apollon solch süße Melodien vernommen. Er konnte von den Liedern nicht genug bekommen und ließ sich auf einen Felsen, gebannt dem Bruder lauschend, nieder. Der brachte mit geschickter Hand die sieben Saiten zum Schwingen. Hermes sang zu den Melodien von der Entstehung der Welt, von den Vorfahren Uranos und Gaja. Er rühmte, nicht ohne sich selbst dabei zu vergessen, die zwölf Götter, die vom Olymp aus die Geschicke der Welt führten. Er mischte Trauer und Freude, Liebe und Zorn in seine Lieder, er sang voller Inbrunst und Dankbarkeit von seiner Mutter und lobte am Ende die Großherzigkeit des verzeihenden Bruders. Apollon flossen aus Rührung die Tränen über die Backen. Als Hermes die Schildkröten-Leier endlich beiseitelegte, sprach der Bruder mit erstickender Stimme:
„Ich schenke Dir die 48 Rinder. Hüte sie gut und wache über sie besser als ich! Doch bitte ich Dich um den Schildkrötenpanzer. Überlasse mir diesen wunderbaren Körper mit seinen Klängen, denn als Gott der Musik wird er mir zur Glaubwürdigkeit bei den Menschen verhelfen."

Hermes ließ sich gern auf den Handel ein, denn mit der von ihm erfundenen Leier beschäftigten sich seine Gedanken schon längst nicht mehr. Er wollte die Welt erobern: Durch List, durch die Kunst der Überredung und, wenn es denn nicht anders gehen sollte, durch Betrügereien. So kam es, dass sich die beiden göttlichen Brüder nie mehr in die Quere kamen und sich gegenseitig stets voller Respekt behandelten.

Ich befahl Hermes zum Olymp, um ihn in seine erste göttliche Aufgabe einzuweisen. Noch immer prangte der goldene Apfel, den die streitbare Eris unter Aphrodite, Athene und Hera geworfen hatte, in einer Felsnische des Olymps. Sobald bei Tagesanbruch Eos mit ihren ersten sanften Strahlen die Welt verzauberte, blitzte auch der Apfel mahnend in ihrem Licht auf, als würde er mich jeden Morgen aufs Neue an den immer noch nicht entschiedenen Wettstreit um die schönste Göttin erinnern wollen. Mit Hermes verfügte ich endlich über einen gewitzten Gott, dem ich die Aufgabe des Schiedsrichters übertragen konnte. Apollon hätte ich nie damit betrauen können. Allzu weltfremd wäre er dafür gewesen. Obendrein hätte er versucht, sein eigenes Urteil durchzusetzen. Und Ares? Der Gott des Krieges würde sich sicherlich in seiner grobschlächtigen Art dermaßen ins Fettnäpfchen setzen, dass die Entscheidung in Mord und Totschlag geendet hätte.
Hephaistos wiederum erwies sich als ungeeignet, da er mit Aphrodite verheiratet und somit parteiisch war.
Und ich selbst? Zugegeben, ich wollte mich aus diesem Wettbewerb heraushalten, um von den zwei unterlegenen Göttinnen nicht auf ewige Zeiten abgestraft zu werden. Zudem würde Hera, was ich stark vermutete, voraussichtlich nicht mit dem Apfel nachhause kommen. Nicht auszudenken, was sich in unserer streitfreudigen Ehe dann abspielen würde.
In dieser Angelegenheit zeigte ich mich deshalb absolut menschlich: Ich war feige! So feige, wie es sich für den Ersten unter den Göttern eigentlich nicht geziemt. Doch meine Feigheit speiste sich aus der Selbsterhaltung und dem Bedürfnis nach Harmonie. Solange ich auf das demokratische Gefüge der Götterwelt Rücksicht nehmen musste, auf den Stolz und die Macht einzelner Göttinnen und Götter, solange musste ich auch auf eine Balance des Friedens achten.
Die Vielgötterei lässt nicht die Diktatur eines einzelnen Gottes zu. Da wir über keine allgemein gültige Ethik verfügten, auf die man

den einen oder anderen hätte festlegen können, und solange es kein von Allen gebilligtes Regelwerk des Guten wie Schlechten gab, regelten alle Götter sozusagen ihre Geschicke von der Hand in den Mund. Sie regierten aus dem Moment heraus. Bei meinen Entscheidungen musste ich keine gemeinsame Moral berücksichtigen, sondern die durch und durch menschliche Charaktere der Götter. Im Grunde genommen glichen wir alle doch sehr den Sterblichen.

Mehr und mehr begann deshalb eine gewisse Unzufriedenheit über die chaotische Willkür unserer Götterwelt in mir zu nagen. Was uns fehlte, war eine gemeinsame Philosophie, waren Grundregeln des Miteinanders für Gott und Mensch. Wir waren auf Gedeih und Verderb den Phantasien der Sterblichen ausgeliefert, die uns in ihren Gebeten formten, dabei mythische Göttergeschichten erfanden, um ihr irdisches Handeln zu rechtfertigen. Was uns fehlte, war ein Prophet, der ein gänzlich neues Weltbild und göttliche Gebote erschuf, welche das Miteinander eindeutig und unwiderruflich regelten. Nicht die Sterblichen sollten über uns herrschen, indem ihre Gedanken eine Liebes-, eine Muttergöttin, einen Wetter- oder Kriegsgott schufen, sondern eine übergeordnete Idee, an die Alle glauben, an die sich Alle halten müssen.

Nein, Hermes Überzeugungskraft, seine Gewitztheit boten sich vorläufig als einzige Chance an, die Wahl des Paris friedlich zu lösen. Und sollte der Gott der Diebe danach den Zorn der Verliererinnen zu spüren bekommen, wäre er wohl der Einzige unter uns männlichen Göttern gewesen, dessen Verschlagenheit ihren Bösartigkeiten die Stirn bieten konnte. Im Übrigen würde der größte Teil des Zorns der Verliererinnen sicherlich den jungen Paris treffen, einen Sterblichen, der ohne es zu wissen der Sohn des Königs von Troja war. Um ihn war es wenig schade!

Trotzdem: Ein schlechtes Gewissen beschlich mich schon, als Hermes vor mir stand. Der Arme! Jung und unerfahren im Umgang mit dem Charakter der drei Göttinnen, glich sein Auftrag der Quadratur des Kreises. In Anspielung auf den dreisten Diebstahl der Kühe und der Rache Apolls, vor der ich ihn bewahrt hatte, zwang ich ihn zur Dankbarkeit: Er könne mir auf diese Weise einen Gefallen tun! So nahm ich ihn in die Pflicht, und bat ihn an meiner statt als Schiedsrichter die Wahl der schönsten Göttin zu

übernehmen. Ich drückte ihm den goldenen Apfel in die Hand und trug ihm auf:
„Führe bitte die drei Göttinnen zum Bosporus! Dort auf dem Berge Ida nahe Troja weidet ein junger, von der Natur erzogener Mann Schafe und Ziegen. Ihn, der sich Paris nennt, habe ich auserkoren. Er soll die Schönste unter den Göttinnen wählen und den goldenen Apfel überreichen. Aber sorge mir auch dafür, dass sein Urteil von den beiden unterlegenen Göttinnen anerkannt wird! Unberechenbar nämlich sind sie in ihrem Zorn. Aus Eitelkeit, verletztem Stolz und Neid könnten sie einen Krieg entfachen, der sich über die ganze Welt rasch wie ein Sommerfeuer ausbreitet!"

Hermes zögerte mit der Antwort. Seine gerunzelte Stirn deutete darauf hin, dass unendlich viele Gedanken in seinem Hirn auf und abliefen, um die Gefahren dieses Auftrags zu orten, das Unwägbare abzuschätzen und wirksame Mittel und Wege dagegen zu finden.
„Eitelkeit, verletzter Stolz und Neid sind schon unter den Sterblichen kaum beherrschbare Gefühle. Wie soll ich sie da bei diesen drei streitbaren Göttinnen bändigen können? Doch ich verspreche Dir: Ich werde mir alle Mühe geben, Zeus! Garantieren kann ich Dir nichts! Wo ist übrigens Deine Gattin?"

Ich hatte mich an ihre Abwesenheit, an meine leere Bettstatt bereits so gewöhnt, dass mir ihr Fehlen nicht mehr aufgefallen war. Immer noch hielt sie sich versteckt - im Glauben, die Sehnsucht würde mich verzweifelt nach ihr suchen lassen. Doch als ihr zu Ohren kam, dass der goldene Apfel der Schönsten auf dem Spiel stand, ein Schiedsrichter erkoren worden war, verließ sie plötzlich ihr Versteck. So ohne weiteres wollte sie wohl nicht das Feld den Konkurrentinnen überlassen. Und da Hera plötzlich auftauchte, blieben die anderen beiden Göttinnen ebenfalls nicht fern. Alle drei warfen sie einen neugierigen Blick auf den jungen Schiedsrichter.

Hermes verabschiedete sich, im Schlepptau die drei Göttinnen: Hera würdigte mich bei ihrer Abreise keines Blickes. Als wäre ich durchsichtig wie Luft, schritt sie mit abgewandtem Gesicht vorüber, während Aphrodite mir vielversprechend zuzwinkerte und Athene flehende Blicke sandte, als könnte ich mit meiner überirdischen Macht ihre Wahl begünstigen.

Alle Götter versammelten sich auf den Gipfeln des Olymps und richteten ihren Blick gen Osten, hinüber zum Bosporus und zum Berge Ida, um den Wettstreit aus sicherer Entfernung genau verfolgen zu können. Wohl wissend, dass sich ihnen ein großes Spektakel bieten würde, wollten sie sich – neugierig wie sie waren - an jeder Einzelheit erfreuen: Wie werden sich die drei Göttinnen vorstellen? Mit welchen Versprechungen werden sie den jungen Mann von sich überzeugen wollen? Wie wird Paris auf die Schönheiten und Angebote reagieren? Welche von den Dreien wird er erwählen? Und schließlich: Wie werden die unterlegenen Göttinnen reagieren? Wie wird ihr Minenspiel sein? Werden sie Gift und Galle spucken?

Hades bot sogar die Wette an, dass die kluge Athene gewinnen würde. Hephaistos war ganz vom Sieg seiner Gattin, der prächtigen Aphrodite überzeugt, während die weiblichen Gottheiten für Hera plädierten, weil ihre Mütterlichkeit den einsamen Schäfer Paris doch eine gewisse Geborgenheit bieten würde. Gebannt verfolgten die Götter jeden einzelnen Schritt des Hermes und seiner Begleiterinnen. Er bat zunächst die Göttinnen im Dickicht des Bergwaldes geduldig zu warten, denn er müsse erst Paris auf den Wettbewerb vorbereiten. Würden sie so einfach vor ihn hintreten, könnte er sich beim Anblick von gleich drei Gottheiten, noch dazu derartigen Schönheiten, gewaltig erschrecken.

Paris ruhte sich nichts ahnend auf einem Felsen aus. Er kaute bedächtig an einem langen Grashalm, hatte sich dabei auf die Ellbogen gestützt und entspannt zurückgelehnt. Sein Gesicht bot er mit erhobenem Kinn der Sonne dar, die seine ebenmäßigen Züge, seine lieblichen Wangen und die glatte Stirn liebkoste. Selbst Helios konnte der Versuchung nicht widerstehen. Der Sonnengott hatte seinen Wagen verlangsamt, um in aller Ruhe das Schauspiel zu seinen Füßen verfolgen zu können.

Schafe und Ziegen weideten friedlich um ihren Hirten herum und kauten geruhsam das frische Gras. Als Hermes sich der Weide näherte, gab er sich alle Mühe, ruhig und gelassen zu wirken. Doch die kleinen Flügel an seinen Füßen verrieten die Anspannung. Sie zitterten wie Espenlaub! Die Schafe wandten dem Fremdling den Kopf zu. Als ob sie ahnten, dass es sich bei dem

Wanderer um einen Gott handelte, machten sie ihm voller Respekt den Weg frei. Sie verstummten, stellten ihr beständiges Kauen ein und glotzten ihn mit großen Augen erstaunt an.

Paris, der eintretenden Stille wegen aufgeschreckt, hob rasch sein Haupt und lächelte dem Gott freundlich zu, ohne sich von der Stelle zu rühren.
„Sei gegrüßt, Fremder!" rief er von seinem Felsen wie auf einem Thron sitzend dem Besucher entgegen.
„Sollte Dich der Hunger hier hinauf in meine Einsamkeit getrieben haben, dann verzeih mir: Ich kann Dir nichts anbieten, um Dir nach altem Gesetz meine Gastfreundschaft zu beweisen. Denn nichts besitze ich, was ich Dir bieten könnte - außer die Stille der Berge, die frische Luft und einen weiten Blick hinunter ins Tal, hinüber nach Troja!"
„Das ist mehr, als ich von Dir in Deiner Einsamkeit erwarten kann!" sagte Hermes. „Dafür habe ich Dir etwas mitgebracht. Es wird Dich in Erstaunen setzen. Einen Apfel ganz aus Gold!"
Der Gott nestelte die glänzende Frucht aus seinem Gewand und bot sie Paris an. Der wollte sogleich nach der Frucht greifen. Doch Hermes entzog sie ihm wieder mit dem Ausruf.
„Halt, Paris! Nur nicht so eilig! Zeus, der große Gott, hat beschlossen, dass Du den Apfel erhältst, weil Du mit der Natur und Dir im Einen bist, unverdorben durch Sterbliche wie Götter! Weil Du stark und schön bist und es mit vielen in Deinem Alter aufnehmen kannst! Und weil Dir Neid, Eifersucht und Hass fremd sind! Diese drei Gefühle jedoch verbergen sich im Kern des Apfels. Mag die Frucht von außen betrachtet noch so begehrenswert erscheinen, so kann sie doch großes Unheil anrichten. Du darfst deshalb die Frucht nicht behalten, sondern musst sie weitergeben!"
Erst jetzt überließ Hermes dem Paris den Apfel. Der riss verwundert die Augen auf, wog und drehte ihn prüfend in der Hand. Dann entdeckte er die Schrift und fragte:
„Wem soll ich sie denn weitergeben? Und was steht darauf? Leider habe ich weder das Lesen noch Schreiben erlernt!"
„Der Schönsten! Das steht darauf!" erklärte Hermes. „Und dies bedeutet: Der Apfel soll der Schönsten unter den Göttinnen gehören! Du bist von Zeus dazu auserkoren, eine Wahl unter Hera, Aphrodite und Athene zu treffen! Welche der drei Göttinnen Dir am meisten gefällt, welche Dein frisches Auge besonders betört, welche die Schönste ist, der sollst Du den Apfel überreichen!"

Paris erschrak heftig. Die goldene Frucht fiel ihm aus der Hand hinunter ins dichte Gras. Er zitterte am ganzen Körper.
„Nein, das ist nichts für mich! Wie kann ich, ein einfacher Sterblicher, der ich nie in die Welt hinausgekommen bin, kaum eine Frau, stets nur weibliche Schafe und ein paar Ziegen gesehen habe, solch ein Urteil fällen. Richte Zeus aus, dass ich nicht der rechte Mann für eine solch schwerwiegende Entscheidung bin!"
Hermes trat einen Schritt auf Paris zu, nahm eine drohende Haltung an, und ihm ernst in die Augen blickend, sprach er mit schneidender Stimme:
„Du wirst Dich doch dem Wunsch des Zeus, des Höchsten der Götter, nicht widersetzen wollen. Sicherlich hast Du hier auf dem Berg Ida einige Gewitter erlebt, grelle Blitze, welche die Nacht erhellen, in die Bäume schlagen, und Donner, die schrecklich grollen, so dass Deine Schafe vor Angst auseinanderlaufen. Mit diesen Blitzen wird er Dich verfolgen. Und ich prophezeie Dir, dass Einer Dich treffen und aus Dir ein Häuflein Asche machen wird, wenn Du seinem Willen nicht gehorchst!"
Paris schluckte betreten. Oft genug hatte er die Macht des Zeus erlebt, die Kraft seiner Blitze, die Bäume fällten und seine Herde auseinandertrieben, so dass er Tage brauchte, um alle Tiere wieder zusammen zu treiben. Und er hatte den Donner gehört, das zornige Grollen, das ihn so manches Mal taub werden ließ. Kleinlaut suchte er nach einer Ausflucht.
„Gut! Dann schneide ich eben den Apfel in drei gleiche Teile ...!"
Hermes ließ ihn nicht ausreden.
„Nein Paris! Auf diese Weise entkommst Du Deiner Aufgabe nicht. Es gibt nur eine Schönste und keine Drei! Im Krieg gibt es auch nur einen einzigen Sieger und nicht Zwei. Niemals würden die Göttinnen dies dulden, und auch Zeus nicht!"
Paris besann sich für einen Moment. Dann gab er sich geschlagen.
„Unter einer Bedingung füge ich mich dem Willen des Zeus: Die drei Göttinnen müssen für den Fall, dass sie verlieren, schwören, dass sie sich nicht rächen, mir weder Unglück noch Leid schicken, noch mich verfluchen und verdammen werden."
Hermes rief die Drei herbei und im Angesicht des Paris sprachen sie ihn von jeder Verdammnis frei, sollten sie unterliegen und ohne Apfel zum Olymp zurückkehren müssen.

Auf dem Olymp ging ein Raunen durch die Menge der göttlichen Zuschauer.
Hestia, die Herrin des Herdfeuers, bedauerte den jungen Paris.
„Der Arme!" jammerte sie. „Wie ich die Drei kenne, werden sie sich an diesen Schwur nicht halten! Zu verletzlich ist ihre Ehre, zu empfindlich ihre Eitelkeit und zu mächtig ihr Stolz!"
Hephaistos schüttelte bedächtig sein Haupt, so dass um ihn eine Wolke aus Ruß und Staub wirbelte.
„So wehrhaft vermag keine Rüstung zu sein, dass sie der Zorn der Verliererinnen nicht durchbohren könnte!"
Alle waren sich einig, dass Schmach und Enttäuschung der beiden Unterlegenen letztlich ihre Treue zum Schwur besiegen würden. Paris, wie auch immer er entscheiden werde, er wäre dem Untergang geweiht.

Angesichts dieser Meinung beschlich auch mich eine tiefe innere Unruhe. Warum hattest Du es überhaupt so weit kommen lassen? Hast Du nicht die Gefahr erkannt, die von diesem goldenen Apfel der Eris ausgeht? Was bist Du doch für ein schwacher Gott, der es nicht versteht, den Frieden unter Göttern wie Sterblichen zu wahren. Ich zweifelte an mir selbst, an meiner Fähigkeit, Gott zu sein. Und ich fühlte, dass es das Menschliche in mir war, dass mich daran hinderte, ja, dazu verurteilte, eben unvollkommen zu sein. Wir Götter, so wurde mir klar, werden an den in uns wohnenden Eigenschaften der Sterblichen zu Grunde gehen. Ein Krieg, der die ganze damalige Welt und die der Götter ergreift, schien mir unabwendbar.

Die Göttinnen standen ein wenig verlegen, starr wie drei Steinsäulen, vor Paris. Auch ihnen war offenbar der Wettkampf nicht ganz geheuer. Der junge Hirte prüfte ihre Gestalt und Gesichter ausgiebig und räusperte sich.
„Ich weiß nicht, wie ich mich entscheiden soll! Eine sieht wie die andere in ihrem weißen Kleid aus!"
Dann schürzte er die Lippen.
„Mir würde ein Urteil leichter fallen, wenn ich ihre Haut und die Gestalt unter dem Tuch, das sie bekleidet, sehen könnte!"
Hermes durchschaute als Mann sogleich des Paris Absicht.
„Sollen Sie vielleicht nackt vor Dich hintreten, vielleicht auch einzeln, die eine nach der anderen, damit Du Dir ein besseres Bild machen kannst?"

Paris nickte heftig. Ein zartes Rot huschte über sein Gesicht.
„Wenn sie sich ausziehen, kann ich ihre Glieder prüfen und ob sie das eine oder andere Pölsterchen um den Bauch tragen. Ganz zu schweigen von der Form ihrer Brüste, die ganz wesentlich zur Entscheidung beiträgt."
Die Göttinnen stöhnten entrüstet auf. Eine Prüfung, wie beim Handel mit Schafen und Ziegen auf dem Markt, das kränkte ihren Stolz.
„Fehlt nur noch, dass Paris uns abtastet wie ein Stück Vieh und erwartet, dass wir ihm die Zähne zeigen und die geheimsten Winkel unseres Körpers!" zischte Hera vorwurfsvoll.
Hermes grinste anzüglich. Und da er selbst eine große Neugier in sich verspürte, sich an den nackten Gestalten der Göttinnen in aller Ruhe zu ergötzen, stimmte er dem Ansinnen des Paris nur allzu gern zu.
„Er hat Recht mit seiner Forderung! Ihr habt Euren Körper bis zum Hals verhüllt, da kann Paris kein ehrliches Urteil sprechen. Doch keine Sorge, berühren darf er Euch nicht!"

Gebannt verfolgten die Götter auf dem Olymp die Szene. Hestia konnte ihre Entrüstung nicht verbergen.
„Schande über uns alle! Soweit muss es noch kommen, dass sich Göttinnen vor einem einfachen Sterblichen entblößen! Und dies alles eines goldenen Apfels wegen!"
Wie recht sie nur hatte! Ich hatte Hermes überschätzt. Er hätte weit mehr auf die Würde der drei achten müssen. Dass sie ihre Reize dem Paris nackt darbieten mussten, ging entschieden zu weit! Die Grenze zwischen den Unsterblichen und den Sterblichen wurde mit der Zeit immer schmaler und der Verfall des Göttlichen immer offensichtlicher. Am Ende würden noch die Götter zu Menschen werden und es würde sich ein religiöses Vakuum auftun, in dem ein Sterblicher die Macht des Glaubens an sich reißt, um sich als Prophet über die Welt zu erheben. Damals spielte ich zum ersten Mal mit dem Gedanken, einen solchen Sterblichen entstehen zu lassen, ihn mit Ideen zu erfüllen, Gebote zu entwickeln, um weit in der Ferne mein Glück als neuer Gott zu versuchen.

Ein Stich fuhr mir ins Gemüt, als ich wieder hinüber zum Ida blickte und Hera sah, die sich ihres Kleids entledigte und vor Paris

hintrat, während sich Aphrodite und Athene zwischen den teilnahmslos grasenden Schafen noch im Hintergrund hielten. Eine kleine Flamme aus Eifersucht loderte in mir auf, als meine Gattin ihren herrlichen Körper dem Paris präsentierte, sich hin und her drehte, damit er auch ihr prächtiges Hinterteil und die kurvenreichen Hüften in allen Einzelheiten bewundern konnte. Und dazu zog auch noch ein kurzer Schmerz der Sehnsucht durch meine Seele, hatte ich doch selbst schon allzu lange auf diesen Körper verzichten müssen. Als ob Hera meine Eifersucht schüren wollte, forderte die Schamlose Paris sogar noch auf:
„Trete nur näher und betrachte meinen Körper genau! Du wirst kaum eine Falte an ihm entdecken. Und, wie es sich für eine echte Frau gehört, sind meine Brüste noch prall, wie geeignet, um viele Kinder zu säugen!"
Paris ließ es sich nicht zweimal sagen. Er kam ihr so nahe, dass sie seinen Atem spüren musste. Sichtlich erregt tasteten seine Augen über ihre Haut, so langsam und voller Zärtlichkeit, als wären sie die Kuppen seiner Finger.
„Ohne Zweifel", stammelte Paris voller Bewunderung „bist Du mit all jenem großzügig ausgestattet, was zu einer gebärfreudigen Frau und guten Mutter gehört. Aber ... vor einer gerechten Entscheidung muss ich die anderen Beiden noch begutachten! Ich danke Dir und bitte Dich der Nächsten Platz zu machen!"
Hera besann sich für einen Moment, denn das „aber" des Paris schien ihr keine guten Noten für den Wettbewerb zu versprechen. Deshalb versuchte sie es mit Bestechung:
„Wäge Dein Urteil gut ab! Solltest Du mir den Apfel überreichen, dann werde ich Dich aus Dankbarkeit zum Herrscher über ganz Asien ernennen und obendrein zum reichsten Mann der Welt machen!"
Da erschien Hera dem Paris gleich doppelt so schön. Die Welt zu regieren anstatt Schafe zu hüten, welch eine Zukunft! Er musste sich beherrschen, um ihr nicht auf der Stelle den Apfel zu überreichen.

Hera zog sich mit wiegenden Hüften zurück, um Athene den Platz zu überlassen. Als sie aneinander vorbeigingen, trafen sich ihre Augen für einen kurzen Moment, um ihre Erscheinung miteinander zu vergleichen. Gift lag in ihren abschätzigen Blicken. Athene, von mädchenhafter Schlankheit und zartem Körperbau, schürzte verächtlich die Lippen beim Anblick der kräftig gebauten Hera.

Diese wiederum hob dünkelhaft den Kopf, denn die Gegnerin erschien ihr nicht üppig genug mit weiblichen Formen ausgestattet, um Paris gewinnen und über sie siegen zu können.

Athene wusste, dass sie vom Körperbau her nicht unbedingt dem Schönheitsideal männlicher Sterblicher entsprach. Zu häufig hatte sie den Waffengang geübt, zu viele Lanzen geworfen und die Klingen heftig gekreuzt. Ihr ausgeprägtes Muskelwerk vermochte einen Mann eher zu erschrecken, denn zu betören. Ihre Brüste passten in eine Kinderhand und das Hinterteil war vom vielen Laufen schmal und hart geworden. Doch das fein geschnittene Gesicht, das Leuchten ihrer Augen und die Kraft ihres Blickes, die hohe glatte Stirn, die sich schwungvoll zur Nase verjüngte, und schließlich der zierliche Mund mit seinen frisch glänzenden Lippen, all diese Zierden ihres Antlitzes verband sie mit einem Lächeln, dem keiner widerstehen konnte.
Mit diesem Zauber suchte sie Paris von sich zu überzeugen. Erfolgreich! Paris errötete bis über beide Ohren. Das Lächeln der Athene, in dem sich Klugheit mit Anmut und Grazie paarten, ließ seine Seele vor Zuneigung erbeben. Nicht allein pure Leidenschaft fuhr in ihn, sondern vor allem die Lust, diese Frau für sich zu gewinnen, und die Sehnsucht, sich ihr hinzugeben. Am liebsten hätte Paris sich in ihrem Lächeln auf ewige Zeiten gebadet, erregte es doch nicht nur seine Sinne, sondern erfreute auch die Seele und seinen Geist.

Athene war von ihrer Wirkung voll überzeugt. Um aber den Apfel sicher davonzutragen, versprach sie dem Paris noch als Dreingabe:
„Lasse Dich nicht allein von der Schönheit in Deinem Urteil leiten. Denn ohne Geist ist diese kraftlos und blass wie der Himmel im November! Solltest Du mir den Apfel zuerkennen, verspreche ich Dir ewige Weisheit. Und wenn Du willst, mache ich Dich auch noch zum Sieger aller Schlachten."

Paris hatte Hera, von Athene verzaubert, inzwischen nahezu vergessen. Wenn er ihr den Apfel schenken, er daraufhin jeden Krieg gewinnen würde, so dachte er bei sich, dann könnte sich auch das Versprechen der Hera erübrigen. Wer alle Schlachten gewinnt, muss folgerichtig Herrscher über die Welt werden.

Wie weit werden diese Göttinnen noch in ihrer Verbohrtheit gehen? So fragte ich mich ärgerlich auf dem Olymp. Nur eines goldenen Apfels und Schönheitstitels wegen, vergewaltigen sie das Schicksal. Die eine verspricht Reichtum und Königswürde, die andere Weisheit und Schlachtenglück. Keine von Beiden hatte mich vorher um mein Einverständnis gebeten. Sie maßten sich ein Recht an, über das ich zumindest ein Wörtchen mitzureden hatte. Und sie tanzten mir auf der Nase herum, als sei ich ein gemütlicher Braunbär und nicht der Erste unter den Göttern. Wenn hier jeder glaubte, tun und lassen zu können, was ihm gerade einfällt, dann sollten sie sich nicht wundern, wenn eines Tages die Welt im Chaos versinkt. So dachte ich damals, und war gespannt, mit welchem Versprechen nun Aphrodite den Paris und mich überraschen werde.

Athene trat ab. Die Göttin der Liebe würdigte sie beim Vorübergehen keines Blickes. Schon vom ersten Schritt an setzte Aphrodite ihren Auftritt in wohl überlegte Szene. Ihre Augen fest auf Paris geheftet, glitt sie zwischen den Schafen hindurch. Stellte sich eines der Tiere in den Weg, wich sie Hüften schwingend aus und zeigte so die ganze Anmut und Beweglichkeit ihres Körpers. Zielbewusst setzte sie einen Fuß vor den anderen, öffnete dabei leicht die Beine und gab den Blick frei auf ein prächtig goldenes Vlies, das wie ein leuchtender Stern zwischen ihren Schenkeln die Augen des Paris auf sich zog. Als wäre er von der sich nähernden Aphrodite wie hypnotisiert, schlich sich die Macht der Göttin in ihn und weckte seine Liebesgeister.

Wir, zumindest die männliche Götterschar, die wir vom Olymp her das Geschehen verfolgten, konnten ebenfalls die Augen nicht von der prachtvollen Nacktheit der Göttin lassen. Ihr wiegender Gang, das helle Leuchten ihrer weißen Haut, die Rundungen ihrer Brüste, die sich bei jedem Schritt hoben und senkten, der flache Bauch darunter, der sich einladend zu ihrer goldenen Mitte hin verjüngte, all diese makellosen Elemente schürten in uns eine Begehrlichkeit, entfachten mit aller Macht unsere Sinne, auf dass sie wie ein Feuer auflloderten.

Hephaistos erbleichte unter dem rußigen Gesicht. Dass seine Gemahlin für Paris derart unwiderstehliche Verführungskünste entwickelte, während sie ihn wie einen lästigen Klotz am Bein zu behandeln pflegte, das stachelte seine Eifersucht über die Maße an. Und auch Ares, der schon längst ein Auge auf die Liebesgöttin geworfen hatte, jedoch noch nie von ihr erhört worden war, leckte sich lüstern die Lippen. Auf seiner Stirn bildeten sich große Schweißtropfen, weil ihm die ungewohnte Zähmung seiner Lust eine übergroße Kraftanstrengung abverlangte. Sein athletischer Körper dehnte und streckte sich, als wollte er sogleich losgaloppieren, um sich auf die begehrenswerte Liebesgöttin zu stürzen.

Aphrodite trat so nah an Paris heran, dass sie ihn hätte berühren können. So dicht rückte sie ihm auf den Leib, dass er die Wärme ihres Körpers wie einen Hauch zu spüren vermochte. Sie überflutete mit ihrer Ausstrahlung seine Haut, drang tief in ihn ein und löste dort ein Gewitter aus - mit Blitzen, die seine Triebe zum heftigen Leben erweckten. Ein Lächeln in ihren rehförmigen Augen, ein tiefes Gurren in ihrer Stimme forderte Paris heraus:
„Scheue Dich nicht, mich ganz genau zu betrachten! Siehst Du diesen Busen?" flötete sie und schob zärtlich ihre Hände unter die Brüste. „Ist er nicht geschaffen, um mit den Lippen sanft darüber zu gleiten? Und sieh diese dunklen Vollmonde!" Sie berührte mit ihren Fingerkuppen die Spitzen ihrer Brüste, so dass sie sich erregten.
„Voller Neugier blicken sie Dich an! Und lege nur ruhig Deine Hand auf die Quelle meiner Lust, auf das Vlies dort unten mit den Locken aus purem Gold!"
Sie ergriff seine Hand und führte sie zum Hügel, der sich zwischen ihren Hüften leicht erhob.
Hermes, ebenfalls erstarrt vom Auftritt der Aphrodite, erwachte wie aus einer Betäubung. Doch er fasste sich sogleich und wurde sich plötzlich seiner Pflicht als Schiedsrichter bewusst.
„Aphrodite, zügele Dich! Anfassen ist nicht erlaubt! Darauf haben wir uns geeinigt!"
Paris zog rasch seine Hand zurück. Nur kurz hatte er mit den Fingerspitzen den Flaum der Liebesgöttin berührt. Doch dieser Moment reichte aus, um ihn mit der göttlichen Energie ihres Geschlechts bis in jede Faser seines Körpers hinein zu betören und eine unendliche Sehnsucht nach Liebe und Lust wachsen zu lassen. Wie ein Fluss, der nach reichlichem Regen, plötzlich über seine Ufer tritt und ganze Landstriche überschwemmt, so ergoss

sich der Liebesreiz der Aphrodite über ihn. Die Göttin sah ihren Moment gekommen.

„Jede von uns drei Göttinnen ist auf ihre Weise eine Schönheit, doch ich vereine, wie Du sehen, wie Du spüren kannst, in mir Liebe, Leidenschaft und Lust! Die stärksten Kräfte auf dieser Welt! Kräfte, die Du bisher zwischen all Deinen Schafen und Ziegen noch nicht erfahren hast. Ohne dieses Feuer wird Dein Leben grau und trist, denn Leben und Lieben gehören wie Zwillinge zusammen."

Paris lauschte der Aphrodite, als würde er den Gesang der Sirenen hören. Verlockend und unwiderstehlich klang ihre Stimme. Er hing an ihren rosigen Lippen, und hätte sie am liebsten sofort geküsst, so feucht glänzten sie, so sehr versprach ihre Fülle eine süße und zärtliche Berührung für seinen Mund.

Paris besann sich endlich wieder seines Auftrags und nahm all seine Sinne zusammen, versuchte trotz seiner Verwirrung Worte zu finden.

„Ich möchte diese Liebe erleben, von der Du sprichst! Kannst Du Sie mich lehren?"

Auf dem Olymp ging ein Stöhnen durch die Götter. Auch ich vermochte mich nicht mehr zu beherrschen. Ein kräftiger Donner entwischte mir, der weit hin bis zum Ida rollte. Aphrodite, davon waren wir alle überzeugt, hatte es verstanden, Paris mit allen Regeln ihrer Liebeskunst zu umgarnen. Er würde sich nie und nimmer aus ihren Fallstricken winden können. Ares sprach laut aus, was alle männlichen Götter im Stillen zu denken wagten:

„Die Wahl ist entschieden! Wäre ich Paris, so muss ich gestehen, ich könnte mich dem Reiz der Aphrodite nicht entziehen! Ich wünschte sogar, ich könnte seine Rolle übernehmen!"

Hephaistos drohte ihm mit kräftiger Faust.

„Unseliger Du! Das kommt nicht in Frage! Glaubst Du, ich habe Deine gierigen Blicke nicht bemerkt, mit denen Du meine Gattin verfolgst. Ich warne Dich. Lass Deine Finger von ihr!"

Ares lachte laut auf.

„Was willst Du, Hetären-Sohn?" gab er dem Hephaistos heftig zurück, „Du wirst niemals ihre Lust befriedigen können, so verwachsen und hässlich wie Du bist. Aphrodite ist viel zu schade für Dich!"

Sie wollten sich schon aufeinander stürzen, da trat ich rasch zwischen die beiden Streithähne.

„Beruhigt Euch! Wenn ihr weiter miteinander streitet, versäumt ihr noch die Wahl des Paris. Noch hat er nicht entschieden!"

Wir richteten wieder den Blick hinüber gen Osten. Dort erstrahlte jetzt Aphrodite in ihrer ganzen Schönheit, denn die untergehende Sonne tauchte sie auch noch in rosiges Licht. Als würde sie gerade einer Muschel entsteigen, schillerte ihre Gestalt wie von Perlmuttglanz umgeben.

Aphrodite trat einen Schritt zurück, ahnend, dass Paris bei ihrem Anblick die Beherrschung verlieren könnte. Sie hätte ihn dann zurückweisen müssen, was ihrer Wahl zur Schönsten unter den Göttinnen abträglich gewesen wäre.
Mit honigsüßer Stimme antwortete sie auf seine Frage nach dem Lernen der Liebe:
„Nur eine erste Kostprobe, ein zarter Hauch der Liebeslust bebt heute durch Deinen Körper und Deine Seele, wunderbarer Paris! Doch verbieten es die Regeln, dass Du mich berührst und umarmst, um die ganze Fülle der Liebe zu erfahren. Ohnehin ist es einem Sterblichen nicht erlaubt, sich einer Göttin hinzugeben. Er würde von einer Leidenschaft ergriffen, die nur mit dem Tod enden kann. Doch ich kenne ein Mädchen, die Schönste unter den Sterblichen, Helena genannt. Sie lebt in Sparta, ist dort mit einem Prinzen verheiratet. Helena vermag mich gut zu ersetzen. An meiner Stelle könnte sie Dich die Liebe lehren und Deine Lust befriedigen. Solltest Du mir den Apfel überreichen, so verspreche ich Dir, werde ich dafür sorgen, dass sie in Liebe zu Dir entflammt! Und auch Du wirst für Helena die heftigste Leidenschaft empfinden!"
Paris wog den goldenen Apfel in der Hand, betrachtete ihn, als könne er auf seiner glatten Oberfläche das Gesicht der Helena erkennen, dann wendeten sich seine Augen wieder der Aphrodite zu.
„Wenn Sie verheiratet ist, werde ich wohl kaum Erfolg bei ihr haben!"
Die Liebesgöttin antwortet lachend.
„Da mache Dir keine Sorgen! Die Liebe sprengt alle Fesseln, sobald Aphrodite es will. Ich schicke Eros. Sein Flügelschlag wird Helena verzaubern, sobald sie Deiner ansichtig wird. Das kann ich Dir nicht nur versprechen, sondern auch unter Eid schwören.

Ich werde Euch zum schönsten Paar zusammenschweißen. Die Welt wird noch in tausenden von Jahren von Euch sprechen!"
Paris, immer noch erregt vom Anblick der Aphrodite, sah sich bereits in den Armen einer jungen Frau, wohlgeformt wie die Liebesgöttin, voller Lust ihn umschlingend. Seine Phantasien ließen alle Eindrücke, die zuvor Hera und Athene in ihm hinterließen, in Vergessenheit geraten. Und so überreichte er der Aphrodite ohne ein Zögern den begehrten goldenen Apfel.

Hermes dankte Paris und lobte ihn: Er habe seine Aufgabe gewissenhaft erfüllt. Dann nahm er Aphrodite bei der Hand und führte sie in sicherem Abstand von den beiden Verliererinnen hinunter ins Tal. Er hielt es für besser, ihnen nicht allzu nahe zu kommen. Das beizende Gift des Neides, das sich rasch in Hera und Athene zum Versprühen sammelte, hätte genügt, um die Liebesgöttin ein für alle Mal zu entstellen.

Hand in Hand zogen die unterlegenen Göttinnen von dannen. Ihren verbissenen Gesichtern war anzusehen, dass bereits verbitterte Rache in ihren Gedanken Einzug hielt, dass sie schon Pläne schmiedeten, auf welche Weise sie gemeinsam Paris und dem Volk der Trojaner, dem er angehörte, das Leben auf lange Zeit schwermachen könnten.

Ares hatte als einziger unter den Göttern der Wahl des Paris Beifall gespendet. Voller Vorfreude rieb er sich die Hände. Nicht nur, dass der Schlachtengott mitfühlendes Verständnis für die Wahl des Paris aufbrachte, er roch vor allem Blut:
„Es wird Krieg geben!" jubelte er. „Endlich kann ich mich ins Schlachtengetümmel werfen. Ich höre bereits die Schmerzensschreie der Soldaten und sehe das viele Blut, das langsam auf den Feldern versickert!"
Hephaistos war das Verhalten seiner Gemahlin sichtlich unangenehm. Dass sie im Mittelpunkt des Interesses stand und die Lüsternheit nahezu aller männlichen Götter durch ihren Auftritt auf sich zog, konnte ihm nicht recht sein.
„Was immer passieren wird", zischte er voller Zorn. „Ich werde höchstpersönlich die Waffen gegen jeden Ehebrecher schmieden!"

Artemis hingegen, die selbst als Kandidatin für den Schönheitswettbewerb in Frage gekommen wäre, versuchte Paris beizustehen.

„Wir müssen Verständnis für den jungen Mann aufbringen. Er ist ein Sterblicher voller Fehler, unerfahren in den Dingen der Liebe und Schönheit. Bald wird er den Zorn von Athene und Hera zu spüren bekommen. Und doch ist er im Grunde unschuldig! Paris wird bestraft für unsere Fehler. Wir hätten das Los entscheiden lassen sollen und nicht einen Schäfer! Wer hat den Armen eigentlich ausgewählt?"

Beschämt wendete ich mich ab und schlich hinter einen nahen Felsvorsprung des Olymps. Doch vor meinem eigenen schlechten Gewissen vermochte ich mich nicht zu verstecken.

Das Gefühl abermaligen Versagens verfolgte mich überallhin. Zusammengekauert in meinem Versteck konnte ich dennoch weiter den Meinungen der Götter lauschen. Auch Apollon nahm Partei für Paris:

„Wir sollten seine Wahl ohne Wenn und Aber anerkennen! Es wäre ungerecht, ihm und seinem trojanischen Volk einen Strick daraus zu drehen. Wo führt das hin, wenn Hera und Athene versprechen, ihm kein Unrecht anzutun, und dennoch auf Rache sinnen. Wenigstens wir Götter sollten Wort halten!"

Poseidon stampfte ärgerlich mit seinem Dreizack auf den Boden. Er war gänzlich anderer Meinung:

„Es kann nicht angehen, dass wir uns von einem Sterblichen auf der Nase herumtanzen lassen! Paris' Urteil entzweit uns. Es sät Streit unter uns Götter. Er hätte die Wahl ablehnen und dabei den Zorn des Zeus, ja sogar den eigenen Tod in Kauf nehmen müssen. Aber die Trojaner waren ja schon immer ein hochmütiges Volk, das gern über menschliche Verhältnisse lebt!"

Die Front in der Streitsache Troja verlief quer durch meine Verwandtschaft. Tiefes Misstrauen hatte Eris mit ihrem Apfel erfolgreich unter uns Götter gesät. Während Athena und Hera, Poseidon, Hephaistos und Hermes die Wahl des Paris mit Missmut verfolgten, unterstützten Apollon, Ares und Artemis das von Aphrodite versprochene Liebesglück des Trojaners. Ich selbst verhielt mich so neutral wie nur möglich. Hätte ich mich auf Paris Seite geschlagen, wäre mir Hera noch mehr gram gewesen. Ohnehin erwartete sie von mir als Gatten vollste Unterstützung, um den ramponierten Ruf ihrer Schönheit und Macht wiederherzustellen.

Anderseits musste ich die Wahl des Paris und seine verständnisvolle aber fatale Entscheidung akzeptieren, hatte ich ihn doch höchstpersönlich als Schiedsrichter auserwählt.

7. Tag

Ich muss eingeschlafen sein. Der Poolwart sammelt mürrisch die liegengebliebenen Handtücher ein und richtet neben mir die Liegestühle symmetrisch aus. Das quietschende Geräusch, das dabei entsteht, hatte mich geweckt. Alle Gäste und mit ihnen meine Nachbarin sind verschwunden, haben sich wohl in ihre Hütten zurückgezogen.
Es beginnt langsam dunkel zu werden. Die Palmenzweige breiten sich mit gespreizten Fingern schwarz unter dem helleren Himmel aus. Der Schimmer eines dunklen Blaus, unterbrochen von tiefen Schatten, die sich unter Büschen und Stauden verdichten, liegt über den Hügeln. Ich packe meine Sachen zusammen, falte das Handtuch, ziehe den Bademantel über und greife nach dem Palmblatt-Text, der unter meine Liege gerutscht war.

Als ich meine Hütte aufschließe, ist es dunkel geworden. Ich schalte das Licht an. Auf dem frisch gemachten Bett begrüßt mich heute unter dem Moskitonetz ein Elefant - geknotet aus Handtüchern. Im Bad ist alles ordentlich aufgeräumt. Die Wasserhähne blitzen. Nach dem Duschen strecke ich mich neben dem Elefanten auf dem Bett aus. Über mir drehen sich die Ventilatoren in beruhigender Regelmäßigkeit. Ein schwacher Windhauch kühlt meinen Körper und löst auf der Haut einen zärtlichen Impuls aus.

Eigentlich bin ich nach Indien gereist, um mir Fragen zu stellen: darüber, warum alles so gekommen ist, wie es ist. Doch nun fesseln mich andere Themen. Ich bin erfüllt von den Gedanken an die Palmblätter-Texte und obendrein zunehmend fixiert auf eine Frau, von der ich mir wünschte, dass sie mir näher rückt. Das eine weckt meine Leidenschaft zu geschichtlichen Geheimnissen, die ich als Archäologe und Archivar in meinem bisherigen Leben nicht ausreichend befriedigen konnte. Das andere aktiviert eine Leidenschaft, von der ich mich längst verabschiedet hatte, die seit Jahrzehnten verkümmert war, nachdem ich ein Gelübde gesprochen hatte.

Manchmal, wenn ich an meine Mutter und ihr Leid denke, werden noch heute meine Augen feucht. Es scheint, dass sich, solange ich mein Versprechen ihr gegenüber halte, dass sich dann mein Schuldgefühl in Grenzen hält: Das Gefühl, als Mann von Geburt an schuldig zu sein am Leid dieser Mutter, ganz allgemein auch der Frauen, an den Intrigen des Alltags und im Beruf, aber vor allem an den Kriegen in der Welt. Das klingt gewaltig und banal zugleich, aber es sind eben immer nur Männer, die zu den Waffen greifen: ob im Nahen Osten, in den Vereinigten Staaten oder in Asien. So, wie ich beim Nahen eines Lustgefühls all die Schichten meiner männlichen Vorfahren trommeln hören kann, so spüre ich auch den Schmerz einer kollektiven Schuld, die mir meine männlichen Ahnen auf meine Schultern geladen haben. Sie steckt genetisch in mir! Lust und Schuld, beide kämpfen gegeneinander. Aber hin und wieder gelingt es mir, dass sie sich gegenseitig neutralisieren.
Beneidenswert – dieser Zeus! In seiner Figur, in seinen Handlungssträngen und Mythen ist keinerlei Schuld zu spüren. Die Wunschvorstellungen der damalig rein männlichen Welt spiegeln sich in seinem Charakter wieder: Viel Lust – und so gut wie kein schlechtes Gewissen!

Es wird Zeit für das Abendessen. Wenn ich noch lange hier auf meinem Bett sinniere, werde ich das Dinner, vom Schlaf übermannt, versäumen. Also erhebe ich mich mühsam. Die Massage heute Vormittag hat meine Muskelstränge stark strapaziert und die Pakete durcheinander gewalkt. Jetzt schmerzen Arme, Bauch und Schenkel. Leidend schleppe ich mich zum Restaurant. Der offene Saal ist hell erleuchtet. Noch draußen, noch im Dunkeln verharre ich für einen Moment. Wieder sind die Tische nur halb besetzt. Die tönernen Töpfe reihen sich wie jeden Abend militärisch exakt der hinteren Wand entlang. Die Kellner eilen mit Glaskaraffen von Tisch zu Tisch, um Kräuterwasser nachzuschenken.

Ich steuere mutig auf meine Nachbarin zu, die allein an einem Vierertisch sitzt und in ihrer Einsamkeit verlegen vor sich hinblickt. Für einen Mann wäre das keinen unangenehmen Gedanken wert, aber von so mancher Frau weiß ich um das Gefühl der Minderwertigkeit, allein im Restaurant speisen zu müssen – ohne einen männlichen Part oder eine Frau am Tisch zu haben. Frauen fühlen sich da verlassen wie ein Mauerblümchen.

„Guten Abend!" Ich verbeuge mich kurz. „Darf ich Ihnen Gesellschaft leisten?"
„Oh bitte! Nehmen Sie doch Platz!" fordert sie mich freundlich auf.
„Haben Sie inzwischen ausgeschlafen? Am Pool war es um Sie herum plötzlich ganz still!"
Ich entfalte meine Serviette und breite sie über meinen Schenkeln aus.
„Die Massage heute Vormittag war doch anstrengender, als ich vermutet habe," gebe ich zu, „aber jetzt bin ich wieder hellwach!"
Schon eilt ein Kellner auf uns zu und schenkt das Kräuterwasser ein. Es dampft aus dem Glas. Bis ich daran nippen kann, werden noch einige Minuten verstreichen müssen.
„Mir wäre ein kaltes Bier jetzt lieber!", jammere ich. „Aber leider verstößt das gegen die Regeln!"
„Dagegen kann man was tun! Ich möchte Sie ja nicht verführen, aber ich habe diese Kur nur die ersten fünf Tage ausgehalten, dann bin ich abends nach Kovalam ausgebüxt, in ein kleines Fischerdorf, in dem man wunderbar frisches Seegetier essen kann."
Schelmisch lachend fügt sie hinzu: "Bier gibt es dort auch jede Menge!"
Ich nippe vorsichtig am heißen Kräuterwasser.
„Gegen eine solche Verführung habe ich gar nichts! Ich nehme an, dass Sie sich ein Tuk-Tuk gemietet haben?"
„Das ist gar kein Problem!", versichert sie. „In der Straße vor dem Hotel warten immer einige Tuk-Tuks auf Kundschaft. Man verhandelt mit dem Fahrer einen Festpreis, fährt mit ihm die halbe Stunde nach Kovalam. Dort sagen Sie ihm einen ungefähren Zeitpunkt für die Rückfahrt, und er ist pünktlich wieder zur Stelle."
Ich bin erstaunt: „Das haben Sie an einem Abend ganz allein unternommen? Hatten Sie keine Angst wegen all der Meldungen über Vergewaltigungen in Indien?"
„Das mit den Vergewaltigungen ist in der Tat sehr schlimm, aber statistisch gesehen geschehen Verbrechen wie diese auch nicht häufiger als wie bei uns in Deutschland. Sie müssen daran denken, dass hier immerhin weit über eine Milliarde Menschen leben. Außerdem werden die Tuk-Tuk Fahrer vom Hotel kontrolliert, und

schließlich habe ich als Frau ein Alter erreicht, bei deren Anblick man als Mann nicht so rasch auf solche Gedanken kommt."
Ich verzichte auf ein schales Kompliment, zwinge mich abermals einen Schluck vom Kräuterwasser zu nehmen und nutze die Gelegenheit für einen Vorschlag.
„Was halten Sie davon, wenn wir beide morgen Abend einen solchen Ausflug nach Kovalam unternehmen. Ich lade Sie gerne ein!"
Sie zögert für einen Augenblick, fixiert mich, als wolle sie in meinem Gesicht nach Spuren bestimmter Absichten suchen. Sie findet nichts!
„Gerne! Ich zahle das Tuk-Tuk und Sie das Essen!"

Wir stehen auf, begeben uns zu den Tontöpfen mit den vegetarischen Speisen. Einige von ihnen empfehlen sich für Pitta-Kapha-Typen, zu denen ich mich zählen darf. Andere für den …?
„Zu welchem Ayurveda-Typ gehören denn Sie?" frage ich sie schmunzelnd.
„Pitta mit einem kleinen Schuss Kapha!" antwortet sie. „Wobei ich stets aufpassen muss, dass das Kapha nicht überhandnimmt und ich ansetze!"
Wir nehmen uns beide einen Schlag aus dem vegetarischen Topf für die Kapha-Typen.

Zurück am Tisch sitzen wir gegenüber - wie ein altes Ehepaar, das seine Mahlzeit nach vielen Jahren des gemeinsamen Lebens stumm einnimmt. Und in der Tat: Ich bemerke an mir eine gewisse Wortlosigkeit. Ich war noch nie ein Mensch des oberflächlichen Geplauders und empfinde in peinlichen Situationen wie dieser, einen Zwang etwas sagen zu müssen - ohne zu wissen, was ich sagen könnte.
„Was haben Sie denn heute Nachmittag am Pool für seltsame Blätter studiert?", unterbricht sie die Stille.
Ich bin froh, dass sie das Schweigen mit einer Frage beendet, wenngleich mit einer Frage, die schwierig und nur langwierig zu beantworten ist. Wo anfangen, ohne zu wissen, wo ich enden sollte:
„Das sind Texte, die vor vielen Jahren und Tagen auf Palmblättern mangels Papiers geschrieben wurden. Sie stammen aus einer riesigen Bibliothek in Madurai. Das Seltsame ist, dass sie weder wie sonst üblich, in alttamilischer Sprache noch in Sanskrit,

sondern in einer alten griechisch-makedonischen Schrift abgefasst sind."

„Und die können Sie lesen?" Sie hebt erstaunt ihre Augenbrauen.

„Ich habe das mal studiert, zumindest altgriechisch. Später war ich in meinem Beruf mit so manchen dieser Texte konfrontiert, so dass ich mich so recht und schlecht zurechtfinde."

Während ich mein Besteck beiseitelege, wäge ich ab, wieviel ich noch erklären und was ich lieber verschweigen sollte. Meine Waage neigt sich ganz von selbst zur Wahrheit hin.

„Es ist ein Text, in dem sich der Schreiber in die Person des Zeus versetzt und die Geschichte seiner Götterfamilie erzählt. Ich vermute, dass ihn einer der Offiziere Alexander des Großen verfasst hat – mit dem Auftrag, Alexander als einen Gott mit langer polytheistischer Tradition darzustellen, mit einer Familie ähnlich der indischen Götterwelt. Vielleicht steckt dahinter die Absicht, den Indern Alexander nicht nur als Eroberer, sondern vor allem als mächtigen, erfahrungsreichen Gott nahezubringen. Einem Gott, den man wie Brahma, Vishnu oder Shiva verehren, dem man gehorchen muss!"

Sie hebt den Kopf, blickt mich erstaunt an und sagt, nicht ohne einen gewissen Vorwurf in der Stimme:

„Und diese Blätter, die sicherlich doch äußerst kostbar sind, die schleppen Sie einfach so mit sich herum, studieren sie am Pool? Wie sind Sie nur zu diesen Texten gekommen?"

Durch ihre direkte Fragestellung bin ich zum ersten Mal gezwungen, komprimiert über das Geschehen nachzudenken. Dabei erscheint mir das Ganze plötzlich obskur - unfassbar, wie das Leben auf dem indischen Subkontinent nun mal ist. Ich war zu den Palmblättern sozusagen wie die Jungfrau zum Kind gekommen und habe diese überraschende und geheimnisvolle Schwangerschaft vor Begeisterung gar nicht wahrgenommen. Das wird mir nun während meiner Schilderung der Geschehnisse klar. Ich erzähle meiner Tischnachbarin, dass ich von Mumbai aus entlang der Ostküste hinunter in den Süden gereist wäre und immer wieder einem deutschsprachigen Reiseleiter begegnet sei, der es offenbar darauf angelegt und mich gezielt angesprochen hat. Als Leiter eines orientalischen Instituts habe er mir schließlich den Besuch einer der ältesten Palmblätterbibliotheken angeboten. Dass er ausgerechnet mich als Archäologen ins Visier nehmen sollte, dazu hätten ihm seine Palmblätter geraten, die er zuvor mit meinen Geburtsdaten gefüttert hatte. Deshalb biete er mir nun diesen Fund mit den makedonischen Texten zum Studium an. Er wolle wissen, was ich davon halten würde, stelle mir Fragen aus welcher Zeit die Texte sein könnten, ob sie tatsächlich dem Alexander dem Großen zuzuordnen und ob sie echt wären.

Offenbar benötigt meine Tischdame etwas Zeit, um die Informationen zu verarbeiten und zu überlegen, ob sie mir vertrauen könne. Meine Geschichte muss ihr auch allzu phantastisch erscheinen. Die kleine Pause nutzen wir zum Nachtisch: ein indisches Joghurt mit Früchten. Doch was ich in diesem Moment wohl am meisten vermisse, ist ein Glas kühlen Weines, an dem ich mich festhalten kann. Denn auch mir ist das Ganze nicht geheuer!

„Was halten Sie denn nun wirklich von diesen Palmblätter-Texten?", fragt sie schließlich und gesteht: „Von den Bibliotheken habe ich schon einiges gehört und gelesen. Ich bin hin und hergerissen, meinen Aufenthalt in Indien zu nutzen, um selber den Schritt in eine solche Bibliothek zu wagen."
Da ich mir selbst nicht über die Ernsthaftigkeit der Palmblätter und ihrer prophetischen Verwendung im Klaren bin, versuche ich mich deshalb vage zu erklären.
„Ich neige dazu auf alle Fälle die Palmblätter, beschrieben mit den Göttergeschichten, die Texte, die man mir überlassen hat, ernst zu nehmen. Aber über die anderen, die sich mit Zukunftsvoraussagen beschäftigen, maße ich mir kein Urteil an! Ich will erst die überlassenen Schriften zur Gänze lesen, um mir endgültig ein Bild zu machen. Vielleicht enthält der Text noch Informationen, die mir Hinweise auf die Herkunft und den Auftraggeber liefern."
„Das wäre schön, ist aber sicher eben nur eine Seite der Medaille," meint sie nachdenklich. „Die andere Seite ist doch die überraschende Information über Ihr Leben, die offenbar der Chef des Instituts aus den Palmblättern herausgelesen hat. Das muss Sie doch neugierig gemacht haben? Hat er Ihnen nicht angeboten, mehr darüber zu verraten?"
„Aber ja! Er hat mir, um die Glaubwürdigkeit der Palmblätter-Befragungen zu erhöhen und mich in Versuchung zu führen, einen bedeutsamen Wendepunkt in meinem Leben angedeutet und darüber hinaus die Lösung eines Problems für die Zukunft angekündigt. Ehrlich gesagt, ich bin zu feige, um Genaueres erfahren zu

wollen! Möchten Sie denn zum Beispiel Ihr Todesdatum und die Umstände Ihres Ablebens kennen? Ich - auf keinen Fall!"
„Ich auch nicht! Aber es gibt etliche Neugierige, die reisen nur deshalb nach Indien, um diese Palmblätterbibliotheken zu besuchen. Sie fragen geradezu danach…"
„Ich kann nur warnen", unterbreche ich sie. „Gesetzt den Fall, die Daten, die Sie als Antwort erhalten, sind alle erfunden! Und, gesetzt den Fall, es sind Betrüger am Werk, die um des Geldes willen gefährlicher Psychosen auslösen. Nicht auszudenken, was alles passieren könnte! Einige Fragesteller sollen sich schon beim Nahen des angesagten Todestermins vor lauter Angst und Hysterie umgebracht haben!"

Die Geschichten rund um die Palmblätterbibliotheken erregen mich. Ich beuge mich über den Tisch und unterstreiche meine Worte, indem ich heftig mit den Händen spreche, stoße dabei mein Glas mit Kräutertee um.
„Oh, tut mir leid! Aber darum ist es nicht schade!", entschuldige ich mich. Gerade erst in Schwung gekommen, setze ich gleich mit erhobener Stimme eins drauf:
„Ich glaube, dass für uns Menschen ein Blick in die Zukunft völlig ausgeschlossen ist! Die Natur hat das voller Vernunft mit Absicht so eingerichtet. Stellen Sie sich vor, wir wüssten über all das Bescheid, was in dieser und jener Minute auf uns zukommt. Wir würden wahnsinnig werden oder in eine totale Passivität fallen. Wüsste ich beispielweise, dass wir Beide uns in den nächsten Tagen ineinander verlieben, dann könnte ich mich jetzt zum Schlafen in meine Hütte legen und darauf warten. Das Leben würde für uns an Spannung verlieren. So, wie es ist, ist es gut! Es kommt einfach, wie es kommt! Nur wissen wir nicht was, wann, wie und auf welche Weise! Und seien wir doch ehrlich! Haben wir nicht bereits genug mit dem Verkraften unserer Vergangenheit zu tun? Wir müssen unser Leben doch nicht auch noch mit dem Wissen über die Zukunft verderben!"
„Ist ja schon gut." beruhigt sie mich, „Sie brauchen nicht laut zu werden. Ich bin da mit Ihnen ganz einer Meinung!"

Über die Erwähnung des Beispiels „Verlieben", das wohl ein zu heftiger Wink mit dem Zaunpfahl war, geht sie wortlos hinweg, - so, als hätte ich nichts dergleichen eingeflochten. Ich bin offenbar zu direkt, zu aufdringlich! Nach vielen Jahren der Abstinenz im

Umgang mit einem weiblichen Gegenüber ist das durchaus verzeihlich. Mein Instrumentarium zur Eroberung einer Frau ist deshalb eher beschränkt. Etliche Barrieren schlummern immer noch in mir, die es verhindern, dass ich einen tragfähigen Brückenkopf zu ihr errichten kann. Ich möchte gerne, stelle mich aber dabei wie ein Anfänger an, der sich entweder zu übereifrig oder zu zaghaft dem erstrebenswerten Vorhaben nähert. Dieses Defizit lässt sich sicherlich auch damit erklären, dass ich wie eine Jungfrau mit Scheuklappen durchs Leben gestolpert bin, mich nun wundere, nicht mehr über die Mittel einer entsprechenden Kommunikation zu verfügen.

„Dass dem Menschen, wie Sie sagen, kein Blick in die Zukunft gestattet ist, hindert ihn aber nicht daran, es seit Jahrtausenden mit allen möglichen Mitteln zu versuchen: mit Astrologie, mit Handlesen, mit Tarot Karten und …"

„und mit Palmblätterbibliotheken!" unterbreche ich sie abermals. „Nur sieben von diesen Bibliotheken speisen sich aus echten alten Aufzeichnungen, die vor etlichen tausend Jahren geschrieben worden sind. Welche Zukunft Palmblätter anzubieten haben, interessiert mich eigentlich nicht! Meine Frage lautet, wie kommt ein Text, mutmaßlich von Alexander dem Großen, in eine derartige Bibliothek? Sind diese Aufzeichnungen mit Absicht in die Sammlung von Menschenschicksalen geraten, da es hier um das Leben eines sehr menschlichen Gottes oder eines göttlichen Menschen geht? Oder hat man diese beschriebenen Palmblätter einfach nur eingereiht, um sie sicher aufzubewahren?"

Mir wird mehr und mehr klar, dass sich dieses Thema nicht dazu eignet meiner Nachbarin näherzukommen. Zu wenig Persönliches, kaum Menschliches lässt sich damit transportieren. Ihre Gedanken fokussieren sich nicht auf mich, sondern auf das Phänomen der Palmblätterbibliotheken. Vielleicht vermag ich mit einer anderen Taktik erfolgreicher zu sein, mit der Taktik des Zuhörens. Wer würde nicht für sein Gegenüber ein großes Maß an Empathie entwickeln, wenn er ungebremst über sich erzählen kann und dies in einer Zeit, in der alle das Zuhören verlernt haben. So frage ich unvermittelt:

„Was könnte es denn in Ihrem Leben geben, was Ihnen eine Palmblätterbefragung an Neuem und Bedeutsamen verraten würde?"

„Eigentlich nicht viel!" antwortet sie und runzelt für einen kurzen Moment ihre hohe Stirn, so dass daraus ein kleines Waschbrett entsteht, hinter dem man regelrecht das Auf und Ab ihrer Gedanken lesen kann.
„Mein Leben habe ich bis zu diesem Moment gelebt. Daran kann ich jetzt nichts mehr ändern. Aber vielleicht habe ich so manche meiner Entscheidungen falsch gefällt. Vielleicht hätte ich hier mehr Geduld, und dort mehr Mut haben müssen. Schließlich lernt man bekanntlich aus der Vergangenheit für die Zukunft. Aber nach indischer Vorstellung ist das Grübeln darüber sinnlos. Das Karma lässt sich nicht beeinflussen. Man ist ihm auf Gedeih und Verderb ausgeliefert. Im Grunde spielt es keine Rolle, ob man über sein Schicksal Bescheid weiß oder nicht: Man vermag es eh nicht zu ändern!"
„Doch, durch gutes Tun!" widerspreche ich. „Zumindest soll das nach indischer Vorstellung helfen, im nächsten Leben eine höhere Stufe zu erobern!"

Ich bin frustriert: Irgendwie scheint unsere Kommunikation auf dieser abstrakten Ebene wie einbetoniert. Sie gleicht einer undurchdringlichen Wand, die ich heute wahrscheinlich nicht mehr überwinden kann. Ein Abend, an dem ich ihr mit dem Gerede über Theorien keinen Zentimeter näherkommen werde. Sie gähnt bereits versteckt hinter ihrer Serviette. Bevor unser Tischgespräch weiterhin in einem philosophischen Plauderton erstarrt und ich den Eindruck eines Langeweilers erwecke, wäre es vielleicht besser, den Abend abzubrechen.
Nicht einmal unsere Namen haben wir bis heute ausgetauscht. Wenigstens dies sollten wir noch erreichen.
„Wir sprechen über das Jenseits, ohne das Diesseits mit dem Namen zu kennen. Ich heiße übrigens Benjamin!"
„Benjamin?" wiederholt sie „Schöner Name! Der meine ist Klara!"
Wir reichen uns die Hände. Auf diese Weise versuche ich dem Abend und mir doch noch einen würdigen Abgang zu verschaffen.
„Eigentlich müssten wir uns jetzt zuprosten, aber lassen Sie uns das auf morgen Abend verschieben, wenn wir für ein paar Stunden ausbrechen."
Wir erheben uns vom Tisch, wünschen uns eine Gute Nacht. Ich begleite sie im Dunkeln zu ihrer Hütte, die nicht weitab von der meinen liegt.

Es ist noch zu früh, um sich im Bett den Palmblättern zu widmen. Vor meiner Hütte spannt sich eine Hängematte zwischen zwei Palmen. Etwas mühsam steige ich hinein, strecke mich aus, um entkrampft den dunklen Himmel zu studieren, der hierzulande noch vom Lichtsmog verschont bleibt. Seit meiner Kindheit ziehen mich die Sterne an. Ich fühle mich von ihnen wie von vielen Magneten angezogen - und, wo immer ich außerhalb meiner Heimat Zeit habe, werfe ich des Abends immer noch einen Blick nach oben. Diese Unendlichkeit über mir kann ich nicht begreifen. Das Unvorstellbare relativiert mein tägliches Geschehen auf der Erde.

Ich strecke mich aus. Meine Arme verschränke ich hinter dem Kopf, um meiner Brust ein freies Atmen zu gönnen. Die Augen wandern hinauf zu Sternenvölkern, die sich über mir wie eine friedliche Herde zusammenrotten. Der Blick zieht weiter zu den milchfarbigen Planetenhaufen und monologischen Einzelsternen, die wie Einsiedler weit ab von den anderen vor sich hin pulsieren. Diese glitzernde Vielfalt der Lichtpunkte, diese Grenzenlosigkeit des Ausmaßes und die damit verbundene Unmöglichkeit, die Unendlichkeit des Alls zu begreifen, erfüllen mich stets mit dem Gefühl „Nichts" zu sein - nicht einmal ein Staubkorn! Ich ahne, wie angenehm dieses „Nichts" ist! Ich sehne mich sogar danach! Es löscht jede Bedrückung, löst alltägliche Problematiken auf. Für einen kurzen Moment, für den Bruchteil einer Sekunde, verschwindet mein Ich in diesem „Nichts". Ich atomisiere mich.
So fühlt sich vermutlich der Tod an. Ich kann in mir eine gewisse Sehnsucht nach Erlösung wahrnehmen.
Beinahe hätte es dieser Moment geschafft, dass meine Augenlider, schwer geworden vom Blick in die Sterne, sich schließen. Doch auf mich warten noch etliche Palmblätter, die zu studieren ich mir in meinen nächtlichen Stunden vor dem Einschlafen vorgenommen habe.

Aus der Palmblätterbibliothek
10. Bündel

Hera war über meine Unentschlossenheit und Tatenlosigkeit dermaßen verbittert, dass sie sich auf dem Olymp nicht mehr blicken ließ. Sie weigerte sich, auch nur in meine Nähe zu kommen und zog verbittert durch die Welt, versteckte sich hier und dort. Nur hin und wieder wurden mir Nachrichten zugetragen; sie habe sich über mich beklagt, mich einen Weichling und Schwachkopf genannt, der nicht in der Lage wäre, den Streit unter den Göttern zu schlichten und dem Spiel der Aphrodite und ihres Erfüllungsgehilfen Paris Einhalt zu gebieten. Auch dann hätte ich versagt, als der schöne Trojaner mit Unterstützung der Liebesgöttin, die schöne Helena, die griechische Prinzessin und hohe Priesterin Spartas raubte und mit dem Schatz ihres homosexuellen Gatten Menelaos das Weite suchte.

Heras Spottpfeile, die sie aus verborgenem Hinterhalt auf mich abschoss, wurden von meinen göttlichen Schwestern und Brüdern mit Schadenfreude kommentiert. Sie richteten nicht so sehr in meinem eigenen Selbstbewusstsein gehörigen Schaden an, als vielmehr im Respekt, den man im Allgemeinen dem obersten aller Götter zollen sollte. Man begann mich in einer Art und Weise zu belächeln, die ich nicht weiter dulden durfte. Bevor Hera noch mehr Unheil anzurichten vermochte, entschloss ich mich deshalb, Frieden zwischen ihr und mir zu stiften, ohne freilich meinen Stolz in aller Öffentlichkeit zu verletzen.

Wenn zwischen Eheleuten Streit ausbricht, der so weit führt, dass einer das gemeinsame Bett und Haus verlässt, dann stellt sich die Frage: Wer macht den ersten Schritt, ohne sich dem Verdacht der leidenschaftlichen Hörigkeit, der Reue und des Schuldgefühls auszusetzen? War meine Liebe zu Hera so groß, dass ich jeglichen Stolz in mir überwinden konnte? Als oberster Gott und erster Mann unter Männern fiel es mir besonders schwer, nach Hera zu suchen, sie um Vergebung zu bitten.

Seltsam! Wer als Mann die Treue verletzt, indem er dem leidenschaftlichen Begehren einer anderen Frau nachgibt, fühlt sich stets schuldig gegenüber der Seinen, obwohl er doch nur der Natur nachgegeben hat. Wie gern wäre ich Hera in allen meinen Taten treu geblieben. Allein meine Natur, meine Gene, mein Fortpflanzungstrieb und die in mir trommelnden Ahnen ließen dies nicht zu. Und zuletzt auch all jene Menschen, welche Tag für Tag mir huldigten. Wenn ein Gott sich verliebt, so glauben sie, dann sei dies auch den Sterblichen erlaubt. Ein allzu unterwürfiges Entgegenkommen hätten sie als Verrat an der Männlichkeit interpretiert, als Eingeständnis eines Fehlers und letztendlich auch als Schwäche ausgelegt.

Nein, ich musste die verlorene Gattin mit einer List zurückgewinnen, und zwar mit Hilfe jener Waffe, mit der sie mir die meisten Unannehmlichkeiten bereitete: Mit Eifersucht!

Da ich vermutete, dass sich Hera auf dem Berg Kithairion in den Schmollwinkel zurückgezogen hatte, ließ ich den dort residierenden König Alalkomeneus das Gerücht streuen, ich, Zeus, würde wieder heiraten wollen, und hätte mir seine Tochter Plataia als Braut und zukünftige Gemahlin ausgeschaut. Alle seien zu der Hochzeit aufs herzlichste eingeladen. Gleichzeitig ließ ich eine Puppe fertigen, die der echten Prinzessin täuschend ähnlichsah.

Am Tag der Hochzeit, für den ich einen strahlend blauen Himmel im Vorfrühling vorbereitet hatte, spannte ich zwei Kühe vor einen Holzkarren. Er wurde mit den ersten bunten Blumen und grünen Zweigen auf solch geschickte Weise geschmückt, dass man von außen kaum Einblick ins Gefährt hatte. Ich setzte die Puppe hinein, ließ sie in weiße Tücher hüllen. Ihr Gesicht wurde zart verschleiert und ich selbst nahm als Hochzeiter prächtig herausgeputzt neben ihr Platz. Schon vom frühen Morgen an ließ Alalkomeneus sein Volk die heilige Straße säumen, die zu Füßen des Berges Kithairion zu einem Tempel führte, an dessen Altar man mich schon seit Urzeiten verehrte.

Ich peitschte die beiden Kühe, so dass sie mit einem Ruck die Hochzeitskutsche in Gang setzten. Schwerfällig zogen die Rinder den holpernden Wagen. Immer wieder beugte ich mich zu meiner stummen und starren Braut hinüber, schob zärtlich ihren Schleier beiseite, um sie behutsam zu küssen. Das Volk jubelte uns ein jedes Mal zu, warf Blumen und Getreidekörner. Trommler und Flötenspieler schlossen sich der Hochzeitskutsche lautstark an.

Bis hinauf in die Höhen des Kithairion muss der Festzug unüberhörbar gewesen sein. Wenn Hera sich dort versteckt hielte, dann konnte sie nicht umhin, von den Feierlichkeiten im Tal Notiz zu nehmen. Verstohlen blickte ich zu den Hängen hinauf. Nichts tat sich! Ich hegte erste Zweifel, ob meine List gelingen würde.

Als das Hochzeitsgefährt an den Propyläen zu Füßen des Tempels anhielt, war ich schon von der Erfolglosigkeit meiner List überzeugt. Ich machte mir beim Aussteigen Gedanken, welch Hohn und Spott mich auf dem Olymp wohl erwartete, wenn das Scheitern meines Planes bekannt würde.

Während ich so langsam wie möglich die Stufen würdevoll zum Tempel hinauf schritt, blieb die Braut im Karren zurück. Ich hatte Alalkomeneus gebeten, seine künstliche „Tochter" mir erst dann zuzuführen, wenn ich den Altar im Tempelzentrum erreicht hätte. Kaum war ich in den langen Schatten der ersten Säulen verschwunden, drang wildes Geschrei von den Hügeln des Kithairion herab.

Voller Neugier spähte ich hinter einer Säule hervor. Das Volk, das sich murmelnd vor den Stufen versammelt hatte, starrte gebannt und voller Schrecken auf die Flanke des Berges. Die Trommeln und Flöten verstummten. Stattdessen erfüllten ein Schnauben und Fluchen, ein Brüllen und Dröhnen die klare Luft. Es schien, als galoppierte eine Herde vom Wahnsinn ergriffener Kühe den Berg hinunter auf uns zu, eine dichte Staubwolke hinter sich lassend und alles unter den Hufen zermalmend, was sich in den Weg stellte.

Es war die kuhäugige Hera, die sich den Berg hinabstürzte, um die Hochzeit zu verhindern. Wie ein Wirbelwind und vor Wut schnaubend näherte sie sich in rasender Geschwindigkeit. Ganz von selbst öffnete ihr das Volk eine Gasse, durch die sie zur Hochzeitskutsche schimpfend stampfte. Vom Tempel aus sah ich ihr von Zorn gerötetes Gesicht, ihre vor Wut glühenden Augen, die fuchtelnden Arme, die sie dem Karren entgegenstreckte, als wollte sie ihn in alle Einzelteile zerlegen. Ihr ganzer Körper glühte vor einer gewaltig zerstörerischen Energie. Eifersucht und verletzte Ehre brachen wie glühende Lava eines Vulkans aus ihrem Inneren hervor. Und ich musste mit Schrecken erkennen, dass eine gekränkte Frau wohl zu allem bis hin zum Mord fähig ist. Eine Eigenschaft, die sich mir nach diesem Auftritt so deutlich einprägte, dass ich hinfort noch vorsichtiger mit Heras Ehre umgehen sollte. Sie flößte mir wahrhaftig Angst ein.

Hera stürmte auf den Hochzeitskarren zu, riss einer Furie gleich die Girlanden herab, rüttelte an den Stangen des Vorhangs, hinter dem die Puppe saß, sprang hinein, riss ihr den Schleier herunter und begann die Braut heftig zu würgen und zu schütteln, als wäre sie tatsächlich ein lebendes Wesen. Der Wahnsinn muss ihre Sinne so verdunkelt haben, dass sie gar nicht bemerkte, dass ihre Hände an einer Frau aus Holz zerrten. Schließlich riss sie die Puppe an den Haaren aus dem Gefährt heraus, schleuderte sie vor die Stufen des Tempels und trampelte auf ihr herum.

Höchste Zeit, dass ich eingriff und dem Spuk ein Ende bereitete. Rasch sprang ich die Stufen hinunter und nahm die Wahnsinnige kraftvoll in meine Arme. Hera ließ sich kaum bändigen, immer wieder entkam sie mir, schlug um sich, trat fluchend nach der Puppe, die inzwischen ein Bein und die Arme verloren hatte. Es dauerte geraume Zeit, bis ich die Göttin mit Armen aus Eisen umschlungen in meine Gewalt bekam.
„Hera – hör´ auf damit!" rief ich ihr zu, „Es ist nur eine Puppe, weder eine Göttin, noch eine Sterbliche und schon gar nicht meine Braut!"

Doch sie schlug weiter wild schäumend um sich, so dass ich zu einem Mittel greifen musste, das ich nachzumachen keinem Manne empfehlen kann. Ich schlug ihr auf die Wangen, um ihr einen Schock zu versetzen, der sie zurück in die Gegenwart rufen sollte.
„Verzeih mir Hera, Du erregst Dich umsonst! Die Braut ist doch nur eine Puppe! Schau, die Arme und das Bein: Sie sind aus Holz! Eine List, um Dich aus dem Versteck zu holen, um Dich zu mir zurück zu locken. Ich liebe Dich doch und brauche Dich an meiner Seite! Verstehst Du? Hörst Du mich? Es ist eine List, mit der ich Dich zurückgewinnen wollte!"

Da erlahmten endlich ihre Kräfte. Das Gesicht entspannte sich. Die Furie wurde wieder zur Göttin. Der Dämon aus Zorn und Wut wich. Nur noch Tränen strömten über die geröteten Wangen.

Wir blickten uns stumm an. Ich sah in ihre Augen und erkannte darin all die Schmerzen, all die Kränkungen und Verletzungen, die ich ihrer Seele zugefügt hatte. Ich spürte ihr Leid, empfand es mit und trug es plötzlich zusammen mit ihr. Das machte mich sehr betroffen. Sie sah in meinen Augen, dass ich ihr Unglück erkannt hatte, spürte, dass sich zwischen uns erneut eine Brücke aus gegenseitiger Liebe spannte und dass unsere Gefühle wie Wurzeln ineinander verwoben waren - unlösbar; unzerstörbar; komme, was da wolle!

Das Volk um uns herum hatte die Szene mit ehrfürchtigem Staunen beobachtet. Soldaten, Bauern und Kaufleute, Tagelöhner und Sklaven, sie alle ahnten, dass in diesem Augenblick etwas Göttliches geschah, das spätere Generationen nicht nur in ihren Theatern nachspielten, sondern auch in den Hochzeitsbräuchen Einzug halten würde. Die „Rührung der Seele"!

Ich lächelte Hera an - ohne falsches Mitleid, aber in tiefer, ehrlicher Zuneigung, wie es nur zwischen Mann und Frau möglich ist. Und die Göttin? Sie schenkte mir ein erstes zaghaftes Lächeln. Es war, als ob sich unsere Augen dabei umarmten, so heftig blieben sie aneinanderhaften. Aller Streit fiel von uns ab und machte dem Verzeihen, dem Verständnis und der Versöhnung Platz. Aus unserem Lächeln wuchs langsam ein Lachen heran!

Schließlich lachte ich aus vollem Halse, aus der Tiefe meines Herzens. Und Hera tat es mir gleich! Sie lachte über mich und über sich, über die Sinnlosigkeit, mit der wir uns das Leben schwergemacht hatten, angesichts der göttlichen Liebe, zu der wir auf Ewigkeiten verbunden waren. Wir lachten gemeinsam, umarmten uns, kicherten und jauchzten. Unser Spaß steckte schließlich das Volk um uns herum an. Die Sterblichen, sie schüttelten sich vor Freude, schlugen sich auf die Schenkel und gegenseitig auf die Schultern. Gewaltiger Jubel erfüllte die Luft, so dass sogar die Vögel erschrocken zwitschernd das Weite suchten. Ein lautes Jauchzen zog durch das weite Tal, erfüllte die Natur mit frischen, fruchtbaren Energien, wanderte die steilen Hügel des Kithairion hinauf, um im blauen Himmel glückselig zu versickern.
„Wenn Du Dir schon so viel Mühe gemacht hast, Zeus," prustete mir Hera hinter vorgehaltener Hand zu, „dann sollten wir heute noch einmal heiraten, und lass es uns jedes Jahr an diesem Tag

aufs Neue wiederholen! Ich werde das Meine dazu tun, dass dies eine wahre heilige Hochzeit für Dich wird! Erwarte mich im Tempel! Ich bin gleich zurück!"

So rasch Hera gekommen war, verschwand sie auch wieder. Ich stieg die Stufen hinauf, schritt an den Säulen vorbei in den Tempelraum. In seinem Inneren empfingen mich angenehme Kühle und seidene Dunkelheit. Aus einer Dachöffnung drang spärlich das grelle Licht des Tages. Es zielte mit einem hellen Strahl direkt auf den Altar. Staub tanzte fröhlich auf dem Weg dorthin. Unter dem Altar, geformt wie ein Tisch, hatten die Sterblichen Gerste abgelegt, um sie mir zu opfern und Fruchtbarkeit für eine neue Ernte zu erbitten. Ich fächerte die Strohgarben zu einem weichen Lager auf, zog mein Hochzeitsgewand aus und breitete es darüber. Gänzlich nackt nahm ich darauf Platz, streckte mich auf dem Rücken aus und harrte der Dinge, mit denen mich Hera überraschen wollte.

Verträumt drangen von draußen die hellen Flötentöne herein, darunter mischte sich das Gemurmel des Volkes und die dumpfen Schläge der Trommeln, die in mir eine erwartungsvolle Erregung auslösten. Sie riefen in mir ganz sanft meine Ahnen wach, jene männlichen Götter, die in einer Linie vor meiner Zeit gelebt und mich nachhaltig über Generationen hinweg mit ihren Genen programmiert hatten. Mit leisem Trommelwirbel ermunterten sie Eros seine Schwingen über mich auszubreiten. Meine Männlichkeit füllte sich mit vibrierender Energie, erhob sich wie ein gewaltiger, vor Kraft strotzender Zeigefinger. So lag ich ausgestreckt und voller Ungeduld auf dem erneuerten Hochzeitslager, während sich draußen das Volk geduldig auf unsere heilige Vereinigung freute, weil es sich von unserer göttlichen Verbindung Fruchtbarkeit für ihre Hütten, Felder und Tiere erwartete. Es war die Geburtsstunde des Frühlings in der Welt.

Schon drohte Eros seine Flügel wieder einzuziehen, mein Geschlecht unverrichteter Dinge in sich zusammenzufallen, als ich im Gegenlicht den Scherenschnitt der Hera erkannte. Sie schritt, ihre Hüften schwingend, durch das Tor hinein in den Altarraum, als wollte sie ihre Reize besonders herausstreichen, um mich in Wallung zu bringen. Beim Näherkommen ließ sie ihre Brüste wogen. Heras Augen blitzten dabei in der Dunkelheit. Ihre Absicht mich in besonderem Ausmaß in erotische Ektase zu versetzten, war so offensichtlich, dass ich mir ein innerliches Lächeln nicht verkneifen konnte. Ihr Versuch verführerisch zu wirken, verstimmte mich ein wenig, aber nach allem, was zwischen uns passiert war, wagte ich nicht, es mir anmerken zu lassen.

So streckte ich meine Arme nach ihr aus. Und in dem Augenblick, als ich sie an einem ledernen Gürtel zu fassen bekam, den sie um die Hüften geschwungen hatte, durchfuhr mich ein Höchstmaß an Erregung. Mein Körper bebte vor Lust. Ich weiß nicht, ob es den heftig schlagenden Trommeln des Volkes draußen zu verdanken war: Mich ergriff plötzlich ein unendlich kräftiges Begehren, eine göttliche Geilheit, die mir bis heute als einmalig und unwiederholbar in der Erinnerung eingebrannt bleibt. Damals beugte Hera ihr Haupt und flüsterte mir zärtlich ins Ohr:

„Aphrodite hat mir ihren Liebesgürtel geliehen! Kein Mensch und auch kein Gott können ihm widerstehen! Er vermag mir und Dir unendliche Liebeskraft einzuflößen. Erst wenn ich ihn ablege, werden Deine Lenden erlahmen!"

Als hätte ich einen geheimen Liebeszauber zu mir genommen, wuchs tatsächlich mein Glied heran. Wie berauscht, sah ich auf meinem Phallus Blumen sprießen und Bäume wachsen. Fruchtbare Regenwolken zogen um sein Haupt herum. Kleine, erregende Blitze zuckten durch ihn hindurch. Es schien mir, als würde sich die Natur mit all ihrer Kraft und Selbstverständlichkeit in ihm bündeln, als würde sich das ewige Gesetz der Fortpflanzung, der Lust und Begierde mit frühlingshafter Kraft manifestieren. Ich bekam Angst vor ihm und mir. Als ob sie mein Befürchten gespürt hätte, säuselte Hera mir leise ins Ohr:

„Wenn Du jetzt in mich dringst, wirst Du eine Überraschung erleben. Eben habe ich noch rasch im Fluss Kanathos bei Argos gebadet. In seinen Fluten hat sich meine Jungfräulichkeit erneuert. Ich bin frisch und jung wie der Frühling. Für Dich werde ich jedes Jahr aufs Neue in ihm schwimmen!"

Um mich an ihrer umsichtigen Vorbereitung zu erfreuen, fand ich in diesem Augenblick keine Zeit. Meine ganze Kraft konzentrierte sich darauf, ihre Pforte zu öffnen.

„Gib Dir Mühe! Du bist es doch, der der Männerwelt als Ur- und Vorbild voranschreitet. In Dir liegt das göttliche Gesetz der Zerstörung verwurzelt. Also überwinde auch meine Jungfräulichkeit, um das Neue entstehen zu lassen!"

Das ließ ich mir nicht zwei Mal sagen und durchstieß mit aller Heftigkeit ihre wiedererstarkte Unberührtheit. Dahinter empfing mich ein unendlich wohltuend warmes Nest.

„Und Du Hera, was ist Deine Aufgabe?", fragte ich sie zwischen den Seufzern meiner Lust.

„Und ich", gurrte sie wie eine liebeshungrige Taube zurück, „ich bewahre Deinen erobernden Phallus hegend und pflegend in meinen warmen, feuchten Gefilden. Hier und jetzt, mit uns beiden, bewahrheitet sich eine uralte Naturregel bis in ferne Zeiten: Der Mann besitzt einen kämpferischen und also verändernden Geist, die Frau bewahrt, hegt, pflegt und lässt wachsen! Der Wandel, die Kriege der Welt, das bist Du! Die Bewahrung, das Hüten der Welt stehen mir zu!"

Genug der Worte! Nun übernahm Eros seine Herrschaft. Jetzt sprach die Leidenschaft mit ihren Seufzern, mit ihren schrillen Schreien, die, begleitet von immer heftigen Trommelwirbeln und den hellen Flötentönen, in einer euphorischen Kakophonie endeten.

Wir bewegten uns im Rhythmus, wobei ich den Eindruck hatte, dass sich der geheimnisvolle Gürtel der Venus immer enger, wie mit harter Faust, um meinen Phallus schloss. Unsere Augen blieben dabei stets aufeinander gerichtet. Wie hypnotisiert blickte ich in ihre blau leuchtenden Pupillen und durch sie hindurch. Ich sah die weite Seele der Hera, ihre Wünsche nach Frieden und Harmonie, ihre Sorge um den Erhalt der Ehe und Familie, ihre Furcht vor der schmerzhaften Verletzung des weiblichen Stolzes. Ich sah das Misstrauen und auch die Lust, sich einem Manne voller Vertrauen hinzugeben. Ich erahnte ihren Wunsch auf Händen getragen und ich fühlte ihre Hoffnung, einzigartig geliebt und beschützt zu werden. Aber ich erblickte auch die Bereitschaft sich stets gegen eine männliche Vorherrschaft zu wehren.

Als sich der Strom der Leidenschaft in mir weiter aufstaute, um kurz vor dem Überfließen an eine schier unerträgliche Grenze zu stoßen, da begann sich mein göttliches Ich mit einem Trommelschlag in ihr aufzulösen. Ich ergoss mich in Hera. Ich löste mich in ihr auf. All meine Eigenschaften flossen schäumend in sie hinein. Und während mein Samen auf der Suche nach ihrer Fruchtbarkeit in sie schoss, schlang sich der Gürtel der Aphrodite um unsere beiden Leiber und verschnürte uns bis in alle Ewigkeit.

Es brauchte seine Zeit, bis jeweils unser „Ich" zurück in den dazu gehörenden Körper kehrte, bis wir wieder zur Besinnung kamen, den Gürtel lösten und schließlich nach Luft ringend, auf dem Rücken liegend, heftig schnaufend Erholung suchten.

Kaum hatte sich der Rhythmus von Heras Atem beruhigt, kaum war die Normalität in unsere Seelen zurückgekehrt, wendete sich die Göttin mir zu. Sie stützte erschöpft ihren Kopf auf den Arm.
„Mir scheint", sagte sie nachdenklich, „dass ein Mann während der Vereinigung wesentlich mehr Lust erfährt als die Frau. Ich halte das für ungerecht! Zeus, Du solltest mit Aphrodite einmal darüber reden. Sie muss hier Gerechtigkeit walten lassen!"
„Da irrst Du Dich, Hera!", korrigierte ich sie sofort. „Zum einen kannst Du als Frau ebenso wenig das Ausmaß des Lustgenusses eines Mannes beurteilen, wie ich als Mann die Lust einer Frau einzuschätzen vermag. Aber wenn ich meine Erfahrung in dieser Frage einbringen darf - ohne dass Du nicht sogleich wieder auf die Barrikaden kletterst, so lass Dir sagen, ihre Reaktionen, ihre Bewegungen, ihr Stöhnen und Jauchzen beweisen doch eigentlich: Frauen vermögen in der Liebe einen weit höheren Lustgewinn zu genießen als die Männer, die sich mühen und abrackern, um den Frauen Befriedigung zu verschaffen."
„Du und Deine Erfahrungen!", zischte Hera zurück. Die Kränkungen, die ich ihr zugefügt hatten, waren offenbar in sie zurückgekehrt. Die Eifersucht begann sich erneut mit ihrem Gift auszubreiten.
„All das leidenschaftliche Gestöhne während Deiner Liebesstunden war doch nur ein Theater, aufgeführt Deiner Männlichkeit zuliebe. Die Weiber, die Du Dir genommen hast, haben Dir den Gipfel ihrer Lust nur vorgespielt, um Dich als Gott nicht zu beschämen und Deinen Phallus nicht zu demütigen!"
Da ihre Stimme vor Ärger immer lauter wurde und das Volk, das immer noch draußen ehrfürchtig vor den Tempeltoren harrte, nicht unseren schmählichen Streit miterleben sollte, versuchte ich sie mit einem vermittelnden Vorschlag zu beruhigen:
„Du gehst zu weit, Hera. Eine Frau mag grundsätzlich eine hervorragende Schauspielerin sein, aber die Gewalt der Liebe reißt

jedem die Maske vom Gesicht. Als Mann kann ich in unserem Streit, wer von uns beiden die größere Lust in der Liebe genießt, leider nur aus meiner Sicht sprechen. Lass uns deshalb einen Schiedsrichter suchen, einen, der Bescheid weiß, weil sich in ihm unsere beiden Geschlechter offenbart haben!"
Nachdenklich schwieg sie für einen Augenblick. Dann hellten sich ihre Züge auf.
„Es gibt nur einen, der sich als Mittler eignet: Teiresias!"

Ich stimmte Heras Vorschlag zu, zumal sich der Einsatz dieses Schiedsrichters rasch in die Tat umsetzen ließ.
Teiresias war durch keinerlei göttliche Verwandtschaft zu einer Parteinahme verpflichtet. Er war als Sterblicher am nahen Berg Kithairion aufgewachsen. Wir wurden das erste Mal in seiner Jugendzeit auf ihn aufmerksam, als er eine unserer heiligen Dienerinnen tötete. Der naive Junge war beim Spaziergang auf zwei sich begattende Schlangen getroffen. Entsetzt vom Anblick zweier zu einem Zopf verschlungenen Vipern, verstört durch ihr Fauchen und Zischen, hatte er ohne zu überlegen einen dicken Knüppel ergriffen und mit ihm auf die in Liebe entbrannten Tiere eingeschlagen. Während das Männchen ins Unterholz flüchten konnte, starb das Weibchen einen qualvollen Tod.
Diese Sünde des Teiresias musste bestraft werden, denn Schlangen galten in unseren Zeiten als heilig unter den Tieren. Sie bewahren sich ihre Jugendlichkeit durch ewiges Häuten. Sie erneuern sich sozusagen durch sich selbst. Sie gebären sich immer wieder, weshalb sie auch der Heilkunst als Wappen dienen. Und schließlich: Ihr Biss ins Ohr verleiht die Kunst und Gunst der Weissagung. Im Grunde war eine derartige Verfehlung eine Lappalie, gemessen an den weltpolitischen Ereignissen, mit denen ich mich herumzuschlagen hatte.

Ich konnte mich einfach nicht um dieses Vergehen kümmern. Irgendjemand unter meinen göttlichen Geschwistern verurteilte Teiresias ohne mein Mitwissen im Schnellverfahren. Er musste, laut Richterspruch, das Geschlecht der getöteten Frau annehmen. Also schrumpfte sein Glied. Ihm wuchsen Brüste und seine Formen rundeten sich. Männer verliebten sich in ihn und er sich in sie. Kurzum, er genoss das Leben einer Frau – solange, bis sich ihm nach sieben Jahren erneut ein kopulierendes Schlangenpärchen über den Weg wälzte. Abermals griff er nach einem

Knüppel, und wieder schlug er auf die beiden heftig ein. Wie schon beim ersten Mal glaubte Teiresias, sie würden sich bekämpfen, sich gegenseitig töten wollen, so heftig rangen sie miteinander: Und doch war es nur die Lust. Der Anblick von Liebe und Krieg war schon immer zum Verwechseln!

Dieses Mal aber rettete sich die weibliche Schlange und die männliche segnete das Zeitliche. Natürlich musste diese Blasphemie bestraft werden. Teiresias, so unser göttliches Urteil, sollte zur Buße wieder Mann werden. Folglich wuchs ihm wieder ein Phallus. Seine Brüste bildeten sich zu einem kräftigen Bizeps zurück. Und ab sofort hatte sich der Delinquent zur Strafe in Frauen zu verlieben. Was er nicht ungern tat.

Teiresias wusste also, was es heißt, sowohl als Frau wie auch als Mann zu lieben. Wir baten Freund Alalkomeneus, den Herren über die Gegend, ihn herbeizurufen. Das geschah in Windeseile, denn unser Schiedsrichter stand bereits vor dem Tempel. Die Sterblichen hatten es sich nämlich inzwischen vor den Propyläen bequem gemacht, um die göttliche Hochzeit mitzufeiern. Alalkomeneus ließ seinen schönsten Stier herbeizerren, um ihn uns als Opfer darzubringen. Das Volk erhoffte sich ein kräftiges Festmahl, denn es erhielt nach der heiligen Schlachtung das Fleisch, während man uns Göttern stets das Fett, Gedärme und Knochen überließ. Ein schnöder Brauch, denn der Rauch, der vom brennenden Opfermahl aufstieg, verletzte mit seinem Gestank unsere Nasen. Dem Titanen Prometheus, von dem später noch die Rede sein wird, haben wir dieses Unrecht zu verdanken.

Teiresias trat schüchtern vor und blickte uns furchtsam in die Augen. Er war von prächtiger Gestalt, mit Muskeln bepackt, die jedem Mann zur Ehre gereicht hätten. Aus seinen weiblichen Jahren war kein Jota mehr übrig. Hera zögerte bei seinem Anblick ein wenig. Offensichtlich bereute sie bereits ihren Vorschlag.
„Teiresias", sprach sie dennoch in einem ernsten und drohenden Unterton. „Erinnere Dich an die sieben Jahre, als Du als Frau sicherlich so schön warst, wie Du es heute als Mann bist. Wie hast Du damals, wenn Du mit einem Mann das Lager geteilt hast, Deine Lust erlebt?"
„Und heute ..." ergänzte ich Heras Worte nicht minder drohend, „Wie erlebst Du heute als Mann das Maß Deiner Lust? War der

Genuss Deiner Begierden als Frau größer, oder ist er es erst heute, wenn Du mit einer Frau zusammen bist?"

Betroffenes Schweigen! Teiresias fühlte sich sichtlich unwohl in seiner männlichen Haut. Er blickte zweifelnd zu mir, dann wieder zu Hera und schließlich, um Unterstützung suchend, zu Alalkomeneus. Der hob hilflos die Hände.
Teiresias ließ sich Zeit, trat verlegen von einem Fuß auf den anderen, dachte nach. Ich konnte hinter seiner ebenmäßigen Stirn regelrecht die Bilder voller Liebestollheit sehen, die er sich aus seiner erotischen Vergangenheit ins Gedächtnis zurückrief, um sie mit denen der Gegenwart zu vergleichen.
„Was wollt Ihr hören?" fragte er mit zittriger Stimme.
„Die Wahrheit!" antworteten wir beide wie im Chor.
„Die Wahrheit ist …" sagte er leise, als hätte er vor Hera Angst, „Die Wahrheit ist, dass der Mann neun Mal weniger Lust genießt als die Frau, aber …"
„Kein aber!" unterbrach ich ihn. „Begründe Deinen Schiedsspruch: Warum gerade neun Mal?"
Teiresias holte tief Luft, während mir ein rascher Blick auf Heras Gesicht verriet, dass sie sich vor Wut kaum mehr zurück zu halten vermochte.
„Erstens", sprach Teiresias, die Zahlen an den Fingern abzählend.
„Erstens muss der Mann sich stets der Frau erobernd nähern.
Zweitens muss er bei seinem Vorhaben Konzentration und Einfallsreichtum aufbringen. Das lenkt ihn vom reinen Genuss ab.
Drittens ist er es, der die Geschwindigkeit des Vorgehens bestimmt, in dem er sich mit den Erwartungen der Frau abstimmt. Ist er zu schnell, könnte sie ihn spottend von sich stoßen. Ist er zu langsam, droht ihre Leidenschaft zu versiegen. Das kostet ihn Kraft und Energie und lenkt ihn von der eigenen Lust ab.
Viertens erhofft sich die Frau eine lange Zeit der Zärtlichkeit. Der Mann ist gezwungen, seine Lust unter ständiger Anstrengung zu zügeln.
Fünftens muss er sich in Geduld üben und durch behutsames Vorgehen ihre Pforte zum Schäumen bringen, damit er überhaupt hineingleiten kann. Und ist er schließlich eingedrungen, darf er sich – sechstens – schon wieder aufs Neue zurückhalten, damit sich seine Lava nicht voreilig ergießt.

Siebtens ist er es, der sich zum Taktgeber verpflichtet. Er ist es, der den Rhythmus seiner Stöße mit den Gefühlen der Frau abstimmen muss, damit sie ihn nicht einen Laien auf dem Gebiet der Liebe schimpft.

Achtens. Hat er im richtigen Zeitpunkt endlich seinen Samen vergossen, schrumpft sein Phallus zur Enttäuschung der Frau in Windeseile, so dass er sich schwach und ausgelaugt fühlt. Und diese Unfähigkeit verstärkt sich neuntens zu einer Angst des Versagens, sobald ihn die Frau ermuntert, zum zweiten Mal in den Ring zu steigen.

Kurz und gut: Es ist der Mann, der sich nicht gehen, nicht fallen lassen kann, und sich ständig darum sorgt, seine ihm angeborene Pflicht des Befruchtens zu erfüllen: Während die Frau sich in den entspannten Zustand der bereitwilligen Hingabe begibt, - einen Zustand, in dem sich Lust und Genuss am intensivsten fühlen lassen!"

Alle hatten auf die Worte des Teiresias geachtet und darüber Hera vergessen. Die Göttin hatte schon beim „Erstens" vor Zorn zu glühen begonnen, hatte bei „Fünftens" vor Wut gebebt, und sich schließlich bei „Neuntens" nicht mehr zurückhalten können. Noch bevor ich einschreiten konnte, griff sie nach einem glühenden Holzscheit, riss ihn fluchend aus dem lodernden Opferfeuer, sprang schimpfend auf Teiresias zu und stieß ihm damit die Augen aus. Der Geblendete stürzte wehklagend zu Boden. Das Volk stob vor Schreck schreiend auseinander. Im Nu hatte sich der Platz vor dem Tempel geleert.

Hera verschaffte sich würdevoll einen Abgang, in dem sie ohne jede Eile die Treppen herunterschritt, sich umdrehte und mir ein einziges Wort entgegen schleuderte, das bis zum letzten Buchstaben mit Verachtung und Ablehnung, mit Abscheu und Geringschätzung, mit Widerwillen und Enttäuschung erfüllt war: „Männer!"

Ich half dem blinden Teiresias auf und nahm ihn tröstend in die Arme:
„Es tut mir aufrichtig leid! Dein Erblinden kann ich zwar nicht rückgängig machen, aber ich vermag Dir als Entschädigung für das verlorene Augenlicht ein großes Geschenk zu verleihen. Dieses wird sich für Dich weitaus wertvoller erweisen, als die Fähigkeit,

die Welt mit Deinen Augen zu sehen und auf begehrenswerte Frauen zu blicken. Ich schenke Dir die Gabe des inneren Sehens! Du wirst in die Zukunft schauen können. Und weil Du Dich dabei niemals irrst, wird man Dir immer glauben!"

Teiresias nützte übrigens später diese göttliche Fähigkeit weidlich aus. Er heimste große Ehren unter den Sterblichen ein und hortete Reichtümer an. Allerdings teilte er nie mehr sein Bett mit einer Frau. Hera soll da ihre Finger im Spiel gehabt haben.

8. Tag

An manchem Morgen empfinde ich es als unschätzbaren Vorteil des Einzelgängers, ganz allein aufzuwachen. Es ist still um mich herum. Ich bin völlig im Einklang mit mir. Noch ist es zu früh am Tag, um sich Gedanken über das Alleinsein und die Einsamkeit zu machen, die mich seit Jahren begleiten. Das Körpergefühl steht erst einmal im Vordergrund, die kleinen Portionen an süßem Schlaf, die mir noch in den Gliedern stecken. Und dann das Strecken der Glieder, das meist mit einem angenehmen Seufzer verbunden ist. Dieses morgendliche Dehnen vertreibt die Taubheit aus den Gliedern. Mit einem Knacken in den Gelenken, einem Ziehen in den Sehnen beginnt der Tag.

Dieser Morgen ist ohne Zweifel schön. Durch die Vorhänge blinzelt die Sonne herein. Das Zwitschern der Vögel ist zu hören, die sich um die ausfliegenden Insekten streiten. Aus der Ferne dringen die rhythmischen Befehle der Fischer ins Zimmer, die gemeinsam ihre Netze an Land ziehen.

Noch hat sich nicht die feuchte Hitze zwischen Palmen und Büschen ausgebreitet. Als ich vor die Hütte trete, dringt ein letzter angenehmer Rest kühler Nacht an meine Haut. Nach dem Frühstück, heute ganz ohne meine Nachbarin Klara, fühlt sich der frühe Vormittag fast ein wenig melancholisch an. Der erste Schweiß steht auf der Stirn und tropft beißend in die Augen, als ich die Stufen zum Ayurveda-Zentrum hinaufsteige. Oben empfangen mich die beiden Masseure, legen mir den grünen Leinenkittel um und führen mich in die sanfte Dunkelheit eines ihrer Behandlungsräume.

Wie schon am Tag zuvor, darf ich mich zunächst auf einen Schemel setzen, während ein Masseur hinter mich tritt und mit beiden Händen voller Öl den Körper einsalbt, über Kopf, Schultern, Brust, Bauch und Beine immer wieder streift, als würde er etwas aus der Haut kneten wollen. Ich schwanke hin und her unter dem kräftigen Druck seiner Finger. Während er meine Backen, Ohren, meine Stirn und Nase knetet, denke ich an nichts.

Plötzlich beginnt draußen, irgendwo hinter dem tiefen Grün, das durch die offenen Fenster hereinleuchtet, ein Kinderchor zu singen. Mal dringt die helle reine Stimme eines Jungen, mal eines Mädchens an mein Ohr, dann wieder die vielstimmigen Laute aller Kinder, die gemeinsam in einen Hymnus einstimmen. Die Gesänge klingen romantisch und kitschig. Die Töne ziehen sich salbungsvoll in die Länge, als würden die Sänger einen Gefallen daran finden, hingebungsvoll ihrer eigenen Stimme zu lauschen.

„Das sind Christen!" erklärt der Masseur, „Sie üben drüben in der Kirche für den Sonntag!"
Ich lausche gebannt, denn nichts von der Schwere und Bedrohlichkeit unserer Kirchengesänge trübt diese Kerala-Art des christlichen Glaubens. Die Hymnen klingen, als würde der Sänger allen herzzerreißenden Schmalz seiner Liebesfähigkeit allein dem Gott widmen.
„Auch ich bin Christ!" gesteht mir mein Masseur, „Auch ich gehe sonntags in die Kirche, aber manches Mal in einen Tempel der Hindus, oder ich besuche eine Moschee. Man weiß ja nie! Man versucht es allen Göttern recht zu machen!"
Wie recht er hat! Er zeigt allen Göttern auf diese Weise seinen Respekt und toleriert damit automatisch die Andersgläubigen!

Heute drangsalieren mich beide Masseure. Sie steigen auf das vom vielen Öl glitschige Holz-Bett, das dunkle Brett, auf dem ich mich schon gestern ausgestreckt hatte. Sie greifen nach Seilen, die von der Decke hängen und traktieren mit ihren Füßen meine Haut und die darunterliegenden Muskeln. Dabei belasten sie nicht mit dem gesamten Körpergewicht Brust, Bauch und Schenkel, sondern streifen druckvoll mit ihren Fußballen über meine Glieder hinweg. Diese Behandlung fühlt sich schon wesentlich wirkungsvoller an als jene, bei der mit bloßen Händen die Muskeln durchknetet werden. Ich spüre mehr Kraft, ich fühle meine Haut – nicht schmerzvoll, aber wie frisch und neu durchblutet.

Am Ende der Massage stecken die Beiden mich schließlich wieder in den Schrank aus Holz. Nachdem ich Platz genommen habe, schließen sie die Türen. Nur mein Kopf schaut oben heraus. Im Innern beginnt heißer Kräuterdampf meinen Körper zum Schwitzen zu bringen. Es juckt und kitzelt, als würde ein Heer von Ameisen über mich herfallen.
Ich halte es gut zehn Minuten aus. Dann befreien mich endlich meine Masseure unter süffisantem Lächeln. Sie genießen es ganz offensichtlich, einem Westler körperlich leiden zu sehen.

Während des Abstiegs zu meiner Hütte ist es mir flau im Magen. Der Mangel an Flüssigkeit macht mir zu schaffen, so dass ich als erstes eine ganze Flasche Wasser in mich hineinschütte. Die Nässe von außen hole ich mir unter der Dusche. Bräunliches, von der Haut abgeschabtes Öl, fließt träge in den Gully. Für eine halbe Stunde entspanne ich mich, Gedanken verloren und in einem Liegestuhl versunken, vor meiner Hütte. Dann begebe ich mich hinunter an den Strand.

Für die Gäste des Ressorts sind etliche Liegestühle unter Sonnenschirmen reserviert. Auf einigen wenigen räkeln sich träge bleiche Gestalten. Doch bei manchen leuchten große Hautflächen - von der Sonne rot verbrannt. Ich strecke meine Füße ins lauwarme Meer, ganz nah am Ufer - dort, wo die Wellen nach dem wilden Brechen friedlich auslaufen. Nachts konnte ich ihr Rollen und Rauschen hören. Jetzt aber bestaune ich unmittelbar die Quelle des Lärms und die Kraft, mit der sich das Meer ans Land stürzt.

Es ist heute wohl besser, es nicht auf einen Versuch ankommen zu lassen, um tiefer ins Meer zu steigen und gegen die hohen Wellen anzukämpfen. Lieber ziehe ich mich auf eine der Liegen zurück, dämmere vor mich hin, döse und lausche den benachbarten Stimmen, die russisch, schwedisch und englisch klingen. Zum ersten Mal kehrt wirkliche Ruhe in mich ein - nur hin und wieder unterbrochen von indischen Händlern, die Schmuck, Uhren, Sonnenbrillen, Stoffe anbieten oder mir die Zukunft aus meiner Handfläche herauslesen wollen. Ich lehne ab! Wenn schon ein Blick in die Zukunft, dann würde ich die Palmblätter-Bibliothek doch vorziehen.

Mittags treffe ich Klara im Restaurant. Wie selbstverständlich nimmt sie neben mir Platz. Sie trägt heute ein leichtes, fast durchsichtiges Seidentuch, kunstvoll um den Körper luftig geschlungen und im Nacken dick verknotet.
„Du solltest heute Mittag nicht so viel essen!" mahnt sie mich gleich zur Begrüßung und erinnert mich. „Wir sind heute Abend verabredet. Da braucht Dein Magen Platz!"
Die Ermahnung ist nicht notwendig. Beim Blick auf die vielen vegetarischen Töpfe streikt mein Magen. Obwohl immer noch ein wenig flau, windet er sich spürbar, ob der zu erwartenden Sünden heute Abend. Nach der ersten Begeisterung gestern, verfliegt schon am zweiten Tag des Aufenthalts mein Appetit bei der Vorstellung, täglich immer ähnliche Speisen zu mir nehmen zu müssen.
„Mein Magen verzichtet heute Mittag gern auf das Gemüse," jammere ich und greife freiwillig nach einer Karaffe mit Kräutertee.
„Das einzige, was ihn quält, ist Durst!"
„Mir geht es nicht viel anders!", gesteht Klara und erhebt sich von ihrem Stuhl.
„Lass uns den Nachmittag am Pool verbringen und am frühen Abend nach Kovalam aufbrechen. Ich habe mir sagen lassen - dort in der „German Bakery" bekommt man vertrauenswürdiges Essen und frisches Seegetier!"

Das „Du", welches Sie inzwischen ohne Zögern intensiv verwendet, bekommt meiner Seele gut! Es ist ungewohnt für mich, der ich jahrelang fast nur mit einem „Sie" konfrontiert war. Es verschafft mir ein Gefühl von warmer Intimität. Ein inneres zufriedenes Lächeln ermuntert mich, als wir durch den schattigen Palmenwald hinunter zum Pool schreiten. Abseits von den anderen Gästen finden wir in der Sonne zwei freie Liegen. Der Poolwart kurbelt zwei Sonnenschirme auf, reicht uns die blauen Liegetücher und serviert wortlos einen Teller mit frisch geschnittenen Ananasstücken und Bananen.

„Besser kann es uns gar nicht gehen!" schwärmt Klara im ersten Moment der Entspannung. Ich genieße ihn ebenfalls, mehr noch, ich bitte das Schicksal, diesen Augenblick nicht zu beenden, sondern ihn solange wie nur möglich fortdauern zu lassen. Denn jahrelang in mehr oder minderer Einsamkeit lebend, waren meine Ferien und mein privater Alltag von inneren Monologen bestimmt. Jetzt, in dieser noch unverbindlichen Zweisamkeit, empfinde ich die Nähe einer Frau zum ersten Mal nicht als Bedrohung, sondern als Bereicherung. Es ist, als ob ich nach der Durchquerung einer Wüste plötzlich auf eine Oase gestoßen wäre, deren fruchtbarer Überfluss den Ort aufblühen lässt und mit prallen Farben füllt.

Liegt das an diesem Land voller Mysterien, voller leidgeprüfter Menschen, die trotzdem das Leben bejahen, es zu genießen versuchen, während ich ihm stets aus dem Weg gegangen bin? Ist es diese Frau neben mir, die meine Schüchternheit unverkrampft zu überspielen weiß? Oder sind es die Mythen des Zeus, in die ich abends eintauche und aus ihren Geschichten, ohne es bewusst wahrzunehmen, Tropfen für Tropfen seines männlichen Selbstverständnisses aufsauge? Medizin, mit der er mich heilt von innerlichen Verwachsungen, Komplexen und Knoten, die mich schon von Kindesbeinen an zu einem einsamen Menschen geformt haben.

Während wir stumm nebeneinanderliegen - ein wenig mittagsmüde, breiten sich die Bilder einer frühen Erinnerung unter meinen geschlossenen Lidern aus. Aus der Schwärze taucht ein bestimmter Sonntag meiner Kindheit auf. Nachmittags pflegte ich mit meinem Rad einen Kiesweg entlang unseres Sees zu radeln. An einer ganz bestimmten Sitzbank, hinter der sich ein Zaun mit einer dichten Buchenhecke entlang zog, hielt ich stets an, um eine kleine Pause einzulegen.

An diesem Sonntag hörte ich hinter dem dichten Blattwerk, etwas weiter oben auf dem Grundstück, einen Jungen bis Hundert zählen. Eine Gruppe Kinder spielte Verstecken. Als ich mein Rad an die Parkbank lehnte, klapperte die Kette ein wenig.

„Pst! Sei bitte still!" hörte ich es plötzlich flüstern. Offenbar hatte sich ein Mädchen im Buschwerk gleich hinter der Hecke versteckt. Sie befürchtete, durch mich verraten zu werden. Auch ein Rascheln nahm ich wahr, als ob sich eine Person durch das Blattwerk zum Zaun durchdrängen will.

„Ich bin ja still!" flüsterte ich. Und weil mir die zarte Mädchenstimme gefiel, ich mehr über diese unverhoffte Begegnung erfahren wollte, fügte ich hinzu:
„Ich bin still, wenn Du mir sagst, wer Du bist!"
Kurze Pause, dann flötete die Stimme:
„Ich bin Renate, habe heute Geburtstag, bin zwölf Jahre alt geworden und wir spielen Verstecken! Und wer bist Du?"
Ich lauschte, denn der Junge im Garten hatte längst bis Hundert ausgezählt und war nun auf der Suche. Ich horchte, ob er vielleicht schon so weit nahekäme, dass er uns am Zaun hören und entdecken könnte. Offensichtlich drohte keine Gefahr. Und so antwortete ich mit leiser Stimme:
„Ich bin Benjamin, bin dreizehn und werde bald vierzehn!"
Obwohl ich weder ihr Gesicht, noch ihre Gestalt erkennen konnte, war ich doch von der seltsamen Stimme beeindruckt. Sie klang zärtlich und einschmeichelnd und gar nicht so süßlich, als würde sie von einem kleinen Kind stammen. Wenn man nur auf sein Gehör angewiesen ist, fühlt sich die eigene Phantasie ganz besonders vom Empfang der Töne angeregt. Ihre Stimme hatte etwas Feines an sich, so dass ich in meiner Vorstellung das Bild von einem Mädchen zeichnete, das irgendwo zwischen Nymphe und Prinzessin angesiedelt war.

Sie fragte mich, was ich hier machen würde, und ich erzählte ihr, versteckt hinter dem grünen Vorhang der Hecke, dass ich den ganzen Tag über meinen Schularbeiten gesessen hätte und jetzt, um mich zu entspannen, einfach herumgeradelt sei. Außerdem bedauerte ich es, sie nicht sehen zu können und fragte, ob wir uns beide schon mal begegnet wären.
„Ich glaube nicht!" antwortete sie mit gedämpfter Stimme, „Auch ich kann Dich nicht durch die Blätter sehen. Deine Stimme jedenfalls, die kenne ich nicht!"

Ich war darüber recht froh, denn die Situation, in der wir uns beide befanden, entzückte und erfüllte mich mit romantischer Neugierde. Man konnte einander nicht sehen und doch miteinander sprechen. Keiner entwickelte ein Vorurteil, zeigte weder Zuneigung noch Abscheu vor dem Anderen. Mochten wir beide unter abstehenden Ohren oder zu großen Nasen leiden, es spielte einfach keine Rolle. Nur unsere Worte waren von Bedeutung, ihre

Nuancen und Melodien, mit denen wir die Sätze modellierten. Alles andere blieb ein Geheimnis - ein sehnsuchtsvolles Phantom, mit dem jeder ab sofort seine Tagträume füllen konnte.

Im Nu entwickelten wir ein Gespräch, über dem ebenso meine Weiterfahrt wie ihr Versteckspiel vergessen waren. Wir erzählten uns zunächst zaghaft, dann immer intensiver, von unseren wichtigsten Erfahrungen, Wünschen und Hoffnungen - in einem Ausmaß, das wir bei einem direkt sichtbaren Gegenüber nie gewagt hätten. Wir sprachen über die Kompliziertheit unserer Eltern und ihr Unverständnis. Wir tauschten uns aus über die Leiden der Schule, über Filme, die wir beide gesehen hatten, über Liebe und Leidenschaft und was sich wohl dahinter verstecken würde.

Gegen Ende, denn nach einer halben Stunde begannen die Erwachsenen lautstark ihren Namen zu rufen, - gegen Ende versicherten wir uns der gegenseitigen Zuneigung und Sympathie. Ich holte dabei tief Atem, weil mir ganz schwach wurde. Ich war mir sicher, dass dieses Wesen auf der anderen Seite des Zaunes einen Satz verdiente, wie ich ihn in so vielen Filmen immer wieder gehört hatte, ohne ihn in meiner Gefühlswelt nachvollziehen zu können. Jetzt meinte ich, dass er vielleicht passen würde: „Ich liebe Dich!" Doch mir fehlte der Mut, ihn auch auszusprechen.

Noch nie hatte ich mich bis zu diesem Zeitpunkt so offen mit einem Mädchen unterhalten. Und auch sie muss unsere Unterhaltung genossen haben, denn wir verabschiedeten uns mit dem gegenseitigen Versprechen am nächsten Sonntag und den vielen Sonntage darauf an derselben Stelle, genau unter den gleichen Bedingungen, zusammenzutreffen: Ich – diesseits des Zaunes, und sie – jenseits.

Ich habe mich ab diesem Sonntag verwandelt. Es war mir, als hätte ich nach diesem Erlebnis die Welt der Erwachsenen betreten, denn von diesem Tag an spürte ich zu manchen Stunden, vor allem nachts vor dem Einschlafen, ein neues Gefühl, nämlich die Sehnsucht nach diesem Mädchen. Auf sie begannen sich viele meiner Sinne zu konzentrieren. Ich vermochte kaum etwas zu essen, war in der Schule unaufmerksam und lag abends lange Zeit wach im Bett, weil mich fiktive Szenen mit ihr und Gefühle für sie bis tief in den Schlaf hineinverfolgten.

Auf darauffolgenden Sonntag regnete es, aber auch das hielt mich nicht davon ab, bereits eine halbe Stunde vor der vereinbarten Zeit vor ihrem grünen Versteck hinter dem Zaun zu warten. Dann, nach schier unendlicher Zeit, hörte ich es im Gebüsch endlich rascheln. Ohne sie lange verlegen zu begrüßen, gestand ich ihr sogleich meine Sehnsucht ein, meine Verwirrtheit die ganze Woche über. Und auch sie, offensichtlich durch meinen Mut ermuntert, versicherte, dass sie ihre Gefühle für mich von diesem oder jenem abgehalten hätten, und dass sie schließlich so zerstreut gewesen wäre, dass es sogar ihrer Mutter aufgefallen sei.

Weil wir uns nicht sehen konnten, beschrieben wir gegenseitig jeweilig Haare und Gesichter. Und wie, um einen Beweis über unsere tatsächliche Existenz zu führen, streckte ich meine Hand durch den Zaun, schob sie durch den Maschendrahtzaun, damit meine Finger zwischen den nassen Blättern hindurch bis zu ihr dringen konnten. Eine kleine noch zarte Mädchenhand griff mit weichen Fingerkuppen nach der Meinen. Wenn wir uns schon nicht sahen, so suchten wir uns wenigstens zu berühren. Einer inneren Eingebung zufolge nutzte ich die Gelegenheit: Ich zog ihre dargebotene Hand durch den Zaun und drückte hingebungsvoll Küsse auf ihre Fingerspitzen. Sie ließ es geschehen und blieb dabei völlig stumm hinter ihrem Vorhang aus grünen Blättern. Um mir zu beweisen, dass sie, ebenso wie ich, von Zuneigung erfüllt war, zog sie schließlich meinen Arm durch Zaun und Blätterwand hindurch in ihr Versteck und küsste ihrerseits vorsichtig meine Fingerkuppen.

Ich weiß nicht, wie oft wir diesen Vorgang wiederholten. Jedenfalls begann es an diesem Sonntag kräftiger zu regnen. Doch die Nässe, die allmählich durch die Kleider bis auf die Haut durchsickerte, - die feuchten Haare und kühlen Regentropfen auf unseren Gesichtern waren vergessen, angesichts der Leidenschaft, mit der wir uns Küsse, Geständnisse und Bekenntnisse entlockten, während Maschendrahtzaun, Äste und Blattwerk unsere Körper zur Distanz zwangen. Nach einer Stunde verabschiedeten wir uns, küssten einander abermals die Hände und schworen, am nächsten Sonntag zur gleichen Zeit zu erscheinen.

In der folgenden Woche suchten mich zum ersten Mal nachts Träume mit geballter Sexualität heim. Ich stellte mir Renate als heranreifendes, schönes Mädchen vor, an das ich mich schmiegen, drücken konnte. Mein Glied versteifte sich mitten in der Nacht, ergoss sich, ohne dass ich es daran hindern konnte.

Irgendwie, so schien es mir, hatte ich mich durch diese sexuellen Träume schuldig gemacht, dabei die Reinheit und Unschuld unserer Beziehung zerstört. Es war, als ob ohne mein Zutun eine stärkere Kraft von mir Besitz ergriffen hat, über die ich keinerlei Kontrolle verfügte, und die mit meinem Wollen nichts zu tun hatte. Und auch später habe ich mich immer wieder dieser Kraft ohne Gegenwehr hingegeben, weil ich sie als natürlich, ja fast göttlich und heilig empfunden habe. Eine Kraft, die aus der Tiefe meiner männlichen Gene hervorbrach und über mein anerzogenes, gesellschaftliches Ich mit all seinen Bedenken und Grenzen hinwegfegte.

Verunsichert durch die nächtlichen Erfahrungen radelte ich am sechsten Sonntag schon ein wenig langsamer zum vereinbarten Platz am Zaun. In mir kamen Bedenken auf, ob sich nun an unserer Beziehung etwas ändern würde, ob Renate an meiner Stimme, meinem Verhalten eine Wandlung entdecken könnte. Doch sie bemerkte nichts vom Zustand meiner neuen Reife, in die ich in den vergangenen Nächten getreten war.
Sie kam. Während wir durch den Zaun getrennt Liebkosungen und liebevolle Sätze, Erlebnisse und Ärgernisse austauschten, saß ich eng an die Maschen gedrückt und von Sehnsucht erfüllt. Ich schämte mich, meine aufkommende Lust nicht unter Kontrolle halten zu können.

Diese Stunde an der Hecke, das intime Gespräch, das Rendezvous mit einer Unsichtbaren, entwickelte sich für mich in den darauffolgenden Monaten regelrecht zur Sucht. Ich besprach mit Renate alles bis hin zum unwichtigsten Vorgang: Den Kauf neuer Schuhe, der Verspieltheit der Hauskatze und den Ärger mit den Eltern. Es gab aber auch gefühlvolle Pausen der Wortlosigkeit, um in regelmäßigen Abständen, wenn der Fluss der Sätze versiegt war, immer wieder zu unserer Verliebtheit zurückzukehren und uns aufs Neue einer ewigen gegenseitigen Zuneigung zu versichern!

Als ich mich an einem Sonntag im Spätherbst dem Zaun wie gewohnt näherte, glaubte ich meinen Augen nicht zu trauen: Die Hecke hatte in der vergangenen Woche alle ihre Blätter abgeworfen. Durch ihre nackten Zweige konnte ich auf den Fleck blicken, an dem sich Renate all die Sonntage lang aufgehalten hatte. Lediglich die Maschen des Drahtzaunes erweckten den Eindruck, als betrachte man das Dahinter wie durch ein großes Sieb.
Jetzt wird er also gleich eintreten – der lang ersehnte Augenblick: Wir sollten uns zum ersten Mal von Angesicht zu Angesicht sehen. All das Geträumte wird in wenigen Minuten sichtbar werden: Ihre schwarzen Haare, die edlen Züge ihres Gesichts und die schlanke Mädchengestalt: Prinzessinnen gleich!

Um die Spannung genüsslich zu verlängern, drehte ich dem Zaun meinen Rücken zu, spitzte die Ohren und wartete auf ein Rascheln im Herbstlaub, das ihr Kommen ankündigen würde. Dieser Augenblick des gegenseitigen Erkennens, das ahnte ich überdeutlich, würde über unsere beiden Zukünfte entscheiden. Wenn ich ihr nicht gefallen, nicht ihrer Erwartung entsprechen würde, dann wäre sie sicherlich enttäuscht. Unsere Verbindung würde auf immer getrennt sein. Für mich hingegen war es klar, dass das Mädchen hinter dem Zaun nur schön, nur herrlich sein konnte.

Ich hörte ihre Schritte und schließlich auch ihre Begrüßung:
„Hallo, Benjamin!" flüsterte sie. „Dreh Dich doch um: Ich bin da!"
Ich zögerte, denn ein sich ihr Zuwenden würde bedeuten, dass sie mich sehen, dass der Zauber der vergangenen Sonntage vermutlich ganz rasch verfliegen würde.
„Nein, ich traue mich nicht, mich umzudrehen!"

Irgendetwas in mir wehrte sich dagegen. Ich hatte in der Schule von der alten Sage des Orpheus gehört, der Eurydike auf seinem Weg aus der Unterwelt verlor, weil er sich nach ihr umgedreht hatte. Sie verschwand daraufhin für immer im Schattenreich der Unterwelt. Etwas von dieser Stimmung schwebte drohend über der Szene am Zaun. Genauso, dachte ich, genauso könnte Orpheus empfunden haben, als er sich umdrehte und damit das Gesetz des Hades brach.
Doch meine Neugier erwies sich stärker als alle inneren Bedenken.

Ich drehte mich um!

Ich sah in Renates Augen und erkannte sofort ihre Enttäuschung. Ich sah in ihnen das Zerplatzen ihrer Illusionen, sah, dass ich kein Prinz, kein Athlet, kein Eroberer, sondern nur ein kleines hässliches Entlein war, zerzaust, unsicher und verschwitzt. Ich sah für sie aus, wie all die anderen dummen Jungen auf ihrem Schulhof. Ein kleiner, dicker Bub mit fettigem Haar und Pickeln im Gesicht, ein schmächtiges Häuflein Elend!

Heulend warf ich mich aufs Rad, stürzte davon - ohne ein Wort zurück zu lassen. Ich hatte die erste große Liebe meines Lebens verloren. Ich hatte mich umgedreht und alles zerstört!

Dieses Erlebnis war soeben noch einmal vor meinen geschlossenen Augen aufgetaucht. Obwohl ich entspannt an einem Pool in Südindien liege, auf einem Stuhl unter Palmen ruhe, und obwohl Jahrzehnte vergangen sind, spüre ich eine gewisse Unfähigkeit, eine Ohnmacht, mich Frauen wie Klara zu nähern. Ich fühle mich wie blockiert.

Dieses pubertäre Erleben als Jugendlicher und später der Schwur gegenüber meiner Mutter, das müssen wohl die beiden grundlegenden Meilensteine in meinem Leben gewesen sein. Ihrer Wirkung gebe ich Schuld an meinen Ängsten, am Unvermögen eine intensive Bindung zu einer Frau zu entwickeln, aus Angst vor Nähe, Angst vor Entlarvung, Angst vor Gefühlen! Und doch existieren in mir andererseits die ungehemmten Überfälle einer über Jahrhunderte hinweg gepflegten, männlichen Geilheit, die mit meinem Ich im Widerstreit liegt, mit ihm ringt und stärker ist als alle Bedenken. So denke ich und bewundere wortlos und versteckt hinter meiner Stirn das Leben des Zeus, der für mich insgeheim ein Quell und Ansporn männlicher Leidenschaft geworden ist. Er führt kaum anderes im Kopf als die Herrschaft des Phallus über die Welt.
Und trotzdem weiß ich: Ich kann es nicht akzeptieren!
Und dennoch: Was bin ich doch für ein kleines Mäuschen ihm gegenüber – und welch ein Häuflein Elend!

Klara erhebt sich und eilt, meine Blicke spürend, dynamisch zu den Treppen, die hinunter in den Pool führen. Ich genieße Ihren

Anblick, ihre Schwingungen und Bewegungen, mit denen sie, bewusst oder unbewusst, meine Männlichkeit herausfordert. Langsam senkt sie sich in die Fluten, wobei ihr gebräunter Körper im Türkis des Pools zu leuchten beginnt. Bei diesem Anblick sammeln sich all jene Gefühle, die ich in den letzten Jahrzehnten vermisst habe: Begehren und Sehnsucht, Hunger nach Berührung, und all die faszinierenden Muster der Begegnungen zwischen Mann und Frau, die von der Ferne bis zur intimen Nähe reichen. All diese Erlebnisse vermisse ich in meinem Leben!
Zeus! Ich werde mich mit Deinem Leben aufladen!

**Aus der Palmblätterbibliothek
11. Bündel**

Die Göttin war zwar nach dem Vorfall auf den Olymp zurückgekehrt, aber sie beobachtete von dort aus misstrauisch weiterhin das göttliche Geschehen um mich herum. Einmal im Jahr frischte Hera ihre Jungfräulichkeit auf, lieh sich von Aphrodite den magischen Gürtel und teilte mit mir das Hochzeitsbett. Das war es dann aber auch! Die geizige Erotik, die sie übers Jahr hinweg an den Tag legte, war für mich Rechtfertigung genug, mich heimlich nach anderen Objekten zur Befriedigung meiner Begierden umzusehen. Ich fühlte mich einfach unersättlich, unbefriedigt und wie getrieben. So entschloss ich mich, fernab vom Olymp und der Überwachung der Hera, auf göttliche Dienstreise zu gehen. Als erster olympischer Gott oblag es mir, auch die Außenbeziehungen zu verwandten Gottheiten zu pflegen. Also stattete ich dem Nahen Osten einen Besuch ab, bereiste mit einem kleinen Gefolge Phönizien und ließ mich neben den einheimischen Gottheiten in deren Tempeln sehen.

Schon am ersten Tage erspähte ich in einem Heiligtum an der Küste eine überaus attraktive Prinzessin. Ihr schlanker Wuchs, ihre rehbraunen Augen, ihre vollen sinnlichen Lippen entfachten in mir die ewig lodernde Flamme. Außerdem entzückte mich die bezaubernde Art und offenherzige Weise, mit der sie um den Altar tänzelte. Sie lispelte süß ihre Gebete, wünschte sich Gesundheit für Familie und Freundinnen. Besonders gefiel mir, dass sie die einheimischen Götter bat, den vom Vater erwählten Bräutigam nicht ehelichen zu müssen, weil er zwar reich, aber für sie eben viel zu alt wäre. Ihm sollten die Gottheiten doch bitte eine schwere Krankheit schicken.

Noch an Ort und Stelle konnte ich kaum der Versuchung widerstehen, Prinzessin Europa, wie sie der Tempelpriester rief, mit heimlichen Berührungen zu überfallen. Doch Klugheit hielt mich zurück, wusste ich doch, dass mich Hera von einer ihrer Nymphen, die mich begleiteten, aufs Genaueste beobachten ließ. Wäre ich der Prinzessin als Zeus in aller Göttlichkeit allzu nahegekommen, hätte die kleine Spionin Verdacht gewittert. Hera, von ihr informiert, hätte ein heftiges Gewitter anwachsen lassen.

Unter all den Tieren, die damals von den Sterblichen fast wie ein Gott verehrt wurden, nahm der Stier die erste Stelle ein. Seine Kraft und Potenz, seine Angriffslust standen für Leben, Liebe und Kampf, weshalb man ihn als Opfertier besonders schätzte. Da er meiner göttlichen Natur am nächsten kam, wählte ich ihn immer wieder gern als Verkleidung. Um mich aber für die Prinzessin besonders herauszuputzen und sie von meiner Friedfertigkeit zu überzeugen, zog ich mir ein blendend weißes Fell über, schmückte meine Hörner mit Edelsteinen und die Stirn mit schwarzen Streifen. Hera hätte an unseren Hochzeitstagen ihre Freude an mir gehabt, wäre ich so ins Schlafzimmer getrabt.

Aber ich zog es vor, anderswo meine Weide zu suchen - am Meeresstrand, dort wo Europa mit ihren Freundinnen den Sonnenuntergang zu begrüßen pflegte. Sorgsam tänzelnd näherte sich der Stier der Mädchenschar. Ich schnaubte charmant durch die Nüstern, um auf mich aufmerksam zu machen. Europa blickte sich um und geriet sofort in Verzückung. Noch mehr als der Sonnenuntergang, noch offensichtlicher als meine prächtige Statur, faszinierten sie die Juwelen auf meinen Hörnern. Sie funkelten und glitzerten im Licht. Mein weißes Fell färbte sich rosa in den letzten Strahlen der untergehenden Sonne.

Zaghaft, Schritt für Schritt, trippelte Europa vorsichtig durch den Sand auf mich zu. Ich bewegte mich keine Elle. Ich versuchte eine Sanftmut auszustrahlen, die man eher dem Lamm, denn dem Stier zuschreibt. Zögernd, doch voller Bewunderung für mein

Muskelwerk, streichelte sie zärtlich meine Flanken. Da ich mich weiterhin still verhielt, lediglich ein leises Schnauben genussvoll von mir gab, strich sie mir mutiger werdend über die Nüstern. Sie hob sogar frech den weißen Schwanz, um meine Geduld zu testen und rief schließlich den Freundinnen zu:
„Ist das nicht ein wunderschöner Stier! Ich bin mir sicher, dass keine von Euch den Mut aufbringt, ihn zu reiten. Schaut nur, wie ruhig und harmlos er ist. Ich werde mich auf ihn schwingen!"

Die Prinzessin aus königlichem Geblüt wollte wohl ihren Mut beweisen und den Gespielinnen imponieren. Sie kletterte auf meinen Rücken, klammerte sich mit der einen Hand an den Hörnern fest und tätschelte mit der anderen beruhigend meinen Hals. Dann flüsterte sie mir ins Ohr: „Los mein Stier! Bewege Dich und lauf ein wenig den Strand entlang!"
Das ließ ich mir nicht zwei Mal sagen. Kaum hatte es sich Europa auf meinem breiten Rücken bequem gemacht, spannten sich meine Muskeln. Ich trabte langsam durch den Sand, erhöhte unmerklich das Tempo und galoppierte schließlich auf das Meer zu.

Europa begann sich auf meinem Rücken zu ängstigen. Sie schrie um Hilfe. Doch die Mädchen lachten sie nur schadenfroh aus. Als ich aber ins Wasser stürmte, kreischten sie vor Schreck. Einige rannten, um nach Hilfe zu suchen.
Zu spät für die Prinzessin! Rasch verlor ich den Grund unter meinen Hufen. Ich begann kräftig zu schwimmen und ließ die Küste hinter mir. Europa hämmerte mit ihren zarten Fäusten gegen meinen feisten Rücken:
„Trag mich sofort wieder zurück!" rief sie. „Ich kann nicht schwimmen. Bitte! Bitte! Stier – drehe um. Bring uns zurück zum Strand!"

Ich durchpflügte die Weite des Meeres und antwortete ihr besser nicht. Obendrein, ein Stier vermag nicht zu sprechen und schon gar nicht ein schwimmender, der darauf achten muss, dass ihm kein salziges Meerwasser ins Maul dringt. Ich wäre zusammen mit ihr ertrunken.

Mein Ziel war die Insel Kreta, auf der ich aufgewachsen war, ich mich auskannte. Endlich nach Tagen und Nächten erschienen ihre Umrisse aus dem Dunst. Europa hatte es längst aufgegeben, mich zur Rückkehr zu bewegen. In der Bucht von Messara torkelte ich erschöpft ans Land. Unter der Platane von Gortys ließ ich sie absteigen.

Europa wollte schon ihrem Ärger Luft machen, da entschloss ich mich, in der vertrauten Heimat angekommen, meine wahre Gestalt anzunehmen. Ich verwandelte mich zurück in Zeus. Bevor sie noch ein Wort des Jammers äußern konnte, gestand ich ihr meine Verliebtheit. Mag es an ihrer Erschöpfung oder Verwirrung gelegen haben, vielleicht auch an meiner göttlichen Pracht: Sie leistete keinerlei Widerstand, als ich sie mit meinen Armen umgürtete.

Ein volles Jahr lang teilten wir leidenschaftlich unser Lager unter der Platane. Der Baum zeigte sich so erstaunt über die Dauer unser Liebeständel, dass er im Herbst vergaß, seine Blätter abzuwerfen. Noch heute trägt er sein Kleid das ganze Jahr über. Die Platane schützte uns nicht nur vor der sengenden Sonne, sondern auch vor den misstrauischen Blicken der Hera, die auf diese Weise nie etwas von der Verführung erfuhr. Ich bin dem Baum ewig dankbar. Wie schön und erholsam war in seinem Schatten die Stille Kretas.

Europa gebar mir drei Söhne: Minos, Rhadamantis und Sarpedon. Sie begründeten das Geschlecht der Minoer und hielten sich als abschreckendes Haustier den Minotaurus. Aber dies ist eine andere Geschichte.

Erst als sie mich auf dem Olymp brauchten, entdeckten die Geschwister meine Abwesenheit. Wie so häufig, hatte ich den Eindruck, dass die göttlichen Geschehnisse auch ohne mich ihren Weg nahmen. Meine Einflussnahme war selten erwünscht. Kaum einer der Götter hielt sich an meine Anweisungen. Jeder machte im Grunde, was er wollte. So offenbar auch Ares, der inzwischen zusammen mit Aphrodite dem unglücklichen Hephaistos Hörner aufgesetzt hatte. Er war es, der mich auf Kreta fand und auf den Olympischen Thron zurückbeorderte.

Erregt stapfte der Schmiedegott hinkend vor mir auf und ab, schüttelte sich, dass die Asche wie Nebel von ihm abfiel. Er raufte sich das zottelige Haar, dass einige Sägespäne herausfielen, mit

denen er sein Feuer zu entzünden pflegte. Auch ein Gott hat auf sein Äußeres zu achten, dachte ich mir. Wie immer nahm mich seine Ungepflegtheit gegen ihn ein. Er überfiel mich mit einem Schwall aus Worten und einem Regen aus Spucke:
„Zeus, Du musst Dir das anschauen! Ich habe Beide auf frischer Tat ertappt. Sie hat mich mit Ares betrogen, die unselige Aphrodite! Ich fordere Gerechtigkeit. Ich erwarte eine Bestrafung der Beiden!"
Ich schaute ihn wortlos an, als wäre ihm nicht zu helfen.
„Ich weiß von nichts und will auch von nichts wissen. Du hättest eben besser auf Deine Gattin aufpassen müssen."
Er blieb stehen und fuchtelte wild mit seinen Armen, als wolle er jemanden erwürgen.
„Das habe ich, Zeus! Doch immer kann auch ich nicht zu Hause sein! Ich musste zu den Schmiedefeuern nach Lemnos, war nur zwei Tage dort und schon hatte Ares meine Abwesenheit genutzt, um Aphrodite zu verführen."
Durch meine Gedanken zog leiser Spott, den ich nach Außen weder zeigen, noch in Worte fassen durfte.
„Hephaistos. Eher glaube ich, dass Aphrodite den Ares verführt hat als umgekehrt!"
Mit wegwerfender Handbewegung antwortete er:
„Wie auch immer! Eigentlich ist das nicht von Bedeutung. Tatsache ist, dass mir die Beiden Hörner aufgesetzt haben. Das kann ich nicht auf mir sitzen lassen!"
Mitleidig ließ ich ihn die ganze Geschichte erzählen. Sonst von mürrisch schweigsamer Natur, sprudelte es jetzt aus ihm heraus: Helios habe die beiden zur Nachmittagsstunde erspäht, als er mit dem Sonnenwagen übers Firmament fuhr.

Auch wenn ich Ares beneidete, so empfand ich es doch recht töricht von ihm, in aller Offenheit das Lager mit der schönen Aphrodite zu teilen. Aber was erwartete ich von einem Gott, der nur von Schwertern, Blut und Kampf träumte. Er hätte wissen müssen, dass der Sonnengott zur Geschwätzigkeit neigt. Schon damals, im Fall der Entführung der Persephone, hatte er Hades verpetzt.

„Ich hatte deshalb den Beiden eine Falle gestellt!" fuhr Hephaistos in seinem Bericht fort. „Bevor ich das nächste Mal die Lemnier besuchen wollte, schmiedete ich ein fast unsichtbares Netz aus

Drähten, das selbst Ares mit seiner Kraft nicht zerreißen konnte. Das spannte ich über das Bett."
Triumphierend fügte er hinzu: „Du kannst Dir selbst ein Bild davonmachen, wie sie in meine Falle tappten. Ich halte Beide nämlich immer noch gefangen, damit jeder ihre Schamlosigkeit und ihren Betrug sehen kann!"

Dieses Vergnügen wollte ich mir freilich nicht entgehen lassen. Wir eilten durch die Höhlen des Berges Olymp, und als wir uns der Schlafkammer des Hephaistos näherten, drang uns schon von Weiten - vom Echo vielfach verstärkt - ein lautes Lachen entgegen. Es schallte von den Wänden, drang durchs Gestein und brachte den Berg wie ein Erdbeben zum Erzittern.

Außer Hera hatte sich die ganze Schar der Götter um das Lager versammelt. Apollon schlug sich auf die Schenkel, Hermes hielt sich vor Lachen den schmerzenden Bauch und Poseidon musste sich gar auf einem Felsen abstützen. Ich bahnte mir den Weg durch die Götterschar, die Hephaistos als Zeugen des Vergehens herbeigerufen hatte. Sein Ansinnen ging nach hinten los: Als sie der Szene gewahr wurden, zeigten sie schadenfroh kichernd mit dem Finger auf den Gehörnten.

Das Bild, das uns die beiden Gefangenen boten, hätte kein Sterblicher sehen dürfen. Alle Ehrfurcht vor der Götterwelt wäre ein für alle Mal verloren angesichts der Lächerlichkeit, der sich Aphrodite und Ares aussetzten. Nichts würdevoll Göttliches lag mehr über der Szene. Sie war nur allzu menschlich! Jedem Sterblichen hätte das ebenso passieren können.

Was unterscheidet uns Götter eigentlich noch von den Sterblichen? Das fragte ich mich. Nicht die Menschen lernen von den Göttern, sondern offenbar umgekehrt. Wenn wir uns weiterhin so verhalten, dann erübrigt sich eines Tages die erhabene Vielgötterei. Man wird uns abschaffen! Es ist an der Zeit, dass wir unsere göttliche Würde erneuern, damit der Gott wieder zum Gott wird! Am besten zu einem einzigen Gott! Es sei denn, dass es auf der Welt noch ein Volk von Sterblichen gibt, die ihren Göttern Respekt erweisen.

Poseidon, Hermes und Apollon konnten den Blick nicht von der gefangenen Aphrodite lassen. Sie räkelte sich unter dem stählernen Spinnennetz des Hephaistos. Mal zwängte sich eine prachtvolle Brust durch eine Masche, mal glänzte ein Schenkel unter dem Gespinst. Ich dankte meinem Schicksal, dass ich ihren Verführungskünsten nicht erlegen war. Hätte man mich in dieser Falle gefunden, ich wäre meines Götterthrones beraubt worden. Hera würde alle Unsterblichen mit Erfolg aufwiegeln und mich sofort absetzen.

Ares hingegen, der sich im Netz hoffnungslos verfangen hatte, gab sich der Lächerlichkeit preis. Ein Kriegsgott, der sich kaum mehr bewegen konnte, dem Hände und Füße gebunden waren, verschnürt wie ein großer Fisch im Netz, dem traut doch keiner mehr die Kraft und Unbesiegbarkeit eines Schlachtenlenkers zu!

„Mich schmerzt der Anblick der Beiden gewaltig!" jammerte Hephaistos. „Ich habe genug von Aphrodite. Sie ist eine Nimmersatte der Liebe. Nach Ares wird es ein anderer sein und danach wieder ein anderer – bis ans Ende unserer Götterdämmerung. Ares soll büßen, soll zahlen! Erst dann befreie ich ihn von den Fesseln."

Mein Sohn Apollon schlug dem Hermes, der sich offenbar an der nackten Aphrodite nicht satt sehen konnte, prustend auf die Schulter.
„Sag, würdest Du nicht gern mit Ares tauschen?"
Hermes zeigte sich von der Vorstellung entzückt:
„Hephaistos könnte drei Netze über mich und Aphrodite werfen. Ich würde mich davon nicht bei der Liebe stören lassen. Und meine Lust würde nicht schwinden, ständen noch so viele Götter um uns herum und lachten sich das Herz aus dem Leib!"
Alle schmunzelten über seine Bemerkung. Nur Poseidon schwieg nachdenklich. Auch er konnte die Augen nicht von Aphrodite wenden. Man sah ihm an, wie tief sich der Anblick des herrlichen Frauenkörpers in seine Seele grub. In seiner Phantasie teilte er offensichtlich schon das Lager mit ihr. Mitleid mit Hephaistos vortäuschend, wollte er der peinlichen Szene rasch ein Ende bereiten, um sich bei Aphrodite einzuschmeicheln und ihre Dankbarkeit mit Liebeslust auszahlen zu lassen.

„Wir müssen den gehörnten Schmiedegott aus dieser unwürdigen Lage erlösen. Anstelle des Ares bin ich bereit, für die dem Hephaistos zustehende Buße gerade zu stehen. Also - löse das Netz von den Beiden, damit sie endlich ihrer Wege gehen können!"
Das ließen sie sich nicht zweimal sagen: eilig suchte die Liebesgöttin das Weite, nachdem Hephaistos sein Drahtnetz zerschnitten hatte. Ares verzog sich schamhaft ins Land der Thraker, um dort das verletzte Selbstwertgefühl durch einen besonders blutigen Krieg aufzupolieren. Aphrodite eilte zurück nach Paphos. Dort ließ sie ihren prächtigen Körper mit magischen Salben massieren, die einen betörenden Duft ausströmten – den Duft der Frauen, der für uns Männer so unwiderstehlich ist!

Dem armen Poseidon zeigte Aphrodite später nie ihre Dankbarkeit. Der Grund: Mein Bruder galt unter den Göttern allgemein als griesgrämig, streitsüchtig und eigensinnig, als übellaunig, rachsüchtig und unberechenbar. Eigenschaften, mit denen eben auch das Meer, über das er herrschte, so manchen Seemann zur Verzweiflung bringen kann. Ich weiß nicht, wer wem diese Launenhaftigkeit zu verdanken hat: das Meer dem Poseidon oder Poseidon dem Meer.

Dass ein solcher Gott es nicht verstand, mit Frauen umzugehen, liegt auf der Hand. Unzählig sind die Nymphen und Göttinnen, die er durch seinen Charakter abschreckte. Als Erstes machte Poseidon der Nereide Thetis den Hof. Ihre Mutter Themis war von dieser Verbindung so wenig begeistert, dass sie sich eine Prophezeiung einfallen ließ, die ihm den Sinn nach der Thetis vergällte. Sie werde ihm oder jeden anderem ihrer voraussichtlichen Ehemänner einen Sohn gebären, so sagte die Mutter voraus, dessen Größe, Kraft und Macht die des Vaters bei Weitem übertreffen wird.

Poseidon zog es daraufhin vor, Thetis ziehen zu lassen. Er warf sofort sein Auge auf die Nereide Amphitrite. Aber auch sie empfand einen heftigen Widerwillen gegen den Bewerber. Sie floh vor Poseidon ins Atlasgebirge, um seinen tollpatschigen Nachstellungen zu entgehen. Der Meeresgott stellte jedoch sein Liebeswerben nicht ein, sondern sandte ihr Delphinos hinterher, den Schlausten unter seinen Fischen. Der sprach mit Engelszungen auf sie ein und überredete die Angebetete, sich schließlich doch auf Poseidon einzulassen.

Glücklich darf man das Paar nicht schätzen, denn Poseidon trug gleich mir ein Gen in sich, das ihn ständig aufs Neue schwach gegenüber Frauen werden ließ - zum Beispiel, als er die schöne Skylla erblickte, eine leidenschaftliche Schwimmerin, die über ein eigenes Meeresbecken verfügte. Thetis, ebenso von Eifersucht geplagt wie meine Hera, kam den Beiden auf die Schliche und warf magische Kräuter ins Becken. Als Amphitrite ins Wasser sprang, verwandelte sie sich augenblicklich in ein Ungeheuer mit sechs Köpfen und zwölf Tentakelfüßen. Verständlich, dass sich Poseidon sofort von ihr verabschiedete.

Ganz ähnlich erging es ihm kurze Zeit später mit Medusa. Weil Poseidon fürchtete, dass Thetis abermals ihren Zauber anwenden könnte, wählte er ausgerechnet einen Tempel der Athena aus, um sich dort heimlich mit ihr zu treffen. Die Göttin war wegen des Streits um Athen immer noch nicht gut auf den Meeresgott zu sprechen. Sie ertappte die Beiden beim Liebesspiel und entrüstete sich wegen der Entweihung ihres Heiligtums dermaßen, dass sie der Medusa Haarbüschel, bestehend aus sich windenden und zischenden Schlangen, eine heraushängende Zunge, stierende Augen und einen breiten Stutenhintern verpasste. Das Gesäß mag Poseidon, seiner Liebe zu Pferden wegen, vielleicht noch gefallen haben, aber seine Leidenschaft fiel - angesichts des abschreckenden Haupthaares - unverrichteter Dinge in sich zusammen.

8. Tag

Schade! Klara kommt vom Schwimmen zurück. Ihre Anwesenheit reißt mich heraus aus meiner Lektüre, die mich mit den Begierden des Zeus und der Aphrodite auf eine Weise infiziert hat, dass meine Phantasie ganz gefangen ist. Wenn ich nicht wüsste, dass Zeus als Gott nie wirklich existiert hat, es ihn auch heute nicht mehr geben kann, würde ich behaupten, dass diese Palmblätter-

Texte, die ich gerade in den Händen halte, von einem realen Göttervater persönlich diktiert oder geschrieben worden sind. Zweifellos stammen die Texte von einem begnadeten Schreiberling. Alexander dem Großen würde ich eine solche Ironie und Lebenslust kaum zutrauen. Er war zu fixiert auf seinen Traum von der Eroberung der Welt. Wer immer die Worte auf den Palmblättern auch geschrieben haben mag, er muss ein Lebenskünstler gewesen sein und hat seinen ganzen Witz und all seine Lebenslust beim Schreiben versprüht.
Vermutlich hatte auch Alexander bei seiner Besetzung Nordindiens kaum Zeit, sich persönlich um seine Geschichte des Zeus zu kümmern. Wohl hat er den Auftrag dazu erteilt, lediglich Impulse gesetzt, einige Kommentare geliefert und den Text kontrolliert. Doch irgendwann musste er auch offiziell Farbe bekannt und sich deutlich als Sohn des Zeus oder Zeus selbst geoutet haben. Vielleicht werde ich noch einen Hinweis darauf in den später von mir noch zu lesenden Bündeln entdecken können. Und irgendwann wird er auch noch den Bogen zu Shiva oder Brahma schlagen müssen, um den Indern seine göttlichen Anrechte auf die Herrschaft über den Subkontinent zu verdeutlichen.

„Du bist von den Palmblättern kaum zu trennen! Sind die Geschichten denn wirklich so spannend, dass Du darüber sogar das Schwimmen im Pool vergisst?"
Klara schüttelt ihre schwarze Mähne, trocknet sich mit dem Handtuch die Haare ab und meint dann ein wenig spöttisch:
„Ob ich es wohl wagen kann, Dich von Deinen Palmblättern zu trennen, damit Du mir meinen Rücken eincremst?"
Ich setze mich auf, lege das Palmblattbündel sorgsam unter meine Liege.
„Gern! Natürlich creme ich Dir den Rücken ein! Aber ich bitte um Dein Verständnis. Ich muss heute noch etliche der Texte lesen. Demnächst hat sich der indische Professor angesagt, der meine Meinung über die Echtheit seiner Palmblätter erfahren will. Er war es auch, der mir angeboten hat, meine eigenen Palmblätter zu deuten, die er mit Hilfe meiner Geburtszeit und meines Geburtsortes gefunden hat. Bisher konnte ich es mit Erfolg vermeiden, mir seine prophetischen Interpretationen anhören zu müssen!"

Innerlich kann ich jedoch spüren, dass inzwischen mehr und mehr mein Entschluss heranreift, dem Professor doch Gehör zu schenken. Ich will Schritt für Schritt vorangehen: Einige der Prophezeiungen der Palmblätter, die mich betreffen, werde ich wohl akzeptieren müssen, denn ich will ja auch wissen, wie sich meine Beziehung zu Klara weiterentwickelt.

Klara setzt sich auf ihre Liege, drückt mir eine Sonnencreme in die Hand und wendet mir den Rücken zu.

„Ich bin neugierig!" sagt sie und wirft dabei ihre Haare mit Schwung nach vorne, damit sie nicht von der Creme eingefettet werden.

„Diesen Professor musst Du mir unbedingt vorstellen!"

Klara lockt mich! Meine Zuneigung kann ich nun in jeder Faser spüren. Ein leichtes Beben durchfährt mich, während ich mit der Hand die Sonnencreme auf dem Rücken verteile. Ihre Haut fühlt sich zart an. Die Kuppen meiner Finger gleiten zunächst über die Schulterblätter, ertasten Muskelstränge und Knochenkanten. Ich fahre weiter über den Nacken und glaube, einen leichten Schauer zu spüren, der nun auch ihren Körper zum Erzittern bringt. Es scheint, als würde sie frösteln.

Sie hat ihren feuchten Badeanzug nach unten gezogen und verdeckt ihre Vorderseite, ihre Brust mit einem grünen Handtuch. Ich kann die sanften Ansätze ihres Busens erkennen und merke, wie sehr sich meine Phantasie mit den weiteren Formen beschäftigt, die sich unter dem Handtuch abzeichnen. Mein Gott, wie viele Jahre habe ich dieses Gefühl vermissen müssen?

Meine rechte Hand wandert weiter über das Rückgrat und verteilt, auf dem Weg hinunter zu den Hüften, mit kreisenden Bewegungen die Creme links und rechts über Rippen und Taille. Meine Fingerkuppen sprechen mit ihrer Haut, als würden sie Impulse empfangen und aussenden. Seit Jahren ist dies der erste Körperkontakt, den ich mit einer Frau genießen darf. Und ich bin erstaunt: Wie energetisch lädt sich in mir doch dieses Gefühl der Berührung und Wärme auf!

Wovor hatte ich nur immer Angst?

Sie war nicht besonders erfreulich, die Zeit nach dem Tod meiner Mutter. Zunächst hielt ich mich von Frauen grundsätzlich fern - im Glauben, ich würde Gefahr laufen, sogleich das Versprechen gegenüber meiner Mutter zu brechen. Ich befürchtete, dass sie sich mit ihrer Stimme melden könnte, mit ihrer Enttäuschung über einen eventuellen Verrat. Ich war mir nicht sicher, ob ich je eine Frau hätte treu bleiben können: All das, was ich bei meinem Vater erlebt hatte und dazu noch das Erbe seiner Gene, - das war zu viel Ballast, um das Versprechen, das ich meiner Mutter gegeben hatte, je halten zu können. Doch mit der Zeit schliff sich der Schwur ab. Zudem ließ es sich nicht vermeiden, dass ich attraktiven Frauen begegnete, die in mir eine gewisse Begierde auslösten. Sie auf Dauer zu unterdrücken, schien mir ein Ding der Unmöglichkeit. Es ließ sich also nicht vermeiden, dass mich das Schicksal irgendwann einmal auf die Probe stellen würde.

Es passierte etwa zwei Jahre nach dem Tod meiner Mutter, dass eines Tages auf einer Archäologie-Tagung meine Aufmerksamkeit von einer Kollegin geweckt wurde. Ihre Erscheinung löste in mir die überraschende Sehnsucht aus, mich möglichst in ihrer Nähe aufzuhalten. Ich saß, wenn es sich machen ließ, während den Vortragsforen neben ihr. Ich versuchte während des Abendessen an ihrem Tisch einen Platz zu ergattern. Ich suchte ihre Augen, ließ die meinen für ein paar Sekunden zu lange in den ihren ruhen und erkannte, dass sie meinen Blick mit Geduld ertrug und wohl auch akzeptierte. Voller Mut wechselte ich in einer Kaffeepause erste unverbindliche Worte mit ihr. Obwohl sie, wie übrigens auch ich, nicht unbedingt als eine Schönheit bezeichnet werden kann, zeigte sie sich von einer überraschend selbstbewussten Zutraulichkeit und einer entwaffnenden Bereitschaft, sich dem Gegenüber verbal zu öffnen.
Mir erschien sie ausnehmend attraktiv: Ihr langes schwarzes Haar, das ihr schwer über die schmalen Schultern fiel, ihre blauen Augen, die ihr blasses Gesicht zum Leuchten brachten, eine etwas zu groß geratene Nase, die mich vermuten ließ, dass sie über eine gehörige Portion Leidenschaft verfügen könnte. Eine Art Markenzeichen waren ihre Lippen, die sie stets, selbst beim Essen, frisch geschminkt hielt, und die meine Aufmerksamkeit dermaßen erregten, dass ich glaubte, sie unbedingt küssen zu müssen. Über ihre Figur konnte ich mir zunächst kein Bild machen, denn sie trug unförmige Kleider, so dass man keinerlei Kurven und Formen ausmachen konnte. Lediglich aus der Art, wie sie über Korridore lief oder sich durch die Stuhlreihen zwängte, konnte ich vermuten, dass sie von sportlicher Natur sein müsse.

Am ersten Abend brachten wir zunächst das Förmliche schicklich hinter uns. Doch als sich die anderen Kollegen längst vom Tisch erhoben hatten und wir keine ungebetenen Zuhörer mehr fürchten mussten, wurden wir persönlicher. Sie erzählte mir von der Einsamkeit, die sich bei Wissenschaftlern zwangsläufig einstellen muss, da sie sich immer wieder in Themen einarbeiten, von denen sie sich am Ende der Arbeitszeit nicht ohne Weiteres trennen können. Wenn man im übertragenen Sinne schon mal mit dem Graben begonnen habe, so wolle man auch bis zum Grund des Untersuchten vordringen, möchte man das Entdeckte verifizieren und in einem größeren Kontext mit anderen Ereignissen abgleichen. Da haben andere, wesensfremde Themen nur wenig Platz. Ja, sie habe den einen oder anderen Mann kennengelernt, aber nie den Kopf für tiefer gehende Beziehungen freigehalten. Ich gestand ihr, meine Zeit, wie sie die ihre, ähnlich zurückhaltend genutzt zu haben. Mein Leben sei wie ein Netz zwischen dem Alltag im Institut oder Archiv und einigen wenigen Freunden aufgespannt gewesen. In diesen Maschen habe sich aber nie etwas Weibliches verheddert. Das war aber auch schon das Einzige, was ich reden musste, denn aus ihren geschminkten Lippen begannen die Worte mit fortschreitender Stunde nur so herauszusprudeln. Wie so oft hatte ich das Gefühl, dass gutes Zuhören auf dem kürzesten Weg in das Herz einer Frau führen kann. Am Ende ergriff ich ihre Hände und ließ sie nicht mehr los, bis wir vor ihrem Hotelzimmer standen.

Es war das erste Mal seit dem Tod meiner Mutter, dass ich der Überzeugung war, eine Frau verführen zu können. Ich wollte einfach wissen, ob es mir wieder gelingen könnte, eine versiegte Quelle zum Leben zu erwecken, ob ich immer noch über genügend Attraktivität, Kraft und Mut dafür verfügen würde. Ein Begehren stieg in mir auf, überschwemmte mich, so dass ich mich nicht zurückhalten konnte.

Ich küsste mit ihrem Einverständnis kurzerhand den dargebotenen roten Mund, drückte sie dann an mich und schälte sie schließlich aus ihrem unförmigen Kleid heraus. Durch ihr Entgegenkommen ermutigt, warf ich mich über sie und wollte, nachdem sie ihre Bereitschaft deutlich zeigte, ja sogar die meine erwartend förderte, in sie eindringen. Da geschah es wieder: Mein Geschlecht fiel plötzlich in sich zusammen. Als würde einem Ballon die Luft, einer Rakete der Treibstoff ausgehen, so rasch verflog eine hoffnungsfrohe Härte, die ich eben doch noch überdeutlich und stolz gespürt hatte.

Tief in mir, in einem versteckten Schattenwinkel meines Bewusstseins, hielt sich immer noch meine Mutter auf. Es genügte ein Gedankenblitz, befeuert mit jenem Eid, den sie mir auf dem Totenbett abgenommen hatte, und alle erotischen Energien lösten sich auf. Ich zog mich zurück, wendete mich beschämt ab, geschockt von der Enttäuschung, die sich anstelle der erhofften männlichen Lust in mir ausbreitete. Sie versuchte mich zwar zu trösten. Doch ihre mitleidvollen Worte waren genau das, was ich in diesem Moment verabscheute, denn sie erhöhten nur die Peinlichkeit des Moments. Nackt saßen wir beide auf dem Bett. Ich hatte ihr den Rücken zugewandt, denn sie sollte meine Betroffenheit nicht sehen. Der Schreck des Versagens ließ mich verstummen.

Kaum hatte ich mich von diesem Schock erholt, versuchte ich, mich ihr erneut zu nähern. Was nicht sein darf, das kann einfach nicht sein! Es muss wohl ein Kurzschluss meiner Libido gewesen sein, so hoffte ich, - nur eine kurzfristige Verweigerung meiner Männlichkeit!
Also wendete ich mich ihr wieder zu, küsste erneut ihre Lippen und glitt mit dem Mund von dort aus weiter über ihr Kinn, ließ dann meine Zunge über ihre Brust wandern und bemerkte dabei mit Wohlwollen, dass die Stimulanz, die ihr galt, auch mich erregte, dass sich meine Lust auf sie erneuerte. Der Bann war gebrochen! Doch exakt in jenem Augenblick, da mein Glied aufs Neue ihre Schamlippen berührte, fiel es abermals in sich zusammen, wurde weich und unförmig wie ein Waschlappen. Eine geradezu teuflische Automatik!

Es gab und gibt für mich bis zum heutigen Tag, und dies gilt wohl für jeden Mann, nichts Peinlicheres als einen Augenblick wie diesen. Es ist, als ob der Trommelwirbel, als ob das Hämmern der Ahnen plötzlich im letzten Schlag abbricht, und mich einer schamhaften Stille und peinlichen Leere überlässt. Ein Fiasko schlechthin, so furchtbar, dass ich es nach einem weiteren erfolglosen Versuch vermied, je wieder auch nur in die Nähe einer gleichgearteten Situation zu geraten. Ich resignierte und fügte mich widerstandslos dem Eid, den ich meiner Mutter gegenüber geleistet hatte.

Nein, das stimmt nicht ganz! Ich übte nicht einen totalen Verzicht auf erotische Augenblicke. Denn das Flirren und Flirten in den Momenten der Annäherung an eine Frau genoss ich weiterhin allzu gern. Jedoch ließ ich immer in genau jenem Moment, in dem es gefährlich wurde, das Fallbeil herunter. Ich vermied, es zu einer Vereinigung kommen zu lassen, was natürlich auf Dauer keiner Geliebten zuzumuten ist. Man verliert seine Glaubwürdigkeit, seine Ernsthaftigkeit gegenüber dem erwählten Partner, der sich durch die Ablehnung einer lustvollen Vereinigung nicht akzeptiert fühlt. Wer, wie ich, auf den schönsten Moment der Zweisamkeit verzichten muss, lernt dessen ungeheure Bedeutung einzuschätzen. Eine Beziehung ohne dieses Ziel des körperlichen Verschmelzens ist zum Scheitern verurteilt.

Ich drücke die Sonnencreme Klara in die Hand und versuche dabei Kontakt mit ihren Augen aufzunehmen. Ich will ihr mit meinem Blick etwas andeuten, das ich nicht auszusprechen wage. Das Studium der Palmblätter des Zeus, das Erfahren seiner massiven, sexbetonten Männlichkeit, die mir imponiert und in seiner Direktheit auch wiederum zu obszön erscheint, manchmal mich sogar abstößt, beflügelt mich, es auf eine Wiedergeburt meiner Liebesfähigkeit anzulegen. Und obendrein erregt mich der zärtlich massierende Kontakt meiner Hände auf Klaras Haut, dazu die feuchte, tropische Hitze, das Zwitschern und Gurren der Vögel, die von Palme zu Palme segeln, - all dies macht mir Mut, vielleicht doch noch in diesem mir verbleibenden Leben einen neuen, erfolgreichen Versuch zu starten. Doch der rechte Augenblick ist noch nicht gekommen. Das fühle ich. Das ernüchtert mich. Sie reagiert einfach nicht auf meine intensiven Blicke.
Wir verabreden uns in einer halben Stunde vor dem Hotel.

Noch bevor sich der Sonnenuntergang, wie stets in tropischen Regionen, rasch vollzieht, die Dunkelheit überfallartig hereinbricht, besteigen wir ein gelbbraunes Tuk-Tuk-Gefährt. Es soll uns ins nahe Kovalam fahren und nach etwa drei Stunden gegen eine Rupien-Pauschale wieder abholen. Der Fahrer ist jung und vertrauenserweckend, sein Preis akzeptabel, sein Englisch miserabel. Er freue sich, uns als Christen und Glaubensbruder fahren zu dürfen. Das behauptet er. Er würde uns deshalb gern zu einem Freundschaftspreis sicher nach Kovalam und zurückbringen.

Über der Lenkstange vor dem verstaubten Frontfenster des Tuktuks baumelt ein silbernes Kreuz, verbunden durch ein Kettchen mit dem Elefantengott Ganesha. Daneben leuchtet ein Bildnis der Gottesmutter Maria. Figuren des Power-Gottes Shiva und der Glücksgöttin Lakshmi begleiten die Gottesmutter. Man will es sich eben mit keinem Gott verderben, wenn es um die Beschwörung des Erfolgs und Überlebens im indischen Straßenkampf geht. Die Wirkung dieser Heiligen ist auch bitter notwendig, denn das Gefährt holpert und lärmt knatternd durch den Palmenwald, so dass die Krähen auffliegen und sich lautstark über die Störung in der Abenddämmerung beschweren. Links und rechts gleiten Gummibäume, blühende Stauden, graue Lehmhütten vorbei. Schließlich biegen wir auf die Hauptstraße ein und lösen dabei ein heftiges Hupkonzert aus, weil der Fahrer keine Rücksicht auf den herannahenden Autoverkehr nimmt. Er murmelt ein Stoßgebet und dankt flüsternd seinen Heiligenfiguren.

Eine Tuk-Tuk-Fahrt gleicht einem Radausflug auf höherem Niveau. Er ist nur ein wenig schneller und lauter. Aus der Perspektive des Fahrgastes, der über die Schulter des Chauffeurs und seitlich hinaus das Leben am Straßenrand beobachtet, gewinnt man einen auch körperlich erfahrbaren Einblick in indisches Leben: Man atmet ungewohnte Düfte, spürt die feuchte Hitze, hört das Lärmen der Lautsprecher, sobald das Gefährt durch ein Dorf rattert. Innerlich will man dem schwachen Motor mit gutem Zuspruch motivieren, wenn es in mühsamer Langsamkeit einen Berg hinaufgeht. Jeder Buckel, jedes Schlagloch hebt den Gast in unregelmäßigen Rhythmen hoch und drückt ihn sogleich wieder zurück auf die Härte seines Sitzes. Vielleicht sympathisiere ich auch deshalb mit dieser Art der Fortbewegung, weil sie Klara immer wieder dazu zwingt, sich an mich zu klammern, an mir festzuhalten, sobald das Tuk-Tuk durch eine Kurve rast. Es ist schön, ihre druckvolle Berührung zu spüren.

Wir zweigen schließlich von der Hauptstraße ab und holpern hinunter durch ein Dorf. Vor den tristen Häusern unterhalten sich Männer geschäftig. Frauen tragen ihre Wasserkrüge für das

Abendessen nachhause, Kinder jagen einem Hund hinterher oder zerren an einer Holzkiste mit vier Rädern. Aus Lautsprechern kreischt die helle Stimme einer indischen Sängerin. Es riecht nach Holzfeuer, es stinkt nach getrocknetem Fisch und ein wenig auch nach Kloake. Aber wie immer in Indien, ist auch hier das Schöne dem Unwirtlichen, dem Chaotischen ganz nah.

Die Sonne senkt sich im Westen dramatisch ins Meer, während wir in einer weiten Bucht am Strand halten und aussteigen. Ein heller Schimmer aus roten, lila und gelben Farbtönen hat sich über den Hafenort ausgebreitet. Mit seinen Häusern und kleinen Hotels steigt das Fischerdorf einen Hügel hinauf und öffnet wie ein antikes Theater den Blick weit übers Meer. Links und rechts gleiten felsige Landzungen ins Wasser, an denen sich Wellen aufschäumend brechen. Am seichten Strand stehen hunderte von Einheimischen in ihren Kleidern bis zu den Knien, manche bis zur Hüfte im Wasser. Sie waten der sinkenden Sonne entgegen, blicken voller Sehnsucht und Ehrfurcht in ihr sanftes Licht, als würde der glühende Feuerball, bevor er sich davon macht, ihnen noch rasch ein besseres Leben versprechen können.

Klara hängt sich bei mir ein. Dieses Signal ihrer Sympathie, Zeichen einer vertrauensvollen Zweisamkeit, lässt mich hoffen. Mein Herz schlägt für einen Moment wärmer, schneller, passt sich dem Flanierschritt an, mit dem wir entlang der Hafenstraße bummeln. Wir schlängeln uns zwischen den meist in Gruppen spazierenden Passanten hindurch, zwischen lärmenden Kindern und Frauen in leuchtend bunten Saris oder Kaftans. Männer in weißen Sherwanis oder knielangen Hemden schlendern uns entgegen, versuchen neugierig in unseren Augen zu lesen, was wir wohl hier wollen und woher wir kommen. Während zur Rechten im blauen Dunkel das Meer mit seinen langen Wellen regelmäßig an den flachen Sandstrand schlägt, seinen weißen Schaum ans Land spült, reiht sich links von der Uferstraße ein Geschäft an das andere: kitschige Plastik-Souvenirs, T-Shirts, Mützen, Schals, Kofferradios, Batterien und Handyläden wechseln sich ab - dazwischen eine Teestube, ein kleines Hotel, ein Restaurant. Alle mehr oder weniger provisorische Bauten, schnell aus dem Boden gestampft: Kovalam ist eben ein indisches Seebad im Entstehen!

Wir entdecken endlich die German Bakery. Unmittelbar an der Hafenstraße steht der gelbe Hotelkörper aus Beton mit einem Balkonvorbau an seiner Frontseite. Stufen führen an den Seiten zur offenen, aber mit Palmblättern überdachten Terrasse hinauf. Alles ist hier aus Holz: die Treppen, der Boden, die Stützen des Daches und das Geländer, das den ersten Stock abschließt.

Ich führe Klara die Treppe hinauf auf die Terrasse und wähle einen Tisch mit Blick auf die Uferstraße. Von dieser erhöhten Position kann man in der zunehmenden Dämmerung das Meer draußen erahnen. Ein Lichtstreifen in der Ferne markiert den Horizont. Unzählige Fischer versuchen dort mit Lampen Meeresgetier für die Bewohner der Westküste Indiens in ihre Netze zu locken. Wie eine Kette aus Sternen flimmern die Lichter von Süd bis Nord quer über die gesamte Meeresbreite. Wir nehmen Platz und starren auf diese blinkende Milchstraße der Fischerboote, die das Meer mit dem Himmel verbindet.
„So viele Fischer da draußen!", staune ich. „Das kann man sich gar nicht vorstellen! Sie müssen für über eine Milliarde Inder heute Nacht arbeiten. Nicht vorzustellen, was passieren würde, wenn ein schwerer Sturm aufkommt."
„Ich mag gar nicht daran denken!" meint Klara und versenkt sich in die Speisekarte. „All die schönen Krustentiere, die hier aufgeführt sind, haben die Fischer da draußen über Nacht und vermutlich unter Lebensgefahr gefischt. In dieser Gegend Keralas soll es ja gefährliche Strömungen entlang der Küste geben."

Wir entscheiden uns für gegrillte Krustentiere, dazu für jeden von uns ein eiskaltes Bier. Ganz ohne schlechtes Gewissen! Es ist das erste Verbot, das ich missachte, seit die Ayurveda-Kur begonnen hat.
Welch ein Genuss für die Augen! Welch eine Freude zu sehen, wie sich die Gläser beim Einschenken beschlagen! Ein Mantel aus kleinen Tautropfen bildet sich an den Glaswänden. Sein Anblick verdeutlicht das Leid, das man in der ständigen Hitze spürt und wie sehr man sich nach Abkühlung sehnt.
„Ich frage mich, warum wir freiwillig auf Genüsse wie diese verzichten, warum wir uns selbst kasteien? Wenn ich von Zeus in diesen Tagen lese, dann kann ich nur seine Lebensart und die mit ihm verbundene Religion bewundern. Er verzichtet auf nichts, fas-

tet nicht, lebt nicht enthaltsam. Was müssen das für lebensbejahende Menschen gewesen sein, die sich einen Gott mit so viel Lebensfreude ausgedacht haben. Wenn ich mich an unseren Religionsunterricht erinnere, da wurde jeglicher Verzicht, jegliche Selbstkasteiung verherrlicht. Unsere Ethik reguliert den Umgang mit unserem Körper, während zu hellenistischer Zeit der Körper offenbar die Ethik beherrschte!"

Klara nimmt einen Schluck. Sie genießt, schmunzelt mir dann über den Rand ihres Glases zu:

„Zeus und seine Ethik beginnen Dich offenbar zu beeinflussen. Könnte es sein, dass Du am Ende Deines Aufenthaltes noch ein Anhänger des Polytheismus wirst?"

„Die Vielgötterei ist nicht von der Hand zu weisen!", höre ich mich zum eigenen Erstaunen dozieren. „Nicht nur, dass sie Lust und Libido nicht verteufelt, sie ist im Grunde auch friedfertiger als der Monotheismus. Heißt es nicht im Christentum: Du sollst keine anderen Götter haben neben mir? Solch einen Satz, der nur so vor Eifersucht und Machtwillen strotzt, solch eine Grundregel wirst Du nie im Polytheismus finden. Hier muss ein Gott einen anderen Gott als ebenmäßigen Konkurrenten dulden. Die Griechen erlaubten es sogar einem Menschen aus fremden Ländern ihren eigenen Gott anzubeten. Es gab den Altar für den unbekannten Gott!"

„Das kann ich nicht glauben!" amüsiert sich Klara. „Du hörst Dich wirklich an, als würdest Du ein bekennender Anhänger des Vielgötter-Kultes sein."

„Bitte verstehe mich nicht falsch: Ich glaube weder an einen einzigen Gott noch an mehrere Götter. Aber ich bin der Meinung, dass monotheistische Religionen wie das Christentum oder der Islam wesentlich aggressivere Zeiten in der Weltgeschichte verursacht haben als Regionen, in denen man an die Vielgötterei glaubte!"

Klara schweigt. Eine schwarze Locke hat sich über ihre Stirn und die Augen gestohlen. Sie streift nachdenklich das Haar wie eine lästige Fliege aus dem Gesicht. Ihr Blick konzentriert sich jetzt auf das Bierglas, an dessen Seiten kondensierende Wassertropfen wie Tränen hinuntergleiten.

„Nun ja! Vielleicht darf ich Dir widersprechen: Alexander hat sehr wohl einen aggressiven Eroberungskrieg geführt…"

„Das", unterbreche ich sie, „war aber zu Beginn eher ein Rachefeldzug gegen die Perser, die immer wieder Griechenland bedrohten und es anlässlich mehrerer Feldzüge verwüsteten. Außerdem hat Alexander nie den unterworfenen Völkern die griechische Götterwelt aufgedrängt, sondern stets erklärt, dass seine Götter die gleichen wären wie die ihren. Zwar unter anderem Namen, aber was ihren Charakter, Schutz und Wirkung betraf, sind sie nahezu deckungsgleich."

Eigentlich hatte ich mir vorgenommen, nicht über Themen wie Alexander, Indien und Palmblätter-Bibliotheken zu sprechen. Es genügt doch vollauf, mich ständig tagsüber und abends in meiner Hütte mit diesen Themen beschäftigen zu müssen.
Sollte ich mich nicht besser auf mein Vorhaben konzentrieren? Hatte ich mir nicht vorgenommen, mich intensiv Klara an diesem Abend in der wunderbar warmfeuchten Luft zu nähern, mehr von ihr zu erfahren und mutig auf sie zuzugehen? Seit ich im Tuk-Tuk neben ihr saß und sich zwangsweise ihre Schenkel an den meinen rieben, habe ich das dringende Bedürfnis sie zu berühren, mit meinen Fingerkuppen ihre Haut zu ertasten. Im Tuk-tuk wurde wie zufällig eine Brücke von Bein zu Bein geschlagen, wodurch ein gewisses Maß an Vertrauen und Lust auf noch mehr Berührung in mir aufstieg. Es würde mir vorerst völlig genügen, diese Vertrautheit heute Abend weiter zu genießen.

Nein! Ich lüge, was die Vielgötterei betrifft: Ich spüre tatsächlich ganz zaghaft und zurückhaltend in mir einen Fingerhut voll erotischen Mutes, mit dem Zeus mutmaßlich den Frauen begegnete, etwas von seiner Sehnsucht nach Liebe, nach körperlicher Nähe, nach dem Austausch von Wärme, von Haut und Säften. Ich habe ein solches Gefühl bisher noch nicht Zeus zugeschrieben, schon gar nicht unserem christlichen Gott, dessen Vertreter auf Erden eher dazu neigen, solche Anmutungen nicht zuzulassen. Doch jetzt, hier in Indien, mit Klara neben mir an diesem Tisch in einem Land, in dem - fern des Gekreuzigten, weit fort von religiöser Buße, von Mahnungen und Schuldzuweisungen, alles möglich scheint, hier kommt es mir vor, als ob Zeus unter diesen Bedenken vorbricht, sich in mir Platz verschafft.

Der griechische Gott muss sich vor vielen Jahren vor dem Christentum nach Indien gerettet haben. Ich kann ihn und die Männer

aus Jahrhunderten vor mir ganz leise und tief in meinem kollektiven Unbewussten trommeln hören. Ihr feiner Rhythmus macht mir Mut, in dieser Nacht die Gunst der Stunde zu suchen und zu nutzen. Wir beide, Klara und ich, sind heute aus den Regeln des Ayurvedas ausgebrochen, da muss es doch möglich sein, gleich noch eine weitere Regel zu ignorieren - die Regel einer vornehmen Zurückhaltung, der Disziplinierung und Selbstkasteiung, die ich seit Jahrzehnten aus Furcht vor dem Versagen praktiziert habe!
Was würde Zeus wohl an meiner Stelle unternehmen? Natürlich würde er nicht mit der Wimper zucken! Natürlich würde er Klara mit allen ihm zur Verfügung stehende Mitteln verführen! Ein wenig mehr Zeus und viel weniger Christus würden mir sicher nicht schaden.

Der Kellner bringt zwei große Teller. Die gegrillten Krustentiere, frisch aus dem Meer, verbreiten einen herben Duft. Klara fächelt sich mit der Hand den Geruch zu, schnaubt dabei genussvoll. Sie rühmt unsere Idee, die vegetarischen Tage im Resort zu unterbrechen. Ich sehe King-Prawns und Krebse, Langusten und sogar ein Stück Lobster, dazwischen Miesmuscheln und am Tellerrand Safranreis und Gemüse. Die Tiere aus dem Meer, angefangen bei den Muscheln, lassen mich an die Liebesgöttin Aphrodite denken, die dem Mythos nach den Flügelhälften einer Muschel entstiegen war. Die Lust und das Begehren, ganz konzentriert in ihrer Figur, steigen schäumend aus den Wellen. Ist nicht auch das tierische Leben vor Jahrmillionen aus dem Meer an Land gekrochen? Die dem Wasser entsteigende Aphrodite muss dafür Sinnbild sein. Bei diesem Gedanken, der mich angesichts der Gaumenfreuden heimsucht, bricht etwas in mir auf - gleich den Muscheln, die vor mir liegen und ihr Fruchtfleisch preisgeben!

Wie benommen lege ich Messer und Gabel beiseite. Klara blickt mich an, verwundert über die plötzlich entstandene Stille. Unsere Blicke treffen sich für Sekunden. Die Sehnsucht nach Berührung durchzieht mich schmerzhaft. Sie fließt aus meiner Tiefe heraus und befiehlt mir Klara zu fühlen: Ich will sie spüren - koste es, was es wolle! Es geht einfach nicht anders, als dass ich sie in den nächsten Sekunden anfasse, erfasse, berühre.
Was ich in mir längst versunken glaubte, bahnt sich nun einen Weg nach außen. Ganz von selbst hebt sich mein rechter Arm,

streckt sich aus. Die Finger gleiten magisch suchend über die Tischdecke - vorbei an den Gewürz-Streuern und Tellern, auf denen sich die ersten abgenagten Krusten häufen.
Ich finde Klaras Handrücken, Fingerkuppen, ich spüre ihre Sehnen und die zarte Haut. Und während meine Finger ganz vorsichtig hin und her streichen, als wollten sie niemanden erschrecken, gibt sich ihre Hand wehrlos meinem Tasten hin. Sie lässt mich zu! Ich lasse mich zu!
Bin ich das, oder bin ich das nicht? Ich bin das nicht, der nach ihrer Hand greift, sondern ein unendlich altes Gefühl, das mich unter leisen Trommelwirbeln lenkt und beherrscht.

Klara muss ebenfalls dieses Sehnen gespürt haben, das, um den heranfliegenden Eros, den Alexander beschrieben hat, zu bemühen, über uns entstanden ist. Dieses totale Sich-Hingezogen-Fühlen hat in mir, wie hoffentlich auch in ihr, Erinnerungen erweckt. Denn auch in ihrer Seele muss sich weibliches Erleben über Jahrhunderte hinweg angesammelt haben. Plötzlich erwacht es ohne große Vorwarnung. Sie öffnet ihre Handfläche, spreizt die Finger, so dass sich beide Innenflächen aneinander zärtlich reiben können. Mit vorsichtigem Lächeln blickt sie auf unsere Hände, die sich langsam ineinanderschlingen.
„Verzeih mir! Ich habe Dich jetzt einfach berühren müssen! Ich konnte dem Drang nicht widerstehen! Ich habe Angst, dass ich Dir damit zu nahegetreten bin!"
Ich staune über meine eigene Offenheit. Bisher habe ich mich in ähnlichen Momenten meist versteckt gehalten, meine Worte stets von einer gewissen Taktik leiten lassen, aber heute drängt die Wahrheit ganz von selbst nach außen. Sie fließt aus mir heraus, als würde ich schwer und erlösend ausatmen.
„Kann es sein," so frage ich Klara, „dass ich so etwas wie Liebe oder Verliebtsein empfinde? Sobald ich diese Worte ausspreche, komme ich mir lächerlich vor! Ist es denn nicht unpassend, dass ich in meinem Alter noch Gelegenheit dazu habe, ein solches Gefühl zu äußern? Es kommt mir so fremd vor, den Begriff `verlieben´ zu verwenden, - einen Begriff, so unreif und fern, als hätte ich ihn längst hinter mir gelassen, als wäre er nur Jüngeren vorbehalten!"
Klara senkt langsam den Kopf, so dass ihre Haare wie schwarze Vorhänge schwanken. Sie kann dahinter die Augen verstecken.

„Ehrlich gesagt! Es erstaunt auch mich, in meinem Alter noch einmal solche Worte zu hören. Das habe ich nicht mehr erwartet! Aber es klingt für meine Ohren schön. Vielleicht ein wenig kitschig! Aber vor allem, es zeichnet Dich als mutigen Mann aus. Soviel wissen wir ja noch nicht voneinander, dass man es wagen könnte, sich in einem solchen Geständnis zu offenbaren. Ich bin da vorsichtiger! Eigentlich ist für mich das Thema „Mann" und „Partner" und in diesem Zusammenhang auch das Thema „Liebe" erledigt. Das heißt, nach meinen unguten Erfahrungen will ich frei sein und auch frei bleiben. Dennoch bin ich nicht unempfindlich für Gefühle, die in mir wachsen, sobald sie mir auch entgegengebracht werden. Es ist, als korrespondieren sie miteinander, als könnten sie nur gemeinsam existieren, weil mein Gefühl das Deine als Spiegelung benötigt, um etwas entstehen zu lassen, was ich zunächst erst einmal vorsichtig `Zuneigung´ nennen würde. Insofern bist Du mir nicht nahegetreten. Ich empfinde unsere Zärtlichkeiten einfach passend und kann sie deshalb auch erwidern. Vielleicht solltest Du aber Deine Palmblätter befragen, was aus unserem Kontakt werden wird. Eine Beziehung vielleicht? Oder nur ein kurzes, vorübergehendes Urlaubs-Techtelmechtel?"

Da tauchen sie schon wieder auf - die Palmblätter! Sie werden offenbar in diesen Tagen zum Impulsgeber für mein Leben. Ist Klara nun mehr auf mich oder mehr auf das Wissen der Palmblätter aus? Sie scheint sich insgeheim eine Menge Gedanken über das Geheimnis dieser Bibliotheken zu machen, mehr als sie dies bisher signalisiert hat. Vielleicht mag mein Skeptizismus gegenüber den vedischen Texten allzu übertrieben sein. Vielleicht sollte ich mich ihnen insofern nähern, indem ich morgen Professor Shantu während seines Besuchs tatsächlich die Frage stelle: Was könnten mir die Blätter über meine Beziehung zu Klara verraten? Hat sie eine Zukunft oder beschränkt sich unsere Nähe auf einen Urlaubsflirt?

Diese Fragen bringen mich vom eingeschlagenen Weg ab, so dass sich meine Hand zurückzieht und vom bereits eroberten Terrain abweicht. Ich greife wieder zur Gabel, stochere ein wenig enttäuscht in meinem Essen herum. Die frischen Krustentiere aus dem nahen Meer haben ihren Duft verloren. Sie erscheinen im

düsteren Licht der Lampe über uns plötzlich farblos und ein wenig unappetitlich. Klara räuspert sich:
„Mir scheint, dass Du ein wenig enttäuscht bist!"
Ich kann nicht umhin ihr zuzustimmen:
„Dein Wort `Zuneigung` will mir nicht so recht gefallen! Es klingt so kontrolliert, so wenig leidenschaftlich. Aber ich will mich nicht beschweren. Wir kennen uns ja erst zwei Tage und sind in einem Alter, in dem man sich nicht wie junge Heißsporne benimmt!"
Klara nickt. Wortlos verspeisen wir die Meerestiere.
„Ich möchte nicht, dass Du mich als gefühllos einschätzt!" sagt sie nach einer Weile und tupft mit einer Serviette ihre Lippen ab. „Lass mir etwas Zeit! Lieber drücke ich mich vorsichtig aus. Das ist meine Art von Selbstschutz. Ich bin Überraschungen nicht mehr gewohnt. Dabei liebe ich sie! Du siehst mich also hin und hergerissen. Das macht mich unsicher!"

Wir zahlen, verlassen die German Bakery und spazieren langsam die Uferstraße entlang. Klara hängt sich aufs Neue bei mir ein, während wir uns durch die Menschenmassen schlängeln, die sich vorbei an den hell erleuchteten Ständen drängen. Manche rempeln uns an - neugierig, mehr freundschaftlich, denn westliche Touristen sind hier gern gesehen. Immer wieder bieten mir Männer aus der Menge heraus heimlich Haschisch an. Kleine Jungen zupfen an meinem Hemd und betteln um ein paar Rupien, indem sie drei Finger an den Mund führen, als hätten sie Hunger. Ich klemme Klaras Arm heftiger ein, denn ganz geheuer ist mir der Abendspaziergang durch die Menschenmassen nicht.

Das Tuk-Tuk bringt uns zurück. Es wird eine abenteuerliche Fahrt. Der Scheinwerfer beleuchtet weiß gewandete Gestalten – Männer und Kinder, die wie Geister am Straßenrand stehen oder gehen, bepackt mit Körben oder Säcken. Der Lichtstrahl huscht über Verkaufsstände, gezimmert aus Holz und Plastikplanen, beleuchtet kurz die ausgelegten Tomaten und Paprika, die hängenden Bananenstauden und aufgeschichtete Ananas. Ein großer Bus, strahlend wie ein erleuchteter Weihnachtsbaum, rast uns hupend entgegen. Er scheint uns verschlingen zu wollen. Und doch steuert der Fahrer das Tuk-Tuk ohne eine Schramme knapp vorbei, fährt schlingernd weiter hinein ins Dunkel. Klara drängt sich an mich, während das Gefährt ächzend seinen Weg durch

Schlaglöcher sucht. Wir streifen Büsche, weichen voller Schwung streunenden Hunden aus.

Ich kann ihn spüren: Ihren Schenkel, der sich gegen den meinen presst, sich an ihm reibt, bis durch die Wärme auf der Haut Feuchtigkeit entsteht. Ich genieße ihre Hüfte, die gegen die meine stößt, um sich abzustützen gegen den Druck und die Vibrationen des Motors, gegen die Fliehkraft der Kurven. Am Ende der Fahrt sucht und findet Klara auch noch meine Hand. Sind es nur ihre Ängste oder ein Dank für den Abend? Ist es eine Entschuldigung für ihre Zurückhaltung oder eine Bitte, dies alles doch nicht allzu ernst zu nehmen? Es wird wohl alles zusammen sein!

Ich begleite Klara zu Ihrer Hütte. Das gehört sich so! Auf dem schmalen Plattenweg und den Stufen, die von exotischen Gewächsen, Blumen, Pflanzen gesäumt und von kleinen Laternen beleuchtet sind, können wir nur wortlos einer hinter dem anderen gehen. Die Luft ist von feuchter Hitze erfüllt und, so rede ich mir ein, auch erotisch geladen. Ich erwarte trotzdem nichts mehr an diesem Abend.

Vor Klaras Hütte verabschiede ich mich freundlich und gelassen, als wäre ich mit der Welt, mit mir und ihr vollkommen im Reinen. Doch auf dem Rückweg frage ich mich, wie wird meine Gefühlslage sein, wenn ich anstelle eines erotischen Erlebnisses zu zweit, wieder allein in meiner Hütte bin, wieder die Palmblätter des Alexander studiere? Wenn ich mich in die Geschichte des Zeus vertiefe, mich mit ihm tröste? Wenn er mich mit seinen Gefühlen infiziert? Oder sollte ich nicht doch lieber den gemeinsam verbrachten Abend wie den Geschmack eines vorzüglichen Weines im Nachgang genießen?

Vor dem Einschlafen, so entscheide ich mich schließlich, will ich mich doch noch mit einer Portion Zeus aufladen!

Aus der Palmblätterbibliothek
12. Bündel

Immer wenn Sterbliche ihrer Liebe wegen an einen Gott geraten, erweist sich der Weg zum Erfolg äußerst verzwickt. Die Göttinnen des Schicksals können davon ein Lied singen. Lachesis, Atropos und Klothes fühlen sich in ihrer Arbeit stets überfordert, wenn sich Götter mit Menschen vermischen wollen. Kaum lösbare Knoten bilden sich im Faden, den die drei Moiren zum Schicksal weben. Nicht einmal ich vermag sie dann zu beeinflussen, stammen doch die ansonst so fleißigen Damen Respekt erwartend aus einer Zeit, die weit vor meiner Geburt liegt. Sie sind Töchter der Nyx, jener dunklen Nacht, die aller Anfang war. Auch der Meeresgott Poseidon vermochte nichts gegen den Willen der Drei auszurichten. Denn die Moiren ließen die Geschichte nicht mit ihm, sondern mit einem Sterblichen, dem König von Athen, beginnen.

Die Moiren hatten eines Tages beschlossen, Aegeus, den Herrscher über Athenas Stadt, unter Unfruchtbarkeit leiden zu lassen. Er versuchte einiges, um Vater zu werden. Aegeus heiratete eine erste, dann eine zweite Gemahlin. Beide blieben kinderlos. Da bat der König das Orakel von Delphi um Rat. Doch Apollon speiste ihn mit einem mysteriösen Spruch ab:
„Sei davor gewarnt, Deinen Weinschlauch zu öffnen, bevor Du den höchsten Punkt Athens erreicht hast!"

Auf seiner Rückkehr von Delphi kehrte König Aegeus bei seinem Freund Pittheus in Troizen ein. Auch der litt unter der scheinbaren Willkür, mit der die Moiren den Faden seines Schicksals woben. Pittheus lud Aegeus am Abend zum Gastmahl ein und jammerte ihm vor:
„Keiner der mächtigen Könige Griechenlands will meine Tochter Aithra zur Braut. Ich bin in großer Sorge um meine Nachkommenschaft. Gut, sie ist nicht gerade eine Aphrodite. Sie hat krumme Beine wie ich, aber was ich ihr in die Ehe an Reichtümern mitgeben kann, wiegt ihre Hässlichkeit bei weitem auf!"

Aegeus ging mit keinem Wort auf seine Klagen ein. Sie traten in das eine Ohr ein und verließen es durch das andere, ohne dass etwas in seinem Schädel hängen geblieben wäre. Der delphische Spruch beanspruchte seine ganze Aufmerksamkeit. Er wälzte seine Gedanken hin und her, drehte die Worte Apollons von unten nach oben und schüttelte sie schließlich ungeduldig durch. Aegeus fand einfach keine Erklärung. So unterbrach er kurzerhand das Jammern des Hausherrn und bat ihn um eine Deutung: Was könnte wohl der Weinschlauch, was der höchste Punkt Athens bedeuten?

Pittheus zuckte mit den Schultern. Obwohl er sofort begriffen hatte, was Apollon wohl gemeint haben könnte, verriet er seinem Freund Aegeus kein Sterbenswörtchen – kein Yota davon, dass das Öffnen des Weinschlauches für ihn ein schweres Unglück bedeuten würde. Vielmehr dachte der Gastgeber über einen Plan nach, wie er für sich und seine Tochter welchen Profit aus der delphischen Prophezeiung herausschlagen könnte. Zunächst bestellte er bis zum Rand gefüllte Weinschläuche, öffnete sie, schenkte dem Gast ständig nach und vernebelte ihm die Sinne. Aegeus ergriff ein gewaltiger dionysischer Rausch. Schon nach kurzer Zeit konnte er das Oben nicht mehr vom Unten unterscheiden, so dass er sich torkelnd in ein Schlafgemach zurückziehen musste. Kaum lag der Betrunkene betäubt in des Hypnos Armen, rief Pittheus leise seine Tochter und schickte sie in das Bett des Freundes.

Ob der König von Athen überhaupt noch fähig war, in dieser Nacht Aithra zu beglücken, darüber hege ich arge Zweifel. Im Nachhinein hat mir Poseidon jedenfalls versichert, er sei es gewesen, der den ohnmächtigen Aegeus die Schmach des Versagens erspart habe. Aithra habe nämlich den König nicht wecken können und sei daraufhin vor Langeweile eingeschlafen. Im Traum hätte sie aber dann den Befehl erhalten, den schnarchenden Trunkenbold zu verlassen, um sich schlafwandelnd an einen nahen Strand zu begeben.

„Sie gehorchte", erzählte Poseidon stolz. „Ich sah sie ziellos durch den Sand waten, die Arme ausgestreckt, als erwarte sie einen Liebhaber. Gut, eine Schönheit war sie nun wirklich nicht zu nennen, aber in ihrem leichten weißen Nachtgewand, das im bleichen Licht des Vollmondes schimmerte, sah sie ganz passabel aus. Als dann auch noch eine leichte Brise vom Meer ihren Umhang öffnete, war es um mich geschehen. Ich erhob mich aus einer großen Woge heraus, zog sie in den schäumenden Wellenkamm und vereinigte mich mit ihr, so zärtlich und rücksichtsvoll, dass sie nicht aus dem Schlaf gerissen wurde. Danach führte ich sie in das Bett des Aegeus zurück, ohne dass beide erwachten."

Welch ein Glück für meinen Bruder, dachte ich mir. Hätte Aithra nämlich die Augen nur einen Spalt breit geöffnet, wäre sie sicher vor Schreck beim Anblick des stets von grünlichen Algen überzogenen Poseidon schreiend davongelaufen.

Aegeus indes erwachte am nächsten Vormittag mit brüllendem Schädel. Und mit Erstaunen erblickte er neben sich die Tochter seines Freundes und reimte sich so rasch, wie es sein Kater zuließ, das Geschehen der Nacht zusammen. Vielleicht, so hoffte Aegeus, hat mir der Gott des Weines, der mich die Nacht über heimgesucht hat, zur Fruchtbarkeit verholfen.

Zwei Tage vergingen bis sich der letzte Rest des dionysischen Rausches aus Kopf und Gliedern des Königs verflüchtigte. Und je deutlicher er die Welt um sich herum wieder wahrnehmen konnte, desto mehr verdichtete sich in ihm die Hoffnung, dass Aithra von ihm schwanger sei und es sich dabei nur um einen Sohn handeln könne. Vor der Abreise nahm er die Prinzessin bei der Hand, führte sie zu einem großen Stein und bat sie:
„Sobald mein Sohn, den Du gewiss unter dem Herzen trägst, über Kraft genug verfügen wird, um diesen Fels zu heben, schicke ihn mir nach Athen, damit er meinen Thron besteigen kann!"
Aegeus legte seinen Dolch auf die Erde und zog seine Sandalen aus. Dann bückte er sich, nahm den Stein in seine Arme, hob ihn hoch, da er sein Gewicht prüfen wollte, und senkte ihn auf das Paar Schuhe und das kurze Schwert nieder. Den Staub aus den Händen reibend befahl er der Aithra:
„Packe ihm dann diese beiden Dinge ein! Sie werden als Beweis für meine Vaterschaft dienen, wenn er dereinst in Athen vor mich hintreten wird!"

Als König Aegeus Troizen verließ, empfand ich Mitleid mit ihm. Er trottete mit seinem Gefolge barfuß im Staub der Straße dahin, sein Haupt nachdenklich und ein wenig traurig gesenkt, weil er immer noch den Orakelspruch des Apollon in seinen Gedanken hin und her wälzte. Da überkam mich ein Schmerz des Bedauerns und eine gewisse Enttäuschung über Apollon, dem Verantwortlichen für Delphi, der sich mit seinen wirren Worten nur wichtigmachen wollte. Kraft meiner Göttlichkeit beschloss ich, mich ganz persönlich bei den Moiren für das Schicksal des Aegeus zu verwenden. Ich überredete Bruder Poseidon, auf die Vaterschaft offiziell zu verzichten, bat ihn zur Sicherheit noch, sie auf alle Fälle nicht versehentlich heraus zu posaunen. Er gab zwar meiner Bitte nach, doch durch einige vage Andeutungen, die der Meeresgott hier und dort voller Stolz fallen ließ, wurde dennoch seine Vaterschaft publik.

Tatsächlich gebar Aithra einen Sohn. Der gedieh prächtig. Sie nannte ihn Theseus. Seine Mutter erzählte ihm, was es mit seiner Geburt auf sich habe, und dass sein Vater als König über Athen herrschen würde. Theseus wuchs zu einem kräftigen jungen Mann heran. Eines Tages führte ihn seine Mutter vor den Stein des Aegeus und bat Theseus den Brocken zu heben. Es war für ihn ein Kinderspiel: Er griff nach dem Schwert, schnürte sich die Sandalen um und machte sich auf den Weg nach Athen. Dort angekommen, legte er sofort dem freudestrahlenden Vater die Beweise zu Füßen. Doch das Glück des Aegeus währte nicht lange. Poseidon hatte beschlossen, aus seinem Sohn einen Helden zu machen.
Alle neun Jahre erwarteten die damals mächtigen Kreter seit ihrem Sieg über Athen sieben Jungfrauen und sieben Jünglinge. Sie sollten dem Minotaurus geopfert werden, der auf Kreta in einem Labyrinth hauste. Hofarchitekt und Erfinder Dädalus hatte das Gefängnis so verwinkelt gebaut, dass das Ungeheuer nicht mehr herausfand. Sein Gebrüll drang so lautstark nach Draußen, dass sich die Kreter im Schlaf gestört fühlten. Um das Tier, halb Stier, halb Mensch, ruhig zu stellen, führte man ihm die vierzehn jungen Athener zu. Sie versuchten dem Minotaurus auszuweichen, indem sie über seine Hörner sprangen und auf seinem Rücken tanzten. Aber irgendwann erlahmten doch ihre Kräfte. Das gefräßige Ungeheuer fraß sie auf.

Zu verdanken war diese Missgeburt Minotaurus leider meinem Sohn Minos. Der König Kretas, den ich mit Europa unter der Platane in der Messara-Ebene gezeugt hatte, wollte aus Dankbarkeit für seine Thronbesteigung Poseidon einen herrlichen Stier opfern. Nicht unähnlich jenem, in den ich mich während der Entführung der schönen Europa verwandelt hatte. Das Tier strotzte nur so vor Kraft. Sein Körper war von solch perfekter Schönheit, dass es Minos einfach nicht übers Herz brachte, ihn auf dem Altar des Meeresgottes abzuschlachten. Offenbar bewegte meinen Sohn das ungute Gefühl, er schlachte mich, damit auch seinen eigenen Vater, und zerstöre auf diese Weise die eigenen Wurzeln.

Poseidon, um den feinen Opferbraten gebracht, fühlte sich betrogen und bekam einen seiner berüchtigten Wutanfälle. Er ließ das Meer aufschäumen. Kein kretisches Schiff wagte sich aus dem Hafen. Obwohl ich mit Engelszungen auf meinen Bruder einsprach, vermochte ich seinen Zorn nicht zu kühlen. Er fühlte sich von Minos einfach um das Versprechen und um die köstliche Opfergabe gebracht.
Typisch Poseidon! Er vergaß nichts, glühte vor Rache und verfügte über das Gedächtnis eines Elefanten. So verfiel der gekränkte Meeresgott auf die Idee, Minos auf eine gänzlich hinterhältige Art und Weise zu bestrafen. Um meinen Stolz als Vater nicht allzu sehr herauszufordern, ließ Poseidon anstelle von Minos eben Pasiphäe, die Gattin des Minos, in abgöttischer Liebe zum Muskel strotzenden Opferbullen entbrennen. Sie war wie verzaubert vom reinen weißen Fell, fasziniert vom wilden Schnauben des Stiers und seinem prächtigen Glied, dessen Anblick sie auf dumme Gedanken brachte.

Spätestens in diesem Moment hätte ich eingreifen müssen, aber meinem leichtfüßigen Charakter war dies der Mühe zu viel. Streit mit Bruder Poseidon einer Sterblichen wegen: Niemals! Obwohl ich ahnte, dass die drohende Verbindung zwischen einem Tier und einem Menschenweib ein wahres Ungeheuer in die kretische Welt gebären könnte, zog ich es vor, den Kopf mal wieder in den Sand, beziehungsweise in den Schoß einer Nymphe zu stecken. Die männliche Pracht des kraftstrotzenden Stieres animierte und erinnerte mich obendrein an den Raub Europas und die erotischen Stunden mit ihr. Denn im Grunde hielt ich mich selbst für einen Stier, spürte stets die Kraft meiner Muskeln und Lenden. Tief in meinem Inneren brachte ich Verständnis für das Schwärmen der Pasiphae auf und ließ den Dingen ihren Lauf.
Ich entschloss mich in der Zwischenzeit, den Blick von Kreta abzuwenden und die Göttin Artemis auf einen ihrer Jagdausflüge zu

besuchen. Von jungenhaft zarter Gestalt entsprach meine Tochter, die Zwillingsschwester des Apollon, so gar nicht den Vorstellungen von einer Prachtfrau. Von den Lenden eines Zeus gezeugt, wäre da eigentlich eine kleine Aphrodite zu erwarten gewesen. Schon eher gefielen mir da die Nymphen, die sie um sich geschart hatte.

Artemis achtete von Kindesbeinen an wie besessen auf die Unverletzbarkeit ihrer Jungfräulichkeit. Sie erhob das Hymen regelrecht zu einem religiösen Kult, den ich immer wieder mit großer Sorge beobachtete. Doch nie mischte ich mich in ihr Vorhaben ein, wusste ich doch, dass wenigstens einer unter uns hedonistischen Göttern sich auch für die weibliche Keuschheit verantwortlich fühlen musste.

Als sie drei Jahre alt geworden war, schaukelte ich Artemis auf meinen Knien und fragte sie, was ich ihr denn Gutes tun könne. Sie streichelte schmeichelnd meinen Bart und plapperte munter los:
„Am liebsten wäre, Du könntest mir ewige Jungfräulichkeit schenken. Dann zum Zweiten, überlasse mir Pfeile und einen silbernen Bogen für die Jagd, denn nichts gefällt mir mehr, als durch Wiesen und Wälder zu streifen und auf Rehböcke zu zielen. Dazu will ich auch noch einen safrangelben Umhang mit rotem Saum, der mir nur bis zum Knie reichen darf, damit ich schneller das Wild verfolgen kann. Und weil die Jagd in Gesellschaft allemal angenehmer ist als alleine, stelle mir sechzig Ozeannymphen und zwanzig Flussnymphen zur Seite!"
Ich erfüllte ihr gern die Wünsche. Lediglich bei der Jungfräulichkeit zögerte ich ein wenig, denn hinter dem Wörtchen "ewig" vermutete ich einen gewissen Fanatismus, für den ich keinen vernünftigen Grund sah. Andererseits konnte ich ihr die Reinheit, die sie mit der Jungfräulichkeit verband, nicht verwehren und auch nicht die mädchenhafte Jugendlichkeit, die sie als Voraussetzung für die Jagd als unerlässlich ansah. Dass sie allerdings von den Nymphen einen Eid verlangte, der sie dazu verpflichtete, ihr Hymen bis zur offiziellen Hochzeit zu hüten, schien mir des Guten doch zu viel zu sein. Wer dieses Gesetz der Artemis voreilig verletzte, wurde von ihr auf der Stelle aus der Schar der Begleiterinnen ausgestoßen und von den Jagdhunden zu Tode gehetzt. Der Hang zur Jungfräulichkeit kann mitunter grausam sein. Gerade

dieses Verbot zu torpedieren, reizte mich seit langem. Zumal ich auf eine der Nymphen, auf Kallisto, ein Auge geworfen hatte.

Während also Pasiphäe dem verbotenen Stier lüstern hinterher blickte, kam mir Kallisto in den Sinn. Ich floh vor der Verantwortung für Minos, für seine Frau und ganz Kreta in die tiefen Wälder der Artemis. Dort würde mich keiner so schnell finden und an meine Götterpflichten erinnern.

Ich bahnte mir gerade einen Weg durchs Unterholz, als von Ferne die glockenhellen Stimmen der Nymphen an mein Ohr drangen. Sie jagten offenbar einem Rudel Rehe hinterher. Versteckt unter dem dichten Blätterwerk eines Busches, erspähte ich nur wenige Meter vor mir auf einer Lichtung eine feenhafte Nymphen-Gestalt, die ganz allein auf der Pirsch war. Es war die schöne Kallisto – ein Geschenk der Götter, eine Gabe des Himmels. Besser hätten mich kaum die Wege des Schicksals leiten können!

Kallisto stand anmutig auf einem Baumstumpf und blickte suchend in die Ferne. Ich vermag sie heute noch vor mir zu sehen: ihre schlanken Füße, ihre goldenen Sandalen, deren Bänder die zarten Fußgelenke und Unterschenkel fesselten. Ich bewunderte das Spiel ihrer Muskeln, und meine Phantasie begann sich auszumalen, wie sich wohl die Linien der Schenkel unter der weißen Jagd-Toga fortsetzen mochten – bis hinauf zu jenem erotischen Punkt, an dem sie sich schließlich treffen würden. Ihr blondes Haar glänzte wie Gold in der Nachmittagssonne. Mit der rechten Hand schirmte sie die Augen vor den Strahlen ab - für den Blick in die Ferne. Ihre Lippen leuchteten rot und feucht, denn sie bissen im Jagdeifer nervös aufeinander. Unter dem Kleid, das sich im sanften Wind eng an ihren Körper schmiegte, erhoben sich deutlich die beiden Brüste wie frische Pfirsiche.

In diesem Moment erschien mir Kallisto genau wie jenes Tier, nachdem sie Ausschau hielt: Gleich einem Reh wirkte sie scheu und doch aufmerksam. Alle ihre Sinne waren wie ein Bogen gespannt und stets zur Flucht bereit.

Ich vermochte der jungen Nymphe einfach nicht zu widerstehen. Manche haben behauptet, dass ich mich ihr gegenüber als Apollon ausgegeben, andere wiederum, dass ich mich in ihre Herrin

Artemis verwandelt hätte, um dem Mädchen problemlos nahe kommen zu können. Welch ein Unsinn! In Wahrheit hatte ich längst Verwandlungen und Verkleidungen der Liebe wegen gründlich satt. Versteckspielen war für mich schon damals unnötiger Kinderkram. Die Frauen sollten mich doch als das nehmen, was ich nun mal bin: Zeus – der höchste Gott! Reicht das nicht aus?

Ich verließ daher mein Versteck und schritt auf die bezaubernde Nymphe zu. Ganz vorsichtig, um sie durch Eile nicht zu erschrecken, setzte ich Schritt auf Schritt. Das Knacken eines Zweiges, auf den ich getreten war, ließ Kallisto schließlich aufhorchen. Sie fuhr herum, wendete mir ihren wundervollen Körper zu, löste in Sekundenschnelle den Bogen von ihrer feingliedrigen Schulter, legte den Pfeil an die Sehne, spannte ihn ein und hob die Waffe in Augenhöhe, um mich ins Visier zu nehmen. Ich hob die Hände, um meine Wehrlosigkeit zu bezeugen.
„Halt! Halt! Meine Tochter: Vorsicht! Habe keine Angst vor mir! Ich will Dir doch nichts antun!", rief ich ihr eilig zu.
„Das sagen alle, die Männer sind!", fauchte sie zurück. „Und dann rauben sie unser kostbarstes Gut – die Jungfräulichkeit! Artemis hat mich vor Deinesgleichen gewarnt. Ein Schritt näher und mein Pfeil wird Dich durchbohren!"
Das liebliche Reh hatte sich plötzlich in eine wilde Katze verwandelt. In dieser Situation hielt ich es doch für angebracht, auf der Stelle stehen zu bleiben.
„Du wirst doch keinen Gott töten wollen!" warnte ich sie besänftigend. „Ich bin Zeus, der Vater Deiner Herrin."

Kallisto ließ sich von meinen Worten nicht beeinflussen und zielte weiter mit dem Pfeil nach mir. Artemis hatte sie offenbar gut auf Männerbegegnungen vorbereitet. Die Jungfrau hielt ein Auge geschlossen, während das andere sich auf meine Brust konzentrierte. Sie war schussbereit.
„Das kann jeder behaupten!", sagte sie drohend. „Wenn Du Zeus bist, zeige mir doch Deinen berühmten Donnerkeil!"

Natürlich führte ich nicht ständig meinen schweren Blitze-Erzeuger mit mir, hatte ihn in der Eile des Aufbruchs auf Kreta zurückgelassen. Ich darf es nicht versäumen, ihn bei der Rückkehr wieder abzuholen, so dachte ich bei mir. Vielleicht sollte ich in meiner

Not besser in der Zwischenzeit auf ein anderes göttliches und viel wertvolleres Utensil verweisen. Zumal es mich naturgemäß ebenfalls ständig begleitet. Und so versprach ich ihr:
„Wenn Du endlich Deinen Bogen sinken lässt und zu mir heruntersteigst, dann zeige ich Dir liebend gern meinen Donnerkeil!"
Kallisto schüttelte misstrauisch ihr hübsches Haupt.
„Das ist mir zu gefährlich! Wenn Du wahrhaftig Zeus bist, wie Du es behauptest, dann trägst Du das Zepter Deiner Macht stets bei Dir. Also, beweise mir rasch, dass Du der Gott aller Götter bist, sonst...!"
Sie zog drohend an der Sehne, um den Bogen aufs Neue kräftig zu spannen. Da blieb mir nichts weiter übrig, als zu einer beschämenden List zu greifen, einer obszönen Idee, die während der Bedrohung durch Kallisto langsam in mir Gestalt angenommen hatte. Ich öffnete mein Gewand und zeigte ihr meinen erregten, kräftig gewachsenen Phallus.
„Das ist mein Donnerkeil! Glaubst Du jetzt, dass ich wirklich und wahrhaftig Zeus bin?"

Ich sah ein Zögern in ihren geweiteten Augen. Sie ließ den gefährlichen Bogen sinken. Ihre Pupillen tasteten mein Geschlecht mit einer Mischung aus Erstaunen, Angst und Neugier ab, so dass meine Lust noch mehr anschwoll. Sie schien irritiert von meinem Donnerkeil zu sein, was mich in meiner ersten Vermutung bestätigte, dass die Nymphe, wie alle anderen unschuldigen Mädchen aus der Schar der Artemis, nie bis zu diesem Moment eine nackte Männlichkeit erblickt hatte. Das Wissen um den potentiellen Feind, um die Funktion und Zerstörungskraft, um die Gefahren, die von ihm für ihre Jungfräulichkeit ausgehen, fehlte den Nymphen völlig. Artemis hatte offenbar keine Notwendigkeit gesehen, ihre Mädchen heutnah aufzuklären.

Endlich ließ Kallisto den Bogen sinken, stieg vom Baumstumpf und näherte sich mir zaghaft. Dann deutete sie zweifelnd mit dem Pfeil auf meinen Phallus.
„Erst wenn Du mit zeigst, wie Du damit Blitz und Donner entstehen lassen kannst, werde ich Dir glauben, dass Du tatsächlich der erste Gott unter den Göttern bist!"

Ich packte die Gelegenheit beim Schopfe und verband den von ihr geforderten Beweis mit den Erwartungen meiner Lust.

„Ganz allein schaffe ich das leider nicht, aber wenn Du mich, wie das übrigens auch meine Gattin Hera zu tun pflegt, beim Blitze schleudern unterstützt, wirst Du den Zauber meines Donnerkeils erleben!"

Bei der Erwähnung Heras siegte Kallistos Neugier endgültig über ihr Misstrauen. Alles passte für sie jetzt logisch zueinander.
„Du scheinst tatsächlich Zeus zu sein. Also lass uns beginnen! Was muss ich tun?"
Anstelle einer Antwort trat ich auf sie zu, knöpfte ihr das weiße Gewand auf, breitete es sorgfältig auf der Wiese aus. Dann bat ich die immer noch arglose Jungfrau Platz zu nehmen und ihre alabasterfarbenen Schenkel weit zu öffnen. Weil aber ein zärtliches Vorspiel in diesem Fall nur weiteres Misstrauen, vielleicht sogar neuerliche Bedenken erregt hätten, zog ich es vor, rasch in sie einzudringen und mit meinem Donnerkeil vorsichtig an ihre zarte Barriere zu klopfen.

Kallisto schloss die Augen, seufzte zunächst zaghaft, stöhnte, als ich mit zärtlichem Druck immer wieder gegen ihr Tor stieß. Sie umarmend, ihre Glieder wie einen frischen Frühling umfangend, überkamen mich Wellen der Lust und des Begehrens.
An und für sich bin ich kein Freund der Jungfräulichkeit und habe es nie verstanden, weshalb männliche Götter und Sterbliche eine Leidenschaft dafür entwickeln, die Ersten sein zu wollen, die eine weibliche Pforte betreten. Auf vertrautem Gelände fühle ich mich ungleich wohler. Zudem belastet die Verantwortung, als erster einem Mädchen eine Gefühlswelt zu erschließen, ihm Lust zu bieten und zu nehmen, das Gewissen. Und so machte ich mir auch bei Kallisto meine Gedanken, als sie spitze, schrille Schreie ausstieß. Obendrein stand zu befürchten, dass Artemis oder Hera auf uns aufmerksam werden könnten.

Doch niemand nahm Notiz von uns. Nur ein Rudel Rehe erschreckte sich durch ihre Laute der Lust und suchte das Weite. Schließlich hielt ich nicht mehr an mich, drang mit aller Macht in sie. Kallisto bäumte sich in einer Mischung aus Schmerz und Lust auf, gurgelte, als würde sie an mir ersticken, schüttelte heftig den Kopf, als ginge ihr das alles zu weit. Und dennoch war es nur das Übermaß der ersten Lust, die Frauen und Männer immer wieder ergreift, wenn der Orgasmus eine gewaltige Leidenschaft entfacht und die Angst, nicht mehr aus dem Reich der Sinne zurückkehren zu können.

In die zurückbleibende Stille nach einem letzten Aufbäumen, flüsterte Kallisto mir zärtlich ins Ohr:
„Zeus, ich habe zwar jede Menge Blitze gesehen, aber keinen Donner gehört. Du musst ihn wohl vergessen haben?"

Kallisto wurde schwanger. Ihren Zustand vermochte sie nicht lange zu verbergen. Sie gestand in hartem Verhör ihre zwar lustvolle, aber folgenreiche Begegnung mit Zeus, dem Blitzeschleuderer. Artemis fällte ein äußerst hartes Urteil: Sie verwandelte Kallisto in eine Bärin, jagte sie in die Wälder. Die Hunde der Göttin nahmen ihre Fährte auf, brachten sie zur Strecke und wollten die Bärin zerfleischen.

Hier zeigt sich einmal mehr, dass der Charakter der Artemis dem des Apollon an Grausamkeit in keiner Weise nachstand. Von mir haben die Zwillingsgeschwister diese Eigenschaft offensichtlich nicht geerbt, ist doch mein Mitleid geradezu sprichwörtlich. Als Artemis Kallisto in eine Bärin verzaubert, die Hunde sie durch die Wälder gehetzt hatten, schritt ich ein und rette sie, indem ich ihr Abbild unter die Sterne setzte. Seitdem leuchtet die „kleine Bärin" auf ewige Zeiten am Firmament! Es ist niemand anderes als meine schöne Kallisto!

Ich kehrte nach Kreta zurück und dankte den Moiren, den Schicksalsgöttinnen, die inzwischen eifrig am Lebensfaden der Pasiphae gewebt hatten. Für ein Eingreifen meinerseits war es indes zu spät. Um ihrer Leidenschaft für den weißen Stier exzessiv frönen zu können, hatte Pasiphae den genialen Erfinder Dädalus gebeten, eine Kuh aus Häuten und Hörnern, aus Schwanz und Euter so perfekt nach zu bauen, dass die Leidenschaft des Stiers aufs Heftigste gereizt wurde. Da das Imitat in seinem Inneren über einen Hohlraum verfügte, konnte sich die verliebte Königin mit gespreizten Beinen hineinbegeben, ohne vom lüstern heran galoppierenden Stier als Mensch identifiziert zu werden. Der Stier drehte zunächst ein paar neugierige Runden um die Kuh, nahm dann Anlauf und besprang das Holzgestell so heftig, dass Pasiphae im Inneren aufjauchzte. Die Königin wurde zum Verdruss ihres Gatten Minos schwanger. Sie gebar den wilden Minotaurus, einen Menschen mit dem Kopf eines Stieres. Da sich der König jedoch nicht noch mehr mit Poseidon anlegen wollte, ließ er den Stiermenschen weder töten, noch in den kretischen Bergen aussetzen, wie es eigentlich für Missgeburten üblich war.

Genau in diesem Moment kam ich nach meiner Rückkehr wieder ins Spiel: Es musste ein Ort gefunden werden, an dem Minotaurus fern ab von den Sterblichen kein Unheil anrichten konnte. Mich darum zu kümmern, fühlte ich mich nach meiner bisherigen Tatenlosigkeit verpflichtet.

Minos verpflichtete den Dädalus, der ja letztlich die Zeugung des Minotauros erst ermöglicht hatte, zum Bau eines Gefängnisses, in dem man das Ungeheuer für alle Zeiten einschließen konnte. Ich gab ihm die Idee zum Labyrinth ein, aus dessen Irrgängen der Minotaurus, mochte er sein schlichtes Denkvermögen noch so anstrengen, nicht herausfinden würde. Was die Kreter nicht wussten, Dädalus, aus Attika stammend, war ein durchtriebener Spion der Athener. Er tat Alles, um die Macht des Minos zu schwächen und den sieben athenischen Jungfrauen und Jünglingen, die als Tribut jedes Jahr dem Minotaurus zum Fraße vorgeworfen wurden, zur Flucht zu verhelfen.

Damit die Auswahl der jugendlichen Opfer in Athen gerecht von Statten lief, berief man dort ein Scherbengericht ein. König Aegeus jedoch vermied es geschickt, seinen vermeintlich einzigen Sohn Theseus als Kandidat für die Verlosung in die Pflicht zu nehmen. Doch das Volk zeterte solange, bis sich schließlich Theseus selbst gegen den Willen des Vaters stellte. Er meldete sich freiwillig zum Opfergang.
Als das Schiff mit den sieben Jungfrauen und sieben Jünglingen von Piräus aufbrach, rief Aegeus den Sohn zu sich:
„Ich werde Euch und Dich im Süden Attikas am Kap Sunion erwarten. Kehrt das Schiff ohne Dich zurück, sollen die Seeleute ein schwarzes Segel setzen. Aber hisse ein Weißes, wenn Du an Bord bist und lebend zurückkehrst!"

Die vierzehn jungen Athenerinnen und Athener betraten nach der Seereise wohlbehalten die kretische Erde. Poseidon achtete schon darauf, dass seinem Sohn auf dem Meer nichts geschehen würde. Er streckte ganz persönlich seine schützende Hand über den Dreiruderer aus. Und der Gott des Meeres war auch am Hafen zugegen, als der kretische Hofstaat mit dem König an der Spitze die jugendliche Schar aus Athen begrüßte.

Minos zählte die Opferlämmer ab. Eines der Mädchen gefiel ihm auf Anhieb wohl besonders gut. Er streichelte ihre Wange, kniff sie in die Brust und hätte sie sicherlich auf der Stelle vergewaltigt, wäre nicht Theseus dazwischen gegangen. Wütend wies er Minos zurecht:
„Ich, Theseus, bin ein Sohn Poseidons," sprach er aufs Geratewohl. „Ich habe Kraft meiner göttlichen Verbindung die Pflicht, jede Vergewaltigung einer Jungfrau zu unterbinden!"
Da lachte Minos laut auf, schlug sich auf die Schenkel und prustete:
„Das musst Du mir erst einmal beweisen, dass Dich der Meeresgott gezeugt hat! Aber ich will Dir glauben, wenn Du mir diesen Ring aus dem Meer, dem Reich Poseidons, zurückbringst, dann werde ich die Jungfrau verschonen!"

Minos hatte etwas Mühe, den Ring vom Finger zu streifen, denn er war, ebenso wie sein Finger, von fetter Statur. Aber schließlich gelang es ihm doch unter Schmerzen ihn abzuziehen. Er schleuderte den Ring weit hinaus ins Meer. Da holte Theseus tief Luft und sprang sogleich hinterher. Kaum war der Athener untergetaucht, jagten, von Poseidon gesandt, Delphine heran. Sie wedelten mit ihren Flossen und wiesen ihm mit ihren dicken Nasen den Weg zu einem Unterwasserpalast. Dort stand die Nereide Thetis zum Empfang bereit, reichte ihm eine goldene Krone und auch den Ring des Minos. Ihre Freundinnen hatten ihn bereits am Grunde des Meeres gefunden.

Als Theseus prustend wiederauftauchte und aus dem Wasser stieg, trug er auf seinem Haupt eine goldene Krone und am ausgestreckten Finger den Ring als Beweis für seine göttliche Abstammung. Minos akzeptierte murrend das Wunder und ließ hinfort die Finger von den Athenerinnen.

Prinzessin Ariadne, Tochter des Minos und also Mitglied des Hofstaates, hatte das Wunder des aufgetauchten Ringes am Hafen bestaunt. Noch mehr aber war sie von der Stolz geschwellten Brust des Theseus entzückt. Sie bewunderte die muskulösen

Beine und den klaren Blick seiner meeresblauen Augen unter der goldenen Krone. Eros fuhr tief hinein in ihre Seele und erfüllte sie mit unstillbarer Leidenschaft für den jungen Athener.

Während der ersten Tage hielt sie sich noch fern von ihm, beobachtete den jungen Athleten vom Fenster ihres Palastes aus, wie er gleich einem Tiger im abgeschlossenen Hof vor dem Labyrinth auf und ab schlich. Dann aber gewann die Verliebtheit Oberhand und zwang sie dazu, sich ihm bis auf Hörweite zu nähern. Ariadne machte Theseus ein verführerisches Angebot:
„Ich liebe Dich!" gestand sie ihm frei heraus. „Meine Leidenschaft für Dich ist so gewaltig, dass ich Dir zur Flucht vor meinen Halbbruder Minotaurus helfen will! Ich stelle nur eine Bedingung: Du musst mich als Deine Gemahlin mit zurück nach Athen nehmen!"

Theseus zögerte keine Minute. Er hätte der Ariadne in diesem Augenblick alles versprochen, nur um zusammen mit den Jungfrauen und Jünglingen dem gefräßigen Maul des kretischen Ungeheuers zu entgehen. Ob der Athener freilich sein Versprechen einhalten würde, steht auf einem anderen Blatt. Vorerst schwor Theseus alle Liebeseide, die er in seinem jugendlichen Alter schon bei den Hetären Athens gelernt hatte. Und Ariadne ließ sich davon überzeugen. Sie war blind vor Liebe.

Der Fluchtplan diente dem Dädalus erneut als Gelegenheit, die Macht des Minos zum Vorteil Athens zu untergraben. Als Ariadne ihn um einen Rat zur Befreiung des Theseus bat, wusste er sofort einen Ausweg. Der Architekt des Labyrinths überreichte ihr einen Wollknäuel:
„Eines der Enden", so empfahl er der Prinzessin, „soll Theseus am Eingangstor befestigen und dann den Knäuel langsam abrollen. Schritt für Schritt, wenn er vorbei an Kammern und durch Gänge schleicht und schließlich bis ins Innere des Labyrinths vorstößt. Dort wird er auf den Minotaurus treffen. Er soll sich aber nicht von den herumliegenden Knochen verspeister Menschen und den aufgeschichteten Exkrementen verunsichern, sich auch nicht vom Gestank und Gebrüll einschüchtern lassen. Das Ungeheuer jedoch zu erwürgen, wird zwar keine Kleinigkeit sein, aber unter dem Schutz des Poseidons wird Theseus das schon schaffen!"
Ariadne blickte ihn verdutzt an.

„Und wie findet er wieder heraus ans Tageslicht?"
Dädalus warf ungeduldig die Augen nach oben:
„Ganz einfach. Auf dem Rückweg führt ihn der Faden. Theseus braucht ihn nur wieder aufzurollen!"

Als ich Dädalus die Idee für das Labyrinth eingab, hatte ich eigentlich auch einen philosophischen Hintergrund im Sinn. Das Labyrinth solle nicht nur den Minotaurus tief in seinem Inneren gefangen halten. Es sollte auch ein architektonisches Symbol für die Seele darstellen. Gleicht diese nicht auch einem verwinkelten Bau mit dunklen Korridoren, Treppen, Gängen und Kammern, die sich scheinbar ohne Regel aneinanderreihen? Wie rasch verliert man sich auf der Suche nach dem eigenen Ich in Sackgassen, verirrt sich in blinden Auf- und Abgängen, und muss schließlich unverrichteter Dinge wieder umkehren? Doch tief in unserem Inneren, im Kern unserer Seele, kann jeder seinen ganz eigenen Minotaurus brüllen und aufstampfen hören. Diese negative Kraft fließt jedem von uns aus abgrundtiefen, bösen Gefühlen, aus düsteren Urbildern zu. Manchmal bricht nicht nur in Kriegen dieses Böse aus dem Menschen heraus. Willkürlicher Hass bringt ihn auch in alltäglichen Zeiten dazu, ungerechte und grausame Taten zu begehen, die keines Sterblichen würdig sind.

So steht der Minotaurus für die negativen Kräfte, für das Unmenschliche, das in jedem Sterblichen schlummert. Sein oberflächliches Bewusstsein vermag das Abgründige im Inneren nicht immer zu unterdrücken, weshalb das Ungeheuer tief in seinem Unterbewusstsein, im Zentrum des Labyrinths versteckt bleiben muss. Dort weggeschlossen, vermag es das alltägliche Leben nicht mehr zu stören. Wer dennoch bis zur negativen Urgewalt des Minotaurus vordringt, der wird nur schwer wieder den Weg in die Normalität zurückfinden. Es sei denn, er ist in Besitz eines magischen Knäuels – wie Theseus. Dieser drang ins Labyrinth ein, erwürgte den Minotauros, befreite die athenischen Geiseln und fand entlang der gespannten Schnur wieder zurück ans Tageslicht. Dort, vor der Pforte zum Labyrinth, nahm er die Tochter des Minos an die Hand und schlug sich mit seinen Gefährten zum Hafen durch.

Noch bevor die Morgengöttin mit ihren zarten Strahlen die Erde weckte, bohrten sie rasch Löcher in die kretischen Schiffe, damit sie, vollgesogen mit Wasser, keine Verfolgung aufnehmen konnten. Im frühen Morgengrauen stachen die Athener auf ihrer Triere endlich in See. Als sie ein erstes Mal die Ruder eintauchten, hörten sie den Alarm, den ihre Flucht auf Kreta ausgelöst hatte. Er klang wie der Gesang der Sirenen in ihren Ohren.

Theseus ließ rasch das schwarze Segel hissen, denn das weiße hatten die Kreter zum Eigengebrauch übernommen. Er richtete das Steuer gen Norden. Vater Poseidon sandte ihm einen kräftigen Südwind, der ihn bis vor die Gestade der Kykladeninsel Naxos schob. Kaum versank hinter ihnen Kreta im blauen Morgendunst, machte sich Theseus Gedanken über Ariadne. Für ihn stand außer Zweifel, dass er sich als Sohn aus königlichem Geblüt Athens nicht mit einer Prinzessin aus Kreta vermählen durfte. Ariadne stammte schließlich aus Feindesland, das über Jahrzehnte hinweg die ehrbare Jugend Athens von einem Ungeheuer hatte verschlingen lassen. Außerdem hasste er die Vorstellung, ihr auf ewige Zeiten für die Befreiung aus kretischer Gefangenschaft Dankbarkeit erweisen zu müssen. Nein, er musste einen eleganten Weg finden, die Verliebte noch vor der Rückkehr nach Athen los zu werden. Das Versprechen, das er ihr vor dem Betreten des Labyrinths gegeben hatte, war seiner Meinung nach unter Zwang erfolgt: Eine Erpressung, auf deren Basis man wahrlich keine Ehe schließen könne. So dachte er, auf den Planken des Schiffes unruhig hin und her schreitend, bis ihn endlich die Müdigkeit übermannte.

Nur ein Gott wie Zeus vermochte ihn aus der üblen Zwickmühle zu erlösen. So sandte ich dem Schlafenden einen Traum, in dem ihm der Gott des Weins und des Rausches einen Vorschlag unterbreitete. Gern spreche ich nicht über Dionysos, meinen Sohn. Ihn habe ich bisher verschwiegen, weil seine Zeugung und Geburt zu den dunkelsten Stunden meiner Herrschaft zählten.

9. Tag

Ich schrecke aus tiefem Schlaf hoch und schaffe es nur vorsichtig zu blinzeln. Es ist hell draußen. Ein schepperndes Krächzen hat mich aus dem Schlaf gerissen. Krähen streiten sich offenbar um ihr Frühstück. Man hört das heftige Flattern der Flügel.

Die Nacht war kurz, der Schlaf tief gewesen. Noch jetzt scheinen an meinen Gliedern Gewichte zu hängen. Das, was ich im Bett gestern Abend zu lesen und zu übersetzen begann, hat mich bis tief in die Nacht gefesselt. An irgendeinen Traum danach kann ich mich nicht erinnern; Wie übrigens an jedem Morgen, den ich bisher in Indien erlebt habe. Mein Schlaf ist von schwarzer Leere, betäubt wie unter Narkose. Lediglich mein schwitzender Körper weckte mich zwischendurch für kurze Zeit auf. Die nächtliche Wärme lastet manches Mal so bleiern auf mir, dass ich am Morgen noch lange Minuten schlaftrunken im Bett liegen bleibe.

Heute besucht mich Professor Shantu. Er will von mir mehr über die Inhalte der Palmblätter des Alexander erfahren. Ich bin mir noch nicht schlüssig, ob ich ihn nicht im Gegenzug um sein Wissen über die Erkenntnisse der mich betreffenden Palmblätter bitten soll. Es ist wie ein schleichendes Gift: Ich beginne offenbar mehr und mehr ihren Prophezeiungen Glauben zu schenken, fange an, sie auf eine Weise ernst zu nehmen, dass es in mir Ängste erweckt. Regelrecht hin- und hergerissen zwischen Zustimmen und Ablehnen will ich die natürliche Ordnung der Dinge nicht zerstören: Die Ordnung, die darin besteht, dass der Mensch nicht in die Zukunft blicken kann. Zum anderen reizt mich die Vorstellung, sie zu kennen, um mich auf sie vorbereiten zu können. Wir erhoffen uns meist nur Gutes von der Zukunft, aber was, wenn uns Leid, Tod und Trauer erwarten?
Ich nehme mir vor, Glauben oder Nichtglauben auf die Befindlichkeit des Momentes ankommen zu lassen, in die mich die Gegenwart des Professor Shantu versetzen wird. Vorerst gilt es, das Frühstück einzunehmen und danach die tägliche Ayurveda-Massage über mich ergehen zu lassen.

Der indische Morgen ist zwar meist noch feucht und frisch. Heute hat sich jedoch kein Rest von Kühle aus der Nacht erhalten. Zwischen den Palmen steht bereits eine frühe Hitze. Im Gras glänzt der Tau und mancher Tropfen rollt wie eine silberne Perle von den schweren Palmwedeln herunter. Immer noch kreisen und kreischen die Krähen, als wollten sie mir eine düstere Botschaft verkünden, deren Sinn sich mir noch nicht erschließt. Wiederholen sie deshalb so häufig ihre Schreie? Sie segeln von Palme zu Palme und verfolgen mich auf dem Weg hinunter zum Frühstücks-Pavillon.

Nur ein einziges indisches Pärchen sitzt an einem der bereits abgeräumten Tische. Offenbar bin ich der letzte Gast an diesem Morgen. Klara ist weit und breit nicht zu sehen. Ganz allein muss ich den kühlenden Joghurtdrink zu mir nehmen und am heißen Kräuterwasser nippen. Schamlos lasse ich mir ein Spiegelei in die Pfanne schlagen und mit gebratenem Speck garnieren: Die erste Sünde an diesem Tag wider die Ayurveda-Therapie. Eine gewisse Gleichgültigkeit gegenüber den Regeln hat sich nach dem gestrigen Abend in mir durchgesetzt. Angesichts der Themen, die mich beschäftigen, - angesichts der Gedanken über meine Zukunft, über Klara, angesichts der Mythen des Zeus, erscheinen mir meine Ernährung und die Einhaltung der Regeln doch zweitrangig. Ich suche nach dem Faden, der diese drei Elemente miteinander verbindet und gerate in ein Labyrinth aus Vermutungen. Vielleicht kann Shantu bei der Lösung helfen. Ich werde ihn fragen.

Ich steige die Stufen hinauf zum Ayurveda-Zentrum. Der Weg führt mich vorbei an Pflanzen mit großen und kleinen Blättern, mal gezackt, mal rund, mal schmal, mal breit. Gleich daneben erklären mir Schilder, wie sie heißen und gegen welche Krankheiten sie wirken. Auf der braunen Erde dazwischen verrotten abgefallene Nüsse und vergessene Früchte. Ich schreite die gemauerten Stufen zur überdachten Terrasse des Zentrums hinauf, setze mich in einen der noch freien, geflochtenen Korbstühle. Nahezu alle anderen sind besetzt mit verschwitzten Gästen in grünen Kitteln. Ihre Haare glänzen vor Öl, liegen eng an, als wären sie soeben klatschnass aus einem Wasserbecken aufgetaucht. Die Gesichter sind müde. Kaum einer spricht ein Wort. Klara ist weit und breit nicht zu entdecken.

Mein Masseur holt mich ab, führt mich in einen der dunklen Behandlungsräume. Ein Öllämpchen flackert in einem kleinen Teakholzschrein. Ich lege meine Kleider ab, setze mich gänzlich nackt vor ihn hin. Diese Schutzlosigkeit verunsichert mich. Der Masseur benetzt seine Hände mit Öl, gießt ein wenig davon über meinen Kopf. Er massiert die warm fließende Feuchtigkeit ein, indem er das Öl mit beiden Handflächen heftig über Schädel, Ohren, Nase und Backen reibt. Seine Hände streichen häufig darüber, so als ahne er, dass sich in meinem Kopf Gedanken drehen, die es heraus zu wringen gilt. Und tatsächlich, nach einigen Minuten machen sich Leichtigkeit und eine Bereitschaft zur Hingabe breit.

Er bittet mich, auf dem schweren hölzernen Massagetisch Platz zu nehmen, ruft dann einen weiteren Masseur herein. Sie übergießen mich mit warmen dunklen Kräuteröl und walken, kneten und drücken mit kräftigen Handgriffen parallel und im gleichen Rhythmus meinen Körper von oben bis unten. Sie quetschen angesammelte Gifte aus meiner Haut, entspannen verkrampfte Muskeln; mehr noch, sie löschen auch Gedanken und Erinnerungen, sobald sie, wie in einer Meditation, langsam aus meinem Inneren aufsteigen wollen.

Es dauert eine Weile bis ich rein, bis ich bereit bin für den Öl-Guss auf der Stirn. Bevor meine Augenhöhlen mit Wattebäuschchen gefüllt werden, kann ich gerade noch über meinem Kopf ein irdenes Gefäß wahrnehmen, das an einem Haken baumelt. Ein Loch auf seine Unterseite wird von einem Pfropfen verschlossen. Der Masseur zieht den Korken heraus. Meine Sicht verdunkelt sich. Ich schließe die Augen. Erhitztes Öl rinnt über meine Stirn und überflutet sie mit Wärme, dringt tiefer in die Haut ein, in die Schichten zwischen den Brauen oberhalb meines Augenpaares, dort, wo sich die Stirnfalten in Momenten des Ärgerns zusammenziehen, dort, wo angeblich ein Drittes Auge sitzt und dort, wo die Inder ihren heiligen Farbpunkt tragen. Das sanfte Rinnsal, das sich über meine Stirn ergießt, kitzelt mit beharrlicher Zärtlichkeit, ist von solch weicher, warmer Intensität, dass ich in einer völlig apathischen Stimmung versinke. Eine heimelige Ohnmacht lässt mich meinen Körper vergessen. Sie ergreift meinen Kopf, verlangsamt meine Gedanken bis zum Stillstand: Wohlbehagen und Zufriedenheit machen sich breit, als gleite ich zurück in einen embryonalen Zustand.

So muss es wohl gewesen sein, als ich im Bauch meiner Mutter heranreifte. Wie damals, so schwimme ich heute in einer wohl temperierten Flüssigkeit, fühle mich geschützt in einem Kokon, der mich vor der Außenwelt bewahrt. Nur Wogen feuchter Wärme umspielen mich. In diesem indischen Mutterbauch spüre ich kein Stechen. Keine Nadeln bedrohen mich in diesem Zustand der Apathie. Ich kann ihre Spitzen nicht einmal erahnen. Eine stumme Harmonie, eine friedvolle Leere füllt meine Befindlichkeit aus. Die Abtreibungsversuche meiner Mutter, mögen sie passiert sein oder nicht, sie versickern im warmen, weichen Fluss des Öls.
Ich bin wie taub, wie stumm! Ich bin entspannt und gelassen, werde zu einem großen, trägen Fluss, der alle meine schmerzhaften Verletzungen mit sich schleppt und sie irgendwo in der Ferne im Nichts auflöst. Die Zeit hat keine Sekunden mehr. Sie hält den Atem an, verliert ihren Fortschritt und tritt auf der Stelle.

Nach dem Wiedererwachen, was einem Auftauchen aus einem tiefen Unterwasserausflug gleicht, führen mich die beiden Masseure wie einen Behinderten nach draußen. Es dauert einige Minuten, bis ich in die Zeit zurückfinde, bis mich wieder das Korsett meines üblichen Ichs umschließt. Nicht einmal Klara hatte eben in der Leere meiner Gedanken eine Rolle gespielt. Ich spüre auch kein Verlangen zu sprechen, so nach Innen gewandt ist mein Empfinden. Und doch werde ich in den kommenden Stunden viel reden müssen, mit Professor Shantu, der extra aus Madurai anreist. Viel Neues werde ich ihm nicht mitteilen können.

Noch immer fühle ich eine sanfte Benommenheit, bin wie taub und angenehm erschöpft. Gleichgültigkeit lähmt mich. Und so bleibe ich auf der Terrasse des Therapie-Zentrums einfach wie erstarrt sitzen, blicke stumm in das grüne Blättermeer, auf Yucca-Palmen und Gummibäume, und auf die Patienten, die aus dem Ayurveda-Gebäude träge in ihren Schlappen herausschlürfen. Nur das Personal eilt in weißen Kitteln geschäftig von Tür zu Tür. Eine sanfte Brise treibt auf dem Betonboden Blätter vor sich her. Der Windhauch ist zu schwach, um die erhitzte Haut mit einem Hauch von Kühle zu lindern. So dampfe ich vor mich hin, nur bekleidet mit meinem grünen Umhang, in den mich mein Masseur eingewickelt hat. Hin und wieder stiehlt sich in meine Nase der muffige Geruch des Kräuteröls, mit dem ich eingesalbt wurde. Es klebt am ganzen Körper. Ich sollte mich duschen.

Die Aussicht auf die Begegnung mit dem Professor treibt mich an. Wie ein schlecht anspringender Motor versuche ich meinen Bewegungsapparat anzuwerfen. Mühsam quälen sich meine Glieder aus dem Korbstuhl. In Zeitlupe wandere ich mit langsamen Schritten hinunter zu meiner Hütte. Die Sonne hat fast den Zenit erreicht und unter meinem Kittel mischen sich in der Hitze Schweiß und Öl zu einer beizenden Schmiere. Der Propeller im Innenraum meines Zimmers läuft auf Hochtouren. Er schafft es kaum, mich mit kühlen Winden zu erfrischen. Unter der Dusche, unter der ich minutenlang stehe und lauwarmes Wasser über mich regnen lasse, gelingt es zwar, mit Seife und Lappen das Öl herunter zu waschen, aber meine Haut, mein Körper, mein Kopf kühlen nur langsam ab. Noch während ich meine Haare trockne, klopft es an der Tür. Das wird wohl Professor Shantu sein.

Er sieht recht mächtig aus, wie er da in meiner offenen Tür steht. Das weiße, knielange Hemd steht ihm gut. Lediglich in der Höhe seines Bauches signalisiert eine Ausbuchtung, dass ihm das Essen zu gut schmeckt. Darunter trägt er eine lange Leinenhose, die sich an seine Beine so eng schmiegt, als trage er Strumpfhosen. Shantu ist ganz in Weiß gekleidet. Seine Gestalt blendet in der Mittagssonne. Einzig sein Kopf bietet einen Kontrast: Er schimmert dunkel. In seinem tiefbraunen schlanken Gesicht glänzt der Schweiß. Auf der hohen Stirn perlen Tropfen. An seiner rechten Hand baumelt eine größere verschlossene Plastiktasche. Sie ist bis zum Rand gefüllt und bauscht sich auf.
„Kommen Sie bitte herein, Herr Professor!"
Er verbeugt sich kurz, faltet dabei seine Hände und tritt über die Schwelle. Ich schließe rasch die Tür, um die Hitze auszusperren.
„Ich hoffe die Palmblätter haben Sie nicht allzu sehr beschäftigt, so dass Sie Ihre Ayurveda-Behandlungen voll nutzen konnten?"
Als er das sagt, lächelt er ironisch, als würde er von Ayurveda nicht viel halten. Ich räume meine Kleider von einem Stuhl und biete ihm Platz an. Er setzt sich und stellt die Plastiktasche ab.
„Ich komme gerade von der Massage und vom Stirnguss. Es ist, als wäre ich betrunken! Eine beeindruckende Anwendung!"
Shantu nickt, schaut sich im Zimmer um. Dann steht er auf und geht ans Fenster, blickt hinaus auf die Palmen und nahen Hütten:

„Den Shirodhara gibt es seit uralten Zeiten. Schon die Veden haben diesen Stirnguss empfohlen und haben ihn auch zur spirituellen Meditation genutzt. Das dürfte etwa in der gleichen Zeit gewesen sein, als die Palmblätter beschrieben wurden. Haben sie die inzwischen hoffentlich ausgiebig studieren können?"
„Ja, habe ich!"
„Und?"
Shantu dreht sich plötzlich um, sucht mir ernsthaft und konzentriert in die Augen zu blicken. Als ob ihm diese mehr als meine kurzangebundene Antwort verraten könnten, sucht er in ihnen nach etwas, was ich nicht aussprechen will.
„Viel kann ich Ihnen noch nicht sagen!", muss ich gestehen. „Ich habe einiges gelesen und übersetzt – immer in der Reihenfolge, wie sie mir die Blätter überreicht haben. Nach wie vor, dessen bin ich mir inzwischen sicher, haben die Texte mit Alexander dem Großen zu tun. Dialekt und Worte stammen aus dem Altmakedonischen. Was mich aber verwundert, ist die Tatsache, dass in keiner Zeile bisher das Wort „Alexandros" vorkommt. Üblich wäre ja gewesen - wenn man bei solch einem Text überhaupt von „üblich" sprechen kann -, dass an irgendeiner Stelle die Kombination der Namen „Zeus" und „Alexander" auftauchen würde. Eine solche Verbindung könnte Sinn machen, zumal Alexander sich bekanntlich stets als Sohn von Zeus verstanden hat. Seine Mutter hatte ihm sogar eingeschärft, dass sie eines nachts von Zeus heimgesucht worden wäre, er deshalb mit Zeus blutsverwandt sei.
Zum Zweiten: In der ägyptischen Oase Siwa hat sich Alexander von den Priestern zum Sohn des Zeus weihen lassen. Und schließlich hat er sich später zum obersten Herrscher und Gott über das persische Reich ernannt. Ein Herrscher war in diesen Zeiten immer auch gleichzeitig der oberste Gott. Doch das sind alles nur Vermutungen! Ich muss wohl alle Blätter bis zum Letzten lesen. Vielleicht wartet da noch eine Überraschung auf uns!"
Ein wenig enttäuscht nimmt Professor Shantu wieder Platz.
„Und inhaltlich? Was beschreiben die Blätter?"
Ich setze mich ihm gegenüber auf das Bett.
„Naja. Ich habe das Wichtigste für Sie schriftlich zusammengefasst! Es sind eben die bekannten Erzählungen aus der griechischen Mythologie: Die Entscheidungen der Götter, Beziehungen, Kriege untereinander. Sie stimmen genau mit den Geschichten überein, die uns von namhaften griechischen und römischen Autoren überliefert worden sind. Was mir jedoch überraschend

scheint, ist die geschlossene inhaltliche Form. Bisher haben wir diese Erzählungen nur als Einzelgeschichten gekannt, stets getrennt voneinander geschildert. Hier entsteht plötzlich eine ganz neue lebendige Familiensaga mit Liebeleien und Intrigen, mit Geburt und Tod, mit Krieg und Wettkampf. Man könnte daraus eine wunderbare Vorabendsoap im Fernsehen produzieren; Soviel Spannendes geschieht dem Zeus von Kindesbeinen an!"

„Oh Gott!" stöhnt Shantu, „Ich wünschte, ich wäre in der Lage die Palmblätter selber zu lesen! Aber glauben Sie, man könnte das Ganze exakt und umfassend schriftlich übersetzen, es auf diese Weise der indischen oder europäischen Öffentlichkeit zugänglich machen? Das wäre doch eine Sensation!"

Mit einem Male bin ich hellwach. Sollte ein solcher Auftrag an mich ergehen, würde ich mit einem Schlag auf meine alten Tage hin noch reich und berühmt werden. Eine solche Gelegenheit darf ich mir nicht entgehen lassen!

„Natürlich, ließen sich die Texte gut übersetzen. Vorausgesetzt die Blätterbündel sind lückenlos und keine Fälschung! Ein solches Buch würde mit Sicherheit ein Bestseller werden. Es gibt nicht viele, die des Altmazedonischen mächtig sind!"

Professor Shantu runzelt nachdenklich die Stirn. Ich bin zu vorsichtig, um mich ihm als Autor allzu deutlich aufzudrängen. Dennoch hat er meinen Wink mit dem Zaunpfahl verstanden.

„Zunächst sollten wir die gesammelten Blättertexte einem Gremium von Fachleuten vorlegen. Darunter müssten Wissenschaftler sein, die sich mit der Datierung von Baumblättern, speziell von Palmen auskennen. Wir brauchen Graphologen, die zeitlich und persönlich Dialekte und Schriftstile zuordnen können. Wir benötigen Literaturwissenschaftler, die Sprache, Darstellungs- und Sprachstrukturen bestimmen können. Und wir benötigen Mythen-Forscher, die sich in den Göttergeschichten auskennen. Und nicht zuletzt: Wir brauchen Chemiker und Biologen, die das Papier analysieren, auf das die Texte geschrieben wurden. Ich frage mich, wer wohl die Zeus-Erzählungen alle 400 Jahre immer wieder erneuert in griechischer Schrift erneuert hat? Was uns heute an Palmblättern vorliegt, können unmöglich die Originale von damals sein!"

Shantu zögert einen Moment, als wolle er nachdenken, lehnt sich schließlich in seinem Stuhl zurück. Sein Blick erscheint mir mit einem Mal distanziert, als hätte er wegen meiner Person Bedenken. Dann schüttelt er den Kopf:

„Nein, so schnell möchte ich noch nicht vorgehen! Was das Alter der Palmblätter betrifft. Auch die Alexanderschriften wurden sicher erneuert. Sie dürfen nicht vergessen, dass viele griechische Baumeister und Gelehrte mit den Mogulherrschern aus dem Westen nach Indien kamen. Die haben sich sicher um die Erneuerung der Blätter gekümmert! Bitte, lesen Sie also zunächst nur ganz unverbindlich die Texte, fassen Sie die einzelnen Palmblätter-Kapitel wie bisher zusammen und berichten Sie mir über besondere Auffälligkeiten!"

Ich vermeide es, ihm weiter in die Augen zu schauen, blicke daher ein wenig verlegen zu Boden. Misstrauen breitet sich zwischen uns aus und schleicht sich wie Gift in meine Gedanken. Hat Professor Shantu ein Problem mit meiner Person? Vertraut er mir nicht mehr? Hegt er Zweifel an meiner wissenschaftlichen Kompetenz? Nutzt er mich lediglich aus, um eine erste Beurteilung über seinen kostbaren Fund zu erhalten und schickt mich dann in die Wüste?
Er spürt meine Verstimmung, spricht jetzt langsam und deutlich, als müsse er sich jedes Wort genau überlegen:
„Beim Studium Ihrer ganz persönlichen Palmblätter ist mir aufgefallen...!"
Er stockt und räuspert sich verlegen.
„...Aber Sie wollen ja nichts davon hören! Schade! Durch diese Palmblätter bin ich ja erst auf Sie gestoßen. Ihre Prophezeiung war es, die mir Ihr Kommen angekündigt, sogar den genauen Zeitpunkt mitgeteilt hat. Ihr Palmblatt-Text hat mir Ihre Fähigkeiten, Ihre voraussichtliche Bereitschaft verraten. All das, was bis zum heutigen Zeitpunkt aus den Blättern zu erfahren war, hat sich tatsächlich auch verwirklicht!"
„Ja und?" frage ich: „Was hat denn das Eine mit dem Anderen zu tun?"
„Nun, eine ganze Menge!"
Shantu windet sich in seinem Stuhl, als wolle er mir keine Wahrheiten, höchstens wenige Andeutungen verkünden, die sich obendrein nur mühsam in Worte fassen ließen.
„Die Blätter haben mir vieles über Ihre Zukunft verraten!", sagt er wichtigtuerisch und gebärdet sich dabei geheimnisvoll, als könne er mir nicht alles sagen, was ihm die Palmblätter über mich verraten haben.

„Das, was mir die Prophezeiungen über Sie erzählen, macht mich nachdenklich! Und das ist auch der Grund, weshalb ich zögere! Es hat nichts mit Vertrauen, nichts mit Zweifeln an Ihrem Fachverstand zu tun. Natürlich würde ich nur am liebsten mit Ihnen zusammenarbeiten. Aber die Ankündigungen Ihrer Palmblätter selbst, soweit wir sie interpretieren können, lassen das nicht ratsam erscheinen!"

Ich kann es nicht glauben: Prof. Shantu, Hochschullehrer und Wissenschaftler, lässt sich von ein paar vertrockneten Palmblättern beeinflussen. Er hört auf namenlose Priester aus grauer Vorzeit, die verschlüsselte Texte in Sanskrit gekritzelt haben! Vermutlich haben sie, vielleicht am Ende auch noch mit Hilfe von Drogen, individuelle Visionen entwickelt.
Gut, wir sind in Indien, da kann es durchaus passieren, dass sich in diesem Land tiefe Religiosität und Aberglauben mit der Wissenschaft vermischen. Aber in unserem Fall handelt es sich doch um Texte Alexander des Großen, die meine Person in keiner Weise betreffen. Seine Schriften scheinen tatsächlich authentisch zu sein. Hier geht es also nicht um Hokuspokus und Wahrsagerei, sondern um ihren historischen Wert.

Freilich, auf einem gänzlich anderen Blatt stehen wohl jene Palmblätter, in denen es um mich geht, und die Shantu auf Grund eines erschlichenen Geburtsdatums, mit Hilfe meines Namens und einer dubiosen Sternenkonstellation gefunden und interpretiert hat. Ich scheue - ja, ich wehre mich tief in meinem Inneren dagegen, mehr über ihre Bedeutungen und Prophezeiungen zu erfahren. Es würde mich und mein Weltbild aus den Angeln heben, es würde mich bedrohen und süchtig machen, immer mehr und Deutlicheres über meine Zukunft zu erfahren. Das Wissen um das, was kommt, würde die Gegenwart in grauenhafter Langeweile erstarren lassen. Man vermag sie ja eh nicht zu ändern! Nein, ich darf mich nicht darauf einlassen. Auf keinen Fall will ich etwas aus meinen Palmblättern erfahren!
„Ich weiß", unterbricht Professor Shantu meine Gedankengänge mit überzeugender Kraft und in einem selbstbewussten Ton, als wolle er gegen meine Zweifel mit rhetorischer Heftigkeit vorgehen.
„Ich weiß um ihre Skepsis! Aber nach jahrelanger Erfahrung im Lesen von Palmblättern, muss ich Ihnen sagen, Ihre Zweifel sind

unbegründet. Ich würde mich freuen, wenn Sie Ihre Ablehnung überwinden könnten, denn dann würden Sie das Göttliche begreifen, das diesen Blättern innewohnt. Gleichzeitig würden Sie auch die Wichtigkeit erkennen können, die für die Inder in den Alexander-Blättern liegt!"

Etwas gerät ins Wanken. Die Palmblätter des Alexander stufe ich als Wahrheit ein, die Blätter aber, welche mein Leben und Sterben schildern, als obskuren Schwindel. Vielleicht mache ich mir da etwas zu einfach! Sollte ich dem Professor vielleicht doch einen Schritt entgegenkommen? Er müsste mir einen weiteren Beweis liefern. Das Stichwort „Tessin" allein kann ein Zufallstreffer sein. Von einem einzigen Beweis kann ich mich nicht überzeugen lassen. Wenn ich eine vorausschauende Weissagung akzeptieren soll, müssten die Palmblätter mir zunächst einige Fragen mehr zu meiner Vergangenheit richtig beantworten? Wenn ich also die Schilderung eines weiteren, für mich bedeutsamen Ereignisses aus meinem bisherigen Leben erbitte, ein Datum, ein Geschehen, dessen Korrektheit nur ich kenne, müsste doch genau dieses Ereignis von einem dieser Palmblätter exakt benannt werden können. Sollte dies der Fall sein, könnte ich zwar noch immer nicht uneingeschränkt an die Wahrheit der Prophezeiungen der Palmblätter glauben, aber es würde mir zumindest großen Respekt einflößen. Es könnte mich sogar auf eine Weise stark verunsichern und so meine Zweifel gegenüber den Palmblättern beträchtlich vermindern.

„Ich schlage vor, dass ich zunächst einmal die Palmblätter des Alexander zur Gänze lese, denn ich glaube, dass sie inhaltlich noch einige Überraschungen zu bieten haben. Zum anderen würde ich gerne, was meine Palmblätter betrifft, eine weitere Probe aufs Exempel statuieren. Wenn ich Sie richtig verstehe, haben Ihnen die Palmblätter mein Leben bis zu meinem Besuch Indiens verraten - und wohl auch darüber hinaus?"

Prof. Shantu muss nicht lange nachdenken. Ihn scheint mein halbherziges Einlenken nicht zu überraschen.

„So ist es!", sagt er und zählt an seinen Fingern ab. „Die Palmblätter-Texte haben mir Ihren Ankunftstag, dann Ihren Namen, Ihre Reiseroute, Ihre Herkunft und Ihre Spezialisierung verraten – und auch Ihre Zukunft…!"

„Letztere möchte ich gar nicht wissen!", unterbreche ich ihn. „Mir ist mehr an einem Datum aus meiner Vergangenheit gelegen. Ist

es für Sie möglich beispielsweise das Sterbedatum meiner Mutter aus den Texten der Blätter herauszulesen? Das war seinerzeit ein bedeutsamer Lebenseinschnitt für mich und müsste deshalb registriert sein!"
Shantu hebt nachdenklich seine Augenbrauen. „Sie wollen also trotz Ihrer Zweifel tatsächlich die eigenen Palmblätter nochmals einer Prüfung unterziehen? Sind Sie sich im Klaren, dass Sie sich damit auf dünnes Eis begeben. Einmal eine solche Information zu akzeptieren, bedeutet sich mehr und mehr in den Bann der Palmblätter-Weissagungen ziehen zu lassen. Dann gibt es kein Zurück mehr! Und obendrein werden Sie, wie ich Sie kenne, weitere Beweise einfordern! Für Euch westliche Wissenschafter gilt doch der Satz: Was nicht sein kann, darf nicht sein! Für uns Inder existiert solch eine Regel nicht. Für uns gilt: Grundsätzlich ist alles möglich! Also denken Sie noch einmal darüber nach, ob Sie wirklich diese Prüfung durchführen wollen!"
„Doch, doch!" Ich bin mir sicher: „Lassen Sie uns das ausprobieren und lassen Sie die Konsequenzen ruhig meine Sorge sein. Schauen Sie bitte nach: An welchem Datum starb meine Mutter?" Ich will endlich wissen, was es mit diesen Palmblättern auf sich hat! Nicht zuletzt, um auch Klara an mich zu binden. Allzugern hätte auch sie etwas über unser beider Zukunft erfahren - darüber, wie es mit uns weitergeht. Auch diese Frage will ich ihn beantworten lassen:
„Darf ich Sie in diesem Zusammenhang um noch etwas bitten?" Etwas verlegen reibe ich meine Hände aneinander, als wolle ich ein gutes Geschäft abschließen.
„Wenn Sie schon am Abfragen sind, so werden Ihnen sicherlich meine Palmblätter auch verraten, dass hier für mich im Ayurveda-Resort eine zarte Liebe begonnen hat. Ich wüsste gerne, wie es mit ihr weitergeht. Werden wir zusammenkommen? Oder sind diese Detailfragen zu viel verlangt?" Professor Shantu belächelt meine Zweifel.
„Nein, machen Sie sich da keine Sorgen! Ich werde mich persönlich um die Beantwortung Ihrer Fragen kümmern. Für mich dürfte das kein Problem sein. Ihre Palmblätter-Bündel haben wir ja schon vor einiger Zeit gefunden, als wir auf der Suche nach einem Übersetzer für die Alexander-Blätter waren und uns ihre Person angekündigt wurde. Aber bitte, was auch immer herauskommt, versprechen Sie mir, dass Sie mir bei negativen Informationen nicht böse sein werden!"

Ich nicke. „Das verspreche ich Ihnen gerne!"
Und da wir schon dabei sind, Wahrheiten abzufragen, beschließe ich, sogleich noch eine Frage hinzuzufügen, die mir schon seit Tagen auf dem Herzen liegt:
„Aber verraten Sie mir doch bitte: Wie sind Sie überhaupt auf mein Bündel gestoßen? Gut! Sie haben sich meine Geburtsdaten besorgt, meinen Namen. Aber warum gerade jetzt, warum gerade mich unter tausenden von Reisenden, die derzeit in Indien unterwegs sind?"
Shantu lächelt verschämt, als hätte er ein schlechtes Gewissen:
„Ganz einfach! Erinnern Sie sich: Sie mussten beim Ausfüllen Ihres Visaantrags Ihren Beruf, Ihre Auslandreisen und Ihre Reiseroute angeben! Diese Daten haben wir über die indische Regierung erhalten. Die zuständige Einreisestelle hatten wir zuvor gebeten uns zu informieren, sobald ein Tourist mit Ihrem Beruf nach Indien kommen würde! Sie auf der Reise abzufangen, war dann nur noch ein Kinderspiel!"
„Und das ist ihnen dann auch ganz gut gelungen!" sage ich ein wenig baff. "Das war der Grund, weshalb Sie auf der Reise immer wieder Kontakt mit mir aufgenommen haben!"
Er schiebt den rechten Ärmel nach oben und schaut auf seine Armbanduhr.
„Wir haben noch Zeit! Wenn Sie wollen, können wir gleich Ihre Palmblätter befragen."
Ich bin erstaunt, offenbar hat Shantu, wohl wissend um meinen Entschluss, die Bündel mit meinen Palmblättern mitgebracht. Er greift nach der Plastiktasche und öffnet den Verschluss, zieht einige gebundene Kladden heraus und breitet sie auf dem Tisch aus.
„Hier! Das sind die Teile Ihres Lebens!"
Ich beuge mich neugierig über die ausgebreiteten Blätter. Unendlich viele Buchstaben füllen das Blatt. Ganz ähnlich den Texten des Alexander, sind sie wie kleine Miniatursoldaten aneinandergereiht. Nur diesmal ist die Schrift, sind Zacken und Kanten, Bögen und Winkel, für mich nicht identifizierbar!
Shantu blickt mich kopfschüttelnd an.
„Geben Sie sich keine Mühe! Diese Texte werden Sie nie lesen können. Sie bestehen aus einer alttamilischen Schrift, die heutzutage kaum noch jemand entziffern kann. Auch die Sprache ist alttamilisch. Nur wenige, wie die sogenannten Nadu-Reader, können Sie noch sprechen - beziehungsweise auch singen. Denn die

Worte, die auf den Palmblättern stehen, müssen manches Mal gesungen werden – in einer Art Sprechgesang, um sie zu verstehen."

Was passiert jetzt? Wird auch Shantu mir etwas vorsingen? Soll ich mich auf diesen Hokuspokus wirklich einlassen? Ich beginne innerlich eine emotionale Abwehrhaltung gegen das System der Palmblätter und deren Philosophie einzunehmen. Sie ist mir gänzlich fremd. Der Professor scheint meine Neigung zur Distanz intuitiv wahrzunehmen.
„Aber bevor es soweit ist, müssen zuerst einige traditionelle Riten beachtet werden. Mit deren Hilfe versuche ich Sie aus Ihrem Selbstverständnis und Weltbild herauszulösen. Sie sind ein über Generationen durch die westliche Kultur und Religion geprägter Mensch. Deshalb wird es Ihnen zunächst unmöglich sein, sich in unsere Empfindungen einzufühlen. Der Nadu-Reader versetzt sich also in eine Art Trance, und Sie als Fragesteller müssen ihn dabei begleiten. Auf diese Art und Weise diene ich Ihnen als Führer in eine gänzlich neue Ideen- und Gefühlswelt. Wenn wir also wirklich nach dem Todesdatum Ihrer Mutter suchen wollen und auch nach der Zukunft Ihrer Ayurveda-Bekanntschaft, dann müssen Sie sich auf eine Meditation, eine Initialisierung mit mir einlassen. Sie wird uns in das Weltbild der sieben Rishis führen, jener indischen Weisen, die vor tausenden von Jahren die Grundlagen der Palmblätter-Bibliotheken entwickelt haben. Diese Nadu-Meditation ist mir gut bekannt, denn auch ich stamme aus einer alten Reader-Familie!"

Will ich das wirklich? Ich bin verunsichert. Bisher hat nur all jenes, das in dieser Welt erklärbar und wissenschaftlich anerkannt ist, Bedeutung in meinem Leben besessen. Um den Geist der beschriebenen Palmblätter zu begreifen und auch der Frage wissenschaftlich nachzugehen, warum Alexander sie als Unterstützung für seine Macht und Würde eingesetzt hat, ist solch ein einführender Ritual sicherlich notwendig. Doch andererseits empfinde ich mich als zu beeinflussbar, zu manipulierbar, um nicht einem psychischen Schaden nach einer Palmblatt-Lesung zu entgehen. Wenn mir die Erfahrungen glaubhaft erscheinen, wenn Ereignisse meines Lebens, ohne mein Zutun von den Palmblättern erkannt und benannt wurden, werden diese vedischen Texte in Zukunft mein ganzes Leben beeinflussen. Ich werde an sie glauben müssen! Dann gibt es kein zurück!

„Haben Sie Angst?" fragt Shantu mit sanfter Stimme, als wolle er mir nicht zu nahetreten.
„Wenn Sie sich vor solch einer Initiation fürchten, vor Ihren eigenen Palmblättern ängstigen, vor der Gelegenheit fliehen wollen, etwas Bedeutsames über Ihr Leben zu erfahren, dann denken Sie daran, dass Ihr Dasein in dieser Zeit nicht, wie man im Westen glaubt, einmalig, sondern gemäß unseren Vorstellungen nur vorübergehend ist. Nach unserer Überzeugung stehen Ihnen mehrere Leben zur Verfügung, in denen Ihre Seele Sie dazu verpflichtet, Ihre Aufenthalte auf dieser Welt so ertragreich wie möglich zu gestalten. Jedes dieser Leben baut auf den Erfahrungen und Erlebnissen der vorherigen auf, macht Sie reicher, lässt Ihr Wesen eine Stufe höher steigen. Auch wenn Sie sich nicht an ein erfahrungsreiches Vorleben erinnern können, - nichts davon geht verloren. Alles bleibt stets präsent. Das ist die Philosophie der Rishis."
„Gut," stimme ich ihm zu, „dann lassen Sie es uns versuchen!"
So schlimm wird es sicher nicht werden! Und wenn doch, dann besteht immer noch die Möglichkeit, den Versuch abzubrechen.
„Wann wollen wir die Befragung beginnen und wo?"
Shantu blickt sich um, als suche er nach einem geeigneten Ort.
„Hier lässt sich das nicht besonders gut durchführen. Aber es gibt in dem Resort doch sicher eine Meditationshalle! Oder, was mir noch geeigneter erscheint, wie wäre es, wenn wir uns heute Abend treffen - nach dem Abendessen. Ich benötige die Dunkelheit, ich brauche den Himmel und etwas, was immer da ist, die Sterne! Mir wäre das auch deshalb recht, weil ich bis dahin Zeit hätte, einen Kollegen der Universität von Trivandrum zu besuchen. Danach komme ich zurück und wir treffen uns hier gegen einundzwanzig Uhr.
Ich stimme seinem Vorschlag zu, habe ich doch den ganzen Nachmittag Zeit, mich wieder über die Palmblätter des Alexander des Großen herzumachen.
Professor Shantu verabschiedet sich, packt entschlossen die Prophezeiungen, die mein ganzes Leben ausmachen, in seine gewölbte Tasche. Ihr Umfang lässt darauf schließen, dass die Anzahl meiner Blätter es bei Weitem nicht mit jenen von Alexander aufnehmen kann.

Kaum hat mich der Professor verlassen, greife ich vorsichtig nach einem der Blätterbündel des Alexander, die ich feinsäuberlich auf einem Tisch geschichtet habe. Die Hütte ist mir heute für die Beschreibung des Zeus zu eng und stickig. Ich möchte die Texte in freier Natur lesen und lasse mich neben der Terrasse in die Hängematte fallen, die zwischen zwei schattigen Palmbäumen baumelt.

Aber auch die Kulisse hier draußen macht es mir schwer, mich auf die Palmblätter in meinem Schoss zu konzentrieren. Rechts und links wächst ein grünes Dickicht aus Tabakpflanzen, Palmstauden und Gummibäumen. Vor mir öffnet sich der unendlich weite Sandstrand, auf den die Fischer ihre Holzboote gezogen haben. Manche holen gemeinsam mit anderen gerade ihre Netze ein. Ihr Gesang, mit dem sie ihrer Kraft Schwung verleihen, schallt immer wieder stoßweise herauf. Es ist ein rhythmisches Flüstern, Töne, die ebenso zu diesem Ort gehören wie das Zwitschern der Vögel und hin und wieder das Krächzen der Krähen in den Palmspitzen über mir.

Aus der Palmblätterbibliothek
13. Bündel

Irgendwann hatte ich wieder einmal genug von den Streitigkeiten auf dem Olymp und suchte Zerstreuung bei den Sterblichen. In Theben, wo ich einen meiner Tempel besuchte, um von den Opfern der dortigen Priester und Priesterinnen zu naschen, stach mir Semele ins Auge. Als Mondpriesterin und Tochter des Königs Kadmos nahm sie an den Feierlichkeiten teil. Sie beugte sich über den Altar und für einen kurzen Moment öffnete sich ihr Kleid einen Spalt breit. Ich sah die Ansätze ihrer Brüste, die sich prall wie die Äpfel der Hesperiden rundeten. Diese Verlockung, dazu das zarte Weiß ihrer Haut und die dunklen Augen, genügte, um mich zu entflammen.

Im Allgemeinen muss sich ein olympischer Gott vor sterblichen Frauen hüten, denn eine alte Regel besagt, dass ein menschliches Weib, sobald es meiner ansichtig wird, sofort in Feuer aufgeht und sich darin verzehrt. Folglich war damit zu rechnen, dass eine erfüllte Leidenschaft mit Semele nur in Schutt und Asche enden würde. Also verwandelte ich, um ein zu erwartendes Auflodern zu vermeiden, meinen Körper in den eines Sterblichen. Noch in der gleichen Nacht schlich ich an den Wächtern des Palastes vorbei in ihr Schlafgemach.

So ganz schien mir in der Eile die Verwandlung nicht gelungen zu sein. Denn, als wäre ich immer noch ein Respekt gebietender Gott, der sie aus einer Laune heraus des Nachts besucht, öffnete mir Semele bereitwillig ihre Kammer und ihr Bett. Vielleicht ahnte sie als Mondpriesterin, wer da wirklich ihr Schlafgemach betrat, wer da auf sie zuschritt und dabei mit flammenden Herzen ihre Schönheit pries. Allzu bereitwillig ließ sie mich von den Äpfeln der Hesperiden naschen. Allzu rasch streifte sie freiwillig ihr Nachtgewand von den weißen Schultern. Und wie hypnotisiert legte sie sich auf das Bett mit den weichen weißen Schaffellen. Als würde sie sich selbst einem unbekannten Gott opfern, fügte sich Semele unter lasziven Bewegungen meinen Bemühungen.

Auch ich opferte, soweit es meine zum Schein angenommene Sterblichkeit erlaubte, ausgiebig im Heiligtum ihrer Weiblichkeit. Und weil mir die Schlichtheit und Natürlichkeit, ihre anspruchslose Willfährigkeit gefielen, suchte ich sie in den folgenden Nächten nach Lust und Laune mehrfach heim. Da konnte es nicht lange ausbleiben, dass sie nach wenigen Wochen ein Kind unter ihrem Herzen trug.

Meiner Gemahlin Hera waren, obwohl sie sich schon damals für längere Zeit schmollend in der Welt versteckt gehalten hatte, meine nächtlichen Ausflüge nach Theben nicht unentdeckt geblieben. Sie forschte heimlich hinter mir her und entdeckte mit sicherem Instinkt meine neue Liebschaft. Im sechsten Monat der Schwangerschaft inszenierte sie vor Semele einen Auftritt, dessen trickreiche Dramaturgie jeder zur Eifersucht neigenden Gattin offenen Szenenapplaus entlockt hätte.

Semele hatte keiner Menschenseele von den nächtlichen Besuchen des Unbekannten erzählt. Sie schämte sich plötzlich nicht nur wegen ihrer naiven Offenherzigkeit, mit der sie einen Fremden in ihr Bett schlüpfen und sich selbst besteigen ließ, sondern auch für die Frucht, die da in ihrem Unterleib heranwuchs.

Als ihr Körper allzu offensichtlich den Nachwuchs andeutete, vertraute sie sich ihrer alten Amme Beroe an und gestand ihr eines Nachts die Geschichte. Doch nicht die wirkliche Amme lauschte gebannt der Erzählung, sondern keine Geringere als meine eifersüchtige Hera. Sie hatte sich den Umhang der Beroe übergeworfen und ihr Gesicht geschickt im Dunkel der tiefen Schatten verborgen, die das Licht eines Öllämpchens warf.

„Bis heute weiß ich nicht, wer mich nachts heimsucht", flüsterte Semele der vermeintlichen Amme zu.
„Ist es ein Geist? Ist es ein Gott oder vielleicht doch ein Sterblicher? Aber wie vermag nur ein Mann solche Lust in mir zu entfachen, dass ich mich ihm ein aufs andere Mal wie ohnmächtig hingebe. Ein Zauber befällt mich, sobald er an meinem Bett erscheint. Und ich kann nicht anders, als ihn mit offenen Armen und Schenkeln zu empfangen!"
Beroe hatte aufmerksam die Ohren gespitzt und zischte ihr nun wie eine Schlange zu:
„Du musst ihn dazu bringen, dass er sich zu Dir und Deinem wachsenden Kind bekennt. Sonst verstößt Dich Dein Vater Kadmos. Wenn er erfährt, dass Du als Prinzessin einem hergelaufenen Tunichtgut auf den Leim gegangen bist, wird er Dich verstoßen und das Kind in den Bergen aussetzen! Vertraue Deiner alten Amme! Beim nächsten Besuch muss er Farbe bekennen, Ross und Reiter nennen und seine Herkunft offenlegen!"

Als mich meine Lust nur wenige Tage später wieder in Semeles Arme trieb, und ich bereits ausgestreckt in Erwartung einer köstlichen Nacht auf den Schaffellen lag, verweigerte Sie sich mir plötzlich. Sie strich sich über den auffällig gerundeten Bauch, stemmte dann die Arme in die Hüften und sprach mit erregter Stimme:
„Ich weiß nicht, wer Du bist, woher Du kommst und wie Dein Vater heißt! Geschweige denn, dass ich Deinen Namen kenne. Und dennoch trage ich Dein Kind unter meinem Herzen. Wenn Du ein aufrichtiger Mann sein willst, wenn Du ein Fünkchen Anstand im

Leib spürst, dann sage mir, bei der Ehre des Zeus: Wer bist Du wirklich!"

Ich ahnte sofort, wer sich da eingemischt und sein eifersüchtiges Gift verspritzt hatte und begann innerlich Hera zu verfluchen, die mir diese Liebschaft mit einer Sterblichen verleiden wollte. So versuchte ich Semele zu besänftigen:
„Mach Die keine Sorgen!", tröstete ich sie. "Für unser Kind wird gesorgt sein – besser gesorgt, als es einem Sterblichen auf dieser Welt und in Theben geschehen kann. Ich schwöre bei Zeus, dass ich mich um sein Schicksal kümmern werde!"
So sprach ich voller Überzeugung. Semele aber schaute mich mit großen dunklen Kuhaugen an, in denen ich den Glanz der Hera zu erkennen glaubte. Zwei Tränen tropften ihr über die Wangen. Schluchzend fragte sie:
„Und ich? Was wird aus mir? Werde ich Deine Gemahlin?"
Ich schwieg betreten. Natürlich konnte ich sie nicht zur Gattin nehmen. Erstens, weil ich schon eine hatte, die mir vollauf reichte. Und zweitens, weil ich als erster Gott unter Göttern unmöglich eine Sterbliche zur Gemahlin nehmen konnte. Keiner auf dem Olymp würde mich mehr mit gebührendem Ernst behandeln! Voller Ungeduld und ernüchtert vom unerwarteten Widerspruch antwortete ich kurz angebunden:
„Ich kann, ich darf Dich nicht heiraten!"
Tränen schossen ihr jetzt in die Augen und mit erstickender Stimme sprach sie:
„Warum? Wer bist Du denn, dass Du glaubst, Dich wie der Gott Zeus höchstpersönlich aufführen zu können, weder mir Deinen Namen verrätst, noch Deine Herkunft, noch Dein wahres Gesicht?"
Da fiel mir nichts anderes ein, als ihr die Wahrheit zu sagen, auch wenn die hinterlistige Hera genau dieses geplant hatte:
„Wenn ich Dir mein wahres Gesicht zeige, würdest Du auf der Stelle tot umfallen!"
Semele lachte hysterisch auf:
„Lieber tot umfallen, als die Verachtung meines Vaters, den Spott meines Volkes und Deinen Verrat ein Leben lang ertragen zu müssen! Es ist nur dieses eine, was ich mir, bei der Frucht meines Leibes, von Dir erbitte: Wer bist Du wirklich, der Du mich in diese missliche Lage gebracht hast?"

Ich war beschämt. Gleichzeitig stieg Zornesröte in mir auf, erhitzte meine Wangen und Stirn. Ich fühlte mich wie ertappt. Das hatte ich nun davon, dass ich mich, als Mensch getarnt, in eine Prinzessin verliebt hatte. Ich hätte mich besser an meine eigenen Regeln halten sollen. Es bringt nur Unglück, sich mit den Sterblichen einzulassen.

Gut so! Wenn sie es nicht anders will, Ihr Wunsch soll mir Befehl sein! Auf der Stelle, noch im Bett liegend, verwandelte ich mich vom Sterblichen zurück in den Zeus - den Olympier. Ein scharfer Wind fegte durchs Zimmer. Meine Blitze wuchsen wie aus dem Nichts aus meinen Handflächen heraus und begannen zu zucken, zu lodern und zu zischen. Einer davon traf Semele, ohne dass ich es wollte. Gierige Flammen setzten sie in Brand, verschlangen ihr Haar: Ihr herrlicher Körper, den ich doch so geliebt hatte, drohte zu verbrennen. Da fiel mir siedend heiß das Kind ein, das der Frucht meiner göttlichen Lenden entstammte, und also ein Anrecht auf Unsterblichkeit besaß. Es würde unweigerlich mit ihr verglühen. Ich musste die Frucht der von Flammen bedrohten Semele, musste sie ihrem brennenden Körper entreißen.

Bevor noch das Feuer der Blitze die Geburtsregion ihres Körpers versengte, rettete ich das Embryo, fing es mit den Händen auf und blies die Asche von seinen kleinen, männlichen Gliedern. Mein Atem hauchte ihm wieder Leben ein, und mein Söhnchen begann kräftig zu krähen wie ein kleiner Hahn.

Wohin aber mit dem Frühchen? Es zählte doch höchstens sechs Monate und würde ohne den schützenden Körper, ohne das nahrhafte Blut der Mutter kläglich zu Grunde gehen. Weit und breit war keine Frau, die ihm als Ersatzmutter dienen könnte. Auch bedachte ich die Schmach, die mir von den Göttern des Olymps und den Sterblichen drohte, würde bekannt werden, wie meine Blitze die Mutter erschlagen und dazu noch meinen Sohn vernichtet hätten.

Da erinnerte ich mich an die Geburt meiner Tochter Athene: War sie nicht unter höllischen Schmerzen meiner Stirn entsprungen und mit Hilfe eines Vorschlaghammers des Hephaistos zur Welt gekommen? Abermals derartige Wehen während einer Kopfgeburt zu erdulden, das wollte ich auf keinen Fall auf mich nehmen.

Also suchte ich ein Messer aus dem Haushalt der Semele, schnitt mir damit die Hüfte auf und packte den Embryo sorgfältig zwischen die Muskelstränge. Dort zwischen Fleisch und Adern konnte er Wärme und Blut in ausreichendem Maße vorfinden. Außerdem würde ihn die eifersüchtige Hera nicht entdecken können. Nadel und Faden zum Zunähen fand ich auf dem Nachttisch. Ich biss die Zähne zusammen und schloss Stich für Stich die klaffende Wunde. Könnte dieses frühkindlichen Erlebnis vielleicht der Grund sein, dass meinen Sohn später zu einem solch exzessiven Lebenswandel verurteilt war?

Als ich drei Monate später relativ schmerzfrei die Wunde öffnete, entsprang wohlbehalten und gut entwickelt Dionysos, der „zwei Mal Geborene", wie ich ihn nannte. Als Gott beauftragte ich meinen jüngsten Sohn mit dem Weinbau, der Pflege der Reben und allen Süchten, mit denen die Sterblichen ihren trostlosen Alltag zu erleichtern pflegen.

Aus Zeitmangel konnte ich mich nicht viel mit dem Jungen beschäftigen, sondern gab ihn sogleich in die Obhut der Ino, einer Schwester der Semele, die ich zur Verschwiegenheit verpflichtete. Dort wuchs Dionysos zwar behütet, aber vaterlos auf. Das mag ein weiterer Grund gewesen sein, weshalb er so sehr um Anerkennung unter den Sterblichen buhlte. Sein Gefühl der Minderwertigkeit ertränkte er stets im Wein. Und weil ein geselliges Gelage allemal erfreulicher als ein einsames ist, sammelte er eine kleine Anhängerschar um sich. Vor allem Frauen fühlten sich zu ihm hingezogen. Er forderte sie auf, Haus und Hof zu verlassen, aus dem Gefängnis häuslicher Pflichten auszubrechen und, die alltäglichen Gemeinheiten der Männer vergessend, mit ihm trunken durch Theben zu ziehen.
Kein Mann getraute sich während seiner Umzüge einen Fuß auf die Straße zu setzen, denn seine weibliche Anhängerschaft neigte zum Exzess. Sie zogen riesige hölzerne Phalli wie zum Gespött mit sich. Sollte sich ein Mann heranwagen, stürzten sie sich auf ihn, um ihn entweder zu vergewaltigen, was noch anginge, aber schlimmer noch, ihn in Stücke zu zerreißen. Mitunter schien es mir, als wollte sich Dionysos mit seinen extatischen Prozessionen für die Gleichgültigkeit rächen, die ich ihm vom ersten Atemzug an entgegenbrachte. Er verstand es prächtig, in den Frauen eine Hysterie zu wecken, sie zu radikalisieren und ihre

Kraft gegen alles Männliche zu wenden. Auch wenn das meinen göttlichen Auftrag untergrub, ließ ich ihn stillschweigend gewähren.

Dionysos kam mir wieder in den Sinn, als Theseus mit seinen Gefährten und der schlafenden Ariadne die Insel Naxos ansteuerte. Ihn hatte es von Korinth aus dorthin verschlagen, als er sich um den Weinanbau auf den ägäischen Inseln kümmerte. Kaum hatte er auf Chios einen Weingarten eingeweiht und den Rückweg angetreten, da überfielen ihn Piraten und schleppten ihn als vermeintlich kostbare Geisel auf ihr Schiff. Aus dem prächtig mit Priestergewändern gekleideten Gefangenen wollten sie Geld herausschlagen, ohne zu wissen, wen sie eigentlich da an Bord gehievt hatten.

Die Seeräuber waren tatsächlich im Glauben, irgendjemand würde schon für ihre Geisel Lösegeld zahlen. Einzig der Steuermann ahnte, dass Dionysos ihnen nur Unheil bringen würde und warnte die wilde Schar. So ging die Diskussion hin und her, bis das Schiff sich der Insel Naxos näherte. Plötzlich legte sich von einem Moment auf den anderen der Wind. Das Schiff verlor im bleiernen Wasser der Flaute an Fahrt. Die Segel schlugen träge gegen den Mast, an den sie Dionysos gefesselt hatten. Zuerst waren es nur kleine Schösslinge, die zu seinen Füßen aus den Holzplanken des Decks hervor sprießten. Sie wuchsen rasch zu Reben heran, mit Weinblättern und schweren Trauben voller Saft. Schließlich schlängelten sich vielarmige Stämme um den Mast und das Schiff, als wollten sie es umgürten und unter dem Weinlaub ersticken. Im Nu war das ganze Schiff vom wild wuchernden Wein umschlungen. Da bekamen es die Seeräuber mit der Angst zu tun und sprangen schreiend ins Meer, wo sie schnell gleich Delphinen das Weite suchten. Einzig der aufrechte Steuermann blieb an Bord. Er steuerte das von Ranken umgürtete Schiff zur nahen Insel Naxos.

Seit dieser Zeit trieb Dionysos auf der Insel sein Unwesen und betörte dort mit großem Erfolg die Frauen, indem er ihnen an bestimmten Jahrestagen Wein bis zum Erbrechen einflößte. Doch keine aus seiner umfangreichen Anhängerschar hatte er je zum Traualter geführt. Er wäre wirklich ein ausgezeichneter Gatte für

Ariadne, so dachte ich mir. Nach Monaten dionysischer Trunkenheit würde sie Theseus und ihren Liebesschmerz sicherlich vergessen können.

Während der Wind Theseus und Ariadne auf sanft schwankenden Wogen gen Naxos trieb und sie schlafend in des Hypnos Armen einer neuen Freiheit entgegensegelten, stattete ich rasch Dionysos auf Naxos noch einen Besuch ab. Von Weinblättern umkränzt saß er auf einem Fass, umgeben von einer Schar Frauen. Ihre glasigen Blicke verrieten, dass sie Dionysos bereits etliche Male hatten hochleben lassen. Als ich mich ihnen näherte, blitzte in ihre stumpfen Augen plötzlich ein verdächtig wütender Glanz auf. Beinahe hätten sie sich auf mich gestürzt, hätte Dionysos ihnen nicht Einhalt geboten.
„Den dürft ihr nicht anrühren, meine Nymphen!" rief er ihnen zu. „Das ist mein Vater und obendrein der Oberste unter den Göttern!"
Dennoch, die eine oder andere kamen mir gefährlich nahe. Sie wankten, als versuchten sie bei hohem Wellengang das Schaukeln eines Schiffes auszugleichen. Eine von ihnen wagte es sogar, die Muskeln meiner Brust zu prüfen, um zu fühlen, ob ich für sie auch ein lohnenswertes Opfer wäre:
„Der ist mir zu alt!" zischte sie respektlos,
„Und zu grau!" meinte eine Andere. Und eine Dritte: „Er sollte sich den Bart abnehmen lassen, dann würde er jünger wirken!"
Ich ignorierte die Damen und lehnte auch den Becher Wein ab, den mir Dionysos lächelnd anbot.
„Mein Sohn," wandte ich mich ihm mit mahnender Stimme zu. „Ich ziehe den Nektar vor, und Du solltest als Gott das Gleiche tun. Wein, so gut er auch schmecken mag, ist doch nur etwas für Sterbliche, die im Rausch glauben, zu Göttern werden zu können…"
„Hüte Deine Zunge!", unterbrach mich sogleich Dionysos. „Es hat mich Mühe gekostet die Menschen zu lehren, wie man Reben anbaut, Trauben pflückt, presst und keltert! Wie man den Wein mischt, um ihn auf der Zunge zergehen zu lassen, bis sie sich löst und endlich die Wahrheit spricht. Sie kam auf diese Weise erst durch mich in die Welt! Und die Wahrheit ist: Du hast meine Mutter getötet, Dich nie um mich, Deinen jüngsten Sohn, gekümmert. Warum tauchst Du jetzt plötzlich auf? Was willst Du von mir?"

Ich war verdutzt. Ein Wink von ihm und seine Mänaden hätten mich auf der Stelle zerrissen.
„Ich sehe, Du bist schlecht auf mich zu sprechen. Und das mit Recht! Aber als erster Gott unter Göttern, der die Welt lenkt, die Geschicke leitet…!"
„Welche Geschicke denn?" Unterbrach er mich abermals. „Was bewegst Du denn, frage ich Dich? Die anderen Götter tanzen Dir doch auf der Nase herum. Hast Du es immer noch nicht bemerkt? Du bist das Gespött auf dem Olymp! Selbst Hera, Deine Gemahlin, zettelt Intrigen gegen Dich an, weil Du nichts anderes als Deinen Phallus im Kopf mit Dir herumträgst!"
Mir stockte der Atem, meine Hände ballten sich, um die Blitze zurückzuhalten, die ich am liebsten in meiner Erregung gegen ihn schleudern wollte.
„Mein Sohn! Wie sprichst Du von Deinem Vater? So lasse ich nicht mit mir reden!" entgegnete ich voller Entrüstung. Ganz leise, aber mit warnendem Unterton, antwortete er:
„Trage nicht das Wort `Sohn´ auf Deiner Zunge! Bis auf wenige Stunden in meiner Kindheit sehe ich Dich heute nach langer Zeit das erste Mal wieder. Nie hast Du Dich um mich gekümmert. Viel mehr hast Du alle Zeit damit verschwendet, Dich als Gockel unter den Göttern aufzuführen. Du bist zum Gespött geworden, indem Du Deine männliche Eitelkeit gehätschelt und Deine göttliche Würde der Geilheit geopfert hast! Du bist kein Vorbild mehr für die Sterblichen. Jetzt rechtfertigen sie sogar ihr eigenes Verhalten mit Deinem Verrat und Betrug an den Frauen. Frauen sind für Dich doch nur Objekte der Lust, sind Befriedigung für Deine Eitelkeiten!"
Das war des Guten zu viel. Sicher, einige der Anschuldigungen trafen ohne Zweifel ins Schwarze. Aber dies konnte ich doch öffentlich und schon gar nicht Dionysos gegenüber eingestehen.
Ich raffte mich zum Gegenangriff auf:
„Und Du?", sprach ich erregt. „Du verführst die Menschen mit Wein! Sie berauschen sich und greifen trunken zur Gewalt. Die Frauen, die Mänaden, die Dich umgeben, sie vergewaltigen und töten die Männer, die ihnen im Rausche zu nahekommen. Hältst Du das als Gott für würdevoll?"
Dionysos schwieg für einen kurzen Moment. Seine Stirn legte sich in Falten. Dann sprach er mit leiser Stimme:

„Sie brauchen den Wein, um das, was Du der Welt gibst, nämlich die Untreue der Männer, die List und die Verschlagenheit, die Gewalt, die Lüge und Diktatur des Männlichen zu ertragen. Sie schlucken mit seiner Hilfe ihre Verzweiflung und Wut herunter, die sich in ihnen angesammelt hat! Mit Dir kam die männliche Übermacht, die Verachtung der Frau in die Welt. Ich aber versuche sie zu trösten!"

Was hatte ich nur für einen Sohn geboren, noch dazu aus meinem Schenkel? Dort hätte er doch alle Kraft meiner Muskeln einsaugen können! Stattdessen fällt er mir in den Rücken.
„Wenn schon Dein Herz für Frauen schlägt, dann kannst Du das Deine auch gleich einer Prinzessin aus Kreta schenken. Sie ist auf dem Weg zu Dir und wäre obendrein eine schöne Braut für Dich!"
„Ich wusste doch", zischte Dionysos verächtlich, „dass mit Deinem Besuch eine bestimmte Absicht verbunden ist. Wahrscheinlich hast Du sie geschwängert oder betrogen. Wie die vielen anderen Deiner Gespielinnen, willst Du sie loswerden, ohne dass ein Schatten auf Dein Handeln fällt. Ich will gar nicht wissen, welches Schicksal sie Deinetwegen erlitten hat. Bestimmt verstecken sich dahinter wieder Betrug und Verrat, wie damals bei meiner Mutter. Ich werde sie trotzdem mit offenen Armen empfangen, nicht um Dir, sondern um ihr zu helfen. Auf eine unglückliche Frau mehr oder weniger kommt es für mich nicht mehr an. Wie ist ihr Name?"
„Ariadne wird sie genannt. Du wirst sie am Strand vorfinden."

Ich war froh, meinen Sohn so rasch wie nur möglich verlassen zu können. Sein Schatten folgte mir allerdings weiterhin wie eine dunkle Wolke aus düsteren Gedanken. Ich wurde einfach meiner Aufgabe als Erster unter den Olympiern nicht gerecht und begann einen inneren Dialog über die Rolle als Gott zu führen: Einerseits sollte ich mich voller Würde, Wahrheit und Weisheit verhalten, andererseits mich als ein Gott präsentieren, der den Sterblichen nahesteht und allzu Menschliches in sich trägt. Es war schlichtweg die Quadratur des Kreises, die man von mir erwartete. Ein Ding der Unmöglichkeit! Ich schwor mir deshalb, es müsse etwas Bedeutsames geschehen mit mir und den anderen Göttern. So kann es nicht weitergehen!

Der Dreiruderer der Flüchtlinge aus Kreta legte lautlos an einem Strand der Insel Naxos an. Noch in einem Traum hatte ich dem schlafenden Theseus die Empfehlung gegeben, Ariadne stillschweigend an Land zu tragen und sich dann rasch auf und davon zu machen.

Als sich der Bug im ersten Morgengrauen auf den Sand schob, nahm er die tief schlafende Ariadne in seine kräftigen Arme, trug sie an Land und legte sie sorgsam in einer Düne nieder. Rasch begab er sich wieder auf sein Schiff und ließ den Bug Richtung Athen und Attika wenden. Das schwarze Segel blähte sich und wie von selbst durchpflügte der Dreiruder die Wogen Richtung Westen.

Ariadne ruhte nichtsahnend im Schlaf der Gerechten. Die ersten zarten Strahlen der rosenfingrigen Eos überzogen wie tröstend ihre schlummernde Gestalt. Erst ein zarter Glockenklang aus der Ferne löste sie langsam aus des Hypnos Armen. Noch geschlossenen Auges begann sie sich zu dehnen und zu gähnen, und streckte dabei ihren Arm aus, um mit Theseus den Morgen zu begrüßen. Aber sie griff nur in den Sand. Er zerrann in ihren Fingern, wie das Schicksal, das nicht fest zu halten ist.

Erschrocken blickte Ariadne um sich. Sie wusste zunächst nicht, wo sie sich befand. Anstelle harter Planken und eines leicht wiegenden Schiffes, fand sie sich auf festem Boden und gebettet in weichen Sand wieder. Als sie das Schiff in der Ferne gewahr wurde, ahnte sie den Verrat des Theseus, wollte ihn aber nicht wahrhaben. Sie konnte nicht glauben, dass ihr Geliebter sein Versprechen gebrochen und sie mutterseelenallein zurücklassen würde. Einsam in der Düne kauernd, begann sie sogleich ihr Schicksal zu beklagen. Sie schlug sich an die Brust, rief mich zum Zeugen für den Verrat des Atheners an. Immer wieder zählte sie die Wohltat, das Wagnis auf, das sie für ihn in Kreta auf sich genommen hatte, um Theseus und seine Gefährten zu befreien. Angesichts der vielen Tränen, die im Sand von Naxos versickerten, rührte die beklagenswerte Ariadne mein Herz, brachte es nahezu zum Zerfließen. Ihr Elend bedauernd, schwor ich mir, künftig mehr die Empfindsamkeit und Liebe der Frauen zu respektieren.

Der Wind trug einen hellen Glockenklang immer deutlicher an ihr Ohr. Der Weingott Dionysos hatte sein Versprechen wahrgemacht. Trotz durchzechter Nacht stapfte er mit seinem Gefolge über die Dünen. Die torkelnde Schar zog ein Weinfass hinter sich her, grölte und sang fröhliche Lieder, ganz ohne Verständnis für das bedauernswerte Schicksal der Ariadne. Dionysos beugte vor Ariadne sein Knie, wie ich ihn gebeten hatte, strich ihr tröstend übers Haar, trocknete mit Weinlaub die Tränen und reichte ihr einen Becher randvoll gefüllt mit Wein.

„Da - trink! Der Wein wird Dich wärmen und das Vergessen beschleunigen!"

Sie leerte den Krug in einem Zug. Unfähig für einen vernünftigen Gedanken heulte sie vor Wut auf, verfluchte Theseus und ungerechter Weise auch mich - Zeus, der solch eine Schurkerei in der Welt duldete. Sie schrie ihr Unrecht hinaus in die Weite des Meeres, ballte die Fäuste gen Himmel, um mir meine Ungerechtigkeit vorzuhalten. Dann, den Becher des Dionysos ins Meer schleudernd, brach sie in sich zusammen.

Dionysos, der selbsternannte Frauen-Versteher, nutzte die Gelegenheit, um die Wehrlose zu entkleiden, streichelte zärtlich ihre Glieder, bis die verwirrte Ariadne „Theseus, ach mein Theseus!" stöhnte, um im Glauben, er wäre es, der sich da über sie beugte, ihre Schenkel zu öffnen, um ihn zu empfangen.

Seit dieser Zeit wird einmal im Jahr das Geschehen am Strand von Naxos feierlich mit Pomp und Getöse zelebriert.

Der Fluch der Ariadne aber wurde von den Erinnyen erhört, die am Schicksal der Menschen weben. Sie straften Theseus auf dem Heimweg mit Vergesslichkeit. Als sich sein Schiff der attischen Küste und dem Kap Sunion näherte, stand Vater Aegeus, wie all die Tage zuvor, voller Sehnsucht Ausschau haltend, auf der Felsspitze. Er schob die Hand vor die Augen, um in ihrem Schatten den Meereshorizont nach der Triere seines Sohnes abzusuchen. Da tauchte ein schwarzer Punkt in der Ferne zwischen den Inselschatten auf. Unzweifelhaft war es das Schiff der Athener, das mit seinem schwarzen Segel auf Attika zusteuerte.

Theseus hatte schlichtweg die Bitte seines Vaters vor der Abreise nach Kreta vergessen: Hatte es doch geheißen: Er solle das weiße, das „fröhliche" Segel hissen, wenn er und die anderen Geiseln wohlbehalten zurückkehre. Zöge die Mannschaft aber das

Schwarze auf, dann würde das für den Vater den Tod des Theseus bedeuten.

Aegeus, das schwarze Segel gewahr werdend, vom vermeintlichen Verlust seines Sohnes und von tiefer Trauer übermannt, trat voller Verzweiflung an den Rand des Felsens und stürzte sich ohne langes Zaudern hinunter. Sein Körper zerschellte an den Klippen jenes Meeres, das hinfort seinen Namen trug – „ägäisches" Meer.

Auch der delphische Orakelspruch erfüllte sich im selbst gewählten Tod, hatte Aegeus doch seinerzeit in Troizen ganz entgegen dem Rat des Apollon den Weinschlauch geöffnet und, noch bevor er nach Athen zurückgekehrt war, jenen Sohn vermeintlich gezeugt, der ihn später ins Unglück stürzen sollte.

Theseus aber kehrte nach Athen zurück, betrauerte den Tod seines Vaters - und wurde König von Athen.

9. Tag

Den ganzen Tag über war mir Klara nicht begegnet: Nicht am Strand, nicht am Pool, nicht im Restaurant! Ob Sie sich wohl vor mir versteckt? Vielleicht war ich am Vorabend doch zu aufdringlich gewesen. Vielleicht benötigt sie einfach nur mehr Zeit. Aber bald, noch an diesem Abend, werde ich erfahren, wie sich die Zukunft für uns Beide entwickeln wird. Ob wir uns wohl weiter annähern werden?

Ich ertappe mich dabei, dass ich in impulsiven Momenten wie diesen, da ich im sanften Abendlicht in der Hängematte vor meiner Hütte auf Professor Shantu warte, plötzlich dazu neige, doch an die Fähigkeiten der Palmblätter zu glauben. Kaum gestehe ich mir das ein, schon befallen mich erneut Zweifel. Nein, ich sollte mich wie die Inder verhalten: Auf das vertrauen, was das Schicksal mit mir vorhat!

Später Nachmittag! Das ist die Stunde, in der ein manches Mal für Sekunden ein grünes Leuchten auftaucht. Es sind diese letz-

ten Minuten der Sonne, sobald sie sich im Westen dem Meereshorizont nähert. Je tiefer sie steigt, umso intensiver schickt sie Feuerfarben über die Welt, bis das Wasser die Flammen endgültig löscht und sich ein samtenes Zwielicht ausbreitet. Danach geht alles ganz schnell: Die Nacht bricht von einer Sekunde auf die andere herein, als werfe man eine Decke über das Land. Ehe man sich umblickt, wird es dunkel. Lampen und Laternen glimmen auf. Sie beleuchten zaghaft die Wege und Hütten des Resorts, reichen aber nicht hinüber zu den tropischen Büschen und Bäumen, die sich in der Dunkelheit verstecken. Die Vögel haben sich in ihre nächtlichen Schatten zurückgezogen. Sie rascheln und pfeifen, bevor sie sich in die Nester begeben.
Obwohl die Sonne längst unter den Horizont getaucht ist, hat die Hitze nur unmerklich abgenommen. Meine Haut ist unter dem T-Shirt feucht, meine Neigung zur Bewegung eingeschränkt. Eine gewisse tropische Schwere lastet auf mir und so genieße ich ganz unbeweglich diese stillen Minuten der Dämmerung.

Eine weiß gewandete Person gleitet den Steinweg herunter. Wie ein Geist hüpft sie von Stufe zu Stufe und kommt rasch auf meine Hütte zu. Unter dem Arm trägt die Gestalt ein Bündel, in der Hand eine Tasche. Ich erkenne Professor Shantu. Die Tasche mit meinen Palmblättern stellt er neben meiner Hängematte ab.
„Ich hoffe, Sie haben es sich inzwischen nicht anders überlegt! Sind Sie also bereit, mich in der kommenden Stunde als Begleiter, als Instruktor, als Reader in der Welt der Veden zu akzeptieren?"
Ich erhebe mich ein wenig mühsam aus der Hängematte.
„Muss ich mich denn völlig Ihnen überlassen, oder kann ich von einem Moment auf den anderen abbrechen, sobald mir etwas zu Nahe geht und ich mich bedroht fühle?"
Shantu blickt mir irritiert in die Augen, als wolle er dort meine Zweifel orten und ausreißen. Dann öffnet er die Tasche, die er unter dem Arm getragen hat und faltet die Palmblätter auf.
„Vertrauen Sie mir!" bittet er mit beschwörendem Lächeln. „Ich würde nur ungern mir selber schaden. Ich benötige Sie ja noch zur Beurteilung der Palmblätter des Alexander!"
Er geht in die Knie, rollt zwei Matten aus weichem Plastik auf der Terrasse aus, erhebt sich und streckt mir seine Hand entgegen.
„Machen wir einen Deal! Ich sorge dafür, dass Sie ohne seelischen Schaden von unserer mentalen Reise zurückkehren. Denn

es ist eine Art Reise durch eine phantastische Welt. Und Sie liefern mir eine wahrheitsgetreue Beschreibung und Analyse der Palmblätter des Alexander. Einverstanden?"
Ich nicke zustimmend und schlage ein.
„Wie lange wird diese Sitzung heute Abend dauern?" frage ich, in der Hoffnung vielleicht später noch Klara begegnen zu können, um ihr von meiner Befragung zu erzählen. Bestimmt würde sie das interessieren.
„Das lässt sich kaum vorhersagen. Wir verlassen auf dieser Reise Raum und Zeit und dringen, wie seinerzeit die Rishis in die Sphäre des Akasha ein. Das gelingt nur über eine tiefe Meditation. Da kann man ein Ankommen, eine Rückkehr in die Realität kaum vorherbestimmen! Ich hoffe uns stört dabei keiner!"
Er setzt sich auf eine der beiden Mappen und deutet neben sich auf die Zweite.
„Legen Sie sich bitte entspannt darauf! Strecken Sie sich auf dem Rücken aus!"

Seine Stimme klingt sicher und überzeugend, so als würde er seit Jahrhunderten nichts Anderes machen und uns beide wissend auf einen Weg führen, der ihm gut bekannt ist. Shantu hat das Zepter für den Augenblick übernommen. Ohne zu murren, akzeptiere ich seine beginnende Führerschaft. Seine Stimme nimmt ein samtenes Timbre an, die Worte fließen melodiös in ruhigen Rhythmus. Sie schmeicheln dem Ohr. Seine Sätze sind von Pausen der Stille, gleichsam wie Gedankenstrichen unterbrochen. Fast singend weist er mich an:

„Das Gewicht Ihres Körpers versinkt unter Ihrem Rücken. Es dringt ein in die Matte, auf der Sie ruhen - und durch sie hindurch. Es versinkt in der Erde, so dass Sie sich jetzt leicht fühlen - wie befreit von der üblichen Last Ihres Körpers!"

Seine Stimme klingt weich. Er spricht gedämpft, nahezu in einschläferndem Singsang.

„Es ist Nacht um Sie herum und schwarz.
Jetzt, da Sie sich an die Dunkelheit gewöhnt haben, mischt sich in die Schwärze ein dunkles Blau.
Schauen Sie hinauf! Über Ihnen weitet sich ein gewaltiges tiefblaues Meer, in dem Tausende von Sternen glänzen und glitzern!"

Über mir spannt sich tatsächlich ein prächtiger Nachthimmel, gesprenkelt mit unendlich vielen, mit aufblitzenden Sternen. Atemberaubend geradezu!

Für einen kurzen Moment erinnere ich mich an so manche Abendstunde meines Lebens in jüngeren Jahren. Auf dem Rücken liegend, habe ich, wenn sich die Gelegenheit bot, an den Gestaden des Mittelmeeres oft wie gebannt nach oben geblickt. Und jedes Mal hat mich aufs Neue die Unendlichkeit des Firmaments fasziniert. Ich musste mich ein manches Mal zwingen, mich von diesem Anblick loszureißen, denn er machte mich geradezu süchtig. Die Vorstellung, dass sich hinter diesen Sternen, den Planeten und Sonnensystemen immer noch weitere kosmische Welten ausdehnen, ließ mich vor Ehrfurcht erstarren.
Sicher hat auch Alexander der Große staunend den Himmel betrachtet, eine Verbindung zu den Sternen gefunden, indem er dort oben die göttlichen Sternbilder seiner mythischen Welt gefunden und dankbar angebetet hat. Denn es waren vor allem die Sterne, die ihn auf seinen Reisen zu Land und zu Wasser geführt haben. Aus ihren Konstellationen haben seine persischen wie indischen Astrologen die Zukunft berechnet.
Nach kurzer Pause und Stille erhebt Shantu erneut seine Stimme:

„Konzentrieren Sie sich auf einen dieser Sterne. Suchen Sie sich einen heraus, der Sie besonders anzieht. Vielleicht blinkt er in mehreren Farben und pulsiert, als würde er atmen…Oder der Stern ist besonders groß … Vielleicht entdecken Sie Ihren Stern in einer Himmelsregion, in der er einen Mittelpunkt einer geometrischen Form darstellt… Suchen Sie sich einen Diamanten... Suchen Sie sich Ihren Stern heraus!"

Die Wiederholung der Sentenzen und Worte, die Kunstpausen, mit denen Shantu seiner Stimme einen langsamen, aber eindringlichen Rhythmus verleiht, versetzen mich in einen apathischen, nahezu hypnotischen Zustand. Ich verfalle in eine aufmerksame Passivität. Mein Körper ist nicht spürbar, die Sinne bleiben hellwach, meine Seele entspannt, als warte sie ab.
Ich habe inzwischen meinen Stern gefunden und versuche mich auf ihn zu konzentrieren. Wenn ich ihn mehrmals anpeile, ihn fokussiere, glaube ich ihn nicht verlieren zu können.

Tatsächlich! Was ich zunächst nicht für möglich gehalten habe: Nach mehrmaligem Abschweifen, entdecke ich meinen Stern immer wieder in diesem unübersichtlichen Chaos. Er pulsiert! Es ist, als würde er mich grüßen.

Shantu räuspert sich leise. Er will mich nicht erschrecken, will mich nur an seine Anwesenheit erinnern. Als ob er meine Empfindung ahnt, sagt er, abermals in einer langsamen Sprechweise erstmals das intime Du wählend:
„Jetzt hast Du Deinen Stern gefunden … einen Planeten - eine Erde - einen leuchtenden Ball aus Gas oder Feuer - oder eine neue Welt.
Das ist Dein Stern - gib ihm Deinen Namen …Taufe ihn! Und sobald er Deinen Namen trägt, sobald er Deine Eigenschaften besitzt, wird er ganz anders leuchten als all die anderen Sterne… Keiner ist wie der andere…Das ist das Akasha!
Er unterscheidet sich, so wie Du Dich von anderen Menschen unterscheidest…Du wirst ihn immer wieder erkennen … findest ihn jederzeit unter all den anderen heraus … und kehrst zu ihm am Ende dieses Lebens zurück!"

Je länger, je intensiver ich mich auf diesen Stern konzentriere, desto vertrauter erscheint er mir. In ihm erkenne ich einen Freund, dann einen Bruder oder eine Schwester, schließlich einen Vater und eine Mutter. Und ich fühle in ihm vor allem die Welt meines Ichs. Ich erfahre, dass ich es bin - dieser Lichtpunkt da oben in einer Sternenwelt, die mir wie eine Spiegelung der Erde erscheint, auf der ich lebe. Mir ist, als wäre mein Stern eine pulsierende Kopie meines Ichs in einer anderen Sphäre, als würde er mich beobachten, ohne dass ich dies bisher in all den Jahren bemerkt hätte. Eine starke Sehnsucht nach ihm steigt in mir auf: Ich möchte ihm nahe sein, ihn berühren, auf ihm leben.

„Und jetzt," flüstert Shantu neben mir. „Jetzt schließe bitte Deine Augen!... Siehst Du das Schwarz unter Deinen Lidern?... In dieser Dunkelheit leuchtet Dein Stern als kleiner Lichtpunkt weiter…Alle anderen um ihn herum haben ihre Strahlkraft verloren. Einzig Dein Stern glänzt weiter in der Dunkelheit!"

Unter meinen geschlossenen Augen war es zunächst rot geworden, dann schwarz, und wie auf seinen Hinweis hin blinkt mich mein Stern an. Ganz allein und groß wie der Kopf einer Stecknadel, blitzt er unter meinen Lidern auf. Er tanzt noch ein wenig auf und ab, dreht kleine Kreise, beruhigt sich aber mehr und mehr. Da beginnt Shantu neben mir zu summen. Er summt, als wolle er meinen Stern besänftigen und zugleich auch mich beruhigen, der ich mit geschlossenen Augen ungeschützt auf seiner Matte liege.

Es muss wohl eine alte Melodie sein, die Shantu vor sich hin summt. Sie erinnert mich an Schlaflieder, in denen kaum ein Rhythmus das Befinden erregt. Das Summen gleicht den samtenen Tönen eines indischen Harmoniums, das, mit der Hand von einem Blasebalg betrieben, wie ein schottischer Dudelsack klingt: Mitunter sind die Töne vergleichbar dem langgezogenen Brummen eines friedlichen Bären. Manchmal schwillt der Ton an, dann wird er leiser, dann wieder lauter, wird höher oder tiefer, und setzt sich schließlich in einem neuen Summton fort, um sich danach wie in einer Endlosschleife zu wiederholen.
Das Summen wandelt sich in meinen Ohren zu einer fremdartigen Musik, die vielleicht die ersten Menschen in ihren Höhlen gesungen haben, um ihre Götter um Frieden zu bitten, um erfolgreiches Jagdglück oder erträgliches Wetter. Als wäre mir die Melodie seit Jahrtausenden bekannt, als hätte sie sich schon immer in mir befunden, vereint sie sich jetzt mit Tönen aus den Tiefen meines Inneren. Sie nimmt von mir Besitz, durchzieht meine Beine und Arme, die leichter und leichter werden. Sie löscht dabei in mir das Gefühl für Zeit!

Irgendwann wird die Melodie leiser. Shantu erhebt sanft seine Stimme:
„Spürst Du das? Deine Glieder werden leicht und leichter …
Als ob sie sich in Flügeln mit Federn verwandeln…
Weit sind sie jetzt ausgespannt - Deine Arme…
Sie spüren den Wind, der sie streichelt, ihnen Auftrieb verleiht…
Aus Deinen Armen werden zwei Schwingen, die sich weit, ganz weit ausbreiten…weit ausstrecken… damit Sie fliegen können…
endlich fliegen!
Sie fühlen sich leicht und frei…Ihnen fehlt nur noch ein Wort, - jetzt, kurz vor dem Abheben, benötigen sie ein Zauberwort, um Dich von der Erde zu befreien.

Das erste Wort des Menschen - zwei Ur-Laute, die wir verloren haben."
Ich spüre einen unendlichen Drang meine Arme auszubreiten, mich zu erheben, los zu fliegen. Genauso habe ich es häufig in manchen nächtlichen Träumen erlebt. So muss es auch Zeus, wie in den Palmblättern beschrieben, erlebt haben, als er von Korinth, von seiner Schwestergöttin aus, ins All aufbrach. Mir ist klar, dass Zeus, dass die Götter nur eine Fiktion sind, die wir geformt haben, und mir wird bewusst, dass wir diese Fiktion, dieses Göttliche in uns zum Leben erwecken müssen, um endlich fliegen zu können. Es fehlt dazu eben nur ein Zauberwort, die Formel, mit der wir unsere Grenzen überwinden können.

Shantu singt immer noch leise vor sich hin. Er murmelt unzusammenhängende Laute, die er schließlich für mich zu begreifbaren Sätzen formt:
„Hörst Du jetzt die Musik, den Klang, der Dich auf das Ur-Wort vorbereitet - auf den Beginn aller Sprache, allen Sprechens?"
Er summt nun nicht mehr und dennoch hallt seine Melodie weiter in meinen Ohren nach. Ganz zart und süß klingt dieses Echo. Aus seiner Ferne nähert sich etwas, das ich nicht erkennen, aber deutlich wahrnehmen kann. Es sind zwei Laute, die näherkommen und sich ständig wiederholen. Ich gebe mir Mühe, ich lausche, aber ich kann die Laute nicht auseinanderhalten.

„Du darfst sie nicht aussprechen – diese zwei Urlaute! Du darfst sie nie nach außen dringen lassen, nie anderen mitteilen und auch nicht schreiben, sonst verstummen, verlieren, verdampfen, verflüchtigen sie sich – diese beiden Laute. Du darfst Sie nur in Deinem Inneren verwenden. Das ist das uralte Gesetz der Rishis. Du musst es mir versprechen!"
„Sie werden nicht über meine Lippen nach außen dringen! Weder in Wort noch in Schrift!", so flüstere ich gehorsam mit geschlossenen Augen. Ich bin gierig nach diesen beiden Urlauten…
Jetzt, endlich, kommen sie mir auch ganz nah … erreichen mich, überfluten meine Ohren … legen sich mir leicht auf die Brust … wie zwei Schmetterlinge, die auf mir landen.

Wie von selbst atme ich das Urwort in mich auf, beginne den einen Laut beim Einatmen zu denken und den anderen beim Aus-

atmen. Der Atem und das Denken - Körper und Seele finden zueinander wie ein Paar. Der Laut fügt sich in das Einziehen meines Atems und klingt, als ob er all das, was außerhalb von mir existiert, mir einverleiben und aufsaugen will. Er sammelt die Kraft der Welt. Der andere Laut des Ausatmens stößt sie wiederum aus, macht mich frei, still und leicht! Regelmäßig und gelassen überlasse ich mich diesem Dialog der beiden Laute…
Ich atme, ich denke in mich hinein…fessele mich mit meinem Ich, atme dann wieder aus, befreie mich und werde frei…
Atme ein… und wieder aus …
In mir wird es still…
Ich atme ein und aus…
Mein Puls beruhigt sich… der Herzschlag verlangsamt sich…

Während ich auf diese Weise in ständigem Rhythmus meditiere, verfliegen all die vielen Erinnerungen und Vorhaben, die sonst als nervöse Gedanken unruhig kommen und gehen! Je öfter ich atme und in meinen Inneren dem Klang der Laute lausche, diese sich wiederum mit dem Atem verbinden, desto leichter fühle ich mich, als könnte ich im nächsten Moment abheben.

Shantu hat wieder begonnen zu summen, und über diesen Singsang hinweg fordert er mich auf: „Wenn Du willst, versuche zu fliegen! Du kannst es ganz sicher!"

Ich breite meine Arme aus. Soweit es nur geht, strecke ich sie aus, dehne meine Sehnen und Muskeln. Sie füllen sich mit Energie, mit dem Rhythmus des Ein- und Ausatmens, mit den Urlauten, die inzwischen durch meine Adern fließen und meinen Kreislauf durchströmen.
Jetzt bin ich mir sicher, bin ganz ohne Angst.
Ich weiß: Meine Arme, meine Flügel - sie können mich tragen, wenn alles harmoniert, wenn das Ein- und Ausatmen im gleichen Takt mit dem Auf- und Abschwingen meiner Arme geschieht!

Auf den melodiösen Summtönen Shantus ruhend, die mich wie ein Aufwind anwehen, erhebe ich mich vorsichtig. Ich nehme Anlauf, verliere den Boden unter den Füßen und gleite in die Dunkelheit hinein. Mein Ziel ist der Stern, den ich mir als den meinen auserkoren habe. Ihn will ich mit geschlossenen Augen anpeilen. Ich gleite, segle ganz mühelos durch den nachtblauen Raum.

Es ist leicht zu fliegen... wie ein Adler, wie Zeus, der seine Flügel im gleichmäßigen Takt und voller Kraft auf und abschwingt.
Ich atme ein, und in meinen Gedanken sehe ich, wie sich meine weit ausgebreiteten Arme, die zu Flügeln geworden sind, nach oben schwingen.
Ich atme aus und bewege sie nach unten!
Und so atme ich ein und aus... erhebe mich in die Lüfte in besonnenem Rhythmus.
Ich kann fliegen, tatsächlich fliegen!
Ich gleite langsam auf dunklen Luftströmen durch die tiefe Nacht.
Ich treibe durch den nachtblauen Raum, in dem die Unendlichkeit regiert.
Zeit spielt keine Rolle. Eine Stunde ist keine Stunde mehr und eine Minute keine Minute!
Das Gesetz der Schwerkraft, dem ich seit der Geburt unterliege, ist aufgehoben.
Ich segle durch das All!
Nebenan ziehen blinkende Sternhaufen vorbei. Manchmal begleiten mich glitzernde Teppiche, gewebt aus Himmelskörpern - ein manches Mal sprühende Sternennebel.
Nur der bleiche Mond dort drüben lässt mich leicht frösteln.
Unter mir schrumpft die blaue Erde zu einem kleinen Ball, der wie hilflos in der Atmosphäre hängt, mir unwichtig erscheint angesichts der Unendlichkeit, die mich umgibt.

Manche Sterne pulsieren freundlich herüber, als wollten Sie mich locken. Manche zirpen sanft wie Grillen. Andere klingeln so glockenhell, dass ich ihrer Musik nicht wiederstehen kann. Ihre Melodien dringen tief in mich hinein, verleihen mir innere Ruhe, so dass ich gelassen weiterschweben kann, stets den Gleichklang genießend, in dem Atem, Arme oder Flügel und Gedanken ineinanderfließen.

Langsam nimmt mein Ziel seine Form an. Je näher ich meinem Stern entgegen segle, wächst er aus der Dunkelheit heraus, wird er ständig größer. Sein freundliches Blinken, sein Pulsieren harmoniert mit dem Takt meines Atems, mit dem wiederholten Denken der beiden Laute und dem Schlag meiner Flügel. Je geringer der Abstand zu ihm, desto deutlicher kann ich die Form einer Kugel erkennen.

Es ist mein Stern, meine einzigartige Welt, die ich mir ausgewählt habe. Anstelle der verlorenen Schwerkraft der Erde, ist es jetzt die Zuneigung, die mich zu ihm hinzieht.
Er gleicht der Erdkugel, von der ich komme. Ich kann auf ihm unbekannte Kontinente, Ozeane, Gebirgszüge, Wüsten, fruchtbare Ländereien erkennen.
Ich gleite über eine weite Wüste hinweg. Sie ist voller Sand und gelb leuchtender Dünen. Sie ist trocken und unwirtlich. Kein Gras, kein Baum weit und breit. Eine Wüste voller Leid, voller Hoffnung und Kummer: so schmerzvoll wie der Verlust eines geliebten Menschen oder wenn einen die Enttäuschung im Leben heimsucht. Ich kenne diese Wüste, als liege sie in mir, als wäre sie ein dunkler Teil meiner eigenen Geschichte.
Diese Wüste bin ich! Aus ihrem spröden Sand besteht ein Teil meines Lebens. Auch ich habe mich immer wieder durch karge Zeiten schleppen müssen, als es darum ging den Verrat meines Vaters, den Tod meiner Mutter und schließlich mich selbst zu akzeptieren.
Diese Wüste steckt immer noch tief in mir! Ich gleite über sie hinweg - in der Hoffnung, dass Trockenheit und Dürre endlich ein Ende finden.

Mehr und mehr grüne Flächen tauchen im Dunst der Ferne auf. Ein von Hügeln durchzogenes Weideland kündigt sich am Horizont an. Nach der leidvollen Dürre genieße ich das satte Grün.
Auf das Grasland zu segelnd sage ich mir: Ich habe die Wüste überstanden! Hier unten könnte ich leben. Doch eine Heimat ohne Busch und Baum, ohne plätschernde Bäche und strömende Flüsse ist mir auf Dauer zu eintönig. Dieses Land dort unten erinnert mich allzu sehr an die Jahre hinter dem Schreibtisch, an mein Vertiefen in archäologische Ungereimtheiten, an die Tage, die ich wie in einem nicht endenden Monolog verbracht habe. Ein erträgliches Leben war das zwar, aber einförmig und zum Sterben langweilig! Und so lasse ich die Wiesenhügel in der Hoffnung zurück, an ihrem Ende auf eine noch prächtigere Region meines Sterns zu stoßen. Es ist ein weites Feld, das sich da unter mir erstreckt. Ich muss ein wenig Tempo zulegen, um darüber hinwegzukommen.

Endlich! Am Horizont taucht, soweit das Auge der Krümmung meines Planeten zu folgen vermag, ein blauer Streifen auf. Dort,

wo das Grasland endet, breitet sich nun ein Meer als neuer Erfahrungsabschnitt meines Lebens aus. Der Anblick enttäuscht mich, denn je weiter ich über das Wasser hinweg und hinaus auf das Meer segle, desto unwirtlicher erscheint mir mein Stern.
Allmählich erschöpft mich das Fliegen. Der aufkommende Gegenwind macht mir zu schaffen. Unten treiben wilde Wellen Schaumkämme vor sich her. Düstere Regenwolken ziehen entgegen. Das wütende Meer wird mir unheimlich. Meine Schwingen vibrieren im Sturm und meine Arme, meine Flügel werden so schwer, als bestanden sie aus nassen Federn. Ich habe Angst abzustürzen und dem Ikarus gleich in heftigen Wassern zu ertrinken.
Ich fühle und erkenne: Das sind die wirklich schlimmen, die traurigen Stunden meines Lebens, die nachhaltigen Enttäuschungen, die mich manches Mal zurückgeworfen haben.
Ich beiße die Zähne zusammen und denke: Mein Gott! Wäre ich doch vorhin mit den Wiesen am Rande der Wüste zufrieden gewesen! Es gibt nichts Schlimmeres als diese tödliche Wasserwüste dort unten!

Während ich noch atemlos gegen den Wind ankämpfe, während mich die Kräfte langsam verlassen, zeigt sich im Wolkendunst am Horizont eine Küstenlinie. Sie macht mir Hoffnung, gibt mir die Kraft weiterzufliegen, durchzuhalten. Mein Atem, immer noch in Übereinstimmung mit dem Schlag der Flügel, beruhigt sich. Sein Rhythmus verlangsamt sich und die Töne, die in meinem Inneren mit ihm in Verbindung stehen, werden leiser.

Ich erreiche das Neuland, gleite in einen blauen Himmel hinein und erwärme mich an den Sonnenstrahlen. Aus der Höhe betrachtet, erscheint mir meine Erde dort unten wie ein Paradies: Saftige Wiesen, durch die Bäche und Flüsse mäandern; Silbrige Seen, die zu meinen Füßen wie blanke Perlen leuchten; Und Wälder, dunkel und geheimnisvoll wie in alten Märchen. Keine Wolke trübt den Himmel, kein Lufthauch strömt mir entgegen und verlangt mir Energie ab und Bewegung. Das Herz geht mir auf bei diesem Blick über eine Landschaft, die Glück verspricht und Positives, Erholung und Gesundheit.

Ich kann nicht widerstehen, segele abwärts, tauche ein in dieses fruchtbare Paradies: Labsal für meine Seele. Und während ich hinuntergleite, vermag ich auch wieder das Summen zu hören, mit dem Shantu mich schon die ganze Zeit begleitet hat, ohne dass ich es wahrgenommen hatte. Ich schwebe herab, lasse mich mit ausgebreiteten Flügeln, mit weit geöffneten Armen fallen, als wollten sie die ganze Welt dort unten umarmen. Sie ist mein gutes Leben, meine Welt, mein Stern! Hier will ich bleiben!

Ich fühle wieder Boden unter meinen Füßen, strecke mich im hohen Gras aus und blicke nach oben in den blauen Himmel, der rundum gesäumt ist von einem Meer aus weißen, leuchtenden Blumen und Obstbäumen in voller Blüte, die ein Windhauch sanft bewegt, so dass ihre Blütenblätter wie Schneeflocken von den Ästen rieseln. Das muss die schöne Zeit meines Lebens sein, jene, die war und jene, die hoffentlich kommt! Es fehlt mir nur meine Kindheit, meine Mutter!

In Shantus Summen mischt sich jetzt das der Bienen, die friedlich Nektar aus den Blumenblüten trinken. Von nahen Ästen her kann ich das Zwitschern der Vögel hören. Ich öffne mich, als will ich in diesem Moment mit der Natur verschmelzen, mit diesem Stern. So liege ich da, sehne mich nach meiner Kindheit, meiner Mutter. Beide fehlen mir noch zum vollkommenen Glück.
Ich ruhe, warte stumm und voller Geduld: Lediglich die Silben der Urworte wiederholen sich, pulsieren im Hintergrund meiner Seele wie von selbst. Alles ist still und warm und hell in dieser meiner Welt. Vielleicht war es so, als ich glücklich im Leib meiner Mutter geschwommen bin, umgeben von einer Schutzhaut, plantschend im Fruchtwasser, damals noch unbeschwert und ganz ohne belastendes Schicksal.
Auch das ist mein Leben! Meine Mutter! Jetzt erst kann ich sie sehen, wie sie sich im hohen Gras aufrichtet. Eine unendliche Sehnsucht ergreift mich nach ihr, süß und bitter zugleich! Tränen trüben meine Augen in diesem Moment. Ich will nach ihr greifen, doch ich kann sie nicht erreichen.
Meine Lippen formen das Wort „Bitte!", aber kein Ton verlässt meinen Mund. Sie schaut mich an, liebevoll, wie sie mich als Kind immer angeblickt hat und sagt:
„Pass auf! Gleich erscheint der Große!"
Ich frage mich: Wer ist der Große? Ein Gott?
Sie antwortet, als hätte Sie mich gehört:
„Der Große! Dein Vater!"

In diesem Augenblick schießt wie ein Pfeil eine ungeheure Angst in mich hinein und verkrampft mit seinem Gift meine Seele. Ich will ihn nicht sehen, auf keinen Fall!
Ich ertrage ihn nicht! Ich habe Angst vor ihm! Wie schon damals im Leben, macht sie ihn größer als er wirklich war!
Meine Mutter winkt mir kurz zu. Sie lächelt und verflüchtigt sich im Flimmern der Wärme über der Wiese: so, wie damals, als ich in ihr Zimmer trat und glaubte, nach ihrem Tod noch ein Zipfel ihrer Seele zu erkennen. Die Materie hatte sich zwar verflüchtig, aber das Bild von ihr ist mir nie verlorengegangen!

Ich warte stumm auf ihr Wiedererscheinen, aber nichts tut sich weiter in dieser Welt, die offenbar über keinen Anfang und kein Ende verfügt, dafür über Wüsten, Wiesen, Meere und Paradiese. Alles ist hier gleichzeitig auf diesem Planeten vorhanden. Eine lineare Zeit gibt es nicht. Mein Ich existiert in ewiger Stille. Nur über Shantus Summen bin ich noch mit einer anderen Welt verbunden, jener, aus der ich gekommen war.

Welche ist nun die Wirkliche? Existiert mein Stern nur in meiner Vorstellungskraft oder ist dort unten eine unvollkommene, eine falsche Welt?

Im hohen Gras liegend erinnere ich mich an Shantu, dessen Stimme mich zwar begleitet hat, nicht aber seine Person. Ich kann ihn wie in einem Rückspiegel vor meinem inneren Auge erblicken: wie er sich in meine Palmblätter versenkt, wie er die Beschreibung meines Lebens studiert.

Warum hat er mich fortgeschickt? Damit ich den Geist einer anderen Welt begreife, die noch tief in mir in den Schichten des Unterbewusstseins verschüttet lebt, einer Welt, in der alles gleichzeitig vorhanden ist und die sich stets wiederholt. So müssen es wohl auch die sieben Rishis empfunden haben, als sie vor tausenden Jahren damit begannen, die Schicksale der Menschen auf Palmblätter zu schreiben, nachdem sie das Akasha besucht hatten.

Shantu sitzt dort unten neben meiner Hütte und liest in einem der Blätter. Ich kann ihn hören. Aus seinem Summen ist jetzt ein Flüstern geworden. Als „Nadi", als religiöser Führer und Palmblatt-

Kenner, hat er die Aufgabe übernommen, für mich Moderator und Mittler zwischen den Welten zu sein:
„Wann hat Deine Mutter Ihre Welt verlassen? Das hast Du mich gefragt!"
So spricht er und legt eine Kunstpause ein, blickt nach oben, als könne er mich über Tausende von Meilen sehen. Als wäre es ganz selbstverständlich, dass ich ihn hören kann:
„Auf Deinem Palmblatt steht: Die Trauer habe Dich überkommen, als Du die Mitte Deines Lebens erreicht hast. Es war Anfang Mai, als Du ihr Zimmer betreten und gerade noch gesehen hast, wie ihre Seele zu ihrem eigenen Stern aufgebrochen ist. Solltest Du Deiner Mutter auch auf Deinem Stern begegnet sein, dann ist das, was Du erblickst, nur eine Idee von ihr und eine Erinnerung, die überlebt hat! Ihre Materie verschwand nach ihrem Tod für immer. Doch ihre Energie existiert in Deiner Gedankenwelt weiter! Was haben die Rishis schon zu ihrer Zeit festgestellt? - Nichts geht verloren!"
Seine Antwort verwundert mich nicht. Obwohl meine Palmblätter meine Frage nach dem Tod meiner Mutter tatsächlich richtig beantwortet haben, bleibe ich erstaunlich ruhig und gelassen. Es war Anfang Mai. Es war in der Mitte meines Lebens!

Immer noch liege ich ausgestreckt auf dem Rücken in der hohen Wiese zwischen Blumen und Blüten. Langsam senkt sich die Sonne dem Horizont entgegen. Das Licht und die Töne werden klarer. Das Summen Shantus lässt ganz leicht die Grashalme erzittern. In der Nähe höre ich jetzt ein leises Rauschen. Es wird ein Bach sein, vermute ich, - ein Bach, der sich durch die Wiese schlängelt. Solch ein kleines, klares Gewässer gehört zu einer glücklichen Landschaft, wie ich sie mir auf meinem Stern erwarte.

Ich krieche auf allen Vieren dorthin, wo ich die Quelle des Gluckerns vermute - diese verlockende Musik der Natur, die Erfrischung verspricht und so verführerisch klingt, dass ich nicht umhinkann, ein Bad zu nehmen. Es gleicht dem Bächlein, an dem ich während meiner Kindheit und Jugendzeit hinter dem Haus gespielt habe, als ich mit der Hand Forellen fing, indem ich sie zärtlich mit Daumen und Zeigefinger am Bauch streichelte. Ich lege meine Kleider ab und stelle fest: Der Bach, der in seinem Bett friedlich dahinfließt, reicht mir knapp bis unters Knie. Ich kenne seinen Weg genau und werde mich ihm sorglos überlassen können.

Nackt steige ich hinein, setze mich mit dem Rücken in Fließrichtung und bemerke mit Freude, dass mich das Wasser voranschiebt. Wie die Landschaften im Fenster einer Eisenbahn, so gleiten links und rechts die Ufer vorbei. Auf Schulterhöhe zieht die hoch gewachsene Wiese vorüber, in der ich vorhin noch geruht habe. Blumen, Blüten und Bäume segeln langsam vorbei, Büsche beschließen hinten in der Ferne den Horizont. Es ist, als stehe ich jetzt im letzten Waggon eines Zuges und blicke von der hinteren Plattform hinaus auf die vorbeifliegende, weit hinten zusammenwachsende Landschaft.

Während ich auf diese Weise stets die Vergangenheit im Blick halte, fehlt mir die Sicht auf die Zukunft. Eine plötzliche Unsicherheit befällt mich. Ich blicke ja lediglich zurück! Was aber passiert mir in diesem Bach, in dem ich hinter meinem Rücken nicht sehen kann, was auf mich zukommen wird? Es könnte plötzlich ein Hindernis auftauchen, etwa ein großer Stein, den ich rammen, ein Wasserfall, dem ich nicht ausweichen kann. Ich bin auf ihn nicht vorbereitet! Ich will deshalb unbedingt den Bach verlassen, doch er hält mich fest, treibt mich weiter, immer weiter! Die Fließgeschwindigkeit, die Kraft des Baches nehmen jetzt noch an Tempo und Druck zu. Immer rascher gleite ich dahin. Mehr und mehr Wasser umgibt mich, schwemmt mich ohne Pause, zerrt mich immer weiter den Bach hinunter. Ich kann nicht mehr anhalten! Ich kann nicht mehr aussteigen! Ohnmächtig bin ich seinem Willen ausgeliefert!
Als hätte der Bach meine Befürchtung erhört, wird es jetzt stiller um mich. Lediglich das Summen Shantus dringt wie aus einer fremden Welt an meine Ohren: Als wäre es das letzte Rettungsseil, das er mir vom Ufer zuwerfen kann, um mich vor dem Unglück zu bewahren, das auf mich lauert. Doch ich bekomme es nicht zu fassen! Ich fürchte mich vor einem unbekannten Unheil, in das mich der Bach sogleich stürzen wird.

Schon senkt sich das Ufer zu beiden Seiten. Wassermassen greifen nach mir, stürzen sich und mich hinein in ein kreisrundes Loch des Erdreichs, einen Schlund, in den hinein der Bach gierig eingesogen wird.

Ich falle mit dem Rücken voran nach unten und sehe, den Kopf nach oben zur kreisrunden Öffnung erhoben, über mir den Himmel und die mächtigen Wasser, die ins Rund hineinströmen und sich über mich ergießen. Wie hatte ich es doch geliebt - dieses Wasser, von dem ich glaubte, dass es mir nie schaden würde!

Ich falle ohne Ende in einen Schacht hinein. Ich wage nicht nach unten zu blicken, falle und falle ins Bodenlose und habe den Eindruck, als ziehe dabei mein Leben in rascher Bildfolge an mir vorbei. Hilfesuchend bewege ich Arme und Beine, als könnten sie irgendwo einen Halt finden. Doch ich höre nur Shantus Stimme fern wie ein Echo hallen:
„Du hast mich gefragt, wie das mit Deiner neuen Bekanntschaft, Deiner noch am Anfang stehenden Beziehung ausgehen wird?"

Noch ganz vom tiefen Fall gefangen, finde ich mich schweißgebadet plötzlich neben ihm. Als wäre ich eben erst erwacht, blinzele ich in die Nacht hinein. Der Aufenthalt auf meinem Stern und der tiefe Fall erscheinen mir jetzt im Nachhinein wie ein Ereignis aus einem anderen Leben. Noch kann ich die Schwerkraft spüren, die mich in das Erdloch hinein und hinuntersaugte.
Dankbar und erleichtert nehme ich nun wahr: Ich bin zurück auf der Erde. Ich spüre auf dem Rücken liegend die Schwere meines Gewichtes.

Mein erster Blick gilt dem Himmel, der sich mächtig über mir ausbreitet. Die Sterne blinken, als würden sie mir Botschaften senden. Ich mache mich auf die Suche nach meinem Planeten, kann ihn aber unter den unzähligen Lichtern nicht mehr finden: Ist es dieser? Ist es jener? Hat er gar nicht existiert? Ist er nur eine Fiktion gewesen, oder hat er sich inzwischen aufgelöst? Oder aber - er schwebt immer noch dort oben, nur ich kann ihn unter den anderen nicht mehr ausmachen - jetzt, da ich wieder zurück bin. Sehnsucht überfällt mich!

Der Professor sitzt neben mir. Er hält den Kopf gesenkt und studiert im Lichtkegel einer Taschenlampe ein weiteres Palmblatt. Von der Seite her kann ich erkennen, dass es wohl das letzte sein muss, das er in seinen Händen hält. Erst jetzt bemerkt Shantu, dass sich neben ihm wieder etwas bewegt, dass ich wieder zurückgekehrt bin.

„Ich habe inzwischen noch einmal Deine Palmblätter geprüft! Du wolltest doch etwas über Deine weitere Zukunft in Bezug auf eine neue Liebe wissen?" fragt er, und beugt sich zu mir herüber: „Dieses letzte Palmblatt sagt: Du wirst Dich Ihr mit Freude und Lust hingeben, wirst mit ihr glücklich sein, solange Du hier in Indien bist. Dann aber wechselst Du in ein neues Leben, in das sie Dich nicht begleiten kann!"

Plötzlich bin ich hellwach und zurück im Hier und Jetzt. Die Antwort meiner Palmblätter lässt nichts Gutes ahnen. Ich richte mich auf, wende mich ihm zu und versuche im Dunkeln Shantus Gesichtszüge zu lesen.
„Bedeutet das, dass Sie mich verlässt, während ich versuche, ein neues Leben zu beginnen? Was heißt überhaupt: ein neues Leben?"
Er weicht meinen Augen aus. Offenbar ist es ihm unangenehm, meinem Blick Stand halten zu müssen.
„Es steht hier, wie ich es Dir sage: Erst Freude und Lust, die sie Dir schenkt, dann ein neues Leben! Ein neues Leben bedeutet aber auch, dass das alte endet. Du trittst in eine neue Wirklichkeit!"

Wusste ich es doch! Prophezeiungen sind eine Augenwischerei! Schön, dass ich Lust und Liebe erleben darf. Zu solch einer Ansage benötige ich aber keine Palmblätter! Und ein „neues Leben"? Was soll es sein? „Neues Leben" vermag alles zu bedeuten: Das könnte eine neue berufliche Karriere sein. Vielleicht auf Grund der Sensation, welche die Palmblätter-Texte Alexanders weltweit auslösen würden. Es könnte aber auch einen Neubeginn auf Grund der physischen wie psychischen Erfahrungen bedeuten, die ich mit Hilfe von Ayurveda machen werde. Ein neues Leben könnte auch einer ausbrechenden Krankheit wegen notwendig werden, einer schweren Erkrankung, die mich zwingt, eine gänzlich andere Existenz zu führen. Alles ist möglich – und nichts! Ich bin um keinen Deut klüger als zuvor!

Shantu ahnt meine Unzufriedenheit und zuckt entschuldigend mit den Schultern:
„Mehr kann ich Dir leider nicht mit Hilfe der Palmblätter vorhersagen! Es hängt von Dir ab, wie Du mit den Informationen umgehst! Vielleicht solltest Du das Eine, also die Erfahrungen auf Deinem

Stern, mit den beiden Hinweisen aus den Palmblättern kombinieren. Beides hängt zusammen, denn bei ihren Beschreibungen haben die Rishis neben anderen Quellen auch die Meditation und die Astrologie bemüht. Sterne und Urworte sind maßgeblich am Entstehungsprozess der Palmblätter-Bibliotheken beteiligt."

Er wendet sich ab und gibt mir dabei zu verstehen, dass damit meine beiden Testfragen hinlänglich beantwortet wären. Ich habe das Gefühl, dass er gerne diesen Abend abschließen und nach Madurai zurückkehren würde, allerdings nicht ohne weitere Informationen über die Alexander-Texte und ihren Bezug zu Indien mitzunehmen. Deshalb setzt er mich mit seinen Fragen weiter unter Druck:

„Das, was ich noch erfahren will, betrifft die Alexander-Texte! Was haben die in den Palmblätterbibliotheken zu suchen? Wer hat sie dort eingefügt? Sie stammen doch eigentlich aus einem völlig anderen Kulturkreis. Da spielt die Meditation als Erkenntnisgewinn keine Rolle! Sterne dagegen sind in der griechischen Mythologie von großer Wichtigkeit. Denn viele Halbgötter und Götter werden als Sternbilder an den Nachthimmel verbannt. Und Sterne haben stets auch eine zentrale Bedeutung, um das Schicksal der Menschen vorauszuberechnen!"

Shantu erhebt sich, stöhnt dabei ein wenig, denn ihm sind die Glieder schwer geworden. Er tritt ganz nah an mich heran:

„Bisher habe ich noch keine deutlichen Antworten auf all diese Fragen von Dir erfahren. Wieviel Tage bleiben denn Dir noch, um die Blätter zu lesen? Schaffst Du das bis zu Deiner Abreise?"

„Gib mir noch etwas Zeit!", bitte ich ihn. Unmerklich sind wir Beide schon während der Meditation zum „Du" gewechselt, ohne auch nur ein Wort darüber zu verlieren.

„Ich muss noch etliche Palmblätter übersetzen. Ich nehme an, dass das eine oder andere Blatt mir Erkenntnisse über das Wie und Warum verraten könnte. Irgendwann werde ich schon an eine Textstelle kommen, die uns Aufschluss geben wird! Bisher habe ich nur die Lebensbeschreibung des Zeus in den Händen gehalten. Aber vielleicht könntest Du noch einmal in Deinem Archiv nachforschen, ob sich in dem Bereich, in dem die Alexander-Texte gefunden wurden, noch das eine oder andere Palmblatt findet, das übersehen wurde. Bisher gab es keinerlei Hinweise über die Zusammenhänge."

Shantu verstaut die mitgebrachten Palmblätter, die sich mit mir beschäftigen, in seiner Tasche.
„Ich muss noch heute Nacht zurück! Aber solltest Du etwas elementar Wichtiges aus den Blättern erfahren, rufe mich bitte an. Ich werde sofort zur Stelle sein!"
Damit verabschiedet er sich hastig. Mit ausgreifenden Schritten eilt er den Stufenweg hinauf, vorbei an Hütten und Büschen, auf die Laternen zaghaft ihr düsteres Licht werfen.

Es geht bereits auf Mitternacht zu. Noch einmal hebe ich meinen Kopf und suche mit müden Augen unter Abermillionen von Sternen den meinen. Ich kann ihn nicht mehr finden. Es ist, als wäre mir diese Welt, als wäre mir der Himmel fortan wieder verschlossen. Und so ziehe ich mich in meine Hütte zurück. Unter der Dusche erwachen aufs Neue meine Sinne und Denkfähigkeit. Um den Effekt der Erfrischung zu erhalten, drehe ich den Van an der Decke zur vollen Geschwindigkeit auf. Ich lege mich ins Bett und greife nach einem der verbleibenden Palmblätter.
Viele sind es nicht mehr!

**Aus der Palmblätterbibliothek
14. Bündel**

Manche Träume haben die Eigenschaft, dass sie dem Bewusstsein sofort nach dem Erwachen wie ein glitschiger Fisch in der Hand entgleiten. Man weiß einfach nicht mehr, was einem der Traum erzählen wollte. Dennoch bleibt beim Erwachen ein gewisses Gefühl, eine Ahnung von dem zurück, was der Traumgott Morpheus uns hatte mitteilen wollen, als wir in seinen Armen lagen. Ist es der Traum, der sein plötzliches Ende findet oder eine versteckte Botschaft, eine Warnung, die den Schlaf vertreibt?

Irgendwo in diesem Niemandsland zwischen Schlafen und Wachen drang eines Tages ein Geräusch an mein Ohr: Ein Knarren! Gleichzeitig spürte meine Haut einen sanften Luftzug. Jemand hatte meinen Schlafraum betreten. Ich war mir zunächst nicht sicher: War es nur eine Nymphe oder sogar eine Göttin, die im Schutze der Dunkelheit nach meiner Liebe suchte?

Die Taubheit meines Schlafes wich behutsam zurück wie die Nacht vor dem Tag. Ich öffnete die Augen und erblickte dennoch nur das zu erwartende Schwarz der Göttin Nyx, die als erste noch vor allen Göttern und Menschen herrschte. In der Nacht zeigt sie uns stets ihr altes Reich, das Nichts.

Ich schloss abermals die Augen in neugieriger Erwartung, verlockt von der Anonymität einer offensichtlich leise eindringenden Besucherin. Ich lauschte gebannt und erregt dem Rascheln ihres Gewandes, das sie sicher gleich abwerfen würde. Wird sie mich zärtlich wecken wollen? Wird sie sich gleich auf meine Bettstatt legen, unter das mit Rosenöl getränkte Ziegenfell kriechen, das meine göttlichen Glieder bedeckt? Oder wird sie mich mit Liebeslauten aus dem Schlaf gurren, mich sogleich mit ihren zarten Armen umfangen, sich an mich drängen, Glied an Glied, Haut auf Haut? Es wäre nicht das erste Mal gewesen!

Ich wartete. Mein Phallus unterstützte dabei ungeduldig meine innere Erregung. Oder war es umgekehrt? Er hob sein Haupt vor Neugier und in sehnsuchtsvoller Erwartung. Ich lauschte und wartete.
Keine sanften Zärtlichkeiten!
Hände griffen plötzlich grob nach mir. Ein Geschrei, ein Durcheinander von erregten Stimmen erhob sich. Ich wollte aufspringen, wollte mich wehren, aber kräftige Arme drückten mich zurück aufs Bett.
„Bringt mehr Fackeln!" rief unterdessen eine Stimme, die mir bekannt erschien. Eine weitere forderte:
„Macht schnell, sonst schafft er es sich zu befreien!"
„Los, drückt ihn aufs Bett, damit er sich nicht wehren kann!"
Die Dritte Stimme erkannte ich sofort. Es war jene meiner Gemahlin Hera. In letzter Zeit hatte sie, wenn überhaupt, nur noch in unwirschem Befehlston mit mir gesprochen. Sie hätte es eigentlich nicht nötig gehabt, sich heimlich in der Nacht zu mir zu schleichen.

Eine Fackel erleuchtete das Zimmer. An den weiß gekalkten Wänden sah ich vom Bett aus Schatten tanzen. Aufgeregte Schemen hüpften herum. Von der Mauer schweifte mein Blick erstaunt und überrascht weiter: Um mich herum erkannte ich die Schar meiner verwandten Götter. Fast alle waren sie gekommen. Hera hatte sie hereingeführt und um mein Lager postiert. Plötzlich knieten sie auf mir, setzten sich auf meine Brust, zwangen mit Kraft meine Glieder aufs Bett. Das war ganz offensichtlich ein Aufstand, eine Revolution!

Eigentlich hätte ich es damals wissen müssen, was sich da hinter meinem Rücken unter den Familienmitgliedern anbahnte. Zutiefst hatte ich doch Hera gedemütigt, sie in ihrem Stolz verletzt, indem ich immer wieder ein Auge auf andere Frauen warf. Zu sehr hatte ich dem Selbstverständnis göttlicher Macht getraut, zu feige gehandelt, dem Ränkespiel unter meinen Göttern tatenlos zugeschaut. Entscheidungen war ich ausgewichen, hatte oft jeden Widerstand nicht sofort im Keim erstickt. Ich hatte mit mir handeln lassen, mich eben wie ein Sterblicher benommen und es als solcher wohl nichts anderes verdient, als ein menschliches Schicksal voller Ohnmacht zu erleiden.

Aber was wäre ich für ein Gott, wüsste ich nicht, wie ein Mensch zu denken und zu handeln versteht? Was für ein Gott wäre ich, würde ich durch mein göttliches Handeln, durch meine Taten für den Sterblichen berechenbar und durchsichtig? Keiner darf begreifen, weshalb ich als Gott plötzlich dieses Kind in den Hades schicke oder jenes für ein Heldenschicksal erwähle, weshalb ich in einem Jahr Hunger und Kriege zulasse oder in einem anderen mit der Üppigkeit prächtiger Getreidefelder die Menschen erfreue, aber dann die Äcker plötzlich in einem dritten Jahr zur Unfruchtbarkeit verdamme. Besteht nicht üblicherweise die Philosophie des Göttlichen darin, undurchschaubar und nicht begreifbar zu wirken?
Ich jedoch war anders.
Ich empfand mich stets als einen menschlichen Gott, stets darauf bedacht, dass meine Entscheidungen für den Sterblichen human und nachvollziehbar waren. Wahrhaft göttliches Handeln entbehrt meist aus der Sicht irdischen Lebens jeder Logik! Doch offenbar bin ich darin kläglich gescheitert, sowohl bei den Mitgöttern, wie den Sterblichen! Den Menschen gegenüber war ich meist ein guter Gott, aber den Mitgöttern gegenüber habe ich offensichtlich versagt.

Noch ehe ich meine Augen weit aufreißen konnte, hielt Bruder Poseidon meinen linken Arm fest. Den Rechten umfasste Apollon,

mein Sohn, im Klammergriff. An mein linkes Bein heftete sich Hermes und an das rechte Athena, meine liebste Tochter. Den Kopf drückte mir schließlich meine Gemahlin Hera tief ins Kissen.
Und die anderen Geschwister und Kinder? Sie schrien immer noch durcheinander und feuerten sich an, als müssten sie sich gegenseitig Mut zurufen. Sie gaben sich Befehle wie:
„Haltet ihn fest, auf dass er sich nicht rühren kann!"
„Bringt den Donnerkeil samt Blitzen aus seiner Reichweite, damit er sich nicht wehren kann!"
„Knebelt ihn, damit er nicht nach Hilfe rufen kann!"
Und mitten im Geschrei erhob sich schrill kreischend und alle übertönend die Stimme der Hera:
„Kastriert ihn, damit er endlich seiner Männlichkeit beraubt wird!"

Einen Moment - Stille! Keiner wagte es, seine Hand an meine Kaldaunen zu legen, dafür umso frecher, an meine Glieder. Sie hatten Lederriemen mitgebracht, die sie mir um die Gelenke schlangen. Sie zerrten die Fesseln an den Bettpfosten so fest, dass ich mich nicht mehr zu rühren vermochte. Aber meine Augen sprühten vor Wut. Und da meine Verwandten keinen Knebel zu Hand hatten, mit dem sie mir den Mund hätten schließen können, fand ich endlich erste Worte und begann sie vor Zorn lauthals zu beschimpfen:
„Was fällt Euch nur ein! Ihr wagt es den Ersten unter Euch Göttern zu überfallen. Ihr schadet durch Euren Verrat der gesamten Götterwelt! Bindet mich sofort los!"

Apollon, ganz göttlicher Machtmensch, der wohl schon gehofft hatte, meine Nachfolge antreten zu können, feixte schadenfroh, gab mir einen heftigen Stoß und drohte:
„Wir haben genug von der Launenhaftigkeit, von Deinem Zaudern und Deiner Ungerechtigkeit, von Deinem Taktieren und Lavieren! Wir werden Dich absetzen, Dich zu den Inseln der Seligen schicken, wo schon Dein Vater den verdienten Ruhestand feiert. Du kannst ihm jetzt Gesellschaft leisten! Da gehörst auch Du hin!"
„Bindet mich sofort los!", zischte ich zurück. „Jetzt habt Ihr noch Gelegenheit dazu. Später, sollte ich mich selbst befreien können, werde ich Euch allen zeigen, wozu ich fähig bin. Ich werde Euch an den Himmel heften, Sternbilder aus jedem Einzelnen von Euch formen, damit Ihr in ewiger Dunkelheit und weit fort darüber nachdenken könnt, was Ihr mir angetan habt!"

Hera beugte sich über mich, nicht wie eine liebevolle Gemahlin. Wie einer Furie fielen ihr die Haarsträhnen ins Gesicht. In ihren Augen loderte Hass:
„Nichts wirst Du tun! Weder auf dem Olymp, noch unter den Sterblichen! Ich habe diesen Handstreich seit langer Zeit vorbereitet. Und ich versichere Dir, dass jeder, aber auch wirklich jeder, der hier versammelten Götter von Dir genug hat. Du bist nicht weiter würdig als Erster unter den Göttern die Geschicke der Weltenscheibe zu lenken. Du kommst aus dem Nichts – und wirst zum Nichts zurückkehren!"
„Aber, was habe ich Euch nur getan?"
Ich wollte nichts unversucht lassen, wollte es mit Güte probieren. Diese waren sie schließlich von mir gewöhnt:
„Habe ich mich nicht immer um Ausgleich bemüht, um Gerechtigkeit? Habe ich nicht unter Euch Ehen gestiftet und für Eure Kinder gesorgt?"
„Du hast ein Chaos unter uns Göttern ausgelöst", erregte sich plötzlich Athena. „Ich erinnere nur an den Fall Persephone, die noch jetzt dank Deiner Unentschlossenheit im Hades die Hälfte eines Jahres ihr trübes Dasein fristet. Und dann die Geschichte mit dem Apfel für die Schönste unter uns! Einem hergelaufenen Sterblichen hast Du aus Feigheit die Entscheidung überlassen. Und schließlich das Opfer des Prometheus. Durch Deine Dummheit müssen wir nun mit Fett und Knochen vorliebnehmen!"
„Und mich!" fiel ihr Hera ins Wort, „mich hast Du hundertmal mit Nymphen und zweitrangigen Göttinnen betrogen. Nicht zu vergessen die vielen unehelichen Kinder, mit denen Du unser Sippenblut verwässert hast!"
Sie wendete sich den anderen zu und forderte aufs Neue:
„Jetzt kastriert ihn doch endlich!"
Apollon aber schüttelte sein schönes Haupt.
„Nein!" sagte er mir beherrschter Stimme. Die Worte der Hera hatten ihn getroffen, musste doch auch er sich in der Reihe meiner unehelichen Kinder einordnen. Kein echter Hass auf mich war ihm in diesem Moment anzusehen, nur der ewige Hunger nach Macht glänzte in seinen Augen.
Ach, hätte ich ihn doch besser erzogen!
„So weit wollen wir nicht gehen!" sagte Apollon. „Was werden denn die Sterblichen von uns halten, wenn sie erfahren, dass wir an das kostbare Gemächt eines wehrlosen Gottes, noch dazu des Obersten, Hand anlegen!"

„Aber," erhob Hera aufs Neue ihre hasserfüllte Stimme. „Ihr habt es mir doch versprochen! Ihm soll das gleiche Schicksal wie seinem Großvater zuteilwerden. So lautet der Fluch unserer Familie: Schon sein Vater Kronos hatte dem Uranos den Phallos abgeschnitten und ihn damit seiner Macht beraubt!"

Ich zerrte wütend an den Fesseln. Keine Fingerbreite ließen sich meine Glieder bewegen. Die Riemen schnitten schmerzhaft in die Gelenke. Ohnmächtig musste ich mir das Geschrei anhören. Ein kleiner Hoffnungsschimmer machte sich dennoch in der Unsicherheit des Götteraufstands bemerkbar. Eine Portion Zweifel hing in der dicken Luft meines Schlafzimmers, eine Ahnung von aufkeimenden Widersprüchen, die der sensible Apollon sofort wahrnahm! Er war schon immer ein Psychologe und begnadeter Demagoge gewesen:
„Dann lasst uns abstimmen! Sollen wir ihn kastrieren oder nicht?"
„Ja, wir wollen abstimmen!", murmelte Poseidon und streifte sich bedächtig den Bart. Weiß der Gott, welche Gedanken ihn heimsuchten.
Hera indes begann aufs Neue zu murren. Sie gibt eben nicht auf! Ich kenne das an ihr:
„Ich weiß, wie das ausgeht! Ihr Männer haltet doch am Ende immer zusammen. Aber ich warne Euch! Sollte die Männlichkeit des Zeus heil davonkommen, wird er wieder sein Szepter über uns schwingen und die Macht ergreifen!"
„Auch ich bin fürs Abstimmen!" flüsterte die samtene Stimme Aphrodites aus dem Hintergrund.
„Über ein solch kostbares Glied sollten wir nicht allzu rasch den Stab brechen! Ich gestehe, ich würde dagegen stimmen!"
Ach, wie ich doch dieses Bekenntnis an ihr schätzte!

Apollon blickte stumm nach mir. Er ist wie zum Führer geboren. Ich spürte, wie sich hinter seiner hohen glatten Stirn die Gedanken drehten und wendeten. Mein Sohn behält auch in solch einem Moment den kühlen Kopf des Denkers:
„Wir stimmen ab! Und in den nächsten Tagen beraten wir über seine Nachfolge! Wer ist für und wer gegen eine Kastration des Zeus?"
Offenbar hatte sich nicht die gesamte Götterfamilie in aufrührerischem Verlangen um mein Bett geschart. Die Nereide Thetis habe ich beispielsweise nicht unter den Geschwistern entdecken

können. Obendrein schwankte auch Aphrodites Entscheidung. Ich rechnete mir daher eine kleine Chance aus.

Sie hoben zur Abstimmung die Hände. Apollon zählte Befürworter und Gegner meiner sofortigen Kastration ab.
Welch Überraschung! Unentschieden!
Das Patt sprach für mich und den vorläufigen Erhalt meiner Männlichkeit. Erleichtert atmete ich auf - nur innerlich, denn die Fesseln, so eng wie sie geschnürt waren, ließen kein erlösendes Zeichen und schon gar kein Entspannen zu. Wenn sie sich schon über die Vernichtung meiner Männlichkeit stritten, so dachte ich, welch Ärger wird es dann erst über meine Nachfolge auf dem Götterthron geben?

Apollon neigte sich zu mir herunter: „Freue Dich aber nicht zu früh, Zeus! Aufgeschoben bedeutet nicht aufgehoben!"
Und zur Bande der Götter gewandt:
„Lassen wir ihn erst einmal verschnürt hier liegen. Entfliehen kann er nicht. Und niemand wird es wagen, ihn hinter unserem Rücken zu befreien. Aber lasst uns bald zusammenkommen, um über seine Nachfolge zu beraten und darüber, welche Strafe er erhalten soll!"
Die Tür fiel plötzlich heftig ins Schloss. Hera war offenbar wütend aus dem Zimmer gestürmt. Sie knallte gerne Türen. Der Olymp drohte deshalb schon einzustürzen.

Ich suchte nach den Augen der anderen Göttinnen und Götter, wechselte meine Blicke von einem zum nächsten, um mich von der Ernsthaftigkeit ihres Ansinnens zu überzeugen. Sie glotzten stumm auf mich herab. In manchem Gesicht, im Runzeln der Stirn, glaubte ich einen Hauch von Zweifel zu erkennen. Aber bei den Meisten überwog doch klar die reine Schadenfreude, mich in dieser misslichen Lage sehen zu dürfen.

Sie prüften noch einmal die Festigkeit der unnachgiebigen Fesseln, als wollten sie sich überzeugen, dass der mächtige Zeus auch wirklich besiegt war. Dann griff Apollon nach den Enden der Lederriemen und verknotete sie hundertfach, um auf Nummer Sicher zu gehen. Unmöglich diese Fesseln je entwirren zu können. So ließen sie mich zurück: ohnmächtig! Ein gefällter Gott! Neben mir, außerhalb meiner Reichweite das rettende und rächende Bündel aus Blitzen.

„Wir lassen Dich allein, bis wir einen Nachfolger für Dich gefunden haben. Der wird Dich zur Insel der Seligen bringen!", versicherte mir Apollon und schob dann die Mitstreiter hinaus. An der Tür wendete er sich noch einmal mir zu:

„Nutze die Zeit! Erkenne Dich selbst!", empfahl er mir. Ein Satz, der sich eher für eines seiner Tempeltore eignet als für mich, den ersten unter den Göttern. Apollon konnte noch nie von seinen banalen Weisheiten lassen. Er hörte sich gerne philosophieren!

Allein, gänzlich verlassen in der zurückbleibenden Stille, flogen mir eine Unmenge an Gedanken zu, düster wie eine Schar schwarzer Krähen: Wie hatte mein Gottsein nur begonnen? Wie bin ich nur in diese missliche Lage geraten? Und wie konnte ich mich aus ihr wieder befreien?

Endlich, die ersten Strahlen der Eos tasteten sich zaghaft durch das Fenster und übergossen die weiß gekalkten Wände meines Zimmers mit zartem Rosa. Eigentlich will uns sonst die Göttin des Morgenlichts mit ihren Strahlen aufmuntern. Doch an diesem Tag vermochte sie meine geschundene Seele nicht zu erheitern, meinen gefesselten Körper nicht zu beleben. Ein unentwirrbares Netz aus hundert Knoten, ein Labyrinth aus Lederriemen lastete schwer auf meiner Brust. Die weit ausgestreckten Arme und Beine waren fest an die Bettpfosten gezurrt. Wie gekreuzigt lag ich geschnürt und konnte mich nicht rühren. Nur meine Gedanken waren in dieser misslichen Lage frei und flogen durch mein Leben auf der Suche nach Gründen und Fehlern, nach Selbstvorwürfen und falschen Entscheidungen. Sie erfreuten sich aber auch an vielen glücklichen Stunden. Unterbrochen wurden sie immer wieder durch mein Lauschen nach Lauten, draußen vor dem Haus: Winde, die um die Gipfel des Olymps sanft zogen, untermalt vom schrillen Gezänk der sich heftig streitenden Götter.

Die ganze Nacht über hatte ich sie immer wieder aufgeregt vor meiner Tür diskutieren gehört: Schrill dazwischen die grelle Stimme der Hera, die immer wieder meine Kastration nach altem Brauch forderte. Außer Apollon wagte keiner den Stimmführer zu machen, um eine endgültige Entscheidung herbeizuführen. Er rief die aufgebrachten Götter zur Mäßigung auf und erinnerte daran, dass meine allzu übereilte Absetzung bei den Sterblichen nur Verwirrung hervorrufen würde. So blieb es beim Patt. Sollte man nicht überlegt vorgehen, so argumentierte er, dann drohe überhaupt das Aus für den Olymp und die Vielgötterei. Dann würden sie abwirtschaften. Die Sterblichen hätten die Nase voll von unseren Zwistigkeiten. Und überhaupt würden die Menschen sich friedliche Götter erwarten. Das ewige Gezänk würde sie nur verunsichern. Man laufe Gefahr, durch Streit und Zwist an Überzeugungskraft und Glaubwürdigkeit zu verlieren. Wie gern hätte ich mich verteidigt, doch ans Bett gefesselt blieb mir nichts übrig als die Rolle des stummen Lauschers.

Je neugieriger Eos ihre Rosenfinger in dieser frühen Stunde über den Horizont spitzte, ihr sanftes Licht in den Tag goss, desto stummer wurde es draußen vor der Tür. Ermüdet suchten die Götter nach langem Palaver das Weite. Jeden von ihnen riefen göttliche Pflichten. Doch sie gingen nicht auseinander, ohne sich vorher gegenseitig zu versichern, dass man sich nochmals austauschen wolle, um sich über mein Schicksal im Klaren zu werden und meinen Nachfolger zu wählen.

Was bisher an meine Ohren drang, rechtfertige einen gewissen Optimismus: Apollon forderte meinen Thron, ebenfalls Poseidon und Hades. Auch Athena und Hera meldeten Ansprüche an. Es konnte daher Tage, ja Wochen dauern, bis sie, wenn überhaupt, eine Entscheidung zwischen diesem oder jenem Kandidaten finden würden. Ihr Streit verschaffte mir Zeit und Raum immerhin mein Leben zu überdenken, auf ein Wunder zu hoffen, Rache und Zukunft planen zu können. Dabei hätte es Apollon besser wissen müssen. Lautet doch eine seiner Weisheiten: Wenn der erste Moment des Aufstands nicht gelingt, droht die Revolution ihre Kinder zu fressen. Ich konnte mich also in diesen frühen Morgenstunden gelassen den Armen des Hypnos überlassen.

Mein göttlicher Schlaf glich in keiner Weise dem der Sterblichen. Als Gott benötige ich keine Erholung durch das Entspannen des Körpers und des Geistes. Doch der Schlaf lässt mich tranceartige Träume erleben, aus denen heraus sich Anregungen für das Handeln und die Taten der Zukunft ableiten lassen. Kaum schließe ich die Augen, zeigen sich mir Formen und Personen, Tiere und Pflanzen, Landschaften, Meere und Dörfer. Aus dem fruchtbaren

Humus eines Traumes wächst eine innere Gegenwelt mit göttlichen Antworten und bedeutsamen Botschaften, die ich dann später in den Orakelstätten Sterblichen übermitteln konnte.

Äußerlich streng gefesselt an mein Bett und die Augen fest geschlossen, eröffnete sich mir innerlich die weite Welt meiner Gedanken. Hier im Traum bin ich Untertan meiner Seele und ohnmächtig dem unberechenbaren Morpheus ergeben, dem Lenker der Träume. Wohin wird er wohl meine Gedanken in dieser misslichen Lage führen?
Ich wartete, bis die ersten Traumbilder aus den Tiefen meines Inneren auftauchten: Vor mir erhob sich ein Berg, hoch wie ein Riese. Seine Spitzen trugen Hauben aus Schnee und immer wieder schoben sich düstere, regenschwangere Wolken davor. Die Berghänge stiegen steil und kahl hinauf zu den Gipfeln. Kein weiches Gras glättete die Felszacken.
„Komm hierher! Komm, mein Bruder!" rief mir in diesem Traum eine raue Stimme zu. Sie brach sich in den Felsspalten. Ihr Echo dröhnte in vielmaliger Wiederholung aus den Tälern und erfüllte den Berg mit Vibrationen. Ich konnte mich diesem Ruf nicht verweigern und schrie, da ich von Natur aus neugierig bin: „Ich komme!"
Nach kurzem Aufstieg konnte ich ihn erblicken, der mich und meine Gedanken so lautstark zu sich rief, der meinen Schlaf mit Phantasien erfüllte: Prometheus, meinen ärgsten Feind!

Wie habe ich mich vor langer Zeit ärgern müssen - über ihn, der sich als Halbgott meinen Befehlen stets widersetzte, sich in Hephaistos olympischer Schmiede heimlich schlich, um für die Sterblichen das Feuer zu stehlen, das ich in ihren Hütten, Lampen und Tempeln vor Wut über ihr schändliches Verhalten ausgeblasen hatte! Wie geiferte ich vor Zorn, als er mich damals übers Ohr haute, dann mich durch ein Opfer versöhnlich stimmen wollte! Er schlachtete einen Stier, zog ihm die Haut ab, nähte heimlich aus dem Fell zwei Säcke: einen großen und einen wesentlich kleineren. Hinterlistig bat er mich daraufhin zum Opferaltar und fragte ohne mit der Wimper zu zucken:
„Großer Zeus! Welchen der beiden Säcke sollen meine Menschenkinder Dir denn opfern, um Deinen Zorn zu mäßigen? Willst Du den großen oder den kleinen Sack? Bitte wähle!"

Hocherfreut über das vermeintlich großzügige Angebot zur Versöhnung und positiv gestimmt in Hinblick auf den offensichtlichen Vorteil, den er mir durch das größere Geschenk verschaffen wollte, war für mich die Entscheidung eindeutig:
„Natürlich nehme ich den Großen! Der umfangreichste Teil der Opfergabe steht mir eh als dem Ersten unter den Göttern zu!"
Grinsend schleppte er den größeren Sack auf den Altar, öffnete ihn und schüttelte nur Knochen und schnödes Stierfett heraus. Den Inhalt des kleineren aber verteilte er an die Sterblichen: Es war feinstes, zartes Stierfleisch, über das sich die Menschen sogleich hermachten!
Seit dieser Gaunerei opfern die Sterblichen uns Göttern den Abfall der Opfertiere. Das hatte mir auf dem Olymp dauerhaften Spott eingebracht.

Morpheus! Warum musstest Du damals gerade ihn, der das Göttliche stets in Frage stellte, warum musstest Du gerade Prometheus meinen Träumen zuführen? Da hätte es doch wesentlich erfreulichere Gestalten aus meinem Leben gegeben! Oder war es vielleicht meinem göttlichen Unterbewusstsein zu verdanken, dass diese unglückliche Gestalt wie eine Luftblase aus den Tiefen meines Inneren nach oben strebte und auftauchte?

Mit Wohlwollen bemerkte ich, dass die eisernen Fesseln des Hephaistos, mit denen ich ihn zur Strafe für den Diebstahl des Feuers und anschließenden Opferbetrug an den Kaukasus hatte schmieden lassen, immer noch seinen Befreiungsversuchen standhielten. Hephaistos hatte gute Arbeit geleistet. Mit ausgebreiteten Armen und Beinen, den steilen Fels im Rücken, hing Prometheus immer noch im Berg. Den Kopf schmerzhaft zur Seite geneigt und fröstelnd, stöhnte jetzt der so Gekreuzigte mich vorwurfsvoll an:
„Schau mich nur an, Zeus! Was hast Du aus mir und auch aus Dir gemacht? Nun haben die Moiren unsere beiden Schicksalsfäden so geschickt gewoben, dass wir uns in der gleichen misslichen Lage wiederfinden. Auch Deine Beine und Arme sind gefesselt! Auch Du kannst Dich nicht rühren…!"
Seine Stimme brach plötzlich ab, denn ein Geier warf mit gewaltigen Schwingen seinen Schatten wie einen Mantel über ihn. Schon zuvor hatte ich den hungrigen Vogel über uns seine Kreise ziehen sehen. Aber jetzt stach er schnell und sicher, so wie ein

gut geschossener Pfeil sein Ziel findet, aus den Höhen herab und riss mit scharfem Schnabel und spitzen Krallen eine tiefe Wunde in den Unterleib des wehrlos an den Felsen Geschmiedeten. Prometheus stieß wilde Schreie aus. Der Schmerz ließ ihn aufbäumen, doch die Fesseln verhinderten, dass er sich losreißen konnte. Sein Körper zuckte und bebte. Aus der klaffenden Wunde floss das Blut wie eine sprudelnde Quelle nach heftigem Regen. Der Geier labte sich daran und hackte, wühlte mit dem Schnabel in den Innereien und entriss ihnen schließlich die braune Leber. Mit dem Organ in den Krallen, das noch von Blut tropfte, erhob er sich mit ruhigem Flügelschlag und flatterte gelassen von dannen, als hätte er seinen täglichen Jagdauftrag erledigt.

Gellend brüllte Prometheus seinen Schmerz heraus. Nur langsam stockte sein herausschießendes Blut und formte dünne rote Rinnsale auf der bleichen Haut. Sein Anblick zerriss mir die Seele. Meine Gedärme drehten sich verstört und mein Atem stockte, während Prometheus mit tränenden Augen keuchte:
„Da siehst Du, welch übermenschliches Leid Deine Urteile anrichten! Es ist leicht, vom Olymp aus Strafen zu verkünden, ohne sich über die grausamen Folgen im Klaren zu sein!"

Tatsächlich hatte ich Prometheus nach seinem Betrug mit dem Opferstier, nach dem Diebstahl des olympischen Feuers, über die Fesselung am Kaukasus hinaus dazu verdammt, dass ihm ein Geier Tag für Tag und Jahr für Jahr auf ewige Zeiten immer wieder aufs Neue die Leber herausreißt. Des nachts aber sollte sie ihm wieder nachwachsen. Mein Bruder Hades hätte an dieser Folter seine Freude gehabt. In diesem Fall war aber ich der Erfinder. Nun schämte ich mich dafür.
„Vielleicht hecken Deine göttlichen Geschwister eine ganz ähnliche Strafe für Dich aus", drohte Prometheus mit vor Schmerz stockender Stimme. „Denn kastrieren wollen sie Dich, wie ich höre! Stell Dir nur vor, dass sie in ihrem Zorn Deinen Phallus herausreißen! Dann wirst Du nicht nur schreckliche Qualen ertragen müssen, sondern auch noch die Vernichtung Deiner Männlichkeit! Da ist mir der Verlust der Leber lieber!" So sprach Prometheus und verfiel in herzzerreißendes Jammern.
Aufgepasst Zeus! Sagte ich mir. Prometheus ist ein überaus kluger Kopf. Lass Dich durch seine Worte nicht in die Irre führen! Schon bevor ich ihm auf die Schliche gekommen war, hatte er uns

Götter zu Gunsten der Sterblichen über den Tisch gezogen. Für mich galt daher stets die Regel, seine Sätze Wort für Wort auf ihre Hintergründe und Absichten abzuklopfen. Der Versuch, sein Schicksal mit dem meinen zu verbinden, zielte sicher auf eine Einigung, auf einen gemeinsamen Handel hin, in dem ich dann abermals den Kürzeren ziehen würde.

Offenbar hatte er meine Betroffenheit, mein aufkeimendes Mitleid und auch eine gewisse Reue über die von mir verhängte Strafe wahrgenommen. Ich vermochte damals das Urteil aus Gründen meiner Glaubwürdigkeit zwar nicht zurückzunehmen, zumindest nicht sogleich, aber schließlich befanden wir Beide uns in einer misslichen Lage, aus der wir uns nur mit gegenseitiger Unterstützung herausmanövrieren konnten. Tatsache war auf alle Fälle: Prometheus, den Vertreter der Sterblichen, und Zeus, den Ersten unter den Göttern - beide banden uns Fesseln! Beide waren wir wie gekreuzigt!

„Komm näher, Zeus!" flüsterte mir Prometheus zu, „denn die Schmerzen schwächen mich. Ich schaffe es nicht, meine Stimme zu erheben, damit Du mich hören kannst. Zumal ich Dir ein Geheimnis verraten kann, ein großes Geheimnis, äußerst bedeutsam für Deine göttliche Existenz, für Deine Zukunft. Niemand darf es hören!"

Zaghaft näherte ich mich dem Prometheus. Sein Gesicht war noch immer vom Schmerz verzerrt. Seine hohe Stirn durchzogen tiefe Furchen wie die eines frisch gepflügten Felds. Die Backenknochen standen spitz heraus, weil er die Zähne so fest zusammenbiss. Prometheus nuschelte:
„Du brauchst keine Angst vor mir zu haben. Siehst Du nicht, wie fest mich Hephaistos an den Felsen geschmiedet hat?"
Ich suchte seine Augen, um in ihnen sofort jeder seiner Lügen auf die Spur zu kommen. Dann fragte ich ihn:
„Was ist das für ein Geheimnis, von dem Du sprichst! Willst Du mich zum dritten Mal aufs Glatteis führen? Einer, der wie Du solcher Strafe ausgesetzt ist, nimmt jede Schandtat auf sich, um sich von ihr zu erlösen!"
Mühsam schüttelte Prometheus den Kopf, aber seine Augen wurden klar, so klar, als könnte er damit in die Zukunft blicken. Und

er vermochte es tatsächlich, denn er war einer der wenigen Unsterblichen, denen die Gabe der Prophezeiung gegeben war.

„Wenn Du mich befreist", flüsterte er, „werde ich Dir dieses Geheimnis verraten. Wenn Du mich nicht vom Felsen löst, dann bleibst Du solange an Dein Bett gefesselt, wie ich an diesen Felsen. Und am Ende werden Dir Deine Brüder und Schwestern auch noch den Phallus ausreißen, so dass Du kein vollwertiger Gott mehr für die Menschheit bist. Sie werden Dich zu den Inseln der Seligen schicken. Es ist kein Geheimnis, dass Dich dort das Schicksal Deines Vaters Kronos ereilen wird! Noch reicht ihre Macht und Kraft nicht aus, Dich vom Götterthron zu stoßen. Lasse mich frei - und ich werde Dir den Namen jener Person sagen, die Dich aus dieser misslichen Lage befreien kann!"

Die Drohung des Prometheus löste einen Schmerz zwischen meinen Schenkeln aus, so schneidend, dass mein Traum zerplatzte, dass er meinen Schlaf zerstörte und mich in einem Nebel der Angst zurückließ.

Draußen schien die Sonne und schickte mir wie zum Trost ihre Strahlen durch die Fenster. Wollten sie mich aufmuntern? Doch in ihrem Licht tanzte der Staub einen Reigen und formte dabei Schemen und Schatten aus der Vergangenheit. Wie reich an Abenteuern, wie schön war mein Leben als freier Gott doch gewesen! Abgesehen natürlich von meinen Misserfolgen!

10. Tag

Ich blinzele mich in den Tag hinein, während sich Gedankenfetzen träge und schwerfällig aus der Traumwelt hinüber in den Zustand des Erwachens retten. Es sind die Bilder meiner abendlichen Sternenreise in die Welten des Akasha. Es sind aber auch die Palmblätter, die ich in der Nacht gelesen hatte. Beide Welten vermischen sich, als wären sie während meines Dahindämmerns ein Rezept zu einer besonders surrealen Seelen-Speise. Da erscheint der gekreuzigte Prometheus im hohen Gras auf meinem Planeten. Da sehe ich über mir das kreisrunde Loch, in das sich das Wasser eines Baches ergießt. Ein Adler gleitet durchs Bild und zieht im dunklen Schacht, den ich hinunterfalle, seine Kreise.

Und bevor ich zur Gänze im morgendlichen Hier und Jetzt erwache, spüre ich, als letztes Kapitel dieser Nacht, wie ich mich dem lauernden Schnabel des Adlers entziehe.

Tatsächlich ist Alexander mit seinem Heer weit in den Osten vorgedrungen. Tatsächlich hat Hera mit ihren Geschwistern den Aufstand geprobt. Tatsächlich war Zeus über den Verrat seiner Gemahlin erbost. Er war sogar so verärgert, dass er Freundschaft mit seinem Intimfeind Prometheus schließen wollte, um einen neuen Verbündeten zu suchen. Die Palmblätter bestätigen damit die offiziellen Versionen der griechischen Mythologie. Aber was weiter? Wann endlich finden in dieser Zeus´schen Lebensbeschreibung die Ziele, Hoffnungen und Wünsche Alexander des Großen ihren Niederschlag?

Mit dieser Spannung bin ich heute Nacht eingeschlafen und auch mit dem Denken an Klara, die ich gestern nicht mehr getroffen habe. Ich sehne mich nach all den Jahren der monologischen Einsamkeit nach jemanden, der mir zuhört, der meine Gedanken im Dialog aufnimmt. Eine Person, die im Widerwort Erfahrungen und Erkenntnisse diskutiert. Wer die Geschichten des Zeus liest, der entdeckt die Einsamkeit des Gottes - und ich fühle wie im Spiegel dazu meine eigene. Ich sehne mich nach Klara!

Auch Zeus ist bedauernswert, ist unglücklich. Mir scheint, dass er, wie ihn Alexander beschreibt oder beschreiben lässt, schwächelt und seiner Macht müde ist. Melancholie und Resignation lassen ihn darüber nachdenken, ob er nicht abdanken soll, ob er sich nicht einen Gefährten im Geiste sucht, oder ob er in eine andere Götterwelt hinüberwechseln soll, in eine, der er bereits durch seinen Besuch bei Prometheus räumlich nahe ist: nämlich den hinduistischen Göttern, die im Osten hinter den Bergen auf ihn warten.

Im Grunde akzeptiert Zeus den Halbgott Prometheus durchaus als Seinesgleichen. In den letzten Palmblättern, so wird mir an diesem Morgen klar, befinden sich Alexander und Zeus in der gleichen Stimmung. Alexanders makedonischen Offiziere meutern: Fern der Heimat drohen sie ihm die Gefolgschaft zu verweigern. Sie wollen zurückkehren. Sie haben die Nase voll von der Fremde.

Und Zeus? Auch ihm wurde die Gefolgschaft verweigert. Auch er sieht seine Position als patriarchale Führungsfigur der Götterwelt gefährdet. Ohne seine Geschwister vermag er nicht mehr zu herrschen. Ohne Offiziere kann Alexander nicht mehr weiterziehen. Eine Zumutung für ihn, der stets das Neue liebte. Schon als er den Göttern Ägyptens huldigte oder die Riten des persischen Hofes übernahm und sich dort zum Gottkönig erhob, haben seine Mitstreiter zu murren begonnen. Jetzt, da er sich auf dem Weg an den Rand der Welt macht, fordert man von ihm die Umkehr! Mit letzter Kraft und Überzeugungskunst lenkt er schließlich doch noch sein Heer nach Indien und lässt sich dort von Weisen, Eremiten, Sadhus und Mönchen intensiv in die Lehren des Hinduismus und Buddhismus einführen. Er befindet sich wie Zeus auf der Suche nach einer neuen Welt und einer anderen Sichtweise des Lebens.
Das ist es, was mir an diesem Morgen durch den Kopf geht: Zeus und Alexander, beide erleiden ein vergleichbares Schicksal! Umso mehr bin ich gespannt auf das Geheimnis des Prometheus.

Es klopf ganz leise, ganz so, als getraue sich jemand, mich nicht so recht zu stören. Ich springe aus dem Bett, werfe mir einen Bademantel über und öffne. Klara steht vor der Tür. Im grünen Kittel, den alle Ayurveda-Gäste während der Therapien anziehen, um nicht nach jeder Berührung Palmölflecken auf den eigenen Kleidern zu hinterlassen. Sie sieht aus wie die Patientin einer Nervenheilanstalt, deren Arme man mit den langen Ärmeln eines Hemdes gefesselt hat, damit sie nicht während eines Anfalls im Wahnsinn wild um sich schlagen kann. Ich trete hinaus und schwärme, von der Sonne geblendet:
„Wieder ein wunderschöner Morgen…!"
Ich blinzele, schaue mich um, sehe über sie hinweg bis hinunter zum Strand, wo sich immer noch oder wieder die Fischer entlang des Meeres in Gruppen sammeln, um die ausgeworfenen Großnetze gemeinsam an Land zu ziehen.

„Ich wollte Dich zur Ayurveda-Therapie abholen, oder willst Du lieber die Meditation besuchen?" Sie lässt mir die Wahl. Es ist Unterwürfigkeit und Sanftmut in ihrer Stimme zu hören, fast als hätte sie etwas wieder gut zu machen. Obwohl es doch ich bin, der sich als Mann eher Vorwürfe machen sollte. Ich war es ja, der sie vernachlässigt hat. Ich war es, der sich gestern Abend ganz

allein auf einem Sternenspaziergang begeben und sie dabei völlig vergessen hatte. Mit einem Mal dringt mein Erlebnis auf meinem Stern wieder ins Gedächtnis zurück. Im Unterschied zu den Träumen dieser Nacht erscheint mir heute der abendliche Akasha-Ausflug von gestern wie echt erlebte Realität. Er hat es immerhin geschafft mich von Klara abzulenken. Ich sollte ihr unbedingt davon erzählen, aber nicht jetzt in einem Augenblick, da sie eine Reaktion von mir erwartet. So ziehe ich in meinem Verhalten ihr gegenüber einer gewisse Förmlichkeit vor:
„Meditieren muss ich nicht! Das habe ich schon hinter mir. Aber die ayurvedischen Anwendungen möchte ich natürlich nicht versäumen. Danke, dass Du an mich gedacht hast und mich abholen willst. Das ist ganz lieb von Dir!"
Ich stutze kurz:
„Zusammen wird man uns sicher nicht in einem Raum behandeln. Mann und Frau sind in Indien bei jeder Gelegenheit strikt voneinander getrennt. Männer massieren männliche und Frauen weibliche Patienten! Inder sind darin so prüde wie die katholische Kirche!"
„Sie waren das aber nicht immer!" fällt mir Klara ins Wort. „Betrachte nur einmal die Figuren an so manchen Tempeln. Da wird die körperliche Vereinigung regelrecht zum erotischen Kunstwerk. Aber mir scheint, dass die Frauen dabei stets nur als Lustspender dienten und dabei selbst kaum Erfüllung genossen haben. Wie überhaupt der indische Götterkosmos genauso patriarchalisch organisiert ist, wie es der griechische war und heute noch der christliche ist. Eigentlich klar, dass sich damals Alexander, beziehungsweise Zeus, in diesem Land wohl gefühlt haben muss. Doch die Dominanz des Männlichen gilt im Übrigen für alle Religionen - nicht nur in Asien, auch in Europa! Oder kennst Du eine Glaubensrichtung, in der die Frau dominiert?"
Ich weiß keine Antwort. Mir fällt im Augenblick keine Religion ein. Ich bitte sie stattdessen zu warten, um mir in der Hütte meinen grünen Kittel überzuziehen. Als ich frisch gewandet und gänzlich nackt unter dem grob leinenen Stoff aus meiner Hütte trete, wartet Klara bereits am Weg, der uns durch das ansteigende Gelände hinauf zum Zentrum führt. Wortlos steigt sie vor mir Schritt für Schritt von Treppenstufe zu Treppenstufe. Ich kann nicht anders, vermag mich nicht zu beherrschen und bewundere ihre zarten Füße, die in geflochtenen Sandalen stecken. Ihre Knöchel, die sich bei jedem Schritt unter der dünnen Haut bewegen, die

schlanken Fesseln, die unter dem Kittel wie fein ziselierte Kunstwerke herausschauen. Hinter ihr schreitend kann ich trotz der Weite des grünen Stoffes, der ihre Gestalt einhüllt, die Umrisse ihrer Schenkel und Hüften wahrnehmen, denn bei jedem Schritt glätten sich die Falten und verraten ihre Formen und Kurven: Zwar verhüllt, aber dafür umso reizvoller.

Irgendwie bin ich immer wieder aufs Neue dankbar. Zum ersten Mal seit Jahren vermag ich in diesen Tagen die Leidenschaft für eine Frau zu spüren, ohne gleich an Selbstvorwürfen zu ersticken. Ich fühle mich in einem Maße zu ihr hingezogen, dass es mir schwerfällt, nicht nach ihr zu greifen, an ihrem Kittel zu zerren, um sie in den Arm zu nehmen. Zeus hätte sich das längst erlaubt, aber mich halten immer noch über Jahrhunderte eingeübte Bedenken und ein Versprechen zurück.

Wie gern hätte ich sie jetzt auf meinen Stern eingeladen, mich mit ihr im hohen Gras vergnügt! Bei solch heftiger Intensität der Gefühle, so hoffe ich, müsste doch eigentlich ein Funken meiner erotischen Energie auf sie überspringen. Sie müsste von sich aus mein starkes Begehren spüren, müsste ähnlich wie ich empfinden, sich umdrehen und, angezogen vom Magnetismus zwischen uns, mich voller Leidenschaft umarmen.

Nichts davon! Ohne einen solch erträumten Zwischenfall in der Realität zu erleben, besteigen wir, heftig in der Hitze atmend, die Marmorstufen des Ayurveda-Zentrums. Dennoch begebe ich mich mit einem Glücksgefühl in die Massage-Kammer. Dieses Begehren, das sich soeben aus heiterem Himmel wie ein Wasserfall über mich ergoss, hat mir erneut bewiesen, dass mein sexuelles Wollen und Begehren, dass meine Fähigkeit mit aller Kraft Liebe zu empfinden und zu fordern, nicht gänzlich dem Versprechen gegenüber meiner Mutter zum Opfer gefallen sind. Und plötzlich geschieht etwas mit mir: Ein Knoten löst sich während der Massage. Es ist, als ob ich ab sofort den Zeus in mir akzeptiere, ihm zum Durchbruch verhelfe und dies auf Kosten meiner christlichen Mutterreligion mit all ihren Bedenken, ihrem Triebverzicht und ihrer Selbstkasteiung.
Ich bin entschlossen, den Zeus in mir zuzulassen. Und so ist es nur logisch, dass ich auch seine anderen elf Geschwister nach

und nach in mir wiedererwecke: die prächtige Aphrodite, die eifersüchtige Hera, und den aggressiven Ares. Jedem dieser Götter werde ich in meinem Charakter eine Region mit der ihm entsprechenden Energie widmen. Das müsste mir leichtfallen, geschieht doch nichts anderes in meiner Innenwelt, als das Ausgraben und Wiedererwecken von göttlichen Protagonisten einer Religion, die über tausende von Jahren gepflegt wurde.
Nichts geht verloren! Alles lebt in uns weiter, mal verschüttet, mal ganz offen!
Den Zeus in sich zulassen!

Darüber denke ich nach, geladen mit euphorischer Grundstimmung, während die Hände und nackten Füße des Masseurs meine Haut geschmeidig kneten. Nein, ich glaube nicht an eine Vielfalt von Göttern, ich glaube an die Vielfalt von Energien in mir, denen ich Namen gebe. Die Götter lehren mich an Hand ihrer Lebensgeschichten, bis an welche Grenzen ich diese jeweiligen Energien ausleben darf. Oft behindern sie sich gegenseitig, bekämpfen oder ergänzen sich, lehnen sich auf oder ziehen sich zurück.

Das alles auf einen einzigen Gott zu konzentrieren, wäre doch zu einfach! Er genießt auf diese Weise zu viel Macht. Er vereinfacht und muss auf die Einhaltung seiner Ideologie achten. Er darf keinen anderen Gott neben sich haben, der ihn korrigiert und um Rücksicht bittet. Auf diese Weise fördert der Monotheismus die Egomanie und den Individualismus - auf Kosten der Allgemeinheit.
Die Götterwelt der Griechen und der Inder entstand in einer Zeit, da das „Ich" noch nicht wie heute im Mittelpunkt aller Gedanken und der eigenen Sinnsuche stand. Das „Wir", die Familie, die Sippe, die Kaste, die Polis und der Volksstamm waren in Kriegs- und anderen Notzeiten von höherer Wertigkeit als das kleine, doch letztlich wehrlose Ich. Das spiegelte sich intensiv auch in den Götterfamilien wieder.

Allmählich durchdringt mich eine passive Apathie, was durch das ständige Wiederholen von Massagegriffen und Knetvorgänge noch zunimmt und seinen Höhepunkt erfährt, als der Stirnguss „Shirodhara" für mich abermals vorbereitet wird. Voller Vorfreude höre ich das Knacken des Öls, das in einem Topf auf einer elektrischen Herdplatte erhitzt wird. Meine Augen werden wieder mit Stoffstücken abgedeckt, meine Ohren vorsichtig mit Watte geschlossen.

Dann spüre ich die ersten warmen Tropfen auf der Stirn – exakt an jener Stelle, an der das Dritte Auge sitzt. Die Wärme, die Weichheit des Öls, das nun in stetig dünnem Fluss herunterrinnt, dringt tief hinein in die unteren Bereiche meiner Gehirnwindungen. Einzelne Stockwerke aus verhärteten Denkebenen lösen sich im Innern meines Kopfes auf. Eine angenehme Schläfrigkeit breitet sich aus. Gedanken haben jetzt keine Chance mehr, auf und ab zu spazieren und das Loslösen zu stören.

Wie schwer fällt es selbst dem Geübten, während der Meditation mit Hilfe eines Mantras das Kommen und Gehen der Gedanken auszublenden. Shirodhara macht es mit seiner 5.000 Jahre alten Therapie möglich: Ich versinke im Nichts und kehre zu den Anfängen meines Lebens zurück, als ich zwar zu existieren begann, aber noch nicht sagen konnte: Ich denke, also bin ich!
Für mich ist es eine göttliche Erfahrung, wenn sich das ewig plagende „Ich" in „Nichts" auflöst und zum kleinen Tod wird. Ein kleiner Tod, wie man ihn auch im Orgasmus erleben kann.

Ganz am Ende des Stirngusses, nach einer Phase der tiefen Entspannung, kehre ich sozusagen zu meinem Ego und in die Welt zurück. Erst danach führt mich der Masseur auf die Terrasse vor das Therapiezentrum. Er muss mich stützen, denn ein leichter Schwindel hat mich befallen. Auch meine äußere Wahrnehmung fühlt sich taub an. Wie aus der Ferne höre ich das Palaver der Mitarbeiter und Gäste. Wie durch Watte dringt das helle Zwitschern der Vögel, das Krächzen der Raben an meine Ohren.

Klara nimmt neben mir Platz. Auch zu ihr muss ich wieder zurückkehren, denn all meine begehrlichen Gefühle für sie scheinen sich verflüchtigt zu haben. Ich fühle mich klebrig an, wie schon an den Tagen zuvor nach einer Ayurveda-Behandlung. Das Öl hat sich in meine Haut eingesaugt, sie weich und empfindsam gemacht für die Berührungen des rauen Kittels, auf dessen hellen Grün sich dunkle Flecken wie schwarze Inseln gebildet haben. Bevor Klara sich erhebt, verabrede ich mich mit ihr für den Abend.

Schlaff und schwerfällig steige ich die Stufen zu meiner Hütte hinunter. Die meditative Apathie der während des Stirngusses erlebten Ichlosigkeit hat mich ermüdet. Ich ziehe mich in meine Hütte zurück. Auf dem Bett ausgestreckt, fällt mein Blick auf eines der noch nicht gelesenen Palmblätter-Bündel. Ich kann nicht widerstehen, entknote die Schnur, mit der die zwei Holzleisten zusammengebunden und dazwischen die Geschichten des Zeus wie eingesperrt sind. Die beschriebenen Palmblätter öffnen sich einem Fächer gleich. Ich beginne zu lesen. Diesmal erscheint mir der Text wie neu: Jetzt, da die griechische Vielgötterei, da Zeus, wie ich mir einbilde, in meine Seele eingedrungen und dort auf meine Ahnen gestoßen ist, erlebe ich die Worte und Sätze nichtmehr nur mit wissenschaftlicher Neugier. Nein, ich fühle, ich leide mit ihm!

Aus der Palmblätterbibliothek
15. Bündel

Eigentlich ist es Aufgabe der Götter das Leben zu gestalten. Und doch verfüge ich über keinerlei Macht, den Fortgang des Schicksals der Lebenden wie Unsterblichen zu bestimmen. Die an der Vorsehung webenden Moiren Klotho, Lachesis und Atropos meinen es offenbar gar nicht gut mit mir. Immer wieder fühlen sie sich durch meine Macht provoziert, sind misstrauisch, als ob ich mich in ihr Handwerk mischen würde. Dabei habe ich nie einen Zweifel an ihrer Unabhängigkeit gehegt, nie ihr Spinnwerk beeinflusst, nie am Faden des Schicksals zu zerren gewagt. Und doch laben sie sich immer wieder an der Lust, mir ihre Überlegenheit zu beweisen. Sie lassen mich ihre Macht spüren.

So kam es, dass ich ebenso gefesselt war wie zum selben Zeitpunkt mein Gegenspieler Prometheus. Diese Duplizität der Ereignisse ließ mich an den Webkünsten der Moiren zweifeln. Es war längst überfällig, dass ich mich mit dem „Vorausdenker", mit Prometheus, dass ich mich mit ihm verbinden würde. Ich wollte durch die Versöhnung jenes Geheimnis erfahren, das er mir erst dann verraten wollte, wenn ich ihn von seinen Fesseln und vom Adler befreit hätte. Dem Adler, der ihm täglich an der Leber nagte. Prometheus gehörte bekanntlich zu den wenigen Titanen, die in die Zukunft sehen können.

Schon über Stunden lag ich verschnürt mit hunderten von Knoten auf dem Bett, während sich meine Verschwörer offenbar weiter stritten. Solange sie sich draußen auf dem Olymp gegenseitig um die Nachfolge meiner Macht befehdeten – Apollon mit seiner Klugheit, Hera mit Ihrer satten Weiblichkeit, Aphrodite mit ihren Verführungskünsten –, solange machte ich mir keine Sorgen. Ist doch die Hoffnung auf Ehre und Macht stets die beste Medizin, um Gegner mit sich selbst zu beschäftigen! Doch irgendwann würden sie sich einigen, so dachte ich. Bis dahin muss ich wieder im Vollbesitz meiner Kraft, meiner Blitze und meines Donnerkeils sein.

Helios wurde allmählich müde. Sein Wagen näherte sich dem Horizont. Und ich sah, wie sein Licht langsam erlosch und sich das Zimmer, in dem man mich gefangen hielt, verdunkelte. Wie gerne würde ich jetzt am frühen Abend auf einem Felsen des Olymps sitzen und in die Weite blicken, das Spiel des Lichts bewundern, wenn sich die Farben mit Gelb, Rosa und Blau in die verblassende Grelle des Tages mischen. Draußen setzte die Dämmerung ein. Immer noch lag ich gefesselt auf meinem Bett, unbeweglich wie eine marmorne Zeus-Statue in einem meiner Tempelanlagen.

Was mochte das nur für ein Geheimnis sein, von dem Prometheus sprach? Bluffte er nur oder konnte man ihm glauben? Machte er seinem Namen Prometheus als der „Vorausschauende" alle Ehre, und besaß er tatsächlich eine prophetische Gabe? Immerhin verfügte auch ich über ein wenig göttliche Vorahnung! Doch ich konnte damals nichts Deutliches erblicken, nur ein vages Gefühl in mir erahnen, dass meine Zeit langsam zu Ende gehen würde, sollte mir kein Befreiungsschlag gelingen. Wie seinerzeit, da ich meine Geschwister aus dem Bauch des Kronos befreite. Eigentlich wäre meine Göttersippe mir schon deshalb auf ewige Zeiten zu Dank verpflichtet gewesen! Stattdessen wollte sie mich nun vom Götterthron stürzen. Gemahlin, Brüder und Schwestern nahmen mich gefangen, verurteilten mich zur Unbeweglichkeit und gefährdeten damit das religiöse Prinzip der

Vielgötterei. Kein Wunder, wenn die Menschen bei all dem Wirrwarr bald nach einem einzigen Gott schreien würden! Haben sie nicht auch ein Recht auf klare Verhältnisse!

Vielleicht, so dachte ich, hätte ich mich in den vergangenen Zeiten doch mehr um Sterbliche als um Blitz und Donner, um Nymphen oder Göttinnen und den Frieden auf dem Olymp kümmern sollen. Ich hätte die Liebe zu den Menschen nicht allein dem Prometheus überlassen dürfen.
Aber die Sterblichen waren mir eigentlich schon immer ein Graus. Manchmal hätte ich sie am liebsten ausgerottet, ihnen eine Sintflut oder ein Erdbeben geschickt. Ich hatte sie ja immer nur als zeitweilige Pächter meines Erdkreises betrachtet. Wehe, wenn sie mir nicht den Zehnten ihrer Ernte als Opfer darbringen wollten. Aber wenn ich zurückblicke, muss ich ehrlich sagen, ich war ihnen auch nicht immer ein gutes Vorbild, da ich im Grunde so lebte und handelte wie sie: voller Verrat, Zorn, Betrug und Gewalt!

Ganz anders war Prometheus: Nach dem Vorbild der Götter formte er aus Lehm die Menschen. Doch sie standen nur steif wie leblose Idole herum: Die irdenen Figuren vermochten sich nicht zu bewegen, nicht zu denken und zu fühlen. Und da dem Prometheus als Halbgott die Kraft, Leben zu spenden, versagt blieb, überredete er Athene jedem einzelnen ein Ich-Gefühl einzuhauchen, ihnen Bewusstsein und Bewegung, Gefühle und Gedächtnis zu schenken. Meine Tochter, schon immer fasziniert vom Findungsreichtum und der Phantasie des Titanen, hauchte dem toten Klumpen Lehm nicht nur Leben ein, sondern versah ihn auch mit vielen Eigenschaften der Götter. Das konnte nicht lange gut gehen!

Während Prometheus sich um die Sterblichen sorgte, als wären sie Söhne und Töchter aus seinem Blute, waren sie mir gleichgültig, ja oft sogar zuwider. Er dagegen gab ihnen Kleider gegen die Kälte, lehrte sie das Jagen von Wild, das Sammeln von Kräutern, das Züchten von Pflanzen und Errichten von Lehmhäusern – alles Erkenntnisse, die ihm die verliebte Athene in ihrer Hingabe verraten hatte. Während Prometheus seine Menschen also regelrecht verwöhnte, begann ich sie mehr und mehr zu verfluchen: Ich schickte ihnen Unwetter, Erdbeben, Krankheiten und Überschwemmungen, nur um sie zu dezimieren. Doch der „Vorausdenker" wusste immer wieder etwas dagegenzusetzen, half, wo er nur konnte und setzte seiner Menschenliebe noch die Krönung auf, indem er ihnen das gab, was sie nahezu in den Götterstand erhob: Das Feuer! Das geschah auf eine Weise, die noch heute meine Galle zum Überlaufen bringt.

Prometheus überredete eines Tages Athene, eine Hintertür zum Olymp nur einen kleinen Spaltbreit offen zu lassen: Damit er sich den Göttersitz betrachten könne, so begründete er seinen Wunsch. Die Göttin fiel darauf herein. Einmal eingedrungen, nutzte er die Gelegenheit, sich heimlich in die Schmiede des Hephaistos zu schleichen. Dort ergriff er ein Stück glühender Holzkohle und steckte es so geschickt in die Markhöhle eines Fenchels, dass keiner beim Verlassen des Olymps den Diebstahl entdecken konnte.
Das ging mir entschieden zu weit, ist doch das Feuer sozusagen der Vater aller Elemente. Mit ihm lassen sich Metamorphosen vollziehen, die sonst nur mir als Gott des Blitzes zustehen.

Prometheus hatte mich herausgefordert. Er hat sich mit dem Diebstahl des Feuers sozusagen zum Gegengott erhoben und ausdrücklich immer wieder seinen Kindern eingeschärft:
„Traut den Göttern nicht! Misstraut vor allem Zeus! Er will Euer Verderben!"
Damit hatte er sich mir zum Feind gemacht, zum Gegner, zwar nicht auf Augenhöhe, aber was nicht ist, kann ja noch werden! Zumal er als halbgottartiger Einzelkämpfer es viel leichter hatte als ich, der ich als Erster unter den Göttern mich stets auch mit der Macht der Geschwister arrangieren musste.

Die Bedrohung meiner Götterwelt hatte durch den Diebstahl des Feuers ein nicht hinnehmbares Ausmaß angenommen, dass sich meine Geschwister und ich zum Handeln gezwungen sahen. Ausnahmsweise waren wir uns im Fall Prometheus einig: Wir beschlossen ihm eine Falle zu stellen.

Hephaistos glühte wegen des Diebstahls seines Schmiedefeuers vor Zorn. Voller Rachegedanken machte er sich, auf mein Rezept hin, daran, aus Lehm eine Frau zu formen und sie im Schmiedefeuer zu härten. Als Wettergott wies ich die vier Winde an, der

Tonfigur Leben einzuhauchen. Hephaistos hatte sie übrigens ganz nach dem Vorbild seiner untreuen Gemahlin Aphrodite geformt, wohl auch um sich auf diese Art an ihr zu rächen.

Ich hätte mich in dieses künstliche Weib glatt verlieben können, so voller Liebreiz strahlte sie aus, so ebenmäßig gelungen waren ihre Glieder. Aber es fehlten doch noch, um den Prometheus hereinzulegen, ein schlechter Charakter und einige Unarten. Mein Sohn Hermes, dem Gott fürs Grobe, befahl ich die Frau mit Schamlosigkeit und Hinterlist auszustatten. Andere Göttinnen gaben das Ihre dazu: Sie flößten ihr Eifersucht, Neid und Heuchelei ein, Eigenschaften, über die sie im Übermaß verfügten.

Kurz und gut: Ihr Wesen bestand aus den schlechtesten Charakterzügen, über die Götter nur verfügen können. Doch über die Schlangengrube ihrer Eigenschaften täuschte immer noch der Glanz ihrer verführerischen Gestalt hinweg. Zudem schmückten die Nymphen sie mit goldenen Halsbändern und setzten ihr einen Blumenkranz aufs Haupt. Ich selbst gab ihr noch eine Büchse mit, in der ich alles Übel dieser Welt einschloss, welches ich den Sterblichen an den Hals wünschte.
Ein perfektes Geschenk für Prometheus!
Noch nicht ganz. Denn der Menschenfreund und Vater der Sterblichen war gegenüber göttlichen Gaben überaus misstrauisch, mochten sie noch so verführerisch sein - wie unsere schöne „Pandora". So nannten wir das Miststück!

Nein, Prometheus hätte sicherlich die List geahnt und das Geschenk zurückgewiesen. Wir sandten die Pandora deshalb seinem nicht ganz so gewitzten Bruder Epimetheus zu. Da dieser, im Geiste eher bescheiden, dazu neigte die mehrfachen Warnungen seines Bruders vor Göttergeschenken in den Wind zu schlagen. Er war eher einer von denen, die nie vorher, sondern immer erst nachher klüger sind.

Epimetheus tappte, wie geplant, voll in die Falle. Anstelle Pandora und ihr Geschenk zurückzuweisen, wie es ihm sein Bruder mehrfach aufgetragen hatte, brannte er beim Anblick unseres Geschenkes sofort vor Lüsternheit. Er schloss das Weib, ohne einen Moment zu zögern, in seine Arme. Nur eine Kleinigkeit störte ihn.

Die sperrige Büchse an ihrem Körper behinderte den Austausch von Zärtlichkeiten. Und so fragte er:
„Was ist das für eine Dose, die Du bei Dir trägst?"

Pandora schob kokett die Unterlippe vor und zuckte mit den Achseln.
„Ich weiß so wenig wie Du über ihren Inhalt Bescheid. Aber mich drückt schon längst die Neugier, die Büchse zu öffnen! Was meinst Du, was sich darinnen versteckt: Ist es Schmuck? Sind es Perlen? Mir wurde aufgetragen, sie unbedingt erst in Deinem Beisein zu öffnen!"

Epimetheus sah keine Chance Pandora von der Büchse zurückzuhalten. Er war von langsamem, trägem Charakter. Rasch hatte sie sich über die Dose gebeugt, hatte ihre Finger gierig in den Deckel verkrallt, ihn aufgedreht und achtlos beiseite geworfen.
Da entfloh der Büchse plötzlich ein schneidendes Zischen. Ein flirrendes Heulen begleitete all das Schreckliche, das wir Götter in die Büchse gepackt hatten. Es machte sich Platz, drang mit aller Gewalt nach Draußen und fiel über die Sterblichen auf ewige Zeiten her. Als da sind: ausgesuchte Krankheiten wie Pest und Blattern, der Krieg mit seinem Tod und Verderben, die Gewalt mit ihrer Brutalität und Rücksichtslosigkeit und das Verbrechen vom Diebstahl bis hin zum Mord. Eines aber hatte ich noch hinzugefügt, um die Folter für die Sterblichen besonders hinterhältig zu gestalten: Die „Hoffnung" nämlich - jenes Prinzip, das die Menschen in noch so ausweglosen Situationen überleben lässt. Eine Eigenschaft, die einen erlösenden Freitod verhindern soll und die Sterblichen immer wieder das Leid ertragen lässt, mit dem wir den Menschen das Leben schwermachen.

Auch Prometheus konnte die Geister, die ich gerufen hatte, nicht in die Büchse zurückzaubern. Mit der Pandora drangen also Unheil und Hoffnung in die Welt. Auch Prometheus profitierte letztlich von der Gabe. An den Atlas geschmiedet, von einem Adler unter Schmerzen gepeinigt, blieb ihm die „Hoffnung" auf Erlösung als einzig positiver Gedanke. Sie gab ihm die Kraft für all seinen Findungsreichtum, mit dem er sich auf eine mögliche Chance zur Befreiung konzentrierte. Aber auch in mir, dem mit Riemen gezähmten Gott, machte sich alsbald die „Hoffnung" breit, dehnte sich mit Energie von Tag zu Tag aus.

Beide waren wir Brüder des gleichen Schicksals: Ich, Zeus, gefesselt an meine Bettstatt und er, Prometheus, geschmiedet an den Felsen. Beide voller „Hoffnung" auf Freiheit!

Dass mich, den Gott, selbst einmal diese trügerische „Hoffnung", entflohen der Büchse der Pandora, wie die Pest befallen würde, empfand ich als ein schlechtes Omen, ein ungutes Vorzeichen wie das Abendrot, das ein stürmisches Wetter ankündigt oder ein Erdbeben Zerstörung auslöst. Die „Hoffnung" sollte doch seit Pandoras Zeiten zum Eigentum allein des Menschen gehören! Sie ist es, welche den Sterblichen uns Göttern zum Untertanen macht, indem sie ihn immer wieder zum flehentlichen Gebet in die Knie zwingt.
An mein Bett gefesselt, musste ich mit Bedauern feststellen. Dass die Hoffnung in mir nistete, war ein Zeichen der Schwäche und der Anfang des Untergangs einer Welt voller Götter. Auf wen unter meinen Götter-Geschwistern konnte ich denn hoffen? Wer fehlte unter denen, die mich ans Bett gefesselt hatten und nun darüber stritten, wer nach mir den Götterthron besteigen sollte?
In den Abendstunden konnte ich sie immer noch draußen vor der Pforte diskutieren hören; Die machtvoll bestimmende Stimme des Apollon, die schrill Erregte meiner Gemahlin Hera, die Verruchte der Aphrodite und das nachdenkliche Gemurmel des Hermes. Auch meine Tochter Athena meldete sich immer wieder lautstark zu Wort, um ihren Anspruch auf den Götterthron zu fordern. Das schmerzte mich, zumal ich sie doch selbst unter höllischen Qualen zur Welt gebracht hatte. Es werde Zeit, so hörte ich sie draußen vor der Tür fordern, dass endlich eine Frau als Herrin auf dem Olymp die Erdscheibe und die Geschicke der Menschheit lenken werde.

Das Geheimnis des Prometheus. Wer außer ihm konnte es wohl kennen? Meine elf Geschwistergötter hatten zwar meine Glieder gefesselt, doch meine Gedanken vermochten sie nicht zu beherrschen. Sie waren stets auf der Suche nach dem Faden, der sie zu dem Geheimnis führen könnte. Doch ohne ihn ergreifen zu können, verirrte ich mich immer tiefer im Labyrinth der Mutmaßungen.

So lag ich weiterhin hart ans Bett gefesselt, zur Untätigkeit verdammt, mit schmerzenden Gelenken, an denen das Leder rieb,

mit tausend Knoten auf der Brust, die mich gewaltig drückten und mir den Atem nahmen. Ich dämmerte dahin, während die Stunden tatenlos vergingen, indes meine Geschwister vermutlich in den Höhen des Olymps über meine Zukunft Rat hielten und über meine Nachfolge lautstark stritten. Zur Untätigkeit verdammt, begriff ich, was Zeit auch für einen Gott bedeuten kann. Zum ersten Mal spürte ich ihr sinnloses Dahinfließen. Als einer, der die Eigenschaft des ewigen Lebens besitzt, hatte ich mir bis zu diesem Moment nie Gedanken darüber machen müssen. Denn, wer gleich mir unsterblich ist, kennt nur die Ungeduld, die hässliche Schwester der Zeit. Sie hatte ich ausführlich in den langdauernden Diskussionen mit meinen Geschwistern kennenlernen müssen, in mühsamen Beschlüssen, zu denen ich mich auf dem Olymp durchringen musste.
Jetzt waren sie in mir vereint: die Zeit und die Ungeduld! Das bereitete mir arge Schmerzen! Schmerzen, die darin bestanden, dass ich mich fragte: „Wie viele Tage und Nächte liege ich bereits hier - ohnmächtig wartend, mich nicht wehren könnend, nur fähig, mit meinen Gedanken und Träumen zu spielen?

Ein Knarren der Tür weckte mich schließlich aus meinem Selbstmitleid, das sich durch meine Seele wälzte. Ich schärfte meine Sinne, spitzte die Ohren. Da nahm ich ein leises Trippeln wahr. Und der Duft gerade erblühter Blumen drang in meine Nase - von solch angenehm frischer Süße, dass wieder Leben in meine abgeschnürten Glieder drang. Ich versuchte den Kopf zu heben, doch die Fesseln ließen keine Bewegung zu. Einzig den Augen war es gestattet, ihren Blick zur Zimmerdecke hinauf oder seitwärts aus dem Fenster zu werfen.

Schritte näherten sich behutsam, kaum wahrnehmbar - so, als würde sich jemand an mich heranschleichen wollen. Ängstlich wendete ich meine Augen zur Seite dem Fenster zu, denn nur dort vermochte ich den unbekannten Gast zu erkennen. Wer von meinen Geschwistern auch immer an mein Bett treten würde, er hatte sicher nichts Gutes im Sinn gehabt. Es hätte Hera sein können, die mich kurzerhand und heimlich kastrieren, oder Apollon, der mir einen freiwilligen Rücktritt abpressen wollte. Auch von meiner Tochter Athena würde mir Gefahr drohen, da sie sicher in meiner Ohnmacht endlich eine Chance witterte, den Frauen in der Götterwelt eine gebührende Führungsrolle einzuräumen.

„Wer immer Du bist, der Du Dich in mein Gefängnis wagst," zischte ich mit schwacher Stimme. „Zeige Dich mir! Blicke dem Ersten unter den Göttern ins Antlitz und verberge Dich nicht feige! Gefesselt wie ich bin, kann ich Dir sowieso nichts tun!"
„Ich bin es...", lispelte es leise, „...sprich nicht so laut! Die Anderen dürfen von meinem Besuch nichts wissen, denn sie könnten vermuten, dass ich sie verrate!"

Es war Aphrodite, die schwebend in den Blickwinkel meiner Augen glitt. Ihre formvollendete Gestalt, die mir von Weitem oft schon die Sinne verdrehte, verdunkelte das Fenster. Selbst ihr Schattenriss offenbarte die weichen und üppigen Formen ihres Körpers, das Gold ihres fließenden Haares. Es umrahmte ihr wohlgeformtes Gesicht und umschmeichelte die weißen Schultern. Sie hatte sich in vollem Ornat hereingeschlichen, trug ihren legendären Gürtel um die Brust, der jeden sterblichen und unsterblichen Mann in leidenschaftliche Glut versetzen konnte. Der Gürtel, bekränzt mit allerlei Blüten, bestückt mit uralten Symbolen, erweckte sogleich durch seine Magie meine gegürtete Männlichkeit. Mein Phallus rührte, dehnte und streckte sich wie ein lüsterner Kater, der gerade aus dem Schlaf erwacht. Er erhob sich hart, als wolle er die Fesseln sprengen. Schon meine Gattin Hera hatte sich diesen Gürtel des Begehrens ausgeliehen, ihn in der Nacht zur Versöhnung getragen. Aber seine Wirkung schien mir jetzt noch intensiver, denn Aphrodite, die Besitzerin, wusste damit auf eine Weise umzugehen, die jeden Mann süchtig nach ihr machte.

Aphrodite sandte mir einen spöttischen Blick, hob die Rechte der fein ziselierten Augenbrauen und warf sich, als würde sie meine Männlichkeit noch mehr provozieren wollen, in Positur.
„Ich hätte nichts dagegen, Zeus, jetzt Deine erhabene Männlichkeit zu prüfen, aber allein mir fehlt der Mut, mich rasch über Dich zu werfen. Jeden Moment könnten Ares, Hephaistos oder Hera hereinplatzen und uns überraschen. Nein, ich bin gekommen, um Dich davon zu überzeugen, wie stark immer noch meine Kraft als Liebesgöttin wirkt. Die Leidenschaft, die Lust, die Anziehungskraft zwischen Mann und Frau, ob göttlicher oder sterblicher Abstammung, bestimmen mehr als alles andere das Weltgeschehen. Ich bin die Göttin, die Kriege entfacht. Ich bin die Göttin, die für die Fortpflanzung von Göttern und Menschen sorgt. Und ich..."

Mit diesen Worten beugte sie sich über mich, so dass sich ihre wohlgeformten Brüste vor meinen Augen in voller Pracht entfalteten. Ihre Brustwarzen schimmerten rosa wie die Morgenröte, nur halb verborgen durch den seidenen Gürtelstoff. Mit unschuldiger Neugier und wie aus Versehen spitzten sie über dessen Rand, gleichsam wie die Sonne, wenn sie sich morgens über den Horizont erhebt. Bei diesem Anblick zitterte ich vor Leidenschaft, vor Begehren und Gier. Ein Gewitter fuhr durch meine Glieder. Heiße Blitze umzüngelten mein Geschlecht, ohne sich wirklich mit dem üblichen Donnern entladen zu können. Wie Lava schoss stattdessen das Blut in meinen Kopf. Ich begann an den Riemen zu zerren, doch sie schnitten mir so schmerzhaft ins Fleisch, dass ich mich rasch wieder auf meine missliche Lage besann.

„… Und ich!", flüsterte weiter Aphrodite gurrend. "Bin nicht Ich die Göttin, die alles Leben bewirkt? Bin nicht Ich die wahre göttliche Herrscherin über die Weltenscheibe? Gebührt nicht mir der Thron auf dem Olymp? Ich wäre doch eine würdige Nachfolgerin für Dich!"
Und als wollte sie ihren Worten noch mehr Überzeugungskraft verleihen, berührte sie mit zärtlicher Hand meine Brust, ließ ihre Finger Gedanken verloren über meine Haut wandern, während ich mehr und mehr mein Schicksal verwünschte, meine Ohnmacht bedauerte. Ich hätte in diesem Moment alles auf der Welt darum gegeben, hätte sogar mit Prometheus an seinem Felsen getauscht, wenn ich nur für einen kurzen Augenblick von den Fesseln befreit gewesen wäre.

Das Blut dröhnte mir in den Ohren. Hatte ich richtig gehört: Aphrodite suchte mich aus keinem anderen Grund auf, als mich durch ihre erotische Folterung davon zu überzeugen, dass ihr allein die Krone der Herrschaft gebührt. Doch nicht genug: Wie aus Versehen spazierten ihre Fingerspitzen kitzelnd weiter - in meine Mitte, umkreisten zärtlich meine zum Platzen erregte Männlichkeit. Wäre ich nicht gefesselt gewesen, hätte sie sich in ein Bündel Blitze verwandelt, ganz ähnlich jener Waffe, mit der ich in Gewittern um mich warf.
Während Aphrodite nachdenklich meinen Körper erkundete, ihre Fingerkuppen mit mir spielten, versuchte sie mich weiter lispelnd zu überzeugen:

„Bin nicht ich es und ist es nicht meine Kraft, die Mann und Frau, Gott und Göttin in heftiger Umarmung zueinander bringt? Die ihnen den Weg zur lustvollen Vereinigung weist? Die ihnen obendrein die höchsten Wonnen beschert und jene Lust gestattet, die ihnen dieses Gefühl aus Vergehen, Verlieren und ineinander Zerfließen erlaubt, das schöner ist als alles andere auf der Welt?
Selbst Du, Zeus, hast meine Gaben ausgiebig genossen, hast Deine Würde, Deine Vernunft hintangestellt, hast Deine Pflichten vergessen im Angesicht der erotischen Kraft, mit der ich die Welt und Dich beschenkt habe!"

Mit der Hand griff sie jetzt, wie ganz ohne Absicht, nach meiner Mitte. Meine Augen verdrehten sich. Ich ballte meine Hände trotz ihrer Fesselung zu Fäusten. Ich rüttelte heftig an den Lederstreifen. Mit einem Male ergriff mich eine solch gewaltige Lust, dass jede Faser meines Körpers zu vibrieren begann. Ich drohte dem Wahnsinn zu verfallen, in den Aphrodite schon so manch Sterblichen mit ihrer Leidenschaft getrieben hatte.
Der einzige Gedanke, den ich mir mit letzter Kraft noch eintrichtern konnte, lautete: Ich muss ihr widerstehen! Aphrodite wird mich solange mit Lüsternheit foltern, bis ich ihr meine Unterstützung zusage, bis ich sie als meine Nachfolgerin akzeptieren würde. Womöglich werde ich ihr am Ende noch per Eid schwören müssen, dass ihr unter allen Geschwistern der Götterthron zusteht!

10. Tag

Ein heftiger Streit unter den Raben vor der Tür schreckt mich gerade rechtzeitig zum Sonnenuntergang auf. Sie schreien so laut, dass ich als Quelle für das Gezeter keinen Vogel, sondern Menschen vermute, die sich neben meiner Hütte in einer mir fremden Sprache beschimpfen. Ich stürme hinaus, doch jetzt, als ich mich in der goldenen Dämmerung umschaue, erblicke ich keine Menschenseele. Lediglich die Raben, wegen meiner Anwesenheit verstummt, segeln oder flattern aufgeregt um die Palmstämme herum, als wollten sie mich, wie schon am Vormittag, erneut warnen. Überhaupt scheinen sie in den letzten Tagen in meiner Nähe auffällig oft zu kreisen. Sollte ich ihre Aufdringlichkeit als schlechtes Omen werten, als Alarmzeichen der Götter, die über den Vogelflug Botschaften der Zukunft an die Menschen weitergeben? Ich jedenfalls vermag sie nicht zu deuten!

Ich bin heute Abend mit Klara an der Rezeption verabredet. Zuvor will ich mich sammeln, mich motivieren und meine Liebesbereitschaft auffrischen. Meine Zuneigung für Klara ist in den vergangenen vierundzwanzig Stunden ein wenig in den Hintergrund getreten. Kann es sein, dass das Alter in mir eine gewisse Lässigkeit, eine Trägheit der Emotionen bewirkt? Dass dieser Bereich meines Ichs, in dem Leidenschaft, Begehren und Liebe wohnen, dass diese Region der Aphrodite durch das Alter gelitten hat?

Ich schalte das Licht in der Hütte an, dusche mich ausgiebig, suche im Schrank nach Hemd und Hose, die meine ein wenig füllige Gestalt in ein anmutiges Äußeres hüllen. Ein abschließender Blick in den Spiegel bestätigt mir aufs Neue: Ich sollte heute Abend vor allem mit den Worten punkten. Sie sind es, die wesentlich mehr Erfolg bei Klara haben werden als ein weißes Shirt und eine weiße Hose. Mein kaschierendes Outfit kommt mir affig vor! Ein wenig resigniert mache ich mich auf den Weg zur Rezeption.

Klara sieht für mich, provoziert durch die Intensität meines Verlangens, das in mir schon beim ersten Blick auf sie Feuer fängt, überaus begehrenswert aus. Wie schaffen es nur manche Frauen immer wieder den Zeichen des Alters an Haut, Körperbau und Lebhaftigkeit des Geistes Einhalt zu gebieten? Als ob sie in der morgendlichen Zeit vor dem Spiegel eine Unzahl an Zaubertricks anwenden, mit deren Magie sie das Dahinwelken aufhalten können. Klara hat dies wohl an diesem frühen Abend mit großem Erfolg erreicht.

Sie trägt das schwarze Haar heute offen. Es fällt glatt gekämmt auf die nackten Schultern und umspielt den Hals. Jede Bewegung ihres Kopfes lässt die Locken wie einen Vorhang schwingen. Die hohe Stirn darunter glänzt faltenlos, die Brauen sind sorgfältig gezupft, die blauen Augen strahlen in leuchtender Klarheit. Auf Ihren Backen hat sie zaghaft Rouge aufgelegt, und die Oberlippe ist so glatt wie ihre Stirn, von keinerlei waschbrettartigen Falten durchzogen, wie sie sonst bei Frauen ihres Alters ein manches Mal auftreten. Ihr Mund glänzt ausnahmsweise ganz ohne Lippenstift. Würde ich sie jetzt küssen, dann wäre das eine recht trockene Angelegenheit. Keinerlei Farbe und Fett blieben an meinen Lippen kleben.

Auch Klara hat sich weiß eingekleidet, in ein elegantes Wickelkleid, das einen großen Teil ihrer gebräunten Schulterpartie frei lässt, aber leider vorne die Brüste auf eine Weise zusammendrückt und flachpresst, dass ich es schade finde und Mitleid mit ihnen fühle.
Dennoch, Klaras Gesamteindruck aktiviert und stimuliert beträchtlich das Zeus-Gen in mir. Mit lüsternem Appetit sehne ich mich danach, sie zu berühren und bedaure, dass ich mich wohl zunächst nur mit einem Abendbrot auf ayurvedisch zufriedengeben muss. Ich gestehe: Ich bin einfach geil auf sie. Hatte ich früher in einem derartigen Fall eher ein taktisches Vorgehen im Sinn und machte mir Gedanken, wie ich, um mich nicht zu blamieren, erwartungsvollen Zärtlichkeiten unteerdrücken könnte, so empfinde ich heute Abend mein Verhalten überraschend verändert. Ist es der Eindruck meines Sternentraums oder der Einfluss der Zeus-Erzählungen samt der Erkenntnis, dass inzwischen meine Psyche von Zeus, Apoll und Aphrodite kolonisiert ist? Könnte es die ungeheuer kraftvolle Mystik Indiens sein, die mich umgibt, oder die Ferne von Europa, die mich befreit? Ist es der Abstand zum gekreuzigten Christus, der sonst stets im Hintergrund mahnend aufragt und ein Gefühl der Schuld, der Bestrafung und des düsteren Leids in uns auslöst? Was es auch sein mag: Ich bin heute Abend der Lebensfeindlichkeit überdrüssig und akzeptiere, genieße sogar meine Lust!

In kurzen Schritten nähert sich Klara. Sie wirkt neugierig und zugleich etwas vorwurfsvoll:
„Wie ist es Dir ergangen? Wir haben uns ja längere Zeit nicht gesehen!"
Sie trägt Sandalen, deren Lederschlaufen ihre feinen Fesseln umgürten. Wir begrüßen uns mit Wangenküssen links und rechts. Eine Zeremonie, die mir sonst eigentlich nicht liegt, die ich aber heute Abend gerne pflege, um wenigstens mit einem zaghaften Körperkontakt zu beginnen.

„Ich habe viel erlebt und erfahren in den vergangenen Stunden. Gesprächsstoff vielleicht für den ganzen Abend! Aber lass uns erst essen gehen!", schlage ich vor und suche dabei ihren Blick, um die Spur einer zärtlichen Zuwendung zu provozieren. Ich vermag aber nur ein nichtsagendes Lächeln auszulösen. So hacke ich mich kurzerhand bei ihr ein.
Sich gegenseitig stützend wie ein vertrautes Ehepaar, machen wir uns auf den Weg ins Restaurant. Ich genieße es, die Leichtigkeit ihres Armes, die Feuchtigkeit ihrer Haut zu spüren, und immer wieder auch die Berührung ihrer Hüfte an der meinen. Dieser gemeinsame Gang durch die zunehmende Dunkelheit führt vorbei an Laternen und, wo das Licht nicht hinreicht, vorüber an den geheimnisvollen Büschen mit Blättern, die nur so vor Saft und Kraft strotzen. Das Spazieren in einer Luft aus Samt und Wärme, in einem Duft aus herber Süße, ist wie ein Versprechen für eine Nacht gegenseitigen Erkennens. Dazu ist heute auch noch Vollmond. Obwohl sein Licht hell den Himmel erhellt, haben die Sterne immer noch ausreichend Leuchtkraft, um sich bemerkbar zu machen.

Die Klänge einer Sitar begrüßen uns schmerzerfüllt im Restaurant, dazu im raschen Rhythmus dumpfe Schläge auf einer Tabla. Eine melancholische Musik, die nichts Gutes für den Abend verspricht. Kerzen flackern auf den Tischen und Fackeln an den Wänden. An der Decke wirbeln die Propeller und fächeln kühle Luft in die tropische Nacht hinein. Im Hintergrund reihen sich die Ton-Töpfe mit ayurvedisch-vegetarischen Speisen. Kellnerinnen in vielfarbig-schillernden Saris eilen von Tisch zu Tisch und schenken das braune Kräuterwasser aus.

An einem der wenigen leeren Tische nehmen wir Platz, setzen uns gegenüber, so dass einer von uns stets die Mine des anderen studieren, wir uns in die Augen blicken können. Kaum ist der erste Schluck des lauwarmen Kräuterelixiers heruntergewürgt, beugt sich Klara mir entgegen, als wolle sie ein Geheimnis austauschen, das nicht für fremde Ohren bestimmt ist.
„Also, schieß los! Was hast Du so Spannendes erlebt?"
Ich ziere mich ein wenig, nippe abermals am Kräutertee.
„Nun, Professor Shantu kam gestern zu Besuch. Er hat mich in den frühen Abendstunden mit auf eine Reise in die Sphäre des

Akasha genommen, von der ich nicht weiß, ob sie nun wirklich stattgefunden hat oder nur ein Traum war?"

Ich nutze eine kurze Kunstpause - nicht nur, um Sätze zu suchen, die in aller Kürze die Geschehnisse erklären, sondern der Spannung wegen, die durch das Zögern zunehmen und auf diese Weise bei Klara Emotionen auslösen könnte.
„Am besten kann ich Dir das erklären, wenn Du mitkommst!"
Ich nehme die Gelegenheit wahr und greife über den Tisch nach Klaras Hand, die Sie mir bereitwillig entgegenreicht. Sie steht auf und lässt sich von mir vorbei an den Tischen hinaus ins Freie führen.
„Schau Dir diesen Himmel an!", bitte ich sie und hebe meinen Kopf. „Die Sterne sind von ungeheurer Klarheit. Da hinauf hat mich Shantu gestern geschickt. Nicht alleine. Der Professor saß die ganze Zeit weiter neben mir. Er forderte mich auf, einen Stern herauszusuchen!"
Sie richtet ihr Kinn nach oben, blickt zu den Sternen.
„Das ist nichts Neues!", meint sie ein wenig trocken. „Das machen Eltern immer gern mit ihren Kindern! Für einen Erwachsenen klingt das ein wenig kitschig! Seit es Menschen gibt, sind sie von den Sternen fasziniert. Schon die Ägypter haben geglaubt, dass jeder Stern einen verstorbenen Menschen darstellt. Und die alten Griechen haben diverse Halbgötter und Göttinnen in den Sternenhimmel verbannt und Kombinationen von Sternen nach ihnen benannt. Heute blicken Verliebte in die Sterne, um sich inspirieren zu lassen. Wer eine Sternschnuppe sieht, kann sich etwas wünschen! Unzweifelhaft sind Sterne faszinierend und voller Mystik! Warum solltest nicht auch Du von ihnen verzaubert sein?"

Eigentlich wollte ich durch diese Sternenvorführung ein kindliches Erstaunen in ihr auslösen, wollte ihre romantische Ader anzapfen, um auf diese Weise den Abend von Beginn an in eine emotional poetische Stimmung zu lenken. Doch jetzt muss ich erkennen: Klara ist zu klug, um sich von mir mit einer sentimentalen Sternenschau verführen zu lassen.
„Natürlich!", stimme ich ihr zu, „Aber Shantu tat noch etwas Anderes. Er versetzte mich in eine Art meditative Trance, in der ich zum ersten Mal verstand, wie kosmisch unser Leben ist. Ich hatte das Gefühl, auch die Erkenntnis, dass jeder Mensch vergleichbar mit unserer Erde ist. Wie auf unserer echten Welt existieren in uns

Wüsten mit viel Leid und Schmerz; Meere, auf denen wir versuchen durch heftiges Schwimmen zu überleben; Dass es fruchtbare Täler gibt, wenn es uns gut geht; Und dass, je mehr wir unsere Welt zerstören, damit auch gleichzeitig uns zerstören. Meine Psyche verstand plötzlich, und ich spürte das gestern auch körperlich, dass sich in uns die Zustände und Beschaffenheiten der Erde wiederfinden. Jeder von uns ist also seine eigene Welt, in der sich unsere Erde wiederspiegelt!"

Klara senkt den Kopf, sucht und findet im Zwielicht der Kerzen meine Augen. In ihren Pupillen spiegeln sich die Lichter des Restaurants, als würden die eben erblickten Sterne in ihnen weiterleuchten.
„Das hört sich gut an, mein Lieber! Diesen Vergleich werde ich mir merken. Doch was mir wichtiger erscheint: Was hat denn Shantu nun über Dich in den Palmblättern gelesen? Aber warte mit der Antwort! Lass uns erst etwas essen!"
Sie wendet sich abrupt ab, löst sich aus dem Dämmerlicht und tritt zurück unter das Dach des Restaurants. Ich folge ihr gehorsam, ganz befriedigt, dass sie mich mit dem Attribut `mein Lieber´ zum ersten Mal ausgezeichnet hat. Es hörte sich zwar mehr kumpelhaft denn leidenschaftlich an, aber dennoch hat sie es auf eine Weise akzentuiert gesprochen, deren Deutlichkeit mir durchaus Hoffnung macht.
Für eine Antwort auf ihre Frage lässt sie mir immer noch Zeit. Sie schreitet zunächst zur Salatbar, um ihre Vorspeise aus Tomaten, Gurken, gelbe Rüben und Bohnen zusammenzustellen. Dann kehren wir gemeinsam zu unserem Tisch zurück und beginnen auf unseren Tellern herumzustochern. Sollte sie immer noch Interesse an einer Antwort auf die Frage nach meinen Palmblättern haben, so wäge ich ab, wird sie diese sicherlich noch einmal stellen. Im Augenblick jedoch legt sie offenbar keinen Wert darauf. Ich für meinen Teil, ich werde nicht darauf zurückkommen, sondern wende mich deshalb mit einem neuen Thema an sie, um taktisch zu punkten.
„Eigentlich weiß ich gar nichts über Dich!", stelle ich fest und konzentriere mich während dieser Frage ganz auf meinen Salat. Sie wirft mir einen kurzen prüfenden Blick zu.
„Du hast mich auch nichts dergleichen gefragt und von selbst werde ich Dir meine Geschichten nicht aufdrängen!"

„Ich weiß nicht, ob Du Kinder hast, verheiratet warst oder noch bist?"

Ich lasse meine Gabel auf dem Teller ruhen, um meiner Frage mehr Wirkung und Bedeutung zu verleihen. Auch Klara unterbricht ihr Essen, tupft sich mit der Serviette vorsichtig die Lippen ab. Dann blickt sie mich an:

„Das bin ich übrigens schon lange nicht mehr gefragt worden. Gemeinhin haben Männer an Frauen in meinem Alter nur noch wenig Interesse, deshalb bindet man ihnen solche Informationen als Frau auch nicht gleich auf die Nase. Wenn mir ein Mann diese Frage stellt, dann meist nur, um herauszubekommen, ob ich als Frau über genug Geld verfüge, damit ich ihn versorgen kann und ob ich auch willens sein könnte, ihm die Wäsche zu waschen oder ihn zu bekochen. Manche Männer glauben, man müsse ihnen als ältere Frau dankbar sein, wenn sie überhaupt noch für sie Interesse zeigen."

Ihre Augen erstarren, ihre Wangen röten sich. Sie kann eine gewisse Erregung nicht verbergen. Ärger hat sich in ihr aufgestaut. Offenbar hat sie entsprechende Erfahrungen sammeln müssen.

„Ehrlich gesagt: Ich habe genug von den Männern! Eigentlich ist dieses Kapitel für mich abgeschlossen! Aber um Dir Klarheit zu verschaffen: Ich bin geschieden und habe zwei erwachsene Töchter! Und wie ist das mit Dir?"

Ich sinke ein wenig in mich zusammen. Ihre Bemerkung, sie habe genug von Männern, raubt mir Motivation und Hoffnung. Zumal ihre Worte durchaus Bestätigung finden in dem, was mir laut Shantus Vorhersage die Palmblätter in Verbindung mit ihr prophezeien - nämlich, dass Klara mich nicht in ein neues Leben begleiten wird. Dennoch will ich nicht ohne Weiteres aufgeben! Wie um sie einzuladen und auch um Anlass zu sein, ihren Entschluss noch einmal zu überdenken, winke ich mit dem Zaunpfahl:

„Oh, ich war nie verheiratet, habe auch keine Kinder, bin sozusagen ein einsamer Wolf, der sich ganz allein durchs Leben schlägt!"

Klaras Eroberung wird für mich schwierig werden. Bei einer vergleichbaren Begegnung in den Jahren zuvor hätte ich mich in diesem Augenblick resigniert abgewendet. Es wäre mir zu mühsam gewesen. Doch jetzt keimt in mir ein bisher nicht gekannter Ehrgeiz auf, mich ihr zu nähern und ihre Resignation zu brechen. Das, was ich als Zeus in mir benenne, zeigt sich jetzt provoziert und ist bereit, sich um Anerkennung und Zuneigung, wenn nicht um mehr zu bemühen. Die Macht des Zeus interessiert mich nicht, nur seine Spuren des Männlichen, die seit Jahrhunderten in mir bisher unleserlich verschüttet lagen. Ich will deshalb Klaras Entschluss - Männer betreffend - aufweichen. Ich werde sie also überzeugen müssen, dass es sich lohnt, zumindest in meinem Fall, eine Ausnahme zu machen.

Diese Gefühlsregung, eine Frau gegen ihre eigenen Widerstände erobern zu wollen, stammt offenbar impulsiv aus den Tiefen meiner zeusch`en Seele. Es darf nicht sein, dass sich diese Frau, die mir attraktiv, schön und begehrenswert erscheint, einem Alltagstrott überlässt. Es wäre Verschwendung, es wäre schade um sie und um mich, der ich begonnen habe, Gefühle für sie zu entwickeln.
Ich kann es ihr ansehen: Klara nimmt mich und meine Unsicherheit mit Ironie auf.
„Muss ich also mit Dir, dem einsamen Wolf, Mitleid haben? Von Allen verlassen, so wie Du Dich fühlst? Du armer, armer Mann!", sagt sie übertrieben bedauernd und mit deutlichem Spott in der Stimme.
Ihre plötzliche Attacke lähmt mich. Ich weiß nicht, wie ich darauf reagieren soll und frage vorwurfsvoll:
„Warum bist Du so aggressiv? Was habe ich Dir getan, dass Du solch ein Bild von mir hast?"
Sie schweigt, besinnt sich kurz, blickt dann verlegen auf ihren Salatteller:
„Entschuldige! Die Bemerkung tut mir leid! Ich wollte Dir damit nicht zu nahetreten, aber meine Erfahrungen haben mich regelrecht übermannt! Sie haben natürlich nichts mit Dir zu tun – außer, ja außer, dass Du eben ein Mann bist!"
Wie um ein Thema, an das sie nicht erinnert werden will, abzukürzen, richtet sich Klara auf und meint:
„Komm, lass uns rasch das Abendessen beenden. Ich habe nämlich eine kleine Überraschung für Dich vorbereitet."

Für meine Person lässt sich vegetarisches Essen leider nicht so rasch verspeisen. Einiges ist schmackhaft, gut mit Kardamom gewürzt, mit Gelbwurz und Ingwer. Anderes verweigert sich durch Bitterkeit und undefinierbarer Optik. Während ich mich konzentriert und vorsichtig auf dem Teller zurechtzufinden suche,

zeigt Klara weniger Probleme beim Essen. Sie führt ihre Gabel in regelmäßigen Rhythmus zum Mund, ohne ihn durch Sprechen am Kauen zu hindern. Sie schweigt, bis der Teller ganz leer ist. Dann blickt sie auf die Uhr.
„Es wird höchste Zeit. Ein Tuk-Tuk wartet auf uns!"
„Du willst doch nicht schon wieder ausreißen?", frage ich. Jetzt ist es an mir, mit Ironie ein Patt herbeizuführen. „Wir waren doch erst vorgestern unterwegs!"
Sie schüttelt den Kopf, streckt mir versöhnlich ihre Hand entgegen, die ich sogleich dankbar ergreife. Wir erheben uns, wandern durch das Hotelgelände hinauf zur Rezeption. Auf dem Platz davor, vom Licht des Vollmondes und einigen schwachen Laternen sparsam beleuchtet, wartet der Fahrer in seinem motorisierten Dreirad. Er begrüßt mich so freundlich, als würden wir uns seit Jahren kennen, und bittet uns, hinter ihm im Fond Platz zu nehmen.
„Wohin entführst Du mich?", frage ich lächelnd, bücke mich unter das Dach des Gefährts und ziehe Klara auf den Plastiksitz neben mich.
„Abwarten!" sagt sie nur, gibt dem Fahrer das Zeichen loszufahren.

Wir rumpeln wieder über den Feldweg. Sein Zustand lässt uns mal mehr mal weniger hin- und herschaukeln. Bei jedem Schlagloch kommen wir uns näher. Trotz ihrer distanzierenden Äußerungen von vorhin spüre ich einen gewissen Genuss, sobald unsere Körper wie aus Versehen aneinanderprallen. Auch Klara scheint diesen heftigen Kontakt auszukosten, denn immer wieder hält sie sich an mir fest, drückt mich an sich, reibt ihre Schenkel an mir. Unsere Wärme fließt dabei für einen kurzen Moment hinüber und herüber - wie kleine Zündungen, die noch nicht kräftig genug sind, als dass sie ein Feuer entflammen könnten.

Als wir auf die Hauptstraße abbiegen, wendet sie mir ihr Gesicht zu. Sie krallt sich mit beiden Händen an einer Stange fest, die den Raum des Fahrers von seinen Fahrgästen trennt. Lichter von entgegenkommenden Autos und Motorrädern wechseln sich mit Schattenspielen auf ihrem Gesicht ab. Sie strahlt.
„Ich habe mit unserem Fahrer gesprochen. Heute ist Vollmond! Da wird in einem Dorf im Landesinneren gefeiert. Wir werden ei-

nen gewaltigen Festzug sehen. Das hat er mir versprochen! Allerdings müssen wir gut zwanzig Kilometer in diesem Tuk-Tuk durch die Nacht schaukeln. Ich hoffe, das macht Dir nichts aus!"
„Kein Problem, Klara! Ich werde es sogar genießen, wenn es nur so weiterschaukelt und Du nichts dagegen hast, dass wir aneinanderstoßen! "
„Habe ich gar nichts dagegen!" sagt sie ein wenig pikiert, als wolle sie nicht allzu viel von sich preisgeben. Sie wendet sich nach vorne und blickt wieder über die Schulter des Fahrers auf die entgegenkommenden Lichter.

Diese Fahrt durch die Vollmondnacht, die dunklen Schatten der Palmen links und rechts, das Passieren kleiner Dörfer, in denen Öl- und Petroleumlampen ihr schwaches Licht durch die Fenster werfen und schrille Musik aus quäkenden Lautsprechern dröhnt, diese Fahrt werde ich wohl nie vergessen. Immer enger drängen wir uns aneinander. Es ist ein innerer Zwang, der nach Berührung verlangt. Abseits und unter Ausschaltung aller Bedenken, unter Negierung der üblichen Vorsicht, die man beim Kennenlernen eines Menschen walten lässt, spüren wir die Kraft des Näherkommens: Sie besteht in einer Mischung aus Wärme, Zuneigung und Begehren. Ich kann sie nicht aufhalten. Je länger wir uns in diesem holpernden Gefährt aneinanderdrängen, desto intensiver entwickeln sich in uns Sinne, mit denen wir uns gegenseitig wahrnehmen. Es hätte ewig so weitergehen können, wenn nicht irgendwann das Dorf mit seinem Vollmondfest aus dem Dunkeln auftauchen würde.

Lärm, Lichter, Menschenmassen - ein Chaos spielt sich vor der Windschutzscheibe des Tuk-Tuks ab. Der Fahrer parkt vor einer Teestube und bittet Passanten auf sein Gefährt aufzupassen. Er gibt uns Anweisungen, doch sie sind im Getöse nicht zu verstehen. So macht er sich auf, geht auf der Dorfstraße voran und führt uns an Straßenküchen und Getränkeständen, an Obst- und Kleiderläden vorbei, heran an einen Lastwagenstau mitten auf der Feststraße. Auf den Ladeflächen bewegen sich riesige Götter und Dämonen der indischen Mythologie. Shiwa tanzt mit seiner Lakshmi. Der Elefantengott Ganesh winkt mit seinem Rüssel. Durga reitet auf einem Tiger und Kali schwenkt einen abgeschlagenen Männerkopf, aus dem das Blut tropft. Rama spannt seinen Bogen und Hanuman, der Affengott, trägt Sita auf seinen Schultern. Alle

Götter oder Dämonen aus bunt bemalten Plastikteilen werden von verborgener Maschinenkraft bewegt und wiederholen dabei immer wieder symbolische Handlungen, an denen die faszinierten Zuschauer sofort ihre Bedeutung erkennen. Es blinken Augen und Köpfe schütteln sich, Schwerter holen zum Schlag aus und Tierköpfe nicken demütig. Vielfarbige Lampenketten leuchten im Takt von Hymnen auf. Mit kindlicher Stimme geleierte Gesänge gellen aus Lautsprechern und untermalen die automatisierten Bewegungen der Götter. Jeder der Festwagen verfügt über eine voll aufgedrehte Beschallung, so dass sich die Kolonne der Heiligen zur aberwitzigen Kakophonie summiert. Aber keiner der nebenherlaufenden Zuschauer empfindet sich von der Überlautstärke gestört. Im Gegenteil: Viele fühlen sich bemüßigt, das Ihre dazu beizutragen, indem sie lauthals mitsingen oder in Jubelgebete ausbrechen. Dazwischen schwärmen Kinder auf der Suche nach ihren Eltern oder Geschwister aus. Hunde schlängeln sich zwischen den Beinen hindurch, stets in Erwartung, dass jemand etwas Essbares fallen lässt. Geschmückte Mädchen in Glitzergewändern tanzen um die Wagen herum. Überall blinkt und blitzt es. Motoren dröhnen und zischen, Menschen lachen und beten, fluchen und singen.

Die Prozession der Götterriesen auf den Lastwagen will kein Ende nehmen, sodass wir bald freiwillig aus dem Umzug ausscheiden. Von sicherer Straßenseite aus lässt sich der Zug der meist vielarmigen, bunten Plastikheiligen geruhsamer bestaunen. Wie Furcht einflößende Riesen, geschmückt mit Blumenkränzen, stolpern sie mit ruckartig mechanischer Bewegung durch die Nacht. Ich kann das Fluchen der Fahrer hören, sobald der Corso allzu lange anhalten muss, weil einer der Wagen weiter vorne nicht mehr anspringen will. Wir erleben einen modernen Polytheismus in einer Mischung aus lärmender Lebenslust, tiefer Gläubigkeit und schrillem Kitsch!

Kein Wort konnte ich bisher mit Klara wechseln, doch dafür halten wir uns an den Händen, stets darauf bedacht uns nicht zu verlieren. Wir laufen der Phalanx der aufgestauten Götterfiguren entlang, bis wir uns entscheiden, genug von der Prozession zu haben, umkehren und uns durch die Menschenmassen zurück zum Tuk-Tuk quälen. Wie erlöst von so viel Götterauflauf, flüchten wir in das motorisierte Dreirad.

Der Fahrer wendet. Bevor er Gas gibt, nähern sich unsere Gesichter für einen kurzen intensiven Augenblick. All die indischen Götter schauen dabei zu und befeuern uns mit ihrer Lebenslust und Zuneigung. Ich spüre Klaras Atem und die Wärme ihrer Wangen, ahne die Weichheit ihrer Lippen, die sich jetzt mit den meinen treffen. Eine unendliche Zartheit findet sich in diesem Moment, von dem ich nicht genug bekommen kann. Ich fühle Feuchte und Wärme zugleich, Hingabe, Zuneigung und Angriff. Und ich beantworte dieses Spiel ihrer Lippen mit meiner Zunge.

Es ist dies ein erster ernsthafter Kuss - voller Versprechungen zwischen Klara und mir. Ich fühle mich danach trunken, schwanke ein wenig. Ein Wärmestrom durchzieht meinen Körper, ausgelöst durch einen Energieimpuls, der sich in meinen Gliedern nach Jahren löst. An einen ähnlichen Moment in meinem Leben vermag ich mich nicht zu erinnern. Es wundert mich, wie es kommt, dass nach solch langer Zeit der Trockenheit noch dieser kraftvolle Strom durch meine Adern fließen kann. Ist dies den indischen Göttern zu verdanken, ihrer Ausgelassenheit am Platz, den Exzessen der eben erlebten Prozession? Oder ist es der animierenden indischen Nacht geschuldet, in der eine aufziehende Lust die moralischen Bedenken einer weit zurückliegenden Vergangenheit fortfegt? Das Begehren siegt heute Nacht über das anerzogene Gefühl von ständiger Schuld!

Wie gern hätte ich mich auf der Rückfahrt an Klaras Lippen festgesogen, aber das Holpern des Gefährts und die Vibrationen des Motors lassen es nicht zu. Sie hätten uns beiden blutige Lippen beschert. So belasse ich es bei den Berührungen, dem Halten und Drücken der Hände und der Hoffnung, am Ende nach der Ankunft im Hotel, Versäumtes nachzuholen.

Klara zahlt den Fahrer. Sie muss im Dunkeln die Rupien-Scheine sortieren, denn zu dieser späten Stunde sind die Lichter des Hotels heruntergefahren. Die schwachen Strahlen, die man uns gelassen hat, reichen gerade noch aus, um mir ihre lebenslustig lachenden Augen zu zeigen, die mich voller Erwartung auffordern. Sie haben an Kontrolle und Vorsicht verloren und blitzen mich, noch leicht befeuchtet vom Fahrtwind, im Halbdunkel an.

Kaum hat sich das Tuk-Tuk lärmend in die Nacht davongemacht, breitet sich Stille um uns aus. Zusammen mit der Beleuchtung, die hinter den nahen Büschen und Bäumen zaghafte Schatten wirft, mit dem Lichterteppich aus Sternen, die über den dunklen Palmenschatten glitzern, dazu die feuchtwarme und samtene Nachtluft: Mit all dieser Würze ballt sich eine Atmosphäre zusammen, die mit ihrer lustvollen Schwüle meine Kontrollmechanismen völlig schwächt.
Ein Rausch überfällt mich, als löse sich der seit Jahren mir selbst verordnete Verzicht auf Begierde und Begehren mit einem Schlag auf. Von ihm geht eine derart große Kraft, eine Energie aus, der auch Klara offenbar nicht zu widerstehen vermag. Leidenschaft ist wie ein Virus: Er steckt an, schmeichelt sich ein, überzeugt, und sendet die Botschaft aus, ganz rasch Gleiches mit Gleichem zu verbinden.

Wir schaffen es nur unter gierigem Berühren bis in meine Hütte. Ich schließe die Türe hinter uns. Schon kleben wir aneinander und zerren uns gegenseitig die Kleider von den Leibern. Schweiß glänzt wie ayurvedisches Öl auf unseren Gliedern, während wir uns aufs Bett werfen, uns ineinander verknoten, um den Fluss der Energien nicht zu unterbrechen. Hitze entsteht in uns aus der Lust und Zuneigung heraus, die wir füreinander entwickeln, ohne die Ursachen dafür erkennen zu können.

Das ist es wohl, das große Wunder des Eros! Warum und woher stammt nur plötzlich dieses warme, naive und zuversichtliche Gefühl, das in den wenigen Tagen unseres Zusammenseins gewachsen ist und uns jetzt explodierend zueinander führt? Ist es eine Form des gleichzeitigen Reifens, an dem wir uns wie zwei Strahlen, die aus dem All kommen, im gleichen Zeitpunkt treffen, aneinander reiben, um sich dann irgendwann wieder zu trennen und in der Unendlichkeit zu verschwinden? Oder sind es die Altvorderen? Ist es der Trommelwirbel unserer Gene, der uns aufeinandergehetzt hat?

In diesem Moment, da ich ihre Haut spüre, an ihren Lippen sauge und zur gleichen Zeit auch ihre Brüste streichele, in diesem Augenblick, an dem sich mein Bauch an dem ihren reibt, sich mein Glied an ihren Schamhügel heftig drängt und zwischen den

Schenkeln das Portal einer dunklen feuchten Wärme sucht, in diesem Moment spielt dies alles keine Rolle mehr.
Nichts! Gar Nichts! Nichts behindert mich!
Wie fortgeweht sind die Bedenken, die ich sonst in Momenten wie diesen spüre. Die Angst zu versagen! Die Blamage eines in sich zusammenfallenden Gliedes, das es mir bisher unmöglich machte, eine Frau zu beglücken! Das resignierte Abwenden, das ich so oft erlitten und mir später durch schamhaften Verzicht jahrelang erspart habe.

Es kommt mir vor, als würde ein aufgestauter Fluss sogleich eine Talsperre durchbrechen, um sich heftig in die breite Senke dahinter ergießen zu wollen. Ich weiß nicht wohin mit meinen Armen, mit meinen Lippen und Beinen. So umwinde ich Klara wie eine Schlange, die sich an ihr häutet und reibt und streift und schabt und streichelt und krault. Immer wieder suche ich ihre Lippen, lasse gierig meine Zunge über ihren Körper gleiten, um die Erregung zu stillen, die mich überfällt.

Endlich spüre ich, dass ich willkommen bin, dass sie mich akzeptiert, dass sie selbst danach hungert, dass sie den Sturm genießen will, der über sie herein- und gleichzeitig herausbricht. Und jetzt sehe ich mich wie aus höherer Warte, erblicke nicht nur mich als nackten Mann, der Klara umfängt, sondern erkenne mich auch als Nachkomme, der ein Stück von Zeus in sich trägt, als Mann, der - wie der Gott in seinen Erzählungen - eine begehrte Göttin oder Nymphe nimmt. Ich spüre seine erotische Kraft, seinen unbedingten Eroberungswillen. Endlich befreit sich meine männliche Energie, die in diesem Moment in unser Fleisch und Blut übergeht, sich in mir manifestiert.

Je tiefer ich eindringe, je mehr Wärme und Feuchtigkeit, sanfte Enge und auffordernde Gegenkräfte ich wahrnehme, umso rascher löst sich mein Ich auf. Meine Kindheit schwindet, die Schläge und Enttäuschungen, auch die schönen Augenblicke, meine Mutter und mein Versprechen, der mich abtötend langweilige Alltag, die Versagungsängste und Erfolgsmomente. All jenes, von dem ich glaubte, dass ich es bin, dass es meine Seele ausmacht, all dies verschwindet.
Ich spüre nur noch das Begehren, ein unendlich intensives göttliches Verlangen, das nach außen dringt und sich mitteilt. Ich bin

nicht mehr ich, ich bin ein gedankenfreies Lebewesen, über Jahrtausende auf diesen Moment hin programmiert, ein langdauernder Blitz, der heiße Lava mit sich führt. Sie schießt durch meinen zur Willenlosigkeit verurteilten Körper und ergießt sich - endlich, endlich!

Während mein Ich in Auflösung begriffen ist, blicke ich tief in Klaras Augen. Ihre blauen Augen strahlen mich erstaunt an. In ihnen kann ich erkennen, was Klara ist und war. Irgendwo weit hinter den Pupillen vermag ich ihre Erfahrungen, ihre Landschaften, ihren Charakter, ihr ganzes Leben zu erahnen. Während ich zerfließe, erblicke ich ihren Stern, die Seen, Berge und Täler, aus denen sich ihr Sein zusammenfügt!

Es sind nur Sekunden, in denen sich mir die Welt eines Anderen weit, vielleicht einmalig öffnet.
Schon schließen sich wieder die Tore. Das Göttliche zieht sich zurück.
Mein Ich findet sich langsam wieder mit seinen gewohnten Gedankenwelten in den üblichen Grenzen zurecht. Es umgibt sich mit den alten Konturen und Gesetzen. Das bisherige Leben, so wie es sich zuvor in meinem Denken präsentierte, meldet sich zurück.

Ich kann Klara, von der ich mich jetzt erschöpft zurückziehe, kann ihre Haut noch spüren, das Bett mit den zerwühlten Laken fühlen, ihren Duft atmen.

Es war tief in der Nacht, als sie mich verlassen hat. Bevor ich mich den Armen des Hypnos überlasse, kommt mir die Prophezeiung meines Palmblattes in den Sinn:
„Klara wird mich nicht in die Zukunft begleiten!"

Aus der Palmblätterbibliothek
16. Bündel

Ich habe der Göttin der Liebe, ich habe der Aphrodite widerstanden. Auch wenn sie mit perfider Genialität meine Lüsternheit aufs heftigste strapazierte, ich habe jeden ihrer Verführungsversuche abgewehrt, so dass sie sich alsbald zu den anderen Götterverwandten zurückzog.
Ich bin stolz auf mich!

Meine Lage wurde mir aber dennoch zu arg: Die Riemen schnürten mich ein, der Appetit auf Ambrosia ließ meinen Magen knurren. Die Glieder schmerzten erbarmungswürdig. Meine einzige akustische Ablenkung war der hässliche Streit und das Geschrei meiner Geschwister, die sich draußen vor meinem Gefängnis immer wieder über meine und ihre Zukunft stritten.

Komme, was da wolle, ich musste nach Mittel und Wegen sinnen, mich von den Fesseln zu befreien. Noch in der gleichen Nacht träumte ich mich deshalb zurück in den Kaukasus, um Prometheus, den Menschenbefreier aufs Neue zu besuchen. Er war mir inzwischen willkommener geworden als meine ständig unzufriedenen, machtgierigen Geschwister. Wenn ich beide gegeneinander aufwiegen müsste, würde ich Prometheus als das kleinere Übel bewerten. Ich war deshalb wild entschlossen, ihm die Freiheit wiederzugeben, den Adler zu verjagen, der ihm jeden Tag die Leber aus dem Leib hackte. Wenn er mir nur endlich das Geheimnis verraten würde, das zu meiner Befreiung führen könnte. Ich ließ ihn alle Eide schwören, mich nicht erneut zu belügen und versprach ihm die Freiheit, wenn er endlich mit seinem Wissen herausrücken würde.

„Gut, mein Zeus!", sprach er und atmete dabei heftig, weil eben noch der Adler ein klaffendes Loch in seinen Unterleib gehackt hatte.
„Ich darf Dich auf die Titanen aufmerksam machen, die Du seinerzeit, als Du Kronos besiegt hattest, in den Tartarus verbannt hast. Das ist lange her! Aber erinnerst Du Dich noch, dass Du zuvor die Kyklopen und Hundertarmigen aus der Gefangenschaft befreit hast, zu der sie Kronos verurteilt hatte. Zum Dank gaben sie Dir Blitz und Donner! Und zum Dank hast Du sie gebeten, die

Kroniden und übrigen Titanen in ihrem Gefängnis tief unten in der Erde zu bewachen…"

„Ich weiß: Mir ist das alles bekannt…" unterbrach ich ihn ungeduldig, denn Prometheus neigte schon immer zur Geschwätzigkeit, mit der er sein Gegenüber einzuwickeln versuchte. „Komm zur Sache! Und rede nicht um den heißen Brei! Verrate mir endlich das Geheimnis!", forderte ich ihn abermals auf.

„Nun, mein Zeus, sie sind Dir immer noch dankbar - die Flussgöttin Thetis und ihr Sohn Briareos, das hundertarmige Ungetüm! Hast Du Dich schon ein einziges Mal gefragt, was der Grund ist, weshalb Briareos hundert Arme benötigt? Nein, Du ahnst es nicht! Ich verrate es Dir: Zu nichts anderem als mit ihnen die hundert Knoten rasch zu lösen, mit denen Du an Deine Bettstatt gefesselt bist! Er hört aber nur auf seine Mutter Thetis. Du musst deshalb versuchen, mit ihr Kontakt aufzunehmen. Doch gehe behutsam vor: Denn solltest Du Dich nämlich in diese zauberhafte und schöne Flussgöttin verlieben, solltest Du sie gar schwängern, dann wird sie Dir einen Sohn gebären, der Dich ohne Wenn und Aber vom Thron stößt. Dich wird dann das gleiche Schicksal ereilen, das Deine Urväter und Väter bereits entmachtet und zu den westlichen Hesperiden an den Rand der Erdenscheibe verbannt hat. Es ist der alte Fluch Deiner Götterfamilie! Der Sohn vernichtet den verhassten Vater!"

Das „Geheimnis" des Prometheus löste in mir wahrlich keine Begeisterung aus. Ich dachte mir, wie schön wäre dieses „Geheimnis" gewesen, hätte er mir einen Zauberspruch verraten, der die Knoten auflöst und die Riemen abfallen lässt. Abermals hatte mich Prometheus mit einem sogenannten „Geheimnis" gelinkt, denn das Gesetz des Vatermords saß ja seit Anbeginn in den Genen unseres Göttergeschlechts. Jeder wusste davon! Und auf irgendeine Weise Thetis nun wieder zu bezirzen, damit sie mir ihren Sohn Briareos schicke, der sich wiederum daran machen müsste, die Knoten zu lösen, das erschien mir obendrein ein allzu umständliches „Geheimnis" zu sein. Und so beschloss ich, den Prometheus noch ein wenig in seiner Folter eingespannt zu lassen:

„Es tut mir leid," versuchte ich ihn zu trösten, „aber ein wenig musst Du Dich mit der Befreiung von Fels und Adler noch gedul-

den. Erst wenn ich mit Hilfe der Thetis und des Briareos tatsächlich von meinen Fesseln befreit sein werde, kann ich Deine Ketten auch lösen. Nach all dem, was Du mir angetan hast, dem Diebstahl des Feuers, der List mit den Opfertieren, muss ich diese Vorsichtsmaßnahme treffen!"
Prometheus lief vor Zorn rot an und schrie, indem er an seinen Fesseln rüttelte:
„Oh Zeus! Wusste ich es doch, dass Ihr Götter - und allen voran Du, dass Ihr Lügner und Verräter seid! Du betrügst die Menschen, Deine unsterblichen Geschwister und jetzt mich. Du bist nicht länger würdig der Erste unter den Göttern zu sein! Ich verfluche Dich deshalb, verwünsche Dich: Möge das Geheimnis der Thetis Wirklichkeit werden! Möge Dich Dein Sohn in den Tartarus oder auf die Inseln der Seligen verbannen, wo Dir die Äpfel der Hesperiden sauer aufstoßen!" So rief Prometheus mir hinterher, als ich auf nächtlichen Traumpfaden zurück in mein Gefängnis glitt.

Kaum, dass ich am nächsten Morgen die Augen geöffnet und die rosenfingrige Eos begrüßt hatte, rief ich meinen Sohn Apollon herein, der draußen vor der Tür Wache gehalten hatte.
„So kann das nicht weitergehen! Die Moiren mögen es mir verzeihen, aber ich kann nicht weiter den Geduldigen spielen, bis sie an ihren Spinnrädern aufwachen und eine Entscheidung des Schicksals herbeiführen. Ich bin bereit, über meinen Rücktritt als erster Gott zu verhandeln. Dazu bedarf es allerdings eines neutralen Unterhändlers. Thetis hat sich bisher aus unserem Streit herausgehalten. Daher werde ich nur sie als Moderatorin zwischen Euch und mir anerkennen."
Apollon zeigte sich überrascht und erfreut zugleich.
„Ich werde dies mit meinen Geschwistern diskutieren! Aber unterstehe Dich, uns auf eine Deiner bewährten Arten mit Thetis Hilfe zu betrügen!", sprach´s und ging nach Draußen, um die Aufständischen um sich zu versammeln und sie über die neue Entwicklung zu informieren. Immer wieder drangen dabei Lautfetzen an mein Ohr. Ich erhaschte Worte wie:
„Na endlich … er gibt auf… nein, ich trau ihm nicht über den Weg…Vorsicht! Thetis ist ihm zu Dank verpflichtet!... Wenn er freikommt, können wir alle einpacken!"
In der Tat, das werden sie können: einpacken! Schon jetzt, da ich noch gefesselt auf dem Bettgestell vor mich hin litt, schmiedete ich insgeheim Pläne, wie ich an den Geschwistern Rache nehmen

könnte. Offenbar hatten sie sich nach längerem Palaver doch entschlossen, Thetis als Unterhändlerin zu akzeptieren und zu mir zu schicken.

Thetis kam tatsächlich, wie es sich gehört, zu einer Zeit, da die Sonne sich bereits vom Tag verabschiedet. Als eine für diesen Zeitraum zuständige Göttin hatte ich meine uneheliche Tochter Dysis ernannt. Sie war aus meiner Affäre mit der Titanin Themis hervorgegangen und kümmerte sich seit ihrer Geburt um die Stunde des Sonnenuntergangs. Diese von Thetis erwählte Zeit des Tages erschien mir deshalb als besonders gutes Omen für unser Treffen. Die eigene Tochter würde mir mit dem Sinken der Sonne eine Atmosphäre schaffen, die besonders für Verschwörungen geeignet ist. Während sich also die Erde verdunkelte, trat Thetis ein. Ihre Hochzeitsfeier mit dem sterblichen Peleus war, bekanntlich des goldenen Apfels wegen, der Anfang des trojanischen Kriegs gewesen. Sie war ein Meergewächs und entstammte den schäumenden Lenden des Meeresgottes Nereus. Sie galt allgemein als die Schönste unter seinen fünfzig Töchtern.

Über ihre Hochzeit mit dem sterblichen Peleus war Thetis nie glücklich gewesen. Sie hatte sich heftig, sogar handgreiflich gegen seine „Verführungsversuche" gewehrt, sich noch kurz vor der Hochzeit und auch danach lautstark bei mir beschwert. Sie sei doch göttlicher Abstammung und sehe nicht ein, weshalb sie mit einem sterblichen Gemahl vorliebnehmen müsse. Das würde sie in den Augen der anderen Göttinnen und Götter herabsetzen, denn die Kinder, die Peleus mit ihr zeugen würde, könnten doch nur wie der Vater sterbliche und also schnöde Menschen sein. Immer wieder lag sie mir in den Ohren, dass ich dies unbedingt ändern müsse. Ich hätte mich mit so vielen Göttinnen und Nymphen vergnügt, hätte so viele uneheliche Götter und Halbgötter gezeugt, warum ich es denn nie mit ihr versucht habe. Obwohl sie sehr schön war, schöner als viele Frauen, die mir begegnet sind, winkte ich stets ab. Wo ein „Sterblicher" einmal genascht hat, verbat mir die Verachtung des Menschen es ihm gleich zu tun. Und obendrein spürte ich in ihrer Gegenwart stets eine gewisse Unlust, mich auf sie einzulassen. Jetzt, nachdem Prometheus mir verraten hatte, welche Gefahr von ihrer Schwangerschaft ausgehen würde, nämlich dass ein männlicher Nachkomme seinen eigenen Vater vom Thron stoßen würde, war ich überaus dankbar für meine intuitive Vorsicht.

Thetis kam in jener Stunde, da die Sonne liebevoll mit dem Horizont in Verbindung tritt, sich dabei aus lauter Leidenschaft erst rosa färbt und schließlich feuerrote Backen bekommt. Sie stürmte herein und hatte ihre Weiblichkeit auf eine Weise herausgeputzt, dass ich innerlich schmunzeln musste. Bei genauerer Betrachtung spürte ich nämlich ihre Absicht und war verstimmt.
Die Patronin der Bäche hatte sich in die schwarzen Haare bunte Blumen flechten lassen: Blumen, die natürlich an Bächen wuchsen. Ihre blauen Augen glänzten feucht, als würden in der nächsten Sekunde dicke Tropfen daraus fallen und sich in einem Rinnsal sammeln. Man hätte meinen können, gleich würden dicke Tränen fließen, damit ein jeder Mitleid mit ihr empfände. Ihre Augen vermittelten auch den Eindruck, Thetis sei eine reife Frucht voller Saft und Kraft und warte nur darauf, gepflückt zu werden. Sie machte den Eindruck, als quelle sie über vor Leidenschaft oder löse sich hingebungsvoll auf, wenn nicht sogleich jemand sie umschlingen würde. Sie baute sich vor mir zur Linken so nah am Bett auf, dass ich nach ihr hätte greifen können, wäre ich nicht gefesselt gewesen.

Dass sie zur Schönsten unter den fünfzig Nereiden gehörte, hatte sie an diesem Tag noch einmal unter Beweis gestellt: Ihr ebenmäßiges Gesicht, ihre vollen Lippen unter einer fein ziselierten Nase, ihr schlanker, faltenloser Hals und dann, nur in Andeutungen sichtbar, der dunkle Nabel, der mir Orientierung gab, um nach dem Dreieck ihres Geschlechts zu forschen. Und zu guter Letzt, nicht zu vergessen, die schlanken Schenkel, die sich wie kretische Säulen verjüngten. Dies alles hätte mich im Normalfall zu einer guten Stunde Liebesfreuden verführt, wäre da nicht die allgegenwärtige Gefahr gewesen. Die Gefahr, dass mir daraus das gleiche Schicksal wie meinen Vorfahren widerfährt: Nämlich die drohende Entmachtung, die Revolution eines Sohnes und die Verbannung auf die Inseln der Seligen.

Thetis beugte sich über mich und schaute mir tief in die Augen. Leise begann sie zu flüstern. Es hörte sich an wie das Glucksen und Klickern eines ihrer sanft fließenden Bäche:

„Was muss ich sehen? Zeus!" lispelte sie. „Da liegst Du gebunden, bis zum Halse zugeknöpft und kannst Dich nicht rühren!"
Ich unterbrach sie mit einem jammervollen Stöhnen, schloss voller Schmerz kurz die Augen und flehte Thetis an:
„Das ist der Grund, weshalb ich Dich herbeirufen ließ! Du musst mich retten! Du darfst es nicht zulassen, dass ich in die Verbannung geschickt oder gar entmannt werde! Denke daran, dass ich Deine Kinder aus der Gefangenschaft im Tartarus befreit habe, dass ich Deine Hochzeit auf dem Olymp ausgerichtet und prächtig ausgestattet habe. Denke daran, mir den schuldigen Dank zu entrichten. Befreie mich von den Fesseln und hundertfachen Knoten!"
Thetis schaute mich zunächst stumm an, zeigte sich dabei nur wenig von meinen Bitten beeindruckt. Ihr Charakter erwies sich wie ein Bach, der sich in ein vorgegrabenes Bett ergießt und sich nicht von selbst ein neues sucht. Ich hätte es wissen müssen, dass in ihrem Fall viel Überredungskunst notwendig sein würde, damit sie mir die Freiheit schenkt. Vorerst hatte sie nur ein schadenfrohes Lächeln für mich übrig:
„Das hast Du nun davon, dass Du Deine Geschwister belogen, Deine Frau betrogen hast! Eigentlich müsste auch ich auf der Seite der Aufständischen stehen, nachdem Du mich schnöde mit einem Sterblichen verheiratet hast. Mir war leider ein Göttergemahl verwehrt. Während Du Dich mit vielen Göttinnen und Nymphen abgegeben, unzählige uneheliche Töchter und Söhne gezeugt hast, musste ich mich mit einem Sterblichen abfinden. Und dann hast Du mich, die Schönste unter den Nereiden auch noch verschmäht, obwohl ich Dir immer, wenn wir uns begegnet sind, schöne Augen zugeworfen, deutliche Zeichen meiner Liebeslust gegeben habe. Trotzdem hast Du mich so gut wie nie beachtet! Doch jetzt, da Du in eine Notlage geraten bist, soll ich plötzlich eine bedeutsame Rolle spielen? Klar, mein Sohn Briareos, er könnte Dich mit seinen hundert Händen im Nu von all den Knoten befreien, aber was hätte ich davon? Was hast Du mir im Gegenzug anzubieten?"

Eigentlich war ich nicht zum Handeln aufgelegt. Doch eine Hand wäscht bekanntlich die andere. Das war auch unter uns Unsterblichen so üblich. Doch mein Mann fürs Grobe, für Lug, Trug und Handel, Hermes, mein Sohn, hatte sich unter die Revoltierenden eingereiht. Er stand mir leider in diesem Moment nicht mit Rat und Tat zur Seite.

„Ich könnte Dir, liebste Thetis, einen Sitz an der olympischen Tafel anbieten, gleich neben Athena und Ares! Du dürftest dann bei allen wichtigen Entscheidungen mit den anderen Göttern abstimmen!"

Etwas Besseres fiel mir nicht ein und so wunderte es mich nicht, dass Thetis das Angebot laut lachend ausschlug.

„Zwischen Athena, der Neunmalklugen, und Ares, dem brutalen Proleten soll ich meine Zeit an Deiner Tafel unnütz verbringen? Dass ich nicht lache! Deine olympische Runde hat eh alle Würde und jede Macht verloren. Nein! Dein Angebot ist zu gering! Ich habe einen anderen Vorschlag!"

Ich ahnte Schlimmstes. Aber gleichzeitig fragte ich mich, ob es etwas Unheilvolleres gebe, als an ein Bett gefesselt und der allgemeinen Willkür ausgesetzt zu sein, der Drohung, dass man mein Geschlecht zerstören und mich in die Verbannung schicken würde. Ich hatte richtig vermutet, denn mit eifernder, nahezu befehlender Stimme, als hätte sie sich das Ganze bereits ausführlich überlegt und vorformuliert, sprach sie ganz nahe, Auge in Auge, auf mich ein:

„Zeus! Im Gegenzug zu Deiner Befreiung erwarte ich von Dir, dass Du mich endlich als Deinesgleichen akzeptierst. Nachdem Du stets einer Verbindung mit mir aus dem Weg gegangen bist, haben sich auch die anderen Götter von mir abgewendet..."

Ich fiel ihr rasch ins Wort.

„Weil eine alte Regel, die Prometheus mir verraten hat, besagt, dass das Kind, dass der Sohn, den Du gebären wirst, seinen Vater vernichten wird! Alle männlichen Götter haben deshalb, trotz Deiner Schönheit, nicht den Mut zu einer Liebesaffäre mit Dir! Für einen Sterblichen, wie Peleus einer ist, spielt dieses Gesetz keine Rolle. Er segnet eh alsbald das Zeitliche. Was nach ihm geschieht, kann ihm gleichgültig sein!"

Thetis beugte sich zurück und runzelte ihre hohe Stirn:

„Das war es also, was Dich von einer Liebelei mit mir abgehalten hat! Aber hat dieses Gesetz, ganz unabhängig von mir, nicht bereits Deinem Vater und dem Vater seines Vaters gegolten? Ist dieses Gesetz in Deiner Sippe nicht von allgemeiner Gültigkeit zwischen Vater und Sohn? Und schließlich: Ich hege Zweifel,

dass es immer zutrifft. Habe ich nicht Achilles geboren, den Helden vor Troja? Er hat weder seinen Vater verbannt noch ihn erschlagen, sondern wurde selbst ein Opfer der Gewalt!"
Thetis hielt gerne Reden. Das war allgemein bekannt. Auch heute redete sie um den heißen Brei. Ich wurde deshalb langsam ungeduldig, mahnte sie zur Eile, zur Entscheidung und zur Tat.
„Wie dem auch sei! Sag mir, was Du von mir erwartest, und ich werde Deinem Verlangen nachkommen, soweit es mir in dieser misslichen Lage möglich ist."
Sie blickte mich überrascht an, als hätte sie erwartet, mit mir länger um eine Lösung ringen zu müssen und wäre jetzt noch nicht darauf vorbereitet, so rasch mit ihrer Forderung herauszurücken:
„Nun, ich würde Briareos bitten, Dich von Knoten und Fesseln zu befreien, wenn Du…"
Sie zögerte kurz. Offensichtlich fiel es ihr schwer, ihre Forderung auszusprechen, ohne dabei viele Worte und Zeit zu verschwenden.
„…Wenn Du mit mir ein Kind, wenn möglich einen Sohn zeugst, will ich alles tun, damit ich mich standesgemäß in der Götterfamilie sehen lassen kann. Schon mein Sohn Achilles, von Peleus gezeugt, war ein Mann so voller Kraft, Tapferkeit und Mut, dass er als Held in die Weltgeschichte einging. Wie bedeutsam für den Erdenkreis muss dann erst unser beider Sohn werden! Ihn wird man als Herr, Held und Gott noch Generationen nach uns rühmen und verehren. Das ist alles, was ich von Dir im Gegenzug erwarte. Deine Gefühle dabei sind mir gleichgültig!"
„Aber," warf ich ein, „unser gemeinsames Kind wird mich vom Thron stoßen! Ich werde neben ihm verblassen wie die Sonne im Winter!"
„Kann sein, kann auch nicht sein! Aber, nachdem jeder wissen wird, dass er Deinen Lenden entstammt, wird sein Ruhm auch Deinen Ruf verbessern und die Sonne auch im Winter zum Leuchten bringen! Du hast das bitter notwendig, denn, wie jeder weiß, gehörst Du offenbar zu einer aussterbenden Art!"

Im Grunde, das wusste ich, blieb mir nichts Anderes übrig, als mich auf ihren Vorschlag einzulassen. Andernfalls drohte mir die sichere Kastration und Verbannung, wenn sich meine Geschwister, womit zu rechnen war, in naher Zukunft einigen würden. Innerlich war ich also bereit, mich auf den Handel mit Thetis einzulassen. So gab ich ihr das gewünschte Versprechen und Zeichen der Zustimmung.

„Ich bin bereit, Thetis! Rufe also Briareos her, damit sich der Vielarmige rasch an die Knoten mache!"

„Oh nein, Zeus!", widersprach Thetis heftig. „Zuerst vollführen wir, noch ans Bett gebunden wie Du es bist, unseren Akt der Zeugung! Ähnlich Deinen Geschwistern traue auch ich Dir nicht über den Weg. Kaum, dass die Lederbänder von Dir abgefallen sind, kaum, dass Du Dich wieder frei bewegen kannst, würdest Du Dein Versprechen vergessen und Dich auf und davon machen! Nein, wir vollziehen entweder jetzt gleich die Zeugung oder gar nicht!"

Da blieb mir nichts Weiteres übrig, als mich geschlagen zu geben. Zugegeben, was mir die Entscheidung zusätzlich erleichterte, war die Attraktivität der Thetis. Sie übte immer noch eine gewisse Anziehungskraft auf mich aus. Also nickte ich, grunzte ein wenig, rüttelte an den Fesseln, um mich für sie in eine günstige Position zu bringen. Sie lächelte nur und hob ihr Seidentuch, mit dem sie sich nur so weit verhüllt hatte, dass ich ihre weichen Kurven, ihre Tiefen, die Farbe und Form ihrer Glieder noch erahnen konnte, wohlwissend, dass ihr Anblick mich erregen würde.

Dann schwang Thetis sich über mich, öffnete sich und begann auf eine Art und Weise hin und her zu schlingern, dann nach vorne und zurück zu gleiten, immer schneller und schließlich so heftig zu schwanken wie ein Schiff im wilden Sturm. Als Mann ohnmächtig festgebunden, wehrlos zur Tatenlosigkeit verdammt zu sein und gleichzeitig von einer Frau übermannt zu werden, gehört auch für einen Gott zu einem besonderen Erlebnis. Es dauerte deshalb nicht lange, bis mein göttlicher Samen in Thetis wie ein heftiger Lavaausbruch emporschoss. Die Kraft und Intensität, mit der dies geschah, war für mich Beweis genug, dass ich mehr als nur einen Helden, Gott und Krieger erzeugt hatte – einen wahren Gottes Sohn! Die Gefahr, dass er mich, seinen Vater, zu den Äpfeln der Hesperiden oder in den Hades schicken könnte, vergaß ich im überschäumenden Eifer.

11. Tag

Von Tag zu Tag fällt es mir leichter, die Palmblätter rasch zu erfassen, sie gleichzeitig zu übersetzen und in kurzen Worten zusammenfassend aufzuschreiben. Ich vermag die Schrift inzwischen nahezu flüssig zu lesen und zügig für Professor Shantu in Sätze zu gießen. Noch zwei Tage und ich werde abreisen müssen, ohne eine eigene, schriftliche Zusammenfassung von den Geschichten des Alexander mit nach Europa nehmen zu können. Oder doch? Sollte es nicht möglich sein, zumindest Kopien anfertigen zu lassen, die Blätter aufzurollen, auszubreiten und auf eine Weise mit dem I-Phone zu fotografieren, mit der es mir gelingt, mit ihnen zuhause weiterarbeiten zu können. Vielleicht bitte ich Klara, mir dabei zu helfen.

Mich verwundert ein jedes Mal, wenn ich eine Palmblatt-Schatulle öffne, dass Professor Shantu mir diese überaus wertvollen Blätter so ohne Weiteres im Original überlassen hat. Er muss den prophetischen Vorhersagen entnommen haben, dass von meiner Person keinerlei Gefahr für seine Sammlung ausgeht und dass meinerseits nichts geschehen wird, was ihre Exklusivität gefährden könnte. Wenn er mich, wie er es angekündigt hat, morgen noch einmal besuchen wird, muss ich ihn unbedingt zu den Aufzeichnungen befragen, die meine Person betreffen. Dass er mir so viel Vertrauen schenkt, kann er nur den Offenbarungen der mich betreffender Palmblätter entnommen haben.
Und Klara?
Sie hat mich zwar über Nacht verlassen! Aber noch jetzt, an diesem Tag - einem Tag scheinbar wie jeder andere -, an diesem von pastellfarbenem Licht durchfluteten Morgen, dem rauen Geschimpfe der Raben in den Wipfeln der Palmen und der beginnenden Hitze, die mir erste Schweißperlen über die Stirne laufen lässt -, an diesem Morgen kann ich immer noch Spuren ihres Duftes in meiner Nase und den Geschmack ihrer Haut auf meiner Zunge wahrnehmen. Ganz zu schweigen von den Bildern vielfacher Freuden, die ich gestern Nacht erleben durfte, und die so eindrucksvoll waren, dass ich nicht nur an diesem Morgen daran denken werde. Ich erinnere mich auch, dass ich nicht versagt habe! Meine Männlichkeit hat sich nicht, wie in den Jahren davor, geweigert, hat mich nicht einer peinlichen Situation ohnmächtig überlassen. So kommt es, dass sich ein warmes Glücksgefühl

heute Morgen in mir ausbreitet und dazu ein Empfinden, als wäre ich nach langer Krankheit geheilt und in mir angekommen.
Welch Erlösung!
Aber dennoch: wie heißt es offenbar in den Palmblättern? Ich werde nicht ihr Leben begleiten. Das bedeutet: Nichts wird es mit einer langdauernden Nähe zu dieser Frau, durch die ich auch mit Hilfe des Zeus zu meiner Identität zurückgefunden habe!

Ich beschließe nicht zu frühstücken, vielleicht, weil ich Klara in dieser frühen Stunde nicht begegnen will: Ich befürchte, dass ich nach dieser intensiven Nacht nicht die richtigen Worte finde, dass ich zu aufdringlich wirke, einen falschen Ton anschlagen und damit alles verderben könnte. So kommt es, dass ich mir den grünen Patienten-Kittel überwerfe, den ich jeden Morgen frisch gebügelt und zusammengelegt auf den Stufen vor der Türe vorfinde. Ich steige, das Glück der vergangenen Nacht immer wieder träumend, die Stufen zum Ayurveda-Zentrum hinauf. Der Masseur empfängt mich mit prüfendem Blick.
„Irgendetwas ist an Ihnen heute anders!", behauptet er, als seine Hände knetend und reibend über meinen Körper gleiten.
„Ihre Haut ist ganz weich und geschmeidig! Sie ist feucht, saftig und so voller Leben!"

Der Masseur, wohl wissend, dass ich Shirodara besonders schätze, bietet mir den Stirnguss an. Ich lehne höflich ab, da mir meine Gedankenwelt heute schon entrückt genug erscheint. Daraufhin bittet er mich nach der täglichen Ölmassage zum Svedana zum Schwitzofen. Der Saunaherd erinnert mich stets an die runden Boxen der sechziger Jahre, für die in Illustrierten geworben wurde. Ich steige in den offenen Kasten aus Holz, setze mich drinnen auf einen Schemel. Zwei Türen schließen meinen Körper bis zum Hals hinauf ein. Nur mein Kopf schaut oben heraus und darf den freien Atem genießen. Dann erhitzt sich der Innenraum mit Kräuterdampf bis auf fünfzig Grad. Die Haut beginnt zu jucken. Ich schwitze, ich zerfließe. Das Wasser läuft vom Kopf aus in kleinen Bächen herunter und sammelt sich zu meinen Füßen in kleinen Pfützen. Während dieser Hitzewallungen verlassen mich alle Erinnerungen, Träume und Pläne - alle Bilder, die mich sonst bei einer Ayurveda-Behandlung begleiten. Allein der Wille, fünfzehn Minuten vor sich hin zu köcheln und dabei das damit verbundene

Zerfließen zu erdulden, nimmt meine ganze Konzentration in Anspruch.

Es geht auf diese Weise meinem Zuviel an Kapha, meiner Trägheit und Schwere an den Kragen. Zwischendurch wischt der Masseur mit einem Handtuch den Schweiß von Stirn und Wangen. Schließlich öffnet er wieder den Schwitzkasten, erlöst mich endlich vom Leid, mit dem die kaum erträgliche Hitze meinen Körper herausgefordert hat.

Kaum habe ich die Box verlassen, kaum dringt die nur um einen Hauch kühlere Luft an meine Haut, spüre ich eine einschmeichelnde Erlösung. Ich kann wieder frei atmen, fühle mich leicht und beschwingt, erfrischt und locker. Die üblichen Gedanken, die sonst ganz von selbst kommen und durch mein Hirn spazieren, drängen sich wieder an die Oberfläche. Ich weiß, was heute Nacht passiert ist, bin aber erst jetzt bereit, Klara zu begegnen.

Als ob wir uns verabredet hätten, treffen wir uns am Pool. Offensichtlich ahnen wir Beide schon zuvor, dass man nur dort, nur hier und jetzt an diesem Tag aufeinanderstoßen würde. Ohne groß nachzudenken, war ich nach einer halbstündigen Ruhepause von meiner Hütte aufgebrochen, hatte eine Kladde Palmblätter in meine Badetasche eingepackt und bin durch den Palmenwald zum Pool spaziert.

Am Beckenrand vorbei steuere ich auf Klara zu. Sie hat sich auf einer Liege im Schatten einer Palme breit gemacht und liest konzentriert in einem Buch. Als ob sie mein Näherkommen erahnt hätte, dreht sie sich um. Sie wirkt etwas verschämt, ihr Körper wendet sich auf der Seite liegend mir zu. Ihre ganze Erscheinung deutet ein bescheidenes Maß von Willkommensfreude an. Klara schmunzelt zaghaft, als würde sie sich zwar positiv an unser letztes Treffen erinnern, sei aber deshalb auch verlegen. Obwohl es nahezu Mittag ist, begrüßen wir uns mit einem „Guten Morgen".

„Ich habe eine Nacht voller Wunder verbracht!", flüstere ich, um die in der Nähe liegenden Gäste nicht zum Lauschen zu verführen.

„Und ich habe gut geschlafen, war eben noch in der Ayurveda-Therapie und freue mich jetzt auf den Rest des Tages mit Dir!" Klara wendet mir ihr Gesicht zu und setzt die Sonnenbrille ab.

„Siehst Du irgendeine Spur der vergangenen Nacht?"

Ich bücke mich, nähere mein Gesicht dem ihren, um sie genauer zu prüfen.

„Du schaust wie immer aus, ausgesprochen gut – nur eine Spur gelöster, entspannter und natürlich attraktiv!"

Sie setzt die Brille wieder auf, zieht dann eine Liege ganz nah an sich heran.

„Schmeichler!" flüstert sie neckisch, „Du darfst Dich aber trotzdem neben mich legen!"

Ich bin mir nicht sicher, kann mich aber auch täuschen: ihre Stimme klingt in meinen Ohren sanfter, ihre Bewegungen wirken in meinen Augen weicher und ihr Lächeln natürlicher als an den Tagen zuvor. Das ermuntert mich. Die Versuchung ist groß, den Arm über den Rand meiner Liege hinweg auszustrecken, um nach ihr zu greifen, sie zu streicheln – all die gebräunten Hautregionen, die der Bikini, den sie trägt, freigelassen hat. Aber ich beherrsche mich.

„So langsam muss ich an meine Rückkehr denken, Klara! Ich bin eigentlich nur noch morgen da. Schon Übermorgen geht mein Flugzeug!"

Sie liegt auf dem Rücken, blickt nachdenklich in den Baumwipfel über sich. Wie bei einem Scherenschnitt setzen sich dort oben die Palmblätter gegen das Licht des grellen Himmels ab, spreizen sich gierig, wie die Finger einer ausgestreckten Hand.

„Bist Du mit den Alexander-Texten denn schon fertig?", fragt sie.

Ich drehe mich auf die Seite - ihr entgegen, um den ausgestreckten Körper und seine ebenmäßigen Formen im Blick zu behalten. Auf eine angenehme Art und Weise köchelt in mir ein leichtes Begehren leise vor sich hin.

„Nein, noch nicht! Aber die Geschichten gehen langsam dem Ende entgegen. Ich würde dennoch gerne die Texte mit nach Hause nehmen. Natürlich nicht die Palmblätterrollen! Diesen Schatz wird Professor Shantu mir nie und nimmer überlassen. Aber Kopien oder Fotografien davon könnte ich doch anfertigen. Würde ich ihn danach fragen, kann er gar nicht anders, als es mir zu verbieten. Sein Institut wird auf den Rechten an den Palmblättern bestehen müssen und die Texte exklusiv vermarkten wollen. Er wird also darauf achten, dass ich nicht heimlich mit den Texten auf und davonrenne. Mich verwundert es überhaupt, dass er mir die Blätter ohne eine Absicherung überlassen hat!"

Klara blickt weiter in die Palmwipfel über sich. Sie denkt nach. Dann ist sie plötzlich hellwach und richtet sich auf.
„Könnten wir nicht die Schriften auf den Palmblättern mit Deinem mobilen Telefon oder einem Laptop abfotografieren und speichern? Du hast auf diese Weise die Texte stets bei Dir. Kein Professor vermag sie Dir wieder fortzunehmen. Und zuhause kannst Du sie abschreiben, ausdrucken, übersetzen und analysieren! Wenn Du willst, helfe ich Dir dabei!"
Ich zögere kurz, denn das große Maß an Vertrauen zu enttäuschen, das mir der Professor entgegenbringt, widerspricht meinem wissenschaftlichen Ethos. Und dennoch fordern mich Neugier und Ruhm heraus, ihren Vorschlag anzunehmen:
„Kein schlechter Gedanke! Wir würden etwa einen Vormittag benötigen, um alle Palmblätter abzufotografieren. Keiner darf davon erfahren. Ich bin mir sicher, dass es auch in Indien verboten ist, historisch wertvolle Informationen, vor allem solange sie noch nicht veröffentlicht sind, ins Ausland zu schaffen!"
Klara ist hellwach: Ungesetzliches zu tun, scheint sie zu elektrisieren.
„Wir machen das! Gleich heute Nachmittag!"
Sie richtet sich in ihrer Liege auf und vermittelt mir in ihrer Aufregung die Nervosität eines jungen Mädchens, das sich auf ein gewagtes Abenteuer einlässt.

Kann ich ihr trauen? Eigentlich weiß ich nichts über sie, so gut wie nichts über ihre Vergangenheit; weiß nicht, welchen Erfahrungshorizont sie zu bieten hat und wie groß das Ausmaß meines Vertrauens sein darf. Ich neige jedoch dazu, mich auf meine Intuition zu verlassen und fühle mich, wie schon gestern Abend, auf eine mir ungewohnte Weise heftig zu ihr hingezogen. Eine Empfindung, die mich stetig wärmt, die ganz ohne Taktik, ohne berechnende Gedanken auskommt. Ich greife nach ihren Händen, um meinen Worten Überzeugung zu verleihen, mich aber auch gleichzeitig zu entschuldigen, weil ich in den nächsten Stunden nicht gänzlich für sie verfügbar sein werde:
„Ich muss heute Nachmittag oder in den Abendstunden noch einige Palmblätter studieren, denn für morgen hat Professor Shantu ein letztes Mal sein Kommen angekündigt. Ich bin gerade an einer Stelle angelangt, die spannend zu werden verspricht und auch entscheidend ist für den weiteren Verlauf."

Sie behält meine Hände in den ihren, als würde sie mit ihnen auch einen Teil von mir beanspruchen wollen.

„Warum liest Du immer alleine vor Dich hin? Das hinterlässt bei mir den Eindruck, als handele es sich bei den Palmblättern um ein Geheimnis, dass Du mit niemandem teilen möchtest. Aber ich interessiere mich doch auch für diesen Text von Alexander dem Großen! Seit meiner Schulzeit habe ich nichts mehr über ihn gehört noch gelesen. Er ist eine feste Größe, ein bedeutsames Schwergewicht der Weltgeschichte! Jeder kennt ihn, weiß etwas über ihn! Also bitte, lass mich daran teilhaben!"

„Ist das Dein Ernst? Ich soll Dir vorlesen?" frage ich und greife in meine Badetasche.

„Aber sicher! Ich wollte Dir schon die ganze Zeit den Vorschlag machen. Bisher hatte ich nicht den Mut dafür! Doch seit heute Nacht bin …!"

„…bist Du der Meinung," ergänze ich ihren Satz, „dass es für mich an der Zeit wäre, auch Deine Neugier zu befriedigen! Du hast recht, wir können gleich damit anfangen."

Vorsichtig hebe ich die mitgebachte, noch geschlossene Palmblattschatulle aus meiner Badetasche. Ich öffne an ihren Enden die Schnüre, mit denen das Blatt zum Fächer zusammengefaltet ist. Dann breite ich das pergamentartige Papier vor mir aus.

Aus der Palmblätterbibliothek
17. Bündel

Kaum endete meine Vereinigung mit der Flussgöttin in einem eigentlich für einen Gott unwürdig exzessiven Stöhnen, da erhebt sich Thetis ganz ungerührt und presst ihre Schenkel zusammen. Auf diese Weise wollte sie wohl verhindern, dass allzu viel meines Samens wie ein Katarakt wieder aus ihr herausströmt. Noch bevor sie den Raum verließ, beschwor ich sie aufs Neue, ihr Versprechen zu halten und mir den vielarmigen Briareos zu schicken.

Nur ein einziges Mal nämlich, als ich ihn mit seinen beiden Brüdern Gyges und Kottos aus dem Tartarus befreit hatte, war es mir vergönnt gewesen, dieses Ungeheuer zu bestaunen. Es besaß eine gewisse Ähnlichkeit mit einem Oktopus, was nicht verwundert, hatte doch sein Vater Aigaion als Meeresgott unter Wasser allerlei schleimiges Getier gezeugt. Briareos verfügte über hundert Tentakeln, die sich ständig unruhig bewegten. Außerdem waren ihm fünfzig Köpfe gewachsen, die nicht sprechen konnten. Dafür verfügten sie über je zwei Augen, die auch nachts sahen und sich pedantisch um die präzise Koordination der Arme sorgten.

Thetis hielt ihr Versprechen: Stunden später schlängelte sich Briareos in der Dunkelheit durch eine Spalte im Dach. Ich wurde wach, weil mich plötzlich ein ungewöhnlicher Gestank nach Fischen in der Nase kitzelte. Ich wollte unter keinen Umständen nießen und durch dieses laute Geräusch meine Wächter draußen aufscheuchen. So zwang ich mich zur Mundatmung. Im Nu hatte der Vielarmige geschickt die hundert Knoten geöffnet und machte sich wieder stumm davon – lediglich eine Schleimspur hinterlassend, die im Mondlicht speckig glänzte. Sofort warf ich die Fesseln ab, lauschte nach Draußen, hörte nur ein melodiöses Schnarchen, stahl mich dann durch die Tür - vorbei am schlummernden Apollon, der in dieser Nacht ganz offensichtlich allein die Wache übernommen hatte.

Natürlich war ich von einem mächtigen Rachegedanken durchdrungen, aber bevor ich ihn in die Tat umsetzen konnte, bevor ich meine Geschwister, vor allem meine Gemahlin Hera einer Strafe zuführen wollte, machte ich mich auf zu Prometheus. Er galt als einer der Wenigen, die relativ seriös in die Zukunft zu blicken vermochten. Es galt über die Herrschaft der Götter und über mich mehr zu erfahren, und vor allem mein Versprechen einzulösen, ihn vom Fels zu binden und vom Adler zu befreien, der ihm täglich die nachgewachsene Leber ausriss.

Prometheus hatte beide Arme ausgebreitet, war mit den Händen und Füßen angeschmiedet. Er klebte nahezu am Felsen, war fast genauso anzuschauen wie später jener Prophet, der sich Christus, ein Sohn Gottes nannte, und den sie trotz seiner Herkunft an ein Kreuz nagelten. Ich kann mich nicht des Verdachts erwehren, dass dieser Christus kein anderer als der verwandelte Prometheus gewesen sein muss. Vielleicht sind sie sogar identisch.

Beide haben die gleiche Philosophie: Sie liebten die Menschen und versuchten ihnen den rechten Weg zu zeigen.

„Na habe ich nicht recht behalten mit der hilfsbereiten Thetis?" begrüßte mich Prometheus, als ich in den frühen Morgenstunden bei ihm eintraf.
„Sie hat mir ihren Sohn Briareos geschickt, mich dafür aber erpresst und meinen Samen verlangt. Ich werde also damit rechnen müssen, dass mich der Sohn, der in ihr heranwächst, gemäß der Vorhersage, verstoßen wird! Aber Hauptsache: ich bin frei! Wir sind beide frei!"
Mit diesen Worten löste ich die Ketten, mit denen Hephaistos in meinem Auftrag Prometheus vor vielen Jahren an den Felsen geschmiedet hatte.

Da standen wir nun am Fuße des Felsens, einer dem anderen gegenüber, und hegten wie Brüder Sympathie füreinander. Ich für ihn, weil er lange Jahre gelitten hatte und fern ab bei den Barbaren an eine Bergwand gefesselt war. Dennoch oder gerade deshalb erfreute er sich unter den Sterblichen äußerster Beliebtheit, wurde von den Unsterblichen aber mit ständigem Misstrauen und Ablehnung verfolgt.
Und Prometheus? Auch er spürte Sympathie für mich, vielleicht weil ich das Opfer einer Götterrevolution geworden war und in Zukunft zu erwarten hatte, dass ich eines Tages von meinem Sohn entmachtet und zu den Hesperiden aufs Altenteil geschickt werden würde. Wir Beide waren sozusagen Ausgestoßene:
„Ich habe keine Lust mehr, vom Olymp aus über meine Götterfamilie zu wachen!", gestand ich ihm. „Meine Geschwister und Kinder sind undankbar, streiten sich ständig und ignorieren meine Entscheidungen!"
„Dafür habe ich vollstes Verständnis!" antwortete Prometheus und verbesserte sich sogleich: „Ich meine, ich habe vollstes Verständnis, dass Du amtsmüde bist! Die olympische Vielgötterei ist auf Dauer keine Lösung für die Sterblichen in unseren Breiten. Ein einziger Gott müsste her und ihnen klare Regeln auferlegen. Kein anderer darf ihm dabei ins Handwerk pfuschen. Ob Du nun einverstanden bist oder nicht, ich werde dieses Amt bald übernehmen!"

„Und ich? Was ist mit mir? Wo bleibe ich?", fragte ich die Hände verzweifelt ringend. „Werfe bitte für mich einen Blick in die Zukunft, Prometheus! Sage mir, auf welche Art und Weise ich erfolgreich weiterhin als Gott, wenn möglich als Oberster wirken kann!" Prometheus überlegte nicht lange. Seine Gedanken und Vorhersagen lagen ihm längst auf der Zunge. Es schien mir offensichtlich, dass er über meine künftige Rolle schon längst geforscht und einiges erfahren hatte.
„Ziehe mit Deinem mächtigen Sohn, der sich Alexander, der Beschützer, nennen wird, und führe ihn und sein Heer weit hinein in den Osten, fast an den Rand der Erdscheibe! Dort liegt Indien, ein wunderbares, fruchtbares Land mit bronzefarbenen Menschen, die noch gottesfürchtig leben und auf ewige Zeiten der Vielgötterei huldigen werden. Sie verehren Brahma als oberste Gottheit. Sie werden Dich verehren, denn Du bist Zeus und Brahma in einer Person, bist gesegnet mit unendlich vielen Untergöttinnen und Göttern, die alle nach Deiner Pfeife tanzen werden. Und Alexander, Dein Sohn Alexander, er wird Dich Zeus, wird sich und Dich als eine einzig göttliche Person präsentieren, die in Indien eben Brahma genannt wird. Zeus, Alexander und Brahma werden zu einem Gott verschmelzen. Zu Dir und den anderen Göttern wird man beten. Und ihm, dem Alexander, dem Herrscher, wird das Volk gleichzeitig gehorchen, weil er eben Dein Sohn ist, weil er von Dir stammt, weil er Du ist."
Prometheus legte eine kurze dramaturgische Kunstpause ein, um die Wirkung seiner Empfehlungen zu erhöhen:
„Das ist Deine, das ist Eure Zukunft!"

Mir schien, dass Prometheus mit diesem futuristischen Konstrukt eine geniale Lösung für all meine Probleme der untergehenden griechischen Vielgötterei geschaffen hatte. Ich war mir nur nicht sicher, ob ich diesen Plan gar als eine „Empfehlung" oder als eine „Weissagung" verstehen durfte, was einen gewissen Unterschied darstellt: Die „Empfehlung", ihren Inhalt muss man sich erarbeiten. „Weissagung" bedeutet aber, dass mir der Götterthron ganz ohne mein Dazutun zufallen würde. Und schließlich hegte ich den Verdacht, dass mich Prometheus möglichst weit weg aus seinem Wirkungskreis verbannen wollte, damit ich ihm, wie er sicherlich befürchtete, nicht ins „Handwerk pfuschen" könnte. Deshalb wollte ich von ihm doch noch Genaueres wissen:

„Und Du, Prometheus, Menschenfreund, übernimmst hier das Zepter ganz alleine?"
Er lachte, obwohl ihm sichtlich sein Ansinnen ernst war.
„Ich schaffe das! Schließlich stehen mir noch ein alter, weiser Gottvater, ein Heiliger Geist und eine Jungfrau zur Verfügung. Als heilige Dreieinigkeit formen wir eine neue, eine gerechtere Religion, die auf einer ganz neuen Moral, auf Menschlichkeit und Vergebung, aber auch auf Sünde, Schuld, Schamhaftigkeit und schlechtem Gewissen fußen wird. Dazu ein wenig Hölle, die wir vom Hades übernehmen werden. Ich habe den Menschen das Feuer gebracht, da werde ich auch einen neuen Glauben, eine neue Religion durchsetzen können. Du wirst sehen: neue Heiligtümer werden vielerorts in die alten Tempel einziehen und sie ersetzen. Aus all diesen Bestandteilen werden wir schließlich ein neues Zeitalter formen! Die Gleichung für die Zukunft lautet also: Prometheus wird der neue Prophet und Zeus wird Brahma!"

Da die Moiren, wie Prometheus mir glaubhaft versicherte, dieses so beschlossen hatten, meines und sein Schicksal, gab es kein Entrinnen. Ich fügte mich in die ausersehene Rolle, welche die drei Frauen für mich und Prometheus vorgesehen hatten. Im Grunde freute ich mich auf die neue Aufgabe: Der Ärger mit den anderen Göttern und die Tatsache, dass immer wieder neue Götter und Göttinnen aus dem Osten Einlass in unsere Glaubenswelt suchten, verdarb mir alle Freude am Amt. Allerdings: Bevor ich mich nach Indien begeben wollte, beschloss ich noch, gerechte Rache an den aufständischen Geschwistern - vor allem aber an ihrer Anführerin zu üben.

Hera, meine Gemahlin, hatte alle gegen mich aufgehetzt. Und sie war es auch, die mich an das Bett mit hundert Knoten hatte binden lassen. Sie war es, die boshafte Gerüchte und Vorwürfe über mich verbreitet hatte. Sie war es, die mir an die Kaldaunen und mich kastrieren wollte. Ich konnte und durfte diese Revolution nicht auf sich beruhen lassen.
Von Prometheus Felsen auf den Olymp zurückgekehrt, fand ich keinen meiner Göttinnen und Götter vor. Alle, bis auf die schwangere Thetis, hatten sich in den Winkeln unseres heiligen Berges versteckt. Sie täuschten Schwerstarbeit vor oder pfiffen vor sich hin, als wären sie unschuldig und niemals am Komplott gegen mich beteiligt gewesen. Ich rief sie alle zusammen, hielt ihnen

eine Strafpredigt und verkündete, dass die Tage ihrer Macht gezählt seien. Prometheus werde bald unter anderem Namen mit einer verjüngten Mannschaft antreten und jeden einzelnen unter ihnen dem Vergessen preisgeben. Kein Sterblicher in unserem Machtbereich würde weiterhin an sie glauben.

Der Strafe war aber damit nicht genug. Über einige von ihnen saß ich obendrein Gericht. Etliche, wie beispielsweise Apollon, mussten als besonders harte Buße einem sterblichen Fürsten jahrelang als Sklave dienen. Hera aber, die Rädelsführerin, ergriff ich höchstpersönlich. Sie ließ ich, Arme und Beine gespreizt, an den Himmel heften. Dem Hephaistos befahl ich, sie auf diese Weise ans Firmament zu nageln. Sie schrie jedoch so erbärmlich, dass ich die Zeit der Strafe auf Bitten der anderen Götter um etliche Jahre verkürzte. Die Dauer ihrer Buße ist bis heute nicht abgelaufen: Ein Blick auf den nächtlichen Sternenhimmel genügt. Als Milchstraße sieht man sie dort immer noch für ihre Untat leiden.

Thetis wurde schwanger. Eines Tages, ich steckte gerade in den Vorbereitungen für mein Götterdasein in Indien, kam die werdende Mutter zu mir und klagte:
„Oh Zeus, Du kannst Dich nicht einfach auf und davon machen und mich als werdende Mutter allein zurücklassen. Peleus, mein Gemahl ist überaus misstrauisch und überhaupt nicht davon zu überzeugen, dass das Kind, das in mir heranwächst, von seinen Lenden erzeugt wurde. Ich befürchte deshalb, dass das Kuckucksei ohne Deinen Schutz und Dein Wohlwollen das Schicksal des Achill ereilen wird. Ich bitte Dich also: Lass Dir etwas einfallen, damit unserem gemeinsamen Sohn ein Leben und Tod als großer Held und Heroe beschieden ist und er den passenden Stammbaum dafür vorweisen kann!"

Wie die Moiren doch mitunter klug sind und herrlich pragmatisch denken! Ich war gerade im Norden Griechenlands unterwegs und hatte ein Auge auf Olympia, die Königin Mazedoniens geworfen. Sie war eine wunderschöne, aber niederträchtige Frau, die allerlei Intrigen am Hofe ihres Mannes Phillip anzettelte und ihren Gemahl hinterging. Im Grunde verachtete sie ihn, weil er ein Grobian, ein brutaler Krieger war, der das Blut seiner Feinde mehr liebte als den verlockenden Körper seiner Frau. Sie rächte sich an ihm, in dem sie so manchen Gast in ihre Bettstatt einlud. Ihr also wollte und sollte ich meinen und Thetis Sohn unterjubeln. Die werdende Mutter war einverstanden, denn unser gemeinsames Kind würde immerhin der König von Makedonien sein, und, wie Prometheus mir geweissagt hatte, mit mir zusammen nach Indien ziehen. Sein Reich würde einmal die halbe Weltenscheibe umspannen. Mehr kann man sich für einen Sohn kaum wünschen!

Eines nachts drang ich in den Palast Phillips ein, der sich seit etlichen Wochen auf einem Heereszug gegen die Griechen befand. Das Gemach Olympias war rasch gefunden und die Bewohnerin durchaus willig, mich zu empfangen. Ich brauchte nicht einmal zu klopfen, sondern erschien in ihrer Tür und stellte mich vor als der, welcher ich bin, - als Zeus. Sie war zunächst skeptisch und meinte, das könne ja jeder behaupten. Und fragte, welche Beweise hätte ich denn dafür, dass ich der erste unter den Göttern wäre. Ich zeigte ihr mein Blitzbündel, ließ es kräftig donnern. Sie zog sich zunächst furchtsam in eine Ecke ihres Bettes zurück und meinte, ich wäre genauso gewalttätig wie ihr Mann, ob mir nicht mehr Sanftmut und Zärtlichkeit zur Verfügung stünden. Also entledigte ich mich meines Umhangs und stand gänzlich nackt vor ihr. Alles Weitere muss ich diesmal in Schweigen hüllen, um dem vermeintlichen Vater des Alexander nicht nahezutreten, denn der neigte zum zügellosen Jähzorn.

Seine Gattin Olympia zeigte sich überaus glücklich und stolz, weil ein Nachkomme des Zeus in ihrer Familie als Kuckuckskind heranwuchs, obwohl sie eigentlich nur als Austragende mit ihm zu tun hatte. Wie gern hätte sie ihren Bediensteten erzählt, dass der Olympier sie heimgesucht und befruchtet habe, allein sie traute sich nicht, mich durch eine Lüge zu beleidigen. Hätte zudem ihr Gatte davon erfahren, wäre ihr Schicksal besiegelt gewesen: Die Mutter würde erdolcht, das Kind wäre ausgesetzt worden. Denn einen Nachkommen eines Gottes darf man zwar nicht umbringen, wohl aber seinem Schicksal überlassen.

Noch bevor mein Sohn Alexander von Thetis zur Welt gebracht worden war, begann ich mich in meine zukünftige Rolle als Brahma einzuarbeiten. Denn mit seiner Geburt sollte sich auch das alte Gesetz meiner Familie erfüllen: der Sohn vernichtet, vertreibt seinen Vater. In diesem Falle wurde aus Zeus der Alexander, der sich wiederum mit Brahma vermischte. In etwa deckten wir drei, die wir nun eins wurden, die gleiche Wesenheit ab, nur die regionalen Aspekte unterschieden sich. Die Inder erwarteten eben vom Ersten unter ihren Göttern eine andere Legende, andere Gepflogenheiten, andere Charaktere als die griechische Welt von ihrem Zeus oder einem Alexander.

Brahma ist für die Hinduisten der Schöpfer der Welt, während ich in Hellas nur genaugenommen als oberster Verwalter für das lebenswichtige Wetter zuständig war. Wenn ich mich allerdings lediglich auf Brahma konzentrieren würde, wäre ich wie aufs Altenteil versetzt, sozusagen wie pensioniert: Denn seine Welt ist ja bereits ein fertiges Produkt. Da hätte es für mich nicht mehr viel zu erschaffen gegeben. Brahmas Kosmos galt es also mit meinem neuen Leben zu erfüllen, indem ich seine Trinität nutzte. Zur Kraft des Erschaffens gehören natürlich auch die Energien des Erhaltens und Zerstörens. Denn das Neue gedeiht am erfolgreichsten auf den Ruinen des Alten. Alexander diente mir obendrein als wunderbares Mittel mit Brahma zu verschmelzen.

Mit dem Erschaffen, mit dem Erhalten und Zerstören ist das Sein und das göttliche Ganze philosophisch erfasst. Wer also über diese drei Kräfte verfügt, sie als Einheit versteht, beherrscht die Welt. Leider weiß der Glaube des Menschen mit Begriffen wie „göttliche Energie" nicht viel anzufangen: Er vermag ihr weder zu gehorchen, noch sie anzubeten. Das ist der Grund, weshalb der Mensch, um glauben zu können, eine bildhafte Darstellung des Göttlichen benötigt. Und die sollte ihm aus Gründen der Akzeptanz möglichst ähnlich sein: Der Mensch muss sich mit seinen Göttern identifizieren können. Zum alten, silberbärtigen Brahma, der mit vier Köpfen die Himmelsrichtungen überwacht, gesellt sich daher noch der „Erhalter" Vishnu, der in einer seiner vier Händen eine Lotusblume hält. Und schließlich kommt dazu noch der „Zerstörer" Shiva, der Dritte im Bunde. Er ist mit einem den Tod bringenden Dreizack bewaffnet. Shiva tanzt gerne in den Abendstunden, um das Böse, das sich tagsüber angesammelt hat, auf der Erde zu zerstampfen.
Irgendwie hatte ich diese Trinität, diese Dreieinigkeit, in Vorahnung auf die neue, kommende Religion um den gesalbten Messias, dem Prometheus abgeschaut. Mir leuchtete es ein, dass damit mehr Staat zu machen wäre, als mit den chaotischen Gottheiten der Griechen.

Im Grunde gefällt mir meine Aufgabe als Brahma noch viel besser, besteht sie doch aus dem Denken und Träumen. Die Erschaffung der Welt und das Geschehen auf ihr ist nämlich nichts Anderes als die Bewegung der Gedanken dieses Schöpfergottes. Sie sind geistige Kopfgeburten des Brahma. Fallen sie einmal ungerecht und töricht aus, werden sie von Shiva und Vishnu korrigiert. Jeder Mensch hat in seiner Seele einen denkenden Brahma-Kern! Und so gibt es auch in jedem Mann einen Zeus-Kern, in jeder Frau einen Kern der Aphrodite und Hera, aber auch etwas von Zeus. Wir Götter sitzen eigentlich alle noch auf die eine oder andere Weise in den Menschen!

Und noch etwas macht mich glücklich: Es sind die jeweils vier Arme, die mir als Brahma zur Verfügung stehen: In der einen Hand halte ich die Lotosblüte als Zeichen der Reinheit in frischem Rot, in der anderen den Opferlöffel und schließlich in der dritten den Wasserkrug. Das alles erfordert Konzentration, Koordination und Disziplin. Zumal ich in meiner vierten Hand zusätzlich ein Palmblätter-Manuskript trage, welches das geheime und bekannte Wissen, damit auch meine Lebensbeichte und alle meine Geschichten, alle Lebenssysteme dieser Welt enthält. Sie wurden und werden in sieben Palmblätter-Bibliotheken Indiens gesammelt und in einer von ihnen, der größten, bin ich mit meiner Lebensbeichte vertreten.

Manchmal aber lege ich die Symbole beiseite, die ich in meinen vier Händen trage. Dann besteige ich meine mystische Gans, die sich mir zu Füßen schnatternd als Transportmittel anbietet, und reite blitzschnell zu meiner geliebten Gattin Saraswati, umfange sie fest und schließe sie innig in meine vier Arme! Sie ist ungleich friedlicher und zärtlicher als Hera. Das könnte auch an den vier Armen liegen, mit ihnen lässt sich mehr als mit zwei anstellen.

11. Tag

Es wird Zeit eine Pause einzulegen. Sorgsam falte ich das Palmblatt wieder zusammen. Das Lesen und gleichzeitige Übersetzen am Pool erschöpfen mich, zumal mich immer wieder das Plantschen der Gäste im Wasser und das Gesäusel funktioneller Musik ablenken. Über dem Lesen und Hören der Texte haben wir beide das Mittagessen gänzlich vergessen.

Auf dem Rücken liegend hatte Klara meiner Stimme gelauscht. Nur zu gern hätte ich von ihren Augen eine Reaktion während meines Vortrags abgelesen. Aber die große Form des Brillengestells und die Dunkelheit der Gläser ließen einen Blick dahinter nicht zu. Ich war mir nicht sicher, ob sie vielleicht zwischendurch eingedöst oder tatsächlich meinen Worten gefolgt war. Zumindest, so konnte ich es aus den Augenwinkeln beobachten, schien sie mir doch in diesen Augenblicken aufmerksam zu lauschen.
„Das ist enorm spannend! Ich beneide Dich um dieses Erlebnis! Bist Du eigentlich der Einzige, der diese Texte übersetzen kann?", fragt sie und setzt dabei ihre Brille ab. Ich schüttle den Kopf und hebe bedauernd die Hände.
„Oh nein! Es gibt auf der Welt sicher ein paar Dutzend Fachleute, die diesen Typus des Altgriechischen beherrschen. Aber solch einen Text aus der Zeit Alexanders in Händen zu halten, das ist für jeden von uns sicher einmalig! Wer damit an die Öffentlichkeit geht, kann mit weltweiter Beachtung rechnen!"

Klara beginnt ihre Sachen zusammenzupacken: das Buch, das sie eigentlich lesen wollte, das Handtuch, das Kopfkissen und die Tasche.
„Dann lass uns heute die Palmblätter mit Deinem Laptop fotografieren," flüstert sie und schaut sich dabei um, ob vielleicht ungebetene Lauscher in unserer Nähe zuhören könnten. „Du kannst sie dann später in Deinem Archiv zuhause auswerten und veröffentlichen. Gibt es denn eine Art Recht auf die erste Veröffentlichung für Professor Shantu?"
Meine Glieder sind ein wenig eingeschlafen. Ich erhebe mich stöhnend, hänge mir meine Tasche um, in die ich den Palmblatt-Text verstaut habe und antworte ihr ebenso leise:
„Ich nehme schon an, dass seine Statuten besagen, dass all das, was in den Archiven liegt, auch Eigentum seines Instituts ist. Und

unter Wissenschaftlern gilt natürlich auch der Kodex der Fairness. Man bestiehlt sich nicht gegenseitig! Andererseits wissen wir nicht, was mit all diesen Palmblättern in Zukunft geschehen würde, wenn wir nicht wenigstens eine Kopie von ihnen zur Verfügung haben."

Wir spazieren hintereinander durch den Palmenpark der Hotelanlage. Auf diese Weise können sich leider unsere Hände beim Gehen auf dem verschlungenen, engen Pfad nicht finden. Ich fühle ein gewisses Bedauern, denn die energetische Anziehung zwischen uns Beiden scheint in der schweren feuchten Hitze zu verkümmern. Wir werden doch nicht in dieser einzigen Nacht gestern all unsere Begierden aufgebraucht haben?

Ich schließe die Türe zu meiner Hütte auf und lasse Klara den Vortritt zu meinem Zimmer, in dem wir in der vergangenen Nacht unser exzessives Fest gefeiert haben. Vielleicht löst der Blick auf das inzwischen wieder glatt und mit kühlen Laken hergerichtete Bett eine Erinnerung aus, an der wir anknüpfen könnten. Wenn ja, so lässt sie sich das nicht anmerken.
Und ich? Ich fühle mich eingeschüchtert und so zaghaft, dass ich nicht einmal den Mut aufbringen kann, ihr ins Gesicht zu blicken. So klappe ich stumm meinen Laptop auf, reiche ihn Klara, die sofort Position annimmt, um die Alexander-Texte ins rechte Licht rücken zu können. Meine Aufgabe besteht darin, die Palmblätter der Reihe nach aufzufächern, ihre Fläche der Fotolinse des Computers lichtreich anzubieten. Erstaunlich rasch arbeiten wir uns auf diese Weise durch die einzelnen Textfelder. Nach gut drei Stunden haben wir alle Palmblätterrollen auf mehr als 100 Fotografien gebannt.
Nachdem wir das letzte Foto gespeichert und uns beglückwünscht haben, breitet sich in mir ein ungutes Gefühl aus, als hätte ich den Palmblättern und der Zeus-Erzählung durch mein hinterhältiges Verhalten die Seele genommen. Schon die Umwandlung der uralten, handschriftlich beschriebenen Palmblätter aus dem vierten Jahrhundert vor der Zeitenwende in ein seelenloses Digitalfoto von heute, entweiht nach meinem Empfinden diese kostbaren Texte. Das kann nicht gut gehen, wenn Jahrtausendaltes in einer einzigen Sekunde gestohlen und bearbeitet werden kann.

Noch unschlüssig, wie wir uns den weiteren Tag vorstellen, treten wir vor die Hütte. In aller Ruhe senkt sich hinter den Palmen im Westen die Sonnenscheibe. Weiter unten weitet sich der Strand mit den Fischerbooten. Die schlanken Holzschiffe sind weit auf den Sand gezogen als drohe schlechtes Wetter. Ihre Bug- und Heckspitzen ragen hoch auf wie die erhobenen Häupter stolzer Krieger.

Die traditionelle Stunde bricht an, in der die Inder dem Meer entlang spazieren, den Blick immer gen Westen gerichtet, wo sich die Sonne, geduldig und ihres dramatischen Schauspiels bewusst, dem Meereshorizont nähert. Wir beschließen, hinunter zum Strand zu spazieren und das Spiel des frühen Abends mit seinen ständig wechselnden Farben zu bewundern, dem Rauschen der Wellen zu lauschen, die sich protestierend über dem Sandstrand so lautstark brechen, dass man sein eigenes Wort kaum mehr versteht.

Das Untergehen der Sonne über dem Meer, das Eintauchen der noch hellgelben, dann zunehmend sich rot einfärbenden Sonne, lässt mich immer wieder den Glauben einer vorchristlichen Zeit nachempfinden: Er besagt, dass die Sonne von der Nacht geschlachtet wird und im letzten Atemzug ihr Blut über der Welt verspritzt. In das Land um mich herum fließt ein zunächst rötliches, dann ins Blaue gleitendes Licht. Je mehr aber die Sonnenscheibe dem Meereshorizont zustrebt und hinter ihm untertaucht, desto blutiger färbt sich der Abendhimmel. Schließlich breitet sich die Nacht so schwarz aus, dass man meinen könnte, der Tod halte Einzug. Der Moment zwischen Tag und Nacht, der Sonnenuntergang, er ist mit Recht eine besonders mystische Zeit des Tages und eint in seiner Ergriffenheit Christen wie Moslems, Hindus und Buddhisten gleichermaßen. Nicht umsonst ist der Abschied vom Tageslicht häufig mit Gebeten und Opferungen erfüllt.

Schließlich beginnt die Sonne hinter dem Horizont zu verschwinden. Ein bedrückendes Vakuum dehnt sich aus. Plötzlich überfällt mich in diesem Moment des Untergangs eine düstere Vorahnung, eine Stimmung, die sich bedrohlich vage und Angst auslösend anfühlt. Ich fürchte, sie wird mich in den nächsten Stunden, vielleicht Tagen bis zum Ende meines Aufenthalts begleiten.

Vor dem Abendessen trennen wir uns. Jeder macht sich frisch, spült unter der Dusche das Salz ab, das vermischt mit dem Schweiß während der schwülen Tageshitze auf der Haut einen schmierigen Film hinterlassen hat. Das negative Grundempfinden aber, welches mich so plötzlich heimgesucht hat, lässt sich nicht abwaschen. Ich versuche es zu maskieren, indem ich mich in frisches Weiß werfe, in die letzten, noch unbenutzten Kleidungsstücke, die in meinem Schrank hängen. Dennoch vermögen Hemd und Hose selbst durch ihre Anmutung von weißer Reinheit und Unschuld nicht ein noch fernes Gewitter aus meinen Gedanken zu verbannen.

Nachdenklich nehme ich neben Klara im überdachten Teil des Speisesaales Platz.
„Du wirkst so bedrückt auf mich?", fragt sie besorgt und füllt nebenbei ihr Glas mit heißem Kräutertee. Ich zögere mit einer ehrlichen Antwort, denn ich will nicht, dass meine ahnenden Schatten auch auf ihre Seele fallen. Außerdem könnte sie meine Stimmung als die launige Hysterie eines alternden Mannes missverstehen. Ich frage mich: Bin ich tatsächlich hysterisch oder ist etwas Ernstes im Gange?
„Ich weiß nicht, was in mich gefahren ist!", versuche ich mich zu erklären und bin erstaunt, dass ich plötzlich zu einer Antwort fähig bin, in der ich mir Mühe geben will, meine Emotionen in Worte zu fassen, sie mir aber nicht erklären kann.
„Mich lässt einfach das Gefühl nicht los, dass ich einen Fehler begangen habe! - Nein, keinen Fehler! Vielmehr, dass ich mit dem Kopieren der Palmblätter ein uraltes Gesetz verletzt habe. Ich befürchte, dieses Verhalten wird sich auf irgendeine Weise rächen. Vielleicht ist das nur eine fixe Idee, völlig unbegründet, aber ich kann mich nicht des Eindrucks erwehren, dass wir eine Dummheit begangen haben!"
Klara setzt das Teeglas ab, wendet sich mir zu und runzelt die Stirn.
„Vielleicht solltest Du darüber morgen mit Professor Shantu sprechen. Nicht über das verbotene Kopieren! Ich fürchte, dass hinter Deinen negativen Gefühlen etwas ganz anderes steckt! Nachdem der Professor Deine Palmblätter analysiert hat, kann er sicher etwas zu den Hintergründen sagen, zu dem, was da auf Dich zukommt, was Dich bedrückt! Viel hat er ja in dieser Sache noch nicht über Dich verraten! Er muss noch viel mehr über Dein

Schicksal wissen, wenn er immerhin herauslesen konnte, dass Du ein Fachmann für altgriechische Texte bist, wenn er wusste, dass Du zu einer bestimmten Zeit in Indien unterwegs sein wirst. Obendrein habe ich den Verdacht, dass Du bisher noch nicht den Mut aufgebracht hast, ihn konkret nach Deiner Zukunft zu befragen..."

„Da redest Du Dich leicht!", falle ich ins Wort, blicke ihr dabei offen ins Gesicht, um einerseits Anzeichen zu entdecken, ob sie mich wohl für feige hält.

„Wenn Shantu den Inhalt meiner Palmblätter offenlegt, dann ist das etwas völlig anderes, als wenn ich bei uns ein harmloses Horoskop in einer Tageszeitung studiere. Hinter diesen indischen Bibliotheken steckt ein universelles Wissen, das in tausenden von Jahren immer wieder zusammengetragen und erneuert wurde. Generationen von Brahmanen haben daran gearbeitet. Und sie sind immerhin die ganze religiöse und intellektuelle Elitekaste eines großen Kulturvolkes. Übrigens: Vor dem Ayurveda, dem Wissen vom gesunden Leben, das vermutlich ebenso alt wie die beschriebenen Palmblattbibliotheken ist, empfinde ich einen hohen Respekt. Beides, die Palmblätter und Ayurveda, existieren unendlich viele Jahre länger auf dieser Welt als meine Person und unsere westeuropäische Kultur. Im Vergleich zu dem vedischen Wissen stellt meine kleine Existenz nicht einmal ein Fingerschnipsen in der Weltgeschichte dar! Wer bin ich denn, dass ich mir anmaßen sollte, über Sinn und Unsinn der uralten, beschriebenen Palmblätter zu urteilen und sie als Humbug abzutun?"

Klara schüttelt unwillig den Kopf, so als halte sie meine Worte für dummes Geschwätz oder eine rhetorische Anmerkung.

„Langer Rede – kurzer Sinn!", sammele ich mich rasch, um das Thema abzukürzen und einer kritischen Anmerkung zuvor zu kommen: „Ich habe Angst, dass er mir mein Todesdatum mitteilt. Dass ich, obwohl ich nicht daran glaube, doch davon so betroffen sein könnte, dass darunter mein gesamtes, zukünftiges Leben leidet!"

Klara beugt sich mir entgegen, rückt regelrecht an mich heran. Es fehlt nur noch, dass sie mit dem Finger auf mich zeigt. Sie hat etwas wie eine Priesterin an sich, als sie zu sprechen beginnt:

„Du negierst offenbar die reinen Erkenntnisse der Wissenschaft und Forschung, mit denen Du aufgewachsen bist. Deine augenblickliche Haltung gegenüber den Weissagungen der Palmblätter resultiert aus grauer Vorzeit. Sie stammt noch aus den Jahrhunderten jenseits der Aufklärung. Der Aberglaube spukt immer noch oder wieder in Deinem Kopf herum! Er ist einfach stärker als jener Teil, der sich mit der nachweisbaren Wahrheit, mit der Ratio, mit den Beweisen der Naturwissenschaften und dem Wissen seit der Aufklärung gleichzeitig in Dir eingenistet hat."

„So ist es!", stimme ich ihr zu: „Dass man in alten Palmblättern sein Todesdatum finden, dass man in ihnen die wichtigen Geschehnisse seines Lebens und der Zukunft lesen kann, das ist eigentlich purer Irrsinn. Und dass dies mit einem Blick auf die Sternenwelt während der Geburt und den mystischen Erfahrungen einiger alter Weiser möglich sein soll, ist ebenso absoluter Schwachsinn! Da aber die Wahrheit der Palmblätter nicht beweisbar ist, nimmt dieses Phänomen ganz von selbst Kontakt mit den Tiefen unseres Bewusstseins auf, das seit Jahrtausenden geprägt worden ist. Von dort meldet sich eine unerklärliche Angst immer wieder, wenn uns Phänomene begegnen, die sich beweisbaren Erkenntnissen entziehen. Voller Furcht vor dem Unerklärbaren werden wir wieder zum Abergläubigen. Wir geraten erneut in den Zustand der Zeitgenossen des Neandertals, der Antike und des Mittelalters, werden in die Zeit der Geistererscheinungen und Vielgötterei zurückversetzt. Damals glaubte man noch, Zeus sei an Blitz und Donner schuld, opferte ihm, bat ihn um Hilfe und Schutz. Ich muss also mit dem Auftauchen dieser Gottesfurcht, mit dem Glauben und Aberglauben immer wieder in meinem Leben zurechtkommen. So sehr ich mich auch gegen dieses kollektive Unbewusste wehre: Ich kann es leider nicht vermeiden, an den Wahrheiten der Palmblätter einfach vorüberzugehen, noch dazu in einem Land, deren meisten Bewohner Phänomene wie diese Palmblätter ernst nehmen. Ehrlich gesagt bin ich hin und her gerissen!"

Klara nippt am Tee, stellt die Tasse ab, lehnt sich zurück und senkt nachdenklich den Kopf, so dass ich nicht erkennen kann, wie ernsthaft sie es mit meinen und ihren Worten meint.

„Du glaubst also," spricht sie weniger zu mir denn zu sich selber, "dass Blitz und Donner dereinst für die Menschen als etwas Göttliches verstanden wurden? Man hatte Angst, war emotional stark gefordert. In unseren Zeiten weiß man, dass dies mit dem Austausch von warmen und kalten Luftschichten zusammenhängt. Das Göttliche an diesem Wetterphänomen wurde durch unser Wissen entzogen. Und dennoch ist die Angst beim Aufzug eines

Gewitters bei vielen Menschen immer noch geblieben. So ist es auch mit etlichen anderen Erscheinungen. Ihnen haben das Wissen und die Erklärbarkeit alle Göttlichkeit geraubt. Geblieben ist in uns aber trotzdem die unerklärliche Unsicherheit. Geblieben ist in uns auch eine Sehnsucht nach etwas, was über den Dingen und den erklärbaren Wahrheiten steht. Etwas, was wir für Gott halten! Und von dem wollen wir uns offensichtlich nicht trennen!"
Jetzt hebt Klara ihr Gesicht, um mich mit der Intensität ihres Blicks und ihrer Stimme zu überzeugen:
„Wie sich damals unsere Ahnen bei Blitz und Donner ängstigten," fährt sie dozierend fort, „so ergeht es Dir heute bei den Deutungen der Palmblätter. Und vielleicht kommt dereinst der Tag, an dem aus Deinen angsterfüllten Ahnungen, Gewissheit wird. Der Einfluss der Sterne, so wie sich ihn damals die Weisen errechnet haben und ihre Erkenntnisse und inneren Stimmen gedeutet haben, werden vielleicht eines Tages zur wissenschaftlich fundierten Gewissheit. Erst dann gibt es für Dich keinen Zweifel und auch keine Angst mehr! Die Lizenz einer wissenschaftlichen Nachweisbarkeit könnte in Zukunft die Palmblätter zu einem anerkannten Ratgeber im Leben machen. Man glaubt ihnen nicht mehr, aber man weiß durch sie! Sie gelten dann als Wahrheit!"
Ich rudere ein wenig mit den Armen, um meinen Zweifeln Ausdruck zu verleihen:
„Ach, Klara, das hilft mir nicht weiter!", stöhne ich, während sie sich auf einen Punkt hinter mir zu konzentrieren scheint.
„Wir leben doch hier und heute. Ich kann nicht warten, bis die Palmblätter-Prophezeiungen wissenschaftlich anerkannt werden. Wer weiß, ob sie das je werden. Nein! Jetzt muss ich mich den Vorhersagen stellen, muss sie auf mich wirken lassen, ob ablehnend oder bejahend, das wird sich zeigen..."
Von mir unbemerkt war ein Kellner, dem zuvor schon Klaras Aufmerksamkeit galt, hinter meinen Stuhl getreten. Zögernd macht er jetzt auf sich aufmerksam:
„Sir!", unterbricht er mich. „Sie werden an der Rezeption von einem Gast erwartet!"
Ich erhebe mich und bitte Klara, mit den Schultern zuckend, um Entschuldigung. Ich steige den Stufenweg durch das Hotelgelände hoch zur Eingangshalle.
Keine Ahnung, um wen es sich hier wohl handeln könnte. Doch dann, kaum dass ich mich der Rezeption nähere und ich die Um-

risse seiner Gestalt zwischen den sandelhölzernen Säulen identifizieren kann, wird mir klar, dass diese weiße Marmorstatue nur Professor Shantu sein kann. Noch steht er ganz gelassen da, wartet auf mich in der schwach erleuchteten Halle. Als der Professor mich entdeckt, löst er sich aus dem Halbschatten düsterer Lampen. Er steigt die Marmortreppen herab, eilt mir entgegen - ein wenig unsicher auf den Beinen, denn die Dunkelheit erschwert eine Orientierung zwischen Buschwerk und Palmen.
„Ich hoffe, mein erneuter Besuch kommt nicht ungelegen!", ruft der Professor mir entgegen, während er die gemauerten Stufen herunterstolpert. „Aber es ist sehr wichtig! Ich habe tatsächlich noch etwas in meinem Palmblätter-Archiv entdeckt, das Sie sich unbedingt ansehen müssen! Es ist eine kleine Palmblatt-Rolle, die hinter einem Regal versteckt lag. Offenbar ist sie unbemerkt heruntergerutscht. Seit unzähligen Jahren muss sie dort im Dunkeln gelegen haben und nicht mehr geöffnet worden sein! "

Wie immer ist Shantu weiß gekleidet. In der Hand schwenkt er die beiden Hölzer, zwischen denen das Palmblatt wie eine Ziehharmonika eingefaltet ist. Sofort ergreift mich die Neugier wie ein rasch aufziehendes Gewitter. Doch hier im Dunkeln werde ich nichts erkennen, nichts entziffern können. Anstelle mit der Hand das Palmblatt-Bündel entgegen zu nehmen, reiche ich Shantu die Rechte zur Begrüßung:
„Lass uns erst einmal ins Restaurant zurückgehen, Professor! Dort ist es heller! Außerdem wartet an meinem Tisch auch noch meine Urlaubsbekanntschaft. Die kann ich Dir bei der Gelegenheit gleich vorstellen!"

Wir steigen vorsichtig die Treppen hinunter, bewegen uns zaghaft im Mondlicht, das sich mit silberfarbigem Schimmer über den Hügel vor uns wirft. In der Ferne, weit draußen auf dem Meer, blitzen die unzählig vielen Lampen der Fischer auf: fast so zahlreich wie die Sterne der Milchstraße. Vom Restaurant her weist uns leises Trommeln den Weg nach unten. Die meisten Tische sind abermals an diesem Abend verwaist. Klara erwartet uns.
„Darf ich Dir Professor Shantu vorstellen? Das ist also der Mann, von dem ich Dir bereits so viel erzählt habe. Er ist Herr über die Palmblattbibliothek!"

Klara reicht ihm die Hand. Sie bleibt zur Begrüßung sitzen. Während Shantu sich herunterbeugt, ihre Hand galant ergreift, um einen Handkuss anzudeuten, nehme ich Platz und stelle sie vor:
„Das ist Klara, die ebenfalls hier im Resort eine Ayurveda-Kur absolviert. Ich habe ihr bereits das Wichtigste über die Palmblätter erklärt. Ich hoffe, Du hast nichts dagegen!"
„Oh nein! Bei den Palmblätter-Schriften, die ich Dir zum Lesen und Prüfen gab, handelt es sich um ganz besondere Exemplare, die mit den normalen Blättern nichts zu tun haben. Wissen Sie, Klara, Ihr Freund ist der erste und einzige, der mir die Bedeutung dieser Schriften erklären kann. Allerdings, auf welche Weise sie ins Archiv gelangt sind, das ist mir immer noch ein Rätsel. Ich hoffe, dass ich Ihren Bekannten nicht allzu sehr in Anspruch nehme. Bitte verzeihen Sie auch mein spätes Auftauchen, aber ich habe noch ein besonders interessantes Fundstück entdeckt, das vielleicht Aufschluss über Herkunft und Ursache geben kann. Das war für mich Grund genug, noch heute hierher zu fahren!"

In unmittelbarer Nachbarschaft unserer Teller und Bestecke öffnet Shantu überaus vorsichtig die Schleifen der zusammengebundenen Kladde. Ein wenig Staub rieselt heraus. Er zieht langsam die beiden Bambusstäbe auseinander, um die Seiten der Blätter nicht zu verletzen. Ein großes Palmblatt entfaltet sich. Es ist eng mit kaum lesbaren, kleinen griechischen Buchstaben beschrieben - in einer Handschrift, die mir bekannt vorkommt! Die Seitenränder sind ausgeapert und fasrig, so dünn und filigran, dass ich vermute sie sind seit vielen Jahrhunderten nicht erneuerte worden. Shantu reicht mir das kostbare Fundstück und blickt mich auffordernd an.
„Das Blatt ist nicht ganz so umfangreich wie die anderen Alexandertexte! Es wäre schön, wenn ich gleich etwas über seinen Inhalt erfahren könnte."

Aus der Palmblätterbibliothek
18. Eumenes und das versteckte Blatt

Taxila in der 112 Olympiade

Ich, Eumenes, geheimer Agent der Stadt Athen, Sekretär Alexander des Großen, vertraut mit den öffentlichen und geheimen Worten des vielfach gepriesenen Heerführers, und damit betraut sie aufzuschreiben und weiterzugeben an das Volk in Makedonien, an die Griechen, an die unterworfenen Länder, ich Eumenes, vermag mein Gewissen nicht zu beruhigen.
Allzu heftig sind die Forderungen des Heeres und gewaltig die Vorwürfe gegen Alexander, der sich Sohn des Zeus und gar Zeus selbst nennt. Allzu stur negiert er sie!
Unser Heer steht am Ende der Welt! Nicht einmal Dionysos hat es vor vielen Olympiaden gewagt, den nahen Berg Nysos, an dem er die ersten Weinreben entdeckt und ausgegraben hat, um sie nach Hellas zu bringen, - nicht einmal der Gott des Weins und Wahnsinns hat es gewagt, weiter in den Osten vorzustoßen. Doch Alexander will das Wagnis, will die Gefahr auf sich nehmen und uns, Offiziere und Heer, über den Indus setzen, um weiter bis zum Ende der Erdenscheibe vorzudringen, nicht fürchtend, dass wir über den Rand hinaus geraten und in den Orkus hinunterstürzen. Zu diesem Zwecke hat er sich bereits mit den indischen Fürsten versöhnt, die Priester an seine Heiligkeit gebunden und will nun die weisen Schriften des Landes unterwandern.

Nur die wenigsten unter uns Heerführern unterstützen ihn, auch wenn er uns damit lockt, später in Indien selbst zu Herrschern und Göttern, zu Brahmanen und Herren über tausende Untertanen zu werden. Allgemein nimmt das Murren von Tag zu Tag zu! Je weiter wir uns dem Indus nähern, steigert sich unsere Wut: Es kommt zu ersten Aufständen unter den makedonischen Soldaten, die ihre Tapferkeit und ihren Mut in den vergangenen Jahren bewiesen haben. Voller Sehnsucht nach den heimischen Wäldern und Feldern, den Dörfern und Häusern, den Bräuten und Ehefrauen, den Kindern und Eltern, sind sie weiter gen Osten marschiert. Sie haben viele Schlachten geschlagen und Entbehrungen erlitten: so bei der Überquerung des Hindukusch im Winter und den persischen Wüsten im Sommer. Sie haben Pein erduldet wie bisher kein anderes griechisches Heer.

Doch Alexander beschimpft nun seine Offiziere als feige Verräter, weil sie das Murren unter den gemeinen Soldaten nicht unterdrücken, weil sie die eigene Sehnsucht nach der Heimat dazu treibt, endlich nach den vielen Strapazen umzukehren, zurückzukehren zur heimatlichen Scholle, um sich dort auszuruhen, um gut zu speisen, Kinder zu zeugen, in aller Ruhe zu schlafen, ohne die ständige Angst von feindlichen Soldaten überfallen zu werden.

Viele Völker haben wir erobert, umfangreiche Ländereien, zu groß, dass wir nicht mehr wissen, wie wir sie bezähmen und verwalten können. Unzählige Städte haben wir gegründet und auf den Namen Alexanders getauft. Wir haben dort makedonische Soldaten angesiedelt, damit sie Aufstände verhindern und sich mit den Einheimischen verheiraten. Doch wie so oft ist dies gegen den Willen der Zurückbleibenden geschehen! Heimlich haben sie sich deshalb davongestohlen, um in ihre Heimat zurückzukehren. Doch Makedonien liegt so weit in der Ferne, dass sie Monate brauchen und unzählige Pferde-Stafetten nutzen müssen, bis sie wieder ihren Fuß auf heimisches Land setzen können.

Es ist genug! Genug erreicht! Genug erobert! Genug Schätze und Macht angehäuft!
Ich kann nicht länger gegenüber meinen Freunden in Athen schweigen, muss Euch informieren, dass wohl jetzt die Zeit gekommen ist, dass sich alle griechischen Stämme gegen das geschwächte und herrenlose Makedonien auflehnen und gegen die Barbaren aus dem Norden kämpfen. Alexander müsste, aufgeschreckt durch einen Krieg gegen die Athener, von Indien lassen und in Eilmärschen zurück in die Heimat aufbrechen.

Auch mich hat das Heimweh wie ein schmerzhaftes Fieber befallen, muss es in Worte und Sätze kleiden, um die Bürger Athens vor der unersättlichen Machtgier des Alexander zu warnen. Wie recht Ihr doch hattet, ihn einen Barbaren zu nennen! Wie recht, sich in einem Krieg gegen Alexander zu wehren, der sich zum König der Griechen aufschwingen wollte. Dass Ihr den Krieg verloren habt, ist der Athener und Griechen eigenen Schwäche anzulasten, die seine Ursache in ständigen Streit und dem wütenden Hin und Her der Worte hat.

Ich kann nicht länger verschweigen, dass der Makedone, der sich obendrein als Sohn des göttlichen Zeus versteht, dass dieser Mensch aus Fleisch und Blut, sich nun auch mit den indischen Göttern verwandtschaftlich vereinigen will, in dem er Zeus mit Brahma, mit Vishnu und Shiva gleichsetzt. Und dies lediglich um der Macht wegen, die er künftig über die indischen Weiten ausüben will! Ein Gott sei er, so spricht er, der Oberste auch der indischen Götter, schon allein der Herrschaft wegen, denn der Glaube an das Übermenschliche flößt den Barbaren Respekt ein, bewirkt den Gehorsam der Völker und versetzt sogar Berge.

Auch wenn mich sein Befehl dazu gezwungen hat, die Geschichte seiner Herkunft und die seines Vaters Zeus zu schreiben, damit sie in die heiligen Schriften der Veden Eingang finden, so erledige ich diese missliche Arbeit doch unter heftigsten Gewissensbissen. Alexander ist so wenig Gott, wie es der streunende Hund auf der Straße ist. Seine Göttergeschichten beschmutzen die heiligen Schriften der Ägypter, Perser und jetzt auch die der Inder. Sie verfälschen den Lauf der Geschichte. Dass ich, Eumenes, der Schreiber des Alexander, daran beteiligt bin, schmerzt mich zutiefst.

All dies mache ich Euch kund, damit die Welt der Hellenen weiß um die Schliche Alexanders und seine unwahren Götter-Legenden, mit dessen Gift er die Völker füttert, um sie zu beherrschen. Die wahren Götter mögen ihn strafen! Deshalb Athener, befreit Euch baldmöglichst von der Regentschaft der Mazedonier und zwingt Alexander zurück in seine Schranken! Der Augenblick ist gekommen!
In der Zuversicht auf die Hilfe der gerechten Götter und in der Hoffnung, dass diese Nachricht Euch erreichen und nicht vorher von den Häschern des Alexanders abgefangen werde, was meinen sicheren Tod bedeuten würde, verbleibe ich

Euer Eumenes!

11.Tag

Ich lege das Palmblatt beiseite. Shantu sitzt mir gegenüber. Ein Fragezeichen steht ihm ins Gesicht geschrieben. Er beugt sich mir entgegen, als wolle er mir meine Meinung über seine jüngste Entdeckung sogleich aus der Nase ziehen. Kleine Schweißperlen sammeln sich auf seiner Stirn.
„Nun sag mir schon: Was steht auf dem Blatt?" Und zu Klara gewandt: „Bitte entschuldigen Sie meine Ungeduld, aber ich nehme an, dass Ihnen inzwischen bekannt ist, was es mit den Palmblättern auf sich hat. Dies ist das letzte einer Reihe, die in unserem Archiv gefunden worden ist!"
Klara blickt ihn verständnisvoll an, dann wenden sich ihre Augen mir zu: „Nun antworte ihm doch! Ich bin genauso gespannt wie Mister Shantu."
Der Professor nimmt das Blatt vom Tisch, dreht es hin und her, betrachtet es liebevoll, schaut sich dann um, als befürchte er ungebetene Beobachter. Verschwörerisch senkt er seine Stimme:
„Das einzige, was ich im Unterschied zu den anderen entdecken kann, ist eine wesentlich kleinere Schrift. Als wollte der Schreiber unbedingt mit seiner Botschaft mit einem einzigen Blatt zurechtkommen! Auch ist das Palmblatt arg mitgenommen, ausgeblichen, zerfällt ja nahezu zu Staub!"
Für einen kurzen Augenblick genieße ich die Überlegenheit desjenigen, der auf Grund seiner Kenntnisse mehr weiß als die anderen. Eine derartige Macht hatte ich bisher nur selten in meinem Leben auskosten dürfen. Erst nach Sekunden des Genusses der Macht des Mehrwissens bin ich innerlich bereit, den beiden neugierigen Tischgästen meine Mutmaßungen und Erkenntnisse zu verraten:
„Zunächst: Du hast recht! Die Schrift ist tatsächlich kleiner. Dies hat nach meiner Vermutung auch einen besonderen Grund. Der Mann, der dieses und mit ziemlicher Sicherheit auch die anderen Blätter beschrieben hat, war der Schreiber Alexander des Großen. Er nannte sich Eumenes, stammte aus dem damaligen Griechenland, aus Chersonesos, und soll den Athenern treu ergeben gewesen sein. Das wiesen bereits vor etlichen Jahren die Analysen von Altphilologen nach, die bei verschiedenen hellenistischen Autoren Informationen über die „Ephemeriden" sammelten - Schriften, die allesamt seit Jahrhunderten als verschollen gelten.

Ephemeriden werden die Aufzeichnungen des Eumenes genannt, die er als Sekretär über den Feldzug und über Alexander den Großen angefertigt hat. Leider sind einige Seiten dieser Ephemeriden vermutlich verbrannt. Aber auch das ist nicht sicher! Mit diesem Brand ist nämlich eine interessante Geschichte verbunden: Eumenes sollte, als es um die Rückkehr des Heeres aus Indien ging, Geld für eine Flottenexpedition des Heeres spenden. Er gab aber an, er habe nur einhundert Talente. Seinen Widersachern im Heer war er als geiziger und geldgieriger Mann bekannt. Sie behaupteten deshalb, er habe jede Menge Geld während der Feldzüge gehortet und versteckt. Alexander ließ daraufhin eines Nachts sein Zelt abbrennen. Tatsächlich fanden sich Tausend Talente in der Asche. Allerdings wurden auch einige wichtige Aufzeichnungen des Eumenes, vermutlich Teile der Ephemeriden bei dieser Gelegenheit verbrannt. Woraufhin Alexander seine Tat zu tiefst bereut haben soll. Als Entschädigung durfte Eumenes deshalb einen Heereszug tief hinein in den indischen Subkontinent befehligen. Er wurde übrigens nach dem Tod Alexanders einer der Diadochen-Könige, die das eroberte Land des Alexander unter sich aufgeteilt hatten. Sein Überleben lässt vermuten, dass dieser Brief von niemanden entdeckt, aber auch nie abgesendet wurde. Irgendwie muss er nach dem Tod des Alexander unter die anderen Palmblätter geraten sein, hat ihn vielleicht nach dem Brand seines Zeltes aus Sicherheitsgründen zwischen den Blättern versteckt."
„Schön und gut!" fällt Shantu mir ins Wort. „Was aber steht denn nun in diesem Brief an die Athener? Bitte spann mich nicht länger auf die Folter!"
„Nun, inhaltlich bietet uns der Brief eine Bestätigung für unsere Vermutungen!"
Aus Zeitgründen vermeide ich es, das Blatt Wort für Wort zu übersetzen und versuche nur das Wesentliche zusammenzufassen.
„Eumenes beklagt sich über Alexander, über seinen Wahn, immer weiter gen Osten marschieren zu wollen. Er ärgert sich über seinen Hochmut sich als Gott, als Zeus aufzuspielen und über den Plan, sich in die indische Götterwelt einzuschleichen, um auf diese Weise die Inder beherrschen zu können. Dieser Brief ..."
Ich deute dabei auf das Palmblatt, das zwischen den Tellern wie eine gelbliche Serviette ausgebreitet liegt, greife schließlich nach ihm mit spitzen Fingern, als müsse man es wie ein rohes Ei behandeln.

„…Dieser Brief ist an die Athener adressiert, für die Eumenes vermutlich spionierte und denen er ein Zeichen geben wollte, dass nun ein günstiger Moment zur Befreiung gekommen wäre. Ich nehme aber an, dass dieses Palmblatt sowohl eine Form von Rache ist, aber auch auf eine Schwächung der Macht des Eumenes hinweist, nachdem Alexander sein Zelt verbrennen ließ. Es muss für ihn doch peinlich gewesen sein, dass seine Lüge, was seinen Reichtum betraf, aufgeflogen war. Und nun versucht er seine Schäfchen ins Trockene zu bringen, indem er sich bei den Athenern andient."

Ich falte das Palmblatt wieder sorgsam zusammen, passe es in die beiden Holzleisten ein, in denen es vermutlich über hunderte von Jahren verborgen geruht hatte. Zwischen ihnen verschwindet das Palmblatt fast zur Gänze. Von außen ist es kaum noch zu sehen.

Während ich mich wieder Shantu zuwende, der sich inzwischen entspannt zurückgelehnt hat, greift Klara nach dem Palmblatt, dreht die beiden Hölzer zwischen ihren Händen, prüft das schmale Bündel. Von den anderen Tischen her ist das Gemurmel der restlichen Gäste zu hören, das Klirren des Geschirrs und hin und wieder ein paar Anweisungen an die Kellner. An unserem Tisch jedoch hat sich ein erwartungsvolles Schweigen ausgebreitet, von dem ich uns schließlich erlöse:

„Viel bedeutsamer, ja gerade eine wissenschaftliche Sensation scheint mir jedoch zu sein, dass diese Palmblätter des Eumenes, und dabei meine ich alle, die uns vorliegen, dass diese die verschollenen Aufzeichnungen sind, nach denen Wissenschaftler seit Jahrhunderten suchen!"

Professor Shantu springt plötzlich auf.

„Wenn sich das bewahrheiten sollte…"

Er steht vor uns mit fuchtelnden Armen, mit glänzenden Augen und Wangen, die sich unter seiner dunklen Hautfarbe vor Aufregung rötlich färben.

„…Dann werden wir…, dann wird unser Archiv in Madurai in den nächsten Jahren zur Pilgerstätte von Wissenschaftlern aus aller Welt werden. Vielleicht muss man sogar die Geschichte rund um Alexander den Großen neu schreiben. Die Bücher der Veden, die der Westen bisher als esoterische Phantasien verspottet hat, werden endlich ernst genommen und auch die Palmblätter-Bibliotheken neu entdeckt. Das ist phantastisch!", jubelt er begeistert.

Dann aber, von einer Sekunde auf die andere, ziehen für einen kurzen Moment dunkle Wolken über seine Stirn. Seine Augen glänzen schwarz und feucht. Es ist, als erinnere sich der Professor plötzlich wieder an etwas, an etwas Dunkles und Unheilvolles. Es verflüchtigt sich jedoch wieder rasch und macht einer gespielten Fröhlichkeit seiner Augen Platz.

„Ich wusste doch, dass es mit den siebzehn Palmblättern, die wir gefunden haben, etwas auf sich hat, dass es mit der Schrift, die wir nicht lesen konnten, eine ganz eigentümliche Bewandtnis hat."
Shantu eilt um den Tisch. Sein weißes Gewand bauscht sich dabei ein wenig auf, als er mit ausgebreiteten Armen auf mich zukommt, mich zunächst umarmt, mich anlacht, dann die Hand schüttelt.

„Ich muss mich bei Dir bedanken! Ich bin so froh, Dich gefunden zu haben! Wir haben so lange auf diesem Moment gewartet!"
Er umarmt, drückt mich an seine Schulter wie einen Bruder, den man nach längerer Zeit wieder begrüßt. Ich befreie mich aus seiner Umarmung und blicke ihn frontal und fordernd an.

„Du könntest ja Deine Dankbarkeit beweisen, wenn Du mir alles verrätst, was mein Palmblatt betrifft! Denn all das, was Du mir bisher gesagt hast, scheint mir doch ein wenig dürftig zu sein. Das kann bestimmt nicht Alles gewesen sein!"
Shantu reagiert irritiert. Er schüttelt den Kopf:
„Aber Du warst es doch, der sich den Prophezeiungen seiner Palmblätter verweigert hat. Und trotzdem habe ich Dir so manches daraus erklärt!" antwortet Shantu zögernd, als müsse er zunächst darüber nachdenken, ob das wenige, das er mir bisher mitgeteilt hat, ein ausreichender Grund für ein Schuldgefühl wäre.
„Manches ist eben nicht alles!" halte ich ihm entgegen, „Ich kann es Dir doch ansehen, dass mich noch einiges Überraschende erwartet!"
Shantu wirft einen kurzen Blick auf Klara, die immer noch am Tisch gebannt lauscht und uns voller Neugier beobachtet.
„Oh ich habe schon verstanden. Ich bin hier überflüssig! Es ist eh Zeit ins Bett zu gehen!" Sie erhebt sich, reicht erst dem Professor, dann mir die Hand.
„Gute Nacht Ihr Beiden!"
Klara schlängelt sich elegant dem Ausgang des Restaurants entgegen, und während wir beide ihr irritiert hinterherblicken, verschwindet sie durch den Eingang im Dunkel der Nacht.

Wir setzten uns. Ein Kellner eilt herbei und füllt erneut unsere Gläser mit Kräuterwasser. Wir prosten uns zu.
„Also, Professor, wir sind jetzt unter vier Augen. Ich habe Dir alles über die Palmblätter des Alexander gesagt. Jetzt bist Du dran!"
Er schluckt ein wenig, ziert sich noch.
„Es geht nicht darum, Geheimnisse zu verraten oder zu verschweigen, sondern, es geht um die Frage: Bist Du Dir wirklich sicher, dass Du Wichtiges über Deine Zukunft erfahren willst? Bist Du bereit dafür?"
„Ja, das bin ich!", antworte ich rasch und mit Überzeugung. "Aber ich bin mir nicht sicher, ob ich es auch glauben, ob ich es annehmen werde!"
Shantu richtet sich in seinem Stuhl auf. Er prüft mein Gesicht und versucht mein Minenspiel zu deuten.
„Und bist Du Dir auch sicher, dass Du dabei das wohl Wichtigste Deiner Zukunft, nämlich Dein Todesdatum, erfahren willst?"
Übelkeit weitet sich vom Magen über meine Brust aus. Gleichzeitig tritt aus meinen Händen, trotz der Hitze der tropischen Nacht, kühle Feuchtigkeit. Mein Herz schlägt dumpf hinauf bis zum Hals, als wolle es sich wehren. Es ist, als hätte ich seit meinem Ankommen in Indien auf eine Prüfung, auf eine Entscheidung, eine Wahrheit wie diese gewartet. Jetzt ist es soweit!

Will ich mein Sterbedatum wissen oder nicht?
Sollte ich es wissen, würde das wohl bedeuten, dass ich für den Rest meines Lebens bis hin zu diesem Datum mit einem drohenden Schatten leben muss. Und dies, obwohl ich mir sicher bin, dass für uns Sterbliche alle Naturgesetze gegen ein solches Wissen sprechen. Dass wir den Zeitpunkt unseres Todes, sofern es sich nicht um eine schwere, berechenbare Krankheit handelt, niemals erfahren sollten. Unsere Psyche ist dafür nicht geschaffen, nicht geeignet, nicht vorbereitet. Wir würden das nicht ertragen können!
Was nicht sein darf, existiert einfach nicht! Punktum!

Und doch schleichen sich Zweifel ein. Vielleicht ist auf Grund seines anderen historischen und religiösen Weges das Unerklärbare in Asien doch möglich, im Orient mit seinen spiritistischen Sekten und exotischen Glaubensrichtungen? Aufklärung und Ratio vermochten kaum vorzudringen in dieses Indien mit seinen esoteri-

schen Philosophien und religiösen Weisheiten, die sich dem westlichen Denken nicht offenbaren. Hier ist es noch möglich, dass eine mystische Weltsicht, dass der Glaube an das Wirken der Götter auf den fruchtbaren Boden tiefer Religiosität fällt.
Ich bin ein westlich geprägter Mensch! Ist es nicht meine Pflicht, an die Überlegenheit unserer Kultur der Vernunft und an die Tatsachen eines wissenschaftlich fundierten Beweises zu glauben?

In der Frage der Prophezeiung von Zukunft stehen Orient gegen Okzident, Westen gegen Osten, Abendland gegen Morgenland.

Und dennoch: Wenn nichts verloren geht im Weltgeschehen, so ist es kein Wunder, dass ich in mir auch die Relikte eines Götterglaubens zulasse, der über mehrere tausend Jahre unsere europäische Region beherrscht hat. Sie sind die Sedimente eines Aberglaubens, in dem sich die Wurzeln der Anbetung eines Thors oder Zeus erhalten haben. Und trotzdem will ich mich nicht diesen Relikten in Form des Aberglaubens fügen. Ich bin ein Bewohner Europas von heute und bekenne mich dazu. Deshalb ist meine Entscheidung klar:
„Ja, Professor Shantu! Sie können mir auch mein Todesdatum mitteilen, denn ich glaube nicht daran, dass es möglich ist, Stunde und Tag des Sterbens vorauszusagen!"
„Gut, dann lassen Sie mich zunächst erklären. Die Palmblätter-Bibliotheken basieren auf dem Gesetz der Wiedergeburt. Nur wenige Menschen erreichen eine letzte, erstrebenswerte Stufe. Nur wenige lösen sich im Nichts auf. Alle anderen geraten in einen Kreislauf. Ihre Seelen kommen wieder und wieder zur Welt, bis sie diese letzte Stufe erreichen.
In den Palmblätter-Bibliotheken sind die Lebensdaten von Millionen Menschen gesammelt und verschlüsselt: Ihre Geburt, ihre Sternbilder, unter denen sie geboren wurden, ihre Lebensstrukturen, ihre Berufe, Ihre familiären Verbindungen, die Orte, in denen sie aufwuchsen und lebten, ihr Tod und nach dem Sterben ihre vier Phasen der Reinigung, in der alles Erlebte, alles Erlernte, alles Wissen, alle Sünden ausgelöscht werden. Sobald keine Erinnerung mehr an Vergangenes in der Atma - ich benütze jetzt mal dafür die christliche Bezeichnung „Seele", aber ich könnte sie auch „Energie" nennen - also, sobald keinerlei Bestandteil des Vorlebens in der Seele mehr erhalten ist, bricht die Zeit der Wie-

dergeburt an. Die Palmblätter führen daher Buch, sowohl über mehrfache Vorleben, über das Datum der Geburt, die Konstellation der Sterne, wie auch über das Sterbedatum, und schließlich bestimmen sie auch den Tag der Wiedergeburt. Den kann ich Dir, wenn Du es denn willst, auch mitteilen!"

Wie sich die Religionen in vielen Bereichen doch gleichen! So kommt mir die Zeit der Läuterung nach dem Tod bekannt vor. Die Ähnlichkeit mit den Reinigungsprozessen in der christlichen Hölle ist unverkennbar. Während sie dort jedoch mit Bestrafung verbunden ist, legt die Weisheit der Veden den Akzent eher nach der Reinigung der Seele auf die Hoffnung auf Wiedergeburt. Kein Wunder, ist doch das gegenwärtige Leben für viele Inder bereits Strafe genug.

„Shantu, mache bitte nicht viele Worte! Sag es mir: Wann sterbe ich?"

Er lässt ein paar Sekunden verstreichen, nimmt einen Schluck mit Kräutertee, um Zeit zu gewinnen.
„Ich habe Dein Palmblatt nicht dabei, habe es aber in den letzten Monaten immer wieder aufs Neue studiert, um mir in allem, was es aussagt, auch sicher sein zu können. Und ich muss gestehen, dass es mir trotzdem jetzt sehr, sehr schwerfällt, sagen zu müssen, dass…",
Er zögert, als hemme etwas in seiner Kehle den Fluss der Stimme. Dann nimmt er erneut Anlauf und lässt den Satz überdeutlich, Wort für Wort, aus dem Mund tropfen
„Dass…Du…in…voraussichtlich…zwei…Tagen...laut…Palmblatt…sterben… wirst!"

Mir verschlägt es die Sprache. Mein Mund hat sich ganz von selbst geöffnet, doch kein Ton verlässt ihn. Ich zittere. Eine schmerzende Leere höhlt meinen Magen aus. Ich wage es kaum zu atmen, denn in mir dreht sich das Untere nach Oben, sammelt sich in der Brust, als wolle es in breitem Strahl über den Hals nach Außen drängen. Ich stehe auf, schwanke, halte mich am Stuhl fest. Sobald ich wieder einigermaßen festen Boden unter meinen Füßen verspüre, eile ich auf weichen Knien hinaus in Richtung der Waschräume. Ein Würgen befällt mich, als ich die Türe aufreiße und in die Toilette stürze. Ein breiter Strahl noch unverdauter Ayurveda-Mahlzeit ergießt sich in die Schüssel: Einmal, dann noch einmal und schließlich ein drittes Mal, bis ich bittere Galle auf der Zunge schmecke.

Ich sinke, gehe in die Knie, sacke auf den Fußboden, klappe in mich zusammen, lehne mich kraftlos zurück, schließe die Augen und spüre Tropfen kalten Schweißes die Stirn herunterperlen. Total erschöpft und einer Ohnmacht nahe, möchte ich eigentlich schon jetzt sterben, denn mir wird klar, dass ab diesem Moment ein gänzlich anderes Leben, vielleicht ein sehr kurzes Leben voller Düsternis und ohne Hoffnung droht. Ein Leben mit dem einzigen Wunsch, dass sich das Palmblatt irrt, dass es einfach nicht stimmt! Doch diese Hoffnung ist vorerst nur ganz leise, zaghaft am Horizont, kaum wahrnehmbar zu spüren. Ich bin ein Zauberlehrling, der mit dem magischen Stab gespielt und dabei einen Dämon provoziert hat, dessen Macht sich Tag für Tag ausdehnt und mich schließlich verschlungen hat. Ich habe den Pfropfen einer Flasche geöffnet, in der ein Geist gefangen war und sich nie mehr in sein Gefängnis zurückdrängen lässt.

Ich finde nicht mehr die Kraft, an meinen Tisch im Restaurant zurückzukehren. Shantu wird es verstehen, dass ich nach seiner Botschaft die Stille meiner Hütte dem Gemurmel der Gäste vorziehe. Er ist sicherlich sensibel genug, dass jetzt Alleinsein und Einsamkeit für mich angesagt sind.
Und morgen? Morgen beim Frühstück wird er mir sicher noch die Ehre geben.

12. Tag

Es ist kurz nach Mitternacht. Immer noch bin ich wach. Immer noch rasen die Gedanken unruhig durch meinen Kopf. Selbst bei geschlossenen Lidern spüre ich panische Impulse.
In nur zwei Tagen geht mein Urlaub zu Ende! Auf meinem Nachttisch liegt das Flugticket, das mir für diesen Tag die Rückkehr vorschreibt und voraussichtlich an diesem Tag, also übermorgen, werde ich laut Palmblattprophezeiung sterben. Werde ich also

den Tod bei einem Absturz auf dem Weg nach Europa finden, oder, was sich angenehmer anlässt, vielleicht schon vorher durch einen Herzinfarkt ins Jenseits hinüberwechseln? Und: was, wenn ich morgen oder übermorgen bei einer Fahrt mit dem Tuk-Tuk den Tod finde? Wäre ja kein Wunder bei der Fahrweise hierzulande! Eigentlich spielen Mutmaßungen wie diese keine Rolle, denn der Termin meines Todes ist mir vorausgesagt, so oder so!

Ich gerate, obwohl flach im Bett liegend, in einen hysterischen Taumel. Mein Körper schwitzt und zerfließt unter dem Bettlaken, obwohl der Propeller über mir in Höchstgeschwindigkeit kreist. Doch dann meldet sich aus dem Inneren eine besänftigende Stimme, die mir empfiehlt, ruhig Blut zu bewahren. Auf unseren Planeten konnte doch noch niemand die Zukunft eines Menschen zuverlässig vorhersagen. Wir sind als Sterbliche nicht dazu geeignet, in die Zukunft blicken zu können. Maschinen, Computern mag dies vielleicht irgendwann in fernen Jahren gelingen, nachdem sie mit allen Informationen rund um ein Lebewesen gespeist wurden. Die totale Digitalisierung unseres Lebens ist ja nicht mehr fern!
Aber ist dies wünschenswert?
Diese Frage wird sich die Gesellschaft in ihrer Unbesonnenheit erst in jenem Moment stellen, in dem Prophezeiungen per Computer und Algorithmen gelingen. Aber dann wird es für eine Korrektur zu spät sein! Was auch immer sich bisher von Menschen realisieren ließ, es wurde stets verwirklicht – auch auf Kosten einer vorher würdigeren Lebensweise.
Vielleicht wird man sogar eines Tages die Systematiken und Informationen der Palmblätter-Bibliotheken in einem Algorithmus bündeln können. Und vermutlich arbeitet man schon eifrig an der Entwicklung eines prophetischen Computerprogramms. Nicht umsonst werden in Professor Shantus Institut die Botschaften der Palmblätter seit geraumer Zeit digitalisiert. Vielleicht hat er mich sogar als erste Testperson auserkoren, um die Wirksamkeit, die Wahrhaftigkeit einer von einem mächtigen Weltkonzern geplanten Computervorhersage auszuprobieren.

Alles ist möglich! Gerade in Indien. In den wissenschaftlichen Zentren dieses Landes hat man sich während der vergangenen zehn Jahre intensiv mit der digitalen Forschung beschäftigt. Sicher werde ich Shantu beim Frühstück noch lebend antreffen, um ihn über die Digitalisierung der Palmblätter-Botschaften befragen zu können. Aber eigentlich ist das mir egal!

Ich wälze mich weiter im Bett, decke mich auf, um den Schweiß auf meiner Haut ausdampfen zu lassen. Doch die Kühlung ist nur von kurzer Dauer. Mich überfallt immer wieder aufs Neue die Panik meiner hastigen Gedanken, die meinen Körper in Wellen erschauern lassen. Vor allem, da ich zur Einsicht gelangt bin: Ob ich nun als ohnmächtige Testperson einem prophetischen Computerprogramm diene oder nicht, es würde ja nichts ändern an der Ankündigung, dass ich in zwei Tagen diese Welt verlassen werde. Was danach passieren wird, kann mir eigentlich gleichgültig sein!

Mich quält die Frage: Wie wird das wohl sein, wenn ich in meinem Flugzeug sitze? Wenn sich seine Spitze nach unten senkt und ich, immer schneller hinunter rasend, der Erde entgegenstürze? Werde ich dann in meinem Sitz ohnmächtig sein? Verliere ich das Bewusstsein angesichts des Schreckens, angesichts des Luftdrucks und der hohen Geschwindigkeit? Oder höre ich noch die Laute der vor Angst und Schrecken schreienden Menschen, die sich in ihren Sitzen panikartig hin und her winden, in der Hoffnung, sie könnten sich befreien und vom Absturz verschont bleiben?

Ich will es mir gar nicht ausmalen! Und dennoch: Dieser Gedanke schnürt mir schon jetzt die Kehle zu, so dass mir das Atmen schwerfällt und ich mich zum Räuspern gezwungen sehe. Vielleicht aber platzt schon vor dem Absturz ein Aneurysma in meinem Schädel, weil der Stress meine Gedanken so heftig durchs Hirn jagt, dass die Adern vibrieren und unter dem Druck bersten. Der Tod tritt so rasch ein, dass ich ihn gar nicht bemerke. Das wäre mir eigentlich am liebsten!

In dieser Nacht kommen und gehen die Bilder wie in panischer Flucht. Manche erkenne ich als Erinnerungsfetzen aus meiner Vergangenheit. Ich glaube sogar die gewollt tödliche Nadel spüren zu können, mit der meine Mutter suchend nach mir gestochen, mich aber nicht getroffen hat. Hätte sie nur besser gezielt, dann würde mir das alles jetzt erspart bleiben!
Schließlich taucht mein Vater in meinem Kopfkino auf, tot dahingestreckt, genauso wie ich es so häufig während meiner Jugendzeit geträumt hatte.

Ist das schon der Anfang vom Ende?
Ist es nicht eine Erfahrung Sterbender und auch ein gängiger Bestandteil der Literatur, dass sich beim Nahen des Todes noch einmal das Leben in rückblickenden Szenen abspult?

Offenbar doch nicht! Denn jetzt erscheint mir Alexander der Große im Traum. Er tigert gestikulierend in seinem Zelt auf und ab, verharrt nachdenklich hin und wieder vor seinem Schreiber Eumenes, der an einem Tisch sitzt und mit einem Federkiel auf ein Palmblatt all das schreibt, was ihm der Makedone diktiert.
Jetzt erblicke ich auch die sieben Waisen, die mir das Ganze mit ihren Palmblättern eingebrockt haben. Sie senken ihre Häupter vor Alexander dem Großen, als würden sie einen Gott begrüßen. Er übergibt ihnen einen Korb mit Palmblätterschatullen, die sie untereinander aufteilen.

Da stellt sich mir die Frage: War ich vielleicht sogar damals dabei, als Alexander gen Osten zog? War ich Eumenes, sein Schreiber, oder sogar er selbst, der große Feldherr? War dieses Jahrhundert einer von vielen Lebensabschnitten aus der Chronologie meiner mehrfachen Existenzen?
Nichts geht verloren, auch nicht die Zeiträume meiner Wiedergeburten. Nein, nein, das kann nicht sein!

Dann sehe ich mich, wie ich unbekleidet am Rande eines düsteren Flusses warte. Das Ufer jenseits zerfließt im Nebel. Ich versuche meine Nacktheit zu verbergen, ich friere und rufe um Hilfe.
Ein Holzboot löst sich aus dem Nebel. Es schwimmt langsam auf mich zu. In seinem Heck sitzt, mit einem grauen Kapuzenmantel angetan, eine bärtige Gestalt, die ein Paddel in rhythmischen Abständen ins schwarze Wasser taucht. Als der Bug das Ufer erreicht, der Kahn knirschend anlandet, steige ich zitternd hinein, balanciere über die Planken. Der Mann mit dem Bart blickt mich mit leeren Augen an. Er hält die Hand auf, als bettele er, schiebt seine Kapuze zurück. Ich kenne ihn doch, kenne sein Gesicht.
Mir wird flau. Ich muss den Kopf abwenden!
Es ist mein Vater, der mich über den Styx ins Reich der Toten führen will. Ich zwinge mich aufzuwachen, will dieser Traumwelt entfliehen. Ich will das nicht ertragen!

In dieser Nacht steigen zwischen Wachsein und Schlaf vielfach Figuren und Szenen meines Lebens aus den Tiefen meiner Psyche herauf. Götter und Sterbliche suchen mich heim. Gefährten, Vertraute, Feinde, Brüder und Eltern vermischen sich mit den Göttern und Alexander. Sie wechseln sich ab und verwachsen miteinander. Ob sie nun tot sind oder am Leben, es spielt keine Rolle. In diesen Traumstunden existieren sie alle nebeneinander - miteinander, als gebe es keine Zeit, keine Vergangenheit, keine Zukunft.

Alles geschieht zur gleichen Zeit, so wie es sich die Veden ausdachten. Nichts gerät in Vergessenheit, nichts geht in meinen Traum-Szenarien verloren, in denen Zeit keine Rolle mehr spielt. Ich vermag sogar die Energien der Erinnerungen zu spüren, die wie Luftblasen in einem Teich emportorkeln und meine Traumwelt mit ihrem strudelnden Atem beleben.
Ich kann Gesichter und Gestalten aller Generationen vor mir spüren. Wie Schatten fallen sie über mich her. Sie alle, so staunen meine Gedanken, sie alle treten genauso zusammen, wie ich sie stets trommelnd vor und während des Orgasmus gehört und mir vorgestellt habe. Genauso versammeln sie sich jetzt, um mir mit ihren Energien beizustehen, um mir die Kraft einzuflößen, die ich benötige, um diese Krise meines Lebens zu bewältigen. Ihr Erscheinen offenbart mir letztlich: Wovor habe ich Angst? Den Tod gibt es nicht, wenn nichts verloren geht. Wenn alles immer ist!

Die Sonne stiehlt sich in den Morgenstunden durch die Vorhänge. Staub tanzt auf ihren Strahlen durch das Zimmer. Ich liebe das Schweben der hellen Teilchen. Wie schwerelos treiben sie dahin. Nur die Vorstellung, dass ich sie einatmen muss, behagt mir nicht. Aber das soll jetzt auch keine Rolle mehr spielen, jetzt, da ich offenbar sterben werde. Mit meinem Erwachen taucht auch die Drohung auf: Nur noch einen, einen ganzen kostbaren Tag gestehen mir die Palmblätter zu!
Ich will, ich kann es nicht glauben! Ich muss gegen diese Dunkelheit in meinem Kopf ankämpfen, die sich vom Horizont meines Hirns her nähert. Ich muss jetzt jede Minute erleben, muss jeder Sekunde dankbar sein.
Klara?
Wo bist Du in den vergangenen Stunden nur geblieben? Die Botschaft, die mich so schwer trifft, hat durch seine Bedeutsamkeit

offensichtlich auch Dich aus meinen Gedanken verdrängt. Weder Trost noch Hoffnung konnte ich bisher mit Dir verbinden. Auf keinen Fall darf ich Dir gegenüber Schwäche zeigen. Obendrein war ich noch nie fähig, mir von anderen helfen zu lassen. Ich will das nicht! Ich bin eben der Typ Mann, der, hat er sich in einer Stadt verirrt, nie einen Passanten nach dem Weg fragen würde.

Das tägliche Ritual des Waschens und Duschens, des Anziehens vermag ein wenig den Druck der Bedrohung aus meinem Leben zu nehmen, schafft es sogar, meine Düsternis aufzuhellen. Ich trete hinaus ins Freie, atme tief die Morgenluft ein, die meine Lungen erfrischt und meine Haut befeuchtet. Ich strecke meine Glieder, blicke dabei hinunter zum Strand, an dem die Fischer wie jeden Tag ihre Netze laut singend einziehen. Ich lausche den Krähen, die krächzend keine Ruhe geben und sich von einem Palmwipfel zum nächsten aufgeregt jagen. Wie jeden Morgen schieben die Zimmermädchen ihre Putzwagen vorbei, falten die Liegestühle zusammen und verteilen frische Blumenblüten in den Hütten. Es kann nicht sein, dass ich diese rituelle Welt verlassen muss!

Wie jeden Morgen steige ich die Stufen hinauf auf den Hügel, vorbei an exotischen Büschen mit Blättern, die dunkelgrün und fett in der Frühsonne glänzen. Heftig schnaufend erreiche ich den Gipfel und das Ayurveda-Zentrum. Vor dem Eingang erwarten mich bereits meine zwei Masseure. Sie verbeugen sich, begrüßen mich mit gefalteten Händen, aus denen jeweils eine weiße Hibiskusblüte herauslugt.
Alles ist wie immer! Auch der dunkle hölzerne Raum, in den mich die Beiden führen. Wie an den anderen Tagen murmeln sie flüsternd ein kurzes Gebet vor einem Öllämpchen aus Messing und bitten mich auf dem Schemel Platz zu nehmen, damit sie Kopf, Brust und Rücken mit Öl einmassieren können. Unter dem sanften Druck ihrer Handfläche beruhigen sich langsam meine Nerven.
„Wie ist das bei Euch Indern?", frage ich in die Stille hinein.
„Habt Ihr Angst vor dem Sterben? Fürchtet Ihr Euch vor dem Tod?"
Beide verstehen einige Worte Englisch und grinsen verlegen, zögern mit der Antwort, um sich zuvor gegenseitig mit den Augen

abzustimmen. Während der eine meinen Kopf mit warmem Öl einmassiert, stellt sich der andere vor mich hin und gesteht stolz: „Wir haben keine Angst vor dem Tod! Es ist für uns nicht so, wie bei Euch. Ihr fürchtet Euch! Wir aber gehen davon aus, dass wir wiedergeboren werden. Da gibt es kein absolutes Ende. Und so wissen wir, es gibt ein neues Leben nach dem Tod, das anders, das besser ist als das, welches wir jetzt erfahren. Es ist für die meisten von uns in Indien nicht leicht, dieses gegenwärtige Leben zu leben. Wir leiden sehr viel! Wir verdienen so gut wie nichts. Wir ärgern uns über korrupte Politiker. Jeder Tag ist ein Überlebenskampf. Wir haben keine Chancen und keine Hoffnung im Diesseits ein einigermaßen geruhsames und zufriedenes Leben genießen zu können. Viele sehnen sogar den Tod herbei, weil er Erlösung bietet und die Hoffnung auf ein Neues, ein besseres Leben!"
Er wendet sich dem Altar zu, faltet die Hände, beugt sich zum Öllämpchen hinunter, als wolle er sich für seine Klage entschuldigen. Dann bläst er die Flamme aus.

„Und Sie glauben tatsächlich, dass Sie wiedergeboren werden?", frage ich nach einer kleinen Pause in den Raum hinein.
„Da gibt es keinen Zweifel!", lacht der andere Masseur. Mit leichtem Händedruck streicht er über meine Ohren, als wolle er seine Worte dort einmassieren.
„Es gibt kein Ende nach dem Tod, das Leben geht weiter, wechselt in ein anderes, immer neues Sein - solange, bis wir durch ein aufrechtes Leben ohne Sünden würdig für das Nichts, für die Erlösung sind. Stets ein neues Leben zu beginnen, ist für die Seele auf Dauer sehr mühsam!"
Ich weiß darauf nichts zu antworten. Ich bin überzeugt: Sie müssen diesen Glauben über Jahrhundert immer wieder eingeatmet haben, bis er sich in ihren Genen eingenistet hat. Anders kann ich mir diese absolute Gewissheit nicht vorstellen.

Sie bitten mich hinüber auf das dicke, ölglänzende Brett aus Teakholz. Darauf solle ich mich legen, um eine Ganzkörpermassage über mich ergehen zu lassen. Mit dem Bauch nach unten strecke ich mich auf der glitschigen Fläche aus, genieße das lauwarme Öl, das sie zu zweit sorgfältig einkneten, so dass es meiner Haut wohlig schmeichelt und meine Glieder entspannt. Meine Ängste tauchen mehr und mehr ab. Meine Nerven beruhigen sich während meiner Suche nach Erklärungen für diesen intensiven Glauben an die Wiedergeburt. Er ist in keiner Religion so ausgeprägt wie im Hinduismus und Buddhismus.

Bisher hatte ich offenbar den Sinn der Palmblatt-Bibliotheken noch nicht ganz erfasst, aber jetzt, unter den Händen der beiden Masseure, wird mir klar: Palmblätter, die das Dasein erklären und das Todesdatum in einem Leben voller Leid verraten, haben zur Grundlage die Gewissheit eines neuen, besseren Seins und die Hoffnung auf ein würdigeres Leben. Die Wiedergeburt hilft die Realität zu ertragen, denn die augenblickliche Existenz erstreckt sich ja nur bis zu einem bestimmten Zeitpunkt. Das nächste Leben wird sicher besser, wenn das gegenwärtige ohne Neid und Gier, ohne Missgunst und Lügen bewältigt wird. Das Todesdatum bietet den Indern Hoffnung!

Nein, ich kann den Glauben an eine Wiedergeburt nicht akzeptieren. Er setzt ein Leben des Leidens und ständigen Hoffens voraus. Wer eine zufriedene, erfolgreiche, positive Existenz voller Erfüllungen erfährt, will am Leben festhalten. Er hofft auf eine Wiedergeburt nur dann, wenn der Tod unmittelbar bevorsteht. Ansonsten wird er keinen Gedanken auf ein nächstes Leben verschwenden, sondern sein Gegenwärtiges so gut wie nur möglich genießen wollen.
Außerdem, wenn ich mich an ein Vorleben nicht mehr zu erinnern vermag, wenn alles gänzlich neu und ohne einen Bestandteil des vergangenen Lebens entsteht, wenn sich also die Identität immer wieder auflöst, dann kann mich doch der Gedanke an eine Wiedergeburt nicht trösten. Ich verliere ja mein „Ich"!
Nein! Was empfiehlt meine Vernunft? Das ganze System der Palmblatt-Offenbarungen funktioniert für mich nicht. Ich will nicht sterben! Zu sehr hänge ich an diesem Leben, an diesem einmaligen „Ich"!

Die beiden Masseure müssen die Irrungen, das Hin und Her meines Gefühlslebens unter ihren Händen erfühlt haben. Sie fordern mich auf, mich umzuwenden und auf den Rücken zu legen. Ein rundes Kissen wird in meinem Nacken geschoben. Auf diese Weise schiebt sich das Kinn nach oben, die Stirn neigt sich nach hinten. Sie verbinden mir die Augen, so dass ich mich völlig wehrlos, gleich einem Opferlamm auf einem Altar, den Masseuren darbiete. Wie zwei Priester tanzen sie um mich herum. Vermutlich bereiten sie aufs Neue den Stirnguss vor. In meiner Nähe zischt ein Gasherd, zirpt erhitztes Öl. Schließlich umfassen zwei Hände meinen Kopf, richten ihn aus.

Tropfen für Tropfen fällt jetzt lauwarmes Öl sanft auf meine Stirn. „Ist es warm genug? Nicht zu heiß?" flüstert es an meinem rechten Ohr.

„Es ist absolut gut so!" beruhige ich die Stimme.

Zunächst sind es nur wenige Tropfen auf meiner Stirn. Ich kann ihr zärtliches Zerplatzen spüren. Das geschieht in einem akustischen Rhythmus, der wie ein undichter Wasserhahn an den Nerven nagt. Es ist, als ob jemand an meiner Stirn anklopft und Einlass begehrt.

Dann mutieren die Tropfen zu einem stetig dünnen Rinnsal. Es fließt wohltemperiert auf meine Stirn, auf eine Region zwischen den Augen, die sich, normalerweise verriegelt, jetzt der Weichheit und Wärme des Öls öffnet. Sie vermag dieser liebevollen, geradezu zärtlichen Berührung auf die Dauer nicht zu widerstehen. Die Stirn weitet sich dankbar über so viel Sanftmut. Sie öffnet sich! Hier auf der Brücke zwischen den Brauen - dort, wo die Inder ihr Drittes Auge vermuten, spüre ich eine Art Trichter, durch den das warme Öl, Ruhe und Milde verbreitend, in die Welt meiner Gedanken einfließt, sie umschmeichelt, aus ihrer Trägheit löst, sodass sie sich zu bewegen beginnt. Ein Tropfen Öl kann eben nicht nur ein eisernes Räderwerk aus der Starre lösen, sondern auch Gedanken lockern und sie aus ihrer Sturheit, Starre oder ihrem Immer-Wiederkehren befreien.

Ich gerate in einen Zustand zwischen Wachsein und Schlaf, wandele auf ihm wie auf einem Seil, das zwischen beiden gespannt ist. Nur ein Moment der Unachtsamkeit - und ich könnte abstürzen! Ganz leicht lassen sich die Gedanken-Szenen auswählen, die sich aus meinem Innern befreien und nun wie aus einer Quelle emporsprudeln.

Nein, jetzt nicht unter den sich nähernden Gedanken die Bilder vom Sterben, vom Tod zulassen! Sich erst später mit ihnen auseinandersetzen! Und doch kann ich nicht widerstehen: Ich wähle unter den vielen Bildsequenzen jene des wandelnden Todes als Sensenmann vor meinem inneren dritten Auge aus. Hinter ihm winken meine Mutter und mein Vater, als wollten sie mich locken. Sie erscheinen als Schattenfiguren vor einem grauen Nebel und machen den Tod auf mich aufmerksam. Doch anstatt, dass sich mir nun der Sensenmann nähert, verändert sich jetzt seine Erscheinung: Er nimmt die Gestalt des Hades an. Der dürre bleiche Gott wandelt unruhig vor meinen Eltern auf und ab. Es sieht gerade so aus, als ob er auf jemanden warten würde, um ihn in seine Unterwelt zu führen.

Kein Schrecken fährt bei seinem Anblick in mich, keine Trauer, keine Furcht - trotz der Düsternis, die Hades verbreitet, trotz der Dunkelheit, die sich hinter meinen Eltern auftut. Solange der Strahl des warmen Öls in meine scheinbar offene Stirn fließt, vermag keinerlei Schrecken meine Gehirnwindungen zu fluten. Und so lösen sich unverrichteter Dinge die Figuren wieder auf. Während sie im Nichts verschwinden, tritt jetzt Hades nach vorne. Ihn schmücken silberne Haare und ein grauer Bart. Seine Muskeln füllen sich mit Kraft, sein Brustkorb weitet sich. Die dünnen Schenkel des Unterweltgottes blähen sich auf.

Ich kann seine neue Wandlung sogar aus der Ferne erkennen: In Zeus hat er sich nun verwandelt. Doch sein Aussehen gleicht auch dem alten hebräischen Gott Israels aus der Bibel. Beide könnten Brüder sein: So würdevoll, so väterlich ist ihre Statur. Zeus trägt einen weißen Umhang und Sandalen und dort auf seiner Stirn, wo das Dritte Auge seinen Platz hat, wo Athene herausgeboren wurde, sitzt eine große rundliche Narbe – nicht unähnlich dem Stirnpunkt indischer Pilger.

Er schreitet auf mich zu, kommt mir so nahe, dass ich mit Erstaunen noch zwei weitere Köpfe erkennen kann. Sie sitzen auf seinem Hals. Dazu wachsen ihm vier kräftige Arme aus den Schultern. Während er mir mit dem einem seiner beiden rechten Arme eine Lotusblume reicht, baumelt in der anderen Hand ein Gebetskranz. Gleichzeitig greift er mit der Linken nach einem Tontopf. Und schließlich bietet mir seine vierte Hand ein Palmblatt an.

Offensichtlich ist aus Zeus nun Brahma geworden. Alle drei: der biblische Gottvater der Christen, Zeus und Brahma sind sich in meiner Vorstellungswelt ganz ähnlich - mit ihrem silbernen Haar, den grauen Backenbärten und weißen Umhängen. Ein Gott ist aus dem anderen erwachsen.

Ich kann mich des Eindrucks nicht erwehren, dass da alle drei Götterprinzipien in einem einzigen Gott vor mir stehen, um mir etwas zu verkünden. Vielleicht verfügt dieser Gott deshalb über drei Köpfe, weil der eine dem Zeus, der zweite dem Gott der Christen und schließlich der Dritte dem Brahma, dem alten indischen Gott zuzuordnen ist. Wie eine Bö bläst mich eine gewaltige Kraft an, die von dieser Gottheit her weht.

Jetzt hebt die dreiköpfige, vielarmige Gottheit ihre vierte Hand und hält mir das Palmblatt vor Augen. Ganz oben kann ich mit Staunen den Namen „Alexander" und sein Todesdatum, den 10. Juni des Jahres 323, identifizieren. Ihm folgt eine Reihe dichtgedrängter, kleiner Ziffern und Buchstaben. Wie Soldaten marschieren sie in Reih und Glied über das gelbliche Blatt und verändern sich ständig von Zeile zu Zeile. Der Anblick lässt meine Augen flimmern. Ich muss meine Neugierde zähmen und breche den Versuch ab, den Inhalt zu identifizieren.
Der 10. Juni? Das ist morgen! Das ist mein prognostizierter Todestag!

„Was habe ich mit Alexander zu tun?", frage ich mich voller Entsetzen. Doch der Gott sieht mich nur lächelnd an und legt den Zeigefinger auf seine Lippen.
„Pst!" zischt er, „Ich bin nur ein Traumgebilde, eine Idee. In der realen Welt existiere ich nicht! Du bist es doch selbst, der mich durch sein Denken formt, der meinen Bart wachsen lässt, die Köpfe und Arme, und das Palmblatt in meiner Hand. Ich existiere lediglich in Deinem Kopf, hänge an den Fäden Deiner Phantasie. Sie bewegen mich, sie lassen mich sogar zu Dir sprechen."
„Was habe ich denn mit Alexander und seinem Todesdatum zu tun?", frage ich erneut. Zeus, Gottvater und Brahma, während mich diese drei Köpfe ohne Unterlass belächeln, sprechen sie wie im Chor und doch mit einer Stimme:
„Die Verbindung zu Alexander, die hast Du nur der Kraft Deiner Vorstellungsgabe zu verdanken. Das bist Du ganz allein, der nach dem Lesen der Alexander-Texte und nach dem Urteil Deines Palmblattes die Beziehung zur Wiedergeburt knüpft. Du bringst nur nicht den Mut auf, dass Du Dir eingestehst, Du könntest vielleicht ein wiedergeborener Alexander sein! Alles, was Du vor Dir erblickst, mich eingeschlossen, sind Traumgebilde, sind Ausgeburten Deiner Phantasie, gefüttert mit Bildern aus Deinem Leben und geformt von den religiösen Chimären der Gesellschaft, in der

Du aufgewachsen bist. Uns wird es immer geben – in Dir und den Köpfen der Menschen!"

Bevor er weiterspricht, versuche ich ganz nah auf Tuchfühlung zu gehen, um mich davon zu überzeugen, dass dieser Gott, der sich als immerwährende Idee definiert, dass er zum Greifen, dass er real ist. Doch die Gestalt mit den drei Köpfen, mit den vier Armen und dem Palmblatt in den Händen, verblasst bei jedem Schritt, mit dem ich mich ihr nähere. Als ich meine Hand nach ihr ausstrecke, löst sie sich zur Gänze auf. Ich greife ins Nichts!

Wie aus einer Betäubung tauche ich langsam auf, spüre das harte Holz unter mir und nehme das Gemurmel meiner Masseure wahr. Die Beiden haben das Gefäß mit dem warmen Öl zur Seite geschoben: Der Stirnguss ist beendet. Von den Stoffstreifen befreit sind meine Augen. Doch ich will mich noch nicht mit der Gegenwart abfinden. Meine Gedanken torkeln hinter den immer noch geschlossenen Augen dahin, suchen wieder und wieder nach Antworten auf die gerade in meinem Inneren erlebten Bilder.
Waren sie Traumgebilde, Stück für Stück wie ein Puzzle zusammengesetzt aus den erlebten Ereignissen vergangener Tage? Soll ich sie als Botschaft, als eine spirituelle Andeutung verstehen? Und wenn ja: Was bedeutet die Verbindung zwischen Alexander dem Großen und mir?

Zugegeben: Im ersten Moment spürte ich den Impuls, vielleicht doch eine Wiedergeburt Alexanders zu sein. Doch ganz rasch habe ich diesen Gedanken verworfen. Er spielt zudem keine Rolle, denn kein wiedergeborenes Leben erinnert sich an sein vorangegangenes Sein.
Und überhaupt: Wiedergeburt, Palmblätter-Weisheiten und Prognosen. Das Alles erscheint mir mit einem Mal als eine Torheit von Menschen, die mit der Gegenwart nicht zurechtkommen und nach einer höheren Schuldigkeit oder tröstenden Hoffnung suchen. Dennoch lauert in mir eine Bereitschaft, mich der Mystik hinzugeben und die Drohung des nahen Todes als einen ernstzunehmenden Fakt zu akzeptieren.

Ich öffne die Augen. Schräg über mir schaukelt der Tontopf ganz sanft hin und her. Aus einem hölzernen Hahn in der Unterseite hängt wie ein Lampendocht ein Stück Stoff herab. Noch mit Öl getränkt, tropft es zaghaft vor sich hin. Das Gefäß gleicht exakt jenem, welches eben noch der dreiköpfige Gott in einer seiner vier Hände hielt. Meine Augen wandern weiter - hinüber zu dem kleinen Altar, auf dem jetzt das Öllämpchen unruhig flackert; War es nicht zuvor erloschen gewesen? Gleich daneben strahlt mich eine Lotusblume an, umringt von einer Kette aus dunklen Holzkugeln. Die Inder verwenden die Mala als Konzentrations- und Zählhilfe bei Gebeten oder Meditationen. Ein Instrument, das in unwesentlicher Veränderung ebenfalls im orthodoxen Glauben und im Christentum seine Anhänger findet.

Alle vier Gegenstände, Palmblatt, Tontopf, Lotus und Gebetskette sind exakt die gleichen Symbole, die ich während der Shirodara-Therapie zwischen Wachsein und Traum in den Händen des Gottes mit den drei Köpfen und vier Armen entdeckt habe.

Ist dies Zufall oder Fügung? Gibt es so etwas wie Schicksal oder Karma? Existiert irgendwo ein Gott, eine Kraft, die, wie die Moiren in der Vorstellungswelt Alexanders, am Faden des Schicksals weben, das Erleben eines jeden Erdenbewohners vorberechnen, so dass der Mensch keine Chance hat, diesem vorbestimmten Weg zu entkommen? Oder sind wir, bin ich gänzlich frei in meinen Entscheidungen?

Irgendwer, irgendetwas muss doch all das, was ist, muss all die Welten, die Sterne, das Leben geschaffen haben! Ist es eine Matrix, eine Formel, eine Energie, ein Algorithmus, der hinter allem steckt? Ist es gar die Natur selber, die alles von Anfang an formte und weiterhin regelt? Ist es Gott? Sind es Götter?

Leben wir tatsächlich in einem Perpetuum Mobile? In diesem Falle ließe sich eine Wiedergeburt als sich ewig bewegende Energie rechtfertigen!

Oder - es existiert das Nichts, das, was nach dem Glauben der Griechen „Nyx" hieß? Das bedeutet: Alles ist nur eine Erfindung. Wir haben das All und die Welten lediglich unserer Einbildung zu verdanken, der kreativen Kraft unseres Unterbewusstseins. Dann ist es der Mensch, der sozusagen über die Welt herrscht. Er formt sie mit seinen Gedanken. Er kann sie auch untergehen lassen, indem er sie mit seinem Müll vergiftet und ausbeutet. Seiner Phantasie und seinem Tun sind keine Grenzen gesetzt.

Nein! Es gibt keine klare Lösung, keinerlei Eindeutigkeit!

Im Grunde bin ich auf mich selbst zurückgeworfen. Ich bin allein mit mir. Ich bin gar nichts! Oder doch alles?

Ich erhebe mich von der großen Holz-Planke, auf der ich wie hypnotisiert den Stirnguss genossen habe. Die Zeit ist mir dabei abhandengekommen, denn ich kann ihre Dauer nicht einschätzen: Ein weiteres Zeichen, dass für mich die Welt aus den Fugen geraten ist.
Ein leichter Schwindel ergreift mich, je mehr ich die Vertikale suche. Ich zögere, vom Bett zu springen. Die Masseure stützen mich, bis ich ihre Hilfe ablehne, sobald sich mein Gleichgewicht gefangen hat. Ich stehe wieder mit beiden Beinen fest auf dem gefliesten Fußboden.

Langsam spaziere ich zurück, den Hügel hinunter. Ich höre das Zwitschern der Vögel, das Krächzen der Raben. Ich streichele mit der Hand den Stamm einer Palme, bücke mich hinunter zu einer gelben Blume, um in ihrem Kelch das Wunder ihrer komplexen Natur aus Blättern, Samenfäden und Stempeln zu bestaunen. Ich beobachte einen rot und blau gemusterten Falter, der vor mir über die Rabatten links und rechts des Wegs wie ziellos taumelt.
Weiß der, wohin er fliegt? Hat er ein Ziel oder überlässt er sich dem Zufall?

In meiner Hütte dusche ich rasch, schabe mir das Öl ab, das sich wie ein Film über meine Haut gelegt hat. Zurück bleibt nur ein leichter Geruch nach süßem Moder. Ich bin erfrischt, ziehe mich so leicht wie nur möglich an, wandele dann - noch ein wenig trunken wie der Schmetterling von vorhin - hinunter zum Restaurant, um das Frühstück einzunehmen.

Klara und Professor Shantu erwarten mich bereits. Sie haben einen Tisch nahe dem Buffet unter den Propellern gewählt. Ihr kühler Lufthauch fächelt immer wieder eine schwarze Locke über Klaras Stirn. Wie automatisch versucht sie das Haar hinter ihrem Ohr festzustecken. Shantu sitzt ihr gegenüber und löffelt konzentriert in seinem Joghurt. Vermutlich hat er mein Kommen noch nicht bemerkt. Während ich mich dem Tisch nähere, steht Klara auf, um mich zu begrüßen. Shantu schließt sich ihr an. Offenbar hat er im Hotel gestern Nacht noch ein Bett ergattert. Der Professor zeigt keinerlei Verlegenheit. Er lächelt mich freundlich an. Sein Verhalten heute Morgen lässt nicht darauf schließen, dass er mir gestern Abend mein Todesurteil erklärt hat.

Klara drückt mir einen Kuss auf die Wange, während der Professor für mich einen Stuhl an ihre Seite schiebt. Nichts deutet in ihren beiden Verhalten daraufhin, dass sie sich über meine bedrohliche Lage am Frühstückstisch ausgetauscht haben.

„Na, wie hast Du die Nacht geschlafen!" fragt Klara so förmlich, als würde sie meine Antwort kaum interessieren. Ich beschließe darauf nicht zu reagieren, nippe nur an meinem Kräuterwasser und stiere vor mich hin.

„Ich habe ihr von dem Palmblatt erzählt und von der Prophezeiung! Und natürlich davon, dass die Ankündigung Dich heftig beschäftigen wird!"

Shantu bringt das in einem besorgten Ton hervor, so, als würde ich unter einer Grippe leiden und benötigte jetzt Zuspruch der Tischnachbarn. Mir ist jeder Appetit vergangen. Ich beschließe ihn zu siezen, angesichts der unzumutbaren Nachricht, mit der er mich gestern Abend überrascht hat. Ich kann ihn nicht mehr leiden.

„Haben Sie mein Palmblatt denn dabei, Professor Shantu?"

Meine Frage überrascht ihn, und auch Klara, die ihre Hand auf meinen Arm legt, um mich zu beruhigen. Er hebt bedauernd seine Hände, so dass ich seine hellen Handflächen sehen kann, die mir wie ein Haltezeichen signalisieren: Gott bewahre, nein! Tut mir leid!

„Nein! Aber, wie ich Ihnen schon gesagt habe, ich kenne Ihr Blatt sehr gut, habe es ausführlich studiert und kann Ihnen jederzeit Antworten liefern. Wir haben es inzwischen digitalisiert, so, wie wir das mit allen Palmblättern machen. Ausgenommen sind bisher die Blätter, die sich mit Zeus - oder besser mit Alexander dem Großen beschäftigen. Bevor ich es vergesse! Wir benötigen sie wieder zurück. Ich bedanke mich natürlich ganz herzlich für Ihre Unterstützung und für die Übersetzungen!"

„Welche Übersetzungen?", frage ich irritiert, „Ich habe lediglich für Sie nur eine Zusammenfassung der Inhalte geschrieben!"

„Das wird mir schon reichen! Für die Weltöffentlichkeit ist es zwar nicht genug, aber allein mit Ihrer Zusammenfassung des Inhalts kann ich sicherlich Wissenschaftler, Archäologen und Historiker gewinnen, sich mit den Texten detaillierter zu befassen und das ganze Konvolut exakter zu erforschen!"

Insgeheim blinzele ich Klara zu, um ihr anzudeuten, dass sie über unsere fotografierten Palmblätter kein Sterbenswörtchen verlauten lassen solle. Sie drückt mir kurz den Arm, um zu bestätigen, dass sie meinen Wink verstanden habe. Dann wende ich mich erneut Shantu zu.

„Sie haben gestern Abend angeboten, mir auch etwas über meine Wiedergeburt mitzuteilen! Was muss ich mir darunter vorstellen?" Er räuspert sich, nimmt erneut einen Schluck Kräuterwasser zu sich, holt dann tief Atem. Offenbar erwartet uns jetzt ein längerer Vortrag.

„Das muss ich Ihnen erst erklären: Die vedischen Weisen der Palmblätter-Bibliotheken gingen nicht von einer linearen Zeit aus, in der wir heutzutage leben. Sie waren davon überzeugt: Nichts geht verloren. Eine Vergangenheit, eine Zukunft existieren nicht. Alles ist gleichzeitig vorhanden und schwebt sozusagen in einem Kosmos, den man sich wie ein Vakuum, wie einen Ort der Zeitlosigkeit, ja wie das All, in dem auch wir leben, vorstellen kann.

Nur die Materie verändert sich: sie stirbt oder wandelt sich. Die Energien aber bleiben unangetastet und erneuern sich. Nach einem Prozess der Reinigung schlüpfen sie in neue Materien. Der wiedergeborene Mensch, seine Energie, seine `Seele´ - so nennt ihr es wohl, sie dringt ein in eine neue Form.

Nach der Reinigung gibt es kein Erinnern mehr an das alte Leben. Alles ist sozusagen ausgebrannt! Das bedeutet, dass die Wiedergeburt nicht in einer linearen Zeit erfolgt, sondern irgendwo im zeitlosen Raum auftaucht. Das kann, wenn man von unserer linearen Zeit ausgeht, jederzeit - auch vor oder nach der neuen Zeitrechnung sein!"

Klara blickt mich an, schüttelt, unmerklich für Shantu, ihren Kopf.

„Das kann ich nicht glauben!" sagt sie. „Das würde ja bedeuten, dass ich nach einer erneuten Inkarnation vielleicht in der Renaissance, während der französischen Revolution, im römischen Reich aber auch in der Zukunft leben könnte. Ich darf mir das sicher nicht auswählen? "

„Sie müssen es ja nicht glauben!", reagiert Professor Shantu ungeduldig auf Klaras Bemerkung hin.

„Die Weisen haben, bevor sie damit begonnen haben, die Palmblätter mit Daten zu beschriften, überaus intensiv meditiert; haben spirituell Verbindung aufgenommen mit all jenen Energien, die die Natur, die Welt und das unendliche All entstehen ließen und bis heute erfüllen. Sie haben aus all dem, was sie erfuhren dann Algorithmen entwickelt, mit deren Hilfe man Geburt, Tod und Wiedergeburt berechnen kann. Warum sollte das menschliche Hirn, das mit Hilfe seiner komplexen Fähigkeit den Computer erfunden hat, nicht selbst viele logistische Einzelschritte und Formeln schaffen können, mit denen sich ein ganzes oder mehrere Leben beschreiben lassen?"

Während sich Klara in ihrer Verblüffung zur Schweigsamkeit entschieden hat, erinnere ich wieder an meine ursprüngliche Frage.

„Aber Professor Shantu! Was sie uns erklärt haben, mag unsinnig oder vernünftig sein, mag zutreffend oder total irrwitzig sein. Aber nun sagen Sie schon, was haben Sie meine Person betreffend herausgelesen?"

Er räuspert sich, senkt dann die Stimme.

„Wann Sie aus diesem Leben scheiden, habe ich Ihnen bereits mitgeteilt. Sie werden laut Palmblatt sehr bald wieder inkarniert werden. Und zwar müssen Sie damit rechnen, dass Sie in einer nach unserer Zeitrechnung längst vergangenen Epoche ins Leben zurückkehren. Aber wie gesagt: An das hier und heute werden Sie sich nicht mehr erinnern können!"

Shantu blickt mich an, dann Klara und entdeckt dabei unsere Zweifel.

„Ich weiß," sagt er scheinbar verständnisvoll. „Das Alles ist für ein westlich geprägtes Denken nicht begreifbar. Wer aber den Mut hat, all die Regeln und Gesetze in Frage zu stellen, wer versucht, sich von seinem Weltbild und Erkenntnissen zu trennen, der wird einen Zugang zu den vedischen Weisheiten finden!"

„Und jetzt", frage ich wütend, „jetzt lassen Sie mich mit Ihren Weisheiten allein, fahren zurück in Ihr Institut nach Madurai, veröffentlichen die Palmblätter des Alexander und lassen sich von Wissenschaftlern in aller Welt feiern! Und ich, ich gerate in Panik! Ich muss mit dem morgigen Tag zurechtkommen, dem Tag, an dem ich angeblich sterben werde."

„Oh ja, es gibt viel zu tun! Wir haben inzwischen die Daten der Palmblätter mit denen gekoppelt, die die Großen Weltunternehmen des Internets über Jahre gesammelt haben. Und ich muss zugeben, dass wir das auch mit den Ihrem Datenstock unternommen haben. Palmblätter- und Computerdaten, zusammengenommen und koordiniert, machen die Vorhersagen viel exakter. Dazu kommen dann noch genetische Informationen von Haarproben, Fingerabdrücke…!"

„Aber," unterbreche ich ihn entrüstet. „Diese Werte haben Sie doch gar nicht von mir nehmen können!"

„Doch, doch!", meint Shantu peinlich betroffen. Es ist ihm anzusehen, dass er sich ertappt fühlt.

„Sie haben so einiges in Ihrem Hotelzimmer oder am Essbesteck oder an den Gläsern hinterlassen, die Sie benutzt haben! Inzwischen können wir jede Ihrer Reaktionen und Entscheidungen, Ihre Neigungen und Ihre Gefühle berechnen!
Und außerdem: Da ich wusste, dass Sie morgen das derzeitige Leben verlassen werden, schien uns, dass von ihnen keine Gefahr für die Palmblätter des Alexander ausgehen. Dass Sie mit Ihnen zurück nach Europa fliegen könnten, war von Anfang an so gut wie ausgeschlossen!"

Welch naiver Mensch ich doch bin, oder muss ich schon sagen „war"! Shantu hat mich getäuscht, sich zunächst hinter einer harmlosen Gastfreundschaft versteckt, dann meine Neugier geweckt und den Wegbereiter eines spirituellen Ausflugs für mich gespielt. Jetzt gesteht er, dass alles bis ins Detail geplant war. Selbst mein Tod wurde zum finalen Kalkül seines Vorgehens.
So rasch darf ich mich doch nicht geschlagen geben. Noch immer halten sich in mir Hoffnung und Aberglauben die Waage.
„Was geschieht," frage ich „wenn sich das Ganze als eine Fehlberechnung herausstellt? Wenn das Datum nicht korrekt ist? Wenn sich die Prophezeiung meines Palmblattes als Humbug herausstellen sollte?"
„Welch ein Glück für Sie!", grinst Shantu ironisch. „Tatsächlich existiert dieses Risiko. Aber die Chance, dass Sie den morgigen Tag überleben, besteht nur zu zwei Prozent. Zu klar sind die gesammelten Daten aus dem Bereich Palmblatt- und Computervorhersagen. Unser Algorithmus ist hochgradig zuverlässig! Das Ergebnis kann sich allerhöchstens um ein paar Stunden hin oder her irren."
Klara blickt mich voller Entsetzen an.
„Bisher habe ich das Ganze eher für einen Scherz gehalten. Ich kann immer noch nicht glauben, dass diese Prophezeiung eintreffen wird! Das könnte ja bei der Unsicherheit der Vorhersage schon heute sein!"
Dann besinnt sie sich, schüttelt den Kopf, als würde sie am allerliebsten das Geschehen aus ihren Gedanken löschen wollen:
„Nein, diese Mischung aus Astrologie, Sternendeuterei, aus spiritueller Eingebung von Weisen ist viel zu unwissenschaftlich, als dass daraus je eine glaubhafte Vorhersage erstellt werden könnte. Die Weisen, die sich das erdacht haben, sind Menschen

wie Du und Ich. Ihre Eingebungen werden nicht mit den Informationen eines höheren, wissenden Wesens, eines Heiligen Geistes gespeist."

Sie nimmt meine beiden Hände. Ihre Person konzentriert sich jetzt ganz auf mich:

„Ich bitte Dich: Glaube das Ganze nicht! Verweigere Dich! Wir leben im einundzwanzigsten Jahrhundert und nicht mehr im Altertum!"

Klaras Zuspruch richtet mich ein wenig auf. Ihre klare Reaktion hilft mir, mich abermals innerlich von der Schwermut jener Gefühle zu befreien, die mich mit Blick auf meinen letzten Tag, auf meinen Heimflug, in tiefe Depression versetzen.

„Du glaubst mir nicht?", fragt sie und untersucht prüfend mein Gesicht.

„Ich sehe es Dir doch an! Ich kann regelrecht Deine Unsicherheit, Deine Verstörung wahrnehmen. Aber vielleicht gelingt es mir Dich zu überzeugen, dass nichts geschehen wird, wenn ich Dir anbiete, dass wir zusammen nach Europa zurückfliegen. Das heißt, ich binde mein Schicksal an das Deine! Ich spüre jedenfalls keinerlei Zweifel!"

Ich hebe meine Hände und versuche auf diese Weise ihr Angebot abzuwehren, nicht nur, weil ich sie vor der eventuellen Gefahr mit mir unterzugehen, schützen will, sondern auch in Hinblick auf das Laptop mit den Kopien der Palmblätter des Alexander. Es sollte der Nachwelt durch Klara übergeben werden, sollte ich sie nicht mehr erleben.

„Nein, Klara! Dein Angebot kann ich nicht annehmen! Zudem zweifele ich inzwischen selbst stark an der Vorhersage. Im Augenblick bin auch ich davon überzeugt, dass nichts geschehen wird. Aber dann steigt doch wieder eine Welle aus Zweifeln in mir auf. Die Angst bricht über mich herein, und ich drohe in ihr zu ertrinken!"

Professor Shantu hatte unserem Dialog konzentriert gelauscht. Jetzt erhebt er sich von seinem Stuhl und faltet die Hände wie zum Gebet. Er will sich offensichtlich verabschieden.

„Wie auch immer! Was auch immer geschieht! Auch ich bin gespannt, wie sich Ihr Schicksal entscheiden wird! Ich kann Sie dabei leider nicht begleiten, muss zurück in mein Institut zu meinen

Wissenschaften. Ich darf Sie also bitten, mir die Palmblattschatullen zurückzugeben."
Auch ich erhebe mich.
„Jetzt gleich?" frage ich überrascht.
„Ja bitte, jetzt gleich!" antwortet er kurz angebunden und bestimmend. Er hat es offenbar eilig aus meiner Nähe zu kommen.

Während Klara Shantu am Frühstückstisch weiterhin Gesellschaft leistet, eile ich zurück in meine Hütte. Dort, in einer Kiste, habe ich die Palmblätter des Alexander aufbewahrt. Ich zähle die einzelnen Blätter noch einmal nach. Es sind genau achtzehn Konglomerate; Dazu kommen auf mehreren Seiten eines Blockes noch meine schriftliche Zusammenfassung der Textinhalte.
Meine Augen überfliegen noch einmal prüfend das Zimmer, ob ich vielleicht irgendein Detail vergessen haben könnte. Nichts dergleichen! Aber das Laptop? Auf den ersten Blick ist es nicht zu entdecken. Sicher, Klara wird es wohl in ihrer Hütte aufbewahren. Ich meine mich zu erinnern, dass sie die einzelnen Textfotographien noch zu einer korrekten Reihe zusammenschieben wollte, damit die Chronologie der Blätter gewahrt bleibt.
Es klopft. Ich öffne die Tür und erschrecke. Professor Shantu ist mir offenbar gefolgt. Er will auf Nummer Sicher gehen.
„Leider habe ich es eilig!" stellt er mit scheinbaren Bedauern fest. Scheinbar deshalb, weil ihm anzusehen ist, dass er nun, da ich ihm alle Unterlagen überreichen werde, das Interesse an mir verloren hat. Er benötigt meine Kenntnisse nicht mehr. Er senkt schamhaft seinen Blick, verbeugt sich mit gefalteten Händen, die er gegen seine Lippen hebt.
„Ich bedanke mich noch einmal ganz außerordentlich bei Ihnen! Sie haben uns und ganz Indien einen unschätzbaren Dienst erwiesen. Und Sie werden es erleben, dass sich dies für die Zukunft, für Ihr neues Leben bezahlt macht. Sie können sich darauf freuen, denn alle Anzeichen, dass sie sich der Erfüllung nähern, sind auf ihrem Palmblatt angedeutet."
Ich reiche ihm die Hand und suche seine Augen:
„Ist das mit meinem Lebensende morgen immer noch Ihr Ernst?"
Shantu drückt meine Hand auf eine Weise, als wolle er mir Kraft und Mut einflößen.
„Haben Sie keine Angst! Lernen Sie als Westler auch einmal von uns - genauso, wie wir von Euch gelernt haben. Wir fürchten uns

nicht vor dem Tod! Andererseits haben wir auch nicht der Versuchung widerstehen können, westliches Wissen zu übernehmen und mit unserem östlichen Spiritualismus zu verbinden. Die Digitalisierung und unsere Jahrtausende alten vedischen Weisheiten haben zueinander gefunden. Wir haben reale Algorithmen und abstrakte Palmblätter-Prophezeiungen miteinander verbunden. Künftig werden wir den Menschen durch sein ganzes Leben begleiten können, ihn lenken und beraten, von ihm, wenn es nötig ist, Unheil abwenden, ihn aber auch manipulieren, wenn er Mitmenschen gefährlich werden könnte. Wir werden dadurch endlich friedlichere Zeiten schaffen, werden Menschen isolieren, die Negatives im Sinn haben. Und Sie, Sie werden vielleicht als einer der ersten erfolgreichen Testmodelle in die Geschichte eingehen!"
Während er so auf mich einspricht, schüttelt er beständig meine Hand. Jetzt lässt er sie los. Ich reiche ihm die vorbereitete Kiste. Er nimmt sie in Empfang, wirft einen kurzen Blick hinein, dreht sich dann um und steigt, ohne sich noch einmal nach mir umzuwenden, die Stufen zur Rezeption hinauf.

Ich kann es nicht fassen: Ein Mensch teilt mir mit, dass ich in wenigen Stunden aus dem Leben scheiden werde, und er zeigt dabei keinerlei Mitgefühl. Nein, das Ganze nimmt groteske Züge an. Eine kontrollierte Menschheit, wie er sie ankündigte, das erinnert an den Plot eines bösartigen Sciencefiction Films. Aber, wo bleibt in diesem Streifen das Gute, wo bleibt der Held, der diesen Wahnsinn aufhält, der, wie es in diesen Geschichten doch üblich ist, das Böse eliminiert? Könnte ich das sein? Keinesfalls: Ich eigne mich nicht dafür! Ich muss erst einmal unbeschadet die nächsten Stunden überleben!

Nein, ich werde nicht sterben!

Klara steigt die Stufen zu meiner Hütte hinauf. Sie bewegt sich langsam und ein wenig mühsam. Die Hitze macht ihr offensichtlich zu schaffen. Auch mir! Erst jetzt spüre ich das durchgeschwitzte Hemd, das wie eine zweite Haut an meinem Körper klebt. Ich flüchte mich zurück ins Zimmer, schalte die Propeller an der Decke auf höchste Geschwindigkeit. Dann lege ich meinen Koffer aufs Bett, Klara betritt den Raum. Der Wind des Deckenpropellers wirbelt in ihrem schwarzen Haar.

„Wenn Du willst, helfe ich Dir beim Packen!"
„Oh nein, das schaffe ich schon allein!" wehre ich ab und greife in den nahen Schrank, um Hemden und Hosen von den Kleiderbügeln zu streifen. Ich lege die Wäschestücke einzeln auf das Bett, um sie besser falten zu können.
„Komm, lass mich das machen!" Klara faltet die Hemden mit geübten Griffen, platziert sie sorgfältig im Koffer. Dann hält sie inne und wendet sich mir zu:
„Ich hoffe, Du nimmst den Professor nicht wirklich ernst! Das Ganze ist purer Unsinn. Noch nie konnte ein Mensch in die Zukunft blicken. Dagegen stehen alle Naturgesetze und jede Vernunft! Zu Alexanders Zeiten wurden die Wahrsager aufgehängt, wenn sie eine Prognose abgeliefert hatten, die sich nicht bewahrheitet hat. Ich wünschte, etwas Ähnliches würde auch den Palmblatt-Propheten passieren! Du wirst es erleben, dass Dein Flugzeug pünktlich startet und landet! Und ich, ich werde dabei sein!"
Ich würde sie gerne umarmen, dankbar sein für ihre Versuche, mich zu trösten. Doch irgendetwas hält mich davon ab. Zu intensiv beschäftigt sich mein Gemüt mit der Vorhersage.
„Weißt Du!", versuche ich mich zu erklären. „Leider gehöre ich nicht zu den Menschen, die jede Vermutung übersinnlicher Phänomene negieren, weil das Akzeptieren der Esoterik ihr abgesichertes Ich, ihr betoniertes Weltbild verunsichern würde. Sie haben Angst vor der Mystik, dem religiösen Erleben. Sie scheuen deshalb jede Art von Spiritualität. Ihnen geht aber genau dadurch ein gewaltiges emotionales Abenteuer verloren…"
„Ich hoffe," fällt mir Klara ins Wort. „Ich hoffe, Du zielst doch damit nicht auf mich ab! Mystizismus in allen Ehren, aber wenn sich Digitalisierung und Systeme der Prophezeiung mischen, dann versucht man offenbar auch Elemente dabei zu integrieren, die zu unsicher und unwissenschaftlich sind: Prophetie besteht doch aus der Willkür und der Subjektivität menschlicher Gefühle, die sich auf den Vorhersagebereich der Palmblätter konzentrieren. Da ist doch hauptsächlich jede Menge nebulöser Intuition gefragt; und das ist nichts anderes als eine Fehlerquelle, die das ganze Unterfangen ad absurdum führt. Ganz abgesehen davon, dass, sollte die Symbiose aus den Palmblätter-Vorhersagen und den digitalisierten Daten funktionieren, dies der Anfang der Diktatur des Algorithmus wäre."

Klara hat inzwischen die Hemden gefaltet und greift jetzt nach meiner Badehose, die ich, um sie stets bereit zu haben, über die Lehne eines Stuhls aufgehängt hatte.

„Halt!" rufe ich, „Die bitte nicht einpacken! Ich war während des Aufenthaltes kein einziges Mal im Meer. Wenigstens einmal möchte ich noch schwimmen gehen und am Strand in der Sonne liegen."

Klara reicht mir die Badehose. Sie scheint über meinen Tatendrang erleichtert zu sein.

„Dann nichts wie los!" ermuntert sie mich. „Geh nur! Ich packe den Rest ein!"

Ich schlüpfe in die Shorts, werfe mir ein Handtuch über die Schultern und trete hinaus auf die Terrasse. Das Panorama begrüßt mich, breitet sich prachtvoll in der Sonne aus. Vorne, die tropischen Pflanzen, dazwischen Büsche, dahinter Palmen und schließlich der breite, hellgelbe Küstenstreifen mit den Fischerbooten, die wie Vanilleschoten verloren auf dem Sand liegen; schließlich Wellen, die, auf das Ufer zurollend, sich brechend schäumen - und endlich die Unendlichkeit des Meeres, das sich bis zum blauen Himmel am Horizont weitet. Meine Augen baden sich in diesem Anblick. Das Wasser, es liebt mich eben! Das Meer lockt mich, hinunter in seine Arme zu eilen, vorbei an Gummibäumen und Palmen, den Büschen und blühenden tropischen Pflanzen, die mich am Wegrand begleiten.

Endlich bin ich am Strand. Ich spüre unter den Sandalen die Hitze, mit der sich der Sand an diesem Tag aufgeheizt hat. Ich breite mein Handtuch aus, nehme darauf Platz und schaue auf die blauen Wogen, die sich heben und senken, heranrollen, sich kurz vor dem Strand brechen und dabei ein Brüllen von sich geben, als wollten sie mir zurufen: „Komm endlich! Wo bleibst Du nur?"

Ich erhebe mich und schreite vorsichtig in die auslaufenden Wellen hinein. Sie schießen weit den Strand hinauf und färben den Sand mit ihrer Nässe dunkel ein. Sie umspielen meine Füße, kitzeln freundlich meine Fesseln, während ich konzentriert auf eine neue Wellenfolge, auf eine besonders harmlos erscheinende Woge warte, die nicht unter dem üblichen Getöse über dem Strand zusammenbricht, sondern es mir gestattet, durch ihre

Gischt zu hechten, um ein paar Meter weiter draußen in ruhigeres, aber immer noch schwankendes Fahrwasser hinein zu schwimmen. Endlich ist ein günstiger Moment gekommen.

Das Wellental weitet sich, nur schwach erhebt sich dahinter der nächste Berg aus dem Wasser. Ich nutze den Moment und werfe mich blindlings ins Tal, ziele mit den Händen voran in die sich langsam auftürmende Masse der nachfolgenden Woge. Meine Ohren füllen sich mit einem Konzert aus Glucksen, Plätschern und Rauschen, bis ich hinter dem Wellenhügel wiederauftauche, den Himmel über mir erblicke, tief einatme und mich mit weiten Schwingen meiner Arme aus der Zone sich brechender Wellen herausarbeite.

Das Meer ist von angenehmer Temperatur. Es ist ein Vergnügen, das Wasser mit beiden Armen ausgreifend, vor sich zu zerteilen. Es ist ein Genuss, von den wogenden Wassermassen nach oben geschaukelt und auf ihnen wieder herunter zu gleiten. Alles bewegt sich hier draußen. Es ist ein ständiges Kommen und Gehen von kleinen und größeren Wellen. Ich schwimme mit erhobenem Kinn, damit das salzige Wasser nicht allzu sehr meine Lippen benetzt.

Sobald ich erschöpft bin, lege ich mich auf den Rücken, breite Arme und Beine aus, blicke in den Himmel über mir und bin gespannt, was das Meer in den nächsten Minuten wohl mit mir vor hat: Wird es mich in ein tiefes Wellental hinunterziehen, mich mit Gischt überschwemmen, oder auf einen hohen Kamm heben, von dem aus ich den nahen Strand mit den Fischerbooten und darüber den Abhang mit den vielen kleinen Resort-Hütten und den kultivierten Tropengarten erkennen kann? Ich bereue für einen Moment, dass ich diesen Genuss in den vergangenen Urlaubstagen aus Trägheit oder Unwillen versäumt habe.

Ich liebe das Meer! Das weiß ich von Kindheit an. Und es liebt mich. Es wird mir nichts tun. Und so wage ich mich weiter hinaus. Ich lasse meine Glieder umspülen, genieße das sanfte Schaukeln in der Dünung. Dann sehe ich, wie sich vom Horizont her ein mächtiger Wellenberg aufbaut. Ich schwimme auf ihn zu, um ihn zu besteigen. Er greift nach mir, trägt mich von selbst auf seinen Gipfel hinauf und hinein in seine Schaumkrone. Diese Woge ist wie eine Königin unter den Wellen! Ich nutze die Gelegenheit, um mich umzuschauen und zu orientieren. Der Strand leuchtet wie ein dünner gelber Streifen in der Ferne.

Mit Schrecken stelle ich fest: Offenbar hat mich eine Strömung der Küste entlang viel weiter hinaus ins Meer getragen, als ich es eigentlich angenommen habe. Viel zu weit!

Ich erinnere mich sofort an die Warnungen der Reiseführer vor den berüchtigten Strömungen der Malabar-Küste. Schon etliche Touristen seien beim Baden aufs Meer hinausgetrieben worden, so musste ich lesen: Kaum einer hätte sich retten können. Jede Hilfe wäre zu spät gekommen. Viele sind ertrunken, nicht wiedergefunden worden.

Das kann mir nicht passieren? Oder doch? Ist das der erste Moment des angekündigten Todes?

Ein fröstelndes Zittern, ein ängstliches Beben lässt mich im warmen Meerwasser erschauern.

Was, wenn mich schon heute die Prophezeiung ereilt: einen Tag früher als gedacht? Jetzt erinnere ich mich auch an Shantus Worte: Hatte er denn nicht erst vor gut einer Stunde behauptet, dass sich die Vorhersage auch um etliche Stunden irren könnte? Stunden können Tage, können halbe Tage bedeuten. Nicht ein Flugzeugabsturz würde also in diesem Fall mein Ende sein, sondern ein nasser Tod in den Wogen des arabischen Meeres!

Nein, nein! So leicht lasse ich mich nicht unterkriegen! Nur wenn ich an einen solchen nahen Tod glaube, wenn ich der Prophezeiung verfalle, wenn ich meine Energien durch Hysterie verschwende, werde ich untergehen.

Nein, ich darf, ich will daran nicht glauben! Ich muss diesen Gedanken schlichtweg ignorieren. Nur auf diese Weise, vermag ich meine Kräfte zu schonen.

Gebe ich nach, gehe ich unter! Und ich will doch leben!

Ich wende mich dem Strand zu, der immer wieder in der Ferne vor mir aufleuchtet, wieder und wieder hinter den Wasserbergen verschwindet und sich in der Ferne über das Meer erhebt. Dazwischen – die mächtige Wasserweite, die unruhig vor sich hin brodelt!

Unter der Meeresoberfläche streichelt, drängt sich etwas an meine Glieder. Das muss die Strömung sein, die mich bis hierhergetragen hat. Sie schiebt mich sanft Richtung Südwesten, weit hinaus aufs Meer. Meine Arme, meine Hände können das Wasser nicht kräftig genug zerteilen, um dagegen anzuschwimmen. Ich darf aber auch nicht zu heftig gegen den Wasserschub kämpfen, sonst verliere ich zu viel an Kraft, sonst gerate ich zunehmend außer Atem, schlucke zu viel des salzig-bitteren Meerwassers. Einzig positiv! Ich muss nicht gegen die Wellen, sondern kann mit ihnen in Richtung Ufer schwimmen. Auf diese Weise vermag ich mit den Energien besser hauszuhalten.

Was wird wohl Klara denken, wenn sie mein leeres Handtuch am Strand findet? Ob sie mich bereits vermisst? Ob sie um Hilfe ruft, weil sie mich nicht im Bereich des Strandes oder im Meer entdecken kann? Wird sie vielleicht den Strand entlanglaufen, um nach mir zu suchen? Oder wird sie als erstes das Resort und die Polizei alarmieren?
Nein! Darauf darf ich mich nicht verlassen. Wichtig erscheint mir jetzt: Wie lange werde ich dem Meer standhalten können? Wie weit wird es mich noch hinaustreiben. Die Strömung scheint mich immer weiter gen Westen zu tragen.

Schon jetzt spüre ich eine leichte Steife. Sie macht sich in meinen Armen und Beinen bemerkbar. Nicht von der Kälte, sondern vom langsamen Erschlaffen der Muskeln! Ich bewege die Knie, fächele mit den Armen unter Wasser, um mich wenigsten auf dem gleichen Fleck halten zu können. Es fühlt sich an, als ob Salz in die Sehnen und Muskeln eingedrungen ist und sie verkrustet wären. Und meine Haut: die Fingerkuppen, die Handflächen, sie beginnen zu verschrumpeln, auszubleichen.

Wie lange liege ich bereits im Wasser?
Stunden sind offenbar vergangen!
Es wird ernst! Ich lege mich auf den Rücken, um mich auf diese Weise ein wenig erholen zu können. Aber die Wellen machen in dieser Position mit mir, was sie wollen! Sie reißen an mir, schaukeln meinen Körper, schießen über ihn hinweg, überspülen Mund, Nase und Augen, so dass ich husten und spucken muss.

Was würde wohl Alexander der Große jetzt an meiner Stelle tun? Sicher nicht aufgeben!
Vermutlich würde er zu seinen Göttern beten - zu Zeus, seinem Vater, dessen Namen und Geschichten er missbraucht hat, um den Indern seine scheinbar göttliche Macht vorzugaukeln. Jetzt würde er es bereuen!
Ganz sicher würde er das tun! Oder würde er sich nur auf sich selbst verlassen? Sollte ich das auch tun – beten? Zu meinem westlichen Gott beten und ihn um Hilfe und Errettung betteln?
Mir wäre Zeus um vieles lieber! Er ist doch menschlicher, vielleicht auch verständnisvoller!

Wieder ist eine Menge Zeit vergangen. Keine Hilfe in Sicht! Ich muss durchhalten, mich langsam wieder auf den Bauch drehen, mit den Armen das Wasser zur Seite schieben, mich mit den Beinen vorwärts stoßen.
Warum hat mich das Meer verlassen? Es hat mich doch stets verwöhnt! Es hat mich doch immer getragen und mir beim Schwimmen Genuss verschafft!
Und jetzt?
Ich bin wütend - wütend auf das Meer!
Warum hat es ausgerechnet mich als Opfer ausgewählt?
Es muss mir doch eine Chance geben!
Es muss! Ich bin wütend!
Ich schreie, ich brülle so laut ich nur kann. Doch das Rauschen des Meeres, dieses Gluckern und Schäumen, erstickt jeden Laut. Beizend bitteres Meerwasser füllt meinen Mund, so dass ich sofort wieder verstumme, weil mich ein Brechreiz würgt, ich abermals spucken muss.

Erschöpft wende ich meinen Körper erneut in die Rückenlage, so dass das Sonnenlicht blendet und das Salz wie Sand unter meinen Lidern juckt. Und dennoch verharre ich ausgestreckt, blinzele dankbar in den Himmel, denn die Sonne ist das einzig ruhige Element in meiner Sichtweite, das nicht schaukelt, sondern Trockenheit verspricht und Wärme. An ihr kann ich mich wenigstens mit den Augen festklammern.
Die Sonne – jetzt ist sie die einzige, die letzte Konstante in meinem Leben.

Seltsam, ich personifiziere in meiner Not das Meer. Ich rede zu ihm, ich verfluche seinen schlechten Charakter. Ich flehe es an, mir seine frühere Zuneigung wieder zu schenken, sich zu beruhigen und mich zu retten! Ich könnte dieses Meer eigentlich gleich Poseidon nennen. Das gleiche geschieht mit der Sonne dort oben: Helios zieht mit seinem Wagen über den Himmel. Er sieht dabei alles, was auf der Erde geschieht. Er könnte also auch mich während seiner Fahrt entdecken. Helios ist der Einzige, der nach mir schaut! Aber auch er wird mir nicht helfen.

Und wo ist Christus?

Selbst sein eigener Vater im Himmel hat ihn in seiner letzten Stunde verlassen. Bei so viel Untreue in den Erzählungen des christlichen Glaubens, warum sollte er ausgerechnet mir in dieser bedrohlichen Stunde zu Hilfe kommen? Er wird mich ebenfalls verlassen, so, wie er von seinem Vater verlassen wurde?
Auf Väter ist eben kein Verlass!

Poseidon und Helios – beide sind jetzt bei mir. Sichtbar! Ich kann sie ansprechen! Meer und Sonne. Und auch der Unterweltfluss Styx ist um mich herum! Seine Wasser schmecken vermutlich genauso salzig-bitter wie das Meer!
Sonne, Meer, Wasser!

Wieviel Uhr mag es wohl sein?
Wie lange kämpfe ich hier schon?
Ich habe jedes Gefühl für die Zeit verloren. Sind es ein oder zwei Stunden oder nur dreißig Minuten? Für mich ist die Zeit jetzt nicht mehr linear! Es gibt keine Stunden mehr, keine Minuten und auch keine Sekunden!

Zeit?
Spielt sie jetzt überhaupt noch eine Rolle? Kronos, der Gott der Zeit, ihn hat Zeus auf die Hesperiden verbannt. Er hat längst seine Macht verloren. Hier jedenfalls ist er nicht zu finden.

Wird mich auch das Meer verlassen, von dem ich mein Leben lang glaubte, es wäre mein Freund?

Oh, Gott! Mein Sterben hatte ich mir doch ganz anders vorgestellt: Nicht auf diese Weise!
In meinen Tagträumen kam der Tod ganz leise. Ich sah mich stets in einem weißen Zimmer, lag entspannt ausgestreckt. Ein weißes dünnes Bettlaken schützte meinen nackten, flachen Körper. Die letzten fünf Minuten brechen an. Die weißen Vorhänge am Fenster bauschen sich leicht auf, denn eine kühle Sommerbrise schleicht sich sanft durch die geöffneten Fenster herein. Ich habe die Augen geschlossen und höre mich leise röcheln. Nur noch ein paar Atemzüge trennen mich vom Tod. Meine Gedanken sammeln sich noch einmal. So hatte ich mir mein Sterben vorgestellt!

In diesen letzten fünf Minuten zieht das Leben wie in einem Film in rasendem Tempo unter den geschlossenen Lidern vorbei – so heißt es und wie ich es auch während des Sterbens meiner Mutter glaubte gespürt zu haben. Ich habe mir immer gewünscht, dass in diesen letzten Minuten in keiner aus der Vergangenheit auftauchenden Szenen der Vorwurf auftaucht, ich hätte nicht gelebt, ich hätte falsch gelebt, hätte dies und jenes versäumt.

Nein, es ist noch nicht so weit!
Bis jetzt tauchen keinerlei Erinnerungen auf, keine bitteren oder freudvollen Erlebnisse und Erfahrungen! Leider habe ich mein Leben nicht so gelebt, wie es möglich gewesen wäre, habe den bequemsten Weg gewählt, den eines wissenschaftlichen Beamten. Einer Ehe, einer Familie bin ich aus dem Weg gegangen! Nicht einmal Kinder zu zeugen, habe ich geschafft!

Erst jetzt - hier in Indien, bin ich aufgewacht. Zu spät?
Zu spät!

Aber wenigstens habe ich noch einen letzten Zipfel vom Leben erhascht, habe mich gespürt, habe Bewegung und Spannung erlebt: Die Palmblätter, die Alexander-Texte haben Farbe in meine Existenz gebracht. Mit den Zeus-Geschichten, seiner Verbindung zu den indischen Göttern hätte ich in den kommenden Jahren ein bewegendes Leben führen können. Und vielleicht auch mit Klara!

Klara?

Müsste sie nicht längst meine Abwesenheit bemerkt und die Rettungskräfte alarmiert haben? Oder habe ich Klara in unseren gemeinsamen Tagen doch zu wenig Zuneigung gezeigt, so dass ihr mein Verschwinden noch nicht aufgefallen ist?

Ich hätte noch eine wenig Zeit benötigt, ihr ganz nah zu kommen. Ich bin kein junger Mann mehr, der sich rasch auf einen Partner einlassen kann. Aber ich bin zumindest den Texten des Alexander dankbar, dass sie mir die Fähigkeit verliehen haben, meine Schwächen zu überwinden und dem Trommeln meiner Vorfahren zu lauschen.

Das Salzwasser beginnt, sich in mich hineinzufressen. Die Haut juckt und weicht sich auf! Immer wieder muss ich müde und erschöpft die brennenden Augen schließen. Die Wellen greifen mehr und mehr nach meinem Kinn, steigen hinauf zu den Lippen, die ich dann fest zusammendrücken muss. Das Meer dringt auch in meine Nasenhöhlen und füllt sie sanft kitzelnd.

Ich löse mich langsam auf!
Wieder und wieder rauschen die Wellenberge um mich herum. Sie scheinen mich manchmal zu zermalmen, dann wieder zu meiden, mit ihrer Heftigkeit verschonen zu wollen.
Dann liege ich tief unten im Tal, umgeben von schwappenden Wasserwänden, die darauf lauern, mich zu überfluten.
Das Meer will sich mit mir verbinden. Ich habe seine Zuneigung falsch verstanden!
Es liebt mich, nicht indem es mich tragen will.
Es will sich mit mir vermischen!

Keiner kommt, um mich zu retten!

Dem Sonnenstand zu urteilen, muss es jetzt gegen sechs Uhr nachmittags sein. In Kürze geht die Sonne unter.
Bricht die Dunkelheit herein, bin ich verloren!

Mit meinen Armen schaffe ich es kaum mehr, das Meer zu fächeln, um eine waagrechte Balance auf seiner Oberfläche zu halten. Ich versuche die Beine dafür zu gewinnen, doch sie reagieren nicht. Sie verweigern, versteifen sich, sind gefühllos, als wäre das

Blut aus ihnen gewichen. Mehrere Wellen überschwemmen, umarmen mich.
Mir fehlt die Kraft, sobald das Meer mir eine Pause gönnt, immer wieder Luft zu atmen. Viel schaffen meine Lungen nicht mehr!
Ich kann mich kaum der schwarzen Tiefe unter mir erwehren.
Und doch: Ich will überleben!

Ich lasse mich treiben bis es dunkler wird, die Sonne mich verlässt, die ersten Sterne über mir zu blinken beginnen.
Ich schwimme auf dem Rücken, schaue hinauf und entdecke unter den vielen Lichtpunkten sofort meinen Stern.
Unglaublich!
Aus Milliarden heraus kann ich ihn sofort erkennen.
Er blinkt mir zu, winkt mir und fordert mich auf, zu ihm zurückzukehren, zu Wüsten und Wiesen, den Bächen und Meeren.

Er erwartet mich: Jetzt nimmt mich das Meer in seine Arme, hält mich.
Es streichelt mich.

Und weil ich so müde bin, lasse ich mich fallen – mit dem Blick nach oben!

Ich sehne mich nach meinem Stern dort oben!
Ich tröste mich mit ihm,
bis es um mich dunkel wird,
ich zu schweben beginne.
Ich werde nicht mehr leben
und doch fühle ich mich unsterblich,
bin Energie in einer Welt,
in der nichts verloren geht!
Ich schreite ganz langsam in das All hinein.
In meinen Augen – Licht!
Ich bin eine Idee in der Gleichzeitigkeit!
Ich bin ein Gott!

Die Götterfamilie des Zeus

Uranos + Gaja >* Kronos +* Rhea

Kronos + Rhea > Aphrodite + Hephaistos + Ares
        > Hestia
        > Hades + Persephone
        > Hera + ? >* Hephaistos
        > Demeter + Zeus > Persephone
        > Poseidon + Aithra > Theseus
       > Zeus

Frauen und Kinder des Zeus

Zeus + Hera > Eris, Ares + Aphrodite
Zeus + Maja > Hermes
Zeus + Kallisto (Sternbild kleiner Bär)
Zeus + Leto > Apollon, Artemis
Zeus + Semele > Dionysos + Ariadne
Zeus + Metis > Athena
Zeus + Demeter > Persephone + Hades
Zeus + Europa > Minos, Rhadamantis, Sarpedon
Zeus + Thetis + Peleus
Zeus + Olympia + Philipp II > Alexander d. Große
Zeus + Leda > Helena + Paris
Zeus + Themis > Dysis
Zeus + Europa > Minos, Rhadamantis, Sarpedon
Kretische Linie
Minos + Pasiphä > Ariadne
Pasiphä + weißer Stier > Minotauros
Ariadne + Dionysos

* + heiratet oder liebt …
* > Tochter oder Sohn aus der Verbindung

Printed in France by Amazon
Brétigny-sur-Orge, FR